JEAN-JA

Jean-Jacques Antier est né à Rouen en 1928. Ancien marin et ancien correspondant de guerre naval, il fait partie des meilleurs historiens de marine actuels. Journaliste et écrivain, il a également rédigé les biographies de l'amiral de Grasse, de Charles de Foucauld, et de son ami Jean Guitton, de l'Académie française, avec lequel il a collaboré pour plusieurs ouvrages. Il a publié plus d'une cinquantaine de livres, tous genres confondus. Parmi ses romans, sont déjà parus aux Presses de la Cité : *Autant en emporte la mer* (1993), sélectionné pour le prix des libraires, *La croisade des innocents* (1996), *Le rendez-vous de Marie-Galante* (2000), et *Marie-Galante la liberté ou la mort* (2002). Provençal d'adoption, il vit à Cannes depuis plus de quarante ans.

MARIE-GALANTE LA LIBERTÉ OU LA MORT

DU MÊME AUTEUR
CHEZ POCKET

LE RENDEZ-VOUS DE MARIE-GALANTE

avec Jean GUITTON

LES POUVOIRS MYSTÉRIEUX DE LA FOI
LE LIVRE DE LA SAGESSE ET DES VERTUS RETROUVÉES

JEAN-JACQUES ANTIER

MARIE-GALANTE
LA LIBERTÉ
OU LA MORT

PRESSES DE LA CITÉ

ISBN 2-266-12942-2

A Fabrice Baudeu,
maître en l'art de vivre

Ô frère ! avec quelle âcre et sombre volupté
J'aspire l'océan sauvage et redouté,
En criant au rocher qui gronde, au flot qui vibre,
Aux nuages, aux vents, aux astres : Je suis libre !

VICTOR HUGO, *La Mer*

PERSONNAGES PRINCIPAUX

Gaël Trémeur, planteur à Saint-Domingue.

Marie-Galante Trémeur, son épouse, fille naturelle du marquis César d'Escragnole et de Morgana Goulwen, de Recouvrance.

Franjo (Françoise-Joséphine Trémeur), leur fille.

Olivier d'Escragnole, marin du roi, naturaliste, puis député du Var à la Convention (Descragnole), demi-frère de Marie-Galante.

Florian Le Houlme, jeune journaliste rouennais.

Polycarpe Le Houlme (son père), négociant en grains à Rouen.

Corneille Remacle (dit le Crabe), ex-capitaine marchand, membre de la Commune de Paris.

Angélica Remacle, sa fille.

Félicité Sonthonax, commissaire de la République à Saint-Domingue.

AUTRES PERSONNAGES

Conventionnels : Robespierre, Marat, Danton, Saint-Just, Augustin Lantosque.

Jean Bon Saint-André, délégué à Brest du Comité de salut public.

Amiral Villaret de Joyeuse, commandant la flotte de Brest.

Renaudin, capitaine du *Vengeur-du-Peuple.*

Jean-Baptiste Suard, rédacteur en chef du *Mercure de France.*

Ti Bambou, chef des contremaîtres de la plantation *Alléluia.*

Toussaint-Louverture, chef des Noirs rebelles de Saint-Domingue.

Capitaine de vaisseau Le Goff, commandant d'armes à Brest.

Antoine Le Mesnil-des-Vents, capitaine corsaire à Dieppe.

César Cornecreuse, chef des Sans-culottes de Dieppe.

Frégate la Liberté ou la mort :

Capitaine : lieutenant de vaisseau Roland d'Isnouville.

Second : lieutenant de vaisseau Gildas Colbosc.

Officier canonnier : lieutenant de vaisseau Yvon Polhoët.

Maître d'équipage : bosco Quelques-Gouttes.

Capitaine de l'infanterie de marine : Grosjean-Lataquié.

Sergent Doublentaille.

Personnages évoqués du livre précédent : Le Rendez-vous de Marie-Galante :

Maître Trémeur, notaire royal à Brest, père de Gaël.

Marquis César d'Escragnole, capitaine de vaisseau, père d'Olivier.

Amiral de Grasse, commandant la flotte de l'Atlantique en 1781.

Yvon Tadou, dit « le Vieux des Grèves », ancien chef canonnier.

Makandal, sorcier à l'île de Marie-Galante.

Père Chrysostome, ermite à Marie-Galante.

Typhon le Rouge, pirate ordinaire aux Caraïbes.

Morgana Goulwen, hôtesse à Recouvrance, mère de Marie-Galante.

1

Vêtu de noir, faisant corps avec son cheval noir, l'homme cheminait sur les pentes qui s'élèvent au-delà de la rade de Cap-Français, dans la grande île de Saint-Domingue[1]. Félicité Sonthonax portait l'épée. Un pistolet gonflait sa large ceinture de soie blanche. Aux trois plumes tricolores qu'il arborait à son petit chapeau à cône tronqué on reconnaissait un personnage officiel de la République. Sous son habit noir entrouvert il portait en sautoir un ruban tricolore auquel était suspendue une médaille d'or sur laquelle était gravée *Commissaire civil, la Nation, la Loi.*

Il revivait son passé tumultueux. Cinq ans déjà ! 1788. Paris, enceinte de la Révolution mais ne le sachant pas encore…

Jeune avocat parisien, Sonthonax avait rencontré Jacques-Pierre Brissot, un ancien juriste devenu journaliste politique. De cette rencontre décisive avait basculé sa vie. Futur député révolutionnaire, Brissot ne rêvait pas seulement de démolir la Bastille. Son regard s'étendait au monde. L'Amérique ! L'Afrique ! En 1788, Brissot avait créé la Société des Amis des Noirs en vue de faire abolir la traite, préalable à l'abolition de l'esclavage. Une idée qui paraissait tellement utopique que

1. Aujourd'hui République francophone d'Haïti dans les Grandes Antilles. Cap-Français est devenu Cap-Haïtien. Hispaniola, la moitié espagnole de l'île, est depuis 1844 la République dominicaine.

personne en haut lieu ne songeait à la considérer comme séditieuse. Mais l'idée avait suivi son chemin. La Fayette, le héros de l'indépendance américaine, avait adhéré à la Société des Amis des Noirs. Et Condorcet, le célèbre mathématicien ; Lavoisier, le chimiste qui scrutait les secrets de la matière ; et ce marquis de Mirabeau qui rêvait de soulever le peuple ! Des aristocrates, des prêtres, des bourgeois avaient aussi adhéré à la Société des Amis des Noirs. Et Sonthonax.

La Révolution française avait balayé la monarchie. Bien que Sonthonax n'ait jamais exercé un mandat électif, la Convention nationale l'avait chargé d'organiser l'émancipation des esclaves dans la plus riche des colonies françaises, Saint-Domingue, l'île la plus esclavagiste du globe, qui venait de connaître de terribles flambées de violence, avec des milliers de morts.

Aujourd'hui, Saint-Domingue, la perle des colonies françaises, était devenue, en cet an de disgrâce 1793, un brûlot, un volcan prêt à exploser. Trois mille gros planteurs blancs, vingt mille Petits Blancs propriétaires ou commerçants, vingt mille affranchis mulâtres et quatre cent mille esclaves noirs se dressaient les uns contre les autres, prêts à en découdre. On redoutait le pire, l'étincelle qui mettrait le feu aux poudres, le déferlement de dix mille « marrons » retranchés dans les montagnes, esclaves révoltés, évadés des plantations, tous condamnés à mort, pourchassés par les soldats du gouverneur et les milices privées. Oui, un brûlot.

« Quelle faute avons-nous commise ? » se demandait Sonthonax avec désespoir. Trop de réformes, ou pas assez ? Paris avait d'abord accordé aux métis affranchis le droit d'être nommés à n'importe quelle fonction administrative, à condition d'en avoir les capacités. Dans l'île, l'Assemblée coloniale, composée des seuls Blancs esclavagistes, avait aussitôt contesté leurs capacités et confirmé l'intangibilité de l'esclavage. Paris, qui avait d'autres soucis, s'était inclinée.

Sur ce problème des races venait se greffer une revendication économique capitale. Les gros planteurs, propriétaires des trois quarts des terres de l'île, les plus fertiles, étaient exaspérés de n'avoir pas obtenu l'autonomie commerciale. Toutes les exportations étaient réservées à la France, qui fixait les prix. C'est pourquoi les colons, coincés entre la Révolution jacobine et la révolte des Noirs, rêvaient d'une indépendance, à la manière américaine !

L'Assemblée nationale de 1791 avait envoyé des commissaires pour les mater. Au-delà des considérations idéologiques, l'enjeu était énorme, dans la mesure où les richesses de Saint-Domingue risquaient de ne plus revenir à la France. Coton, sucre, rhum, café ou épices, ces denrées paraissaient indispensables à la métropole, elles généraient des taxes considérables. Saint-Domingue produisait les trois quarts de la récolte mondiale de sucre. Ceci au prix de terribles souffrances chez les esclaves, et d'une mortalité dépassant largement les naissances. D'où la traite des Noirs, favorisée par certains roitelets d'Afrique, devenus dépendants des livraisons d'armes et d'alcool. Entre 1784 et 1791, les vaisseaux négriers avaient déchargé deux cent trente mille esclaves à Saint-Domingue !

Le soleil de l'été caraïbe resplendissait. Sonthonax épongea son visage ruisselant de sueur.

Les premières révoltes avaient éclaté avec le décret du 15 mai 1791 de l'Assemblée nationale, accordant l'égalité des droits aux métis libres, nés de parents libres. Mais pourquoi eux, et pas les Noirs ? Pouvait-on proclamer l'abolition universelle ? Le Serment du Sang fut la réponse des esclaves révoltés. À cette évocation, Sonthonax frémissait.

Dans la nuit du 14 au 15 août 1791, au cœur des montagnes, dans l'épaisse forêt du Bois-Caïman, le colosse noir Boukman, le plus irréductible des mutins, a réuni ses fidèles, deux cents délégués clandestins chargés de porter la révolte dans les plantations. Une prêtresse noire, une *mambo* en transe, égorge un cochon noir, selon le rituel vaudou. Le ciel semble répondre : un orage se déchaîne. Une pluie diluvienne se mêle au sang qui coule sur la dalle de pierre, que vont lécher les conjurés. Puis la tigresse arrache les entrailles de la bête, qu'elle étale sur le sol. Boukman y lit l'avenir radieux du peuple noir : la liberté pour tous ! *La liberté ou la mort !*

Les mutins — leur nombre a triplé — ont prêté serment. Avec ce corollaire : chasser les Blancs, ou les détruire. Telle avait été l'origine de cette première insurrection générale de 1791, qui avait stupéfié l'Europe et ébranlé les empires coloniaux.

Dans la nuit du 21 au 22 août 1791, trente mille Noirs en folie, armés de bâtons, de houes, de machettes et de piques, déferlent sur la plaine du Nord. Le massacre dure trois semaines. Ils pillent, ils violent, ils torturent, ils brûlent, ils tuent. Les colons qui n'ont pu fuir, hommes, femmes, enfants, sont mutilés, éventrés, certains rôtis et dévorés dans des scènes d'une incroyable bestialité. Les Noirs qui tentent de protéger leurs maîtres sont aussi massacrés par leurs frères de couleur. Les habitations, les *sucrotes* (distilleries), les moulins sont incendiés, et jusqu'aux champs de canne à sucre.

Du Cap à Port-au-Prince, c'est la panique. Le gouverneur et l'Assemblée coloniale appellent le monde entier au secours : Paris, les Américains, les Espagnols et même les Anglais, qui envoient des armes ! Ayant enfin mobilisé ses troupes, le gouverneur passe à la contre-offensive. Une guerre d'extermination s'engage. Les Blancs tuent ce qui est noir, les Noirs ce qui est blanc. Les camps des Noirs sont entourés de pieux où sont plantées les têtes des Blancs. Sur les routes menant aux postes des Blancs, aux arbres se balancent les corps des Noirs pendus. Les esclaves révoltés égorgent même les Noirs épouvantés qui se cachent et refusent de se battre à leur côté. Mais Boukman est capturé, il est brûlé vif en public et la révolte retombe. Le gouverneur, qui a reçu des renforts, achève d'écraser dans le sang la rébellion, laissant dans le cœur des Noirs des traces indélébiles. Et dans le cœur de Sonthonax et de ses amis le sentiment de l'échec absolu, irréversible.

À Paris, l'Assemblée nationale faisait marche arrière ! Le 24 septembre 1791, à la demande des six députés coloniaux, l'Assemblée rapportait son décret du 15 mai, pourtant bien modeste, en faveur des métis.

Dans l'île, on recommence à s'entretuer. Boukman a été remplacé par un certain Jean François, qui se dit « grand amiral de France », secondé par Biassou, « généralissime des pays conquis ». On est en plein délire. Battus par les mulâtres, les planteurs en appellent à nouveau aux Anglais. Mais ceux-ci ne tiennent pas à se mêler de leurs affaires ! Ils redoutent pour leurs îles la contagion républicaine, qui implique l'abolition de l'esclavage.

Sonthonax épongea à nouveau son front.

Tout de même, en France, la réforme avançait à petits pas. Le 4 avril 1792, l'Assemblée législative avait à nouveau accordé aux gens de couleur libres, surtout des métis, des droits égaux à ceux des Blancs. Mais tous les autres étaient laissés pour compte. Quatre cent mille esclaves, et ces bandes de marrons réfugiés dans la montagne, dix mille désespérés, échappés des plantations, se nourrissant de racines et de cochons sauvages, pourchassés comme des bêtes fauves capables de tuer à leur tour, traqués par une milice spéciale de gendarmes qui ne faisait pas de quartier. Leur nombre augmentait chaque jour. Le pire était à craindre, comme si le pire était possible !

À la suite des révoltes, l'Assemblée nationale avait envoyé à Saint-Domingue une commission civile, conduite par Sonthonax, assisté par deux conventionnels, Ailhaud et Polverel. Hélas, ils s'étaient violemment heurtés au gouverneur, le général Galbaud, qui avait pris fait et cause pour les colons, refusant d'émanciper les Noirs, comme l'y invitait Paris. Le commissaire avait suspendu le gouverneur, mais celui-ci, qui disposait d'une armée, s'était rebellé, il avait menacé les représentants de la Convention de les faire emprisonner s'ils ne reprenaient la mer. Une situation qui eût été burlesque si elle ne s'était déroulée sur une marmite prête à exploser.

Fuyant la capitale, Port-au-Prince, Sonthonax, ulcéré, avait alors tenté un coup de poker désespéré. N'ayant plus rien à perdre, il en avait appelé aux esclaves révoltés, les « marrons », réfugiés dans la montagne ! Ces Noirs traqués avaient saisi cette occasion inespérée. Ils s'étaient rués par milliers sur la ville de Cap-Français, la plus riche de l'île, et sur son port incomparable, qu'ils avaient mis à sac et incendiés. Dix mille Blancs avaient pris la fuite, embarquant pour la Louisiane, le gouverneur Galbaud à leur tête.

Resté seul maître du pouvoir civil, Sonthonax n'avait pas de quoi être fier. Le chaos s'étendait dans l'île. Sur les hauteurs du Cap, des plantations avaient aussi été pillées et incendiées. D'autres se défendaient. À la tête des troupes républicaines, un autre général, Laveaux, tentait de sauver ce qui pouvait l'être encore, mais ses troupes, minées par les fièvres, fondaient à vue d'œil.

Sonthonax se redressa et contempla l'île en fleurs. Les lauriers-roses embaumaient son chemin. À perte de vue s'étendaient des plantations de canne à sucre, où travaillaient des esclaves noirs au regard impénétrable. Ici et là se dressaient de luxueuses demeures de style colonial, entourées de jardins où s'épanouissait une flore exubérante d'hibiscus et de flamboyants. Mais de hideuses palissades de bambous les entouraient, devant lesquelles veillaient des gardes en armes, des hommes blancs au regard dur.

Soudain, comme dans un cauchemar, Sonthonax aperçut au détour du chemin une grande villa coloniale, dont il ne restait que les murs calcinés. Autour d'elle, les ronces et les lianes-serpents envahissaient les cultures en friches. Plus encore que les ruines, cet état d'abandon lui serra le cœur. Il touchait du doigt le drame de Saint-Domingue. Devant ce désastre, il mit pied à terre et marcha à pas vifs pour reprendre courage.

Après son cuisant échec, il venait demander conseil à Gaël Trémeur, l'un des rares gros planteurs partisans de l'émancipation des Noirs, qu'il avait réalisée sur ses terres depuis longtemps. Mais n'était-il pas trop tard ? Pour la première fois, en ce lourd été 1793, Sonthonax doutait de sa mission.

Le commissaire de la République s'arracha à ses pensées. Une jeune femme s'avançait sur le chemin, une pure Négresse d'Afrique noire, son long caraco serré à la taille, le mouchoir calendé sur la tête. D'une beauté bouleversante, elle cheminait lentement, pieds nus, portant sur la tête un grand panier de fruits. Niché au creux de ses reins, un bébé gazouillait, ignorant dans quel monde en folie il venait de naître. Perdue dans ses rêves, fredonnant un chant africain nostalgique, elle croisa l'homme blanc sans le voir.

Sonthonax rappela son cheval, égaré parmi les herbes folles qu'il broutait en marge du chemin. Ils croisèrent un *cabrouet*, attelage rustique tiré par un bœuf, que conduisait un Noir. Cette fois, le regard de Sonthonax rencontra celui de l'esclave, et l'envoyé de la Convention lut dans ce regard une haine passionnelle qui lui glaça le cœur. Il donnait toute la mesure du gouffre qui séparait la réalité des généreux discours.

Il poursuivit son chemin, rentrant la tête dans les épaules chaque fois qu'il longeait une plantation dévastée, des bâtiments de colons incendiés. Et dans sa tête martelait la question qui avait bouleversé l'Espagne au XVIe siècle, la querelle de Valladolid : *« Les Indiens ont-ils une âme ? »*

Ici, à Saint-Domingue, il n'y avait plus d'Indiens. On les avait massacrés. Et parce qu'il fallait des bras pour travailler la terre, on y avait amené des Africains, des *Nègres*. Les Nègres ont-ils une âme ? Sonthonax connaissait la réponse et il se sentit au moins en paix avec sa conscience.

Il aperçut enfin *Alléluia*, la grande plantation de Gaël et de Marie-Galante Trémeur. Au pas lent de son cheval, il s'engagea dans l'allée bordée de palmiers royaux, qui conduisait à la maison du planteur. Là, pas de palissades de bambous, ni d'hommes en armes. Tout paraissait en ordre, « comme avant » !

L'habitation, on disait aussi la « grande case », était bâtie sur un plat : un rez-de-chaussée maçonné en pierres rondes, et un étage en bois, le tout couvert d'*essentes*, la tuile antillaise en bois. Un peu à l'écart, l'écurie, le clapier et l'étable. Plus loin, la *sucrote* et le moulin broyeur de cannes. À l'ombre des palmiers-dattiers, l'atelier (le hameau des travailleurs), une centaine de petites huttes basses en lamelles de bambou tressé, aux toits en feuilles de canne. Chaque case disposait d'un minuscule terrain où des femmes silencieuses et de vieux Nègres au visage couleur de cendre cultivaient des patates douces et des ignames.

Sonthonax sursauta. Son cœur s'emballa. Tous les travailleurs étaient coiffés du bonnet rouge phrygien de la

Révolution française, celui des esclaves affranchis de la Rome antique ! Dans leur regard, il lisait cette fois non plus la haine, mais la détresse et chez certains la terreur, la stupeur.

Comme Sonthonax s'approchait de la demeure de maître, une jeune femme apparut sur le seuil et s'avança vers lui. Ce ne pouvait être que Marie-Galante Trémeur, dont son ami, le conventionnel Olivier Descragnole, lui avait longuement parlé.

Âgée de vingt-sept ans, grande, mince, très brune, d'une beauté épanouie, sur son visage rayonnait l'éclat de ses yeux gris tourterelle, douceur et passion mêlées. Elle était vêtue d'un long caraco de toile de coton dite indienne, imprimée des fleurs des îles, qui soulignait ses formes parfaites. Ses longs cheveux châtains, presque noirs, retombaient librement sur ses épaules nues. Ce corps de femme à la peau dorée exprimait une forte sensualité, innocente, involontaire, naturelle. En même temps, on était attiré, voire subjugué par la profondeur de son regard, qui touchait à l'essentiel, au mystère même de l'être.

Sonthonax contemplait Marie-Galante. Ses traits tirés par l'angoisse n'affectaient en rien sa beauté. Troublé, il mit pied à terre, s'avança.

— Félicité Sonthonax, commissaire de la République française, mandaté par la Convention nationale.

La plus grande stupéfaction se peignit sur le visage de la jeune femme. L'homme s'empressa d'ajouter :

— Ma visite ici est strictement privée, madame, et même confidentielle. Je me recommande de votre frère, mon ami le conventionnel Olivier Descragnole, avec lequel je milite à la Société des Amis des Noirs.

Un sourire rassuré illumina le beau visage de Marie-Galante.

— Soyez le bienvenu, citoyen. Je connais vos efforts en faveur de l'émancipation des Noirs.

Comme Marie-Galante l'invitait à entrer, la haute stature de Gaël Trémeur s'encadra dans la porte. Âgé de trente ans, le maître d'*Alléluia* était grand et mince, avec les yeux bleus d'un vrai Breton. Sa chevelure blonde coupée court le rajeunissait. Il était vêtu d'un pantalon de coton blanc et d'une chemise à manches courtes largement échancrée. Seul signe de coquetterie, il portait de petites bottes de cuir à revers, finement taillées.

Sonthonax se présenta à nouveau. Gaël Trémeur l'interrompit :

— Je vous reconnais, citoyen. J'ai eu des échos de vos démêlés avec Robespierre, et de vos affrontements avec l'ex-gouverneur, le général Galbaud.

Gaël Trémeur eut un sourire amer et ajouta :

— En somme, entre Galbaud et Robespierre, vous êtes pris entre deux feux !

— C'est pourquoi j'ai besoin de vos conseils.

— Entrez, dit Gaël, intrigué.

Une vaste pièce accueillante et lumineuse, ouvrant sur un horizon de collines couvertes de cannes à sucre, occupait le rez-de-chaussée de la « grande case ». Ici, ni vitres, ni serrures. Quand le soleil frappait, on poussait les volets de bois. Un mobilier d'acajou et de mahogany, confortable, sans le luxe ostentatoire cher aux gros planteurs, faisant venir à prix d'or de la métropole un mobilier Louis XVI raffiné. Trois chambres occupaient l'étage. Comme dans toutes les maisons créoles, la cuisine, avec son four à pain, ainsi que la « chambre à bain » étaient installées à l'extérieur, dans une curieuse petite maison de bambous qui recevait l'eau courante d'un aqueduc rustique. Tout respirait la simplicité. Mais où était le bonheur d'antan ? Les visages et même les murs distillaient une sourde angoisse.

Rompant le silence, Marie-Galante demanda :

— Avez-vous des nouvelles de mon frère Olivier ?

Après la mort de leur père à la bataille des Saintes, puis de sa mère à Recouvrance en 1789, elle n'avait d'autre parent en France que ce demi-frère, auquel elle était particulièrement attachée.

— Je n'ai aucune nouvelle d'Olivier Descragnole. Heureusement, il n'appartient pas au parti des Girondins, que les Montagnards viennent de décimer.

Comme tous les Antillais, les Trémeur suivaient avec angoisse les événements tragiques de l'année terrible qui en France avait décapité tant d'aristocrates assez courageux ou inconscients pour refuser d'émigrer. Olivier Descragnole, ci-devant marquis d'Escragnole-en-Provence, avait échappé à la rafle des députés modérés, les Girondins, adversaires acharnés des Montagnards et autres Jacobins. Sous la poigne de Robespierre, Marat, Danton, Saint-Just, les Montagnards avaient pris le pouvoir en juin 1793, grâce à cet implacable appareil exécutif, le Comité de salut public. Très indépendant de caractère, Olivier d'Escragnole ne s'était jamais affilié au parti girondin, ce qui expliquait que sa tête fût encore sur ses épaules. Sans honte, il se situait dans la Plaine, le centre de la Convention, que les Montagnards appelaient avec mépris le Marais, lequel, à cause du nombre, faisait et défaisait les majorités.

En fait, d'Escragnole, devenu par conviction Descragnole, paraissait politiquement insaisissable. Marquis, il n'avait jamais gouverné, sinon en titre, que de vastes surfaces montagneuses et arides du haut pays de Grasse, dont les bergers étaient ses amis. Son « château de famille » n'était qu'un modeste manoir battu par le mistral. Il ne l'avait d'ailleurs que très peu habité, ayant choisi, comme son père, d'être marin, mais avec au cœur la passion d'un naturaliste explorateur épris de découvertes.

Son élection à la Convention, le 6 septembre 1792, alors qu'il s'apprêtait à appareiller pour le Pacifique, avait été pour lui une surprise. Il n'était même pas candidat. Dépourvu d'ambition politique, le demi-frère de Marie-Galante ne gênait personne à Paris. Il s'entendait même plutôt bien avec Maximilien de Robespierre, pour lequel il continuait à voter, malgré les excès sanglants du gouvernement qu'il contrôlait. Ne souhaitant pas le retour de l'Ancien Régime compromis avec les puissances étrangères ennemies de la France, redoutant la prise du pouvoir par les extrémistes de la Commune de Paris, Olivier Descragnole, comme beaucoup de députés modérés, n'avait d'autre choix que de soutenir celui qui se faisait appeler l'Incorruptible.

Des liens étroits unissaient l'ex-marquis d'Escragnole aux Trémeur, et Sonthonax, informé par Descragnole lui-même, n'ignorait rien de ce roman d'amour[1].

En 1781, Gaël Trémeur, alors âgé de dix-huit ans, avait fui la maison de son père, notaire à Brest, qui voyait en lui son successeur et comptait lui faire épouser une aristocrate. Celle qu'il aimait, Marie-Galante, n'était que la fille naturelle d'un père inconnu et d'une aubergiste de Recouvrance.

Gaël Trémeur avait alors embarqué comme écrivain de marine à bord de *l'Intrépide* dans la flotte de l'amiral de Grasse, qui faisait voile vers les Antilles. *L'Intrépide* était commandé par le vieux marquis d'Escragnole, le père d'Olivier, qui, jeune officier, se trouvait à ses côtés. Les deux jeunes gens s'étaient liés d'amitié. Aucun des deux ne savait que Marie-Galante était la fille naturelle du vieux marquis !

La guerre d'Amérique avait bouleversé l'échiquier familial. Le vieux marquis était mort, léguant à son fils Olivier ses domaines de Provence et son titre. Le notaire

1. Voir du même auteur, chez le même éditeur, *Le Rendez-vous de Marie-Galante*, dont on peut lire ici, en fin d'ouvrage, le résumé.

de Brest était mort lui aussi, léguant à son fils Gaël une plantation à Saint-Domingue, dont Gaël avait repris l'exploitation, après avoir épousé Marie-Galante.

La Révolution avait achevé de brouiller les cartes. Le jeune marquis d'Escragnole, député du Var, avait rejoint ses collègues à la Convention. Quant aux Trémeur, ils affrontaient à Saint-Domingue le drame de la révolution des Noirs.

Fixant le représentant de la Convention, Gaël Trémeur lui demanda :

— Et vous, citoyen Sonthonax, que comptez-vous faire aux Antilles ? Quels sont vos ordres ?

— Empêcher la plus belle et la plus riche des îles françaises de se livrer aux Anglais.

Sonthonax leva la tête. Son regard se porta à travers les fenêtres ouvertes sur l'admirable paysage qui s'étendait au-delà des collines, découvrant l'immense baie de Cap-Français, vide de vaisseaux. Plus loin encore, on apercevait au large l'océan infini, qui portait au rêve, à l'évasion. Mais le cœur de Sonthonax se glaça. À quelques encablures des passes, on voyait évoluer les fines mâtures d'une escadre de guerre ennemie qui naviguait sous l'alizé, rappelant aux insulaires, Blancs ou Noirs, le blocus implacable qui étouffait l'île. Il poursuivit :

— S'il n'y avait que les Anglais ! Le Comité de salut public et une minorité de la Convention veulent abolir l'esclavage, et je m'en réjouis. Or vous le savez, les grands planteurs qui possèdent les meilleures terres de Saint-Domingue sont hostiles à cette révolution, pourtant nécessaire.

Il marqua un temps d'arrêt, puis il s'écria :

— Excepté vous, citoyen Trémeur !

— En effet. Nous avons toujours pensé que la prospérité d'un pays ne pouvait se bâtir sur l'exploitation d'un groupe par un autre.

— Ce sont les principes même de la Révolution et de la République.

— Nous nous sentons très seuls, citoyen commissaire. Et pourtant, ma femme et moi, en dix ans, nous avions réussi ! Bien avant ce vote espéré de la Convention abolissant l'esclavage, un vote qui tarde, qui tarde…

— Patience !

— … voici dix ans que nous avons émancipé nos esclaves ! Pas un ne nous a quittés et *Alléluia* est aujourd'hui la plantation la plus prospère de cette île… si l'on peut encore parler de prospérité à Saint-Domingue !

— Je me sens très seul aussi, Trémeur. Rétablir la légalité républicaine à Saint-Domingue, garder cette île incomparable qui faisait la richesse de la France, imposer l'émancipation de tous les Noirs, sans provoquer de nouveaux massacres, telle est notre mission.

— Ce que vous n'avez pas pu obtenir en France, la concorde civile, comment espérez-vous l'obtenir ici, où pèse le poids écrasant du racisme ?

— Je le tenterai avec l'aide des conventionnels en mission, Ailhaud et Polverel. Ce sera, ici aussi, l'alternative : *la liberté ou la mort !* devise de la Révolution. Pour mettre les planteurs et la Convention devant le fait accompli, je souhaite proclamer l'abolition de l'esclavage. Mais avant de prendre cette décision lourde de conséquences, je voulais avoir votre avis, et d'abord comprendre ce qui se passe ici… dans les têtes et dans les cœurs. Vous êtes le seul grand planteur à avoir réussi en appliquant les principes de la République. Or, ce que vous avez fait, pourquoi les autres ne le feraient-ils pas ?

— Je crains qu'il ne soit trop tard, citoyen.

Gaël Trémeur marqua une pose. À l'extérieur, dans un vieil acajou, on entendit un oiseau inconnu chanter.

Mais nul ne lui répondit. Marie-Galante s'était retirée pour commander le repas.

— Pourquoi serait-il trop tard ? demanda Sonthonax.

— Auriez-vous oublié ce qui s'est passé dans l'île depuis que la Révolution française a éclaté ?

— Avez-vous été menacés, à *Alléluia* ?

— Oui. Mais nos travailleurs nous sont restés fidèles, malgré la menace de mort qu'ils encourent. En 91, la ruée s'est arrêtée à nos portes. Le gouverneur avait édifié une ligne de fortins pour protéger Le Cap, principal port de la colonie, disposant de la seule rade capable d'abriter une flotte de guerre et un convoi marchand. *Alléluia* était du bon côté ! Nous avons eu très peur. Mais la menace demeure. On a tué mille esclaves révoltés, dix mille autres se sont levés ! Tapis dans les montagnes, ils attendent leur heure.

— Sont-ils irrécupérables ?

— J'en ai peur. Anciens guerriers chasseurs d'Afrique et non pas cultivateurs sédentaires, ils sont comme les tigres ou les Indiens, ils ne sauraient supporter la servitude.

Lors de la traite, la plupart des irréductibles mouraient de désespoir pendant la traversée de l'Atlantique, ou abattus par les gardes au cours d'une tentative d'évasion. Quelques-uns se laissaient mourir de faim. Les autres, les plus forts, les plus intelligents, attendaient leur heure. Rongeant leur frein, ils faisaient semblant d'accepter la servitude, remâchant dans leur tête des idées de vengeance. Débarqués dans l'île, ils avaient vite fait d'échafauder un plan. À la première occasion, ou à la suite d'une violence, ils s'échappaient, se réfugiant au cœur des hautes et sauvages montagnes de l'île, ou dans quelque épaisse forêt. Les autres, repris, subissaient de terribles châtiments. Pas un colon blanc ou un esclave qui n'ait assisté à l'une de ces terrifiantes mises à mort publiques, à côté desquelles la guillotine fait figure de mort douce. Le Nègre rebelle est jeté vivant dans un four, ou maintenu au-dessus d'un petit feu, comme les boucaniers fumaient leurs bœufs. D'autres mijotent dans des cuves de mélasse, la bouillie de la canne à sucre, jusqu'à ce que mort s'ensuive.

Sonthonax savait tout cela. Gaël reprit :

— Ces horreurs entretiennent la peur chez les plus faibles, une haine active chez les forts. Elles cimentent les petits groupes de marrons réfugiés dans la montagne, bientôt si nombreux que le corps spécial de gens d'armes constitué par le gouverneur n'ose plus s'y risquer. Forts de leur nombre, les marrons rendent œil pour œil. Lorsqu'ils s'emparent d'un Blanc, soldat égaré, chasseur imprudent, ils le torturent à mort avant de l'exécuter. Voilà où nous en sommes, Sonthonax. La guérilla s'étend sur toute l'île comme une épidémie de peste noire. Aucun problème ne sera résolu tant que les planteurs n'accepteront pas l'émancipation des esclaves et l'égalité pour tous. Au lieu de cela, ils ont rejeté à la mer les premiers délégués de la Convention et en ont appelé aux Anglais. Qu'ont fait les autorités de l'île pour le maintien de l'ordre ?

— Le gouverneur ne disposait pas d'assez de troupes. En 92, au Trou-Caïman, un parti de mulâtres écrasa un bataillon de soldats de la Garde nationale, qui abandonna six canons.

— L'année suivante, nouvelle explosion, provoquée par l'arrivée malencontreuse du gouverneur esclavagiste, le général Galbaud.

— J'ai tout fait pour le neutraliser, Trémeur !

— Mais ce faisant, vous avez déclenché le déferlement des marrons sur Le Cap ! Cette ville, la plus belle des Antilles, est détruite. En avez-vous au moins repris le contrôle ?

— Pas encore. La situation y reste précaire, comme dans tout le reste de l'île.

Le délégué du gouvernement s'interrompit. Un silence écrasant pesa entre eux. Gaël Trémeur demanda d'une voix blanche :

— Que puis-je pour vous, Sonthonax ?

— Un mot, un seul : dois-je ou non proclamer l'abolition de l'esclavage ? La proclamer immédiatement. Oui ! Avant même le vote de la Convention !

— Cette révolution coloniale, qui se greffe logiquement sur la Révolution française, n'est-elle pas évidente ? Nécessaire, inévitable… « Les hommes naissent libres et égaux en droit. »

— Est-elle réalisable ?

Devant ce doute qui ébranlait l'Ami des Noirs, Gaël Trémeur hésita. L'esclavage paraissait indispensable à l'économie mondiale. Aucune machine n'était encore capable de le remplacer, malgré les espoirs mis dans la machine à vapeur. L'esclavage existait depuis la nuit des temps, même dans l'Antiquité grecque et latine, que les libéraux prenaient en exemple. Et pourtant, une conviction plus forte que tout le portait.

— Quels sont vos ordres, Sonthonax ? Les ordres de Paris ?

— Le Comité de salut public est décidé à appliquer les principes de la Révolution et à mater les colons esclavagistes. Mais la Convention n'a pas encore voté l'abolition de l'esclavage. Il n'y a aucune majorité pour cela et l'Assemblée reste soumise à de terribles pressions, y compris de nos amis américains, dont toute l'économie dépend de l'esclavage. Il faudrait que l'île entière la demande, ce qui implique la réconciliation des Blancs et des Noirs.

— Mais comment la réaliser, Sonthonax ? Malgré le calme précaire qui s'est établi dans l'île, la rupture semble irréversible entre les Blancs et les Noirs après tous ces massacres et ces tortures. C'est là le drame. Cette île ne peut pas vivre sans les uns et les autres. On ne peut se passer ni du savoir-faire des planteurs, ni de la main-d'œuvre des Noirs.

Il n'y avait pas d'autre alternative que la réconciliation des deux groupes ethniques, ancrée sur l'égalité et sur une juste rémunération du travail, le partage des fruits de la croissance. Se donner aux Anglais ou acquérir l'autonomie en vue de revenir à l'ordre ancien était une utopie. Après tant d'espoirs éveillés par la Révolution française, les Noirs ne l'accepteraient pas. Quant à l'utopie des esclaves marrons réfugiés dans les montagnes, qui rêvaient de chasser tous les Blancs, elle ne pouvait déboucher sur rien ! La prospérité des Antilles dépendait de ses exportations, le progrès dépendait de l'Europe.

— Pourquoi ne pas s'appuyer sur les métis ? demanda Sonthonax. Beaucoup sont de petits planteurs émancipés. Ne sont-ils pas le fruit de l'amour ?

— Ou du viol ! Les Blancs les méprisent. Et la grande masse des esclaves noirs de pure race les déteste. Ils ne tiennent pas à passer sous leur joug après avoir échappé à celui des Blancs ! Dans cette île, la plupart des contremaîtres sont des métis. Ils usent du fouet plus que de raison !

Ils demeurèrent à nouveau silencieux, accablés par la fatalité de l'Histoire, qui semblait les conduire à une impasse qui avait nom : abîme. Enfin, s'arrachant à sa hantise, Gaël déclara :

— Laissez-moi réfléchir. La moindre de vos décisions aura des conséquences incalculables. Et d'abord, donnez-moi des nouvelles de France. À cause du blocus que nous impose la Royal Navy, nous n'avons reçu aucune nouvelle depuis bientôt trois mois, si ce n'est quelques informations contradictoires de bricks corsaires ou négriers en escale aux Antilles. Mais depuis le sac du Cap voici deux mois, plus aucun bateau ne s'y risque.

— Nous avons reçu des nouvelles récentes grâce à la frégate *l'Insurgente*, qui a pu entrer à Port-au-Prince, dont nous gardons le contrôle. Après avoir éliminé les modérés Girondins à la Convention, la Montagne a pris le pouvoir. Il fallait faire face à un double péril : à l'extérieur, la coalition des rois. À l'intérieur, l'agitation provinciale, ce mouvement fédéraliste qui s'ajoute aux soulèvements royalistes de Vendée. La République a été déclarée en danger. La Montagne a renouvelé le Comité de salut public, qui a reçu de la Convention les pleins pouvoirs pour gouverner la France.

— Qui gouverne la France, citoyen Sonthonax ? Je veux dire, quel homme ?

— En fait, c'est Robespierre.

— Je m'en doutais. En est-il capable ? En est-il digne ?

— N'est-il pas l'Incorruptible ?

— On parle des excès de la Terreur. Vous-même, l'ami de Brissot, n'êtes-vous pas du parti des Girondins ?

— Je ne suis pas député, je ne fais pas de politique ! Mon parti, c'est l'abolition de l'esclavage.

— Mais que se passe-t-il en France ?

— Face aux périls extrêmes qui menacent la République, il a fallu instaurer une discipline rigoureuse. Le 12 juillet, Toulon s'est séparé de la République ! Ce grand port et la flotte de la Méditerranée menacent maintenant de se livrer aux Anglais, nos ennemis héréditaires !

— Aux Antilles aussi, les gros planteurs en appellent aux Anglais !

— Marseille et toute la Provence récusent également l'autorité du Comité de salut public. Lyon, Nîmes et Bordeaux se soulèvent à leur tour. Brest n'est pas épargnée. La flotte demeure royaliste, à cause du Grand Corps des officiers qui la structure, malgré l'émigration massive.

Gaël sursauta. Son beau-frère Olivier d'Escragnole n'en était-il pas issu ? Sonthonax poursuivit :

— Des mutineries se sont aussi déclarées à bord des vaisseaux de la flotte de Brest. La situation est si dramatique que deux des douze membres du Comité de salut public ont été envoyés en mission à Brest pour empêcher la flotte de l'Atlantique de se livrer aux Anglais ! D'après le capitaine de *l'Insurgente,* la situation en France reste confuse. Ayant levé une armée en province, les Girondins ont échoué dans leur tentative de marcher sur Paris. Ils ont été chassés de la Convention. Cinquante députés ont été arrêtés, vingt-deux exécutés, deux d'entre eux se sont suicidés. Les autres sont en fuite. En Vendée, l'armée catholique et royale de Charette a échoué devant Nantes, mais elle demeure menaçante. Face à la coalition des rois, le péril est extrême aux frontières, aussi la Convention vient-elle d'ordonner la levée en masse. Quelque sept cent mille hommes vont être envoyés aux frontières.

— Et à Paris ?

— À Paris, la situation est toujours explosive. La Convention est soumise à la pression journalière d'une populace affamée, excitée par les extrémistes de la Commune et les clubs patriotiques.

Gaël écoutait, accablé par ces nouvelles. Il s'écria :

— Nous sommes très inquiets pour Olivier Descragnole. Ce qui est sûr, il n'émigrera jamais ! Son mandat à la Convention, il l'exécutera jusqu'au bout, si on le laisse en vie.

— Tout n'est peut-être pas perdu, Trémeur. Restent les jeunes. Beaucoup échappent aux préjugés qui nous paralysent. Si une réconciliation doit se produire, elle viendra d'eux, à Paris, comme à Saint-Domingue !

— Les jeunes ? Vous avez raison, Sonthonax !

— C'est donc sur eux que je m'appuierai, ici, après avoir tenté de convaincre l'Assemblée coloniale.

Comme pour lui répondre, ils virent bondir dans la salle une délicieuse créature coiffée d'un bonnet de dentelle, à la fois fillette et déjà adolescente, vêtue d'une longue robe de cotonnade fleurie. Elle s'excusa :

— Maman m'a dit de dresser la table pour le repas.

Elle considéra Sonthonax avec une intense curiosité, puis s'inclina cérémonieusement devant lui.

— Citoyen Sonthonax, dit Gaël, je te présente notre fille Françoise-Joséphine. Tu peux l'appeler Franjo. C'est la filleule de ton ami Olivier Descragnole.

— Quel âge as-tu, Franjo ?

— Douze ans, citoyen !

Et elle se jeta sans façon dans ses bras.

Elle en paraissait beaucoup plus. On lui en aurait donné quinze. Elle quittait cet aspect filiforme et androgyne des adolescentes mûries trop vite au soleil des îles, pour prendre quelques rondeurs qui lui allaient à ravir et promettaient déjà de faire des ravages. Brune comme sa mère, elle tenait aussi d'elle ses admirables yeux gris tourterelle. Mais au fond de son regard passait l'ombre des événements tragiques dont elle avait été le témoin, et qui l'avaient fait sauter brusquement de l'enfance à l'âge adulte, un âge bien sombre en cet an II de la République !

Tandis que Franjo dressait la table avec dextérité, Marie-Galante revenait avec un plat de riz créole aux épices, garni de gros morceaux de volaille grillée, qui embaumait la pièce. Ils le dégustèrent en silence.

C'est alors qu'un géant noir déboucha dans la pièce. En proie à la plus grande excitation, il s'excusa en voyant le visiteur.

— Citoyen Sonthonax, dit Gaël, je te présente notre contremaître en chef et ami, Ti Bambou.

— Ce nom me dit quelque chose !

— En effet, citoyen. En 1789, j'ai été élu par Saint-Domingue dans la délégation des États généraux. Nous étions trente et j'étais le seul Noir. Lorsque l'Assemblée eut réduit ce nombre à six, j'ai été invalidé par ma propre délégation !

Il s'interrompit.

— Parle sans crainte, Ti Bambou. Félicité Sonthonax, commissaire de la République française, est notre ami.

— Le soulèvement général des Noirs vient d'être proclamé dans la moitié française de l'île ! Les esclaves révoltés sont commandés par Jean François et par Biassou, les anciens lieutenants de Boukman. Pour le moment, tout est encore relativement calme dans les plantations autour du Cap. L'insurrection a éclaté à la frontière espagnole de l'île. Nous sommes envahis par des troupes de Noirs armés par les Espagnols.

Sonthonax le coupa :

— Tu as dit des troupes ? Tu veux dire des bandes !

— Des troupes, missié. Elles sont menées par un Nègre à talents nommé Toussaint. Il se fait appeler Toussaint-Louverture.

— Je le connais, dit Gaël. C'est un homme instruit et organisé. Ce n'est pas un sauvage !

— Parle ! cria Sonthonax. Là est peut-être notre salut.

— C'est un affranchi révolté, l'un des chefs de la rébellion de 1791. Les colons, qui l'appellent Fatra-Bâton, le dépeignent comme un Nègre cannibale, dissimulé et fourbe, d'une laideur repoussante.

— Ce portrait ne correspond pas au personnage ! s'écria Marie-Galante. Je l'ai connu quand il était cocher du comte de Noë, à l'habitation Bréda. Un Noir intelligent, plein de finesse. Petit-fils de l'ancien roi noir des Aradas, il a appris ici à lire et à écrire. Passionné de chevaux, il est devenu un remarquable vétérinaire, soignant aussi les hommes.

Gaël ajouta :

— Rallié à la révolte de 1791, après la répression il s'est réfugié avec ses partisans chez les Espagnols de la partie orientale de l'île. Ils lui ont appris le métier des armes et en ont fait un officier, le premier officier noir. Il attendait son heure, entraînant une compagnie de soldats noirs fanatisés, prêts pour le grand jour.

— Penche-t-il pour la France républicaine ou pour le roi d'Espagne ?

— De toute évidence, à plus ou moins long terme, il veut l'indépendance de Saint-Domingue, répondit Gaël. Son génie est à la fois militaire et politique. Doté d'une constitution de fer, il exerce sur ses frères de couleur un pouvoir sans borne. Au combat, nul ne le surpasse en bravoure. Cela dit, l'homme est très ambitieux. Se laissera-t-il gagner par une ambition personnelle ? L'avenir le dira. Il tire sa force et son prestige de l'espoir du peuple des esclaves de se libérer de son joug. Grâce à lui s'effondre le mythe du Blanc invincible de race supérieure. Son but lointain est de réunir les deux parties de l'île.

— Alors, ni Français, ni Espagnols ; ni Blancs, ni Noirs, ni esclaves, ni mulâtres…

— Tel est son rêve. Tous citoyens d'un même État, la République de Saint-Domingue !

Sonthonax s'était levé.

— Je dois vous quitter, mes amis. Il me faut rejoindre à Port-au-Prince les représentants de la Convention Ailhaud et Polverel.

— Que comptes-tu faire ?

— Gagner de vitesse les marrons extrémistes qui veulent mettre l'île à feu et à sang, chasser et tuer les planteurs blancs, une politique du pire qui conduirait ceux-ci à appeler les Anglais.

Il se tourna vers la mer, où l'escadre anglaise venait de virer de bord.

— Regardez-les ! dit Gaël. Embusqués au large, ils n'attendent que cette opportunité pour faire main basse sur l'île.

— Je vais donc promettre à tous les esclaves leur émancipation, et à tous les gens de couleur l'égalité. Et d'abord, je vais tendre la main à Toussaint-Louverture !

— C'est un pari fou, mais puisses-tu réussir !

Marie-Galante se planta devant lui. Ses yeux étincelaient.

— Citoyen ! Que tes paroles soient claires. Vas-tu proclamer l'abolition de l'esclavage à Saint-Domingue ?

Sonthonax ne pouvait s'empêcher d'admirer cette femme passionnée. Il s'écria, après une courte hésitation :

— Oui ! Je le ferai, dussé-je tomber sous les balles des colons ! Et cette initiative entraînera enfin le vote de la Convention !

Marie-Galante et Gaël se retrouvèrent seuls dans la salle commune. Sonthonax, l'homme en noir aux trois plumes tricolores, avait disparu sur son cheval noir dans un nuage de poussière, au bout de la grande allée bordée de palmiers royaux. Ti Bambou courait vers le hameau pour informer les travailleurs et s'assurer de leur fidélité.

Franjo était montée dans sa chambre. Très excitée à l'idée des événements qui se préparaient, elle quitta sa longue robe de cotonnade fleurie, examina sans déplaisir dans une glace son long corps nu et sa poitrine où pointaient deux bourgeons roses, puis elle revêtit son costume de cheval : culotte moulante et gilet, qui lui donnaient l'air d'un garçon. Par bravade, elle jeta son bonnet de dentelle et coiffa un rude bonnet phrygien de couleur écarlate. En attendant les événements, elle se plongea dans le roman qui la passionnait, *Paul et Virginie,* d'un auteur rousseauiste à succès, un certain

Bernardin de Saint-Pierre. Y trouverait-elle les réponses aux questions qui la tourmentaient ?

Cependant, les choses évoluaient vite à Saint-Domingue. Réunissant les affranchis mulâtres et quelques esclaves, anticipant hardiment le vote de la Convention, Sonthonax promettait aux premiers les droits civiques complets, et aux seconds l'affranchissement, prélude à l'égalité pour tous, un rêve que la majorité n'osait même pas concevoir.

Sa proclamation se répandit dans l'île comme une traînée de poudre, et jusqu'aux refuges où étaient tapis les marrons, des massifs du Nord à la montagne Noire, dont les sommets culminent à deux mille sept cents mètres. Pari réussi, Sonthonax se mit à leur tête et ils déferlèrent sur Le Cap, dont ils s'emparèrent.

Le même jour, 30 août 1793, dans la partie espagnole de l'île, le « colonel » Toussaint-Louverture, qui se disait déjà général, lançait une proclamation : *« J'ai entrepris la vengeance. Je veux que la liberté et l'égalité règnent à Saint-Domingue. »* Et, lâchant ses amis espagnols, il rallia Sonthonax avec ses partisans, plus de quatre mille Noirs bien armés, résolus à se battre. Sonthonax crut triompher.

Mais partout la situation devenait critique. Les Espagnols envahissaient le nord de l'île et les Anglais débarquaient. Seuls Le Cap et Port-au-Prince, rebaptisé Port-Républicain, résistaient encore.

Dans la plantation d'*Alléluia*, on attendait dans l'angoisse les dernières nouvelles. Comme il l'avait promis, Sonthonax rendit visite aux Trémeur.

— La situation reste explosive dans l'île. Toutefois, le calme règne à Port-Républicain et au Cap, grâce à la présence des troupes républicaines régulières.

— Que se passe-t-il dans nos autres îles des Antilles ? demanda Gaël. On dit que les Anglais ont occupé Tobago et que la Martinique s'est donnée à eux. Ils auraient aussi débarqué en Guadeloupe.

— En Guadeloupe, sous l'ordre républicain, il y a eu d'affreux massacres, surtout à Pointe-à-Pitre, où Victor Hugues, le représentant du Comité de salut public, avait installé une guillotine. Celle-ci s'étant enrayée, on a fusillé les Grands Blancs par paquets de dix, et quelques Noirs. Au total, il y aurait eu mille exécutions en ville, et quatre mille dans le reste de l'île. Un carnage !

— On a surnommé Hugues le Robespierre des îles !

— Il a levé une armée de dix mille Sans-culottes noirs. Mais je ne l'imiterai pas ici dans ses excès sanguinaires.

— Et maintenant ? demanda Marie-Galante avec angoisse. Que va-t-il se passer chez nous ?

— Je l'ignore, citoyenne. Tout va dépendre de la Convention. Va-t-elle, ou non, ratifier ma proclamation d'abolition de l'esclavage à Saint-Domingue ? Si elle ne le fait pas, ce sera ici l'explosion. Mais si elle le fait, il y aura tellement de résistance de la part des planteurs, que tout est à craindre.

— Nous n'avons plus le choix, dit Gaël. Il faut choisir la générosité, la fraternité. Il faut opter pour la liberté.

— La liberté ou la mort ! cria Marie-Galante.

Franjo entrait. Chaussée de bottes et coiffée de son bonnet rouge, elle paraissait elle aussi très excitée, symbole vivant de cette jeune République. Elle répéta :

— La liberté ou la mort !

— Tu es bien jeune pour parler de la mort ! lui dit Sonthonax. Sais-tu seulement ce que ce mot veut dire ?

Elle ne répondit pas, mais son visage avait pâli. Elle s'approcha de son père et enfouit son visage contre sa poitrine. Gaël murmura en la serrant sur son cœur :

— Elle a vu la mort de si près en 91 ! Oui, elle sait ce que ce mot veut dire !

Sonthonax se leva pour prendre congé. Comme ils débouchaient sur la cour, ils virent celle-ci investie par un groupe de cavaliers blancs en armes, à l'uniforme de la Garde nationale. Sonthonax s'en étonna. Le lieutenant qui commandait le détachement s'avança vers lui, salua.

— Citoyen Sonthonax, par ordre du gouvernement de la République, tu es en état d'arrestation. Ton épée !

Le commissaire eut un haut-le-corps.

— Le général Galbaud n'a sûr moi aucun pouvoir. Je l'ai d'ailleurs révoqué pour sa complicité avec les colons séparatistes.

— Effectivement, il est en fuite. Le nouveau gouverneur, nommé par Paris, est le général Laveaux. La frégate *la Surprise* vient de nous apporter ses pouvoirs, et… pardonne-moi, citoyen ! le décret de la Convention, contresigné par Robespierre, te révoquant de tes fonctions de commissaire de la République.

Baissant la voix, Sonthonax murmura :

— Saint-Domingue est perdue !

Puis il tendit à l'officier son épée et son pistolet.

Marie-Galante s'écria :

— Mais que se passe-t-il donc à Paris ?

2

Le vote par acclamation venait de tomber à la Convention nationale. À l'unanimité des députés présents, l'esclavage était aboli dans toutes les colonies françaises, sur proposition des députés Lacroix, Levassor et Descragnole. Unanimité ? Cent quatre-vingts députés seulement avaient eu le courage d'être présents en séance, sur sept cents ! Ce vote sans débat souleva de nombreuses protestations, comme si certains, qui avaient voté « pour », contraints par leurs convictions, soudain le regrettaient :

— N'avons-nous pas sacrifié aux cinq cent mille Nègres de nos colonies les intérêts de notre pays en détruisant une institution nécessaire à ces colonies, devenues elles-mêmes nécessaires à notre existence ?

— Êtes-vous les bourreaux des peuples d'Afrique ? glapit un Montagnard dans la plus haute des travées de gauche. L'achat d'esclaves est comparable à l'acquisition des biens volés ! Rousseau, Diderot et Voltaire, nos maîtres, l'ont dit et écrit !

Au centre, les députés du Marais, habitués à ces excès de langage, écoutaient sans broncher.

— Voltaire avait des parts dans une société négrière d'armateurs nantais ! Le sort des esclaves est souvent meilleur que celui de beaucoup d'ouvriers libres !

— D'ailleurs, renchérit un conventionnel prêtre jureur, l'esclavage n'est-il pas le seul moyen de conduire les Nègres à la béatitude éternelle ?

— Ne regrettez pas votre vote et soyez réalistes, glapit un député. La participation des Nègres est indispensable à la victoire contre l'Angleterre !

— C'est vrai ! cria Danton. Maintenant, l'Angleterre est perdue. La Convention vient de faire son devoir.

— Citoyens ! lança le président Viennot, excédé. L'assemblée a voté l'abolition. La séance est levée !

— Il n'y a pas eu de débat préalable ! C'est un scandale ! Qui gouverne la France ? La Commune de Paris ? Le Club des Jacobins ?

— Le Comité de salut public, responsable devant l'Assemblée, qui vote les lois. Nous avons voté, cela suffit.

— D'ailleurs, ajouta Danton, sibyllin, après avoir accordé aux Nègres le bienfait de la liberté, il faut que nous en soyons les modérateurs. Le Comité de salut public s'attachera à trouver les moyens de rendre ce décret utile à l'humanité et sans danger pour elle.

Ces éclats de voix se perdirent dans le brouhaha général. On avait d'autres préoccupations plus pressantes. Qu'importe que Cap-Français ou Basse-Terre soient à feu et à sang, alors que Paris risquait de brûler, Marseille, Lyon, Toulon et la moitié de la Bretagne !

Dans les tribunes, le peuple de Paris demeurait impassible. Le sort de ces Noirs lointains lui était indifférent. Seules les préoccupations vitales immédiates l'intéressaient : aurait-on du pain cet été ? Et du travail ? Qui stopperait la chute du papier-monnaie, l'assignat ? Les armées républicaines contiendraient-elles encore longtemps aux frontières les ennemis de la République ? Nos escadres, minées par les mutineries, empêcheraient-elles les Anglais de débarquer sur nos côtes, avec la complicité des Chouans ?

La Convention siégeait dans l'ex-palais royal des Tuileries, devenu le Palais national depuis le 10 mai 1793. Au premier étage du pavillon de Flore, le pavillon de l'Égalité, on avait aménagé l'ancien théâtre du roi, entièrement dépouillé de ses guirlandes, en une vaste salle capable de contenir les sept cents représentants de la nation. Sur les côtés, dans vingt-quatre tribunes, s'entassait lors des grands débats le peuple de Paris, débordant, grouillant, vociférant, interpellant les députés. Mais alors on ne s'entendait plus !

Dans les travées du centre, le député provençal Olivier Descragnole ne se lassait pas de contempler le spectacle de cette journée historique du 4 février 1794. L'abolition de l'esclavage !

Le président agita sa cloche. Il se dressa à moitié, penché sur sa table encore marquée par le sang de la dernière émeute, au cours de laquelle un Sans-culotte excité avait brandi une tête au bout d'une pique. Agitant à nouveau sa cloche, il répéta :

— Citoyens représentants, la séance est levée !

Les députés gagnèrent les portes qui ouvraient sur les escaliers. D'autres se dirigèrent vers le pavillon du Comité de salut public, où siégeaient les douze détenteurs du pouvoir exécutif et les ministres sous leurs ordres. Mais on se gardait d'aller pousser la porte voisine du Comité de sûreté générale, « le ministère de la terreur », antichambre du Tribunal révolutionnaire, aux sentences de mort sans appel, exécutoires dans les vingt-quatre heures.

Olivier Descragnole se laissa porter par les représentants, à travers les couloirs qui menaient aux terrasses. En militant et en votant pour l'abolition, le député du Var se sentait la conscience tranquille, tout en éprouvant la sourde angoisse de celui qui vient d'ouvrir la boîte de Pandore. Depuis 1781, avec son beau-frère et ami Gaël Trémeur, il avait lutté pour faire cesser la traite des Noirs, faire tomber les chaînes des esclaves, puis leur donner un statut d'égalité.

Grand et maigre, l'homme avait largement dépassé la trentaine. Son visage ouvert et son regard loyal inspiraient la sympathie. Ses yeux noirs, fiévreux, lui donnaient un air passionné. Rien ne permettait de déceler en lui un ci-devant marquis de province. Officier de marine, naturaliste, explorateur dans l'âme, il se demandait parfois ce qu'il faisait ici, à Paris, parmi ces avocats braillards et autres hommes de loi, politiciens de tout poil, avides de s'emparer d'un fragment de l'Histoire, d'un pouvoir éphémère.

Il déboucha enfin à l'air libre, sur la terrasse des Feuillants du jardin des Tuileries, espace réservé aux conventionnels. Il s'écarta des groupes qui commentaient bruyamment le vote et respira plus librement.

Un an et cinq mois auparavant, il avait été élu député à la Convention nationale par les grands électeurs du Var, département qui allait de Toulon à Antibes et jusqu'au petit fleuve frontière, le Var, limitant le comté de Nice, longtemps refuge des émigrés. Dès lors, il vivait projeté dans ce monde où se recomposait l'avenir du pays. Lui, le marin silencieux égaré dans cette foule d'orateurs, le naturaliste passionné des bêtes sauvages et des plantes rares, le provincial perdu dans la capitale où se forgeait le destin du monde, dans les larmes et le sang ! Six mois plus tard, ahuri par les déluges verbaux, les violences, les surenchères, les coups fourrés, les tables rases, il aurait voulu démissionner ; mais il avait repoussé une telle désertion. Il revoyait son père sur la dunette de son bateau, en grand uniforme de capitaine de vaisseau, exposé aux balles des tireurs d'élite.

Le combat ! La mer. La personnalité d'Olivier s'était forgée au cours de ces campagnes de 1781 pour l'indépendance américaine et la liberté. Douze ans plus tard, il aspirait à nouveau à la mer, ces grands espaces verts et gris de l'Atlantique, dont il avait pourtant redouté les colères. Il n'en retrouvait qu'avec plus de bonheur les sites solitaires et dépouillés de son pays de Saint-Vallier, au-dessus de Grasse, en haute Provence. Là, le cirque des montagnes répercute le grondement des torrents, les forêts de chênes rouvres chères aux cochons sauvages partagent l'espace avec les vastes étendues rocailleuses, arides, parfumées de genêts, de genévriers et de lavande.

Jusqu'à ce jour, il avait échappé à l'épuration qui avait décimé les aristocrates assez courageux pour ne pas émigrer, puis le parti modéré des Girondins, partisans d'une monarchie constitutionnelle. Bien que proche d'eux, il s'était toujours démarqué des partis politiques et acceptait le sobriquet de « rienniste » qui frappait les centristes indépendants. Chez lui, le « rien » demeurait ouvert au « Tout », et en cela il partageait l'idéalisme panthéiste des enfants de Rousseau. Mais avec cette nouvelle loi des Suspects, il sentait se refermer sur lui l'étau de l'intolérance, qui empoisonnait le principe même de l'idéal républicain, sous prétexte de le préserver. Fallait-il partir ? Émigrer ? Se mettre à l'abri ? À nouveau s'imposa la forte personnalité de son père. En danger de mort sur la dunette de son vaisseau encerclé par l'ennemi, il ne s'était pas posé la question.

Il fut rejoint par Augustin Lantosque, le nouveau représentant des Basses-Alpes, encore plus égaré que lui dans cette ménagerie grandiose. L'homme, vrai paysan, vrai montagnard, venait d'être élu lui aussi par surprise, presque sans être candidat. Enfin, on lui avait forcé la main, il n'y avait rien compris, sinon qu'il devait « monter à Paris » pour y représenter le département des Alpes. Il s'agissait de pourvoir au remplacement de son prédécesseur, qui avait été décapité dans la fournée des Girondins. Le suppléant s'étant suicidé, aucun notable local n'avait voulu briguer un mandat aussi dangereux !

Physiquement, les deux hommes se situaient aux antipodes. L'intellectuel élancé à la santé fragile et le paysan râblé, puissant ! Mais une entente profonde, une complicité affectueuse les unissaient au-delà des divergences sociales — l'aristocrate racé et le paysan sans terre. L'un et l'autre savaient : la mer pour Descragnole, la montagne pour Augustin pouvaient se passer de l'homme ; mais non l'inverse. Ils éprouvaient l'un pour l'autre une estime mutuelle, forgée dans la droiture et le dévouement sans borne à cette cause républicaine aujourd'hui si menacée.

— Tu regardes ma tête, Augustin ! Oui, elle est encore sur mes épaules. Mais pour combien de temps ?

— Dans quelle maison de fous sommes-nous tombés, Olivier ! Je regrette mes montagnes, comme tu regrettes la mer ! Je suis plus doué pour parler à mes moutons qu'aux hommes ! Et j'ai manqué le réveil de l'ours ; c'était hier, 3 février !

Olivier sourit à cette allusion à l'antique fête paysanne montagnarde. Lorsque l'hiver n'est pas trop rude, l'ours sort de sa léthargie hivernale début février et pointe son nez hors de sa grotte. Le printemps n'est pas loin.

Le citoyen Lantosque des Alpes avait un visage qu'on n'oubliait pas : buriné par le soleil, le vent et le froid, le cheveu brun épais, rebelle. Son œil, surtout, surprenait. On pouvait dire, sans médire, qu'il était *ahuri*. Le représentant des Basses-Alpes était un simple, au sens évangélique du terme. Nullement ignorant, il avait appris le français et le latin au petit séminaire avant d'entrer en bergerie comme on entre en religion. Dépourvu de malice, il était seulement lent, de la lenteur paysanne : on réfléchit avant de parler et d'agir. Son bon sens et sa simplicité étonnaient, dans cette assemblée où la hâte fiévreuse et la malignité, l'intérêt égoïste, perçaient souvent sous les grands discours patriotiques. Solitaire, plus proche de l'ours alpin que du Jacobin parisien, c'était un pur, un innocent, et c'est pour cela qu'il avait été élu.

Il admira le bel habit brun d'Olivier Descragnole : redingote à basques, culotte moulante serrée au-dessous du genou, chemise de fine batiste avec jabot de mousseline, et petites bottes à revers en cuir noir. Enfin, il s'écria :

— Où allons-nous, Olivier ? Cette Révolution nous emporte sans que nous, représentants du peuple, puissions rien faire pour en modifier le cours. Sous le roi Louis, la misère était extrême, dans les campagnes comme dans les villes. Le paysan ployait sous les tailles et les charges. On a fait la Révolution pour changer, mais qu'est-ce qui a changé ? C'est toujours la famine, avec la peur en plus ! Les pauvres sont oubliés. Le pain augmente tous les jours, jusqu'à dix sous la livre, et le vin à seize sous la bouteille !

— Tais-toi, Augustin ! Si quelque sbire du Comité de sûreté générale t'entendait, ta tête tomberait dans le panier, comme celles de nos vingt-deux collègues girondins ! Notre fonction est moins protégée que celle d'un casseur de pierres !

— Je ne me tairai pas. J'ai été élu pour parler.

— Tout n'a-t-il pas été dit ?

Augustin Lantosque se prit à rêver. Son regard bleu sombre prit alors cette profondeur étrange des lacs alpins. La Convention ne l'avait pas changé.

Olivier demanda :

— À quoi penses-tu, ami ? Au réveil de l'ours, que tu viens de manquer ?

— Non. Au réveil du peuple, lorsque tout a basculé.

— Réveil ? Éveil ?

— Je me souviens surtout de la famine. Dans la montagne comme dans la vallée, on vivait la peur au ventre. Le cours du grain avait atteint un sommet. Et ces inégalités toujours plus scandaleuses ! Pourquoi tant de privilégiés ne payaient-ils pas d'impôt ? Pourquoi cet étalage indécent de richesses à la cour, ce gaspillage ? Ce mépris des paysans, taillables et corvéables à merci ? Alors, quelque chose s'est passé.

Olivier se recueillit. Essayer de comprendre par quel engrenage maléfique une idée aussi généreuse que la République avait pu déboucher sur ce cauchemar qui les emportait tous : la Terreur.

— En 1789, l'État étant en faillite, le roi et son gouvernement ont décidé de lever un nouvel impôt. Et la famine a mis le feu aux poudres. Le peuple a pris la Bastille. Tout s'est enchaîné. Le roi demeurait inconscient de la réalité des choses. Et l'orage a éclaté. Dans la nuit du 4 août, on a brûlé les droits féodaux dans les cours des châteaux.

— Chez toi aussi, à Escragnole ?

— Non. Ce n'est pas un château, mais un simple manoir, et je n'ai de droits que sur des forêts de chênes rouvres et des étendues rocailleuses qui n'intéressent personne, sinon quelques bergers, quelques apiculteurs, qui sont tous mes amis.

— Et alors ?

— Pour remplir les caisses vides, on a confisqué les biens du clergé, ce qui acheva de diviser les Français.

— Mais n'était-il pas déjà trop tard ?

— Dans cette tragique affaire, il est toujours trop tard, Lantosque des Alpes !

— Oui, j'ai connu cela dans la montagne. Le berger doit voir venir l'orage, sinon il est perdu. Et l'ours se réveille le 3 février, pas le 14 juillet !

Augustin s'interrompit. On entendait dans la rue les éclats de voix d'une altercation entre charretiers. Les embarras de Paris ! Un coup de fouet claqua. Un cheval lança un long hennissement étonné. Olivier reprit :

— L'acquis le plus positif était la liberté, mais tous n'en profitaient pas. Où est l'égalité, dans l'extrême pauvreté ? Cette révolution n'est pas celle du peuple, mais des bourgeois propriétaires, au détriment de l'aristocratie et de l'Église. Le germe de cette Terreur qui nous dévore aujourd'hui est contenu là. Le peuple, insatisfait, constitue une réserve d'énergie que manipulent les démagogues.

— Et pourtant, Olivier, nous venons d'abolir l'esclavage !

— Mais ici même, en France, les pauvres demeurent exclus du droit de vote ! Et les femmes !

Le mot demeura suspendu à ses lèvres, comme la chèvre sauvage à une arête rocheuse. Olivier avait pâli. Il se sentait épié. Il tourna légèrement la tête. Un petit homme gras, le nez bourgeonnant et luisant, le regardait fixement. Ce regard à la fois passionné et trouble irradiait une haine viscérale.

Le bouleversement d'Olivier n'avait pas échappé à Augustin Lantosque. Il suivit le regard de son ami et demanda à voix basse :

— Qui est-ce ?

— Corneille Remacle, dit « le Crabe ».

— C'est lui ? Un suppôt de la Commune de Paris ! Un Enragé, ami d'Hébert, l'un de ces extrémistes sanguinocrates qui veulent la tête de Robespierre pour instaurer une véritable république populaire à leur manière. Le Crabe ! Il porte bien son nom, avec sa tête d'exécuteur des basses œuvres !

— C'est peu dire, Augustin.

— Tu le connais ?

— Un peu. Il est chargé des questions maritimes à la Commune. Sa spécialité : surveiller les armateurs importateurs de blé américain et autres denrées vitales susceptibles d'être stockées et accaparées, pour faire monter les prix.

— Un délit qui se paye par la mort.

— Il en a déjà envoyé quelques-uns à Fouquier-Tinville, qui s'est fait un plaisir de les raccourcir.

— Que fait le Crabe dans ce jardin réservé aux représentants du peuple ?

— Pour lui, il n'y a pas de jardin réservé. Il est évident qu'il est jaloux de notre fonction, et de la mienne en particulier, ci-devant aristocrate, lui qui n'a jamais pu se faire élire par le peuple à l'Assemblée.

— C'est un ancien marin ?

— Oui. Capitaine de la marine marchande, il n'a pas bonne réputation chez les gens de mer. Il a coulé trois fois, avant 89. Aussi, tous les armateurs le rejetaient et il a dû, pour survivre, partir à Paris, où il tient une taverne avec sa femme, rue de l'Estrapade. La Révolution lui a donné sa chance.

— Alors, pourquoi a-t-il ce regard mauvais ?

Olivier baissa la voix. Il se pencha vers l'oreille d'Augustin.

— Une affaire de famille. Sa femme Louisa aurait, dit-on, la cuisse légère. Bref, elle le trompe avec un vieux conventionnel, et peut-être deux. Tout le monde le sait, on se moque de lui derrière son dos.

— Est-ce pour cela qu'il nous espionne ? Tu ne vas pas me dire que toi et la citoyenne Remacle…

— C'est encore plus compliqué, Augustin !

Au temps où il commandait un vaisseau marchand basé au Havre-de-Grâce, Corneille Remacle avait épousé Louisa, une plantureuse Flamande rencontrée dans une auberge d'Anvers, où elle servait en salle. Ils ne se voyaient qu'au gré de ses rares escales. Ils s'aimaient alors, passionnément. Dans les intervalles, chacun reprenait sa liberté.

En 1777 leur était née une petite fille, Angélica. Bon an, mal an, tout en se querellant, ils étaient restés ensemble, à cause d'elle. Cet errant appréciait aussi la maison familiale que Louisa avait aménagée dans le quartier du vieux Havre, proche du bassin du Roy. Pour sa part, Louisa appréciait le salaire du capitaine, auquel s'ajoutait le prestige d'être devenue la femme d'un capitaine marchand.

Mais tout s'était gâté lorsque le « capitaine disgracié » avait perdu son emploi. Trop orgueilleux pour embarquer comme simple officier subalterne, il demeurait inoccupé au Havre, passant ses journées dans les cabarets, tandis que Louisa, pour subvenir aux besoins du ménage, avait repris son ancien métier d'hôtesse dans une auberge.

En 1788, désespérant de retrouver un commandement, il était monté à Paris, pour prendre possession d'un petit héritage, une épicerie dans un quartier populaire, rue de l'Estrapade. Quelle chute pour ce marin habitué au souffle de la mer !

Les épices et autres produits exotiques faisant défaut, ils avaient débité du vin. L'épicerie s'était reconvertie en cabaret, où Louisa apportait un charme certain. L'argent rentrait ; celui des pauvres, peut-être, mais il est aussi bon à prendre.

Quant à Corneille, la Révolution lui avait donné sa chance. Beau parleur, il avait fait de sa taverne un petit club révolutionnaire, « le Club des Enragés patriotes Sans-culottes », où se réunissaient tous les laissés-pour-compte du quartier. On y exprimait sa haine des privilégiés, on y dénonçait les prêtres réfractaires, les boulangers accapareurs, les partisans de la tyrannie et autres ennemis de la liberté. On diffusait *Le Père Duchesne*, ce qui valut à Remacle l'amitié de Hébert, le plus enragé des Montagnards, et sa nomination comme président de la 23e section de quartier.

Lors des émeutes sanglantes de juin 1792, cette section avait été l'une des plus actives à humilier la famille royale aux Tuileries. Remacle avait injurié le roi, acculé par la populace dans l'embrasure d'une fenêtre. Le roi ! Ce jour-là, Corneille s'était enfin cru lavé de la honte de ses trois naufrages. Désormais, ce patriote modèle n'eut pas son pareil pour mobiliser la plèbe et la conduire à l'assaut des temples de la royauté vacillante. On l'avait vu partout à la tête de ses Sans-culottes, jusqu'à ce 10 août 1792 où la Commune insurrectionnelle avait forcé la Convention à renverser la monarchie.

Jouant des coudes, éliminant ses adversaires, il était monté en grade. Élu par les sections l'un des quatre-vingt-deux commissaires siégeant à l'Hôtel de Ville, il était entré à la toute-puissante Commune, qui faisait trembler l'Assemblée, le gouvernement et la France entière. Dirigeant l'une des quarante-huit sections de la capitale, armature et moteur de la Révolution, ce Jacobin orateur de taverne n'avait cependant jamais pu se faire élire député de Paris à la Convention nationale. Il lui en était resté une rancœur qu'il exprimait par sa chasse forcenée aux « suspects », qu'il envoyait au Tribunal révolutionnaire. On l'avait surnommé Remacle le Rouge, puis le Crabe, à cause de sa manière de marcher de travers, à la suite d'une fracture mal soudée de la hanche, conséquence d'un saut sur une épave, du pont de son vaisseau qui coulait, quelque part au large de Valparaiso.

Augustin Lantosque dévisagea attentivement Olivier. Celui-ci devenait inquiet, agité, à l'évocation du Crabe, affaire bien mince parmi tous les drames de la Révolution. Pourquoi l'homme tenait-il son regard appuyé sur lui, comme une lame ? Olivier redoutait-il les pièges qu'il était susceptible de tendre sous ses pieds pour le faire tomber ? Pourtant, le député du Var en avait vu d'autres ; il avait la réputation de n'avoir peur de rien.

Quel était donc ce secret entre eux, que ne pouvait deviner Lantosque des Alpes ? Corneille Remacle avait non seulement une épouse infidèle, mais aussi une fille, Angélica, dix-sept ans, aussi belle et séduisante que sa mère l'était à son âge, et comme elle passionnée et avide de liberté.

Or, dès qu'il s'agissait de sa fille bien-aimée, le Crabe perdait toute mesure, et même le sens du ridicule. Ne l'avait-il pas rebaptisée « Sans-culottine », un prénom à la mode dont il ne saisissait pas le double sens provocateur ?

Comment le distingué ci-devant marquis d'Escragnole était-il tombé amoureux fou d'elle ? Atavisme ? Son père, le capitaine de vaisseau d'Escragnole, ne s'était-il pas, lui aussi, épris dans sa jeunesse d'une hôtesse de Recouvrance, qui avait eu une fille de lui, Marie-Galante, mariée depuis 1782 à son ami de Saint-Domingue, Gaël Trémeur, après avoir vécu un incroyable roman d'aventures ?

Olivier, jusqu'alors célibataire endurci, avait rencontré Angélica à un bal de la Commune de Paris, auquel il n'avait pu échapper. Elle était arrivée en compagnie de quelques joyeux jeunes gens, les yeux rieurs, la taille souple, la marche légère. Tout en elle dansait. Le groupe s'était mélangé à la foule au cours de la soirée, et Olivier s'était soudain trouvé face à elle au hasard d'un changement de cavalier. Dans le clair visage d'Angélica les yeux brillaient, des yeux mordorés, d'un brun chaud à reflets dorés. Son sourire le fascinait. Depuis ce soir-là, il ne respirait que pour elle.

Le lendemain, Angélica, troublée, s'était confiée à sa mère. Perspicace, Louisa la conseilla, après s'être renseignée :

— Ferre-le sans scrupule. Il n'est pas riche, mais il a de l'avenir.

— Oui. C'est un député, maman !

— Promis à une belle carrière. Je le vois ministre.

« Sans-culottine » la dévisagea avec étonnement.

— Oh ! Un ancien aristocrate ?

La mère baissa la voix.

— Le char de la République va s'embourber. Robespierre, ce tyran, va s'effondrer. Contrairement à ce qu'espère ton père, la chute de l'Incorruptible ne profitera pas aux purs de la Révolution.

— Que veux-tu dire ?

— Chut ! Je vois plus loin que lui et que tous ces utopistes du Club des Jacobins et de la Commune.

— Mais encore ?

— Les Ventres-creux, les Enragés, ne prendront pas la place des Ventres-pourris, les Girondins. On va vers une contre-révolution.

— Un rétablissement de la monarchie ?

— Cela me semble probable. La France en a assez des excès jacobins, du désordre et des famines ; de la guillotine, qui ne sert le plus souvent qu'à régler des comptes personnels, ou à dépouiller les gens. On ne reverra pas une monarchie absolue, comme à Versailles. Une monarchie constitutionnelle à l'anglaise finira par s'imposer.

— Et alors ?

— Alors, le citoyen conventionnel Descragnole du Var redeviendra le marquis d'Escragnole.

— Oh ! Maman !

« Sans-culottine » se prit à rêver. Marquise ! Elle se voyait déjà marquise d'Escragnole !

À l'éclat de son regard, sa mère vit qu'elle avait compris.

— Ne va pas trop vite avec lui, ma chérie. Fais-toi désirer. L'idéal serait qu'il te demande en mariage. Les hommes sont si bêtes quand ils sont pris de passion !

— Mais c'est un ci-devant aristocrate. Mon père n'acceptera jamais de me laisser épouser un ci-devant !

— Nous n'en sommes pas encore là.

La suite ne ressemblait en rien à ce qu'Angélica avait prévu. Elle avait accepté de revoir Olivier au jardin du Luxembourg. Là, loin de tout calcul, son cœur avait basculé. Auparavant, elle n'était qu'une fille ravissante qui s'amusait à séduire les hommes, rien que pour le plaisir d'exister, d'éprouver son pouvoir sur eux. Maintenant, faisant fi des conseils de lenteur de sa mère, elle était prête à se donner à lui, corps et âme.

Lui non plus n'avait rien négligé pour la séduire. Devant ces beaux yeux dorés qui le contemplaient, il se sentait rajeunir de dix ans. Il lui avait raconté ses voyages, sa campagne d'Amérique, les îles qu'il avait visitées dans la mer Caraïbe et notamment la mystérieuse Marie-Galante, au nom évocateur. Avec un luxe de détails, il lui exposait ses découvertes botaniques rapportées en Bretagne, à Bohars, dans des serres que le marquis son père lui avait fait construire. Les espèces merveilleuses d'insectes, de papillons aux vives couleurs, dont l'un portait son nom : le *Bombyx escragnolus trigonocéphale*. Il la faisait rêver aussi de ce tour du monde qu'il comptait entreprendre lorsque la paix serait revenue, à bord de cette frégate, *la Liberté*, sur laquelle il comptait partir à la recherche de l'expédition La Pérouse, perdue dans le Pacifique.

Bien que fortement épris, ce célibataire qui se croyait endurci avait résisté à l'appel des sens. Émerveillé, il la respectait, comme s'il voulait préserver l'instant précieux où ils s'étaient unis au premier regard. Peut-être voulait-il aussi la protéger d'elle-même et d'un amour impossible, lui éviter un avenir incertain, alors que lui-même se trouvait pris au cœur du cyclone révolutionnaire, qui pouvait l'envoyer à l'échafaud.

Décidée à l'épouser, Angélica s'en ouvrit à nouveau à sa mère. Restait l'obstacle du père. Même en pleine révolution, on ne pouvait se passer de son autorisation. L'autorité du père demeurait absolue.

Discrètement informé par sa femme, Corneille Remacle l'avait très mal pris. Il était encore plus jaloux de sa fille que de son épouse. S'il devait un jour se séparer d'Angélica — le plus tard possible —, il la donnerait à un riche bourgeois aux idées libérales, un négociant en gros de préférence, mais surtout pas à un aristocrate désargenté, homme politique de surcroît, et combien menacé ! La politique passe, l'argent reste. Sa haine s'exaspérait contre ce prétendant lorsqu'il évoquait le lieutenant de vaisseau Olivier d'Escragnole, officier de marine issu du Grand Corps, qui lui rappelait sa propre déchéance de marin, lui, le capitaine disgracié de la marine marchande ! Et son rêve écroulé de commander un jour un bâtiment de guerre, comme tant de ses anciens camarades !

Ainsi que l'avait espéré la mère, la difficulté ne fit qu'accroître la passion d'Olivier, qui s'était habitué à l'idée du mariage, si la situation politique le permettait sans faire courir de risques à Angélica. Mais la passion était trop forte, et Olivier oubliait ses bonnes résolutions. Ils se voyaient brièvement en cachette, des sorties discrètes de plus en plus tendres, encouragées par la mère. Le Crabe s'en doutait, et sa haine, sa jalousie envers Olivier s'exacerbaient de jour en jour.

Un soir, revenant d'une réunion de section, il s'en prit directement à sa fille :

— J'ai entendu dire, Angélica, que l'on t'a vue avec le conventionnel Descragnole ?

— Peut-être ; mais aussi avec d'autres jeunes gens ! La Révolution, c'est la liberté !

— Pas pour les femmes, les filles surtout ! Et je veux te préserver pour t'établir avec un bon parti, un homme sûr, un homme riche…

— Et vieux, aussi !

— Prends garde à toi, Angélica ! Je ne te laisserai pas pervertir par un aristocrate qui profiterait de son titre et de son mandat à la Convention pour t'abuser.

Les mots qu'il avait ajoutés avaient glacé Angélica :

— D'ailleurs, ses jours sont comptés !

Maintenant, il était prêt à tout pour faire disparaître Descragnole. En pleine Terreur, dans la tourmente de la Révolution, il suffisait d'attendre une occasion pour le dénoncer comme « suspect ». Désormais, tous les ci-devant nobles et leur famille pouvaient être déclarés suspects sur simple dénonciation d'un comité révolutionnaire ; emprisonnés « jusqu'à la paix » ; leurs biens confisqués ; leur vie menacée, pour peu qu'ils se défendent.

Olivier s'arracha à son trouble. Le Crabe s'était éloigné. Un homme s'approchait d'eux, l'œil sombre, presque menaçant.

— Après le Crabe, voilà Robespierre ! murmura Lantosque. À suivre son regard pointu, c'est à toi qu'il en a. Je te laisse. Bien du plaisir avec l'Incorruptible ! Mais prends garde à toi, il croit tout ce qu'il dit, et il le fait !

En s'éloignant, l'Alpin songeait : « Comment a-t-on pu le comparer à un aigle qui plane dans les cieux ? Ils n'ont jamais vu d'aigle ! »

Robespierre s'approcha. Un sourire ambigu, qui devait cacher quelque tortueux dessein, éclaira son visage bilieux au mufle léonin. Olivier se souvint : on disait du maître de la France que c'était dangereux lorsqu'il vous regardait fixement, mais c'était pire lorsqu'il vous lorgnait de travers !

Le chef des Montagnards était vêtu comme l'aristocrate qu'il avait été jadis : redingote sombre à basques, largement ouverte, culotte blanche de nankin, petites bottes de cuir noir. Une ample cravate de soie sur un jabot plissé lui entourait le cou. Coiffé à l'ancienne d'une courte perruque argentée soigneusement poudrée, bouclée sur les côtés, il tranchait sur les autres représentants du peuple. Bien qu'âgé seulement de trente-six ans, il paraissait vieux. Des tics nerveux agitaient son visage jaune aux lèvres minces, au regard glacial et fixe, aux pommettes saillantes. Il tentait de maîtriser son tempérament trop ardent, comme un cheval fou, dont la folie est une force nécessaire. C'était un pur et un vertueux par idéologie. Avec lui, toute compromission paraissait impossible.

Olivier n'aimait pas l'homme de l'an II, que sa position dominante à la Convention et au Comité de salut public avait porté à la tête du pays, une quasi-dictature. Il ne se maintenait au pouvoir que grâce aux exactions du Tribunal révolutionnaire, bras armé de la Terreur, qui pouvait d'ailleurs à tout moment se retourner contre lui. L'homme était imprévisible et plein de contradictions. Raide, il ne se départissait jamais de sa morgue aristocratique. Toutefois, même au sommet du pouvoir, sa vie restait austère. N'aimant ni les femmes, ni la bonne chère, ni l'argent, il vivait modestement chez un menuisier du faubourg Saint-Honoré. Une ambition inquiète et une haute idée de la Révolution tourmentaient cet ancien avocat d'Arras, devenu député de Paris. Probe jusqu'au scrupule, aspirait-il vraiment à la dictature comme l'en accusaient les Girondins ? Mais il n'avait jamais brigué une fonction ministérielle.

En février 1794, Robespierre avait pourtant réussi à investir à la fois le Comité de salut public, l'état-major de l'armée révolutionnaire, les commissions administratives, le Tribunal révolutionnaire, et, comme le disait Lantosque, « transporté la souveraineté nationale au club des Jacobins, coterie criarde qui dominait en influence la Convention asservie ». Mais il ne maîtrisait pas la puissante Commune de Paris, foyer du ferment révolutionnaire, qu'entretenait l'extrême misère.

Le maître du Comité de salut public s'approcha. Il hésita. Olivier Descragnole, député modéré, n'était pas des siens et Robespierre exécrait les « riennistes ». Mais il savait l'ex-marquis républicain convaincu et désintéressé, lui aussi incorruptible. N'avait-il pas, bien avant la Révolution, préconisé l'établissement d'une monarchie constitutionnelle avant qu'il ne fût trop tard ?

Quand il rencontra le regard d'Olivier Descragnole, un sourire forcé éclaira sa face glabre. Puis son regard se déroba. Il ne fixait déjà plus son interlocuteur, comme si une timidité irréductible troublait cet homme à la fois tout-puissant et si fragile. Ses paupières se mirent à cligner sans arrêt. On sentait l'homme sur les nerfs, usé. Enfin, il se reprit.

— Ce vote sur l'abolition de l'esclavage est une grande victoire de l'égalité. C'est en partie ton œuvre, citoyen Descragnole, et celle des Amis des Noirs. Je m'en félicite.

— Il n'aura d'effet, citoyen Robespierre, que s'il génère une égalité réelle et surtout la fraternité entre les hommes. Comment oublier tous ces massacres aux Antilles ? Ce vote d'aujourd'hui était nécessaire, mais son annonce dans les îles et sa mise en œuvre brutale risquent de provoquer une nouvelle flambée de violences, plus radicale encore, qui pourrait obliger tous les Blancs à partir pour ne pas être massacrés.

— C'est pourquoi, comme l'a demandé Danton, nous allons l'annoncer avec toutes les précautions possibles. Il faut rassurer les colons en leur promettant un renfort de l'armée. Éviter ce qui s'est passé à la Martinique, où ils ont livré l'île aux Anglais.

— Les précautions ? Quelles précautions, citoyen ? L'égalité ne se négocie pas. Elle est ou elle n'est pas. C'est comme la liberté.

— Il y a la manière de le dire et de l'appliquer. Ainsi, à Paris, *Le Mercure* ou *Le Moniteur* ne s'expriment pas comme *Le Père Duchesne* ; et pourtant ils défendent les mêmes valeurs républicaines.

— Où veux-tu en venir, citoyen Robespierre ?

— C'est toi, citoyen représentant, qui iras à Saint-Domingue pour annoncer aux colons le vote de la Convention.

— Moi ?

— Toi. Le Comité de salut public te nomme représentant en mission, avec pleins pouvoirs.

— Mais les députés de Saint-Domingue ne seraient-ils pas plus qualifiés ? Ou les conventionnels déjà en mission ?

— Ils sont actuellement aux îles. Et d'ailleurs, sur les trois conventionnels en mission, deux, Sonthonax et Polverel, ont été déclarés suspects. Or, il faut se hâter. À l'heure qu'il est, je ne serais pas étonné si le parti des gros colons ne préparait quelque trahison, soit de livrer Saint-Domingue aux Anglais, soit de décréter l'indépendance de l'île, dont le commerce serait rattaché à celui des États-Unis. Il faut donc les prendre de vitesse. Saint-Domingue est indispensable à notre économie nationale.

— Je comprends, citoyen. J'accepte la mission.

— Tu es d'autant plus qualifié que tu es l'ami et le parent, je crois, d'un gros colon de l'île, Gaël Trémeur, actif partisan de l'abolition.

— Tu es bien informé, Robespierre.

Soudain, l'Incorruptible cessa de le tutoyer. Respect ? menace ?

— Vous rêvez de reprendre la mer, Descragnole ! À Brest, la frégate *Liberté,* réarmée par vos soins, n'attend que vous pour appareiller. Allez-y ! Outre votre mission principale d'annoncer à l'île l'abolition de l'esclavage, vous tenterez au retour de forcer le blocus britannique pour ramener un chargement de sucre, de café et d'épices, dont nous manquons cruellement à Paris, avec… *le blé*.

Robespierre avait appuyé sur ce mot. On en revenait toujours au blé. À cause des mauvaises récoltes, du blocus et des manipulations des spéculateurs, la farine allait manquer pour la soudure. Le peuple et l'armée se trouvaient concernés. Malgré la Terreur et les exécutions sommaires qui n'effrayaient pas les affameurs, une nouvelle famine risquait de soulever le peuple de Paris, d'entraîner d'autres massacres, et du même coup de donner de bonnes raisons d'intervenir à la contre-révolution royaliste qui, à l'intérieur comme au-delà des frontières, n'attendait qu'une occasion. À l'Assemblée même, une majorité de conventionnels indécis, la Plaine — le Marais ! —, était capable de renverser les Jacobins au pouvoir et de faire revenir les Girondins modérés exilés, dont beaucoup rêvaient d'un retour de la monarchie, un régime constitutionnel, un compromis à l'anglaise. C'est d'ailleurs sans doute ce que souhaitait le député du Var. En lui confiant cette mission, on le neutralisait.

— Le peuple seul me préoccupe, Descragnole. Le peuple a faim…

— La situation est-elle si grave ?

— Dès le mois de juin, les stocks de blé et de farine seront épuisés. La prochaine récolte ne sera distribuée qu'en août. Le Conseil exécutif a fait le bilan. Il manque pour la soudure estivale cinq cent soixante mille quintaux de céréales, blé et seigle, sans parler de l'avoine nécessaire aux chevaux de l'armée. Non seulement Paris va manquer de pain, mais aussi l'armée. Le ministère de la Guerre doit nourrir six cent mille hommes.

— Où trouver un tel approvisionnement, Robespierre ?

— L'Amérique regorge de grains !

— Vous voulez dire les États-Unis ?

— Naturellement. Nos colonies ne produisent que des denrées de luxe et nous sommes en guerre avec l'Europe entière. Si la France est — était ! — le premier exportateur mondial de sucre colonial, les États-Unis le sont pour les céréales. Là est le salut.

— Mais vous le savez, Robespierre, les Américains exigent le paiement du blé en or ! Ils refusent nos assignats. Notre papier-monnaie se dévalue de dix pour cent par mois.

— Par la faute des Anglais qui depuis leurs îles Anglo-Normandes inondent la Bretagne et la Normandie de faux assignats ! Il nous faut donc de l'or. On dit que la colonie regorge d'or !

Olivier Descragnole hésita. Puis il reconnut :

— Oui, il y en a. Les colons se sont beaucoup enrichis, ces vingt dernières années. Paris ne pouvait plus se passer de rhum, d'épices, de café, de chocolat ! Sans parler du sucre et du coton, devenus produits de consommation courante. Les plus avisés des planteurs ont prévu la révolte des esclaves. Ont-ils constitué des réserves d'or ? C'est probable.

— C'est certain. Et cet or n'est pas en France.

— Avec votre loi des Suspects, qui permet d'emprisonner sur simple dénonciation, puis de dépouiller n'importe quel négociant ou planteur, ils se gardent bien d'y déposer leur or.

Olivier hésita à nouveau, puis il déclara, pesant ses mots :

— Si Gaël Trémeur a de l'or, je pense qu'il pourrait le donner pour sauver la République. C'est bien dans sa nature généreuse.

— Il est républicain ?

— Plus que tous ces braillards de l'Assemblée. Il l'est… d'une manière religieuse.

— Que voulez-vous dire ?

— Il l'est à la manière évangélique.

— Vous pensez juste, marquis d'Escragnole !

— Je n'en dirais pas toujours autant de vous, monsieur le ci-devant juge au tribunal épiscopal d'Arras !

Ils éclatèrent de rire, mais celui de l'Incorruptible sonnait faux. Il retrouva soudain son visage tragique.

— Tu recevras demain matin ton ordre de mission, citoyen.

Il hésita. Oserait-il lui dire que cette mission lui sauvait la vie en lui évitant de tomber sous la loi des Suspects ? Non. Un tel argument n'aurait pas d'effet sur un pur, comme Descragnole. Il se contenta d'ajouter :

— Ne prends pas la diligence pour Brest. La Bretagne n'est pas sûre, les routes sont toujours infestées de Chouans et autres brigands. Peux-tu tenir cent vingt lieues à cheval, toi le marin ?

— Il le faudra.

— Tu auras une escorte en conséquence. Vous changerez de montures à chaque étape. Bonne chance !

Robespierre salua, puis il se dirigea vers le sombre corridor qui donnait accès aux bureaux du Comité de salut public, où siégeaient jour et nuit les maîtres de la France.

3

Le lendemain avant l'aube, Olivier Descragnole recevait son ordre de mission, porté à son domicile par un garde national :

LIBERTÉ ÉGALITÉ
RÉPUBLIQUE FRANÇAISE UNE ET INDIVISIBLE
COMITÉ DE SALUT PUBLIC

Le citoyen député Olivier Descragnole se rendra à l'île de Saint-Domingue pour informer le gouverneur, les élus et les autorités républicaines des dernières résolutions votées par la Convention nationale. Il agira en accord avec le citoyen Ailhaud, chef de la Commission civile, et éventuellement avec le gouverneur, si celui-ci est resté fidèle aux principes républicains.

Le citoyen Descragnole embarquera à Brest à bord de la frégate « la Liberté ou la mort », qui appareillera dès son arrivée.

Le capitaine Disnouville, commandant ladite frégate, se mettra à sa disposition pour tout ce qu'il lui ordonnera.

Fait à Paris, le 17 pluviôse de l'an II.

ROBESPIERRE, DANTON, SAINT-JUST

Au lever du jour, une petite escorte de cinq cavaliers se présenta rue des Bons-Enfants, amenant une monture.

Olivier Descragnole l'enfourcha aussitôt et ils se mirent au trot.

Malgré l'heure matinale et la pluie, des queues interminables se formaient devant les boulangeries et les épiceries, hommes du peuple en pantalons de gros drap, carmagnoles, pieds nus, coiffés du bonnet à cocarde tricolore ; femmes en robes élimées, protégées d'un large tablier entourant la taille, une petite coiffe blanche cernant leur visage aux traits tirés de fatigue et de faim. Tous « tenaient la ficelle », la longue corde réglementaire qu'ils gardaient en main dans la file d'attente pour éviter les tricheries. Après la nuit passée devant la boulangerie, les premiers de la file repartaient, serrant contre eux un gros pain noir de deux livres. Parfois, les derniers quittaient la queue. Du lait venait d'être livré dans une crémerie voisine. On se prenait aussi à rêver de boucherie ! Hélas, les échoppes restaient vides. Une affiche de la Commune accordait pourtant une livre de viande par bouche et par décade. Désœuvrés, les garçons bouchers se faisaient un peu d'argent en rasant les clients. De ce peuple émanait une interrogation unique, angoissée : aurait-on de quoi manger demain ?

Venant de la rue de Rivoli, ils traversèrent la place de la Révolution. Malgré l'habitude, Olivier frémit à la vue de l'échafaud dressé devant le jardin des Tuileries, au pied de la statue de la Liberté. Des gardes nationaux patrouillaient alentour. Soudain, il y eut un mouvement de foule et les gardes ouvrirent le passage à une charrette de condamnés à mort. Ils arrivaient du pont National, venant de la Conciergerie, escortés par des gens d'armes de la maréchaussée, à cheval, et par des grenadiers de la Garde nationale, précédés d'un sinistre battement de tambour. Au pied du bois de justice, le bourreau vêtu de rouge attendait, manches retroussées. La foule avide se pressait autour de l'estrade, hommes et femmes, quelques-unes accompagnées d'enfants aux yeux écarquillés. On leur avait promis le spectacle de la guillotine ! Cela s'appelait « aller à la messe rouge ».

Sans s'attarder, Olivier et ses gardes remontèrent au trot la grande allée des Champs-Élysées. Une équipe de jardiniers labourait les terres alentour pour y cultiver légumes et pommes de terre. Parvenus au tertre de l'Étoile, ils franchirent la barrière ouest de Paris et s'engagèrent sur la route de Bretagne. À une heure, ils changeaient de montures et se restauraient au relais de Chartres. L'obscurité s'étendait lorsqu'ils s'arrêtèrent, fourbus, au relais de La Ferté-Bernard pour y passer la nuit et changer de chevaux.

Olivier eut du mal à trouver le sommeil. La vision de la guillotine dressée sur la place l'obsédait comme un cauchemar, puis il se laissa aller au souvenir d'Angélica, revivant intensément ses dernières heures avec elle. Un événement délicieux et irréversible s'était produit. Il revoyait son visage passionné et son corps désirable, qui exprimait une sensualité de petit animal précoce, et innocent à la fois. Ayant appris la dangereuse mission confiée à Olivier, elle avait voulu le revoir avant son départ. Profitant d'une absence de son père, qui présidait une réunion nocturne du quartier, elle avait gagné la rue des Bons-Enfants, où le conventionnel occupait un petit pied-à-terre lorsqu'il résidait à Paris. Oubliant les recommandations de sa mère, elle s'était donnée à lui, sans calcul. Par amour.

À la lueur d'une unique bougie qu'ils avaient laissée allumée, ayant plus peur de la nuit que de la lumière, Olivier contemplait, émerveillé, ce corps nu aux courbes parfaites et aux douces rondeurs veloutées. La rivière de ses longs cheveux dorés dénoués roulait sur ses épaules. Son visage rayonnait d'une lumière irréelle, et tout son corps, aussi blanc que fleur d'aubépine. Après la tempête de l'amour elle demeurait étendue, immobile, recueillie, comblée. Ses yeux mordorés brillaient dans l'ombre. Son regard d'une infinie tendresse caressait le visage de son amant, s'en imprégnait.

De la rue, ils entendirent soudain monter une dispute après boire, et les échos du chant révolutionnaire :

Ah ! ça ira, ça ira, ça ira !
Les aristocrates à la lanterne !
Ah ! ça ira, ça ira, ça ira !
Les aristocrates, on les aura !

À ce cri de haine qui cachait le désespoir d'un peuple trahi, Angélica avait frémi. L'amour rayonnant qui marquait les traits de son visage fit soudain place au masque de la peur.

— Prends garde, Olivier ! Mon père est capable de tout pour arriver à ses fins. C'est… c'est un tueur !

— Je le sais. Avec ses amis hébertistes et autres Enragés, il a envoyé des dizaines d'hommes à l'échafaud. Même des prêtres, et presque des enfants.

Il ajouta, en la serrant contre lui :

— Et des femmes ! Prends aussi garde à toi, Angélica !

Effrayée, elle se dressa. Son père pouvait surgir. Le risque qu'elle avait pris pouvait coûter la vie à celui qu'elle aimait et qui allait partir. Elle l'avait serré dans ses bras avec passion, soulevée par une joie intérieure dont la violence la surprenait. Puis, se rhabillant en hâte, elle s'était enfuie, comme un oiseau s'envole.

Il s'était doucement endormi en rêvant à elle. La rue s'éveillait lorsqu'il s'était arraché à ses rêves. Le jour tardait à se lever quand il entendit frapper rudement à la porte. Épouvanté, il s'était dressé sur son lit. Puis il se rappela sa mission. Le messager de Robespierre lui envoyait son sauf-conduit. Une petite pluie fine tombait sur Paris, étouffant la lumière.

Trois jours plus tard, par des chemins défoncés, essuyant ici et là des balles de mousqueterie tirées par quelques Chouans embusqués dans les bois, ils arrivaient à Brest, où Olivier prit congé de son escorte.

En février 1794, Brest, grise sous un ciel bas, s'imposait comme la plus puissante base navale française. Sur le plateau, la ville haute, moderne, traversée par la célèbre rue de Siam, donnait sur la falaise dominant la rade immense, que les Brestois venaient admirer du cours d'Ajot. Là, au temps de « la Royale », mouillaient les puissantes flottes de guerre et les riches convois marchands ramenés des Antilles. Mais où étaient les convois d'antan ?

À l'ouest, sur une colline, s'étendait Recouvrance, ancien village indépendant que la Marine avait annexé, bâtissant sur ses terres la Poudrerie royale et de nombreuses fortifications, à côté des auberges que fréquentaient les marins à l'escale. Recouvrance, où le père d'Olivier avait connu l'amour avec Morgane Goulwen, dont Marie-Galante avait été le fruit secret.

Au fond d'un vallon, la rivière Penfeld séparait Recouvrance de Brest. De nombreux bateaux y mouillaient, du petit cotre de liaison au vaisseau de haut bord. Sur ses rives battait le cœur de la Marine : bassins de radoub, magasins des subsistances, ateliers, chaudronneries, menuiseries, chantiers divers, machine à mâter, et la prison des forçats, la réserve des esclaves blancs que la Révolution venait de libérer.

À l'estuaire de la Penfeld, le Château, hérissé de tours et de bastions truffés de canons, défendait cet ensemble. Ses puissantes batteries couvraient à la fois la rivière et la rade, protégeant le port, l'arsenal, la ville haute et la ville basse, cette vieille cité des origines, qui s'étendait au pied de la ville moderne, jusqu'aux rives de la Penfeld.

Depuis l'arrivée de Jean Bon Saint-André, membre tout-puissant du Comité de salut public, une activité intense avait repris dans ce port, malgré le blocus anglais qui en limitait l'activité. Sur les quais s'entassaient madriers, boulets, cordages lovés en glène. Dans les chantiers de radoub ou de constructions se dressaient les imposantes carènes nues des vaisseaux de haut bord. En ville comme dans l'arsenal, une foule bruyante se pressait, marins et soldats aux uniformes de la République, Sans-culottes en bonnet rouge et carmagnole, ex-forçats libérés mais tenus au travail, s'interrogeant sur leur illusoire liberté.

En descendant vers la rivière par la rampe de la Grande Rue, Olivier sentit l'odeur chaude du goudron en fusion que les calfats appliquaient sur les carènes soigneusement grattées, couchées sur le sable. Il éprouva une étrange nostalgie. Lui, le Provençal de souche, ne pouvait oublier que la Bretagne était devenue sa terre d'adoption. Les guerres d'Amérique avaient entraîné le destin maritime de la France à se déplacer de Toulon à Brest, l'un des premiers ports militaires de l'Europe. De ce fait, entre deux campagnes, la vie de son père, le capitaine de vaisseau marquis d'Escragnole, s'était surtout déroulée à Brest. Devenu veuf et très attaché à son fils unique, le marquis avait acheté et aménagé à Bohars un merveilleux petit manoir, à quelques lieues de la ville, où le jeune Olivier avait pu donner libre cours à sa passion de la botanique, installant dans des serres les espèces végétales exotiques rapportées de leurs croisières. Il était ainsi devenu, en marge de son métier d'officier écrivain de marine, un naturaliste réputé, que l'explorateur Bougainville avait pris en amitié[1].

Tout cela était fini. Son père avait été tué six mois après la glorieuse campagne de l'amiral de Grasse, venu au

1. Voir *Le Rendez-vous de Marie-Galante.*

secours des Insurgents américains luttant pour leur indépendance. En 1788, Olivier avait vendu Bohars et renoncé à ses merveilles pour armer *le Dauphin-Royal*, que le roi avait mis à sa disposition en vue d'explorer le Pacifique.

En 1792, élu député à la Convention, Olivier se donnait entièrement à ces nouvelles fonctions, en idéaliste féru des philosophes de la liberté, mais sans perdre de vue ses projets d'exploration du Pacifique : retrouver les deux frégates de l'expédition La Pérouse, partie de Brest en 1785 pour faire le tour du monde, et dont on était sans nouvelles depuis 1788. Il continuait à entretenir à Brest la frégate royale, confiée à son ami le lieutenant de vaisseau vicomte d'Isnouville. Mais l'appareillage était sans cesse différé par les événements politiques. Le roi décapité, le Dauphin agonisait à la prison du Temple, et la frégate, rebaptisée *la Liberté ou la mort,* attendait une nouvelle mission.

Les allées et venues d'Olivier à Brest l'avaient amené à suivre avec non moins de passion la Révolution en Bretagne, qui ressemblait à celles qui se déroulaient à Paris et dans beaucoup de villes de France. Le 20 juillet 1789, le peuple brestois avait envahi l'hôtel de ville, installé une municipalité insurrectionnelle, armé une Garde nationale. Puis les Sans-culottes avaient fondé un club des Jacobins, monté une guillotine place du Château, rebaptisée place du Triomphe-du-Peuple. Et la Terreur, comme à Paris, n'avait pas tardé à sévir à tous les échelons.

Une affiche placardée au mur de l'arsenal ramena soudain Olivier à la hantise des hommes politiques : le spectre de Toulon, la trahison de la flotte et du port livrés aux Anglais, une menace qui pesait lourdement sur les ports militaires.

ADRESSE DE LA SOCIÉTÉ POPULAIRE DE BREST
AUX CITOYENS MARINS DE L'ARMÉE NAVALE

Marins ! Des perfides ont trompé votre patriotisme. Qui a pu vous dire que Brest était las de la liberté ? Liberté ou la mort, telle fut toujours notre devise.

Marins ! La Société Populaire de Brest vous a délivrés des scélérats qui veulent vous perdre. Souvent elle déjoua les coupables projets formés contre vous. Des êtres malveillants ont semé parmi vous le désordre et le trouble. Nommez-les ! Ils ont voulu nous désunir ? Nommez-les ! C'est un devoir sacré pour vous. L'heure de la punition des traîtres a sonné. La mort les attend, et la Nation française, grande dans ses bienfaits, terrible dans ses vengeances, saura bientôt purger l'armée navale des monstres qui l'ont infectée.

Olivier Descragnole franchit les grilles de l'arsenal et s'informa au sujet de sa frégate.

— Elle est mouillée dans l'estuaire de la Penfeld, quai de Recouvrance, citoyen.

Allant au pas de son cheval épuisé le long des quais encombrés, il l'aperçut enfin, arborant le nouveau pavillon, les trois couleurs frappées au coin de l'étamine blanche.

C'était une jolie petite frégate de second rang déplaçant 670 tonnes, longue de 47 mètres, armée de 30 canons de 18 livres, embarquant 450 hommes, soit 150 marins, 150 canonniers et 150 soldats de marine. Elle avait fière allure, avec sa coque doublée récemment de cuivre. Le capitaine Disnouville et ses hommes avaient accompli un miracle : le gréement paraissait presque neuf, même si l'œil averti d'Olivier remarquait une certaine disparité dans le choix des mâts et des vergues. Il avait bien fallu s'accommoder de ce que l'on avait trouvé dans les magasins de l'arsenal.

Plus ému qu'il ne voulait le paraître, le conventionnel franchit la planche de coupée, salué par le sifflet du maître de manœuvre, impressionné par les plumes tricolores qui ornaient son chapeau rond. Surpris, le capitaine, qui se tenait sur le gaillard d'arrière, se précipita vers lui en s'exclamant joyeusement :

— Olivier ! Enfin te voilà !

Le capitaine Roland Disnouville, la cinquantaine, était déjà âgé pour son grade. De taille moyenne, longs cheveux gris retenus derrière la nuque par un catogan, il était mince, presque maigre. Une longue cicatrice héritée d'un combat à l'abordage marquait son visage glabre. N'ayant pas encore obtenu des magasins de la Marine le nouvel uniforme bleu foncé des officiers républicains, avec le bicorne à cocarde, il portait sur sa culotte blanche et sa courte veste d'Ancien Régime un manteau à capuchon bordé d'un simple galon d'or désignant le capitaine.

Olivier l'avait connu en 1781 lors des combats pour l'indépendance américaine. Le vicomte d'Isnouville — un titre de courtoisie pour ce cadet de famille —, normand de bonne souche, mais sans fortune, sans relations à la cour de Versailles, avait été oublié dans les bureaux où se faisaient les carrières. En 1781, il ne commandait qu'une modeste corvette de liaison dans la flotte de l'amiral de Grasse. Le traité de Versailles de 1783, ramenant la paix en Europe, avait entraîné le désarmement de nombreux bateaux. Il s'était retrouvé à terre sans fonction avec sa maigre solde. Ce qui lui sauva la vie lorsque la Révolution trancha les têtes et décapita le Grand Corps des officiers de marine du roi. Ayant refusé d'émigrer, le capitaine d'Isnouville, devenu Disnouville, avait échappé jusqu'ici au couperet de la guillotine, grâce à ses convictions républicaines. Cadet de famille et en tant que tel tenu à l'écart de l'héritage paternel, rien ne l'attachait à l'Ancien

ARRIÈRE DE LA FRÉGATE LA *LIBERTÉ*

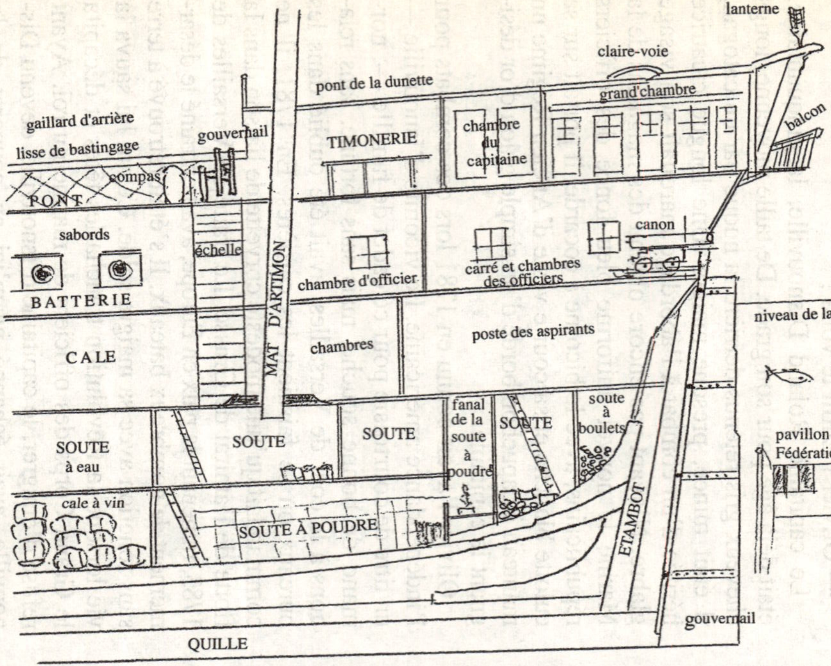

Régime, ni à son frère aîné, petit marquis précieux qui avait émigré avec sa famille. Comme Olivier d'Escragnole et quelques autres, la République l'avait récupéré, trop heureuse de disposer d'un bon officier de marine.

Le capitaine entraîna le conventionnel dans la grand'chambre à l'arrière, sous la dunette, à l'abri des oreilles indiscrètes. Il dissimulait mal son impatience.

— Olivier ! Quelles sont les nouvelles de Paris ? Allons-nous enfin appareiller ?

— Oui, Roland. Nous appareillons.

— Dieu soit loué !

— Cap à l'ouest-sud-ouest.

— Tu veux dire cap au sud-sud-ouest, à franchir le Horn pour trouver le Pacifique ?

— Non. Nous allons seulement aux Antilles.

— Ah !

Une immense déception se peignit sur les traits du marin. Non qu'il répugnât à se battre contre les Anglais, maîtres des Antilles et des mers Caraïbes ; mais son rêve le portait ailleurs. Le Pacifique illimité, les contrées nouvelles, les îles à découvrir. Et, peut-être, les frégates *la Boussole* et *l'Astrolabe* de la mission La Pérouse à retrouver, dont on n'avait toujours aucune nouvelle.

— Les Antilles, Olivier ! La Martinique, la Guadeloupe, les Saintes, Tobago, Saint-Domingue ?

— Saint-Domingue. Une mission très spéciale au Cap-Français. Annoncer à la colonie l'émancipation des Noirs, l'abolition de l'esclavage !

— Enfin ! Vous avez voté !

— Oui, Roland, avec beaucoup d'abstentions. Mais le résultat est là, irréversible. Reste à le faire accepter aux colons. Robespierre et l'Assemblée ne se rendent pas compte des conséquences. On risque de mettre l'île à feu et à sang, comme en 91 et 93. Et l'on prétend aussi à Paris me faire ramener de l'or pour payer le blé américain, avec un bon lest de sucre, de café et d'épices !

— De l'or ?

Le capitaine Disnouville demeura perplexe. Ce qui se passait à Paris lui échappait complètement. Non seulement il était allergique à la politique, mais il vivait à Brest dans le monde fermé de l'arsenal maritime qui recevait des échos déformés de cette Révolution réduite au pire, qui n'en finissait pas cependant de tenter d'établir dans le sang et les larmes une France nouvelle. Son horizon à lui n'était pas la Convention, les clubs, le Champ de Mars où s'éclatait le peuple, mais la machine à mâter de l'arsenal de Brest, le bureau des Subsistances, le chantier de carénage, la poudrière de Recouvrance, et la flotte anglaise menaçante croisant au large des côtes ! Qu'Olivier Descragnole, issu comme lui du Grand Corps, fût à la fois un vrai marin, doté d'un brevet royal de lieutenant de vaisseau, un naturaliste reconnu par ses pairs, et en même temps un homme politique élu, le confondait d'admiration. Mais l'homme avait payé dans sa chair. Svelte de nature, Descragnole avait beaucoup maigri. Dans son visage anguleux rayonnaient des yeux noirs au regard fiévreux. « Il ne mange pas à sa faim ! songea le capitaine. C'est bien dans son caractère de partager les souffrances du peuple et de ne jamais profiter de sa fonction, pour quelque privilège que ce soit. »

— Que se passe-t-il à Paris, Olivier ?

— Il se passe des choses terribles, Roland. La Révolution est en train de se dévorer elle-même. Tout cela finira par une dictature.

— Robespierre ? Est-il corrompu, comme Mirabeau et, dit-on, comme Danton ?

— Il est sincère, incorruptible. Il veut le bien du peuple, et appliquer les grands principes de la République. Mais la fraternité, il n'en a cure, et je crains qu'il ne se laisse griser par tous les pouvoirs qu'il a acquis. La corruption, c'est aussi cela, en plus subtil, donc plus dangereux. Le fait est qu'il domine le Comité de salut public et le parti de la Montagne, maîtres de la France.

— Ces gens-là savent-ils où ils vont ?

— Ils sont, nous sommes tous, emportés par des événements imprévisibles, qui s'enchaînent les uns aux autres d'une manière diabolique. Le moindre orateur de quartier soulève les foules, aussi explosives que la poudre. Tout cela ressemble à la fuite d'un voilier sous la tempête à travers un archipel de rochers invisibles !

— La tempête, Olivier, c'est la Terreur !

— Le pouvoir jacobin prétend l'utiliser au nom du salut public. Son instrument est la loi des Suspects. Est suspect tout contre-révolutionnaire. Hier les aristocrates, agents de l'étranger, et les prêtres réfractaires. Aujourd'hui, les soldats déserteurs, les accapareurs de denrées, les nouveaux riches, les journalistes modérés, les parents d'émigrés, les hommes politiques trop critiques. Les comités révolutionnaires et les clubs sont les maîtres d'œuvre de la Terreur. Mais le droit est bafoué, la délation abusive omniprésente. Les règlements personnels corrompent le patriotisme. Les suspects sont livrés aux tribunaux révolutionnaires, composés de juges et de jurés nommés par la Convention. Là règnent l'arbitraire, la haine et la peur. Il y aurait eu quarante mille exécutions en France !

— La République est-elle vraiment menacée ? L'ennemi a été repoussé aux frontières et les Vendéens ont été écrasés à l'intérieur…

— Victoires éphémères, Roland. Tout peut être remis en cause aux frontières. Nos armées, mal commandées et affamées, restent fragiles. Quant à la Marine, tu sais à quoi t'en tenir : officiers tirés du rang, souvent incompétents, équipages indisciplinés, approvisionnements aléatoires, arsenaux bouleversés truffés d'espions anglais. À l'intérieur, le péril demeure. Les attentats contre-révolutionnaires se multiplient à Paris, appelant une répression aveugle.

— Rien ne peut justifier la Terreur, Olivier.

— Le Comité de salut public espère ainsi sauver la République, menacée par les deux extrêmes : à droite les royalistes, à gauche les factions des Enragés révolutionnaires.

— Pourquoi Robespierre t'a-t-il choisi pour porter à notre colonie des Antilles ce brûlot, le décret d'abolition de l'esclavage ?

— Il n'a pas le choix. Les députés des Antilles et les assemblées locales refusent les réformes. Un représentant Jacobin se ferait massacrer. Seul un modéré comme moi a une chance d'être écouté.

Ils demeurèrent silencieux. On entendait sur le toit de la dunette le pas régulier de l'officier de garde. Une poulie grinça, à laquelle répondit l'aigre cri d'un goéland affamé. Olivier laissa courir son regard sur la grand'chambre, huit mètres sur cinq. Les fenêtres de poupe, une série de vitres cintrées, occupaient toute la largeur, découvrant le port. Cette chambre dépourvue d'angles droits, au plafond incurvé, enchantait les yeux du marin. Elle révélait la perfection de l'architecte naval et des charpentiers de marine qui l'avaient conçue et construite. Il s'arracha à cette vision d'harmonie.

— Que se passe-t-il ici, Roland ? À Paris, on a redouté pour Brest le coup de Toulon, le port livré aux Anglais.

— Le gros problème, ce sont les mutineries à bord des vaisseaux de la flotte. Comment combattre les Anglais, alors que ces divisions politiques déchirent les équipages et les opposent aux états-majors ? Heureusement, on a évité de justesse le drame de Toulon.

— J'ai entendu des rumeurs incroyables !

— L'escadre de l'amiral Morard de Galles, un brillant officier, compagnon de Suffren, a été envoyée sur les côtes du Morbihan pour empêcher les Anglais de débarquer. Mais l'indiscipline des équipages a rendu cette flotte ingouvernable. En fait, personne n'avait envie de se battre et même de naviguer. Les gabiers refusaient de grimper dans la mâture. Morard a été contraint par ses équipages à rentrer à Brest. Humilié, il a été arrêté et emprisonné. Entre-temps, l'arrivée de l'escadre de Lorient, commandée par l'amiral Villaret de Joyeuse, a redonné un peu de confiance. Villaret a alors reçu le commandement des deux escadres réunies : la flotte de l'Atlantique.

— Où est la flotte, Roland ? Je ne l'ai pas vue dans la rade.

— Elle est mouillée à l'extérieur, en rade de Bertheaume, pour impressionner les Anglais.

— Tu veux dire : leur faire illusion !

— Exactement. Elle ne ferait pas long feu dans un combat classique contre l'amiral Howe qui tient la Manche, même si elle était commandée par Grasse ou Suffren.

— Et en ville ? Comment réagit la population ?

— Brest était menacée par la disette. En mai de l'année dernière, il ne restait qu'un mois de farine dans les entrepôts. On avait même arrêté la fabrication du biscuit de mer pour la flotte. La soudure est difficile. Il manque cent mille quintaux de seigle pour nourrir les soixante mille marins et soldats de la région. Aussi a-t-on réquisitionné tout le grain disponible, ce qui a pour effet d'affamer la population. Les menaces de mort proférées par les autorités ont enfin décidé les agriculteurs du Finistère à livrer leurs réserves de grains ! Mais cela ne suffira pas.

— Toujours le grain !

— Il y a eu des exécutions pour détournement de grains et farines. La tâche de Jean Bon Saint-André paraît impossible.

— J'ai bien connu à la Convention ce personnage inclassable, imprévisible.

— N'est-il pas ancien capitaine de la marine marchande ?

— Il l'a abandonnée, après quelques naufrages. Ensuite, il s'est fait pasteur. Révolutionnaire passionné doté d'une énergie exceptionnelle, il est entré au Comité de salut public, où il est devenu le spécialiste de la marine, jusqu'à coiffer pratiquement le ministre, l'amiral Dalbarade, cet ancien corsaire, plus apte à faire des prises au large qu'à maîtriser l'armée des plumitifs ! Malheureusement, Jean Bon est comme Robespierre et tous les Jacobins exaltés : ils n'ont pas le sens de la mesure, ni des réalités humaines. L'idéologie seule les motive, la passion révolutionnaire leur tient lieu de programme.

— Il lui fallait d'abord rétablir la discipline dans la flotte, Olivier. C'était une question de vie ou de mort pour la République. Nos adversaires mettent en œuvre une véritable stratégie : l'armée catholique et royale des Chouans, venant de Vendée, devait envahir la Bretagne, couper la route de Paris, livrer Brest aux Anglais, isoler Le Havre-de-Grâce et Rouen, prélude à la marche finale sur Paris affamé. En janvier, Jean Bon a créé à Brest un tribunal révolutionnaire et remis en service la guillotine. Il s'agissait de reprendre en main les équipages mutinés. Sa première victime a été le quartier-maître Le Gouy, de *l'Impétueux*.

— Quel était son crime ?

— Avoir affirmé, dans une conversation de gaillard d'avant, que les patriotes font plus de mal que les aristocrates, bref que la Révolution ne tient pas ses promesses. En réalité, ce gradé trop autoritaire avait été dénoncé par ses matelots excédés. Il ne méritait que quelques coups de fouet au passavant.

— Il a été exécuté pour cela ? Place de la Liberté ?

— S'agissant d'un avertissement solennel aux équipages, la guillotine avait été montée sur un ponton, mouillé en rade, au milieu de la flotte. Tous les équipages alignés à la bande, les officiers sur la dunette mirent sabre au clair. Amené par une chaloupe, le marin fut sanglé sur le bois de justice.

— Il eût été plus simple de le pendre à la grand'vergue, comme au temps de la Royale !

— Jean Bon voulait du grand spectacle, une messe révolutionnaire !

Le capitaine Disnouville revivait l'atroce scène. La foule des Bretons silencieux se presse sur les remparts de Brest et de Recouvrance, sur les rochers et la grève de Porstein. Au grand mât du vaisseau-amiral monte le pavillon de justice. Dans un roulement de tambour, la tête de l'infortuné quartier-maître tombe, tandis que trois coups de canon ponctuent l'exécution. Puis le bourreau, saisissant par les cheveux la tête qui a roulé dans le panier, la montre aux marins et au peuple, pour qu'on se le dise !

— La guillotine est comme un monstre assoiffé de sang, Roland. Elle finit par la Terreur. A-t-on exécuté des officiers ?

— Trois jeunes enseignes de l'escadre Morard, dont le seul crime était la particule. La répression s'est accentuée, les prisons se sont remplies. On compte actuellement plus de mille détenus dans les caves de Fort-la-Loi, notre vieux Château de Brest. Des couples d'aristocrates, des prêtres réfractaires et des religieuses coupables de les avoir cachés. Jean Bon a truffé la ville et l'arsenal d'espions, anciens forçats libérés, condamnés de droit commun. Mais le résultat est là : les velléités de fédéralisme, allié aux royalistes, sont cassées, le spectre de Toulon s'éloigne.

— Cependant, Roland, les Anglais menacent toujours nos côtes ! Ils naviguent impunément en mer d'Iroise, notre pré carré !

— Patience ! Jean Bon Saint-André a fait en quelques mois un excellent travail à l'arsenal. Il a relancé la construction navale. Nous aurons cet été une flotte digne de ce nom et les Anglais devront aller brouter ailleurs qu'en mer d'Iroise !

— Tu le crois ?

— Je l'espère !

— Le Comité de salut public aurait-il enfin compris que pour repousser le blocus anglais il faut menacer l'Angleterre de débarquer sur son sol ?

— On n'en est pas encore là, Olivier. Une flotte puissante n'y suffirait pas. Il faudrait aussi des officiers capables pour la mener au combat. Or on poursuit tous les anciens aristocrates comme nous, même acquis à la République. Moi-même j'ai été dénoncé et peux m'attendre au pire. Outre Jean Bon, un autre représentant sévit durement à Brest. Ce n'est pas un conventionnel, mais un homme de la Commune de Paris, très influent. Il s'appelle Corneille Remacle, dit « le Crabe ».

— Malédiction !

— Tu le connais ?

— Un peu… Lui aussi est un ancien capitaine marchand, un capitaine disgracié. Trois naufrages…

— Il est fou. C'est un extrémiste, un Enragé, spécialiste de l'épuration des marins. Jean Bon lui-même redoute ses excès.

— Ces représentants parisiens ont-ils le soutien populaire, à Brest ?

— Oui. Surtout dans la vieille ville et à Recouvrance : ouvriers de l'arsenal, artisans, boutiquiers, marins sans grade et soldats les soutiennent. Sans compter les anciens bagnards, déboussolés depuis qu'on les a privés de leur raison de vivre : s'évader !

Ils demeurèrent longtemps silencieux, accablés. On entendait sur le pont le pas lent de l'officier de garde, aussi régulier que le rythme d'un cœur pur.

— Fais attention à toi, Roland. Chez les Enragés, personne n'oublie que tu es un ancien aristocrate. À Paris, au Comité de salut public, certains se sont opposés à l'appareillage de la frégate sous ton commandement. Ils craignent que tu ne la livres aux Anglais !

— Ils savent pourtant que je n'aime pas les Anglais.

— J'ai rappelé à Robespierre tes brillants états de service pendant les combats de l'Indépendance américaine.

— Cela suffira-t-il ? On parle d'embarquer à bord un commissaire politique.

— S'il y en a un, ce sera moi ! Nos destins sont liés, Roland. Tant que je serai à bord, maître de l'expédition, ta tête restera sur tes épaules.

Ils se regardèrent, plus émus qu'ils n'auraient su le dire. Disnouville savait que son destin était lié à celui d'Olivier. Olivier savait que le sien était lié à celui de Robespierre. Il n'avait plus qu'à s'accrocher à sa double mission : annoncer l'abolition de l'esclavage en évitant l'embrasement de Saint-Domingue, et rapporter l'or du blé américain. Une mission par essence contradictoire. Une mission impossible.

— Mais revenons à la marine, Roland. Comment les représentants en mission ont-ils résolu la crise du commandement ? On m'a dit que des capitaines de vaisseau et même des amiraux ont été arrêtés.

— En effet. Treize des vingt-deux capitaines de l'escadre de Brest ont été destitués, et deux exécutés.

— Mais l'amiral ci-devant Villaret de Joyeuse commande toujours la flotte !

— Oui. Il a donné des gages à la République. Chef encore inexpérimenté, c'est un bon marin, et courageux.

Les nouveaux contre-amiraux qu'il a choisis étaient d'excellents capitaines du commerce.

— Tu plaisantes !

Roland Disnouville demeura perplexe. Puis il avoua :

— C'est vrai, on a procédé à des avancements fulgurants avec ces marins marchands venus de la Compagnie des Indes. On a nommé des capitaines de vaisseau en tenant surtout compte de leur discours patriotique. Bons navigateurs, sans doute, mais ils n'ont jamais tiré un coup de canon et semblent incapables d'exécuter une manœuvre d'escadre.

— Que valent nos états-majors ?

— La moitié des officiers qui servent aujourd'hui sur des bâtiments de guerre sont d'anciens sous-officiers, à peine entraînés à leur nouvelle fonction. Certains ne savent même pas se servir d'un sextant, tirer une droite du soleil, établir une longitude. Mais comment les bureaux parisiens ont-ils pu les nommer à ces fonctions où la responsabilité d'un seul officier à la mer engage la sécurité d'un vaisseau ?

Olivier, accablé, ne répondit pas. Il fallait avoir été seul, la nuit, sur son banc de quart, pour comprendre cela ! Embossés derrière leurs encriers, que savaient ces plumitifs, de la solitude de l'officier de quart, isolé la nuit sur le gaillard d'arrière, à côté de l'homme de barre, avec pour seuls guides les étoiles et le compas d'habitacle qu'éclaire la petite lampe à huile ?

— Des problèmes, à bord de notre frégate ?

— Des problèmes, il y en a, Olivier. Surtout avec les hommes. Selon les ordres du ministère, j'ai désarmé partiellement la frégate, pour l'hiver. Je n'ai conservé à bord que le noyau sain, des gabiers de premier brin, tous classés qualifiés, sinon sobres !

— Et les autres ?

— Comme tous les équipages de cette nouvelle marine : crasseux, débraillés et ivrognes à terre. La moitié d'entre eux n'a jamais navigué. Naturellement, on ne les enverra pas dans la mâture. Ce sont des gros bras, utiles pour haler du pont aux cordages, choquer l'écoute, virer l'ancre au cabestan et manœuvrer les pompes d'assèchement. Mais ils risquent d'être malades si la mer se forme. Alors, sur le pont glissant battu par les embruns, un colosse de deux cents livres vaudra moins qu'un mousse de haranguier !

— Et si l'ennemi attaque ?

— Courageux jusqu'à la mort, je l'espère. Je ne tolèrerai pas de lâches à bord.

— Les canonniers ?

— On les jugera au combat.

— Ce sera trop tard. Il faudra s'entraîner en mer.

— On n'aura pas assez de poudre, ni de boulets.

— Savent-ils au moins armer un canon ?

— Sans doute. Mais trop d'entre eux nous viennent de l'armée, ce ne sont pas des marins. On verra s'ils sont bons à autre chose qu'à tirer des boulets dans l'eau !

— L'état-major ?

— En nombre insuffisant. Mais j'ai un excellent second, le lieutenant de vaisseau Gildas Colbosc, ancien chef de hune promu officier au mérite. Yvon Polhoët, l'officier canonnier, est un ancien chef de pièce du *Royal-Louis*. Le maître d'équipage, tu le connais, c'est le bosco Quelques-Gouttes. Capable de diriger le quart, il pourrait ramener seul la frégate, en cas de malheur.

— Pourquoi n'est-il pas officier ?

— C'est une grande gueule, nostalgique de l'Ancien Régime. Étonnant qu'on lui ait laissé sa tête ! Nous manquons d'officiers, Olivier, et je devrai assurer le quart. Toi aussi, sauf ton respect, citoyen représentant !

— Ah ! ça ira ! Les aspirants ?

— Dix-huit ans, pleins d'enthousiasme et du désir de servir. J'ai pu en avoir quatre. Il faudra les former en mer. Ils savent seulement lire, écrire, compter et tirer une droite du soleil. Ils ont plus ou moins navigué comme mousses ou comme novices.

— La maistrance ?

— Tous les maîtres sont d'anciens quartiers-maîtres, il faudra aussi les former. Mais enfin, par rapport aux autres frégates, je n'ai pas à me plaindre, et je suis heureux que la loi m'oblige à embarquer un instituteur à bord, en lieu et place de l'aumônier, le père Labulle, qu'on a enfermé au Château. Il refuse de prêter le serment constitutionnel.

— Un instituteur à bord !

— Oui. M. Lemerle, un brave homme de Plougastel, enseignera la lecture et l'écriture. En français, naturellement, pas en breton ! Mais je regrette l'aumônier. Pour maintenir la discipline, la crainte de rôtir en enfer est plus efficace que la peur de la guillotine ! Le père Labulle n'avait pas son pareil pour vous trousser un sermon de circonstance !

— Je te fais confiance pour les hommes, Roland. Et le bateau ?

— Charpentiers, chaudronniers et calfats n'ont pas chômé ! Ni les cardeurs d'étoupe, les équarrisseurs, les scieurs de long, les chauffeurs de brai, les armuriers. Et pourtant…

— Parle !

— Je n'oserais dire, comme cet amiral anglais trahi par le blocus immobile, qu'entre l'équipage et l'éternité il n'y a que l'épaisseur d'une feuille de cuivre, celle du doublage. Mais il est certain que deux années d'abandon en rivière n'ont pas arrangé le bateau. Au cours du grand carénage, dans la Penfeld, on a constaté le mauvais état des membrures et de la charpente. On a gratté, calfaté, puis on a doublé la coque de cuivre. S'il ne s'agit que de naviguer, tout ira bien. S'il faut se battre, je préfère ne pas encaisser de gros boulets. Ils risqueraient de disloquer la carène, provoquant des voies d'eau irrémédiables.

— Notre mission n'est pas de nous battre, mais de forcer le blocus. Pour ce faire, il faudra torcher de la toile. L'emplanture des mâts demeure-t-elle fiable ?

— Oui. Et tout est bon dans le gréement. Les mâts, les vergues, tous sont neufs, en bois de chêne un peu vert, mais solide. Les trois jeux de voiles ont déjà servi, mais cette toile tiendra ! Enfin, il a fallu refaire l'appareil à gouverner, de la jaumière au safran. Les tarets l'avaient attaqué. La tamisaille grince encore, empêchant les aspirants de dormir. Il faudra roder toute cette mécanique.

— L'artillerie ?

— Les canons ont beaucoup servi. L'arsenal a réservé à la flotte de combat ce qu'elle a de meilleur, c'est normal. On a eu les laissés-pour-compte. Mais puisque tu dis qu'on ne doit pas se battre !

— *Qui lo se ?* comme on dit chez moi, en Provence !

Le rapport du capitaine Disnouville n'avait pas refroidi Olivier, tout à sa joie de reprendre la mer avec un merveilleux voilier jugé en son temps — 1748 ! — comme le plus rapide de la flotte.

La cloche de la dunette sonna le troisième quart. Ils entendirent les trilles du bosco, la galopade des hommes dans la batterie et sur le pont. Roland Disnouville demanda :

— Quels sont les ordres ?

— Notre mission est une goutte d'eau dans l'océan de la Révolution. Mais une goutte d'eau pure peut sauver celui qui meurt de soif. Les ordres ? Appareiller le plus vite possible et faire voile sur Saint-Domingue. Il ne faudrait pas que quelque frégate anglaise, informée par un espion royaliste, avise avant nous la colonie de l'abolition de l'esclavage. Toutes les gazettes parisiennes l'ont déjà annoncée !

— C'est vrai, Olivier. Je n'arrive pas à le croire ! Ces esclaves noirs vont enfin connaître la liberté !

— Peut-être…

— Que veux-tu dire, toi qui as voté l'abolition ?

— Il faut la faire passer dans les actes, dans les mentalités, dans les cœurs. C'est pourquoi je dois me concerter d'urgence avec Ailhaud, qui dirige la commission civile de l'île, et avec les quelques colons libéraux favorables à l'émancipation, au premier rang desquels est mon ami, mon beau-frère, qui a épousé Marie-Galante : Gaël Trémeur, le maître de la plantation *Alléluia*, au Cap-Français. La moindre erreur peut embraser cette île, et cette fois il n'en resterait rien, que des champs de ruines et des plantations abandonnées. On ne sait même pas de quel côté penchera le gouverneur !

Olivier se leva et se retourna pour contempler le port à travers les fenêtres de la chambre de poupe. Le soir tombait, très doux malgré l'hiver. Le ciel bas de Bretagne semblait jouer avec d'admirables nuances grises et bleu foncé, à l'image de leurs cœurs inquiets.

— Combien te faudra-t-il de temps pour appareiller, Roland ?

— Au moins huit jours. Il me faut regréer les mâts de hune, obtenir de l'arsenal le jeu promis de voiles de gros temps, compléter l'équipage. Il me manque l'officier canonnier et la moitié des maîtres, en permission régulière. Embarquer les vivres et l'eau douce, la poudre, les boulets, le bétail sur pied, la volaille…

— Je te donne cinq jours, Roland d'Isnouville. Les canons devront être en place aux sabords, les soutes à munitions approvisionnées en poudre bien sèche et en boulets dérouillés. Pas une enfléchure ne devra manquer aux haubans, l'eau douce embarquée pure et saine, le biscuit de mer exempt de vers, le bœuf salé, le tout pour une traversée de vingt jours. Je te fais grâce des volailles. Je m'occuperai des voiles et des poudres.

— Ah ! ça ira, ça ira, ça ira, mon frère ! On prendra la mer en l'état. Et que Dieu nous aide !

Le capitaine Disnouville s'avisa brusquement :

— Tu as dit une vingtaine de jours d'eau, de biscuit et de viande ? Et si le vent tombe ? S'il nous est contraire ?

— On rationnera, comme à Paris !

— Olivier ! Je comprends maintenant pourquoi tu es si maigre !

4

La Liberté ou la mort, petite frégate portant trente canons, était armée pour forcer les blocus et affronter l'ennemi. Mais pour passer inaperçue dans sa nouvelle mission, rien de belliqueux ne devait la distinguer. C'est pourquoi elle avait gardé, extérieurement, un aspect pacifique. Les canons, qui d'ordinaire encombrent le pont d'une frégate, avaient été supprimés. Quant à ceux de l'entrepont, les mantelets de leurs sabords avaient été peints de la même couleur grise que la coque, pour les rendre invisibles à distance.

L'équipage comptait d'excellents marins, plus ou moins républicains. La frégate embarquait en outre une demi-compagnie de soldats de marine, « la garnison », recrutés pour leurs convictions révolutionnaires par les représentants en mission de la Convention à Brest. Ils étaient surtout chargés de maintenir à bord l'ordre républicain. On redoutait toujours qu'un bateau quittant le port ne se livre aux Anglais. Capables d'effectuer des opérations d'abordage ou de débarquement, ils prêteraient aussi main-forte à l'équipage en cas de tempête, pour haler aux bras sur le pont ou tout autre travail de force.

Le capitaine Roland Disnouville avait tenu parole. Cinq jours après l'arrivée d'Olivier Descragnole, la frégate était parée à l'appareillage, comme au combat, et sur la dunette les officiers contemplaient leur œuvre. Hier encore il manquait seulement une vingtaine d'hommes. Mais on les avait récupérés à l'aube dans la prison du Château, ou chez des marchands de vin, cabarets et autres gargotes, et naturellement dans les bordels de la ville — on disait pudiquement « chez l'hôtesse » —, refuge affectueux des pauvres matelots célibataires.

Une extrême agitation régnait dans l'avant-port de Brest, cette rivière Penfeld qui avait connu tant de départs et d'arrivées, discrets, glorieux ou tragiques. À terre, provenant des magasins aux vivres, le dernier chariot, tiré par un bœuf, s'en retournait après avoir livré les approvisionnements frais : pain, pommes, légumes, que l'on chargeait toujours en dernier, avec les barriques d'eau douce. En face, au quai du Commerce, côté ville, on vit se détacher la chaloupe qui apportait les malles des officiers.

Sur le gaillard d'avant de la frégate, on entendait les beuglements et grognements inquiets du bétail sur pied, embarqué la veille : le veau, les porcs, la vache pour le lait. Dans leur grande cage, sur le toit de la dunette à l'arrière, les volailles poussaient des gloussements angoissés, auxquels répondaient les cris des mouettes qui orbitaient dans le ciel.

Olivier huma l'odeur de partance, qui le purgeait des miasmes de la capitale. Odeurs de sel et de varech, de vase, de salaison, et du goudron chaud des calfats, des bois brûlés des coques en radoub. Il étira son grand corps maigre et respira à fond l'air chargé de sel et d'iode. En quelques jours il avait repris des couleurs et retrouvé avec bonheur sa vie de marin.

Levant les yeux, il vit la haute falaise coupée d'une rampe qui montait à Recouvrance. Avant de partir, il aurait voulu effectuer un pèlerinage au village auquel s'attachaient tant de souvenirs familiaux. Là-haut, dans la vieille auberge *l'Aristochat*, Morgana Goulwen, la reine des hôtesses de Recouvrance, avait autrefois aimé son père. Olivier reverrait bientôt à Saint-Domingue la demi-sœur qu'elle lui avait donnée, Marie-

Galante, dont l'aventure alimentait aujourd'hui encore, le soir venu, à l'auberge, les dialogues des marins en escale. Tout un mystère baignait cette époque. Amours impossibles du vieux marquis d'Escragnole et de la belle hôtesse de Recouvrance ; amours contrariées de leur fille Marie-Galante et de Gaël Trémeur, le fils rebelle du puissant notaire royal de Brest[1]. Comme s'il ne pouvait échapper à son tour à cet atavisme familial, Olivier Descragnole connaissait lui aussi les affres et les délices des choses désirées-interdites. Angélica ! Angélica !

Le capitaine Disnouville s'approcha de lui et tira sa montre.

— Quatre heures, ami. La nuit va tomber. Il est temps de prendre la mer.

« Prendre la mer ! » Ce mot, qui les avait fait rêver dans leur jeunesse, leur parut aussi neuf et pur que le souffle du large ou la marée montante qui balaie la grève. Mais aucun des deux marins n'osa formuler la crainte qui les tenaillait, eux et les hommes de *la Liberté*. Passé la baie de Bertheaume, où mouillait la flotte française, se profilerait la menace. Où serait l'escadre anglaise qui tenait le blocus de Brest ? Une force redoutable : un vaisseau de haut bord portant soixante-quatorze canons, et quatre grosses frégates de 40. Des espions royalistes truffaient le port de Brest pour aviser les Anglais des sorties de bateaux. Il suffisait d'aller dans une taverne du port, d'offrir à boire aux matelots et de les écouter. Bien peu savaient tenir leur langue, malgré la peine de mort qu'ils encouraient s'ils étaient surpris en flagrant délit de trahison, même involontaire. Puis le renseignement était transmis au large, par des pêcheurs fidèles à la monarchie, sorte de Chouans des mers.

Tout au fond de la rade, le port et l'arsenal de Brest se trouvaient à l'abri de l'ennemi, couverts par l'énorme

1. Voir *Le Rendez-vous de Marie-Galante*.

château planté à l'aplomb de l'estuaire, avec ses tours bastionnées, ses enceintes hérissées de canons énormes en batterie. Au-delà de l'estuaire, l'immense rade communiquait avec la mer par un long goulet défendu par d'autres batteries de canons à feux croisés. Mais après, qu'en serait-il au large ?

Le capitaine Disnouville caressa la balafre qui lui coupait le visage. Heureusement, on était encore en hiver. Une méchante brise d'ouest devait souffler sur la mer, la mer d'Iroise, soulevant la houle, fouettant rageusement ses chapelets redoutables d'îles et de récifs, de Molène à Sein, qui avaient provoqué tant de naufrages au cours des siècles. *« Qui voit Ouessant voit son sang, qui voit Sein voit sa fin ! »* L'obscurité, si redoutée en temps de paix, serait pour la frégate furtive une alliée, et l'on pouvait compter sur les qualités de navigateur de Roland Disnouville, assisté par maître Clinfoc, le meilleur pilote breton de la Marine républicaine.

Bien que le vent dominant soufflât de manière à gêner la sortie de la frégate dans le goulet, il était suffisamment orienté ouest quart nord-ouest pour lui permettre de s'échapper.

— Nous sommes parés à appareiller, monsieur ! cria l'officier en second à l'intention du capitaine.

Olivier, qui avait entendu, sourit. L'habitude reprenait le dessus, on s'appelait « monsieur », comme au temps des rois ! Se retournant, il vit le grand pavillon frappé d'un carré tricolore qui battait à la corne d'artimon. À l'initiative de La Fayette, le nouvel emblème de la République, dit « drapeau de la Fédération », avait remplacé le pavillon blanc des rois, aux fleurs de lys, et son cœur vibra d'enthousiasme. Malgré tant de cruautés et de morts, il n'avait jamais douté de la République, en dépit des excès de la Révolution, dus aux passions, à l'ambition ou à la corruption de quelques hommes.

Dans les hunes et sur les vergues, les gabiers s'activaient, vérifiant le libre jeu des ralingues, des boulines et des cargues. Sur la dunette et le gaillard d'arrière, on ne voyait plus, comme autrefois, d'officiers poudrés, en perruque argentée, portant le petit tricorne réglementaire. Mais des hommes rudes, qui ne se distinguaient pas de l'équipage, sinon par l'épée qu'ils portaient au côté. Plus de perruque, mais une chevelure au vent, seulement retenue en arrière par un lien bien serré.

Au roulement d'un tambour, les hommes ralliaient leur poste d'appareillage. Des ordres retentirent, lancés par le capitaine dans son porte-voix de bronze, ordres que répétaient les maîtres sur le pont, appuyés de coups de sifflet stridents.

— En haut, le monde ! cria Quelques-Gouttes, le maître d'équipage que la flotte entière enviait à la frégate *Liberté*, malgré son âge.

Ce colosse bourru, chauve comme un boulet de canon, avait servi en 1781 sous les ordres du vieux marquis d'Escragnole à bord de *l'Intrépide*. Puis, au lieu de faire valoir ses droits à la retraite, aux « Invalides », il s'était attaché à son fils, pour ne pas quitter la marine, sa seule passion. Malgré sa rudesse, l'équipage l'aimait car il respectait ses hommes, se souvenant de ses débuts difficiles.

D'autres gabiers jaillirent des écoutilles et s'élancèrent dans les haubans pour gagner les vergues, parés à larguer les lourdes voiles. Sous le pont, des ordres fusaient à l'intention des canonniers :

— Les canons au poste de mer !

Devant la timonerie, le capitaine se tourna vers maître Clinfoc.

— Que dit la marée, pilote ?

— Fin de l'étale, capitaine. Le temps d'un petit sablier, nous aurons le jusant pour sortir. On en aura besoin.

— Le vent ?

— Assez pointu ; il tient toujours à l'ouest quart nord-ouest, dix nœuds. C'est un problème.

Le capitaine ordonna :

— Bosco, faites larguer les amarres à l'arrière et à l'avant !

Un signe aux hommes qui attendaient sur le quai. Les aussières énormes qui retenaient la frégate aux bittes de fer tombèrent à l'eau, d'où les matelots les hissèrent. La soute aux câbles les avalait. La frégate se détacha lentement du quai. À cet instant, on vit bondir un chat maigre aux yeux hagards, au pelage hérissé couleur écaille de tortue. Il sauta du quai dans un bond prodigieux, agrippa le porte-haubans d'artimon, se rétablit sur le gaillard d'arrière et disparut dans la descente.

Un seul cri jaillit de l'équipage :

— Bienvenu à bord, Parsifal !

Le capitaine Disnouville se tourna vers Olivier en souriant.

— C'est notre mascotte. Nous n'aurions pas aimé que Parsifal manque l'appareillage. Dieu garde ! Mais ce n'est jamais arrivé.

— Ce n'est pourtant pas le seul chat à bord, je suppose !

— Mais c'est le maître-chat ! Parsifal est né à bord le 14 juillet 1789, d'une mère brestoise qui s'était introduite et cachée dans la sainte-barbe pour mettre bas. On dit que le père serait le maître-chat de la poudrière de Recouvrance !

— Il est un peu maigre, pour prétendre au titre de maître-chat de cette frégate !

— Il aura vite fait de se refaire à bord !

La marine révolutionnaire avait respecté le vieux décret de Colbert faisant obligation à tout vaisseau, de guerre ou de commerce, d'entretenir quelques chats à bord pour lutter contre le fléau des rats, habitués à investir les cales et tout particulièrement les cambuses contenant les réserves de nourriture. À la différence des autres chats marins, créatures de l'ombre détestant les embruns, Parsifal aimait se produire sur le pont. On le voyait même, par beau temps, escalader les haubans pour aller s'étaler, ventre au soleil, sur la vaste plate-forme du grand-mât, la grande hune, où les gabiers le chérissaient. Mais il fréquentait surtout la dunette, quartier réservé des officiers, où il trouvait nourriture choisie, lieux plus confortables, et jusqu'à la bannette du capitaine !

Entraînée par le courant de la Penfeld, la frégate dérivait vers l'estuaire tout proche. Le capitaine se dressait sur le toit de la dunette, les mains posées sur le fronteau dominant le gaillard d'arrière. Juste au-dessous, au niveau du pont principal, le pilote tenait la roue du gouvernail. À ses côtés, l'officier de quart, M. Colbosc, avait pris ses fonctions : suivre la route au compas, observer la mer, la mâture et le vent.

Petit Breton blond aux yeux bleu clair qui pouvaient tourner à l'acier, Gildas Colbosc se sentait un peu écrasé par son nouveau rôle d'officier en second. À peine âgé de trente ans, râblé, la peau tannée, il aurait préféré conserver sa fonction de maître gabier chef de hune, où il avait excellé avant d'être promu officier l'année précédente par les nouvelles autorités républicaines. Six mois de cours accélérés à Brest lui avaient inculqué l'art de la navigation, tout au moins les bases, mais il préférait les poulies, réas et autres bouquets d'amures au sextant, au compas et à la règle !

L'homme ne souriait jamais depuis les drames qui avaient décimé sa famille. Ses cinq frères, tous engagés dans l'armée des Chouans, avaient été tués au combat ou exécutés par les Républicains. Gildas, demeuré malgré tout fidèle à la République, avait pris en charge sa mère, veuve d'un pêcheur de Trébeurden, une sainte femme effacée, accablée par la vie. On ne connaissait pas d'autre amour à Gildas. Il s'était attaché au capitaine d'Isnouville, sous lequel il avait autrefois servi en Amérique, à bord de sa corvette.

Au moment où *la Liberté* doublait la batterie Républicaine, en face du château, pour s'engager dans la rade, Olivier aperçut sur le toit de ladite batterie un petit groupe d'officiers de marine entourant respectueusement un personnage qui observait attentivement l'appareillage de la frégate.

— Regarde, Roland ! C'est Jean Bon Saint-André ! Quelle allure !

De petite taille, le tout-puissant représentant du Comité de salut public était vêtu d'un étrange costume, qui tranchait avec l'austère habit noir des conventionnels en mission, hérité du Tiers Ordre de 1789. En culotte et justaucorps orange vif, Jean Bon affichait avec ostentation les trois couleurs de la République avec la large ceinture serrant sa taille et l'écharpe tricolore barrant son torse. Même son grand chapeau rond entouré d'un ruban tricolore était surmonté de trois plumes bleu, blanc, rouge. Un sabre pendait à son côté, lui donnant une allure martiale.

Olivier éleva la main et Jean Bon lui rendit son salut en soulevant son étrange couvre-chef. Le regard de l'homme demeurait impénétrable. Depuis qu'il était à Brest, nul n'avait vu sourire celui qui destituait les amiraux, nommait les capitaines et alimentait la guillotine.

La batterie Républicaine défila par tribord ; la frégate entrait en rade. Le capitaine cria :

— Larguez le grand hunier !

Alignés sur la vergue du grand mât, douze gabiers lâchèrent les rabans de ferlage. L'immense voile carrée se déploya.

— Bordez les écoutes ! Amarrez ! Hissez le grand foc et la brigantine !

La frégate vibra de toutes ses membrures. Les poings serrés sur les manetons de la roue du gouvernail, le pilote sentit enfin vivre le bateau. Sous la poussée latérale du vent, la frégate gîta, mais, faute d'erre, elle se mit à dériver fortement. Il fallait se hâter de prendre de la vitesse pour gouverner, sous peine d'être drossé sur la grève de Porstein, où il y avait autant de rochers que de sable !

— Hissez le clinfoc et la trinquette !

La frégate prit une forte bande sur sa hanche bâbord et, maintenue par la poigne de fer du pilote, entra dans la rade en eau profonde. Malgré l'obscurité croissante, on distinguait encore la pointe des Espagnols sur l'autre rive.

Le second revenait de l'avant et fit son rapport.

— Les aussières sont rentrées, capitaine. Les embarcations sont hissées, les tangons repliés, tout est saisi sur le pont et accoré pour la mer. L'échelle de coupée est démontée. Je garde les ancres de bossoir en mouillage. On ne sait jamais. La toile est bien bordée, tendue, tirante. Faut-il larguer la grand'voile et la misaine ?

— Pas avant d'être sortis du goulet. Avec ce vent au près serré, nous naviguons mieux avec les seuls focs et le grand hunier. Veillez bien à la côte, monsieur Colbosc. Restez paré à sonder et à mouiller.

— Faut-il éteindre nos feux ?

— Masquez-les seulement. Mais dès la sortie du goulet, obscurité totale sur le pont.

— À vos ordres !

La côte bretonne défilait lentement sur tribord. Recouvrance, Laninon. Quelques femmes en pleurs, emmitouflées, agitaient des mouchoirs, des écharpes. Sur le pont, les marins répondaient, certains essuyant une larme. Mais où étaient les départs triomphants d'antan, ponctués de cris, de chants et de mousqueterie ?

Olivier contempla avec tristesse l'immense rade, vide, qui sombrait dans la nuit. Où étaient les puissantes escadres, hérissées de canons, qui en 1781 étaient parties à la reconquête des Antilles, et aux combats pour l'indépendance américaine ? Où étaient ces flottes de lourds vaisseaux marchands qui appareillaient de Brest et revenaient des mers Caraïbes chargées de toutes les richesses des îles ? Comme aux pires époques de l'histoire de France, les Anglais restaient maîtres de toutes les mers du globe. En Bretagne, comme en Normandie et en Provence, des vaisseaux, désarmés faute d'équipages et de subsistances, commençaient à pourrir au fond des estuaires. La plupart des officiers avaient émigré, ou cherché fortune ailleurs, comme ce Jean-Baptiste de Traversay, le fameux capitaine de *l'Aigrette*, que le tsar, reconnaissant sa valeur, s'était attaché, avait promu amiral et qui commandait maintenant la flotte russe de la Baltique !

Au-delà du sillage, Brest se perdit dans la nuit. La pointe de Portzic se dressa à tribord. Le goulet ! Olivier tourna un regard inquiet vers le passage familier où s'engageait la frégate.

— Doublez les veilleurs dans les hunes et à l'avant, ordonna le capitaine. Un aspirant à veiller au ton du grand mât !

Il redoutait de heurter un pêcheur. Le pilote n'éprouvait pas les mêmes craintes, seulement attentif à ne pas se mettre au plein sur un banc de sable. Il grommela :

— Les pêcheurs ne se risquent plus la nuit dans le goulet, sinon quelque espion anglo-normand guettant la sortie d'un vaisseau…

La nuit tombait. On y voyait juste assez pour naviguer. En temps normal, on n'eût pas pris la mer à cette heure, mais il n'y avait pas d'autre moyen d'échapper aux Anglais qui bloquaient les côtes. L'angoisse étreignait le cœur des hommes. On distinguait dans le gris de la côte les verts promontoires qui dominent le goulet, avec les forts de Mingan et de Cornouaille. Enfin, la pointe du Petit-Minou annonça la sortie du goulet et les hommes respirèrent plus librement. On avait réussi la sortie vent contraire, grâce au fort courant de jusant, la marée descendante.

À mesure que la nuit avançait, l'obscurité se faisait de plus en plus épaisse. L'absence des feux habituels sur la côte, conséquence de la guerre, entraînait une grande tension. À la menace des Anglais s'ajoutait celle de ces vieux rocs granitiques, ces écueils ou ces promontoires pourtant si familiers, ennemis héréditaires des marins bretons, aujourd'hui leurs alliés.

La frégate laissa à tribord l'anse de Bertheaume, où l'on devinait les masses sombres des vaisseaux au mouillage : la flotte de l'amiral Villaret-Joyeuse, dernier et fragile rempart des côtes françaises. On élongea la pointe de Creac'h Meur. Olivier estimait que le pilote collait trop à la côte, la frégate calait quatre mètres à pleine charge. Mais le capitaine Disnouville était seul maître à bord.

Soudain, on entendit le son d'une cloche, à tribord. Les hommes frissonnèrent.

— La cloche de l'abbaye Saint-Matthieu appelle les moines à l'office des complies ! dit Olivier. Puissent-ils prier pour nous.

— On en aura besoin, répondit le capitaine. Il est temps de rappeler aux postes de combat.

Cette opposition entre la paix des moines qui sonnaient le dernier office du soir et l'ordre de combat les frappa. Dans ce monde en guerre, tout se trouvait bouleversé. Olivier se signa, imité par le capitaine, l'instituteur, puis par les marins, un geste que la Révolution n'avait pu effacer. Seuls les soldats de garde demeuraient figés, sentinelles de cette République laïque qu'ils incarnaient.

— Je croyais que les moines de Saint-Matthieu avaient été chassés par les Enragés, grogna le pilote.

— Il en reste quelques-uns, répondit le maître d'équipage, vieux Breton familier de la côte. Quand bien même n'en resterait-il qu'un, cela suffirait !

Suffirait à quoi ? Faisait-il allusion à la traditionnelle tâche de sauvetage en mer qu'assumaient les hommes de Dieu, avec la garde du phare à la pointe extrême du continent ? Ou d'une garde plus essentielle, que tous les gens de mer ressentaient au profond de leur cœur ? On percevait comme une menace dans la voix du vieux maître, mêlée au désespoir, celui d'un homme qui depuis trois ans voyait toutes ses certitudes abattues, foulées aux pieds par la Révolution. Vider les châteaux, passe encore ! Mais le Ciel !

Sur le gaillard d'avant, les deux soldats de garde, mousqueton au pied, n'avaient pas bronché. Mais lequel de ces républicains farouches, athées par enthousiasme révolutionnaire plus que par conviction, aurait osé soutenir que cette cloche monastique, rescapée de la grande purge et de la fonderie des canons, ne l'avait pas aussi touché au plus profond de son être ? Comme les autres, ils se signèrent enfin, furtivement.

Olivier prit alors conscience qu'il n'y avait plus d'aumônier à bord. Son regard croisa celui du capitaine Disnouville, qui venait d'avoir la même pensée. Et beaucoup d'hommes de l'équipage éprouvaient le même manque, comme des enfants que leur père a quittés. Il y aurait sûrement des combats, au cours de cette croisière. La figure familière de l'aumônier ne serait plus là, dressée sur le gaillard d'avant, donnant l'absolution collective, *le pardon des péchés*, juste avant le combat. On n'entendrait plus son rituel appel : « Mettez votre confiance en Dieu et tenez votre poudre bien sèche ! » L'homme de Dieu ne se pencherait plus sur le mourant pour le soutenir par sa présence et lui ouvrir les portes du ciel.

Un homme s'avançait vers eux. À sa démarche mal assurée, on reconnaissait un terrien.

— Olivier, je te présente M. Lemerle, notre instituteur.

Suite à un arrêté de Jean Bon Saint-André, approuvé par la Convention, tout bâtiment de guerre de plus de vingt canons devait embarquer un instituteur, en lieu et place de l'aumônier, désormais interdit. Deux fois par jour, il devait assurer un cours aux mousses et aux jeunes matelots novices : lecture, écriture, calcul, un peu d'hydrographie, sans oublier le cours civique patriotique. Les adultes, marins, canonniers et soldats, pouvaient assister au cours, sans y être contraints.

Le maître d'école s'approcha, craintif. Vêtu d'une vieille redingote noire, râpée, et d'un pantalon droit républicain, il avait au moins cinquante ans et en paraissait soixante avec ses cheveux gris et longs retenus en arrière par un bout de bitord, du fil de caret goudronné ! On voyait qu'il foulait pour la première fois de sa vie le pont d'un bateau, il en était à la fois ému, émerveillé et angoissé. Des épreuves cruelles l'attendaient. Dans quelques heures, l'Atlantique inconnu, le roulis, le tangage, peut-être le combat. Et surtout les hommes d'équipage, frustes, pas méchants, mais totalement ignorants ! Et on l'avait chargé, lui qui hier encore régnait sur dix bambins dociles, de leur apprendre à lire, à écrire, à compter ! Célibataire, il s'était porté volontaire pour cette périlleuse tâche patriotique, faute d'avoir été accepté pour combattre aux frontières. Il avait embarqué pour un salaire de misère, celui d'un quartier-maître breveté, renonçant à sa coquette maison de Plougastel, pour cohabiter avec les aspirants dans leur poste étroit sous le niveau de la mer, pas même éclairé d'un hublot.

Olivier lui serra chaleureusement la main.

— Ça ira, monsieur ! Ah ! ça ira !

On naviguait maintenant en mer d'Iroise. Le vent avait forcé et s'orientait plein ouest, contraignant la frégate à louvoyer. La mer se levait, *la Liberté* tossait, embarquant par l'avant des paquets de vagues folles. La lune aussi s'était levée, une pleine lune magnifique, rose comme une belle femme qui sort de son lit. Le pilote passa la roue au quartier-maître timonier, tout en restant vigilant à ses côtés. Le capitaine ordonna :

— À larguer la grand'voile, la misaine et le perroquet de fougue ! Larguez aussi le petit hunier !

— Aux bras, le monde ! hurla le bosco. Aux bras de bâbord devant !

Libérées des garans qui les retenaient aux énormes vergues, les lourdes toiles se déployèrent dans un long froissement.

— Brassez, les gars ! Amarrez ! Amurez la misaine !

Sous toute sa toile à l'exception des voiles hautes, la frégate fit un bond en avant et l'on entendit la mer assaillir rageusement l'étrave. Sur le pont, une centaine d'yeux écarquillés scrutaient la surface.

— La mer semble déserte, dit Olivier, qui avait pointé une longue-vue.

— Ne t'y fie pas, ami.

La Liberté s'engagea entre la chaussée de Sein, à bâbord, et l'île d'Ouessant, invisible, à tribord. Olivier, rassuré, s'écria :

— Nous entrons dans la mer libre !

À cet instant, un cri tomba de la mâture :

— Oh ! du pont ! Escadre inconnue, feux masqués, à deux points par tribord devant !

— Branle-bas de combat ! hurla le capitaine.

Puis il se pencha vers le timonier.

— Gouverne au 190. Maître d'équipage, rappelez vos gabiers dans la mâture, à hisser perroquets, perruches et cacatois. Je veux toute la toile haute ! Doublez l'homme de barre pour tenir l'allure, grand largue tribord amures.

Devant le péril majeur, toutes les craintes relatives à l'ancienneté de la frégate paraissaient oubliées.

— En haut, le monde ! Perroquets et bonnettes au vent !

Des deux bords, les gabiers s'élancèrent dans la mâture, agrippant les enfléchures. Sur le pont, le sifflet aigu du bosco dirigeait le travail. Les voiles hautes se déployaient, prenaient le vent : larguées, bordées, étarquées, réglées, enfin portantes, tendues à bloc. La course-poursuite commençait, la lisse de bâbord léchée par les plus hautes vagues, les porte-haubans couverts d'écumes. On devait s'accrocher aux haubans pour tenir sur le pont. Sous le pont, c'était pire. On entendait gronder la ruée du branlebas de combat dans la batterie. Cent cinquante canonniers se précipitaient sur les pièces. Olivier descendit dans l'entrepont, un espace immense dépourvu de cloisons, sombre, au plafond bas. La voix tonnante de l'officier canonnier Yvon Polhoët s'éleva :

— Canonniers, à vos postes ! Tribordais, ouvrez les mantelets des sabords !

Avec cette gîte, la batterie bâbord était sous l'eau, inutilisable, ce qui fit groumer les bâbordais ! À tribord, dans un bruit de castagnettes, les volets de bois claquèrent contre la coque.

— Détachez les pièces ! Détapez, démarrez ! Les canons à bout de brague ! Aux sabords !

Tous les hommes étaient déjà prêts à se battre, en pantalon rayé, pieds nus, chemise ouverte, un turban entourant la tête pour limiter les brûlures et les éclats de bois. Beaucoup, atteints par le mal de mer, pâlissaient, hoquetaient, mais ils gardaient leur poste.

Le branle-bas de combat ne demanda que quelques minutes. Satisfait, l'officier canonnier passa devant la rangée des canons de 18, qu'éclairait la faible lumière des falots suspendus aux barrots. Il vérifia l'équipement, les viseurs, les palans et les bragues, ces énormes cordages destinés à maîtriser le recul de la pièce.

En voyant la passion qui animait les canonniers derrière leur chef, Olivier sourit. Yvon Polhoët, trente-trois ans, était lui aussi un officier sorti du rang. Il l'avait connu en 1782 à la bataille des Saintes, simple canonnier à bord du *Glorieux*. Ce Breton de Plougastel avait les grands yeux bleus étonnés de sa mère et la tignasse noire de son père, un marin de Saint-Tropez. Laissé pour mort après le combat désespéré de son vaisseau, il s'en était sorti par miracle, échappant aussi à la prison des Anglais, qui l'avaient repêché dans une mer infestée de requins. La Révolution en avait fait un chef de pièce. Jean Bon Saint-André l'avait nommé officier, le capitaine Disnouville l'avait pris comme chef canonnier, avec la tâche de former des hommes dont la plupart n'avaient tiré des boulets que sur la terre ferme !

Des bailles de combat, petits fûts ouverts, montait l'odeur soufrée des boutefeux allumés. Derrière chaque bouche à feu se tenait le maître chef de pièce, corne à poudre en bandoulière, avec l'épinglette et le dégorgeoir. Rien ne manquait : caissons de munitions bourrés de gargousses de poudre, boulets de 18 livres rangés dans leurs râteliers sans une trace de rouille, lisses comme seins de femme…

Olivier Descragnole ferma les yeux. Aussitôt, la vision incongrue des petits seins d'Angélica envahit son espace mental. Il tendit la main vers eux, puis rouvrit les yeux et secoua la tête. « Cette fille me rendra fou ! Il faudra m'arracher à elle. » Mais tout son corps disait non. Et son esprit.

L'officier canonnier remontait sur le pont. Il le suivit jusqu'à la dunette.

— Nous sommes parés au combat, capitaine. Les poudres sont bien sèches, trois charges par pièce.

Malgré lui, l'officier jeta un regard inquiet vers l'arrière. Une lune insolente éclairait maintenant la mer. On distinguait à environ un mille nautique la haute pyramide de voiles blanches d'un vaisseau anglais de haut bord. Olivier, quant à lui, voyait les hanches rondes d'Angélica, ses cuisses fermes qui lentement, trop lentement, s'ouvraient sur le trésor.

— Nous ont-ils repérés, capitaine ?

Pour lui répondre, dans le sillage une haute colonne d'eau et d'écume monta vers le ciel, tandis qu'une détonation lointaine, le coup de semonce, retentissait à travers le sifflement du vent dans les voiles.

— Trop court, cent mètres ! cria l'officier canonnier. Morbleu ! C'est au moins du 32 livres !

Soumis à la passion qui le dévorait, Olivier revivait la folie qui l'avait jeté sur Angélica. Son corps en feu s'écrasait contre le sien, elle gémissait de souffrance et de plaisir. Ils ne faisaient qu'un.

Un deuxième geyser s'éleva, plus proche encore. Si la frégate ne gagnait pas quelques encablures, ils étaient perdus. Un seul boulet de ce calibre dans la mâture ou, pire, dans l'appareil à gouverner risquait de réduire de moitié leur vitesse. Alors, il n'y aurait plus qu'à se rendre, ou à couler pavillon haut, ce qu'ils étaient tous prêts à faire après avoir épuisé leurs munitions.

Olivier serrait Angélica contre son corps. Elle roucoulait de plaisir, d'une voix étrange qu'il ne lui connaissait pas. Une voix de femme.

Un nouveau geyser jaillit à l'arrière de la frégate, cette fois si proche que l'écume retomba sur la dunette, en éclaboussant les hommes. À cette distance, ils ne pouvaient même pas répliquer, leurs pièces de 18 ne portant qu'à six cents mètres. Et si l'ennemi réduisait la distance, comment se battre avec trente canons contre plus de deux cent trente ? Seule la fuite leur laissait un espoir. Mais comment gagner de vitesse quatre frégates aussi chargées de toile que la leur et plus récentes ?

Angélica reposait maintenant aux côtés d'Olivier. La bougie s'était éteinte. Une paix bienheureuse les envahissait. Il prit doucement sa main dans la sienne et la serra.

Dans la mâture, les équipes de gabiers réussissaient des trésors de réglages pour gagner un demi-nœud. Le capitaine Disnouville savait qu'il pouvait leur faire confiance. Il retira son manteau à capuchon et son épée, puis il saisit sa lorgnette de nuit, la planta dans sa ceinture et bondit sur les enfléchures des haubans du grand mât. Il s'élevait comme un singe, ayant retrouvé dans l'action toute la vigueur de ses plus jeunes années d'officier aspirant, lorsqu'il veillait là-haut, au ton du grand mât.

Il atteignit la grande hune, la dépassa. Toujours plus haut ! Le cœur battant à se rompre, il enjamba enfin les barres de perroquet, au ton du mât. Les jambes dans le vide, l'aspirant de veille, très agité, pointa sa main vers l'arrière, désignant la tache claire des voiles ennemies.

— Va-t-on se battre, cap'taine ?

Ses yeux brillaient de convoitise.

— J'espère que non !

Lunette braquée, il fixait la grande pyramide de voiles, qu'il observait à l'envers, la lunette de nuit n'ayant pas de prisme. Quelques minutes plus tard, soulagé, il constata :

— Le vaisseau se laisse distancer par ses frégates. Elles le dépassent. Mais il ne faut pas se réjouir trop tôt.

Quatre frégates contre une ; leurs chances paraissaient minces.

La plus haute pyramide de voiles se perdit dans la nuit. Le capitaine se laissa glisser le long des haubans, sauta sur le pont et gagna la timonerie, où l'aspirant de service lui tendit son manteau et son épée. À cet instant, des boulets encadrèrent la frégate. Ils soulevaient des gerbes moins imposantes.

— C'est du 24 livres, dit l'officier canonnier Polhoët. Des canons de chasse longs, à grande portée.

— Ouvrez le feu avec vos pièces de retraite.

— À vos ordres !

L'officier disparut dans l'écoutille. Deux minutes plus tard, un double ébranlement retentissait, sous le pont de la dunette.

Olivier ouvrit les yeux. La délicieuse apparition d'Angélica s'éloignait. Il respira plus librement. Il redevenait lui-même, conventionnel avant tout, dont le cœur ne devait vibrer que pour la République.

La défense de la frégate se concentrait maintenant autour de ses deux pièces de retraite. Olivier descendit à son tour. Les chambres des officiers étant situées à l'arrière, sous la dunette, il était d'usage, en cas de combat naval sous allure de fuite, d'y disposer deux ou trois canons longs, après avoir en hâte retiré les meubles, voire les cloisons mobiles.

Mais on n'avait pas touché à la chambre de M. le délégué du Comité de salut public. Olivier poussa la porte. À la lueur de la lampe à cardan, il aperçut Parsifal, blotti sur sa couchette. Le maître-chat, surpris par le grondement des canons, demeurait prostré, épouvanté. Olivier le caressa, puis il referma doucement la porte et passa au carré des officiers. L'officier canonnier Polhoët y avait disposé deux pièces de 18 en batterie. Le carré ouvrait à l'arrière sur la poupe en larges baies vitrées, du verre cathédrale d'un pouce, que l'on avait retiré pour le tir.

Suffoqué par la fumée de la poudre et de la bourre calcinée, Olivier vit cinq hommes, cinq diables, qui s'agitaient autour de chaque canon, des tubes de fer de deux mètres de long pesant une tonne. Pour certains, c'était le baptême du feu. D'autres s'étaient déjà battus aux frontières. Un chef de pièce avait même tiré à Valmy !

À l'aide du palan de retraite, le canon a été tiré en arrière pour rendre la bouche accessible. Le chef de pièce se tient derrière la culasse, corne d'abondance de la poudre d'amorce, dite fulminante, en bandoulière.

— Écouvillonnez !

À l'avant, un homme enturbanné enfonce dans la gueule du canon son écouvillon de toile et tourne trois fois le long manche, pour s'assurer qu'il ne reste pas quelque débris incandescent à l'intérieur.

— La poudre dans le canon !

Un servant prend des mains du mousse poudrier la gargousse cylindrique de neuf livres et la fourre dans la gueule du canon, puis il glisse le valet, un paquet de vieille toile faisant office de bourre.

— Refoulez !

Le servant pousse la bourre et la gargousse, qui vient heurter le fond du canon, la culasse.

— Le boulet ! Le second valet ! Refoulez !

La pièce a été armée en trente secondes. À l'aide du palan, elle est remise en batterie, la gueule pointée sur l'ennemi.

— Dégorgez !

C'est l'instant critique. La parole est à la poudre ! Le chef enlève la platine qui protège la lumière de la culasse communiquant avec l'âme de la pièce et y plonge la pointe de fer de son dégorgeoir, qui va crever la toile de la gargousse de poudre.

À nouveau, la vision obsédante d'Angélica envahit l'esprit d'Olivier, qui la refoule aussitôt.

— Amorcez !

À cet instant, un choc ébranla la frégate. Un boulet ennemi avait frappé le pont. Olivier entend des cris, des ordres brefs. Il pense aux hommes. Les marins pensent au gouvernail. Mais rien, apparemment, n'a ralenti la marche de la frégate, qui trace à l'arrière son sillage phosphorescent dans la mer obscure. Rien n'a détourné les canonniers de leur tâche. La tension monte, sous le regard bleu acier de M. Polhoët. Sur le métal de la culasse s'étale l'étoupille fulminante à l'orifice de la lumière, un mélange de poudre spéciale hautement inflammable. Le chef de pièce en bourre la lumière, conduit étroit qui mène à la gargousse. Puis il saisit sa corne à poudre fine et la répand de l'orifice de la lumière jusqu'à la gorge de culasse, creusée dans le métal.

— Pointez !

Sur quoi, sur qui ? On ne distingue rien dans la nuit épaisse, au-delà du sillage. Olivier voit seulement, à la lueur mourante de la bougie, le corps nu d'Angélica prêt à s'enflammer à nouveau.

— Pointez en élévation maximum dans l'axe de notre frégate.

Les servants élèvent le fût énorme du canon avec des barres d'anspect, et le calent avec des coins de bois. Le chef de pièce attend l'éclair des départs de coups adverses pour ajuster l'orientation.

— À tribord, deux degrés ! Comme ça. Ne bougez plus !

Il se redresse.

— Au boutefeu !

Un servant brandit la tige de fer autour de laquelle s'enroule la mèche de soufre, qui grésille. Attendre encore une seconde… Que le mouvement du tangage ne dérègle pas le tir…

— Feu !

Le servant abat l'extrémité du boutefeu sur la traînée de poudre de l'amorce. La détonation assourdit Olivier. Sous le choc, la pièce recule, retenue par son palan et sa brague, énorme cordage en aussière, puis elle revient au sabord en claquant. Une âcre odeur de poudre brûlée se répand dans le carré.

— Détachez la pièce !… Démarrez !… Palanquez !… Écouvillonnez !

Les hommes s'étaient jetés sur les côtés pour échapper à la déflagration et au recul. Ils se ruèrent sur le monstre brûlant et fumant, choquant les palans pour accéder à la bouche, essardant la gueule fumante. D'autres refroidissaient la volée avec des éponges et un faubert plongés dans une baille d'eau.

L'officier canonnier Polhoët n'était pas intervenu, mais rien ne lui avait échappé.

— Trois minutes pour recharger la pièce ; il faut réduire ce temps, lança-t-il d'une voix forte.

Un second boulet anglais frappa le pont de la frégate, plus à l'avant. Mais ce n'était pas leur affaire.

— Le tire-bourre ! Vite. Nettoyez l'âme de cette pièce !

C'est à qui tirera le plus vite. Olivier s'est arraché au fantôme d'Angélica. Lui aussi a sorti sa montre et observe la cadence des coups. Oui, ce pourrait être plus rapide ! Mais où sont les canonniers de la Royale !

Il remonta sur le pont, croisant dans la descente le chirurgien et deux infirmiers, portant un pauvre corps blessé tout ensanglanté. Il demanda au capitaine :

— Quels sont les dégâts ?

— Un boulet de 24 a fracassé le passavant bâbord, blessant deux hommes. Un autre boulet a sectionné des haubans du mât d'artimon, heureusement sous le vent. On répare. Un mort : l'instituteur.

— Oh ! Et l'escadre anglaise ?

Roland Disnouville se retourna vers l'arrière et poussa un cri de soulagement. Un grain de pluie masquait la mer. Le tir anglais cessa aussitôt.

Le capitaine se rua sur le fronteau de dunette.

— La barre à droite, toute ! Reprenez votre cap à l'ouest-sud-ouest.

Puis il se pencha au-dessus de la descente de l'entrepont.

— Cessez le tir, en bas ! Ne gaspillez pas les munitions.

— À empanner ! hurla le bosco. Pare à virer, les gars !

La frégate *la Liberté ou la mort*, ayant échappé à l'escadre anglaise, faisait route sur les Antilles à quinze nœuds, les allures de sa jeunesse !

— Rompre des postes de combat ! Maintenez haute toute la toile.

— Le vent force, capitaine, dit le pilote. Nous allons casser du bois, nous risquons de flamber un mât de hune, et alors…

— J'ai bien dit « toute la toile », monsieur Clinfoc !

Au lever du jour, le capitaine grimpa dans la hune et fit un tour d'horizon avec sa lorgnette. La mer était déserte. Satisfait, il redescendit sur le pont et cria :

— Rentrez les bonnettes, les cacatois, les perroquets, et prenez un ris dans les huniers. Relevez les hommes de veille.

Par-devers lui, il pensait joyeusement : « Ce bateau a rudement bien encaissé le choc ! »

Lorsque le soleil émergea de l'horizon, on fit glisser à la mer le corps de l'instituteur, enveloppé d'une vieille toile à voile, lestée d'une gueuse de fonte. Douze soldats rendaient les honneurs. Sur le passavant bâbord, Parsifal flairait longuement les traces de sang coagulé.

Détachant les mots, le capitaine déclara :

— M. Lemerle était un homme de cœur. Mais il n'aurait pas dû être sur le pont. Je lui avais ordonné de se mettre à l'abri.

Puis il se pencha vers Olivier et murmura à son oreille :

— Il voulait vaincre sa peur. C'était un brave !

Ayant trouvé l'alizé vers le vingt-cinquième parallèle, la frégate porta au sud-ouest quart sud, grand largue. On coupa le tropique du Cancer. Olivier se concentrait maintenant sur ses missions.

Le 26 février au soir se dressa à l'avant la pointe de l'île Samana, annonçant la grande île, Saint-Domingue, la perle des Antilles. Là aussi, il fallait s'attendre à un blocus serré, voire à la présence des Anglais dans l'île, qui pouvait leur avoir été livrée par les royalistes, comme en Martinique.

La ville de Cap-Français, port principal de la colonie, se prolongeait harmonieusement sur des pentes verdoyantes. Olivier se souvenait avec émotion de sa rade immense encombrée en 1781 par la flotte invincible de l'amiral de Grasse et par cent vaisseaux marchands, emplissant leurs cales des richesses de l'île : coton, café, cacao, rhum, sucre, poivre et autres épices, dont la France et l'Europe ne pouvaient plus se passer, à tel point qu'en ville la moindre boutique spécialisée se baptisait glorieusement « épicerie » et vendait du poivre, avec le beau sucre blanc en cône, le rhum parfumé, le café et le chocolat des îles !

La rade de Cap-Français, bien abritée, n'était accessible que par deux étroits chenaux ne laissant le passage qu'à un vaisseau à la fois. Ces passes se trouvaient sous le feu des énormes batteries du fort Picolet, où veillaient nuit et jour des soldats.

Quantité de gentilshommes de France y avaient acquis des domaines, qu'ils exploitaient eux-mêmes, ou qu'ils avaient confié à des régisseurs. Pour sa part, Olivier avait vendu en 1789 la plantation de cacaoyers héritée de son père, dont les fonds avaient servi à l'armement de sa frégate. Il ne le regrettait pas, tout en admirant secrètement Gaël Trémeur, qui avait refoulé ses aspirations de vagabond des mers pour fonder une famille avec Marie-Galante et exploiter la plantation héritée de son père. Mais les temps avaient changé. Il était plus risqué aujourd'hui d'exercer le métier de planteur aux îles Caraïbes que de courir les mers !

La nuit était tombée depuis une heure lorsque la frégate, tous feux masqués, se pointa à l'ouvert du chenal d'entrée.

— Que fait-on ? demanda le capitaine.

— Pas trace de la croisière anglaise, dit Olivier. Profitons-en !

— Et si les Anglais sont dans la rade ?

— Alors, nous sommes perdus ! Allons-y, Roland ! Et que Dieu nous garde !

La frégate, qui avait amené sa toile haute, hissa les feux de reconnaissance convenus, puis elle embouqua le chenal, correctement balisé. On attendit avec angoisse. Sur la rade scintillaient les lanternes des vaisseaux au mouillage. Anglais ? Français ?

Enfin, depuis le mât de signaux de la capitainerie, montèrent les deux fusées vertes convenues. La rade était libre, l'île toujours française !

— Amenez la toile à l'exception du grand foc. Paré à mouiller les ancres de bossoir !

Un silence bienfaisant régnait dans la rade. Des effluves sucrés montaient des terres, mélanges subtils de rhum, de cannelle et de miel. Olivier ne pouvait s'empêcher de songer à ce jour dramatique du 23 juillet 1781, lorsque le vaisseau de son père, *l'Intrépide*, sur lequel lui-même, jeune officier, exerçait alors la fonction d'écrivain, s'était accidentellement embrasé, à la suite de l'imprudence d'un homme dans la cale au rhum. Une heure plus tard, les soutes à poudre explosaient et le fier vaisseau s'enfonçait dans la rade avec les corps brûlés et mutilés de trente hommes. Plus de cent blessés avaient pu être recueillis. Par miracle, Olivier, son père et Gaël Trémeur en avaient réchappé. Mais le marquis d'Escragnole, profondément choqué, n'avait survécu que neuf mois à ce drame. Voulant racheter ce qu'il considérait comme un déshonneur personnel, recherchant la mort avec une folle audace, il avait péri avec son nouveau vaisseau lors de la tragique bataille des Saintes, en avril 1782, où les Anglais avaient pris leur revanche sur la victoire de l'amiral de Grasse à la Chesapeake[1].

— Un canot s'approche ! cria l'homme de veille au bossoir.

— Envoyez l'échelle du pilote !

Un officier l'escalada aussitôt, salué par le sifflet du maître de manœuvre. Disnouville et Descragnole l'attendaient sur le pont, à la coupée. Il salua, se présenta :

— Antoine Leclapet, capitaine du port.

— Capitaine de frégate Roland Disnouville. Et voici le citoyen Olivier Descragnole, lieutenant de vaisseau, membre de la Convention nationale, représentant en mission du Comité de salut public.

Olivier avait revêtu sa tenue de représentant du peuple : habit brun à basques, avec collet, culotte blanche, gants blancs. Grandes bottes noires à revers. Une ceinture tricolore serrait sa taille. Au baudrier pendait un sabre. Un panache tricolore surmontait son bicorne noir.

Le capitaine du port le dévisagea avec crainte et surprise, se demandant à quel parti il adhérait.

Olivier sortit de sa poche une médaille en argent et la tendit au capitaine du port, qui l'examina en s'approchant de la lanterne de poupe, que l'on venait d'allumer. Au recto, il vit l'image d'une belle femme drapée, symbolisant la République. Elle tenait d'une main le bonnet phrygien et de l'autre le faisceau romain. Il lut sur la circonférence :

RÉPUBLIQUE FRANCAISE UNE ET INDIVISIBLE

1. Voir *Le Rendez-vous de Marie-Galante.*

Il retourna la médaille et lut au verso :

CITOYEN REPRÉSENTANT DU PEUPLE
CONVENTION NATIONALE DE FRANCE

En rendant la médaille, il salua longuement.

— Bienvenu au Cap-Français, citoyen représentant !

Puis il se tourna vers Disnouville.

— Quel est le nom de votre frégate ?

— *La Liberté ou la mort !*

Le visage de l'homme s'illumina.

Sur le roof de la dunette, on voyait luire les yeux verts de Parsifal. Moustaches vibrantes tournées vers la terre, le maître-chat en humait les odeurs animales. Puis il se lécha fébrilement les pattes, signe chez lui de grande excitation.

— J'aurai besoin d'un cheval pour gagner Port-Républicain, dit Olivier.

Auparavant, il comptait s'arrêter à la plantation Trémeur, située sur la route, mais il n'en dit rien.

Il tendit au capitaine du port son ordre de mission. À la vue des trois prestigieuses et redoutables signatures des hommes qui faisaient trembler la France entière, le capitaine du port s'immobilisa au garde-à-vous.

— Vous faut-il une escorte, citoyen représentant ?

— Est-ce nécessaire ?

— Peut-être... Surtout la nuit.

— Je me passerai de l'escorte. J'irai seulement demain, après le lever du soleil.

5

Sur ce même chemin que le commissaire Félicité Sonthonax avait emprunté six mois auparavant, Olivier Descragnole avançait au pas paisible de son cheval. Le chemin montait en pente douce. Sur les côtés, les lauriers-roses embaumaient, et rien ne paraissait changé à la colonie. Et pourtant, tout était changé.

Comme Sonthonax, Olivier remarqua bientôt les hautes palissades de pieux de bois et de bambous qui entouraient les plantations, les gardes en armes, tous des Blancs. Il longea la grande villa coloniale calcinée, envahie par les ronces et les lianes-serpents. Un monde avait basculé, pour faire place à un autre monde, qui n'achevait pas de naître. Dans ce monde s'inscrivaient en lettres de feu la Révolution française et l'abolition de l'esclavage.

Olivier se revoyait, adolescent, dans le manoir paternel d'Escragnole, lisant en cachette *L'Esprit des lois* de Montesquieu. Dix ans plus tard, à bord de *l'Intrépide* faisant voile vers les Amériques, le lieutenant écrivain Olivier d'Escragnole se souvenait de ses discussions passionnées avec son jeune assistant, l'écrivain de marine Gaël Trémeur, devenu le maître de la prestigieuse plantation d'*Alléluia*. En 1781, le fils révolté du notaire royal de Brest, lui aussi pétri par les philosophes libéraux, s'affirmait déjà républicain de cœur, bien que ce mot n'eût encore pour lui qu'un sens abstrait. Qui, alors, aurait contesté la légitimité du roi ? Sur le gaillard d'avant du vaisseau *l'Intrépide*, où claquaient les focs sous l'alizé portant, ils se renvoyaient des citations de Rousseau et de Voltaire, et surtout celle de Diderot : *« Un homme ne peut jamais être la propriété d'un souverain, ni un enfant la propriété d'un père, une femme la propriété d'un mari, un serviteur la propriété d'un maître et un Nègre la propriété d'un planteur. »*

Olivier atteignit le plateau. Au-delà s'étendait l'immense plantation des Trémeur, des champs de canne à sucre, avec de petits îlots abrités produisant le café, le cacao et les épices. Il s'engagea dans l'allée de palmiers royaux qui conduisait à la maison de maître, la « grande case ». Il observa avec inquiétude les terres presque désertes, et même, apparemment, le village à l'écart, l'atelier. Abandonnant les travaux agricoles, les travailleurs s'étaient calfeutrés dans leurs petites huttes basses en lamelles de bambou tressé couvertes de feuilles de canne. On ne voyait plus les nichées d'enfants, qui habituellement s'ébattaient alentour.

Comme s'il avait perçu l'angoisse qui étreignait son cavalier, le cheval s'arrêta à dix mètres de l'habitation et poussa un hennissement. Olivier mit pied à terre et s'avança. La porte s'ouvrit. Marie-Galante accourait vers lui, les bras tendus. Ils s'étreignirent en pleurant. Ils ne s'étaient pas revus depuis cinq ans !

Il contempla le beau visage de sa demi-sœur. Elle avait hérité de son père naturel, le marquis César d'Escragnole, ses traits méditerranéens : teint doré, chevelure noire ; mais elle tenait de sa mère, la Bretonne Morgana Goulwen, ses beaux yeux gris tourterelle qui avaient fait chavirer Gaël Trémeur, adolescent, au temps de leurs amours à Recouvrance. Elle avait mûri tout en restant la même. Il remarqua au coin de ses yeux des petites rides qui rappelaient les drames qu'elle avait vécus au côté de Gaël : les révoltes d'esclaves à Saint-Domingue, suivies de répressions impitoyables, autant d'échecs après tant d'espoir, qui rendaient plus fragile leur tentative d'émancipation, engagée à *Alléluia*.

— Comme tu as changé ! dit-elle enfin.

Il le savait. À trente-trois ans, il en paraissait beaucoup plus, et son habit sévère de conventionnel soulignait cette apparence. Elle remarqua sa maigreur. « Il souffre de la faim, lui aussi », pensa-t-elle. Mais dans ce visage ouvert, loyal, les yeux noirs brillaient, exprimant l'espoir.

— Toi, tu n'as pas changé, Marie ! Comme tu es belle !

Il la serra à nouveau dans ses bras.

Gaël Trémeur sortait à son tour de l'habitation. Il paraissait plus grand et plus mince, et le bleu profond de ses prunelles plus sombre, ses cheveux blonds un peu plus clairs. Il avait mûri sans vieillir, conservant, inaltérable, sa part d'enfance. Il reconnut Olivier et courut vers lui en s'exclamant :

— Olivier ! Est-ce que je rêve ?

Les rares bateaux qui parvenaient à forcer le blocus leur apportaient des nouvelles tragiques de France. Exposé comme l'était un homme politique à Paris, pendant la Grande Terreur, on craignait toujours qu'il ne soit arrêté, jugé, guillotiné, victime de cette fureur aveugle qui ne cessait pas.

— Tu vois, Gaël : ma tête est toujours sur mes épaules en dépit de la guillotine et de son pourvoyeur, Antoine Fouquier-Tinville, accusateur public du Tribunal révolutionnaire !

— Sais-tu que son frère est un gros colon de cette île ?

— Il ferait bien de faire attention à sa tête !

— Viens, dit Marie-Galante. Rentrons.

— Laisse-moi d'abord contempler le domaine. Et surtout, me souvenir… Te souviens-tu de mon retour, en 1783 ?

— Tu arrivais de France à bord d'une belle frégate, avec ce titre de marquis, après la mort de ton père.

— Et je ne reconnaissais pas cette plantation sinistre du *Morne-Gris* dont avait hérité Gaël et que vous transformiez peu à peu en une sorte de paradis, *Alléluia* !

Dix ans avant l'abolition de l'esclavage, à leurs risques et en dépit des lois, Gaël et Marie-Galante Trémeur avaient émancipé leurs esclaves pour les traiter en hommes libres. Une véritable provocation, dans l'île la plus esclavagiste du globe. En moins d'un an, quelque chose d'extraordinaire s'était passé. Plus de Nègres exténués au regard fuyant, peinant et suant pour faire tourner les broyeurs des cannes à sucre ; mais de grands moulins à vent bardés de courroies de cuir qui tournaient sans fin, avec des équipes travaillant en confiance. Sous les hangars s'entassaient les boucauts de sucre et de mélasse, les barils de rhum et de tafia, les paniers caraïbes débordant de fruits. Dans le hameau, des jeunes femmes s'activaient en surveillant leurs enfants qui jouaient auprès d'elles ou se baignaient nus dans un vaste bassin, qu'alimentait l'eau claire d'un aqueduc qu'ils venaient de construire.

Olivier revoyait le domaine, *Alléluia*, et son miracle : la joie rayonnant sur le visage des Noirs. Ces femmes parlaient, chantaient, épanouies dans leurs jupes courtes bariolées, comparant entre elles, avec des rires sans fin, leurs colliers de pacotille. Sur la pelouse, la petite Franjo, qui venait d'avoir huit mois, se roulait dans l'herbe en jouant avec les négrillons de son âge. À travers toute la plantation montaient les chants puissants des travailleurs. L'espoir illuminait les visages.

— Tout cela est fini, dit sombrement Gaël Trémeur. Nous sommes en 1794, an II de cette République que j'ai passionnément désirée et servie.

Leur exemple n'avait pas été suivi. Une révolte générale des esclaves avait soulevé les îles ; révolte matée dans le sang. Les tueries de Noirs avaient succédé aux massacres des Blancs. Le fossé des ethnies s'était creusé, devenait un abîme, tissé de la haine née de l'exploitation des Noirs, du mépris des Blancs, exacerbés par une peur réciproque.

— Fini ? demanda Olivier Descragnole. Je ne peux pas le croire ! Je ne veux pas !

Il vit alors que les yeux de Gaël Trémeur, d'un bleu sombre, tournaient au noir, comme autrefois, lorsque la colère et l'émotion le submergeaient.

— Ici, à *Alléluia*, notre patient travail de réconciliation n'est pas encore anéanti, mais qu'en sera-t-il demain ? Pour ajouter à ces malheurs, rien ne va plus dans la mer Caraïbe ! Le commerce maritime s'est effondré à cause du blocus anglais, né de la reprise de la guerre. Dès lors, à quoi bon cultiver la canne et distiller le rhum, s'ils ne peuvent trouver de débouchés à l'exportation ?

Olivier l'écoutait, consterné. Le silence s'étendit entre eux. On n'entendait que le roulement grinçant d'un vieux cabrouet vide au bœuf-tirant, qui roulait sur un chemin défoncé, et le vent océanique, qui agitait la cime des palmiers royaux.

— Olivier ! s'écria soudain Gaël après l'avoir fait entrer. Pourquoi es-tu venu, alors que Paris est à feu et à sang ? Quelle est ta mission ?

Le conventionnel le regarda au fond des yeux. Il saisit ses mains et les serra violemment.

— Gaël, Marie ! La Convention nationale vient de voter l'abolition de l'esclavage pour tous les Noirs des colonies !

Stupéfaits, ils n'arrivaient pas à le croire.

— Tu es sûr ? demanda Gaël. N'est-ce pas l'une de ces lois bâtardes, comme celle du 8 mars 90 de l'Assemblée constituante décrétant que les assemblées coloniales, c'est-à-dire les seuls planteurs blancs, décideraient du maintien ou de l'abolition de l'esclavage, ce qui revenait à enterrer le projet de réforme ?

— Non. C'est bien d'une vraie loi révolutionnaire qu'il s'agit, irréversible : l'abolition intégrale et sans réserve de l'esclavage !

— L'abolition ! répéta Marie-Galante. Tu en es sûr ?

Il sortit la proclamation de sa poche, à l'en-tête de la convention, et lut :

La Convention nationale déclare aboli l'esclavage des Nègres dans toutes les colonies françaises.

En conséquence, elle décrète que tous les hommes, sans distinction de couleur, domiciliés dans les colonies, sont citoyens français, et jouiront de tous les droits assurés par la Constitution.

Renvoie au Comité de salut public pour lui faire incessamment un rapport sur les mesures à prendre pour l'exécution du présent décret.

Fait à Paris, ce 16 pluviôse de l'an II de la République française, une et indivisible.

Était-ce un rêve ? Une île, des îles, une société fraternelle où tous, oubliant la couleur de la peau, seraient libres et égaux en droits !

Mais le visage de Gaël Trémeur s'assombrit.

— Reste à faire accepter l'abolition par les colons, les gros planteurs. Ils la refuseront, Olivier. Ils se sont murés dans leur obstination. Alors, les esclaves, forts de leurs nouveaux droits, se soulèveront et les massacres recommenceront.

— Avant le vote de la Convention, dit Olivier, le Comité de salut public a longuement étudié le rapport de Félicité Sonthonax, partisan acharné de l'abolition immédiate. Certains députés formulaient des réserves. Ils voulaient procéder par étapes. On abolit d'abord la traite, on affranchit tous les métis ; puis les enfants noirs à naître. Mais c'est une vue de l'esprit. La liberté ne se partage pas !

— C'est évident, Olivier. Mais si l'on brusque les colons, ils vont refuser en bloc le décret de la Convention, en se référant aux nombreuses déclarations de l'Assemblée parisienne, notamment ce décret de 1790 qui réserve à l'Assemblée coloniale et à elle seule l'initiative de maintenir ou d'abolir l'esclavage.

— Si je me souviens bien, Gaël, dans ce même décret du 8 mars 90 figurait un paragraphe capital : les colonies étaient déclarées *« partie intégrante de la France »*. Or, la Déclaration des droits de l'homme et notre Constitution affirment que *tous les hommes naissent libres et égaux en droit* !

— Ce décret d'abolition devrait nous combler de bonheur, Olivier ; mais c'est un brûlot. Il va embraser l'île, comme en 91 et en 93. Les colons, qui contestent le centralisme jacobin de Paris, et même la République, vont en appeler aux Espagnols, voire aux Anglais, et menacer de faire sécession, comme la Martinique. Les Noirs, frustrés, se soulèveront ; rien ne pourra arrêter la violence.

Marie-Galante écoutait, épouvantée. Elle s'écria :

— Là-haut, dans la montagne, dix mille marrons n'attendent que ce prétexte pour déferler à nouveau sur les côtes, comme à l'intérieur. Pour eux, l'égalité n'est d'ailleurs même plus suffisante. Ils sont déjà au-delà !

— Que veux-tu dire, Marie ?

— C'est le *pouvoir noir* qu'ils exigent. Traqués comme des bêtes et n'ayant rien à perdre, conscients de leur force, les marrons, réduits aux solutions extrêmes, ne rêvent que de chasser, dépouiller, massacrer les colons blancs. Ils cumulent dans leur tête la haine de dix générations d'esclaves révoltés et auront tôt fait d'entraîner tous les autres.

Ils demeurèrent longtemps silencieux. Après les massacres de l'été, le gouverneur avait réussi à les refouler dans les montagnes. Mais peut-on refouler la lave d'un volcan prêt à exploser ? L'histoire des hommes leur apparut dans son réalisme, avec ses pesanteurs interminables soulevées par des éruptions volcaniques incontrôlables.

— Que vas-tu faire ? demanda Gaël.

— Exécuter la mission que m'a confiée le Comité de salut public. Voir le gouverneur, convoquer l'Assemblée coloniale et l'informer du décret de la Convention. Quels que soient les risques d'explosion, il faut s'accorder avec la loi et appliquer les grands principes qui fondent la République. Agir autrement serait la renier, et nous renier.

— Tu n'as d'ailleurs pas le choix. Après ta frégate, d'autres bateaux apporteront la nouvelle. Je t'accompagnerai à Port-Républicain, où j'ai des amis sûrs, partisans de l'abolition. Tous nos planteurs ne sont pas des esclavagistes ! Un espoir demeure.

— Avant tout, peux-tu me faire porter ce message que j'ai préparé cette nuit, destiné au gouverneur ? Je lui annonce ma visite pour demain en le priant de réunir d'urgence l'Assemblée coloniale.

Gaël s'empara du message cacheté, sortit, donna un ordre. Quelques minutes plus tard, un Noir à cheval partait au galop en direction du sud.

— Il y sera avant midi, dit Gaël.

— Je verrai donc demain matin le gouverneur. Puis les représentants en mission de la Convention et les élus. Tu sais que Sonthonax et Polverel ont été démis de leur mandat. Robespierre ne leur pardonne pas de s'être engagés avec les Girondins de Brissot. Reste le conventionnel Ailhaud. Et les trois élus de l'île à la Convention.

— Oui, dit Gaël. Mais ils se regardent de travers. Dufay est blanc, Belley est noir, Mills est mulâtre !

— La couleur de la peau les sépare. Qui nous sortira de cet orgueil, de cet égoïsme fatal, le refus de la différence ?

— N'est-ce qu'une question de peau ? La peau n'est que le symbole sur lequel pèse l'héritage de générations de mépris, dû à l'esclavage, mettant l'homme au rang de marchandise !

— Ne me décourage pas, Gaël ! Nous avançons à pas comptés sur un brûlot. Tu t'appuies sur l'amour et la fraternité. Je m'appuie sur la Loi. Y a-t-il encore une armée républicaine pour faire respecter l'ordre et appliquer la Loi dans cette île ?

— Le général Rochambeau, qui réside en Martinique, ne disposait que de mille deux cents soldats réguliers et quatre-vingt-neuf canons pour défendre toutes les Antilles françaises. Ici, le général Laveaux n'a que quelques centaines de mousquetaires, depuis que les troupes envoyées de France ont été décimées par les maladies tropicales. S'y ajoutent les quatre ou cinq mille Noirs de Toussaint-Louverture, ralliés à Sonthonax, et quelques compagnies d'infanterie de marine, rescapées des vaisseaux de guerre qui escortaient les convois.

— Justement, Gaël. J'ai une autre mission, qui concerne les convois. Paris meurt de faim. La soudure, en attendant la prochaine récolte, sera cruciale. Avant de reprendre la mer pour rendre compte de ma mission à Robespierre, je voudrais remplir mes cales. Hélas, vous n'avez pas de blé.

— Je peux te donner du sucre, du rhum, du café, du cacao, des épices. Pour le blé, c'est aux jeunes États-Unis d'Amérique qu'il faut s'adresser. Leur agriculture est en pleine expansion. Mais cela, ils le savent, à Paris !

— Malheureusement, on ne peut plus rien acheter à l'étranger avec des assignats. Il nous faut de l'or ou de l'argent ; du métal ! En France, ceux qui en ont le gardent, soit pour spéculer, soit pour survivre, redoutant une nouvelle famine, lorsque le pain ou la viande se payeront à leur poids d'or !

Un grand trouble s'était emparé de Gaël.

— Si je te comprends, tu voudrais aussi de l'or !

— Oui, tu as bien compris, Gaël. Il y a de l'or caché dans cette île. Beaucoup d'or. Est-il utopique d'imaginer que leurs détenteurs pourraient le prêter à la République, pour acheter du blé ?

Gaël le regarda avec stupeur.

— Utopique, le mot est faible. Avec l'abolition, tu viens enlever aux gros planteurs leur main-d'œuvre gratuite, et en plus tu leur demandes leur or !

— Je me souviens de la générosité des îles lorsque l'amiral de Grasse demanda de l'or pour financer la révolution américaine. Les grandes dames créoles de Fort-Royal et de Cap-Français vinrent en cortège lui apporter leurs bijoux.

— Un contexte bien différent, Gaël ! La Révolution a balayé les îles comme un cyclone ! La guerre raciale et le blocus sont en train de ruiner l'économie de Saint-Domingue. Les planteurs gardent leurs réserves d'or pour faire face à un avenir menaçant.

— Tous ?

Olivier fixait son ami, qui ne se déroba pas. Discrètement, Marie-Galante s'était éclipsée, pour donner des ordres à la cuisine et préparer la chambre d'Olivier. Un silence sépara les deux hommes. Enfin, Gaël parla :

— Ce que tu me demandes est très lourd, Olivier. Oui, j'ai de l'or. Mais j'ai déjà tant donné à cette île ! J'ai vendu l'étude de mon père et toutes nos terres familiales de Bretagne pour faire de cette plantation une exploitation modèle, cultivée par des hommes libres.

Nous avons ainsi démontré que l'abolition de l'esclavage était possible, avec de nouveaux rapports entre les hommes : des rapports fraternels, sans casser la production des îles, au contraire. Ce que nous avons réussi à *Alléluia* peut s'étendre à toute l'île, à toutes les Antilles. Mais il faudra du temps : convaincre les planteurs de partager, les Noirs de patienter. Or, la Loi est là, ce décret du 16 pluviôse de la Convention, que tu nous apportes. Reste à le faire appliquer. Depuis dix ans que nous sommes à *Alléluia*, personne ici n'a osé nous imiter, et aujourd'hui ce décret de la Convention exige tout, tout de suite ! Il faudra aider les Noirs à s'adapter, les instruire, faire des sacrifices. L'or sera nécessaire.

— Mais puisque toi tu as réussi la mutation, tu n'as plus besoin de cet or.

— La guerre contre l'Angleterre a stoppé le commerce. Avec quoi payerons-nous les salaires des esclaves affranchis ? L'île ne pourra pas vivre longtemps sans exporter. Et si les Noirs révoltés nous chassent, l'or nous permettra de repartir ailleurs. C'est ce qu'ont déjà fait quelque dix mille colons avec le général félon Galbaud, embarqués au Cap pour refaire leur vie en Virginie.

Olivier baissa la tête.

— Je comprends, Gaël. Je n'ai plus qu'à te souhaiter bonne chance.

Il n'y avait pas le moindre ton de reproche dans la voix d'Olivier. Seulement une immense lassitude.

Un silence les sépara.

Puis, lentement, Olivier sentit que son ami lui revenait. La prunelle des yeux s'éclaircissait, retrouvait la lumière. Un désir irrésistible de se confier à un frère balayait tous les calculs.

— À propos d'or, je te dois une explication, et même une révélation. Tu as été mêlé de si près à ma vie, Olivier !

— À quoi bon ?

Gaël sentait que son ami se détachait, et cela lui était insupportable.

— Laisse-moi parler ! Sans toi, cet or, ce trésor que j'ai retrouvé, ne serait pas dans ma cave.

— Comment ? Quel trésor ?

— Le trésor de Marie-Galante !

— C'est bien la dernière chose à laquelle je me serais attendu !

— Laisse-moi parler ! Souviens-toi. C'est grâce à toi, pendant la campagne de l'amiral de Grasse aux Antilles, en 1781, que nous avions entrepris à l'île de Marie-Galante les premières recherches, sans succès. Une fois installé à Saint-Domingue, j'ai voulu persévérer.

Olivier attendait. Ils se tenaient face à face, les yeux dans les yeux, assis à cette table en bois doré de mahogany.

Enfin, Gaël parla :

— C'est déjà une vieille histoire, dont tu connais une partie. Te souviens-tu d'Yvon Tadou, l'ancien maître canonnier qui avait perdu un bras et un œil à la bataille du cap Ortegal ?

— Tu ne parlais que de lui à bord de *l'Intrépide* ! C'est grâce à ce Vieux des Grèves que tu as pu embarquer sur notre vaisseau en sortant de l'étude de ton père.

— Je lui dois bien d'autres choses. Par quel miracle cet ancien marin du roi, reconverti flibustier aux Caraïbes, était-il devenu un sage, retiré sous la vieille coque d'un harenguier, retournée sur la grève de Porstein, sous les murailles de Brest ? Le Vieux des Grèves !

— Tu m'as raconté tout cela, Gaël ! Je n'ai jamais pu y croire tout à fait, comme à ton histoire de trésor caché dans une grotte de Marie-Galante ! Et tu me dis que tu l'as trouvé ! Je ne peux pas le croire !

— Alors viens ! Je vais te montrer ce trésor. À toi, je n'ai rien à cacher.

Avec l'enthousiasme d'un homme qui se libère d'un poids trop lourd, il entraîna Olivier dans un escalier qui menait à la cave. Une cave immense, encombrée de barriques, de fûts, de boucauts, de ballots, toutes les richesses des dernières récoltes : rhum, sucre, café, indigo, coton…

Gaël tira deux clés d'une cachette dissimulée derrière une roche pivotante. Il saisit une grosse lanterne, l'alluma, déplaça sur le sol quelques dalles de pierre, découvrit une trappe de fer invisible, l'ouvrit. De là, un escalier taillé dans la roche descendait profondément. Olivier s'écria :

— Par la morbleu ! Où m'amènes-tu ?

— *Alléluia* est construite sur des grottes, qui durent servir de repaire et de cachette aux flibustiers de l'île de la Tortue, lorsqu'ils occupèrent jadis Saint-Domingue. J'ai découvert celle-ci en aménageant les caves. Maintenant, suis-moi.

Après avoir descendu les marches, ils s'avancèrent dans un étroit boyau, creusé dans la roche calcaire. Il aboutissait à une cavité naturelle, fermée par une porte de fer. Gaël l'ouvrit. Olivier écarquillait les yeux. Il distinguait dans la pénombre cinq formes noires, massives, mystérieuses. Ils s'approchèrent. À mesure que l'obscurité s'effaçait, Olivier, le cœur battant, apercevait de grands coffres de fer.

— Mais ce sont de vieux coffres de marine ! Les flibustiers du siècle dernier s'en servaient pour y conserver leurs richesses, le produit de leurs pillages !

— Maintenant, regarde ! s'écria Gaël.

Aucune des serrures, rongées par la rouille, n'était fermée. Gaël ouvrit un coffre et souleva un voile de soie. Sidéré, Olivier contempla le plus merveilleux trésor jamais offert à sa vue, ni même à son imagination :

bijoux, pendants d'oreilles, colliers et bracelets d'or ciselé. Ils scintillaient de mille feux. Il y avait aussi, rangées dans des compartiments et des sacs, des pierres précieuses, brutes ou taillées, et des perles d'une pureté admirable. Stupéfait, il admirait tous ces trésors, volés au XVIe ou au XVIIe siècle par les conquistadores à la vieille civilisation aztèque du Mexique. La route maritime de l'or, assurée par les caravelles et galions espagnols, passait par les Antilles. Les pirates et flibustiers de la Tortue et de Saint-Domingue n'avaient fait que se servir au passage !

Gaël referma le coffre et ouvrit le suivant. Vaisselle d'or et d'argent, mosaïques de pierres précieuses, masques d'or arrachés à des statues de temples, statuettes d'idoles incrustées de diamants et de rubis, chaînes d'or ouvragé…

Olivier recula. Il se demandait s'il rêvait. L'odeur de l'huile brûlée alourdissait l'atmosphère. Gaël ouvrit le troisième coffre.

— Approche-toi ! Mets là tes mains…

Pour s'assurer qu'il ne rêvait pas, Olivier plongea ses mains dans une masse de monnaie d'or, qui resplendissait sous la lumière du fanal.

— Il y a là, dit Gaël, plus de deux mille pièces : escudos, doublons d'or ou pistoles. La plupart sont de frappe grossière. Les conquistadores fondaient sur place les plus grosses pièces d'orfèvrerie qu'ils volaient, pour faciliter leur transport. Certaines caravelles ramenaient jusqu'à soixante mille ducats d'or et cent cinquante kilos de perles. Ils fondaient aussi des lingots. Regarde !

Il ouvrit le quatrième coffre, à moitié plein de lingots d'or.

— Le lest des caravelles !

— Et l'autre coffre ? demanda Olivier.

— Des disques en or de sept livres et des masques ; des ex-voto païens !

L'atmosphère devenait irrespirable. La flamme de la lanterne faiblissait. Gaël referma les coffres et entraîna son ami hors de la grotte au trésor, après en avoir verrouillé la porte.

Dans la cave aux marchandises, qui sentait bon le rhum et la cannelle, ils reprirent souffle.

— Tu as donc réussi à trouver le trésor ! s'écria Olivier, lorsqu'il put reprendre la parole.

— Oui ! Dans la grotte marine de l'île de Marie-Galante, la grotte que nous cherchions en 1781 ! Là se trouvait le trésor dont le Vieux des Grèves m'avait révélé l'existence. Toi, tu n'y croyais pas ; tu le prenais pour un vieux fou !

— Mais tu m'avais toujours dit que cette grotte ne contenait plus rien de précieux ! Sinon *Le Secret de la Fleur d'or*, ce vieux manuscrit chinois qu'un ermite y avait caché[1] !

— Tout est très compliqué dans cette histoire, Olivier, et je ne suis même pas certain d'en être au bout.

Oui, c'était une étonnante histoire que le jeune Gaël Trémeur, âgé seulement de dix-huit ans, avait vécue à Brest en 1781, alors clerc de notaire chez son père, mais ne rêvant que d'aventures au large. Dix fois il l'avait racontée à Olivier abasourdi. Un personnage étrange en était la clé : cet Yvon Tadou dont il venait de citer le nom. Il avait connu par hasard cet ancien maître canonnier de la Royale en rôdant sur la grève de Porstein, à l'aplomb des remparts de Brest, là où les pêcheurs, chassés de la Penfeld par les marins du roi et autres gens de l'arsenal, se regroupaient dans des cabanes, parfois sous de vieilles coques retournées.

Aujourd'hui encore, Gaël Trémeur n'aurait su dire pourquoi ils avaient sympathisé. Peu à peu, celui que l'on appelait le Vieux des Grèves s'était livré. Son

1. Voir *Le Rendez-vous de Marie-Galante.*

histoire était si étonnante qu'on n'aurait su faire la part de la légende et celle de la réalité. Ses voisins pêcheurs le prenaient d'ailleurs pour un vieux fou que les épices, le tabac à chiquer, la poudre à canon et le tafia avaient définitivement dérangé.

Après avoir servi le roi, Yvon Tadou, encore jeune, refusant les « invalides », la maigre rente d'État à laquelle il pouvait prétendre après ses mutilations au combat, avait préféré quitter la France. On ne voulait plus de lui dans la Marine du roi ? Ulcéré, il avait offert ses services à un corsaire patenté des Antilles, Typhon le Rouge, qui, sous couvert de boucanerie, armait un brick, *la Pompe à rêve*.

Corsaire, ou flibustier ? Entre les deux la différence était mince. À cette époque, il n'y avait plus de galions et de caravelles ramenant en Espagne les fabuleux trésors volés au Mexique. Mais les eaux peu profondes des mers Caraïbes recelaient encore des trésors dans des épaves de galions coulés après un combat, une tempête ou quelque autre aventure de mer, puisque la route directe du retour ne pouvait éviter les dangereux archipels des Antilles. Pour les corsaires, marins aguerris, plonger à dix ou quinze mètres pour ramener les trésors était moins périlleux que de prendre à l'abordage un vaisseau marchand bien armé.

Mais que faire de ces trésors ? Les corsaires honnêtes — il y en avait quelques-uns —, pourvus d'une patente royale régulière, et tous les marins militaires au service d'un roi, les déclaraient, abandonnant vingt à vingt-cinq pour cent à leur souverain légitime, selon la loi. Les flibustiers et autres pirates maîtres de la rapine n'avaient pas cette délicatesse, ne connaissant ni Dieu ni roi. Ils cachaient leurs trésors dans les grottes des plus petites îles du Sud, peu ou pas fréquentées.

Yvon Tadou ignorait pourquoi Typhon le Rouge, qui avait dû déjà accumuler un énorme butin, éprouvait encore le besoin d'écumer les mers en s'attaquant aux vaisseaux anglais, ennemis de son roi. Sans doute pour le plaisir.

C'était compter sans les hasards cruels de la guerre de course. Un jour de malchance, à la tombée de la nuit, Typhon le Rouge avait attaqué par erreur une petite frégate du roi d'Angleterre, qu'il avait prise pour une flûte marchande. L'Anglais avait démasqué ses batteries à cent mètres. Ouvrant le feu à bout portant, il avait démâté le corsaire. Après un échange sauvage de boulets et de mitraille, *la Pompe à rêve* avait coulé. Les Anglais achevaient au mousquet les survivants français qui se débattaient dans la mer. Il n'aurait pas dû y avoir de survivants ; les Anglais ne s'embarrassaient pas de ce genre de prisonniers.

Cependant, Yvon Tadou avait réussi à mettre à l'eau le petit canot et s'éloignait du carnage à la faveur de la nuit. Sur la mer, des requins se disputaient des corps sans vie. Toutefois, le marin aperçut une forme qui se débattait dans les flots. Il s'approcha et hissa à grand-peine Typhon le Rouge, gravement blessé.

Se guidant aux étoiles, il avait eu la force de conduire Yvon, qui godillait avec sa main valide, jusqu'à son repaire, heureusement tout proche, dans cette petite île de Marie-Galante, de l'archipel des îles du Vent. Mais pour lui, il était trop tard. Avant d'expirer, vidé de son sang, il lui livra le secret qu'il ne partageait qu'avec quelques rares compagnons, aujourd'hui morts : de l'or provenant de la découverte de l'épave d'un galion, immergé sous les eaux d'une côte déserte. Ayant récupéré le trésor, il l'avait caché en lieu sûr, une grotte de Marie-Galante. Il n'en avait pas dit davantage. Le gardien de la grotte était un vieil ermite, qu'il devait contacter, le père Chrysostome.

Quelle était la part de fiction dans cette histoire qu'Yvon Tadou avait racontée au jeune Gaël Trémeur ?

Le rêve paraissait côtoyer une réalité insaisissable. Mais les récits des trésors espagnols abondaient encore en 1781, et certains correspondaient à une réalité merveilleuse, un pactole auquel tous rêvaient, le soir à l'escale dans la taverne enfumée, ou en mer dans le poste d'équipage.

Échappant au récif sur lequel sa barque s'était échouée, Yvon Tadou s'était traîné sur le rivage de Marie-Galante, où il avait été recueilli par l'ermite Chrysostome.

Là, une autre aventure, imprévisible, l'attendait. Pour se remettre, il avait vécu six mois avec l'ermite, un personnage mystique hors du commun. Cet ancien missionnaire en Chine avait lui aussi rapporté un trésor, auprès duquel celui des conquistadores semblait dérisoire. Le secret de la sagesse, *le secret de la Fleur d'or*, auquel il avait initié l'ancien canonnier de la Marine royale.

Mais l'or ? L'or des conquistadores, le trésor caché par Typhon le Rouge ? Ah ! pourquoi chercherait-il ce trésor périssable, celui qui venait d'en trouver un à l'intérieur de lui-même !

Yvon Tadou n'avait d'ailleurs jamais eu accès aux trésors. L'ermite, proche de sa mort, avait caché le vieux manuscrit de la Fleur d'or là même où Typhon le Rouge avait dissimulé son or, une autre grotte, voisine de celle où il vivait. Mais cette seconde grotte était devenue presque inaccessible. Autrefois, les pirates qui y cachaient leurs rapines y abordaient par la mer, à marée basse, grâce à une ouverture au pied de la falaise. À la suite d'un effondrement du sous-sol marin, cette entrée n'était plus guère accessible qu'aux très basses marées, deux fois l'an, aux équinoxes.

Après la mort de l'ermite, Yvon Tadou avait regagné Brest. Il demeurait hanté par les deux trésors dont il n'avait pu découvrir la cachette, son handicap lui interdisant toute recherche. À Brest, il avait gardé son secret, jusqu'au jour où, très vieux à son tour, et sentant venir la mort, il s'était enfin ouvert au jeune Gaël Trémeur, devenu son ami, lui transmettant l'ultime conseil de l'ermite : retrouver le secret de la Fleur d'or, le secret sans prix de la sagesse. Quant à l'or, ce trésor volé, puisque le hasard ou le diable l'avait mis là sur leur chemin, le mieux serait de le donner aux pauvres, en rémission de nos péchés !

Mais quelle était la part de rêve et de réalité dans cette histoire, que Gaël Trémeur, embarqué en 1781 sur *l'Intrépide,* qui faisait voile sur les Antilles, avait fini par confier à son nouvel ami, Olivier d'Escragnole ? Bien que sceptique, le fils du capitaine avait accepté, sous couvert d'herborisation, d'explorer avec Gaël la petite île de Marie-Galante, à l'occasion d'une escale de la flotte à l'île voisine de la Guadeloupe. Ils avaient retrouvé et visité la grotte haute où avait vécu l'ermite Chrysostome, sur le flanc d'un morne. Le souvenir de l'ancien missionnaire demeurait vivant dans l'esprit des indigènes ; là, Yvon Tadou n'avait pas menti. Mais ils n'avaient pu trouver le passage de la grotte basse, la grotte marine, si tant est qu'elle existât, avec ses trésors.

L'année suivante, en 1782, au cours d'une seconde exploration, qu'il avait effectuée seul, Gaël avait eu la chance de rencontrer un personnage énigmatique, qui avait pu l'éclairer. Makandal, esclave émancipé par l'ermite, avait vécu avec lui jusqu'à sa mort. Il avait aussi connu Yvon Tadou. C'était Makandal qui avait déposé dans la grotte marine le manuscrit du *Secret de la Fleur d'or*. Le Noir avait affirmé à Gaël qu'il n'y avait pas d'or dans cette grotte, et le fils du notaire n'avait eu aucune peine à le croire, puisque Makandal vivait pauvrement du produit de sa pêche et des pratiques vaudou qu'il exerçait en marge, dans l'île.

Par la suite, Gaël, entièrement accaparé par son héritage, puis par la rénovation de la plantation de Saint-Domingue léguée par son père, avait un peu oublié l'île au trésor, la lointaine Marie-Galante, mais son mystère demeurait vivant au fond de son inconscient.

Dans la grande cave d'*Alléluia*, parfumée des odeurs de cannelle et de rhum, entre les rangées de barriques faiblement éclairées par des soupiraux, Gaël se rapprocha d'Olivier.

— Je ne saurais dire pourquoi, un jour, le mystère de Marie-Galante, que je croyais enfoui, enterré, oublié, brusquement s'est imposé à moi. Désormais, je ne cessais d'être hanté, non par l'or, auquel, comme toi, je ne croyais pas, mais par le manuscrit de la Fleur d'or, dont Yvon Tadou et Makandal m'avaient livré… le parfum !

— Qu'est devenu ce manuscrit ?

— Makandal, à la demande de l'ermite mourant, l'avait donc bien déposé dans la deuxième grotte, la grotte secrète, invisible, dont l'accès était dissimulé par les eaux. Voué à la solitude, n'ayant aucun héritier spirituel, l'ermite voulait ainsi le soustraire à d'éventuels pillages, l'abandonner en fait à la Providence divine. Makandal le regretta par la suite, s'avisant qu'il ne se conserverait pas, à cause de l'humidité. Mais il ne put se résoudre à retourner dans la grotte marine, dans laquelle il avait cherché en vain le trésor de Typhon le Rouge. Il en connaissait les périls : rester prisonnier de la marée montante en cas de tempête, ou même d'un simple coup de vent.

— Alors, tu es retourné dans l'île ?

— Oui. C'était il y a trois ans, juste avant la révolte des esclaves. Je n'ai pas pu retrouver Makandal. Il était mort en emportant son secret, le passage immergé de la grotte marine. J'ai eu beaucoup de mal à le découvrir, puisqu'il n'est accessible qu'aux équinoxes, lorsque le niveau de la mer baisse de quinze mètres. Et on ne peut approcher cette haute falaise que si la mer est calme, ce qui est très rare aux équinoxes sur cette façade de l'île qui regarde l'océan, une falaise sans cesse battue par des houles venues du large. Il fallait entrer à la plus basse mer, et ressortir impérativement vingt-quatre heures plus tard, puisqu'il n'y a qu'une seule marée par jour aux Caraïbes.

— Et tu as trouvé...

— Au fond de la grotte, dans un petit coffre, j'ai trouvé le manuscrit que Makandal avait déposé. Hélas, complètement moisi ! Illisible. Même un érudit chinois n'aurait pu le lire. Ma déception a été immense. Makandal n'avait pas menti, la grotte ne contenait rien d'autre. Pas la moindre pistole d'or ! Il me fallait repartir les mains vides dès que la mer serait basse. Il me restait plus de vingt heures à attendre, c'est long ! Assis dans la pénombre, je ne cessais de penser à cette histoire. Je me rappelai alors qu'à Brest le Vieux m'avait bien affirmé qu'il y avait aussi de l'or. Et s'il n'avait pas menti pour l'ermite, ni pour la grotte marine, ni pour le manuscrit, pourquoi ne pas le croire pour le reste ?

— Mais puisque Makandal n'avait rien trouvé !

— C'est ce que je me disais aussi. Cependant, n'ayant rien d'autre à faire, et disposant d'une bonne réserve d'huile, l'idée m'a pris de chercher, de fouiller les moindres recoins de la grotte.

— Et tu as trouvé !

— Oui. Il y avait une autre grotte, dans le prolongement de la grotte marine.

— Et Makandal ne l'avait pas découverte ?

— Je suppose que le passage s'était obstrué. Makandal est mort en 1784. En 91, sept ans s'étaient écoulés, plusieurs séismes avaient à nouveau ébranlé le socle des îles du Vent. Sans doute une forte secousse sismique a-t-elle secoué Marie-Galante, rétablissant le passage obstrué entre les deux grottes. Ce passage était encombré d'éboulis, c'est pourquoi, disposant d'une faible lumière, je ne l'ai pas vu tout de suite. Il m'a fallu pierre à pierre dégager l'accès pour atteindre enfin la seconde cavité. Et là, j'ai trouvé le trésor, les cinq coffres cachés par Typhon le Rouge.

— Et tu as pu les sortir seul ?

— À part Marie, une seule personne était au courant : Ti Bambou, l'esclave affranchi qui m'avait recueilli en 1782 après mon naufrage à la malheureuse bataille des Saintes. Neuf ans plus tard, il était devenu un colosse, et restait mon ami, dévoué jusqu'à la mort, le chef de mes contremaîtres, l'artisan de la réconciliation. Nous avons opéré à l'équinoxe suivant, avec une embarcation pontée à voile, sous couvert de pêche à la langouste. Ce fut très dur, mais on y est arrivés sans se faire remarquer. Cette partie de l'île, rocheuse, inculte, n'est pas habitée, et ce jour-là la mer était exceptionnellement clémente. L'arrivée à Saint-Domingue a été périlleuse. Enfin, on l'a fait, et le trésor est là, sous nos pieds. Puisse-t-il servir pour une noble cause !

Les yeux d'Olivier brillaient d'espoir. Il y avait là de quoi acheter un convoi entier de blé américain, de quoi nourrir Paris et toutes les armées républicaines de Sans-culottes, et même leur acheter des souliers ! Il était comme un enfant devant un arbre de Noël. D'une voix douce, pour ne pas rompre le charme, il murmura :

— Alors, Gaël, tu nous donnerais ton or ?

— Peut-être… Mais je veux être sûr qu'il ne servira pas à quelque dessein personnel d'un politicien parisien.

— Il servira à acheter du blé américain, pour faire la soudure et éviter au peuple de Paris une famine, laquelle, provoquant de nouveaux soulèvements populaires, ne pourrait que servir les ennemis de la République. Il servira également à nourrir la marine et l'armée, qui défendent nos frontières.

— Je vais réfléchir, Olivier ; en parler avec Marie ; m'assurer, aussi, que votre frégate serait capable de rompre le blocus anglais qui cerne notre île, car tu n'auras peut-être pas toujours autant de chance.

Le visage d'Olivier exprimait une telle confiance que Gaël ne put s'empêcher de sourire.

— Je suis prêt à confier mon trésor à la République. Mais je veux des garanties. As-tu pouvoir pour me les donner ?

— Honnêtement, non. Je ne suis qu'un messager du Comité de salut public.

— Sonthonax n'a plus de pouvoirs ; ni Polverel. Ailhaud ? Ou le gouverneur ? Mais peut-on leur faire confiance ?

— Non, Gaël. Dès qu'il s'agit d'or et non plus des grands principes, les hommes ne sont plus les mêmes. Ils pensent d'abord à eux, ou à leur parti. Dévoilée, cette affaire risque de déchaîner les passions. Nous devons en garder le secret pour qu'elle réussisse. Avertis, les colons s'opposeraient au transfert de l'or.

— Alors, retourne à Paris. Vois Robespierre, et rapporte-moi son accord écrit. L'or ne devra servir qu'à l'achat du blé américain, qui sera immédiatement distribué. J'en consentirai le prêt à l'État, sans intérêts, pour cinq ans. Il me faut donc des garanties bancaires, un aval international. Capital garanti et indexé sur le cours de l'or.

— Je l'obtiendrai, Gaël. Je ne sais pas comment ; je ne suis pas comme toi un ancien clerc de notaire ! Mais je l'obtiendrai ! Dès que j'aurai accompli ma mission à Port-Républicain et que ma frégate aura rempli ses cales, je reprendrai la mer. Si tout se passe bien, je serai de retour dans six semaines, peut-être moins. Il faudra compter, dans tous les cas, avec les Anglais.

Le conventionnel hésita, puis il reprit :

— Nous prenons tout de même un sacré risque, Gaël ! Dans six semaines, que se sera-t-il passé à Saint-Domingue ? Les marrons peuvent à nouveau déferler sur Le Cap, et *Alléluia* n'aura peut-être pas la même chance qu'en 91 et en 93. Il serait plus sage que tu embarques à bord de *la Liberté* avec les tiens, en emmenant le trésor…

— Abandonner *Alléluia* et tous nos amis ? Jamais ! Six semaines, c'est possible, on tiendra. Nos travailleurs noirs, que j'ai tous affranchis, nous protègent. Ils sont près de trois cents. Mille en comptant les familles. Ils savent que nous les aimons. Ils ont tout à craindre des désordres, pillages et incendies, qui ruineraient leur outil de travail. D'autre part, je trouve que ta frégate ne fait pas le poids pour forcer le blocus. Il faudrait au moins un vaisseau de soixante-quatorze canons.

— Je partirai donc sans toi avec ma frégate, que tu mésestimes, et je reviendrai sur un vaisseau de 74.

— Remontons, maintenant.

Revenus dans le salon, ils virent une délicieuse adolescente accourir vers eux. Elle se jeta dans les bras d'Olivier.

— Ah ! Franjo ! Je ne reconnais plus ma filleule. Que tu es belle !

Olivier contemplait ses beaux yeux, gris tourterelle, comme ceux de Marie-Galante. Elle était vêtue d'une culotte de cheval blanche très moulante, et d'une courte veste rouge, qui lui donnaient de loin l'air d'un page. Mais quand elle s'approcha, il ne vit plus que son visage déjà si tendrement féminin, comme échappé d'un petit Fragonard, avec ses joues pleines et roses, ses lèvres sensuelles, son teint velouté, ses cheveux blonds mousseux retenus par un ruban noir.

— Parrain, j'espère que tu vas rester longtemps avec nous !

— Non, ma chérie. Je reprends la mer dans deux ou trois jours. Mais je reviendrai bientôt, je te le promets.

Une tristesse infinie assombrit le visage lisse et pur de l'adolescente. Prise par un funeste pressentiment, elle aurait voulu dire : « Et s'il est trop tard ? » Elle se contenta de baisser les yeux.

Marie-Galante entrait.

— Ta chambre est prête, Olivier. Tu y seras comme un roi !

Un roi ? Ce mot malheureux les ébranla.

— Il n'y a plus de roi ! s'écria Franjo de sa petite voix cristalline.

Au milieu de ces bouleversements qui les emportaient, ils se sentirent soudain orphelins, exposés à tous les périls. Franjo perçut leur angoisse et se serra contre sa mère. Elle aurait voulu redevenir la petite fille heureuse, insouciante, qu'elle avait été sur la plantation ; tant d'années de bonheur !

— Maman ! C'est comment, un roi ?

— Je ne sais pas, ma chérie. Je n'en ai jamais vu. Mais ton parrain a vu le dernier roi : Louis XVI.

Olivier baissa la tête. Jeune aristocrate, héritier des marquis d'Escragnole, il avait été présenté au roi à Versailles en 1783. Puis la Révolution était passée. Élu à la Convention, il se souvenait de cet homme, que les Jacobins et les Montagnards appelaient Louis Capet avec de la haine dans la voix. Il affrontait l'Assemblée, qui lui était hostile. Son visage n'avait rien de celui d'un despote, il reflétait l'immense stupéfaction d'un homme égaré qui voit le sol se dérober sous ses pas. Olivier n'avait pas voté la mort du roi ; seulement sa déchéance.

— Un roi, dit-il à Franjo, c'est comme…

Un sanglot étouffa sa voix. Issu de l'aristocratie, mais élu du peuple, il se sentait coupable d'avoir manqué la grande réconciliation des Français.

Puis, maîtrisant son désarroi, il se polarisa sur sa mission : l'or ! Il fixa Marie-Galante avec intensité. Il y eut entre le frère et la sœur comme une transmission de pensée. Se détournant, elle se pencha alors vers son mari et lui demanda à voix basse :

— Il a vu les coffres ?

— Oui. Il les a vus.

Il lut sur le visage souriant de sa femme l'acceptation totale, *le don de l'or*, auquel lui-même n'arrivait pas à consentir sans réserve.

La conversation se poursuivit à mi-voix sur la manière la plus efficace de transférer le trésor jusqu'au port, le plus discrètement possible. Serait-ce réalisable en cas de troubles graves ?

Pendant ce temps, Franjo était allée se changer pour passer à table. Elle reparut, rayonnante de simplicité, toute belle dans sa robe de percale bleu lavande, seulement soulignée de dentelles au col et aux poignets.

Olivier la contemplait, ému par sa grâce. Elle incarnait la séduction innocente, sans le jeu de la séduction. Le souvenir du visage d'Angélica le troubla. Avec sa lourde hérédité, la fille du capitaine Remacle lui apparaissait si loin de la pureté de cette femme-enfant !

Marie-Galante les entraîna sous la véranda, où était dressée la table.

— Maintenant, allons dîner ! Au menu, avocat au poivre et poisson fumé.

— C'est Robespierre, flanqué par Danton ! s'écria Franjo.

— Riz blanc et patates douces, relevés de piment.

— Oh ! c'est Barras ! dit Olivier.

— Le tout agrémenté d'une « sauce à la petite malice ».

— C'est Mirabeau !

— Confiture de goyave.

— C'est La Fayette ! cria Franjo.

— Cocktail de fruits au rhum blanc.

— C'est notre ami André Chénier !

— Café des îles, très noir… C'est Toussaint-Louverture. Il nous tiendra *éveillés*.

Ce mot frappa Gaël. N'était-ce pas, au dire de l'ermite Chrysostome, l'une des clés permettant d'accéder au trésor, au *secret de la Fleur d'or* ?

6

— Messieurs, je vous apporte le décret d'abolition de l'esclavage.

Un tollé s'éleva dans l'assemblée des planteurs.

Pendant qu'au Cap-Français la frégate *Liberté* chargeait les précieuses denrées à destination de la France, Olivier Descragnole, accompagné par Gaël Trémeur, s'était donc rendu à Port-Républicain, la capitale de l'île, anciennement Port-au-Prince. Ils avaient été reçus pas Ailhaud, le conventionnel en mission, chef de la commission civile, seul rescapé de l'épuration des Girondins, qui apprit avec satisfaction le vote de la Convention abolissant l'esclavage. Mais l'affrontement était houleux avec l'Assemblée coloniale, où dominaient les grands planteurs blancs, farouchement accrochés à leurs privilèges.

— Nous confirmons la résolution votée en mai 1790 par notre Assemblée coloniale ! s'écria Dufay, le député blanc élu de l'île à la Convention. « Les esclaves forment une propriété, base de toutes les autres, intangible dans le présent et dans l'avenir. Quant aux mulâtres susceptibles d'être affranchis, il appartient aussi à l'Assemblée coloniale et à elle seule de décider de leur sort. »

Ayant repris son souffle, il poursuivit en détachant chaque mot :

— Le 12 octobre 1790, l'Assemblée constituante, par la voix de Barnave, nous a donné raison : « Aucune loi sur l'état des personnes ne sera décrétée pour les colonies, sinon sur la demande de l'Assemblée coloniale. »

— Ce qu'une assemblée a décidé, une autre assemblée peut le supprimer, répliqua Descragnole. Nous avons aboli la royauté, nous pouvons abolir l'esclavage. C'est ce qu'a fait la Convention, le 4 février dernier.

— Ce n'est pas ce que vous avez fait de mieux ! glapit un planteur royaliste. Si nous vous suivons, ce sera le chaos dans les colonies, ce sera comme en France !

— Nous exigeons de la Convention un nouveau vote, conclut Dufay, celui-là, à bulletins secrets. Il ne pourra être acquis sans débat préalable, ni sans une participation majoritaire des députés, un quorum.

Les Grands Blancs refusaient donc le décret unilatéral de la Convention, au nom de leurs droits ancestraux sur la propriété de « l'outil de travail », comme ils appelaient les Noirs, une marchandise quelconque parmi les autres. Ne les avaient-ils pas, ou leurs pères, achetés et payés en bons louis d'or sonnants, jusqu'à cent louis pour un nègre adulte, quatre-vingts pour une jeune négresse, cinquante pour un négrillon ?

Olivier, Gaël et Ailhaud quittèrent la séance sous les huées des planteurs et durent s'échapper par une porte dérobée pour éviter d'être malmenés, malgré la présence de la Garde nationale.

Sur la place, ils se trouvèrent confrontés à une foule excitée de Noirs et de mulâtres, que l'arrivée de la frégate de France au Cap avait mobilisés. Pris entre la rue et la salle, Olivier décida de s'engager à fond.

— Citoyens, Blancs et Noirs ! J'arrive de France. La Convention nationale vient de proclamer solennellement et à l'unanimité des votants l'abolition de l'esclavage !

Une immense ovation accueillit ce propos. Noirs, mulâtres, quarterons et quelques Blancs se jetaient dans les bras les uns des autres, pleurant et riant à la fois. On chantait, on dansait, on exultait de joie. Quelque chose se passait. Les hommes allaient-ils enfin cesser de se haïr, les plus riches exploitant les plus pauvres, les plus forts écrasant les plus faibles ? Quand le calme fut rétabli, Olivier poursuivit :

— Tous les Noirs et métis, hommes et femmes de couleur, sont concernés, et leurs enfants, nés et à naître ! Un gouvernement républicain ne saurait supporter ni chaînes, ni esclaves.

À nouveau, les cris et les acclamations s'élevèrent. Mais un vieux Noir aux cheveux blancs, l'œil vif, s'avança.

— La liberté, c'est bien. Mais l'égalité ?

— Aujourd'hui, vous êtes libres. Demain, vous serez tous égaux en droits et en devoirs. Sans l'égalité, la nouvelle société serait comme une horloge dont le balancier perdrait son équilibre et son action perpétuelle.

Or il y avait dans la foule des petits planteurs mulâtres, depuis longtemps affranchis, enfants naturels d'un colon blanc et d'une esclave. Nombreux à Saint-Domingue, ils possédaient un tiers des terres, évidemment les moins fertiles, dont n'avaient pas voulu les Grands Blancs. Au fil des années, ces métis doués s'étaient plus ou moins enrichis, et ils avaient acheté des esclaves. Ainsi, vingt mille métis possédaient soixante-quinze mille esclaves noirs, soit le quart de la main-d'œuvre servile. Et ce principe mal défini de l'égalité les inquiétait. Être égaux, cela sous-entendait-il que leurs droits de propriété pouvaient être menacés en faveur des plus pauvres ?

Remarquant leur silence réservé, le conventionnel Ailhaud prit la parole :

— La liberté ne va pas sans une garantie solennelle concernant la propriété légitime des terres, obtenues par héritage, achat, ou par le travail.

Des cris hostiles jaillirent alors parmi les Noirs les plus excités, et quelques marrons descendus de la montagne. Certains avaient espéré une redistribution générale des terres, concernant surtout les grandes plantations. Ils étaient déçus. Mais Ailhaud, qui voulait réconcilier tout le monde, ne se laissa pas ébranler.

— Citoyens, Noirs, mulâtres et Blancs ! Vous allez devenir égaux pour jouir du bonheur et le faire partager aux autres. Tout oppresseur de son concitoyen est un monstre qui doit aussitôt être banni de la Terre sociale ! Maintenant, écoutez-moi et pesez mes paroles. La République vous reconnaît le droit à la liberté. Mais elle n'entend pas vous soustraire à l'obligation de vous procurer de quoi vivre par le travail.

Un froid passa dans la foule. Avaient-ils cru qu'ils seraient dispensés du travail ?

— Vous êtes donc invités à réintégrer en hommes libres vos habitations, vos ateliers et vos plantations pour y travailler sans relâche à cultiver la canne, le coton, à planter les patates, ignames, malangas et autres racines nourrissantes, contre juste salaire. Les contrevenants seront considérés comme traîtres à la patrie et livrés aux rigueurs de la loi.

La foule se dispersa, perplexe. Que signifiait « juste salaire » ? Et l'on attendit la suite. Les Petits Blancs de condition modeste, commerçants et artisans, et les mulâtres petits propriétaires se sentaient rassurés. Car s'ils étaient désormais obligés de rémunérer leurs travailleurs, ils n'étaient plus tenus à les nourrir, à les héberger, à assurer leurs vieux jours. Les Grands Blancs dépossédés de leur « bois d'ébène » se murèrent dans leur opposition farouche. Ils décidèrent d'acheter de nouvelles armes et de se barricader, en appelant les Anglais. Les marrons, tous les évadés de plantations esclavagistes, vite informés dans la montagne car on avait ouvert les prisons, se répandirent dans l'île. Plutôt déçus car il n'était pas fait allusion à leur sort, ils comptaient bien ne pas en rester là.

Mais la grande masse des Noirs s'abandonnait à une joie débridée et bruyante. L'administration ayant levé les restrictions sur les ventes de tafia et sur les bals publics, ce fut la fête ! Chaque soir, d'immenses farandoles populaires se déployèrent, de Cap-Français à Port-de-Paix, des Cayes à Léogane, et jusque sur les îles de Gonave et de la Tortue.

Olivier et Gaël avaient réintégré *Alléluia*, après avoir été reçus par le gouverneur, qui leur parut loyal mais accablé, dépassé par les événements. L'annonce de l'abolition s'était répandue alentour par le bouche à oreille, le tam-tam et une édition spéciale de *La Gazette de Saint-Domingue*. Ti Bambou, le contremaître-chef de la plantation, ne cacha pas son inquiétude :

— Les grands planteurs organisent la résistance à la loi. Jusqu'où iront-ils ? Il faut s'attendre à des débarquements anglais sur nos côtes. Et à la frontière, on observe déjà des mouvements de troupes espagnoles.

— Le gouverneur m'a promis les renforts de la Garde nationale, avec des canons, dit Olivier. L'ordre républicain sera respecté !

Cependant, les marronages se multipliaient, nouvelles évasions d'esclaves que les Grands Blancs refusaient d'affranchir. Dès la tombée de la nuit, dans les épaisses forêts comme dans les vallées perdues ou sur les hauteurs dépouillées de la chaîne montagneuse du Nord, la Sierra Monte-Cristi, s'élevèrent les roulements obsédant des tam-tam, les sifflements aigus des fifres et les incantations exacerbées des rituels vaudou. Soulevée par ce ferment révolutionnaire, la grande masse des Noirs hésitait.

Puis, comme un volcan cessant peu à peu ses éruptions, l'île retrouva un calme apparent. Maîtrisant son angoisse, chacun attendait la suite.

À la fin du troisième jour, le capitaine Disnouville fit son rapport à Olivier Descragnole :

— Nous sommes parés à prendre la mer, dès que la nuit sera bien noire et le jusant établi. Nous avons renouvelé les vivres frais et rempli les barriques d'eau douce. Nous avons reçu de la plantation Trémeur 160 barriques de sucre brut, 44 boucauts de sucre blanc raffiné, 90 quintaux de mélasse, 30 boucauts de café, 12 barils d'indigo, 60 ballots de coton, 12 caisses de cacao. Plus quelques tierçons de vanille, gimgenbre, poivre et autres épices. Selon tes ordres, j'ai refusé les barils de rhum, à l'exception de quelques quarts de tafia pour l'équipage, qui ne saurait s'en passer. Je garde sur moi la clé de la cale au vin !

— Je te remercie, Roland.

Les adieux furent déchirants. Angoissé par la tournure que pouvaient prendre les événements, Olivier adjura à nouveau Gaël et Marie-Galante d'embarquer avec lui. Les Trémeur se concertèrent longuement. Ce calme apparent durerait-il, laissant place à la concertation ? À ce moment, une délégation des travailleurs noirs, conduits par Ti Bambou, intervint :

— Ne partez pas !

— Nous restons avec vous ! s'écria Gaël. On ne peut pas détruire en un jour ce qui a été fait en dix ans, tout ce que nous avons réalisé et vécu ensemble dans une confiance mutuelle, et refuser d'accomplir jusqu'au bout une si belle aventure, notre aventure. Elle doit demeurer un exemple pour les autres planteurs. Partir serait se renier.

Marie-Galante et Franjo acquiescèrent.

Jusqu'à la dernière minute, Olivier avait espéré récupérer pour les sauver sa demi-sœur, sa filleule, son ami… et les cinq coffres d'or. Une dernière fois, il tenta de les convaincre :

— Rester ? C'est prendre un risque énorme. Il y a trop de mépris et de haines accumulés de part et d'autre. Les grands planteurs, forts de l'exemple des Petites Antilles, ne céderont pas. Or ils n'auront jamais ici la force du nombre pour imposer ce qu'ils estiment être leur droit de propriété sur les esclaves. Les Noirs sont désormais trop nombreux. Ils ont été cruellement exploités depuis trop longtemps. La menace de l'armée, des canons ou de la guillotine ne fera que les révolter davantage. Ce sera l'explosion, une terreur pire qu'à Paris, pire que ce que vous avez déjà subi. Les marrons n'aspirent qu'à la vengeance. Rien ne les arrêtera. Aujourd'hui dix mille, ils seront demain cent mille.

— Mais notre passé nous protège, Olivier. Si nous sommes encore les seuls ici à avoir tenté avec succès l'expérience de l'émancipation, bien d'autres colons avant nous ont traité humainement leurs esclaves. Il peut y avoir une accalmie, un temps d'adaptation. La majorité des Noirs souhaite et craint à la fois la liberté, qui implique de lourdes contreparties : s'adapter à une vie autre, où ils seront responsables. Et tous n'y sont pas prêts.

— Tu oublies les excès, les crimes qu'ont pu commettre d'autres colons pour augmenter leur cheptel d'esclaves. Hier encore, à Port-Républicain, une femme noire venue de la Martinique me racontait comment elle avait été arrachée à sa famille, et séparée de ses enfants, vendus loin d'elle. Le comportement de certains planteurs dépasse toute barbarie. Ils n'hésitent pas à entretenir une liaison avec de belles Négresses, et quelques années plus tard à vendre les enfants nés de cette union. Peut-on imaginer chose plus horrible que de vendre son propre sang ?

— Nous savons tout cela, Olivier, et nous le déplorons. Mais ce ne sont que des cas extrêmes. On voit bien pire en France sous la Terreur, tous ces innocents dénoncés et exécutés comme suspects par pure jalousie, ou simple règlement de comptes. La barbarie est partout.

— Alors, que Dieu vous garde !

— Que Dieu te garde aussi, Olivier. Nous attendrons ton retour.

Il le serra dans ses bras. Puis Marie-Galante et Franjo l'embrassèrent, les larmes aux yeux.

Dans l'ombre, Marie-Galante, submergée par un funeste pressentiment, pleurait doucement. Franjo s'approcha d'elle et la prit dans ses bras.

Les Anglais, accaparés par leurs tentatives de débarquement en divers points de l'île, avaient relâché leur surveillance des passes de la baie de Cap-Français. *La Liberté* en profita. À minuit, se faufilant presque invisible sous toile basse dans le chenal de sortie, elle gagna la haute mer sans avoir été repérée. Puis elle engrossa toute sa toile et se mit à courir pleine amure, cap au nord pour trouver les vents d'ouest portant au-dessus du trentième parallèle.

Après une traversée à vitesse record, faussant à nouveau compagnie à la croisière anglaise de la Manche, elle entra le 16 mars en rade de Brest. Trois jours plus tard, crevant ses chevaux sous lui, Olivier Descragnole se présentait au bureau de Maximilien Robespierre, au Comité de salut public, dans l'ancien palais royal des Tuileries.

L'Incorruptible conférait avec le Comité exécutif, dans l'ancien salon Ovale de la reine. En attendant, Olivier se dirigea vers les couloirs de la Convention, qui sortait de séance. Il y trouva son ami Augustin Lantosque, les cheveux rebelles, l'habit mal ajusté, l'œil non plus ahuri mais révolté.

— Que se passe-t-il à Paris, Augustin ? On sent la peur, et comme une tension haineuse. Les gens se méfient, s'épient. Et toujours ces files interminables devant les boulangeries.

L'Alpin l'entraîna à part.

— Depuis ton départ, il s'est passé beaucoup de choses ! Les Hébertistes, Cordeliers et autres Enragés mènent la vie dure à Robespierre. Ils veulent sa peau. Aussi réagit-il à sa manière : il emprisonne et fait tomber les têtes. Pour protester contre ces persécutions, Jacques Roux s'est suicidé dans sa prison.

— C'était un Enragé passionné, un anarchiste, un égalitaire absolutiste. Il voulait confisquer les biens des riches et les distribuer aux pauvres. Cet ancien prêtre n'avait retenu dans l'Évangile que la malédiction du Christ : *« Malheur aux riches ! »*

— Débordé sur sa gauche, le Comité de salut public a fait procéder à l'arrestation d'Hébert. Il sera dans la prochaine charrette. Cependant, comme en hommage posthume à Jacques Roux, la Convention, sur proposition de Saint-Just, a voté la mise sous séquestre des biens des *suspects*, un terme qui peut cacher n'importe quoi. Ceux qui seront déclarés ennemis de la République verront leurs biens confisqués et distribués aux indigents. Tels sont « les décrets de Ventôse ».

— L'esprit de Marat inspire maintenant la politique de Robespierre ! s'écria Olivier. Il lui suffira de décréter suspects tous ses ennemis, à droite comme à gauche. Une dérive mortelle.

— C'est l'escalade. À Paris comme en province, on a déjà nommé des commissions populaires pour désigner et juger les suspects. Se sentant visé, le Club des Cordeliers, mené par les Hébertistes, a appelé à l'insurrection populaire contre le Comité de salut public. Robespierre, Saint-Just et leurs amis au pouvoir sont directement visés.

— Danton ?

— Ah ! Danton est menacé… par Robespierre !

— Danton ? Le créateur du Tribunal révolutionnaire, le massacreur de septembre !

— Son arrestation est imminente, Olivier.

— Que lui reproche Robespierre ?

— Sa modération ! Danton ne croit plus à l'utilité de la Terreur. Mais l'Incorruptible espère coincer sur ses malversations celui qui avait dit : « En révolution, l'autorité doit appartenir au plus scélérat ! »

— On finira tous par y passer, Augustin. On est toujours suspect de quelque chose ou de quelqu'un. Notre démocratie d'opinion est devenue une démocratie d'intérêts et de règlements de comptes ! Cette loi des Suspects, c'est l'utopie de la transparence. Elle aboutit à la perte des libertés. Comment réagit la Commune de Paris ?

— Elle demeure divisée. Certains refusent pour le moment de suivre les Enragés. On sait trop où cela mène.

— Et la droite ? Je veux dire la gauche modérée ?

— Après l'arrestation d'Hébert, les modérés ont cru triompher. Le pays en a assez de la Terreur, du sang et de la guerre. Dans son *Vieux Cordelier*, Camille Desmoulins a osé faire l'éloge de l'Angleterre !

— Qu'il aille voir ce qui se passe aux Antilles !

— Robespierre a fait saisir *Le Vieux Cordelier*. Il n'y a plus de liberté de la presse.

— Sans liberté de la presse, il n'y a pas de libertés. Et que se passe-t-il en province ? Pour la première fois, j'ai traversé la Bretagne sans recevoir une volée de plomb !

— De terribles répressions s'abattent sur la Vendée. Les Chouans sont massacrés par centaines, peut-être par milliers. Aux Lucs-de-Boulogne, les colonnes infernales du général républicain Cordellier ont fusillé ou égorgé quatre cent cinquante-huit personnes, dont cent dix enfants !

— L'horreur appelle l'horreur. Mais elle ne la justifie pas.

— Saint-Just et Barère dénoncent « les factions » : les Indulgents comme les Enragés. Saisissant la balle au bond, Robespierre répète à qui veut l'entendre : « Toutes les factions doivent périr du même coup ! »

— Il périra avec elles ! Et nous avec...

— Toi surtout, Olivier ! Tu as le profil idéal d'un suspect. Ne reste pas à Paris. Retourne dans ta montagne !

Un huissier s'approchait. Il salua Olivier.

— Citoyen Descragnole, le citoyen Robespierre t'attend dans son bureau.

L'Incorruptible avait maigri. Il ne pouvait dissimuler son anxiété. Son mufle bilieux, ses yeux injectés de sang reflétaient aussi son excitation et le manque de sommeil. « Un homme au bout de son rouleau, pensa Olivier. Désormais vulnérable, acculé par ses crimes et tous les ennemis qu'il se crée : mais encore capable de tuer ! » Oui, Augustin avait raison ! Partir ! Quitter Paris, ses angoisses et ses intrigues, retrouver la montagne, Escragnole-en-Provence, ses garrigues odorantes, ses champs de lavandes bruissantes d'abeilles, ses sauvages bois de rouvres où vagabonde le sanglier au petit œil noir. Partir... avec Angélica !

— Pourquoi souris-tu, citoyen ?

Le maître de la France avait rugi et malgré lui Olivier se sentit comme cloué sur son siège, un fauteuil Louis XVI provenant du mobilier royal. N'était-il pas en effet, lui, le ci-devant, le conventionnel modéré, un *suspect* idéal ?

Brusquement, Robespierre parut perdre pied, submergé par une angoisse qui le rongeait intérieurement.

Son regard égaré se porta en avant, comme s'il ne voyait plus Olivier, mais une vision horrible, l'échafaud où l'entraînait sa folie.

Puis il se reprit et martela d'une voix qui se raffermissait à chaque mot :

— Onze armées à diriger, le poids de l'Europe entière à porter, partout des traîtres à démasquer, des émissaires soudoyés par l'or des puissances étrangères, des administrateurs infidèles à surveiller, tous les tyrans à combattre, les conspirateurs à intimider, des obstacles à aplanir, telles sont mes fonctions !

Il ajouta :

— Et le peuple à nourrir !

— Je t'apporte une bonne nouvelle, Robespierre !

— Enfin ! Parle !

— Il y a de l'or à Saint-Domingue.

— Je le sais bien, tudieu ! Mais ces damnés planteurs se le gardent, et Sonthonax a tenté en vain de le leur soutirer. Sa méthode était trop douce, c'est pourquoi nous l'avons limogé. Que n'agissait-il comme Hugues en Guadeloupe ! La guillotine qu'il a installée à Pointe-à-Pitre a fait un excellent travail !

— Hugues a-t-il obtenu l'or des planteurs de la Guadeloupe ?

— Non.

— Sa méthode répressive n'a eu pour effet que de mobiliser et d'unir les planteurs blancs contre la République, puis de nous amener les Anglais.

En tenant ce langage, Olivier jouait un jeu dangereux. Le regard de Robespierre ne cessait de s'assombrir. Un pli cruel tirait ses lèvres minces. Il regardait fixement Olivier, comme le serpent hypnotise l'oiseau avant de le happer.

Puis il ferma les yeux. Les traits de son visage s'adoucirent. Olivier attendait l'accalmie, ne voulant rien brusquer.

L'Incorruptible revint sur terre :

— Que se passe-t-il à Saint-Domingue ? J'ai reçu le mois dernier un rapport alarmant du gouverneur. Comment les Dominicains ont-ils accueilli le décret de la Convention abolissant l'esclavage ?

— Les Grands Blancs se révoltent, c'était prévisible. Ils ne veulent rien céder. Les Petits Blancs grognent et les métis déjà libres s'en accommodent. Les esclaves noirs brûlent d'impatience de voir enfin se réaliser leur rêve, l'égalité, après avoir vu tomber leurs chaînes. Les marrons fourbissent leurs armes, ils attendent que cent mille partisans se joignent à eux. Heureusement, ils sont encadrés par un Noir cultivé — un Nègre à talents —, Toussaint, dit Louverture. Bien qu'officier sous uniforme espagnol, il s'est rallié à la République.

— Un Noir officier ? Stupéfiant. Je connaissais aux Antilles un grand compositeur de couleur, le chevalier de Saint-Georges, « le Mozart des îles ». Mais un officier…

— Ces hommes ont quelque chose à nous apprendre. Quant à Toussaint, est-il capable de contenir l'explosion qui couve dans le peuple noir ? C'est ce que je ne peux dire. Je ne suis resté là-bas que quelques jours. La réalité à Saint-Domingue, aussi évidente qu'un cyclone tropical, c'est un Blanc pour près de dix Noirs. Et pas assez de troupes pour maintenir l'ordre.

— Il faut nommer ce Toussaint général !

— Si on en fait un héros, il sera tenté de se faire élire roi de l'île. C'est dans sa nature, on le dit petit-fils d'un roi noir d'Afrique. Alors, il expulsera tous les Blancs, français, anglais et espagnols confondus. Comprends-tu cela, Robespierre ? Le rapport de forces est trop inégal : soixante-cinq mille Blancs pour six cent mille Noirs ! Un pour neuf dans les villes ; un pour seize dans les campagnes ! Comment avons-nous été assez aveugles pour laisser se créer un tel déséquilibre ?

— En France aussi, Descragnole. Avant notre Révolution, il y avait un riche pour vingt pauvres. Dans ce palais même, toute une classe de privilégiés, ignorant le grondement du peuple de Paris, affamé, continuait à danser le rigaudon et à mener de basses intrigues !

Le regard de Robespierre se perdit dans les flammes d'un maigre feu de bois qui ne réchauffait pas l'atmosphère glacée de la pièce. Il murmura :

— Ce sont les buis du jardin royal des Tuileries. Derrière ces bosquets ont forniqué des comtesses et des petits marquis ! J'ai ordonné qu'on les arrache et qu'à la place on cultive des légumes.

Brusquement, il éclata :

— Citoyen représentant ! Je t'avais confié deux missions : annoncer l'abolition de l'esclavage et rapporter l'or des îles. Ici, le temps passe, inexorable. Le peuple de Paris a faim, et aussi l'armée, qui contient aux frontières la coalition des rois, autrement dangereux que ce Toussaint-Louverture ! Plus de farines ! La soudure ne pourra se faire cet été. Je viens de conférer avec Lindet, responsable des approvisionnements. Si Paris manque de pain, la foule, soulevée par les Enragés de la Commune, descendra dans la rue, envahira à nouveau les Tuileries ; Lindet sautera, entraînant dans sa chute le Comité de salut public et tout l'exécutif. As-tu vu ton ami du Cap ? Comment s'appelle-t-il, ce colon modèle, ce républicain qui réussit à s'enrichir en émancipant ses Nègres ?

— Gaël Trémeur. Il est assisté par une femme exceptionnelle : Marie-Galante.

— Ils ont de l'or ?

— Oui.

— Beaucoup d'or ?

— De quoi acheter cent cargaisons de blé pour remplir cent beaux gros vaisseaux marchands jaugeant mille tonneaux et plus !

Robespierre écarquilla les yeux. Puis une lueur homicide s'alluma au fond de son regard.

— Tu te moques, Descragnole ? Prends garde !

— De quoi acheter la récolte d'un État américain, riche des plus belles terres à céréales !

Robespierre s'était levé et marchait à grands pas dans le bureau. Un tigre affamé, mis en appétit par un quartier de viande fraîche. Par les fenêtres, on voyait dans le jardin des Tuileries une foule agglutinée autour d'un orateur de fortune, qui s'égosillait, juché sur un tonneau.

D'une voix doucereuse qu'il maîtrisait à peine, l'Incorruptible demanda :

— Tu l'as rapporté, ce trésor ?

— Non.

— Comment l'avoir ? Si ce Trémeur vivait en France, le Comité de sûreté générale en ferait un suspect, et le Tribunal révolutionnaire confisquerait son magot ! Ici, tout est possible au nom du bien public. Mais aux îles ! Ces îles nous échappent, comme leur mélasse d'une barrique pourrie !

— L'exemple de la Martinique et de la Guadeloupe, qui se sont données aux Anglais, montre que la manière forte est la moins fiable.

Olivier s'interrompit. Il sentait à nouveau qu'il dépassait les limites de la franchise. Le regard insoutenable de l'Incorruptible pesa sur lui.

— Tu as une autre idée, Descragnole ? Parle ! Vite !

— Le couple Trémeur est généreux.

— Mais encore ?

— Leur or ne vient pas de profits illicites, de spéculations, ou de l'exploitation intensive du « bois d'ébène ». Il s'agit d'un trésor des conquistadores, découvert dans une grotte.

— Cela existe encore, en 1794, un trésor mexicain ? Tu l'as vu ?

— Je l'ai vu. Cinq coffres d'or, de la monnaie espagnole, des lingots, des perles, et quantité de pièces d'orfèvrerie de grande valeur, que les collectionneurs hollandais et suisses se disputeraient au plus haut prix.

— Que faut-il faire ?

— Trémeur se rend compte que tout risque à nouveau d'exploser à Saint-Domingue. Son trésor est bien caché, mais il n'a même pas d'armes à feu pour se défendre. Sa plantation peut être submergée d'un jour à l'autre, si le gouverneur perd le contrôle de ses troupes, décimées par les fièvres. Je te l'ai dit, Robespierre ; Trémeur est généreux. Mais il doit prendre en compte une réalité incontournable, un avenir menaçant…

— Sois plus clair, Descragnole.

— Tu ne penses pas que Trémeur va nous *donner* son trésor ? Il serait disposé à nous le prêter, sans intérêts, pour payer le blé américain. Mais il exige des garanties financières. Responsable d'une famille et de mille Noirs affranchis, il veut aussi, en cas de malheur, pouvoir compter sur une partie de ce trésor, ce qui lui permettrait de repartir, de refaire sa vie, en France ou en Virginie, comme tant de colons de Saint-Domingue.

— Une partie de son trésor ? Quelle partie ?

— Il reconnaît spontanément devoir à l'État un quart de son bien, au titre de l'impôt sur les trésors enfouis. Mais cela serait insuffisant pour acheter le blé américain. C'est tout l'or, qu'il nous faut. Trémeur ne le lâchera pas sans une solide garantie.

— Il aura toutes les garanties.

— Quelles garanties ?

— Ma signature et celle du commissaire aux Finances, que sais-je ? Une cargaison d'assignats, s'il le veut !

— Ces assignats n'ont aucune valeur, hors de France. Même en France !

— Je le sais ! Alors ?

— Il veut une garantie qui échappe aux aléas de la politique française : une lettre de change d'un banquier suisse ou hollandais.

— Pourquoi pas londonien ! Il est impossible aujourd'hui de l'obtenir sans une solide couverture. Les émigrés ont fait ce qu'il faut pour ruiner le crédit de la République dans le monde. Et le monde attend la restauration des Bourbons !

— Il nous faut donc trouver une couverture. Tu as dit le mot, Robespierre : « une solide couverture ».

L'Incorruptible n'eut pas beaucoup à réfléchir. La réponse tomba, aussi rapide que le couperet d'une guillotine :

— Il faut se servir de la loi des Suspects !

Il bondit de son siège, sortit une clé de sa poche, ouvrit une armoire bourrée de dossiers et se mit à fouiller. Il s'empara d'une chemise cartonnée où figurait le nom SEINE-INFÉRIEURE et feuilleta les liasses : des rapports de conventionnels en mission, et surtout de police, tout ce qu'il fallait pour faire tomber des têtes. Il allait droit au but. Enfin, il tira une fiche et lut :

— « Le Houlme, Polycarpe, quarante-trois ans, 2 place de la Basse-Vieille-Tour, à Rouen. Ne fait pas de politique. Gros négociant en blé, sans doute le plus important de ce port. Spécialité : le blé américain. Suspect. »

Le mot était souligné. Robespierre releva la tête. Un rictus crispait ses traits.

— Suspect de quoi ? demanda Olivier.

— Tous les négociants en denrées vitales, comme le blé, sont suspects !

Robespierre reprit son dossier, en tira une feuille.

— Voici le dernier rapport du représentant en mission, Claude Siblot, au Comité de salut public. Il est daté du 11 pluviôse. « Les riches négociants rouennais n'aiment pas la Révolution. Ils sont ennemis de l'égalité et du peuple. Aussi ai-je ordonné des battues patriotiques en vue de l'arrestation des suspects au titre de la loi du 13 ventôse en vue de la confiscation de leurs biens, qui seront distribués aux indigents patriotes. »

Robespierre remit la feuille dans le dossier et ricana :

— Accaparement, spéculation ! C'est si tentant, si facile, si rentable ! Face à la pénurie, leur confisquer leurs biens est le moyen le plus rapide dont nous disposons, le plus légitime, au sens révolutionnaire du mot. C'est l'affaire du Tribunal révolutionnaire. Si l'on trouve de gros stocks de céréales non déclarés, ils risquent leur tête. D'après les renseignements du conventionnel Siblot, ce Le Houlme ne doit pas avoir la conscience tranquille, mais on n'a encore jamais pu le coincer. Il a de grosses relations en ville, le maire de Rouen a besoin de lui. Bref, il n'est pas encore suspect, au sens légal du terme ; mais il pourrait le devenir…

— Je vois où tu veux en venir, Robespierre.

— Ce serait la couverture idéale. L'homme est très riche. Il a racheté quantité de biens nationaux, et même une église, qu'il a convertie en dépôt de céréales. Lorsque les représentants en mission ont imposé à Rouen un impôt révolutionnaire, Le Houlme a donné cent mille livres, la moitié de ce qu'on lui réclamait.

— C'est déjà énorme.

L'Incorruptible se concentra, puis il reprit :

— Voici mon plan. Nous allons trouver Le Houlme et nous le menaçons de le déclarer suspect, pour n'avoir payé que la moitié de ses impôts. La loi du 13 ventôse nous autorise à le faire emprisonner — à Paris, pas à Rouen ! — et à mettre ses biens sous séquestre. Le reste dépend des témoignages que l'accusateur public pourra produire contre lui. Or il ne doit pas manquer d'ennemis à Rouen. Le rapport dit aussi qu'il est coté dans les banques étrangères, notamment américaines. En échange d'une immunité judiciaire, il nous servira de caution pour garantir l'or des Trémeur.

— Cela risque de lui coûter sa fortune.

— À quoi lui servira-elle s'il perd sa tête ? Il aura intérêt à faire confiance à la République. Lorsque les temps seront meilleurs, on le remboursera, si jamais Trémeur a dû faire jouer sa caution. En contrepartie de ses services, Le Houlme, reconnu bon républicain et bon patriote, sera officiellement chargé de la négociation du convoi de blé américain.

— Ingénieux... Mais alors, pourquoi en passer par Saint-Domingue ? Pourquoi ne pas demander à Le Houlme de garantir directement le prix du blé ?

— Impossible. Tous ses biens immobiliers provenant de confiscations d'immigrés sont sans valeur, vis-à-vis d'une banque étrangère. Quant à ses biens extérieurs, il ne peut pas les déclarer. Ce serait avouer qu'il a dissimulé des biens à l'étranger, un crime passible de mort. Et le temps presse. Les Américains exigent un paiement cash en or. Il faut le prendre là où il est, sans délais.

Robespierre referma le dossier, puis il se tourna vers Olivier.

— C'est toi, citoyen représentant, que je charge de contacter au plus tôt Polycarpe Le Houlme.

— Moi ?

— Toi. Il ne se méfiera pas d'un Girondin de Provence.

Olivier hésita. Cette mission de chantage lui répugnait. Et n'avait-il pas mérité de prendre un peu de repos ? Mais surtout, il aurait voulu revoir Angélica Remacle ! Depuis qu'il était de retour à Paris, le visage et le corps de la jeune fille ne cessaient de l'obséder.

Cependant, on ne résistait pas à un ordre de Robespierre. Au regard que lui lança l'Incorruptible, il comprit qu'il devait s'exécuter sur-le-champ. Cette mission était sans doute la dernière chance qui lui était offerte d'échapper lui-même à la Terreur.

— Je serai dès ce soir à Rouen, et je verrai demain le citoyen Le Houlme. Mais je dois te faire part d'une autre exigence des Trémeur.

Il hésita, craignant la colère de l'Incorruptible.

— Parle !

— Outre la garantie financière, Trémeur exige ton accord écrit : l'or ne servira qu'à l'achat du blé, qui sera immédiatement distribué au peuple, et aux armées.

— Pour qui me prend-il ? Pour Mirabeau, pour Danton ?

Maîtrisant sa colère, Robespierre saisit une feuille à l'en-tête du Comité de salut public et griffonna rageusement la promesse :

> « *Moi, Maximilien Robespierre, au nom du Comité de salut public, je m'engage à utiliser dans sa totalité le prêt en or et joyaux divers que pourrait consentir à la République le citoyen Gaël Trémeur, planteur à Saint-Domingue, en vue de l'achat exclusif du blé américain en cours de chargement à la Chesapeake, blé qui sera immédiatement distribué, pour moitié au peuple de Paris et le reste à l'Armée et à la Marine.* »

Il tendit le papier à Descragnole, qui crut devoir le calmer :

— J'ai oublié de te dire que notre frégate rapporte un bon petit chargement de denrées de Saint-Domingue : épices, café, cacao et surtout du sucre, brut ou raffiné. C'est un don des Trémeur.

— Toujours bon à prendre ! Mais ce n'est pas le sucre, c'est le blé qui sauvera notre Révolution !

Avant de replacer son dossier dans l'armoire, Robespierre lui confia une copie des feuilles concernant les principaux renseignements sur Le Houlme. Puis, avec une certaine solennité, il se leva et lui tendit la main pour prendre congé.

— Bonne chance, citoyen !

Sur le pas de la porte, il lui glissa à l'oreille :

— Fais attention à toi, Descragnole. Fais très attention. Tu n'as pas que des amis, à Paris. Ne sors pas sans arme. Tu n'as même pas une épée ! As-tu au moins un pistolet ?

— À quoi bon ?

L'Incorruptible ouvrit son tiroir et lui tendit le sien, une petite arme de collection, mais redoutable.

Olivier le prit, le glissa dans la poche de sa redingote, salua et sortit sans un mot.

Il bruinait sur la capitale. En quittant les Tuileries, Olivier se dirigea vers la rue des Bons-Enfants. Il voulait se changer, prendre un peu de nourriture et de repos. Pour gagner Rouen, il comptait utiliser la petite diligence publique, la malle-poste de 2 heures, transport moins fatigant que le cheval, et plus discret.

En traversant la rue de Rivoli, il manqua de se faire écraser par un fiacre. « À quoi tient la Révolution ! », se dit-il en riant.

Rue Croix-des-Petits-Champs, il observa les échoppes d'armureries improvisées où l'on fabriquait des fusils, là même où hier encore on débitait des rubans. Mais la frivolité n'avait pas dit son dernier mot. Dans une boutique de mode, une jeune femme choisissait un bonnet allégorique : *« à l'esclavage brisé »*. Une autre boutique présentait des objets d'église en vrac : calices, ostensoirs, chasubles d'ecclésiastiques et même une mitre d'évêque avec sa crosse ! Un buste de Marat figurait à côté de celui de Rousseau. Plus loin, dans une échoppe de changeur, on agiotait avec des paquets d'assignats, qu'un homme avait apportés dans une brouette. Rue des Bons-Enfants, il aperçut son voisin, qui sciait un vieux meuble pour se chauffer ou cuire sa soupe.

À son domicile, il trouva un billet cacheté d'Angélica. Son cœur bondit de joie.

> *« Mon amour, je sais que tu viens de rentrer en France. Je voudrais te revoir, mais mon père m'enferme et me surveille, depuis que j'ai refusé d'épouser Cassius Gracchus, le gros négociant en vins qu'il m'a choisi. Prends bien garde à toi, mon amour. Mais je sais que tu trouveras un moyen pour me joindre. Je t'attends pour me jeter dans tes bras. »*

La liberté de cette invite ne fit qu'augmenter son trouble et son désir. Mais comment savait-elle déjà qu'il était rentré ? Quelle fille ! Quelle tempête !

7

Place de la Victoire, Olivier Descragnole paya sa place et embarqua. La malle-poste des Messageries de Paris s'ébranla à l'heure dite, franchit le mur d'enceinte par la porte de Neuilly et s'engagea sur la route de Rouen.

Ses compagnons de voyage paraissaient paisibles : deux bourgeois avec leurs épouses, déjà tout occupés à manger et à boire après avoir ouvert leurs paniers. Olivier, habillé en civil, s'était présenté comme officier de marine, ce qui les avait rassurés. Sans plus s'occuper d'eux, il se plongea dans les feuilles que lui avait remises Robespierre et prit d'abord connaissance d'un rapport de synthèse de la police rouennaise sur Polycarpe Le Houlme.

Cet homme de quarante-trois ans ne semblait connaître que deux passions : le négoce du grain et les peintres flamands, dont il possédait une riche collection. À cause de la famine qui sévissait en France, le blé était, à Rouen comme ailleurs, une denrée plus précieuse et plus explosive que la poudre à canon. La Normandie en produisait, mais la récolte de 1793 était à peine suffisante pour nourrir ses habitants. Le prix du setier était passé de vingt livres en 1788 à quarante en 1794. Pour protester contre sa taxation arbitraire à vingt-six livres, qui entraînait sa raréfaction sur le marché, le maire de Rouen, M. de Fontenay, avait démissionné, ce qui avait provoqué son arrestation. Pour approvisionner Paris et les provinces non céréalières, il fallait donc importer du blé d'Amérique et c'est là que Polycarpe Le Houlme devenait un homme important.

Dès avant la Révolution, le blé l'avait enrichi. En 1790, il avait réinvesti ce capital grâce à des achats judicieux de biens nationaux, ceux des émigrés expropriés. Les adjudications étant boudées, ce qui entraînait leur sous-évaluation, Le Houlme avait acquis à bas prix ses luxueux bureaux, doublés d'un centre de stockage, place de la Basse-Vieille-Tour, entre la cathédrale et la Seine. Il occupait ainsi une position stratégique idéale, à quelques pas de la halle municipale aux grains, où se réglaient toutes les transactions de cette denrée de base arrivant par le port ou la campagne.

Dans son aristocratique hôtel particulier, place de la Rouge-Mare, acquis de la même manière, il menait grand train. À partir de 1793, lorsque le régime autoritaire rendit illégal le stockage non déclaré des céréales, il spécula sur la monnaie. Les marchands fixaient désormais leurs prix dans les deux monnaies, l'or et le papier. Ce fut le temps des agioteurs. Le Houlme spéculait ainsi sur tout. Non seulement les céréales, mais aussi les viandes, les meubles, les immeubles, les terres, les actions, les tableaux.

Naturellement, le gouvernement révolutionnaire tentant d'y mettre bon ordre, Le Houlme prenait de gros risques. Les jaloux disaient qu'il ne devait pas sa fortune qu'à d'habiles et honnêtes opérations commerciales, fruit de sa connaissance des marchés et des exportateurs américains. On le soupçonnait non seulement d'être un *agioteur*, mais aussi un *accapareur*, crime majeur qui pouvait conduire à l'échafaud. La spéculation augmentait la disette, qui à son tour favorisait la spéculation, un cercle infernal. Malgré les ordonnances du gouvernement fixant arbitrairement les prix — loi du Maximum —, les prix réels s'envolaient tandis que le cours des assignats s'effondrait. Les spéculateurs gardaient leur blé et ne le vendaient qu'en sous-main contre de l'or, à une nuée malfaisante de boutiquiers qui le stockaient à leur tour, le broyaient, revendant la farine au prix fort.

Olivier, qui n'était pas fier de sa mission — une sorte de chantage —, découvrait avec soulagement qu'il aurait affaire à un profiteur sans scrupules, un personnage habile, aussi, puisqu'il avait réussi jusqu'à ce jour à échapper aux menaces de la Révolution tout en s'enrichissant grâce à elle. Au fond, il allait lui sauver la vie en consignant ses biens mal acquis avant qu'il ne fût pour lui trop tard !

Puis Olivier prit connaissance de la copie de la déclaration de Polycarpe Le Houlme aux services financiers de Rouen, quant à ses biens, meubles et immeubles :

> *« Je soussigné, Le Houlme, Polycarpe, Maclou, habitant domicilié à Rouen, déclare que mes bureaux et magasins, place de la Basse-Vieille-Tour, dont je suis propriétaire, ont une valeur estimée à trois cent mille livres. Que mon habitation principale place de la Rouge-Mare vaut environ cent mille livres. Que j'exerce la profession de négociant en céréales, dont le produit est annuellement de vingt-cinq mille livres. Que j'ai à gages quatre hommes et six femmes. Que je possède cinq chevaux de selle et cinq chevaux de voiture, trois cabriolets, un carrosse et cinq litières.*
>
> *« Marié à Mélanie Lachèvre, trente-six ans, nous avons trois enfants légitimes à notre charge, ainsi qu'un négrillon d'environ huit ans, acheté cinquante livres au capitaine marchand Etaimpuit, du Havre-de-Grâce, qui dit l'avoir ramené de Tobago.*

« Je suis propriétaire d'une fabrique de souliers rue du Pont de la Dame-Renaude, d'une tannerie rue Eau-de-Robec, et de diverses boutiques rues des Béguines, Bras-de-Fer et Duguay-Trouin, le tout estimé à environ deux cent mille livres.

« D'une terre à blé de quatre cents arpents acquise lors de la vente des biens de l'abbaye Saint-Ouen, dans la commune de Frichemesnil ; d'un verger de deux arpents au Conihou-sous-Jumièges, sans valeur marchande, à cause des inondations de la Seine. Mon mobilier, provenant de l'achat de biens nationaux, est évalué à cinquante mille livres, ma collection de tableaux à cent dix mille livres.

« Fait à Rouen, le 22 pluviôse de l'an II. »

Que cachait cette déclaration sûrement sous-évaluée ? Pour le savoir, Olivier se plongea dans les rapports de police.

Il était clair que si la fortune de Le Houlme venait du commerce du blé, son enrichissement spéculatif avait pour origine l'achat des biens nationaux. Cependant, tous comptes faits, avec un total mobilier et immobilier d'un million de livres, on était loin d'un actif permettant de couvrir les quatre millions de l'emprunt de l'or que Gaël Trémeur était susceptible de consentir, après en avoir acquitté les taxes au fisc, selon la loi sur les trésors retrouvés. Et pourtant, Robespierre le pensait. Le Houlme cachait donc autre chose. Des actions anonymes de la puissante Compagnie maritime des Indes ? De l'or obtenu par une spéculation à grande échelle sur le blé, le *bled* comme on disait dans les campagnes ? Un rapport de police sur lequel Olivier se pencha semblait significatif. Le Houlme avait été menacé d'être pillé.

« En arrivant chez le sieur Le Houlme, je trouvai un grand nombre de pauvres purains, licenciés de la fabrique de draperie de Martinville, environnant la maison dudit Le Houlme. Disent qu'ils la veulent piller, prétendant que ledit Le Houlme aurait des bleds cachés qu'il ne veut pas débiter. »

Un rapport de l'intendant royal de Rouen faisait allusion à la mauvaise récolte qui avait provoqué une raréfaction du blé et autres céréales, d'où renchérissement du prix de la farine et du pain, qui était passé de cinq à vingt sous la livre en quatre ans. Un autre rapport émanant d'un fonctionnaire municipal de Rouen soulignait la misère publique, concernant les ouvriers urbains et les petits paysans des campagnes voisines. Bouleversé, Olivier lut :

« Misère, pauvreté, mendicité, abandons d'enfants, vont au-delà de ce que l'on peut imaginer. Les gens meurent de faim et le reste languit et aura le même sort s'il n'est secouru. Non seulement l'argent manque pour acheter le bled, mais ceux qui en ont n'en trouvent pas, à moins de le payer un prix exorbitant et en or. À Rouen, vingt mille personnes reçoivent l'aumône. Trois mille mendient de par les rues. Les plus pauvres se soutiennent avec du son et de l'eau bouillie, ou du cresson bouilli dans l'eau avec un peu de lait. Le bled renchérit tous les jours, les boulangers augmentent donc le prix du pain, ce qui paraît injuste et cruel aux pauvres. »

Le blé ! Toujours le blé ! Olivier découvrait avec stupéfaction que la misère pouvait aussi frapper une province aussi riche que la Normandie. Dans les villes, la misère avait été provoquée par la grande crise des filatures de coton et des draperies, cette activité concurrencée par le drap anglais, moins cher grâce à d'ingénieuses machines.

La misère extrême des campagnes rendait périlleux le ramassage du blé, que les laboureurs auraient d'ailleurs voulu se réserver en partie. Pour la dernière récolte, un convoi de blé arrivant du pays de Caux à destination des entrepôts Le Houlme avait été arrêté à la barrière de Rouen et taxé d'office sous la pression de la population en colère. D'autres violences s'étaient déroulées. Un rapport du Comité de surveillance révolutionnaire précisait :

> « *La cabotière de bled appartenant au munitionnaire mandaté par Le Houlme pour ramasser le grain dans les marchés des villages a été attaquée par une multitude d'affamés à quatre lieues de Rouen où elle se rendait. Le munitionnaire, son cocher et son garde ont été battus, la charrette a été pillée de ses sept muids de blé.* »

Sept muids ! Indigné pas ces exactions, par la passivité de la police et par le bloquage des prix, Le Houlme avait répliqué en refusant de vendre ses stocks provenant d'anciennes récoltes plus abondantes, donc achetées à bas prix. Mais il n'aurait pas résisté à la tentation des offres du marché clandestin, où l'on payait en or ! Ici, les rapports de police devenaient vagues, car l'homme savait cacher ses transactions, dénoncées sans preuves à la police par de petites gens chassées de leur emploi.

Les délits d'accaparement ou de spéculation n'étant pas établis, on avait cherché à le coincer sur des activités politiques. En Normandie, en dehors de ceux qui osaient encore s'afficher royalistes, on jugeait les gens selon qu'ils étaient républicains jacobins favorables à la centralisation parisienne, ou au contraire « fédéralistes », en référence aux vieilles chartes qui accordaient à la province une relative autonomie. Le Houlme semblait n'avoir aucune opinion à ce sujet. Seul l'appât du gain le motivait. Ami des maires d'Ancien Régime, il l'était aussi de leur adversaire, le fameux avocat rouennais Jacques-Guillaume Thouret, ancien président de l'Assemblée constituante. Résolument ancré sur ses seuls sacs de blé — le grain, le gain ! —, Polycarpe Le Houlme se jouait des soubresauts de la Révolution, tel un capitaine de vaisseau marchand sûr de lui qui louvoie dans la tempête. Cependant, un fait nouveau avait ébranlé le négociant rouennais. Maître Thouret venait d'être emprisonné comme suspect.

La diligence stoppa et Olivier reconnut la petite ville de Vernon. On était en Normandie, à mi-parcours. Le postillon changea les chevaux au relais de la poste, but une chope de cidre, et l'attelage se remit en marche en grinçant de tous ses rouages. Le temps se couvrait. Une pluie fine bien normande tombait sur la campagne verte où broutaient des troupeaux de vaches placides. Olivier accepta de ses voisins un verre de cidre doux et ne résista pas à un curieux fromage.

— Prenez ! dit son vis-à-vis. Cette pâte onctueuse a été inventée par ma cousine Marie Harel, une fermière du village de Camembert, pour guérir les maux d'estomac.

Puis la conversation s'engagea avec les deux bourgeois, tous deux rouennais, l'un apothicaire, secrétaire de la loge de la Parfaite Égalité, l'autre imprimeur, membre de l'Académie des belles lettres et arts de Rouen.

— Que voulez-vous, citoyen ! Le peuple demande du pain à cinq sous la livre. Or à la halle on paye quarante livres tournois le setier de blé, ce qui met le pain à vingt sous au détail.

— Le blé manquant, ajouta l'apothicaire, les boulangers mélangent de l'avoine à leur farine. Ce pain immangeable augmente la colère du menu peuple. Et l'armée proteste : ses chevaux manquent d'avoine !

— Tout manque, renchérit sa femme, la viande, le poisson, le sucre, le savon et même la chandelle ! Et on a oublié le goût des épices.

— Cela ne va pas si mal, répliqua l'imprimeur. Cette inflation de gazettes révolutionnaires fait marcher nos presses. Au Havre et à Dieppe, les chantiers navals tournent à plein, grâce aux commandes de l'État et aux corsaires. Le textile se redresse. La manufacture de drap d'Elbeuf s'enrichit grâce à une commande de dix mille uniformes pour l'armée !

— Il y aurait du travail pour tout le monde, reprit la femme de l'apothicaire, s'il n'y avait pas ces Enragés et autres *Carabots*, qui ne pensent qu'à tirer profit de la Révolution, sous prétexte de défendre la République.

— Carabots ? interrogea Olivier.

— Nos Sans-culottes normands. Il a fallu une femme pour leur fermer le bec.

— Une femme ? Madame Roland ?

— Madame Roland, naturellement, exécutée le 8 novembre en criant « O liberté, que de crimes on commet en ton nom ! ». Et surtout Charlotte Corday, Normande de Normandie, qui poignarda dans sa baignoire le terrible Marat, tombeur des Girondins, un dangereux extrémiste, éditeur du brûlot ultra *L'Ami du Peuple*.

À ce nom de Marat, Olivier avait frémi. Siégeant à la crête de la Montagne, Marat avait, avec la loi des Suspects, exigé la tête de deux cent mille personnes, au seul crime qu'elles ne pensaient pas comme lui. Il dépassait largement Robespierre et Danton dans l'horreur. Comme tous les centristes, Olivier se comptait parmi ses adversaire. Menacés dans leur vie, ces députés modérés avaient demandé à la Convention que Marat fût déclaré en état de démence. Mais ils n'avaient obtenu que son renvoi devant le Tribunal révolutionnaire, qui naturellement l'acquitta avec les honneurs et le renvoya en triomphe à la Convention, où il multiplia ses crimes. Ce jour-là, Olivier avait tremblé. Ripostant à ses adversaires, Marat avait obtenu la condamnation de tous les Girondins qui l'avaient accusé. Centriste, n'adhérant pas à leur parti, Olivier, contre toute prudence, avait continué à fréquenter l'Assemblée.

Il sortit soudain de sa réserve :

— Charlotte Corday est une héroïne à laquelle la France républicaine rendra un jour hommage, madame.

— En attendant, Marat est au Panthéon !

Une chape d'angoisse les saisit. La nuit venait, les ténèbres hostiles s'ajoutaient à une humidité glaciale. Le cocher alluma ses lanternes. Au gré des relais, quelques voyageurs montaient dans la berline, ombres anonymes et silencieuses. Les deux dames s'assoupirent, puis les bourgeois. Olivier, obsédé par sa mission, contemplait le paysage qui s'évanouissait dans la pénombre vert et gris noyée de brouillard.

L'évocation d'Angélica le plongea dans le souvenir de leur dernière rencontre, dans ses bras, sur son corps, et le saisit délicieusement, comme une présence réelle. Ils s'enlaçaient, se dénouaient. La douceur de sa peau, de ses longs cheveux, le caressait. Ses yeux mordorés, bronze doré, le fascinaient. Leur folie amoureuse les entraînait toujours plus loin, les brûlait comme un feu dévorant dans cette union parfaite qu'ils s'étaient jusque-là interdite.

Enfin, il s'assoupit à son tour.

On changea les chevaux à Pont-de-l'Arche sans que les voyageurs se réveillent. Peu après, ils furent tirés de leur sommeil par une attaque de mendiants affamés, armés de bâtons, que le cocher et son aide dispersèrent à coups de fouet. Deux heures plus tard, la voiture stoppait dans un long grincement de ressorts. Le postillon ouvrit la portière en criant :

— Rouen ! Tout le monde descend !

Où était-on ? Dans cette obscurité presque totale, Olivier ne reconnaissait pas la Florence du Nord qu'il avait aimée, toute illuminée de lanternes et de flambeaux.

— On a supprimé l'éclairage public pour cause d'économie, expliqua le cocher. Et les particuliers économisent aussi l'huile et le pétrole. On ne trouve même plus une chandelle à vingt sous ! Faites attention à vos montres et goussets, et les femmes à vos jupes !

Une heure plus tard, Olivier se rendormait dans les draps immaculés de l'hôtel de Normandie, rue du Bec, où avait résidé Voltaire. Non loin, l'irréelle cathédrale Notre-Dame élançait vers le ciel noir sa façade gothique, où dans l'ombre paraissaient s'affronter les saints et les démons, image même de la Révolution.

Réveillé le lendemain matin par le bourdon de la cathédrale et par les cloches plus discrètes du Gros-Horloge, il se rasa de près et déjeuna dans la salle commune. Le pain manquait, on leur donna de la brioche.

À 9 h 30, Olivier, le cœur battant, se présenta place de la Basse-Vieille-Tour, à l'enseigne POLYCARPE LE HOULME & FILS, NÉGOCIANTS EN GROS.

Toute proche, la halle aux grains dressait vers le ciel gris ses magasins vides. Sur le mur de belle pierre calcaire des établissements Le Houlme, un factieux avait écrit au charbon de bois : *Avant de décapiter les traîtres, on les démasque.*

Bien que très occupé par l'examen de la dernière toile de maître qu'il avait acquise à Amsterdam, le négociant ne résista pas à la carte que lui fit passer le visiteur :

Le Houlme, auquel il tendit sa médaille de député, lui apparut bien différent de l'homme autoritaire et sûr de lui que décrivaient les rapports de police. Petit, gros, sa tête blême étouffait sous le col de sa chemise de soie. Bouclé à l'ancienne, il était vêtu d'une culotte blanche sur des bas gris et d'une jaquette bleu roi étroite sur un gilet brodé au petit point. Surpris, l'œil aux aguets, il bredouilla :

— Excusez mon émotion, citoyen ! Je viens d'apprendre l'arrestation de notre député, maître Guillaume Thouret !

Olivier savait. Il précisa aussitôt :

— Je m'honore d'être son ami. Hélas, sa vie est menacée. Contre Robespierre, il soutient Danton dans sa tentative de mettre fin à la Terreur. Je déplore ce nouvel abus du Tribunal révolutionnaire. J'espère qu'il échappera à la guillotine.

Le Houlme respira plus librement. Ce Descragnole, qu'il ne connaissait pas, n'appartenait donc pas au clan des Enragés. À moins qu'il ne dissimule ?

— Vous étiez très lié avec Thouret ? demanda Olivier.

— Oh ! pas vraiment… Je l'avais connu, adolescent, au collège des jésuites. Depuis qu'il vivait surtout à Paris, je l'avais perdu de vue. Je ne fais pas de politique…

Une bouffée d'angoisse le submergea. Que lui voulait ce conventionnel ? Il comprenait qu'il était allé trop loin dans sa gestion des stocks de céréales et échapperait difficilement, cette fois, au filet de la loi des Suspects qu'un gouvernement aux abois lançait sur le pays. Il avait été informé des battues patriotiques que le représentant Siblot avait ordonnées au Havre et à Dieppe, visant surtout les suspects accapareurs de denrées vitales. À quand le tour de Rouen ? Pour se donner une contenance, il tendit la main vers un petit placard de son bureau.

— Vous prendrez bien un verre de calvados, citoyen ? J'ai là une vieille bouteille de 1750, à l'arôme rare, une récolte de pommes anciennes d'espèces choisies, qui me vient d'une propriété de famille, au Conihou-sous-Jumièges, une terre riche des limons de la Seine.

Propriété de famille ? Olivier la savait acquise comme bien confisqué au ci-devant abbé de Jumièges !

— Merci. Je ne bois pas d'alcool.

Ce refus presque impoli lui valut une réplique condescendante :

— Alors, que puis-je pour vous ?

— Il s'agit d'un achat de blé.

L'homme sursauta. Ce n'était donc que cela ? Évidemment ! La Provence cultivait très peu de blé. La famine y régnait plus qu'ailleurs. C'est pourquoi on envoyait à Rouen un député du Var pour en acheter. Olivier le détrompa :

— Je suis mandaté par le Comité de salut public. C'est une affaire assez compliquée à monter. Vous le savez, le peuple de Paris manque cruellement de pain. La soudure ne pourra se faire avant la nouvelle récolte. Lorsqu'il est affamé, le peuple est prompt à se soulever. Il en résulte des désordres qui ne peuvent que servir les adversaires de la République. L'Armée et la Marine connaissent aussi des problèmes de ravitaillement.

Le Houlme eut un soupir qui pouvait cacher n'importe quoi.

— Je n'ai plus de blé, citoyen représentant. Mes entrepôts sont vides.

— C'est vous qui le dites, citoyen Le Houlme.

L'homme sentit aussitôt la menace. À nouveau, le spectre de la loi des Suspects l'oppressa comme un ciel d'orage. Il bredouilla :

— Le procureur-syndic a vérifié mes livres de comptes. L'inspecteur des grains est venu, puis la police, flanquée du secrétaire du Comité de surveillance révolutionnaire. Ils ont visité mes entrepôts, et même mes greniers de Frichemesnil. Ils n'ont trouvé que douze muids de blé, que je leur ai volontiers abandonnés.

— De quoi vivez-vous, alors ?

— De mes réserves.

— Oui. On s'est bien enrichi, ces dernières années.

— Légitimement. Vous voulez voir mes comptes ?

— Inutile.

— Mais alors, que voulez-vous ?

— Du blé américain. En grosse quantité.

Le Houlme s'emporta, perdant sa prudence :

— Tout le monde veut du blé américain ! Mais les Américains ne sont pas fous. Ils ne veulent plus de nos assignats, dont la garantie foncière, les biens expropriés du clergé et des émigrés, est aléatoire. À cause du blocus anglais, nous n'avons rien à leur offrir en échange. Ils produisent d'ailleurs le coton en abondance. Ils n'ont même pas besoin de notre sucre de Saint-Domingue, ni de notre mélasse, de notre rhum. Ils disposent maintenant des produits de la Martinique et de la Guadeloupe, sans parler de ceux des îles anglaises.

— Les îles, justement…

— Justement quoi ?

— Nous avons de l'or pour payer. *L'or des îles*.

Le Houlme le regarda avec incrédulité. Ce conventionnel était fou. Comme tous les autres, d'ailleurs. La peur de Marat et de Robespierre, la menace des clubs, des sections, des factions, de la Commune, du Tribunal révolutionnaire, leur faisaient perdre la tête. Il suffisait de voir vers quel abîme roulait la France. Mais après tout, cela ne le regardait pas.

Il saisit le flacon de calvados dans le placard de son bureau, se versa un petit verre, huma l'alcool, se l'envoya d'un coup sec dans la bouche, le tourna avec sa langue, l'avala à petites gorgées en fermant les yeux de plaisir. Enfin, il déclara sans y croire, comme un Rouennais dit « Le soleil brillera demain » :

— Si vous payez en or, vous aurez le blé américain.

— C'est pour cela que je suis ici.

L'œil de Polycarpe Le Houlme s'alluma enfin.

— Quel chargement vous faut-il ?

— Cent mille tonneaux d'arrimage.

— Oh !

Oui, ce député était fou ! Ou peut-être ne connaissait-il rien aux mesures maritimes ?

— Vous voulez dire cent muids de blé ?

— J'ai bien dit « cent mille tonneaux d'arrimage ».

— Un vaisseau marchand au long cours offre une capacité entre sept cents et mille tonneaux. Pour en transporter cent mille, il faudrait plus de cent bateaux !

— Et alors ?

— Cela vous coûterait…

Repris par sa passion, il fit un rapide calcul mental.

— Cinq millions de livres tournois, transport inclus ! Soit, au cours du jour à la halle de Baltimore, quelque dix gros barils de louis d'or !

— Cela ira.

Le Houlme chancela. Était-il à sa table de travail, ou dans son lit, en train de rêver ? Il bredouilla :

— Ma commission sera de un pour cent.

— Cela ira.

Puis il remit les pieds sur terre et son regard se fit pointu.

— Mais alors, où est le problème ?

— Bonne question !

Évidemment, il y avait un problème ! À Paris, on n'avait pas besoin de lui pour négocier un pareil contrat. Les fonctionnaires du Commerce extérieur entretenaient leurs filières, qui probablement les rémunéraient grassement au passage. Il répéta :

— Quel est le problème ?

— L'or des îles ne nous est donné qu'en partie, celle du fisc. Pour le reste, les trois quarts, il sera *emprunté* par le gouvernement.

— Mais cela ne marchera pas ! Les Américains exigent un règlement comptant en numéraire, purgé de toute hypothèque.

— Quelqu'un de solide pourrait garantir le prêt.

— Aucune banque ni personne ne serait assez fou pour cela. Cinq millions de livres ! Enfin, quatre avec les frais si vous ne comptez pas la part du fisc…

— Vous les valez, monsieur Le Houlme.

En un éclair, Polycarpe comprit qu'il était perdu. Cette affaire tordue avait été montée par Robespierre, avec le concours de la Société des Sans-culottes de Rouen, renseignée sur l'état de ses richesses, qui informait le club des Jacobins à Paris. Il suffisait que le Comité de sûreté générale, à la botte de Robespierre, le déclare « suspect », et tous ses biens seraient séquestrés. Dès lors, un simple jugement du Tribunal révolutionnaire ferait basculer le magot dans les caisses de cet État dévoreur, et sa tête roulerait dans le panier de la guillotine. Robespierre et les comités n'en étaient pas à ce détail près ; il fallait bien se débarrasser des ayants droit. Par rapport aux inculpations qui tous les jours entraînaient cette condamnation à mort, les charges qui pesaient contre lui semblaient autrement conséquentes. Les certificats de civisme qu'à tout hasard il avait obtenus du maire et de Guillaume Thouret ne lui serviraient à rien, puisqu'ils venaient d'être incarcérés.

Il se vit perdu. Le spectre de la guillotine dressée sur la place du Vieux-Marché, là même où l'on avait brûlé Jeanne d'Arc, s'imposa à lui. Le 25 février dernier, il avait assisté à l'exécution de son ami Étienne de Maussion, l'intendant de la Généralité de Rouen, condamné à mort par le Tribunal révolutionnaire. Les baïonnettes de la Garde nationale, le tambour battant la charge, les quolibets haineux de la foule entourant l'échafaud ! La mort la plus hideuse que l'on puisse concevoir. Couper en deux un homme vivant, devant mille témoins avides du spectacle ! Il défaillit.

Conscient du désarroi qu'il venait de provoquer, Olivier se fit aussitôt conciliant :

— Pourquoi vous inquiéter, monsieur ? On devrait pouvoir s'entendre. On ne vous demande qu'une caution, en échange de quoi l'Administration fermera les yeux sur vos activités commerciales et sur le solde de vos impôts. Elle vous donnera l'exclusivité d'un énorme marché ; on peut dire le marché du siècle : le convoi du blé américain !

Oui. Dans son émotion, Le Houlme l'avait oublié : on ne lui demandait qu'une caution ! Il ne serait dépossédé que si le Trésor public ne remboursait pas sa dette. Mais surtout, il évitait l'incarcération et la guillotine. Il reprit espoir et s'y accrocha, comme un noyé à une bouée de sauvetage.

— J'accepte. Pour le bien du peuple et la sauvegarde de la République. Je me porterai caution de… comment dites-vous ?

— *L'or des îles*. Cinq coffres, qui seront embarqués au Cap-Français de Saint-Domingue à bord de la frégate *Liberté*. Vous devrez obtenir d'une banque étrangère solide, suisse ou hollandaise, agréée par notre département des Finances, et par la Caisse d'escompte de Paris, une caution d'environ quatre millions de livres, au profit du cédant, un planteur nommé Gaël Trémeur. Un expert déterminera le chiffre exact de son prêt.

— Une caution, c'est possible. Je travaille avec les plus grandes banques depuis vingt ans : Amsterdam, Hambourg, Genève, sans parler de Londres et de

Philadelphie. Mon notaire préparera les hypothèques sur mes immeubles rouennais, mes terres de Frichemesnil et autres biens.

Son regard se posa sur le Rembrandt, accroché en face de son bureau. Cette pièce remarquable, qui lui venait d'Amsterdam, représentait les syndics des drapiers. Dans les regards à la fois passionnés et angoissés de ces hommes d'affaires, il se reconnaissait ! Devrait-il s'en séparer pour la donner en gage ? Il imagina l'emplacement vide, les questions de son entourage. Son regard se mouilla. Impitoyable, Olivier demanda :

— Tout cela suffira-t-il ? Quatre millions de livres !

— J'ai d'autres biens ailleurs. Mon agent de change parisien fera le nécessaire.

— Je m'en doutais, monsieur Le Houlme, et c'est pourquoi je vous fais confiance. Vous êtes un négociant prévoyant.

— Par les temps actuels, on n'est jamais trop prévoyant. L'essentiel est de garder la tête froide.

— Et de la garder tout court ! Désormais, le gouvernement vous prend sous sa protection. Et nous doublons votre commission pour la négociation du blé.

— Merci. Bien entendu, je ne pourrai être tenu pour responsable du détournement éventuel en mer du convoi de blé par les Anglais.

— Cela va de soi. L'amiral Dalbarade, ministre de la Marine, mettra tout en œuvre pour le couvrir. L'escadre de l'amiral Vanstabel l'escortera dans l'Atlantique. Une deuxième escadre, commandée par l'amiral Nielly, appareillera de France à sa rencontre. S'il le faut, elles seront soutenues par la flotte de l'amiral Villaret de Joyeuse. Toute la marine française va être mise sur pied de guerre !

— Et la frégate ? La frégate de l'or ?

— *La Liberté ou la mort !*

— Pardon ?

— C'est le nom de la frégate.

— Ne serait-il pas plus prudent de lui faire livrer l'or directement aux États-Unis, sans traverser l'Atlantique ?

— C'est ce que j'ai conseillé au gouvernement. Cette suggestion n'a pas été retenue.

En 1793, lorsque la France était entrée en guerre contre l'Angleterre, les États-Unis, pour préserver leurs intérêts commerciaux, avaient rompu l'alliance avec la France, qui leur avait permis d'obtenir leur indépendance. Ils s'étaient réconciliés avec les Anglais et se déclaraient aujourd'hui neutres. En fait, ils se rapprochaient de plus en plus de l'Angleterre. Envoyer directement l'or aux États-Unis risquait de le faire tomber dans un traquenard, en mer. Olivier ajouta :

— Pour des raisons de haute politique que je ne puis vous dévoiler, l'or devra être amené en France, à Brest, où sont concentrées nos forces navales, puis à Paris ; n'oubliez pas la part du fisc français, vingt-cinq pour cent. À Paris, l'or sera mis à l'abri dans les coffres de la Caisse nationale d'escompte, et tenu à la disposition des représentants américains, comme pour n'importe quelle grosse transaction. Cette frégate n'est pas la plus rapide de la flotte, mais elle est armée par d'excellents marins, et pourrait être protégée par un vaisseau de 74. Elle devrait échapper aux Anglais. Elle l'a déjà fait.

Olivier ne pouvait lui dire que Robespierre avait imposé cette solution pour lui permettre de tirer personnellement le bénéfice politique de l'opération et gérer la distribution équitable des céréales. Il connaissait suffisamment l'Incorruptible pour savoir qu'il n'y aurait pas de détournement. Pas une pièce d'or ou un lingot ne manquerait ; pas un sac de blé.

Polycarpe Le Houlme promena la main sur son écritoire, flanqué d'un lourd encrier de plomb.

— Il faudra prévoir une forte prime d'assurance pour le transport du blé. Je ne suis même pas sûr qu'on l'obtienne. Il y a une chance sur deux que le convoi soit repéré en mer, et une sur trois qu'il soit capturé, tout au moins une partie.

— L'assurance, c'est votre affaire. Le gouvernement payera la prime. Le reste concerne la Marine. L'essentiel est que le blé arrive à Paris, via Brest, avant l'été. Car l'été sera chaud pour la République ! Thermidor !

Tout était dit. Olivier se leva pour prendre congé.

— Je vous invite à venir au plus tôt à Paris pour mettre au point la transaction avec l'administration centrale et la banque. Présentez-vous à M. Le Hideux, sous-directeur du Trésor, dans l'ex-palais des Tuileries.

— Tout sera réglé cette semaine.

Quelle journée ! Le Houlme avait sauvé sa tête. Au prix d'une lourde contrainte. Mais qui sait ? Dans sa vie, il avait réalisé des rétablissements aussi spectaculaires. Il purgerait peut-être toutes ces hypothèques si la République gagnait et remboursait un jour à Trémeur l'or des Antilles. Pour la première fois de sa vie, il se sentit ardemment républicain. Et puis, il détenait « le contrat du siècle » en exclusivité, de quoi faire pâlir de jalousie tous ses concurrents ! En négociant l'assurance, il espérait aussi tirer une substantielle commission occulte.

Il leva la tête. Dans leur cadre de bois, les syndics des drapiers, quittant leur mine grave, paraissaient lui sourire ! Il se sentait désormais protégé ! Et par cette bougraille au pouvoir, qu'il méprisait ! Libéré de cette chape de plomb que la loi des Suspects faisait peser dans le pays sur le monde des affaires. Ce conventionnel l'avait dit : « Le gouvernement vous prend sous sa protection. » Incroyable !

En veine d'amabilité, il s'écria :

— Puis-je vous retenir à dîner, citoyen représentant ?

— Volontiers, monsieur Le Houlme. On dit que la cuisine normande est la meilleure du monde !

Le négociant consulta la pendule.

— Il n'est que dix heures et quart. Auriez-vous plaisir à visiter la ville ?

— Votre cathédrale est aussi la plus belle du monde ! Je la connais, de même que l'abbatiale Saint-Ouen.

— Les bénédictins en ont été chassés. Elle a été convertie en arsenal. On y forge des armes. On a fondu ses cloches pour en faire des canons. Et demain, peut-être, le métal de la cloche qui a sonné notre naissance va nous foudroyer dans la mort !

— Je le déplore. On ne respecte plus rien ! D'autres églises, m'a-t-on dit, auraient été converties en dépôts de céréales ?

— Ce serait trop beau ! Il n'y a plus de réserves de céréales capables de remplir une église, et même une chapelle.

Olivier détourna la conversation :

— Malgré l'athéisme officiel, que je ne partage pas, Rouen demeure la Ville aux cent clochers, la Florence du Nord. Vous avez aussi un admirable palais de justice !

— Oh ! oubliez cela, de grâce ! Et ne me parlez pas du donjon de Jeanne d'Arc !

— Aussi aimerais-je me détendre dans la nature. Rouen possède, dit-on, l'un des plus intéressants parcs floraux de France.

— Ah ! Vous connaissez aussi notre Jardin des plantes ?

— Oui. Je suis naturaliste de formation.

— Mais alors, mon fils Florian est tout indiqué pour vous y conduire ! Il adore les plantes et ne jure que par Lamarck et Buffon ! Pardonnez-moi de ne pas vous accompagner. Je dois me rendre au port à onze heures. Plus exactement à l'île de la Croix, où je rencontrerai un inventeur, un chimiste nommé Berthollet, qui aurait trouvé le moyen d'accommoder le chlore pour en faire un substitut liquide du savon, qu'il appelle la liqueur de Javel, son village près de Paris. Nous nous retrouverons vers midi autour de ma table, place de la Rouge-Mare. Et si vous aimez le canard au sang…

— Je l'apprécie beaucoup, ayant eu l'occasion d'en goûter. À tout à l'heure, donc.

Trente minutes plus tard, Olivier chevauchait aux côtés d'un jeune homme avenant, à la fois intimidé et intrigué. Grand, blond, mince et nerveux, Florian Le Houlme venait d'avoir dix-sept ans ; il en paraissait davantage. Son regard franc impressionna favorablement Olivier. Il lui sembla l'antithèse de son père. Au fond de ses yeux verts brillait la flamme de la révolte, sans laquelle la jeunesse ne serait pas la jeunesse, surtout à la fin de ce siècle volcanique. Mais de quelle révolte pouvait-il s'agir de la part d'un jeune bourgeois comblé par la fortune ?

Ils longèrent la Seine, aux rives encombrées de bateaux plus ou moins désarmés.

— Le blocus anglais les réduit à l'inaction, dit Florian. On trouve de belles coques de vaisseaux marchands à vendre, pour le prix d'un harenguier !

— C'est pire au Havre-de-Grâce — je veux dire au Havre-Marat —, qui importait le coton de Saint-Domingue.

— Et aussi à Honfleur et à Dieppe, ajouta Florian. Mais dans ces ports, au moins, les marins se convertissent de plus en plus à la course, bien que l'Angleterre, outre sa flotte, ait mis en ligne vingt frégates dans la Manche pour les traquer.

Brusquement, toute timidité l'avait quitté. Ses yeux brillaient.

— Toi, tu voudrais être corsaire !

— Évidemment ! Mais pour cela, il faut d'abord apprendre le métier de la mer et des armes. Mon père ne veut pas en entendre parler.

— Ah ! Pourquoi ?

— Corsaire, vous n'y pensez pas ! Il les confond avec les pirates et autres flibustiers ordinaires !

— Marin de la République ou du commerce, alors ?

— C'est un métier de crève-la-faim, dit mon père. Un lieutenant de vaisseau gagne moins qu'un employé dans ses bureaux. Et il n'est même pas assuré de commander un jour un bateau !

— Et tu voudrais quand même être marin ?

— Je ferai ce que je pourrai, monsieur. Marin, ou… journaliste ! Partir ! Voyager ! En tout cas, je refuse de m'aligner comme mon frère aîné, qui travaille déjà avec mon père.

— Le négoce, ce n'est pas mal. On voyage, aussi, et cela peut rapporter gros…

Florian sursauta. Indigné, il allait répliquer, lorsqu'il vit que cet étrange visiteur plaisantait. Mystérieusement, il se sentit soudain proche de lui. Chez cet homme, la jeunesse, avec ses révoltes et ses enthousiasmes, était toujours omniprésente et dictait ses choix. On ne pouvait pas s'y tromper.

— Qui êtes-vous, monsieur ?

— Olivier d'Escragnole, ci-devant marquis, aujourd'hui conventionnel malgré lui et pas fier de l'être ; cependant, toujours inaltérablement fidèle aux idéaux généreux de la République. Je reste avant tout un naturaliste et j'attends avec impatience la fin de cette révolution et de ces guerres pour embarquer et découvrir le monde, car je suis aussi marin.

La mer et la nature ! Ils comprirent enfin la raison de cette sympathie qui les attirait l'un vers l'autre.

Ils arrivaient au Jardin des plantes, tout au bout du quai de Paris, au pied de la colline Sainte-Catherine, verdoyante sous le ciel gris. Ce vaste enclos planté d'espèces variées abritait aussi de nombreuses serres et deux orangeries.

— Comme tout paraît abandonné ! s'écria Olivier, déçu.

— On n'entretient plus. La mauvaise herbe envahit la bonne. C'est comme pour tout !

Le député dévisagea Florian. Quel monde était-on en train de préparer à cette jeunesse !

Ils confièrent leurs chevaux au gardien et s'engagèrent dans les allées, envahies par le pissenlit, les ronces et le chiendent. Ici et là, Olivier reconnaissait quelques plantes remarquables, à demi étouffées.

— Ce jardin botanique a été fondé par notre Académie de Rouen, dit Florian. Avant la Révolution, l'Académie y donnait même des cours de botanique. C'est là qu'est née ma passion pour la nature. J'aimais aussi ces grandes forêts qui entouraient la ville, avant qu'on ne les réduise à rien.

Ils longèrent un vaste bassin circulaire, envahi de plantes aquatiques, nymphéa et papyrus.

— Jadis, il y avait des poissons, des espèces rares. Les gens du quartier les ont mangés. On plantera bientôt des légumes dans ces massifs, où fleurissaient les roses les plus rares.

— Alors, tu veux être journaliste ? demanda soudain Olivier.

— Un rêve presque impossible !

— Ici, il y a pourtant une bonne gazette : *Le Journal de Rouen*.

— Mais mon père s'y oppose aussi.

— Et pourquoi donc ?

— C'est une longue histoire !

Il se prit à rêver, et Olivier respecta son silence.

Le blé et la loi du Maximum étaient le dernier souci du jeune Florian Le Houlme. Plus encore que pour la mer et la nature, il nourrissait une vraie passion : écrire. Aussi avait-il refusé de travailler au comptoir paternel, comme son frère aîné. Ayant quitté l'école des Jésuites, fermée pour cause d'expulsion des bons pères, il avait travaillé assidûment chez lui, dévorant les écrits des prophètes de la Révolution, ceux, aussi, des naturalistes révolutionnaires : Lamarck et son *Encyclopédie botanique*, Buffon et son *Histoire naturelle.* Buffon l'avait amené à l'écriture : « *Le style est l'homme même*, disait-il, *seuls les ouvrages bien écrits passeront à la postérité.* »

Florian avait alors travaillé son style. Il le vivait comme une aventure, sa façon la plus libre d'être au monde. Pour lui, apprendre à écrire revenait à apprendre à penser. Sous la forme, c'était le fond même qui montait à la surface et prenait corps. L'écriture lui semblait un chemin tour à tour plein d'ornières, de rocaille, mais aussi de merveilles, qui le conduisait vers la maturité, car il y prenait douloureusement conscience de ses limites. Ayant abandonné le style grandiloquent des révolutionnaires, il s'exerçait à la simplicité.

Il avait alors osé franchir la porte du *Journal de Rouen*, rue des Murs-Saint-Ouen, à l'ombre de l'immense abbatiale. *Le Journal de Rouen* se nourrissait surtout des feuilles parisiennes. Républicain opportuniste modéré, son propriétaire, Noël de La Morinière, en atténuait les excès jacobins, ce qui ne lui évitait pas la hargne des autres feuilles rouennaises, toutes « modérées ». Mais lui, au moins, pouvait se vanter de tirer sur vingt-quatre pages à trois mille exemplaires !

À la manière sobre et originale dont Florian s'exprimait, impressionné aussi par sa passion d'écrire, Jean-Baptiste Milcent, le rédacteur en chef, avait deviné ses dons précoces. Pour le mettre à l'épreuve, il lui avait demandé quelques articles, chichement rémunérés à la pige. Essai concluant. Mais son père, qui redoutait son franc-parler, avait violemment réagi. Interdit de rédaction, Florian continuait à écrire en cachette en signant d'un pseudonyme. Ainsi avait-il été remarqué par Noël de La Morinière, grâce à un « Portrait de la Normande Charlotte de Corday, qui tua le citoyen Marat dans sa baignoire ». Malheureusement, Florian n'était pas dans la ligne politique du journal. Il n'était pas fédéraliste, comme la majorité des Normands. L'unité française forgée par un État républicain centralisé le fascinait.

Cet article où il dépeignait en termes romantiques la jeune héroïne, qui avait été décapitée, lui avait valu la rencontre et l'amitié du poète André Chénier, de passage à Rouen. Âgé de trente-deux ans, Chénier, ancien député à l'Assemblée constituante, s'était fait le chantre de la Révolution libérale. Grâce à lui, Florian espérait « monter à Paris ».

Il s'arracha à ses pensées. La Seine coulait non loin du parc, charriant ses eaux boueuses. On entendait le martèlement familier des calfats contre les coques tirées au sec, démâtées et couchées sur le flanc. Une bonne odeur de bois brûlé montait des chantiers. Olivier demanda :

— Tu disais que ton père…

— Il n'aime pas les journalistes, ni toutes ces feuilles « barbouillées de sales pamphlets », dit-il. C'est chez lui une idée fixe depuis que Marat a soulevé les commères de Paris avec un article dans son *Ami du peuple*.

— Je m'en souviens, c'était en février, l'année dernière. Marat vitupérait contre les « monopoleurs » et les « agioteurs ». Il encourageait au pillage de certaines épiceries et boulangeries. Le pillage se généralisa dans Paris, donnant le mauvais exemple à la province. Et tout cela à cause d'un article de Marat !

— C'est pourquoi mon père déteste les journalistes, même ceux de *La Gazette des muses* !

— Heureusement, tous ne sont pas comme Marat, ou comme Hébert, « l'Homère de l'ordure ». Et il ne faut pas confondre les pamphlétaires et les vrais journalistes d'information.

— Mon père les méprise aussi, parce que les plus honnêtes sont souvent des gagne-petit. C'est comme les marins. Que gagne un journaliste indépendant ? Cinq sous la feuille ! Même pas de quoi se payer un savon !

— Ton père, préoccupé par ton avenir, n'a peut-être pas tort. Il est dans son rôle.

— Sans doute. Des rémunérations dérisoires face à des risques énormes, cela le scandalise. Mais tout est politisé, aujourd'hui. Il faut prendre parti.

— Et tu veux prendre parti !

— J'ai déjà pris parti. J'ai lu Rousseau, Montesquieu et Voltaire. Mais c'est complètement dépassé ! On ne sait plus où cette révolution nous emporte !

— La Révolution est une promesse infinie, puisque la liberté et l'égalité qu'elle propose sont des absolus vers lesquels on peut tendre, mais qu'on n'atteindra jamais !

— Jamais ? Oh !

— L'essentiel est de tendre. C'est ainsi que l'on changera la vie. Qu'en pense ta mère ?

— Elle pense comme mon père.

— Et ton frère ? A-t-il pris parti ?

— Surtout pas ! Il est comme mon père. On prend de gros risques financiers, mais on ne s'engage pas, politiquement. Toute idéologie lui fait peur.

— Et que recherche ton frère ? Qu'est-ce qui le motive ?

— Le bonheur, le plaisir, la considération. Un certain pouvoir. Il veut jouir de la vie, ce phénomène si improbable, si menacé. L'argent semble apporter tout cela. Du moins, c'est mon père qui le dit. Et aussi ma mère.

— Et cela ne te tente pas ?

— Sans doute… Mieux vaut se déplacer à cheval qu'à pied ; manger du pain blanc plutôt que de seigle ! Boire du bon vin et non de l'eau !

Il hésita. Il ne trouvait pas les mots pour exprimer ce qui vibrait en lui. Enfin, il s'écria :

— Mais c'est d'abord la liberté que je veux ! Quand je regarde vivre mon père, je sais que tout son argent ne lui donne pas la liberté. L'argent, il en est l'esclave. Sans cesse inquiet, angoissé, il se sent menacé par des périls connus, et surtout inconnus…

Olivier retrouvait chez Florian toutes les aspirations de Gaël Trémeur, et les siennes, dont ils s'entretenaient avec passion, treize ans plus tôt, à bord de *l'Intrépide*. Entre-temps, le monde avait basculé. Mais cette liberté, pour laquelle les meilleurs donnaient leur vie, n'avait jamais été aussi menacée.

Soudain, Florian se prit la tête dans les mains et s'écria avec désespoir :

— Monsieur ! Vous qui êtes un savant et un élu du peuple, expliquez-moi pourquoi notre idéal de liberté a abouti à des hommes comme Marat, Danton, Hébert, Fouquier-Tinville, Robespierre et tous ces assoiffés de sang ? À ces clubs, ces partis, ces sections haineuses, où l'on s'occupe surtout de détruire son semblable ? Comment expliquer que les idées généreuses de 89 aient abouti à ce régime de la Terreur, qui nous mène à la dictature ?

Olivier hésita longtemps avant de lui répondre.

— Cette révolution est fondatrice. Il lui faut gérer les émotions qu'elle génère. En un mot, comment inventer la souveraineté populaire, et comment la fonder ? La rendre viable, au jour le jour, sans que la liberté des uns engendre l'oppression des autres ? C'est un grave problème, petit. Moi-même je ne l'ai pas résolu. Et pourtant, j'ai été élu pour cela.

— À la Convention, vous avez la liberté de voter des lois.

— La liberté, elle se promulgue dans une Constitution. Nous l'avons faite. « *Les hommes naissent libres et égaux en droits.* » Mais ce sont des mots. Comment les faire entrer dans la réalité, leur donner une substance, de la chair ? Être libre, c'est d'abord être libre dans son cœur. « *Commence par toi.* » C'est là le fondement. Être libre, c'est être détaché de tout, et d'abord de soi-même.

— Mais c'est impossible ! Même les moines ne le sont pas !

— L'essentiel est d'y tendre. Pour accéder à la liberté, il faut souvent sacrifier ce que l'on est pour devenir ce que l'on doit être. Cette métamorphose est douloureuse. Elle donne pourtant des résultats extraordinaires.

Ils étaient face à face au milieu de cette exubérance végétale qui ressemblait à la Révolution, où le meilleur et le pire tentaient de conquérir le soleil. Ils se regardèrent dans les yeux. L'adulte de trente-quatre ans, et le jeune de dix-sept ans, qui aurait presque pu être son fils, le fils qu'il n'avait pas. Olivier était conscient de sa responsabilité : ne pas le décevoir. Lui faire saisir la clé du problème pour lequel des centaines de milliers d'hommes s'entretuaient en France, dans les colonies, et bientôt, peut-être, dans le reste du monde. Il ajouta :

— Nous aspirons tous à la liberté. Mais seuls les plus généreux en passent par l'égalité et la fraternité, qui posent des limites à une liberté égoïste, anarchique.

— Oui, c'est clair. C'est l'idéal de la Révolution de 89. Mais alors, pourquoi fait-on le contraire ?

— Je te l'ai dit. Pour être libre, il faut se remettre en cause.

— Faut-il donc tuer le bonheur pour être libre ?

— Le tuer, non. Seulement renoncer à un bonheur égoïste et d'ailleurs illusoire, pour découvrir simplement que les autres existent.

— Et la liberté ?

— Elle nous est donnée à l'instant même où l'on en a fait le sacrifice pour une grande cause.

— L'abolition de l'esclavage ?

— Oui. De tous les esclavages.

Ils s'en revinrent lentement. La joie remplissait leur cœur. Celui d'Olivier, qui avait pu exprimer le fond de sa pensée. Celui de Florian, dont l'intelligence s'ouvrait largement sur le cœur, tel un vaisseau qui, ayant échappé aux méandres de la Seine et à ses bancs de sable, débouche enfin sur l'estuaire, sur la mer libre !

— Monsieur, je serai journaliste. Mais pas à Rouen, où le poids de ma famille est trop pesant. Et c'est à Paris que tout se passe. C'est là qu'il faut être, en 1794. Pouvez-vous m'introduire ?

— Il y a encore quelques gazettes dignes de ce nom à Paris. Je pense à la plus ancienne, *La Gazette nationale*, ex-*Gazette de France*, fondée en 1631 par Théophraste Renaudot, dirigée aujourd'hui par le libraire-éditeur Charles-Joseph Panckoucke, qui en a fait un quotidien.

— Il a édité Voltaire et Buffon !

— Il tente de rester politiquement neutre, ce qui exaspère les Montagnards, comme les Indulgents. Il y a aussi *Le Mercure de France*, le fameux hebdomadaire où collaborèrent Voltaire, Marmontel, Chamfort, d'Alembert et Condorcet. Panckoucke en est également le propriétaire. L'académicien Jean-Baptiste Suard, son beau-frère, le dirige. Sa tendance politique est encore plus modérée. Comme moi et quelques autres, il a tenté, en vain, de sauver la monarchie, d'en faire une monarchie moderne, constitutionnelle, qui eût préparé la République dans le respect des valeurs du passé, notamment religieuses, et nous eût évité le drame d'une révolution anarchique, sanglante, devenue permanente, parce que incontrôlée, livrée à la rue, à la canaille égoïste ou inconsciente. Je connais Suard, que j'avais visité avant la Révolution, dans sa prison du Masque de Fer, à l'île Sainte-Marguerite où le roi l'avait fait enfermer pour une affaire de duel. Je peux t'introduire auprès de lui. Te prendra-t-il ? Ce ne sera pas facile, tu es si jeune ! Tu n'as jamais écrit ? Publié ?

Florian hésita. Allait-il livrer son secret ? Puis il se décida. Il avait confiance en lui.

— Monsieur, je ne vous ai pas tout dit, mais n'en parlez pas à mon père. Sans être salarié, j'écris dans *Le Journal de Rouen*.

— Un excellent quotidien, je te l'ai dit. Plutôt à droite. Les Normands sont modérés…

— Monsieur, ne le dites surtout pas à mon père, il me ferait interdire au *Journal*. Il en a les moyens. J'écris de petits papiers sous le pseudonyme de Maximus.

— Tu écris sur quoi ?

— Sur les sujets d'actualité.

— Charlotte Corday, je parie !

— Entre autres.

Ils récupérèrent leurs chevaux. Olivier remit cinq rouges liards au gardien et ils s'éloignèrent. Le conventionnel, qui avait donné sa carte à Florian, avec une chaleureuse recommandation pour le *Mercure*, lui dit :

— Pas un mot de tout cela à ton père, c'est entendu. Il ne me le pardonnerait pas !

Descragnole n'était pas très fier. « Non seulement je lui confisque son patrimoine, mais peut-être aussi son fils ! »

— Réfléchis bien avant d'y aller, Florian. Ce n'est pas un cadeau que je te fais. Que sera demain la Révolution ?

Quelles nouvelles victimes emportera-t-elle ? À Paris, tu vas plonger dans une fournaise d'où très peu ressortent intacts… s'ils en ressortent.

— Peu importe, monsieur. L'essentiel est de ne pas rester à l'écart du grand souffle qui soulève notre pays.

Le jour même, après un excellent repas chez Le Houlme, Olivier rentrait à Paris. Évidemment, il n'avait soufflé mot à Florian de la délicate transaction conclue avec son père. L'affaire des Antilles demeurait secret d'État. Pour Florian, cela valait mieux, aussi. Le père et le fils évoluaient dans deux mondes qui ne communiquaient pas. Le conventionnel fit un saut chez Robespierre, l'informa de la réussite de sa mission, puis il rentra chez lui.

En arrivant devant son immeuble, Olivier fut interpellé par sa logeuse, Mme Godelièvе, une forte femme à l'air digne et triste, dont le mari, un commerçant du quartier, avait été guillotiné en 1792, sur dénonciation calomnieuse. Elle habitait le rez-de-chaussée de ce petit immeuble, hérité de ses parents, dont les loyers la faisaient vivre. Olivier logeait au troisième. Elle s'était prise d'amitié pour lui et lui préparait souvent ses repas.

— Entrez, monsieur Descragnole ! J'ai un paquet pour vous. On l'a déposé sur votre palier. J'ai préféré le mettre à l'abri.

Enveloppé d'un papier noir, il avait la taille d'une boîte de chaussures. Sans comprendre pourquoi, Olivier en éprouva comme un malaise.

— Donnez…

— Mademoiselle Angélica Remacle est venue, aussi !

— Ah !

— Je lui ai dit que vous deviez rentrer à Paris en fin de soirée ; elle voulait vous attendre. Elle était agitée, angoissée, presque fiévreuse. Je lui ai remis la clé de votre logement, comme vous m'y aviez autorisé.

— Vous avez bien fait, je vous remercie.

Déjà, le cœur battant, il courait vers l'escalier. Elle lui cria :

— Monsieur Olivier ! Vous oubliez votre paquet !

Il revint en arrière, déchira le papier noir, ouvrit la boîte et frémit. C'était une guillotine miniature ! L'intention était claire, la menace directe.

Mme Godelième éclata en sanglots.

— Mon pauvre homme avait reçu la même ! Deux jours plus tard, il était arrêté, conduit à la Conciergerie, exécuté après un jugement expéditif… Ah ! prenez garde à vous !

Il grommela :

— Qui diable a pu m'envoyer ça ?

— Regardez ! Il y a un papier au fond de la boîte !

Il l'ouvrit et lut à haute voix :

La guillotine est un bijou
Aujourd'hui des plus à la mode.
J'en veux une en bois d'acajou
Pour mettre dessus ma commode.

Je l'essaierai chaque matin
Afin que, n'étant pas novice,
Je sois tout prêt le lendemain
Si j'allais être de service.

La femme pleurait silencieusement. De grosses larmes coulaient sur son visage fatigué. Un maigre feu de bois brûlait dans la cheminée. Olivier y jeta le papier, puis la guillotine. Ils la regardèrent brûler. Enfin, comme s'il avait exorcisé le malheur, il se redressa, embrassa Mme Godelième et sortit.

Angélica ! Il montait l'escalier quatre à quatre, sortait sa clé, poussait la porte.

— Angélica !

Déjà, elle était dans ses bras.

— Tu es revenu !

— Je suis là !

Il contemplait ses yeux mordorés où brûlait une flamme, qui lui fit oublier celles qui avaient consumé la guillotine.

— Tu es là !

Elle était vêtue d'une robe écarlate très décolletée, provocatrice, qui laissait entrevoir sa gorge nue. Il posa la main sur son sein et sentit battre le cœur à folle allure. Il l'enleva dans ses bras et l'emporta sur son lit. Allongés l'un contre l'autre, à petits mots et à voix basse ils répétaient, en écho, comme une comptine :

— Tu es revenu !

— Je suis là !

Leurs voix les rassuraient. Au cœur de la tourmente révolutionnaire, ils étaient vivants tous les deux, ensemble ! Toujours vivants au cœur de la Terreur omniprésente qui les encerclait toujours de plus près.

Ils arrachèrent leurs vêtements et s'unirent avec passion, avec tendresse, dans l'envol des corps affolés l'un de l'autre, emportés par l'irrépressible jaillissement de confiance en la vie.

Soudain, on frappa violemment à la porte.

— Police ! Ouvrez !

8

Le cœur battant, Florian Le Houlme considéra la façade de l'immeuble qui abritait *Le Mercure de France,* au faubourg de Gloire, ex-Saint-Antoine. Le cœur de Paris battait alentour. Une agitation permanente, une excitation, soulevait la foule, où se mêlaient bourgeois en petite redingote et gens du peuple en pantalon droit et carmagnole. On avait l'impression que Paris déménageait. Sur une table à même le trottoir, un sergent de l'armée recrutait. Derrière lui, un orateur haranguait la foule : « Un bataillon par rue ! » Les jeunes affluaient. On sentait comme une frénésie de se battre. La mort — héroïque ! — demeurait omniprésente. Sur le pas de leur porte, de vieilles personnes aux yeux brillants faisaient de la charpie pour les soldats blessés des hôpitaux. Mais quand passait une femme, dentelles et bonnet blanc, les visages s'éclairaient, la vie l'emportait. On cherchait le plaisir. Un commissaire-priseur improvisé débitait de vieilles bouteilles, des vins d'émigrés vendus aux enchères :

— Cent francs ce château-lafite 1774 !

Les assignats volaient ! Un château-lafite contre ces bouts de papier, bons demain pour allumer le feu, ce n'était vraiment pas cher !

Les portes du rez-de-chaussée abritant l'imprimerie du *Mercure de France* s'ouvrirent en grand, des afficheurs se répandirent, brandissant leur pile de journaux-affiches destinés à être placardés dans les rues. La médaille de plomb qu'ils portaient sur la poitrine justifiait ce privilège municipal. Ils disparurent au coin de la rue avec leur léger marchepied, leur havresac et leur pot de colle. Grâce à eux, tout homme ou femme de la rue et pas seulement les bourgeois abonnés, pouvait lire gratuitement les nouvelles… à condition de savoir lire.

D'autres jeunes gens sortaient de l'imprimerie en emportant une brassée du dernier *Mercure*, ou plutôt emportés par elle ! Eux aussi arboraient fièrement sur la poitrine la médaille de leur fonction, celle de *crieur*, où étaient gravés ces mots : *La publicité est la sauvegarde du peuple.* Ces *gazettes* (de l'italien *gazzetta*, petite pièce de monnaie vénitienne) étaient vendues un sou.

Florian monta jusqu'au premier étage, où se trouvait la rédaction, et pénétra dans l'antichambre du célèbre hebdomadaire. Derrière une table, un employé sans âge, affairé, compulsait des gazettes, un crayon rouge à la main, avec lequel il signalait certains articles dignes d'être lus. Levant la tête, il jeta un coup d'œil sur le jeune visiteur et se replongea dans ses feuilles.

— Je désire voir maître Jean-Baptiste Suard ! s'écria Florian.

Sans se détourner de son travail, l'autre grimaça en grognant :

— Il ne reçoit pas à cette heure.

— Mais j'ai une recommandation !

Il tendit la carte de visite d'Olivier Descragnole. Impressionné, l'employé se leva aussitôt.

— Je vais voir…

— Donnez-lui aussi ma carte.

L'employé prit le bristol et lut avec stupéfaction :

FLORIAN LE HOULME
homme de lettres

Homme de lettres ! Mais, en 1794, plus rien ne pouvait étonner ! N'avait-on pas promu général ce petit Corse de vingt-cinq ans nommé Bonaparte ?

L'employé poussa la porte du directeur de la rédaction. Une minute plus tard, il réapparaissait.

— Maître Suard est très occupé. Néanmoins, il va vous recevoir. Mais il vous faudra patienter.

Il lui désigna une banquette au cuir fatigué. Florian s'y laissa tomber, essaya de se détendre. Pour la dixième fois, il revivait sa rencontre de la veille à Rouen avec Olivier Descragnole. Le lendemain matin, il avait pris la première diligence pour la capitale, laissant un mot à ses parents : « *Ne vous inquiétez pas pour moi, je vais à Paris, je veux être journaliste.* »

L'antichambre du *Mercure* se trouva soudain bouleversée par un mouvement de journalistes forts en gueule et en couleurs, portant la culotte moulante à la mode. Ils surgissaient des bureaux voisins et s'engouffraient dans celui du rédacteur en chef pour préparer la maquette de la prochaine édition du *Mercure*, qui paraissait le vendredi. Prêtant l'oreille, Florian saisissait des éclats de voix émergeant comme des lames déferlantes de la conférence de rédaction.

— Émotion à propos du suicide en prison de Jacques Roux. Je titrerais à la une sur trois colonnes : « *Le chef des Enragés voulait confisquer les biens des riches pour les distribuer aux indigents !* »

Florian sourit en songeant à son père.

— Tout ce qui est excessif est insignifiant ! répliqua une voix autoritaire. À mettre sur deux colonnes en pages intérieures. Avec en sous-titre le mot de Molière : « *Je me réjouis qu'il soit mort guéri.* »

— Titrons à la une sur ce mot sublime de Saint-Just : « *Le bonheur est une idée neuve en Europe.* »

— Le bonheur au milieu du bain de sang de la Terreur et des massacres de Vendée ? Il faut titrer sur des faits précis et concrets. Nous sommes des journalistes, pas des polémistes et encore moins des pamphlétaires !

— Ce rapport de Saint-Just à la Convention, où il dénonce à la fois les Exagérés et les Indulgents qui menacent le peuple et les libertés. Rien de plus concret.

— Dangereux pour nous. Si nous prenons parti à gauche, comme Hébert, nous nous ferons interdire et emprisonner. Titrer à droite serait pire. Pour l'avoir fait, *Le Vieux Cordelier* de Camille Desmoulins vient d'être saisi. Révolution oblige !

— Contentons-nous de citer Robespierre et composons la manchette sur son dernier discours à la Convention : *« Toutes les factions doivent périr du même coup ! »*

En face de Florian, l'employé avait aussi entendu. *Les factions !* Il se leva, en proie à une sainte exaltation. Regardant Florian comme s'il ne le voyait pas, il déclara :

— Aujourd'hui s'ouvre le procès des Hébertistes. Tous doivent mourir !

— Pourquoi ce bain de sang ? murmura Florian, accablé. La Révolution ne devrait-elle pas d'abord être fraternelle ? Et n'est-ce pas Robespierre qui a dit : *« L'homme ne voit jamais l'homme sans plaisir »* ?

L'employé, surpris, ne répondit pas. Il se rassit. Par ces temps chaotiques, mieux valait ne pas penser. Il se replongea dans la lecture de ses gazettes, en marmonnant :

— Ces exterminateurs s'expriment dans un langage indigne d'être imprimé ! Quant aux noms de leurs gazettes, regardez-moi ça !

Il brandit une brassée de petites feuilles minables : *La Bouche de fer, Le Journal du Diable, Le Dénonciateur patriote, L'Écouteur aux portes, La Savonnette républicaine, Le Contre-poison...*

Écœuré, il se replongea dans sa lecture.

Au bout d'un moment, il releva la tête.

— Toi aussi, tu veux être journaliste ! Si tu savais !

Soudain, la porte du directeur s'ouvrit, et un homme imposant, crinière au vent mais stricte redingote noire à basques, culotte de nankin et bas blancs très Ancien Régime, traversa l'antichambre. Sans regarder le visiteur, il se dirigea vers la porte d'entrée et sortit.

L'employé s'était levé, il avait salué respectueusement le personnage, qui l'avait gratifié d'un sourire condescendant et désabusé.

— C'est monsieur Panckoucke.

— Le directeur de *La Gazette de France* !

— *La Gazette nationale*, s'il vous plaît ! Il est aussi le créateur du *Moniteur universel*, in-folio, et le propriétaire de notre *Mercure*, qu'il a confié à son beau-frère, maître Jean-Baptiste Suard.

Florian savait. L'éditeur-libraire Charles-Joseph Panckoucke avait pris en 1787 la direction de *La Gazette*, fondée en 1631 par Théophraste Renaudot. Il en avait fait un quotidien en 1792. Il jouait une autre carte avec *Le Mercure*, hebdomadaire à succès qui tirait déjà à quinze mille exemplaires. De tendance modérée, Panckoucke était sans cesse menacé par les extrémistes. Mais si grand était le prestige de l'éditeur de Voltaire que nul n'osait s'attaquer à lui. N'avait-il pas aussi publié le treizième volume de l'*Histoire naturelle* de M. de Buffon, dont les théories avaient fait scandale : « *l'évolution, torrent du temps* » ? Et cette affirmation prodigieuse qui avait ébranlé les philosophes et soulevé la jeunesse : « *L'esprit humain n'a pas de borne, il s'étend à mesure que l'univers se déploie !* »

Florian se sentit pris de vertige. Il était là, lui, jeune provincial en rupture de famille, sans expérience, sans argent, au cœur de ce Paris où se forgeait le destin de la France et peut-être du monde. Là, au *Mercure*, où avaient écrit d'Alembert et Voltaire, chaudron où bouillonnaient toutes les passions de la Révolution, folles, généreuses ou haineuses, utopiques, prophétiques.

Quelles étaient ses chances, à lui ? Presque nulles. Mais dans ce « presque » se nichait un espoir invincible, qui avait ses sources dans la vitalité, la passion, la jeunesse, un corps solide et un esprit sain, généreux, fraternel.

Derrière la porte du directeur de la rédaction, une voix s'éleva :

— Lucien, fais entrer le visiteur !

Le cœur de Florian s'emballa. Il jouait son va-tout.

Écrivain connu, Jean-Baptiste Suard, la soixantaine élégante, offrait un regard étonné, curieux de toutes choses, sous sa petite perruque argentée. De sa chemise blanche largement ouverte sortait une écharpe-cravate en mousseline de soie, bouillonnante comme ses idées. Il avait pris pour devise ce mot de Buffon : « *Rassemblons des faits pour nous donner des idées.* » Élu à l'Académie française en 1772, il avait d'abord fondé *La Gazette littéraire*, où avaient collaboré Voltaire, Diderot et Grimm. Il avait épousé avant la Révolution l'une des plus belles femmes de Paris, tenant un célèbre salon littéraire, la sœur bien-aimée de Panckoucke.

Considérant avec stupéfaction le grand blond aux yeux verts qui se dressait devant lui, il reprit sa carte de visite posée sur le bureau.

— J'ai bien lu : « *homme de lettres* » ! Quel âge as-tu ?

— Dix-neuf ans, maître, mentit Florian, qui n'en avait que dix-sept.

— Bon. Ce n'est pas mon problème. Vous avez une recommandation du conventionnel Olivier Descragnole…

— Oui, maître.

Jean-Baptiste Suard hésita, son regard s'assombrit.

— J'ai une mauvaise nouvelle à son sujet. Le procureur de la Commune de Paris vient de demander son arrestation. Comme on ne résiste pas à la Commune, qui s'est arrogé une sorte d'autorité sur les questions de police, à l'heure qu'il est il doit être conduit à la prison de l'Abbaye pour comparaître devant le Tribunal révolutionnaire.

Florian eut un haut-le-corps.

— Mais il n'a rien fait !

— Justement ! C'est un modéré. Au demeurant, ci-devant aristocrate, issu du Grand Corps de la Marine royale. L'un des derniers restés en France à avoir sauvé leur tête. Cela dérange les ultras ; ils veulent sa peau. C'est un *suspect* idéal. La dénonciation d'un comité révolutionnaire a suffi. Il sera dans une prochaine charrette, je le crains. Avec André Chénier.

— Comment ? Lui aussi ?

Florian sentit ses jambes se dérober sous lui. Olivier Descragnole, en qui il avait mis tout son espoir ! Et André Chénier, le poète romantique de *La Jeune Tarentine*, le chantre lyrique de la révolution libérale, celle de 1789, qui l'avait sorti de l'enfance avec ses trois mots magiques : *Liberté, Égalité, Fraternité.* Il s'exclama :

— André Chénier ! Le poète, l'humaniste !

— Il a clamé trop fort sa révolte : *« Mon cœur gros de haine et affamé de justice »*, disait-il. La justice ! Où est-elle, la justice, cinq ans après la prise de la Bastille ? Condorcet, aussi, serait menacé d'arrestation.

Jean-Baptiste Suard ferma les yeux. Il revivait l'atroce hécatombe. Au fil de ces cinq années décisives, elle avait fait la une de son hebdomadaire. Le gouverneur de la Bastille, puis le député Barnave, le marquis de Favras, l'intendant Laporte, le roi Louis XVI — le roi ! —, les députés girondins Brissot, Vergniaud et vingt autres ; et Mme Roland, leur égérie. Le rythme macabre s'accélérait : le duc d'Orléans, dit « Philippe Égalité », la reine ! l'ancien maire de Paris, Bailly, les noyés de Nantes, le général vendéen d'Élbée, les évêques d'Arles, de Saintes et de Beauvais, cent prêtres réfractaires, mille gardes suisses, et cent mille Chouans ! Demain, Olivier Descragnole, André Chénier, Condorcet. Et Robespierre, l'Incorruptible, à quand son tour ? N'avait-il pas dit : « *La mort est le commencement de l'immortalité* » ? Et lui, Jean-Baptiste Suard, de l'Académie française, prétendait informer l'opinion publique ? O Liberté ! que de crimes on commet en ton nom ! C'était vraiment *le temps des assassins* !

Il rouvrit les yeux et considéra avec sympathie Florian, qui avait l'âge de son petit-fils. Quel serait leur destin, à ces jeunes, emportés par le cyclone de la Révolution ?

— Que puis-je pour toi, mon petit ?

La voix de Florian se détacha, étonnamment claire et nette :

— Un poste de rédacteur au *Mercure*, monsieur. Même pour les « chiens écrasés ».

— Pas seulement les chiens ! Les hommes ! À qui le tour ?

Il fixa Florian droit dans les yeux, le jaugea. Il trouvait ce grand blond trop maigre et trop nerveux. Dans ces yeux verts brûlait un feu, nourri de révoltes et de passions. Or, un bon journaliste doit être détaché, tout en restant curieux. Il ne doit pas se laisser emporter par l'information qu'il délivre.

— Quelles sont tes références ?

— Je maîtrise assez bien la tachygraphie. Je peux faire des *interviews*.

— Cela ne suffit pas chez nous pour être journaliste.

— J'ai écrit dans *Le Journal de Rouen*, sous le pseudonyme de Maximus.

Le directeur le regarda avec étonnement.

— Ah ! c'est toi, Maximus ? Je me souviens du « Portrait de Charlotte Corday ». Nous avons repris cet article remarquable. Pour la forme, l'impact, j'entends, car on y relève encore trop d'inexactitudes ! Il te faudra apprendre le métier, vérifier les sources des informations avant de les publier.

Les yeux de Florian se mirent à briller d'espoir.

— J'apprends tous les jours à écrire, monsieur.

— C'est une citation de M. de Buffon !

Jean-Baptiste Suard sourit et ajouta :

— Pourquoi veux-tu quitter *Le Journal de Rouen* ? Noël de La Morinière en a fait un excellent quotidien. Assez fédéraliste pour plaire aux Normands, mais pas trop pour éviter la colère des Jacobins. Il a de l'avenir, si tant est que quelque chose en ait aujourd'hui, ou quelqu'un.

— Je n'en fais pas partie, monsieur. On m'a pris des articles à la pige, sans plus, à peine rémunérés. Quinze sous pour le « Portrait ». Dix sous pour « La Bataille sans larmes ».

— Les Normands ne lâchent pas facilement leurs sous ! C'est aussi de toi, la « Réponse au *Père Duchesne* » ?

— Oui, monsieur.

— Ce brûlot risque de te coûter la tête si cet enragé d'Hébert, que Robespierre a pu faire incarcérer, réussit une fois de plus à sortir de prison.

— *Le Père Duchesne* a indigné les Rouennais. D'autant plus que Jacques Hébert, « l'Homère de l'ordure », est un Normand d'Alençon.

— L'homme est dangereux, même en prison. Il faudrait le décapiter sans tarder. Osera-t-on ? Il souffle sur la Terreur et en ranime sans cesse les haines. Comme tous les Enragés, il ne sert pas la République. Il effraie les modérés de la Plaine, majoritaires à la Convention, et les amène à la rejeter. Il favorise de ce fait la réaction, la contre-révolution. Il sert les rois ! C'est cela que tu as osé écrire, petit imprudent !

Il demeura un instant silencieux. On entendait sous le plancher le cliquetis régulier des presses à imprimer.

— Te rends-tu compte, petit, qu'aujourd'hui manipuler les mots, c'est comme manipuler la poudre ! À tout moment, dans la bataille, quand l'atmosphère est embrasée, elle peut nous exploser à la figure !

— Oui, monsieur. Je le sais. Je veux être journaliste !

— Que fait ton père ?

— Il est négociant en grains à Rouen.

— Ah oui. Le Houlme. Ce nom me dit quelque chose. Marchand de *bled*, ce n'est pas une référence par les temps qui courent ! Tout ce qui touche au blé vous brûle. Exemple, ton maire, le citoyen de Fontenay, jacobin bon teint malgré sa particule.

— Oui, monsieur. Il a démissionné pour protester contre la taxation arbitraire du blé, ce que la Convention appelle « le maximum légal », qui en réalité favorise un marché parallèle au prix fort.

— On l'a emprisonné. Il risque sa tête.

— Pour mon père, je préfère vous prévenir. C'est à cause de lui que *Le Journal de Rouen*, sur lequel il a fait pression, refuse de m'embaucher à plein temps et tire mes articles sous un pseudonyme. Mais moi, je n'ai rien à faire avec les grains ! Je me moque des grains !

Jean-Baptiste Suard le foudroya du regard.

— N'as-tu jamais eu faim ?

Florian baissa la tête. C'était vrai. Chez son père qu'il méprisait, il n'avait jamais connu la faim.

Jean-Baptiste Suard reprit la carte de visite et, en connaisseur, la caressa entre le pouce et l'index pour en apprécier la qualité.

— Du boréal ivoire mat trois cents grammes ! Où as-tu trouvé ce beau carton ?

— À l'imprimerie du *Journal de Rouen*.

— Ainsi, tu es un « homme de lettres » ! Tu ne manques pas de culot…

Il hésita.

— … ni de talent. Et où as-tu appris la tachygraphie, l'art d'écrire par abréviations ?

— Par un ancien secrétaire de l'Assemblée nationale constituante, retiré à Rouen.

— As-tu un article à me proposer ?

À nouveau, l'espoir ! Florian tira de sa poche un « papier », le déplia et le tendit au directeur de la rédaction.

— C'est un « Portrait de maître Thouret, inventeur de la départementalisation ».

— Ah ! Thouret ! Ce brillant avocat rouennais a présidé quatre fois notre Assemblée nationale constituante. Seul un Normand pouvait réussir cet exploit. Malheureusement…

Il hésita. Puis il enchaîna, comme la chose la plus ordinaire :

— On vient de le guillotiner.

Florian demeura muet de stupeur. Toutes ses relations disparaissaient dans la fosse sanglante de la Terreur.

Maître Suard poursuivit :

— Complicité de conspiration. La loi des Suspects a bon dos ! C'était un utopiste. Il voulait casser le fédéralisme des provinces en partageant géométriquement la France en portions de cinq mille kilomètres carrés ! Mais ce n'est pas cela qui lui a coûté sa tête.

Florian ne l'ignorait pas. Thouret avait clamé trop haut sa réprobation des massacres de la Terreur, et ce pouvoir usurpé de la Commune, qui faisait pression sur le pouvoir légitime, en utilisant les plus vils instincts de la rue.

— Mais Robespierre…

— Gouverne-t-il encore vraiment ? Il est pris à son tour dans la spirale de la violence. D'où sa fuite en avant. Il tue pour n'être pas tué ! Ce n'est même plus la loi de la guerre, c'est la loi de la jungle !

Florian demeurait sans voix. Jean-Baptiste Suard lui rendit son papier.

— Tu es toujours en retard d'une tête, petit ! As-tu un autre article ?

— Monsieur, où va la Révolution ? La République ? La France ?

— Si nous le savions ! Les événements vont trop vite. Nous avions cru les maîtriser, mais ils nous emportent comme une marée furieuse. Et la guerre menace partout : en Bretagne, en Normandie, aux frontières, aux colonies. Tu sais ce que c'est, la guerre ? Non. Tu es trop jeune !

Les yeux exorbités, Florian s'écria :

— Oui, je sais ce que c'est ; je le sens, dans mon cœur, dans mes tripes ! La guerre… c'est planter un morceau de métal dans un morceau de chair !

— Terrible image ! J'en ferai un titre sur cinq colonnes !

Jean-Baptiste Suard s'interrompit. Monarchiste constitutionnel, il avait cru à toutes ces bonnes utopies des philosophes qui avaient soulevé sa jeunesse. Elles avaient forgé Danton et Mirabeau, ces traîtres ; Saint-Just et Robespierre, ces fous. Et les pires de tous, les Enragés : Marat, Hébert. Et ce Fouquier-Tinville dont le Tribunal révolutionnaire dévorait les républicains après avoir dévoré les royalistes, puis les Girondins.

— Voilà où nous en sommes, petit, en ce 6 germinal de l'an II de la République une et indivisible !

Il soupira longuement, surpris de s'être laissé entraîner par ce jeune provincial, qu'une heure auparavant il ne connaissait pas. Enfin, il demanda :

— Tu veux toujours être journaliste à Paris ?

— Plus que jamais, citoyen !

— Mais comprends-tu que la guerre, ce n'est pas seulement la mort des autres ! Tu vas courir, comme nous tous, des risques mortels. Les journalistes indépendants sont les gibiers de choix du Tribunal révolutionnaire, de la Commune insurrectionnelle de Paris, des sections populaires et des clubs.

— Que m'importe de risquer ma vie, si elle est utile, passionnante et libre !

Libre. Il se souvint de sa conversation au Jardin des plantes avec Olivier Descragnole. *« Être libre, c'est être détaché de tout, et d'abord de soi-même. Être libre dans son cœur. Sacrifier ce que l'on est, pour devenir ce que l'on doit être. »*

Jean-Baptiste Suard se mit à réfléchir. Une idée lui venait à l'esprit.

— Écoute. Je n'ai besoin de personne à Paris pour couvrir la Révolution. Nous sommes ici en surnombre. Avocats, libraires, professeurs, officiers, tous veulent écrire ! Or il se passe aussi des événements importants aux Antilles. Le 4 février, la Convention a aboli l'esclavage. Mais son application provoque la révolte dans les îles. Les planteurs se rebiffent. Ils s'accrochent à cette infamie : acheter un homme comme on achète un cheval. Ce qui pour nous, libéraux, est un sacrilège, demeure pour eux un droit.

— À la Martinique, m'a dit mon père, ils auraient même livré l'île aux Anglais pour conserver ce qu'ils estiment leur dû.

— À Saint-Domingue, la plus riche de nos colonies, le gouverneur tente d'appliquer la loi républicaine, mais il se heurte lui aussi à la résistance des gros planteurs. D'où révolte massive des esclaves, chez lesquels on a fait naître un fantastique espoir, irréversible : la liberté, l'égalité ! Veux-tu y aller ?

— Aux Antilles, maître ? Au bout du monde ? Alors que le sort du monde se joue à Paris ?

— Il se joue partout où la liberté, l'égalité et la fraternité sont menacées. Si tu me rapportes un beau témoignage, je te prendrai au *Mercure*. Quand tu reviendras, dans six mois, dans un an, Louis XVII, l'enfant prisonnier du Temple, sera peut-être sur le trône ; ou quelque général soi-disant républicain…

Les idées défilaient en tempête dans la tête de Florian. Déjà, il avait quitté Paris, il voguait sur l'océan, cap au sud-ouest.

— Monsieur, comment aller aux Antilles ? On dit que plus aucun vaisseau n'appareille de France.

— Débrouille-toi. Une frégate, *la Liberté ou la mort*, va appareiller de Brest dans quelques jours pour amener au Cap-Français un représentant du peuple. Mission secrète ; je n'en sais pas davantage. C'est pour toi le moyen le plus rapide. En tout cas, avec le blocus, c'est le seul bateau, en dehors des corsaires de la Manche, qui ose prendre la mer. Tu n'as pas le choix.

Le directeur se leva.

— Veux-tu une avance ?

— Non, monsieur. Je me débrouillerai.

Jean-Baptiste Suard sortit de son gousset une belle pièce d'or toute neuve, datée de 1793, encore à l'effigie de Louis XVI. L'une des dernières…

— Prends tout de même ce louis. C'est le prix de la diligence de Brest. Je t'autorise à te présenter comme l'envoyé spécial extraordinaire du *Mercure de France* !

Il lui tendit la main.

— Et n'oublie pas, comme dit le poète, *d'écrire les silences, de noter l'inexprimable, de fixer les vertiges et de saluer la beauté* !

Les yeux du garçon brillaient d'enthousiasme. Il prit la pièce et serra avec force la main de Jean-Baptiste Suard.

— Vous pouvez compter sur moi, maître !

— Citoyen ! Et n'oublie jamais la devise de la République !

— *La liberté ou la mort !*

9

Voyage éprouvant pour Florian, entrecoupé de contrôles policiers et d'embuscades de Chouans auxquelles s'ajoutaient les coups de main de mendiants affamés et de quelques brigands de grand chemin. Voyage interminable. Arriverait-il à temps à Brest ? Les relais de poste manquaient souvent de bons chevaux et d'avoine. Faute de cette céréale réservée à l'armée, on ne leur donnait que du foin, qui ne procurait pas autant d'énergie que l'avoine. Aussi le cocher devait compenser ce manque en usant trop souvent du fouet, ce qui rendait les chevaux nerveux et risquait d'envoyer la diligence au fossé.

L'esprit de Florian demeurait hanté par Olivier Descragnole, auquel il devait son aventure. Avant de quitter Paris, il était passé à la prison de l'Abbaye pour tenter d'avoir de ses nouvelles et peut-être, malgré le danger que comportait une telle démarche, de lui faire tenir un message d'amitié. Hélas, les nouvelles du conventionnel n'étaient pas rassurantes. Florian s'était fait proprement expulser par une chiourme à moitié ivre, dont il avait pu seulement tirer ces informations inquiétantes : Oui, Olivier Descragnole avait été incarcéré à la demande du procureur de la Commune de Paris, sur mandat du Comité de sûreté générale, « *au motif qu'il était suspect parce que noble de l'ancienne Marine, imbu des préjugés incompatibles avec les principes de la République et, par ces motifs, impropre à la servir* ».

Il serait déféré dans la journée au Tribunal révolutionnaire, siégeant en permanence à la Conciergerie, sous l'inculpation de menées anti-révolutionnaires. D'après les soudards de l'Abbaye, son compte était bon et il figurerait sans doute avec d'autres suspects réputés « modérés » dans une prochaine charrette, l'une de celles qui toutes les deux heures amenaient sur la place de la Révolution les condamnés promis à la guillotine, pour l'édification du bon peuple.

Découragé, Florian en venait à regretter cette aventure. Que n'était-il resté à Rouen au côté de son frère, dans la bonne maison bourgeoise de leur père ! Puis il eut un sursaut. Grâce à Olivier Descragnole, il avait enfin « le pied à l'étrier » ! Il était l'envoyé spécial du *Mercure de France* ! Et pour quelle aventure ? Rien de moins que l'abolition de l'esclavage ! Par reconnaissance envers Olivier, il se devait de mener cette mission jusqu'au bout.

Encore fallait-il arriver à Brest ! Et y arriver avant le départ de la frégate. Grâce à l'escorte des gens d'armes de la maréchaussée, la diligence franchit bien des obstacles, mais en Bretagne le poids de la révolte populaire se fit plus pesant. Peu après la sortie de Rostrenen, on frôla le pire. Des paysans vêtus du *grigo*, le sayon de poil que portaient leurs ancêtres depuis le Moyen Âge, bondirent des halliers en brandissant gourdins et cognées. Pieds nus, coiffés d'un chapeau aux larges bords qui masquait leur visage, ils entourèrent la berline, exigeant de l'or. Cette fois, ils étaient cent. Devant le nombre, l'escorte préféra négocier. On s'en tira avec une rançon… en assignats !

Enfin, Brest, illuminé par le soleil couchant, fit oublier à Florian toutes les difficultés du voyage. Il se rua vers le port, le cœur battant. La frégate *Liberté* avait-elle appareillé ?

Non ! Elle était là, toute belle dans la blanche lumière de Bretagne, amarrée dans l'estuaire de la Penfeld, quai des Subsistances, au pied de la colline de Recouvrance, face au Château. Il était temps ! L'animation qui régnait à bord signifiait clairement que l'équipage montait aux postes d'appareillage.

Florian n'eut pas trop de difficulté pour franchir la barrière de l'arsenal, où régnait une certaine confusion due à l'état d'ébriété ou à l'absentéisme des gardes. D'après ce qu'il entendait, la frégate, dont le départ excitait toutes les imaginations, n'avait eu aucune difficulté pour boucler son rôle d'équipage, malgré la perspective d'affronter le blocus des Anglais et d'aller se perdre dans l'imbroglio des îles antillaises, en proie à toutes les secousses déchaînées par les révoltes d'esclaves. Sans parler du risque permanent d'en découdre, non seulement avec les Anglais, mais aussi avec les Espagnols, les Hollandais, ou ces pirates apatrides qui essayaient de profiter de la situation !

Mais ce fut d'un pas assuré, son sac sur l'épaule, qu'il franchit la planche de coupée, décidé à ne pas faire état de son mandat de journaliste, ce qui risquait d'inquiéter les officiers et de le faire passer pour une bouche inutile auprès de l'équipage.

Florian, que ses habits de riche bourgeois désignaient à coup sûr comme un élément étranger à la marine, avait à peine mis le pied sur le pont qu'un colosse lui barrait le passage.

— Où vas-tu, citoyen ? Tu n'es pas de l'équipage ?

Naïvement, Florian avait espéré passer inaperçu à la faveur des bousculades de l'appareillage. Une fois découvert, la frégate naviguerait au large. On ne le jetterait pas à la mer. Il n'y avait jamais assez de bras à bord pour virer au cabestan, haler ou mollir les drisses et les écoutes, amarrer, tourner et frapper câbles, aussières et grelins, briquer le pont et l'entrepont, parfumer la cale et cirer les bottes des officiers, si tant est que cela se pratiquât encore.

Familier du port de Rouen, Florian confondait marins de guerre et du commerce. Un jour où, trop curieux, il rôdait sur les quais devant un vaisseau marchand hollandais en instance d'appareillage dans le port normand, il avait été raflé de force comme matelot novice. L'arrivée inopinée d'un officier du port, qui connaissait son père, lui avait évité cette mésaventure.

La situation était différente à Brest. Il foulait le pont d'une frégate militaire. Depuis la reprise en main par Jean Bon Saint-André, le délégué du Comité de salut public, on ne plaisantait pas avec le rôle d'équipage. Au demeurant, cet équipage, et la garnison des soldats de marine, s'y trouvait consigné depuis la veille, tant on redoutait les désertions après la remise du premier tiers de la paye.

— Qui es-tu ? Parle ! Je suis Quelques-Gouttes, le bosco !

Impressionnant en volume et en gueule, le maître d'équipage, visage autoritaire tanné par le soleil et la mer, en avait tant vu que seul un vent contraire grand frais lui aurait fait perdre son calme. Ce que Florian, le plus innocemment du monde, réussit au premier mot :

— Chef ! Je vais aux îles !

L'homme faillit en avaler sa chique. Le culot du garçon l'avait désarçonné. Puis il reprit son souffle et répliqua :

— Monsieur va aux îles ! Mais Monsieur se trompe de vaisseau ! Ici, ce n'est pas le *packet boat* des Caraïbes. C'est une frégate de la République. Allez, oust ! À terre ! Dégage le pont ! Tu gênes la manœuvre d'appareillage !

Sans lâcher prise, Florian changea de tactique :

— Ne vous fâchez pas, chef ! Je payerai mon passage à bord par mon travail. Je sais tout faire !

La stupeur du bosco n'avait plus de limite. Pourtant, ce n'était pas la première fois qu'il voyait un gamin de la ville, sous prétexte de découvrir « les îles », mettre tant d'enthousiasme pour embarquer à bord de cette galère qu'était un vaisseau du roi… et même une frégate de la République, en l'an II. Mais ce garçon dépassait les bornes.

— Trop tard, petit ! Le rôle est bouclé. D'ailleurs, t'as pas le physique de l'emploi. Trop maigre, pas de muscles, et ces mains fines comme celles d'une demoiselle ! Un bourgeois n'a rien à faire à bord !

Le hennissement affolé d'une bête forcée les fit se retourner. Un cavalier en uniforme de la Garde nationale, un exprès à francs-étriers, cheval écumant, naseaux fumants, venait de s'arrêter en se cabrant au pied de la planche de coupée. Le messager, couvert de poussière, sauta à terre, détacha un sac accroché à la selle et, sans plus de manière, le lança sur le pont, pardessus le bastingage.

— Le courrier de Paris ! Pour le capitaine !

L'officier de quart se hâta de lui en donner décharge. Puis il porta son sifflet à ses lèvres et cria :

— Retirez la planche de coupée ! Larguez les amarres ! Hale à courir sur l'aussière ! Soyez parés à hisser les focs et à larguer le grand hunier !

La poigne massive du bosco s'abattit sur l'épaule de Florian. Il se sentit poussé vers la coupée. Des larmes jaillirent de ses yeux. Tout était perdu pour lui. Si près du but !

Soudain, une voix se fit entendre derrière eux :

— Est-ce que je rêve ? C'est mon ami Florian Le Houlme !

Le garçon se retourna d'un bloc.

— Olivier Descragnole ! C'est moi qui rêve !

Sortant de la dunette, le conventionnel *suspect* s'avançait vers lui en souriant. Il portait élégamment l'uniforme des lieutenants de vaisseau de la marine républicaine, la grande veste bleu foncé, mais il avait gardé, pénurie de textile oblige, la culotte rouge du Grand Corps. Bottes courtes à revers, baudrier de cuir noir soutenant l'épée, il avait fière allure. Une seule épaulette enverguée à tribord indiquait son grade. Un bicorne aux pointes retombantes affichait une belle cocarde tricolore plissée. Reprenant ses esprits, Florian s'écria :

— Je vous ai cherché à la prison de l'Abbaye ! On m'a répondu que vous partiez entre deux gardes pour le Tribunal révolutionnaire, et de là pour l'échafaud !

Olivier le prit par le bras.

— Viens, petit. Ne restons pas sur le pont. Si j'ai bien compris, tu veux partir avec nous ?

— Oui, monsieur !

Il l'entraîna vers sa chambre à l'arrière, sous le pont de la dunette. Un sobre bureau d'acajou à tambour, une couchette avec son vaste tiroir, deux sièges. La fenêtre aux épaisses vitres ouvrait sur la rivière.

— Vas-tu enfin m'expliquer ?

— Selon votre conseil, je me suis présenté au *Mercure de France*. Votre recommandation a fait merveille. Maître Suard m'a embauché aussitôt.

— Mais cela ne m'explique pas ce que tu fais à Brest, sur le pont de ma frégate !

Il avait dit « ma frégate » ! C'était trop beau pour être vrai !

— Maître Suard avait lu mes articles du *Journal de Rouen*. Il avait même reproduit mon « Portrait de Charlotte Corday ». Grâce à votre recommandation, il était donc tout disposé à m'embaucher. Moi, j'aurais fait n'importe quoi pour être enfin journaliste à Paris et à plein temps. Mais il a voulu me mettre à l'épreuve. Autre chose, peut-être ?

— Que veux-tu dire ?

— Je l'ai compris plus tard. Il a pensé aux dangers de la Terreur, pour un jeune journaliste parisien trop enthousiaste, écrivant dans une gazette modérée. Il a eu sur moi… oui, le regard d'un père, d'un vrai père. On a sympathisé tout de suite. Il a voulu m'éloigner. Il m'a proposé un reportage à Saint-Domingue, avec un grand sujet : l'émancipation des Noirs, l'abolition de l'esclavage !

— Je reconnais là Jean-Baptiste Suard. Un homme bon, sous son masque sceptique. Mais comment savait-il qu'une frégate allait prendre la mer pour les Antilles ?

— Oh ! c'est le secret de Polichinelle pour un journaliste parisien bien informé. Après la trahison de Toulon, ils sont obsédés par ce qui se passe à Brest.

— Il connaît la mission de *la Liberté* ?

— Il ne m'a rien dit là-dessus. Mais permettez-moi à mon tour d'être stupéfait et de vous interroger. Je savais par maître Suard que vous étiez en état d'arrestation à l'Abbaye, avec André Chénier. Disposant de quelques heures avant le départ de la malle-poste de Bretagne, j'y ai couru.

— Grave imprudence ! On ne fréquente pas un suspect sans être suspecté à son tour. C'est aussi contagieux que la peste !

— Je n'ai pas réfléchi. J'avais envers vous une dette de reconnaissance. Maître Suard estimait que pour vous il n'y avait pas d'espoir ; vous étiez promis à la prochaine charrette… avec Danton, Chénier et Condorcet.

Le regard du conventionnel s'assombrit.

— Condorcet s'est suicidé peu après son arrestation à Bourg-la-Reine.

— Oh !

— Continue, Florian.

— Je n'ai pas pu résister. Je voulais vous dire ma reconnaissance, et, si vous le permettez… mon amitié.

— Merci, Florian. Je ne m'étais pas trompé à ton sujet. Tu es impulsif, passionné et généreux ; sans calculs… De mon côté, tu peux compter sur mon amitié.

Il hésita.

— Tu en auras besoin. Suard a cru bien faire en t'éloignant de la fournaise parisienne. Mais en te dirigeant sur *la Liberté*, savait-il sur quelle galère tu partais, et vers quoi ?

— L'essentiel est que j'aille à Saint-Domingue, puisque c'est là ma mission.

— Je crains que nous ne retombions dans une fournaise aussi brûlante que celle de Paris.

— Impossible ! La Terreur, la dictature du Comité de salut public, les exactions de la Commune et du Tribunal révolutionnaire !

— Ignores-tu ce qui se passe aux Antilles ? En France, on coupe les gens en deux. Aux Antilles, on les découpe en morceaux au sabre d'abattis. On les fait bouillir vif dans une cuve de mélasse ! Ces îles entrent en éruption à la moindre rumeur. C'est tout un passé de frustrations, d'humiliations et de haines raciales qui s'exprime sous une forme explosive, avec, omniprésente, la peur.

Ils demeurèrent silencieux. Sur le pont, on entendit claquer les aussières que rentraient les hommes. Olivier imagina les gabiers, agiles comme des acrobates de cirque, grimpant dans la mâture, escaladant les enfléchures des haubans, se coulant dans le « trou du chat » des hunes, rampant comme des serpents le long des lourdes vergues, parés à déployer les voiles carguées au poste de mer. En marin averti, il observa à un infime balancement que la frégate naviguait, même si elle était encore dans l'estuaire, poussée par le jusant, la marée descendante. À travers le sabord ouvert, ils virent défiler lentement les falaises de Recouvrance.

Florian s'étonna qu'Olivier, qu'il prenait pour le capitaine, ne soit pas sur la dunette au moment difficile de l'appareillage. Le conventionnel le détrompa.

— Non, je ne suis pas le capitaine. Seulement un passager privilégié, un représentant du peuple en mission.

— Qui donc est le capitaine ?

Le regard d'Olivier à nouveau s'assombrit.

— C'est Corneille Remacle, dit « le Crabe », un ancien capitaine de la marine marchande.

— Ce nom ne me dit rien.

— Tu apprendras à le connaître.

Olivier hésita. Devait-il se livrer à ce garçon si jeune, inexpérimenté, si naïf ? Puis il se vit avec lui dans cette galère, *la Liberté ou la mort !* Il opta pour la franchise.

— C'est une affaire très compliquée, petit, où se mêlent les intérêts supérieurs de la République, la vie même du peuple de Paris et… des considérations personnelles.

Étonné, Florian attendait, passionnément attentif. Olivier poursuivit :

— Nous allons à Saint-Domingue chercher cinq coffres d'or et d'objets précieux, destinés à acheter du blé américain, un convoi entier regroupé en baie de Chesapeake. Voilà pour la mission. Ce blé est nécessaire pour nourrir le peuple de Paris au moment crucial de la soudure ; nourrir aussi les armées de la République, qui protègent nos frontières, nos côtes et nos ports menacés par les Anglais. Ce serait simple si nos marins, nos soldats, moi-même, n'étions que de bons serviteurs de l'État, sans les passions qui agitent ces êtres faibles que nous sommes.

— Les passions ?

— Tu as dix-sept ans, Florian. As-tu déjà été amoureux ?

Surpris par cette question insolite, le garçon rougit comme une fille. Les filles, justement, il ne pensait qu'à elles ! Mais comment l'avouer ?

— Amoureux ? Pas vraiment. Je veux dire… j'aime toutes les filles ! Mais je n'en ai choisi aucune en particulier ; ou, si vous préférez, aucune ne m'a remarqué ! Le temps viendra bien assez tôt ! Mon père y a songé. À Rouen, un beau mariage ne peut être qu'une bonne affaire pour toute la famille. Révolution ou pas, avec lui c'est comme au temps de l'Ancien Régime : c'est le père qui choisit ! Mais je n'ai pas l'intention de me laisser faire !

— Je parlais des passions…

Florian ne répondit pas. Il en voulait à Olivier de l'avoir déstabilisé par cette question trop intime. Enfin, il riposta :

— Vous-même, monsieur, à trente-quatre ans, vous êtes toujours célibataire, et cela a l'air de vous réussir.

Il s'étonna de son impertinence. Mais n'était-ce pas Olivier qui, le premier, l'avait lancé sur ce sujet ?

— Je vais te faire deux confidences, Florian, puisque désormais nos destins sont liés, pour le meilleur et pour le pire. Le capitaine de cette frégate, Corneille Remacle, est mon ennemi personnel. Une fois le trésor embarqué, son plus grand désir, au large, sera de me faire basculer par-dessus bord.

Florian le dévisagea avec stupeur.

— Et la deuxième confidence ?

— Je suis amoureux de sa fille, une créature à la fois ensorcelante et angélique, prénommée justement Angélica. Nous comptons nous marier.

— Et le Crabe s'y oppose !

— Naturellement ! Il avait prévu de la marier à un vieux bourgeois fort riche pour l'établir solidement et profiter de sa fortune. Il me poursuit donc d'une haine mortelle pour avoir séduit sa fille, qui vient, comme pour le narguer, de me sauver *in extremis* de la guillotine ! Mais ce n'est pas tout. Ce marin du commerce, ce capitaine disgracié, nourrit contre moi, ci-devant marquis et officier du Grand Corps de l'ex-Marine royale, une jalousie viscérale.

Florian demeura abasourdi, l'esprit brouillé par tant de révélations explosives. Surmontant son désarroi, il osa dire :

— Monsieur, lors de notre première rencontre, à Rouen, vous m'avez dit quelque chose d'essentiel, à propos de la liberté ; une phrase qui a changé ma vie. « *On est d'abord libre dans son cœur.* »

Olivier le dévisagea gravement.

— Tu as touché juste, Florian. Tu feras un bon journaliste… Oui, le problème est là, qu'il me faudra résoudre. Je ne suis plus libre dans mon cœur.

Puis il se tut, encore étonné de s'être livré à ce garçon qu'il connaissait à peine. Mais il ne le regrettait pas. Devant ces périls extrêmes qu'il aurait à affronter, sa vie lui paraissait aussi menacée que la sienne. Il était de son devoir de le mettre au courant de tout.

Des coups de sifflet retentirent sur le pont. On entendit le martèlement des hommes courant à leur poste, parés à haler les drisses, les cargues et les écoutes de la frégate en partance.

— Larguez la grand'voile et la misaine ! Aux bras, le monde !

Ils sentirent la frégate gîter fortement sur bâbord ; elle cinglait vers le goulet et vers le large. La grève de Laninon défila à tribord, puis se fondit dans l'obscurité du soir.

Enfin, Florian demanda :

— Vous ne m'avez pas dit, monsieur, comment vous avez pu échapper à la prison de l'Abbaye.

— Tout est lié dans cette affaire. Le capitaine Remacle est un membre influent de la Commune de Paris, adversaire acharné de Robespierre, donc de moi-même, député modéré qui tente de soutenir ce gouvernement dans sa tâche immense, livré aux périls extrêmes. Le

Crabe a cru profiter de la loi des suspects pour se débarrasser de moi. Il a bien failli réussir. Un espion de la Commune, à Rouen, venait de l'informer que j'avais eu dans cette ville un entretien secret avec un négociant suspecté de trafic de grains, si tu vois qui je veux dire. Un prétexte en or ! Comme tous les conventionnels modérés, je figurais depuis longtemps sur la liste d'attente du procureur du Tribunal révolutionnaire, le sieur Fouquier-Tinville. Mais Angélica a fait échouer la machination. À peine étais-je incarcéré qu'elle se précipitait, rue Saint-Honoré, chez Robespierre, encore dans son lit, endormi. Il a même cru à une répétition de l'attentat de Charlotte Corday ! Quand il a appris que j'étais menacé de mort par ces Enragés de la Commune, il n'a fait qu'un bond à l'Hôtel de Ville, où il compte encore des amis, pour leur dire la vérité : me supprimer, c'était tuer la poule aux œufs d'or !

— La poule ?

— L'or des îles, Florian. L'or du blé ! Moi seul suis capable de l'obtenir. Je te raconterai cela plus tard. Lorsqu'elle eut compris sa méprise, la Commune m'a fait aussitôt libérer. Tout aurait été pour le mieux si notre secret, l'or des Antilles, n'était prématurément découvert. Tu le sais, entre les extrémistes de la Commune de Paris et le Comité de salut public de Robespierre, une guerre à mort est engagée pour la conquête du pouvoir.

— Mais le Comité contrôle le gouvernement de la France. Il a tous les pouvoirs, que lui a délégués la Convention.

— Malheureusement, la Commune possède, par le biais des clubs populaires et des quarante-huit sections de quartier, la force énorme de la rue, la capacité de mobiliser en quelques heures une populace qui, soulevée par des mots simples et porteurs, peut grossir d'heure en heure. C'est surtout elle, plus que la

Convention, qui a renversé la royauté. Devant cette force organisée, nos gardes nationaux et notre police sont impuissants. Pour le moment, Robespierre et ses amis gouvernent la France. La Commune de Paris et les Enragés hébertistes sont sur leur dos pour ronger leur pouvoir, comme les termites le bois de chêne d'une poutre maîtresse. Ils se servent de la loi des Suspects, que la Convention, le Comité de salut public et les Jacobins ont imprudemment mise en place, à l'initiative de Marat.

— Mais ce n'est pas une raison pour compromettre le ravitaillement de Paris !

— C'est bien ce que s'est dit le Crabe, qui est un patriote, à sa manière. Naturellement, il va chercher par tous les moyens à récupérer l'or. Il me laisse appareiller de Brest, embarquer le trésor à Saint-Domingue. Pour la suite, tout est possible, même le pire !

— Que voulez-vous dire ?

— C'est une affaire de vie et de mort pour les partis politiques qui se disputent le pouvoir. Si Robespierre et le gouvernement jacobin actuel qu'il contrôle réussissent à acheter le blé américain grâce à l'or des Antilles, ce sera pour eux un énorme succès. Le peuple rassasié se calmera, les armées reprendront courage, le torrent de la Révolution rentrera dans son lit, où il fera paisiblement l'amour avec la République. Robespierre et les Jacobins espèrent ainsi éviter le gouffre où leurs abus les conduisent. Dans le cas inverse, la Commune de Paris et le parti extrémiste des Enragés hébertistes apparaîtront comme les sauveurs de la patrie. Robespierre et ses amis iront à l'échafaud et la petite Angélica sera veuve avant d'être mariée ! Le Crabe aura ainsi fait coup double : il se sera débarrassé de moi et de Robespierre, en raflant l'or au passage !

— Je comprends... Mais enfin, qui commande, à bord de cette frégate ?

— Ce n'est pas simple. Ancien officier de marine, rescapé du Grand Corps, j'ai fait l'École royale d'hydrographie. En 1780, mon père m'a acheté un brevet royal de lieutenant de vaisseau, pour que je puisse naviguer avec lui. Le métier de marin m'intéressait, mais pas celui des armes. Je voulais naviguer pour voyager, comme géographe et naturaliste. J'ai opté pour la spécialité d'officier-écrivain, ce qui me permettait de naviguer, de rester avec mon père et de l'assister, selon ses commandements. Mais pas de commander, tout au moins sous l'Ancien Régime. Aujourd'hui, on trouve des capitaines de frégate qui hier encore ne commandaient qu'une hune !

— Mais le Crabe ? Comment a-t-il reçu le commandement de cette frégate ?

— Grâce à une intrigue sanglante, selon la méthode des Enragés. Cet officier a commandé des vaisseaux marchands. Mais par trois fois ils ont coulé sous ses pieds ! Incompétence ? Je ne le pense pas. Malchance, sans doute. Quoi qu'il en soit, les armateurs ne voulaient plus de lui. Il s'est reconverti dans la Révolution, il est devenu un membre influent de la Commune de Paris. Ayant appris que je devais prendre la mer à bord de *la Liberté*, et intrigué par la mission ultra-secrète de la frégate, il a demandé d'en être nommé commissaire politique, selon la nouvelle réglementation. Mais je n'en voulais pas à bord. Le commissaire politique, c'est moi ! Jouant le tout pour le tout, le Crabe a alors obtenu ma mise en accusation comme suspect. Robespierre m'a fait libérer. Le Crabe, désormais informé de la mission de la frégate, non seulement ne s'est pas tenu pour battu, mais il a encore trouvé là une raison supplémentaire d'embarquer. Ayant consulté la liste des commandements et sachant que la frégate était commandée par mon ami le ci-devant vicomte d'Isnouville, il l'a éliminé pour prendre sa place.

— Et le capitaine Disnouville s'est laissé faire ? Ne pouvait-il lui aussi se mettre sous la protection de Robespierre ? Ne pouviez-vous intervenir ?

— Tout est allé trop vite. Pour son malheur, Disnouville était à Paris, venu prendre les ordres. Il a été arrêté le jour de ma libération. Avant même que je l'aie su, il a été condamné comme suspect par le Tribunal révolutionnaire siégeant sans désemparer, et guillotiné le jour même. Le Crabe a alors pris sa place. Simple jeu d'écriture sur le rôle des commandements à la mer. Il fallait trouver d'urgence un capitaine pour remplacer Disnouville ; ce fut lui.

— Et on ne vous a pas consulté ?

— C'était trop tard ! Je galopais sur les routes pour rejoindre Brest.

— Un capitaine marchand promu directement capitaine de frégate !

— Il y en a bien d'autres ! Et il n'a été nommé qu'à titre temporaire, pour cette mission précise : rapporter un certain chargement. Je l'ai appris de sa bouche en arrivant à Brest, en même temps que l'exécution de mon ami, le capitaine Disnouville. Mais c'est ainsi. À Paris, on n'aime pas les anciens officiers du roi, on leur préfère les officiers bleus issus du peuple, ou les capitaines marchands, comme le Crabe. Ils ne gênent personne et ne peuvent être suspectés de passer aux Anglais avec leur vaisseau. Peut-être aussi Robespierre et le ministre Dalbarade ont-ils trouvé bon de me faire surveiller pendant la mission. Sait-on jamais ce qui peut se passer dans la tête d'un ci-devant officier de la Royale, ex-marquis de surcroît !

— J'espère que le Crabe ne va pas nous envoyer par le fond, comme trois de ses bateaux !

— Il est heureusement assisté par notre officier en second, Gildas Colbosc, un marin remarquable. Son intérêt est de lui laisser l'initiative, n'ayant lui-même aucune expérience d'une frégate. On le savait en haut lieu. Maintenant, Florian, écoute la suite de l'histoire. Le gros négociant chargé d'acheter le blé américain qu'embarquera le fabuleux convoi du siècle, cent vingt-sept vaisseaux marchands, américains et français, qui seront escortés depuis la baie de Chesapeake par nos escadres de Brest, c'est ton père !

Trois coups ébranlèrent la porte.

— Entrez ! dit Olivier.

Un officier apparut. Florian Le Houlme n'avait jamais vu le Crabe, mais il reconnut tout de suite le nouveau capitaine de *la Liberté* à son air autoritaire, farouchement agressif. L'homme était petit et gros, mais son visage charnu n'adoucissait pas ses traits tendus. Sous la froideur glaciale de son regard, brûlaient les charbons ardents du feu révolutionnaire, avili, profané par la haine et la jalousie qu'il éprouvait face à son pire adversaire. Sa mâchoire, projetée en avant, semblait prête à mordre. Malgré la bonne coupe de son uniforme bleu foncé, il affectait un mépris ostentatoire du règlement. La grande écharpe de soie, la « cravate » dénouée qui lui entourait le cou, n'était pas blanche, comme l'exigeait l'uniforme, mais rouge. Une insulte à cet uniforme du Grand Corps royal qu'il avait passionnément jalousé, et qu'à travers Descragnole il abhorrait plus que jamais.

Son regard tomba sur Florian, comme le couperet d'une guillotine.

— Qui est ce garçon ? Il n'est pas sur mon rôle d'équipage !

— C'est mon secrétaire, Florian Le Houlme.

La réponse et le ton étaient sans réplique. Le Crabe se le tint pour dit. Il grommela.

— J'ai à te parler, citoyen représentant.

Olivier, d'un simple regard, désigna la porte à Florian, qui s'éclipsa, trop heureux d'échapper à la confrontation. Tout, dans le regard des deux hommes, exprimait une haine à couteaux tirés. Entre eux s'élevait, au-delà des combats politiques et des jalousies sociales, la troublante silhouette d'Angélica.

Considérant de haut le conventionnel, le Crabe aboya :

— *La Liberté* fait route sur Saint-Domingue. Il faut que tout soit bien clair entre nous, Descragnole !

Olivier le toisa, lui rendant mépris pour mépris. Il lança :

— Qu'as-tu fait du capitaine Disnouville ?

— Qu'as-tu fait d'Angélica ?

Tout était dit. Venant arrêter Descragnole sur ordre de la Commune, les policiers avaient trouvé Angélica dans son lit. Ils avaient prévenu le Crabe. Sa haine n'avait alors plus connu de borne. Entre eux, ce ne pouvait être désormais qu'un combat à mort. Il ne s'achèverait que par une élimination physique de l'un ou de l'autre.

Pour le braver, le Crabe tira un papier de sa poche.

— Concernant Disnouville, voici le jugement du Tribunal révolutionnaire. Il pourrait s'appliquer exactement à toi ! Écoute ! « *Le ci-devant vicomte Roland d'Isnouville, malgré ses états de service en faveur de la République comme capitaine de la frégate* la Liberté ou la mort, *n'a pas su effacer la tache originelle de son aristocratique naissance par un civisme ardent et pur, un patriotisme soutenu de mœurs simples et des preuves indiscutables de son affection pour le gouvernement républicain. Le Tribunal révolutionnaire le condamne sans appel à avoir la tête tranchée. Ce jugement sera exécuté dans les vingt-quatre heures.* »

La douleur et la colère submergèrent Olivier. Bras levé, il eut un mouvement vers le capitaine, qui, se sentant menacé, tira son épée. Olivier se mit en garde, puis il pensa que la mission passait avant tout.

— Laissons pour le moment nos querelles personnelles. Nous sommes ici des représentants en mission, toi pour la Commune, moi pour la Convention. Nous avons une mission à accomplir : rapporter l'or de Saint-Domingue. L'or du blé dont le peuple de Paris et l'armée ont besoin pour survivre.

— Soit. Mais je te le répète, Descragnole, que tout soit bien clair entre nous. Moi seul commande à bord de cette frégate. Je tiens mon commandement du citoyen ministre de la Marine, Dalbarade. Et je te rappelle les fortes paroles du délégué du Comité de salut public Jean Bon Saint-André, dans son rapport à la Convention sur les mutineries de l'escadre de Brest : « *La première mesure à prendre doit être l'épurement de la Marine et la destitution pleine, complète, absolue, de tous les officiers ci-devant qui servent sur l'escadre.* »

Il parlait, parlait, pour purger sa haine, épuiser sa colère. Enfin, il lui lança, comme un coup de poing dans la figure :

— Tu n'es à bord qu'un simple passager. C'est moi, le capitaine !

— Mais cela va de soi, *capitaine* !

Décontenancé, dépouillé d'une partie de ses griefs, le Crabe recula d'un pas en rengainant son épée. Olivier fit de même.

Dès leur arrivée à Brest, un accord bancal s'était déjà établi entre eux, sous le regard consterné du second et de l'état-major. Le Crabe acceptait de conserver l'équipage. Il n'avait d'ailleurs pas le choix ; où trouver au pied levé autant d'hommes compétents ? Cent cinquante bons marins, indifférents à la politique, bien que plutôt fidèles aux traditions de la Marine royale. Olivier pouvait compter sur eux. La frégate embarquait aussi cent cinquante canonniers, politiquement neutres, mais d'origine plus ou moins douteuse. Enfin, le capitaine Remacle héritait du corps des soldats de marine, recrutés dans les bas-fonds de Brest par leur capitaine, Grosjean-Lataquié, un officier sorti du rang. Ce ramassis de brigands, cent cinquante hommes, composait la nouvelle compagnie réglementaire de débarquement, que tout bâtiment de guerre se devait d'embarquer pour faire face à un abordage, ou exécuter un coup de main en mer ou à terre. Capables de tout et surtout du pire, on devrait compter avec eux. En dehors des officiers, eux seuls étaient armés : long fusil des mousquetaires, sabre d'abordage pendu au baudrier blanc, et deux pistolets à la ceinture. Le Crabe comptait bien se les attacher. Il suffirait de leur promettre de l'or et de l'alcool.

On frappa à la porte. Le maître d'équipage entra, salua.

— Qu'y a-t-il, bosco ?

— Capitaine, l'équipage ne cesse de groumer. Il exige la libération de ses délégués, que vous avez mis aux fers.

— Je m'en occupe !

« La croisière commence bien ! » songea Olivier avec angoisse. Mais ce n'était pas de son ressort. Le capitaine était vraiment seul maître à bord. « Après Dieu », disaient autrefois les marins. Mais qui aurait osé parler de Dieu, aujourd'hui ?

Il se retourna et s'approcha du sabord. Toutes voiles dessus, la frégate *la Liberté ou la mort* s'engageait dans le goulet de Brest, qui ouvre sur la mer d'Iroise.

10

La frégate à peine sortie du goulet de Brest, Florian Le Houlme, prenant à cœur sa mission de journaliste, s'était plongé dans les entrailles du bateau, qu'il découvrait avec étonnement.

Sous le pont s'étendait l'immense entrepont, coupé par les fûts énormes des trois mâts. À la lumière avare des lanternes, il découvrit l'univers des canonniers, affairés à mettre les canons aux sabords, mantelets rabattus. Dans le remugle puissant des corps en sueur, des relents de cuisine et de la forte odeur soufrée de la poudre à canon qu'on enfournait dans les gargousses, s'agitait ce monde rude et fier, une spécialité à part. Recrutés comme les soldats de marine dans le milieu interlope des ports, émeutiers par goût et par nécessité, ces hommes, ni tout à fait marins, ni tout à fait terriens, avaient souvent trempé dans les plus affreux massacres, contre l'armée des Chouans et les fédéralistes. Beaucoup embarquaient pour échapper à la prison pour dette, à l'obligation d'épouser une fille qu'ils avaient engrossée, ou à la vengeance d'ennemis personnels, suite à quelque ténébreuse affaire. La plupart, venus de Brest et de Nantes, avaient reçu à terre une formation hâtive de canonnier de marine. Tous nourrissaient dans leur cœur une soif inassouvie de revendications impossibles. Pour eux, comme pour les soldats de métier, la Révolution, c'était d'abord le droit au pillage avec cette justification qui demeurait l'un des fondements de la

Révolution : l'égalité comme antidote contre l'injustice sociale.

Quant aux soldats de marine, qui cohabitaient dans l'entrepont avec les marins, ils constituaient un dangereux corps étranger qu'il faudrait intégrer. Dès les premiers clapots, ravalant leur morgue, ils luttaient contre deux ennemis : le mal de mer et le manque d'alcool. Sous le plafond bas de l'entrepont, tous les marins non de quart et la foule des canonniers et soldats se côtoyaient, se heurtaient, s'injuriaient ou s'ignoraient, pris en main tant bien que mal par une maistrance dépassée, elle-même sortie du rang, puisque la plupart des sous-officiers avaient été promus officiers.

Pour l'état-major, il s'agissait d'abord d'imposer son autorité, donc de mater les meneurs. La veille de l'appareillage, les délégués de l'équipage, le verbe haut, se croyant encore au début de la Révolution où les hommes élisaient leur capitaine, s'étaient présentés à Corneille Remacle avec leur « cahier de doléances ». Le capitaine les avait écoutés, méprisant. Cinquante heures seulement de travail par semaine ? Du tabac à chiquer sans restriction ? Et la disqualification de deux seconds maîtres, jugés trop sévères ?

Le Crabe les avait laissés parler. Puis, d'un ton ironique, il avait demandé :

— Vous faut-il aussi des femmes ?

Tandis que les autres riaient bêtement, le capitaine avait appelé les soldats de sa garde personnelle, chargée de veiller jour et nuit sur sa précieuse personne, quatre brutes, pistolets chargés à la ceinture, portant le court sabre d'abordage dont ils ne se séparaient jamais, même pour dormir.

— À la croche, ce beau monde ! Vous serez libérés au large ! Ah ! qu'on leur donne à lire la Déclaration des droits de l'homme ! Non ! Ces imbéciles ne savent pas lire !

Les cinq délégués, stupéfaits, s'étaient laissé enfermer à fond de cale, dans la « peau de bouc », les pieds entravés par une barre de fer, avec une cruche d'eau et une miche de pain noir, que venaient leur disputer les rats.

Devant cette attitude barbare, jugée peu républicaine, l'équipage n'avait pas osé réagir. Les canonniers, interloqués, avaient serré les dents. Les soldats, solidaires du Crabe, avaient ricané de voir ainsi humiliés les marins. Médusé, Florian Le Houlme regardait, notait, interrogeant Olivier Descragnole, qui lui répondit :

— Je ne crois pas qu'il agisse ainsi de sa propre initiative. Il a reçu des ordres stricts de Jean Bon Saint-André. Le délégué du Comité de salut public à Brest tente de réorganiser la marine. Fini, le temps des libertés anarchiques où chacun se croyait tout permis, critiquant ouvertement les ordres des officiers.

— Est-il vrai qu'il y a eu en 93 de véritables rébellions d'équipages, dans l'escadre de Brest ?

— Oui. Travaillés par des orateurs de taverne, les marins, mal payés et avec retard, multipliaient les désertions. Les capitaines marchands, qui avaient pris la place des ci-devant officiers du Grand Corps, presque tous émigrés ou décapités, n'arrivaient pas à imposer leur autorité.

Olivier s'interrompit, la honte au visage. Il n'osait ajouter qu'en rade de Brest un vaisseau de haut bord avait même été saboté par des éléments factieux de son équipage, que l'on soupçonnait corrompus par des agents royalistes ou par l'or anglais. Ces terriens redoutaient seulement d'affronter l'ennemi, et même de prendre la mer ! Des cordages et des haubans avaient été sectionnés, le gouvernail bloqué au niveau de la tamisaille. On avait vu pire dans l'escadre Morard de Galles, devant Quiberon. Chargée de dissuader les Anglais de débarquer, elle avait battu en retraite. Plusieurs équipages, mutinés, avaient imposé à l'amiral le retour à Brest !

Olivier reprit :

— Grâce à Jean Bon Saint-André, tout cela est fini, et le capitaine Remacle l'a bien compris. On ne commande pas un bateau sans une autorité de fer. C'est une question de survie. En mer ne saurait s'appliquer le principe du consentement, issu de la Révolution, remplaçant le vieux principe du commandement.

Dès le départ, Corneille Remacle tentait donc de s'imposer. Contrairement à ce qu'avait espéré Olivier Descragnole, il ne laissait pas à son second, Gildas Colbosc, l'initiative des manœuvres. Rivé sur le pont de la dunette, appuyé à la rambarde du fronteau, le Crabe n'entendait rien céder de son autorité légitime. À ses côtés, l'officier de quart transmettait ses ordres aux hommes de barre, juste au-dessous, devant la timonerie, où veillait aussi le pilote qu'il avait embarqué pour éviter les dangereux écueils et les îles de la mer d'Iroise. Spontanément, vu le manque d'officiers, Olivier s'était proposé pour effectuer les quarts. Avec une réticence mêlée d'une satisfaction dissimulée, le capitaine Remacle avait accepté. En se mettant ainsi sous ses ordres, le conventionnel se rabaissait vis-à-vis de lui. L'équipage ne manquerait pas de tenir compte de cet élément nouveau dans le rapport de force entre les deux hommes.

Mais c'est sur un autre plan, le combat, qu'Olivier attendait avec appréhension l'ex-capitaine marchand. Il n'attendit pas longtemps. Dès la sortie du goulet, laissant à tribord la pointe Saint-Matthieu et les îles de Molène et d'Ouessant invisibles dans la nuit, la frégate se heurta à l'adversaire aux aguets, probablement informé de sa sortie. Hélas, Olivier n'avait pu obtenir, comme l'espérait Gaël Trémeur, un vaisseau de 74, plus apte qu'une simple frégate à forcer le blocus. Jean Bon estimait d'ailleurs que *la Liberté* avait ainsi plus de chances de passer inaperçue.

Au lieu de tenter d'échapper à des forces très supérieures : deux grosses frégates, éclairant sans doute un vaisseau puissamment armé, comme l'avait fait avec succès le capitaine Disnouville, Corneille Remacle, qui avait le vent pour lui et le diable au corps, prit la décision contraire. Ne tenant aucun compte de son infériorité et de sa mission prioritaire, il se rua sur l'adversaire, comme un chien hargneux sur un taureau.

— Branle-bas de combat ! Et vive la Nation !

Des cales au ton des mâts, un cri unanime lui répondit :

— Ah ! ça ira !

Désir d'affirmer son autorité ? De braver, lui, le capitaine marchand disgracié, les deux officiers de marine de guerre, Descragnole et Colbosc, qui tentaient en vain de lui faire éviter ce qu'ils considéraient comme un suicide ? Espoir de revanche sur des années d'échecs en mer, de naufrages, d'humiliations de la part d'armateurs négriers et d'officiers arrogants de la Royale ?

— Dégagez les ponts ! Postes de combat !

En entendant le tambour et les fifres qui mobilisaient la totalité des hommes pour une bataille sans merci, Florian Le Houlme, son carnet de notes à la main, avait gagné la dunette. Il vit la face congestionnée du Crabe vociférant ses ordres. À cet instant, l'homme lui parut beau, emporté par l'action, les yeux comme deux braises illuminant son visage. À Olivier il parut effrayant, symbole de tout ce qu'il réprouvait : la haine, la violence, la démesure et l'orgueil.

Yvon Polhoët, l'officier canonnier, ce jeune enseigne fraîchement promu lieutenant de vaisseau, hier simple chef de pièce, jaillit de l'entrepont comme un boulet. Sa tignasse noire au vent, ses yeux bleus étincelants, il s'écria :

— Nous serons parés au combat dans vingt minutes, capitaine !

— Non, Polhoët ! Dans dix minutes !

— À vos ordres ! Dans la batterie, les hommes sont à leurs postes, les soutes en alerte parées à débiter boulets et gargousses.

— L'état de tes canons, citoyen canonnier ?

— Parfait, citoyen capitaine ! La poudre est bien sèche dans les gargousses, trois charges par pièce, mes mousses poudriers parés à réapprovisionner. Et les boulets briqués, lisses comme boules de billard !

— On tirera à démâter !

— À vos ordres !

— À tes pièces !

L'officier canonnier disparut dans la descente de l'entrepont. Le capitaine des soldats de marine, Grosjean-Lataquié, arrivait en courant, colosse moustachu lui aussi avide de se battre. Ancien mercenaire sorti du rang, il devait ses galons à la répression féroce qu'il avait exercée en combattant les Chouans vendéens. Soldat, il se vantait d'en avoir éventré ou décapité une trentaine ; officier, d'en avoir fait fusiller cent ! D'une efficacité redoutable malgré une intelligence limitée, il ne rêvait que de carnage, mais il se trouvait désorienté sur le pont instable de cette frégate. Comme tous ses hommes, un ennemi invisible le minait, surgi des profondeurs de ses entrailles : le mal de mer. Mais le branle-bas de combat les ressuscitait tous, leur insufflant une énergie sans limite.

— Ah ! te voilà ! cria le Crabe. Je veux tous les soldats sur le gaillard d'avant, parés à l'abordage !

L'autre le dévisagea avec stupeur.

— L'abordage ?

Le regard exorbité, le Crabe pointa le doigt en avant. Le capitaine de garnison distingua alors sous la clarté de la lune montante les deux pyramides des voiles anglaises menaçantes qui se dirigeaient vers eux. Un rictus de joie féroce illumina sa face.

Et soudain, la ligne adverse s'embrasa. Mais les boulets se perdirent dans la mer, sous les quolibets des Français massés sur le pont. De plus en plus excité, le Crabe cria :

— Ouvrez le feu ! Répondez coup pour coup !

Cet ordre ne pouvait concerner que les deux pièces de chasse, à l'avant, où la confusion était extrême. Les soldats prenant position sur le gaillard d'avant bousculaient les gabiers dépêchés par le bosco pour régler les focs et rentrer la toile des civadières qui masquaient le champ de tir. Des écoutilles béantes, ces soldats de marine débouchaient sur le pont en chantant *Ça ira !*. Armés de sabres, de piques et de pistolets, ils avaient plus l'air de pirates que de soldats réguliers, dans leurs uniformes défraîchis : culottes et guêtres d'un blanc douteux, veste barrée du baudrier, bicorne à pointes. Leurs orteils sortaient de leurs bottes trouées. De toute évidence, ayant maîtrisé le mal de mer, ils éprouvaient un plaisir intense à l'idée de se battre enfin contre les Anglais, eux qui n'avaient eu pour adversaires, jusqu'à ce jour, que ces insaisissables et implacables paysans bretons de la campagne du Léon, émules des Chouans vendéens maîtres des embuscades, mais des Français, tout de même !

Quelques-uns escaladaient déjà les haubans des mâts pour se poster sur les larges plates-formes des hunes, avec leur long mousquet boucanier, à la ceinture la poire à poudre, le sac de balles. Là aussi, Florian Le Houlme remarqua et nota une certaine confusion. Sur les plates-formes des hunes, les mousquetaires se heurtaient aux gabiers, qui bondissaient pieds nus des vergues, après avoir déployé toute la toile. Quel contraste entre les marins, souples comme des écureuils, et les lourds soldats empêtrés de leurs armes !

L'équipage, encore inconscient de l'inégalité des forces en présence, répondait avec autant d'enthousiasme que les soldats à l'ordre du branle-bas de combat. Éffacer enfin la honte des navigations furtives le long des côtes bretonnes pour échapper aux Anglais maîtres des mers qui débarquaient armes et renforts pour les Chouans ! L'ennemi commun, le danger mortel, avait soudé les hommes.

Les deux adversaires avançaient à vive allure l'un vers l'autre. Ils seraient à portée utile de tir dans quelques minutes, mais pour le moment leur position face à face ne permettait toujours pas au gros de l'artillerie, disposé sur les flancs, sabords béants, d'être mis en œuvre. Côté français, seules les deux pièces de chasse, à l'avant, tiraient mollement, c'est-à-dire un coup toutes les deux ou trois minutes, rythme que l'officier canonnier tentait en vain d'accélérer.

Olivier Descragnole avait sorti sa lunette d'approche. Pour lui aussi sonnait l'heure de vérité, qui lui rappelait les combats aux côtés de son père, sur la dunette du *Superbe* balayé par les boulets, la mitraille et les balles, qui avaient fini par le frapper à mort. Il s'adressa à Florian :

— Deux grosses frégates de quarante canons, cela fait quatre-vingts pièces contre nos trente de moindre calibre. Je ne comprends pas cette action.

Le capitaine avait entendu. Il répliqua :

— Tu vas comprendre, Descragnole ! Un officier républicain, quand il voit l'ennemi, ne prend pas la fuite, comme les gens du roi, qui cherchaient toujours à éviter le combat.

— Mais ici, tu fais le jeu de l'ennemi. Le combat naval a des règles précises, incontournables.

— Nous attaquons, non parce que nous sommes les plus forts, mais parce que nous avons le droit pour nous !

— Le droit ? Quel droit ?

— *Liberté, égalité, fraternité ou la mort* ! Tu n'as pas appris cela à l'École royale d'hydrographie !

Le regard exorbité fixé sur l'avant, il répéta :

— La liberté des mers ! *La Liberté ou la mort !*

— Cela ne pèsera pas lourd quand nous échangerons de pleines bordées de boulets et de mitraille. Mille cinq cents livres pour les Anglais, contre moins de six cents pour nous.

— Raisonnement de ci-devant ! À Valmy aussi, nous étions très inférieurs en nombre et en armes. Nous avons pourtant gagné !

Le rire sardonique du Crabe couvrit le grondement des canons. Face à cette croyance irrationnelle et quasi religieuse dans le bien-fondé de la Révolution, toute discussion paraissait inutile. Et soudain, devant l'enthousiasme des hommes, Olivier se sentit envahi lui aussi par un sentiment d'exaltation. Cette folie patriotique ne valait-elle pas mieux que la honte des années passées, les mutineries, les lâchetés, les replis, l'escadre de Brest, désemparée par la perte de ses cadres, refusant de prendre la mer pour affronter les Anglais ? Et si Remacle disait vrai ? Si la folie pouvait l'emporter sur la raison ?

Florian Le Houlme avait observé avec passion l'affrontement des deux officiers, que tout séparait. Son admiration pour Descragnole n'y faisait rien, il partageait pleinement l'exaltation du capitaine. Rentrant son crayon et son carnet, il s'empara d'un sabre et d'un pistolet. Il croyait entendre l'apostrophe de Danton à l'Assemblée, appelant le peuple à la levée en masse : « *Pour vaincre l'ennemi, de l'audace, encore de l'audace, toujours de l'audace !* »

Comme pour lui donner raison, un cri tomba du haut du grand mât, la voix aiguë d'un aspirant de vingt ans accroché aux barres de perroquet :

— L'ennemi vire de bord, quatre-vingt-dix degrés !

Puis il ajouta, quelques minutes plus tard :

— Il navigue maintenant cap à l'ouest, tribord amures, en ligne perpendiculaire !

Mais la logique implacable du combat s'imposa à Olivier.

— Ils présentent le flanc ! Nous allons bientôt avoir toutes leurs bordées de canons battantes, et sans pouvoir encore déployer la nôtre.

Ils observèrent aussitôt les coups de départ. Les flancs des deux frégates anglaises s'embrasaient de pourpre et d'or. Les premiers boulets s'abattirent dans la mer, à moins d'une encablure de *la Liberté*. Les Français ne pouvaient même pas répondre efficacement, puisqu'ils avaient toujours le cap sur eux. Seules leurs deux pièces de chasse, sur le gaillard d'avant, tiraient rageusement, avec quelques coups heureux qui provoquaient chez les marins des hurlements de joie sauvage. Tout à côté, on voyait les soldats français, excités par le vacarme, enivrés par l'odeur de poudre, un rictus démoniaque aux lèvres, préparer les grappins et aiguiser leurs armes à la meule de l'armurier. Dans moins de cinq minutes, ce serait l'abordage de plein fouet, le choc mortel.

Alors, l'impensable se produisit. Un cri de victoire tomba du grand mât :

— Ils virent de bord ! Ils prennent la fuite !

Le feu cessa aussitôt chez les Anglais, hormis quelques coups isolés des pièces de retraite, hâtivement mises en batterie à la poupe.

Le capitaine Remacle triomphait. Il hurla :

— Poursuivez-les ! Ne laissez pas ce gibier s'échapper ! Vive la Nation !

« Il est fou, songea Olivier. Il n'aura pas une seconde chance. » Il lui paraissait évident que les deux frégates se repliaient, non pour éviter le combat, mais pour attirer le Français sur le gros de l'escadre encore invisible.

Mais, par-devers lui, Olivier savait : si par miracle ils s'en sortaient, le Crabe, vis-à-vis de l'équipage, avait gagné la première manche. Et il devrait en tenir compte.

Le ciel — ou l'enfer — était pour Remacle. Un grain providentiel sépara les adversaires. Une averse énorme noya le pont, obligeant les soldats à refluer vers les écoutilles pour trouver un abri dans l'entrepont, où ils bousculèrent les canonniers aux postes de combat.

Ruisselant sous la pluie, le Crabe arpentait le pont en exultant. Dieu était du côté de la République ! N'était-ce pas normal ? Il aboya :

— Cessez la poursuite ! Halte au feu ! Remettez le cap à l'ouest-sud-ouest ! Canonniers, rompez des postes de combat ! À tous, la double de vin ! Et vive la Nation !

Incrédule, Olivier échangea un regard avec Florian. On l'avait échappé belle ! Pour s'abriter du déluge, ils s'étaient régugiés sous la dunette.

— Qu'en penses-tu, petit ? Et que vas-tu écrire sur ton carnet ?

— Ah ! La vie, la victoire ne tiendraient donc qu'à un grain ?

— C'est ce que disait le général Washington à l'amiral de Grasse : *« Sur mer, la victoire est une maîtresse capricieuse. »*

Florian, dont la main tremblait encore, demeurait pensif, troublé au plus profond de lui-même. Lui, si pacifique, avait adhéré à cette violence, à cette folie meurtrière ! Cette violence était entrée en lui comme une maladie contagieuse.

Le maître armurier passait. Il lui tendit son sabre et son pistolet et reprit son crayon. Le grain s'éloignait. Toute sa toile tendue, tirante, la frégate *Liberté* filait à grande allure sur l'océan désert.

Dans la mâture, les mousses et les aspirants veillaient. L'océan restait désert. La routine de la vie à bord s'installait. Aux quarts sur le pont succédaient les périodes de détente, entrecoupées des besognes ordinaires : briquer le pont, inspecter le gréement, apprendre les nœuds et les filins, dérouiller les boulets.

Une sorte de paix armée s'était établie entre Olivier Descragnole et le capitaine Remacle, qui affectait d'ailleurs de l'ignorer. Le conventionnel, en dehors des quarts qu'il effectuait lorsque le capitaine prenait quelques heures de sommeil, demeurait dans sa chambre ou au carré, à lire, ou, fermant les yeux, à s'abandonner au souvenir délicieux d'Angélica.

Le capitaine se tenait dans la timonerie ou sur le toit de la dunette, tentant quant à lui d'échapper à la vision qui désormais l'obsédait : sa fille se donnant à son ennemi personnel ; Angélica dans le lit du marquis d'Escragnole ! Pour fuir cette obsession, il harcelait sans cesse la bordée de quart pour régler la toile en fonction de la moindre variation du vent, prenant là encore tous les risques en vue de réduire le temps de la traversée. On avait l'impression de poursuivre un ennemi invisible.

— Réglez le grand hunier ! Balancez la misaine !

Pour le Crabe, l'ennemi invisible, ce n'était ni l'omniprésence des Anglais sur les mers, ni la vétusté relative de la frégate, mais le temps ! Il en oubliait alors son ennemi héréditaire, le marquis d'Escragnole, l'amant d'Angélica ! Il dormait sur la banquette de la timonerie, volant une heure ici et là au jour ou à la nuit, sans cesse sur la brèche, porté par la grande aventure qu'il vivait pleinement — commander une frégate —, revanche étonnante sur les temps de malheur qui avaient brisé sa vie. Une chance insolente semblait désormais servir l'ancien capitaine marchand ; oui, une revanche sur son passé pourri, qui lui faisait tout oser, comme si désormais rien ne pouvait s'opposer à lui. Rien, sinon Angélica ! Mais comment avait-elle pu en arriver là ?

Olivier crut alors comprendre la cause des anciens échecs successifs de Corneille Remacle dans sa pratique de capitaine au long cours. Il ne tenait aucun compte des hommes, ignorant leurs limites ou leurs faiblesses. Il exigeait d'eux d'être capables de tout exécuter à la perfection à une vitesse record. Mais cette fois, la chance le servait. Avec la Révolution, mutation brutale de l'Histoire, il avait le vent en poupe. Le diable au corps, il se sentait des ailes ! Ah ! s'il n'y avait eu ce dard enfoncé dans sa chair ! Angélica !

Silencieux et attentif dans l'ombre du capitaine Remacle, Gildas Colbosc, l'officier en second, l'ex-chef de hune promu au mérite, perfectionnait son métier avec passion. Quelquefois, quand les gabiers avaient exécuté une manœuvre impeccable dans la mâture, on le voyait sourire. Il oubliait alors le drame terrible qui avait écrasé sa famille, ses cinq frères chouans massacrés par les Républicains. Aussi Olivier Descragnole n'avait-il pas osé lui dire que le capitaine Disnouville, sous les ordres duquel il avait servi et appris son métier, était tombé sous le couperet de la guillotine, sur dénonciation du Crabe. Il lui aurait alors été impossible de rester sous ses ordres. Il s'était contenté d'un pieux mensonge. Disnouville aurait reçu un autre commandement…

Gildas Colbosc suivait avec angoisse la rivalité implacable qui opposait Descragnole à Remacle. Il imaginait la pire des hypothèses : les deux hommes, épées tirées, s'affrontant à mort, se détruisant mutuellement. Le commandement de la frégate lui reviendrait alors. Il se préparait à cette redoutable éventualité, tâche démesurée, perspective qui à la fois l'épouvantait et l'exaltait. Mais il savait qu'il pourrait compter sur le bosco Quelques-Gouttes pour partager le quart.

Ils traversaient l'Atlantique en un temps record et sans casser du bois, sinon le mât de perroquet de fougue, que l'on remplaça aussitôt. L'alizé bénéfique, puissant et régulier, les emportait toutes voiles dessus vers Saint-Domingue. Olivier lui-même, pris par cette grande aventure, avait renoncé à émettre des conseils de prudence. Installé dans le carré des officiers, Florian Le Houlme rédigeait son journal, qui servirait de base à une série d'articles. Olivier venait parfois l'y rejoindre et s'étonnait de la rapidité avec laquelle le garçon écrivait sur son carnet, grâce à l'écriture simplifiée inventée en 1792 par Théodore Bertin pour les scribes de l'Assemblée nationale. Lui aussi semblait pressé par le temps.

— Quand la paix sera revenue, je te ferai entrer comme tachygraphe à l'Assemblée ! Mais quel est cet objet étrange avec lequel tu écris ?

— C'est un *crayon*.

— Ce mot me dit quelque chose.

— C'est une invention récente d'un génial chimiste et mécanicien normand, Nicolas Conté, pour remplacer la pointe d'argent ou la baguette de plombagine, si fragiles. À l'intérieur d'un tube en cuir piqué, ou d'un bâtonnet en bois de cèdre, on coule un mélange de plombagine et d'argile finement pulvérisée. On ne se salit plus les mains, on peut le tailler, effacer les traits, presque aussi noirs que l'encre, sans tacher. Cette mine résiste même aux embruns.

Puis la conversation dévia sur la récente loi d'abolition de l'esclavage et sur la difficulté de son application. Baissant la voix, ils parlaient aussi du capitaine Remacle, dont l'excitation ne retombait pas.

— Il a décidé de faire la croisière en quinze jours et il le fera ! dit Florian. Comme s'il était maître du vent !

— Nul n'est maître du vent !

— Le sera-t-on un jour ?

— On ne pourrait que s'en affranchir, imaginer un vaisseau sans voiles, poussé par une autre énergie.

— Vous pensez à ces machines à vapeur, n'est-ce pas ? Bonnes peut-être un jour pour broyer la canne à sucre, ou faire tourner les filatures de coton. Mais un bateau !

— Voici déjà un siècle que Denis Papin a inventé la machine à vapeur : un foyer, un ballon d'eau, un cylindre, un piston. Une force inouïe était domestiquée. En 1707, ayant construit le premier « bateau à feu », le *pyroscaphe*, il tenta de le faire naviguer sur la Fulda, en Allemagne.

— Ce fut un échec !

— Mais l'idée suivit son chemin. L'Anglais Watt a perfectionné la pompe à feu. Et en 1783, Jouffroy d'Abbans, un jeune mécanicien franc-comtois, construisit à Lyon un pyroscaphe qu'il fit naviguer sur la Saône. J'avais alors vingt-trois ans. Je revenais de Provence, où j'avais pris possession de l'héritage de mon père. De mes yeux j'ai vu cet étrange bateau, sans mât ni voiles, sans rames, naviguer sur la Saône !

— Vous voulez dire qu'il l'a descendue ?

— Il l'a remontée, pendant quinze minutes, devant une foule ébahie et par-devant notaire, avec la seule énergie de la vapeur, agissant sur deux roues semblables à celle d'un moulin à eau.

— Mais de là à traverser l'Atlantique en quinze jours ! Et il faudrait une telle cargaison de charbon ou de bois ! Cela ne serait pas rentable.

— Qui sait ?

— Qu'est devenu ce Jouffroy ?

— Il a émigré en Angleterre à la Révolution. J'espère qu'il ne livrera pas aux Anglais les plans de son bateau à feu ! Affaire à suivre, Florian !

— Mon père, qui est curieux de toutes ces inventions capables de faire gagner beaucoup d'argent, me parlait aussi d'un jeune ingénieur américain nommé Fulton.

— Oh ! Fulton ne songe pas seulement à naviguer à la vapeur. Il compte naviguer… sous l'eau !

Ils éclatèrent de rire. Puis Olivier, redevenant sérieux :

— Puisque tu me parles de ton père, il faut que je te dise toute la vérité, au sujet du contrat fabuleux que Robespierre l'a chargé de négocier avec les Américains : le convoi du blé.

— Mon père est capable de tout, dit Florian en riant. Même de faire venir en France un convoi entier de blé. Ce qui m'étonne, c'est que les Américains, qui sont aussi des commerçants avisés, aient accepté d'être payés en assignats.

— Qui te parle d'assignats ?

— Tout le monde sait que les caisses de la République sont vides. En revanche, les presses à imprimer les billets fonctionnent, même sans la vapeur !

— Écoute-moi bien, Florian. Les Américains seront payés en or, avec, entre-temps, car le temps presse à cause de la famine, la garantie d'une grosse banque de Genève. Naturellement, aucun banquier suisse ne se risquerait à garantir un paiement à notre impécunieuse République.

Florian savait. Toute notre monnaie-papier était garantie par les biens fonciers de l'Église et de la noblesse expropriées. Que la République s'effondre, que l'Ancien Régime revienne au pouvoir, et tous ces biens seraient restitués à leurs anciens propriétaires, ou à leurs héritiers. Les cautions de la République et autres billets de change seraient nuls, les assignats perdraient le peu de valeur qu'il leur restait, et c'est pourquoi les Américains, les Suisses, le monde entier n'en voulaient pas.

— Mais alors, comment se fera le règlement ?

— Le convoi sera payé cash en or, de l'or et des pierres précieuses, que nous allons chercher à Saint-Domingue.

Ce trésor appartient à Gaël Trémeur, mon ami, mon beau-frère, mon ancien compagnon de la fameuse campagne de l'amiral de Grasse, un riche planteur, favorable à la République, militant pour l'abolition de l'esclavage. Cependant, il n'en consent que le prêt. Sachant la République menacée, il a exigé une caution d'une banque internationale. On l'a trouvée : la Banque de Genève, qui a toujours pignon sur rue à Paris.

— Mais vous avez dit que les banques étrangères ne font pas confiance à la République.

— La Banque de Genève se fait couvrir par un riche négociant rouennais, propriétaire de biens immobiliers, qui doit avoir aussi dans ses coffres en suisse de solides réserves à l'abri des aléas de la Révolution.

— Quel genre de réserves ? demanda Florian, qui avait pâli.

— Que sais-je ? Des actions de la Compagnie des Indes et sûrement de l'or. Peu importe ! Le gouvernement français a donc passé un marché avec Polycarpe Le Houlme, qui accepte de garantir sur ses biens, connus et inconnus, c'est son affaire, le prêt de l'or de Saint-Domingue.

— En contrepartie de quoi ? Je suppose que mon père n'a pas fait cela uniquement par patriotisme ?

— À Rouen, le Comité révolutionnaire, qui désigne les suspects et les livre au Tribunal, n'aime pas les négociants en blé en général, et ton père en particulier. En échange de l'hypothèque sur tous ses biens — nous n'avons pas à savoir lesquels, c'est l'affaire du banquier suisse —, le gouvernement prend ton père sous sa protection. Il est désormais intouchable. Et il lui confie ce fabuleux marché, un contrat inespéré : le blé américain, le convoi du siècle !

— Je comprends maintenant pourquoi mon père était si angoissé, ces dernières semaines. Il s'attendait à être inculpé comme suspect. Vous lui avez sauvé la vie, en quelque sorte !

— Tu as tout compris !

Olivier remonta sur le pont. Il écouta le souffle puissant du vent dans le gréement tendu, ce piège des voiles si dangereusement déployées, à la limite de rupture des mâts. La croisière continuait à un train d'enfer. Debout sur le toit de la dunette, le capitaine Remacle ressemblait à une statue. Juste au-dessous, sur le gaillard d'arrière, agrippés aux roues jumelées du gouvernail, les deux timoniers, le visage crispé, suivaient le cap, un œil sur le compas, l'autre sur le gréement. Sur le roof de la cuisine, à l'avant, un chat mafflu au pelage couleur d'écaille de tortue regardait fixement l'horizon.

— Si notre maître-chat Parsifal est monté sur le pont, c'est que la terre n'est pas loin ! dit en riant le bosco Quelques-Gouttes.

Effectivement, la frégate reconnut le lendemain le cap Samana, d'Hispaniola, la partie espagnole de l'île Saint-Domingue. Longeant les terres dominées par la cordillère centrale, elle doubla le cap Monte-Cristi. On longea enfin les terres françaises. Bientôt on aperçut, derrière un morne, les hauts remparts du fort Picolet de Cap-Français, hérissé de canons et de mortiers. Très excité, refusant d'écouter les conseils de prudence de ses officiers, du bosco et de Descragnole, remis vertement à sa place, le capitaine Remacle, sans attendre la nuit, dirigea la frégate vers le goulet. Sa chance insensée paraissait le suivre. On n'avait pas encore vu un vaisseau anglais. Dressé sur le gaillard d'avant, le maître-chat Parsifal ne tenait plus en place, le poil hérissé, humant les effluves de la terre, ses riches senteurs végétales et animales.

C'est alors que la chance tourna, comme un vent capricieux. Une flotte entière arborant l'*Union Jack*, le pavillon britannique, était mouillée devant les passes ! Si grande était sa puissance que les Anglais n'avaient même pas pris la précaution de se faire couvrir sur les flancs par leurs frégates, elles aussi au mouillage, voiles ferlées, ce qui sauva *la Liberté*.

Devant cette énorme force navale, vingt vaisseaux de ligne et autant de bâtiments de moindre tonnage, le Crabe, cette fois, cessa de braver le destin.

— Virez de bord ! Cap à l'ouest, à longer la côte. Hissez le pavillon espagnol ! On va se mettre à l'abri d'une crique pour aviser.

Les Anglais avait repéré la frégate. Mais, accaparés par ce qui se passait à terre, ils ne songèrent même pas à vérifier son pavillon. Quelques minutes plus tard, *la Liberté* s'éclipsait discrètement derrière un cap, route à l'ouest, à coller le rivage.

À bord on n'osait à peine respirer. Toutes les lunettes d'approche demeuraient braquées sur l'île, et ce qu'ils voyaient n'était pas pour les rassurer. Des troupes en armes sillonnaient les routes, traînant des canons. Les Anglais avaient-ils débarqué ? Plus inquiétant encore, quelques plantations brûlaient sur les collines ; des habitations coloniales, et aussi des cases indigènes, des sucrotes et même des champs de cannes à sucre ! Une lourde fumée montait vers le ciel. De la frégate on sentait les odeurs d'incendie.

Décontenancé, Corneille Remacle perdit sa superbe. Il s'approcha d'Olivier Descragnole et pour la première fois lui demanda conseil.

— Qu'en penses-tu, citoyen représentant, toi qui es déjà venu à Saint-Domingue ? Cette île sent le roussi !

Olivier laissa retomber sa lunette d'approche.

— J'ai bien examiné cette côte et les collines. Je ne vois pas trace d'uniforme anglais. On les repère facilement : veste rouge, culotte blanche et petit chapeau rond.

— Mais alors, pourquoi cette agitation, ces maisons, ces plantations qui brûlent ?

— C'est l'insurrection des Noirs, capitaine ! Ce que nous redoutions le plus !

Le Crabe s'impatientait.

— Moi, j'ai rempli mon office. J'ai amené la frégate à Saint-Domingue. À toi de jouer, Descragnole !

— Je ne vois qu'une solution. Trouver une crique discrète, le plus près possible de la plantation des Trémeur.

— On ne sait même pas si elle est encore intacte !

Une angoisse intolérable étreignit le cœur d'Olivier. Marie-Galante, sa demi-sœur bien-aimée ! La petite Franjo, sa filleule. Et Gaël, son ami, cet homme étrange, à la fois planteur réaliste et mystique précurseur qui avait anticipé avec succès sur ses terres l'abolition de l'esclavage, sûr que son utopie d'alors deviendrait un jour une évidente vérité pour laquelle il fallait se battre. Mais que ne les avait-il embarqués à son premier voyage !

— Allons consulter les cartes, dit-il.

Précédé par le capitaine, il entra dans l'abri de navigation et déploya sur la table une carte d'état-major de l'île. Puis il se reporta à la carte côtière de l'officier de quart. Son doigt se posa sur un point, à moins d'une lieue à l'ouest de Cap-Français.

— Nous allons mouiller ici, dans la crique toute proche des Boucaniers. Il y a là un bon fond de sable.

Il revint à la carte de l'île, et ajouta :

— De cette plage, on peut atteindre les collines par ce chemin, qui grimpe vers le plateau et débouche sur la route de Cap-Français à Port-au-Prince, longeant *Alléluia*, le domaine des Trémeur. Je vais y aller.

— Toi ?

— Moi !

— Allons-y ! s'écria Florian.

— Toi, tu restes à bord !

Il se tourna vers le capitaine.

— Il me faut une escorte.

— Les cent cinquante soldats de ma garnison sont prêts à y aller. Ils regrettent d'avoir manqué l'abordage d'une frégate anglaise et brûlent de se distinguer.

— Non ; nous nous ferions remarquer. Rien ne dit que les Anglais n'ont pas débarqué, attendant leur heure, après avoir laissé les colons et les esclaves s'exterminer.

— Alors, que proposes-tu ? Parle !

— Je vais débarquer discrètement avec quelques soldats. Nous effectuerons une reconnaissance jusqu'à la plantation Trémeur, et prendrons contact avec eux. Si la route est libre et l'habitation intacte, nous débarquerons en force dès la nuit venue, pour charger le trésor.

Remacle se mit à réfléchir. L'affaire était risquée. La reconnaissance pouvait se faire massacrer sans avoir les moyens de se défendre. Le Crabe n'aurait pas été fâché de se débarrasser ainsi de l'amant d'Angélica. Mais sans lui, la mission échouerait ; on n'aurait pas l'or des Trémeur. La frégate s'en retournerait en France les cales vides, sans même un boucaut de sucre ! Il trancha :

— Tu dois te garder en vue de l'opération principale. Un sergent, Casimir Doublentaille, et cinq soldats effectueront la reconnaissance.

Olivier hésita. Trouveraient-ils la plantation ? Mais lui-même connaissait mal l'île et il n'aurait pas plus de chance. Il acquiesça, puis il ajouta :

— Entre-temps, nous nous préparerons pour le débarquement en force, que je commanderai en personne… puisque tu es indispensable à bord, capitaine ! À tout moment, une escadre anglaise pourrait surprendre notre frégate au mouillage.

Le Crabe approuva en rechignant. Il ne pouvait être à deux endroits à la fois.

— Il y a un problème, dit soudain le pilote, qui étudiait la carte marine. La crique des Boucaniers a un bon fond de sable, mais elle est entourée par une dangereuse couronne de récifs coralliens. Le mouillage et la plage sont accessibles à un pêcheur, pas à un vaisseau. Une frégate, peut-être…

Le capitaine se pencha sur la carte, qu'il étudia longuement. Il fit une grimace puis redressa les épaules et s'écria :

— Allons-y !

Le pilote avait pris la barre. La frégate s'approcha prudemment de la côte en sondant. On découvrait ici et là les bancs de corail, rendant l'approche périlleuse.

— Cap sur la crique des Boucaniers, ordonna le capitaine. Amenez toute la toile, sauf le petit hunier.

L'officier de manœuvre emboucha son porte-voix.

— À carguer la brigantine ! Hale-bas les focs ! À serrer cacatois et perroquets !

— Je n'aime pas cet endroit, grogna le pilote. Nous allons crever la coque sur quelque récif corallien.

Les gabiers bondirent dans la mâture. Du pont, les gros bras carguaient les lourdes toiles.

— Cargue la grand'voile ! Veille aux drisses des huniers ! Amène le grand hunier !

Cassant son erre, la frégate avançait lentement sur cette mer limpide, avec juste assez de vitesse pour gouverner.

— Soyez parés à mouiller les ancres ! cria le capitaine. Sondeurs ?

Deux sondeurs, accrochés dans les porte-haubans de misaine, à bâbord et à tribord, lançaient à courts intervalles le plomb de sonde, dont la ligne était étalonnée à chaque brasse par une languette de cuir. Ils annoncèrent :

— Huit brasses à la marque !

À l'avant, calé sur la vergue de civadière qui surplombait la mer, le second en personne observait les fonds, cherchant le passage entre les rochers.

— À tribord, dix degrés ! Comme ça… À bâbord, cinq ! Droite, la barre !

La mer était d'une limpidité parfaite, sans une ride ; le vent presque nul. Les sondeurs annoncèrent :

— Trois brasses à la marque ! Fond de sable !

Il y avait maintenant moins d'un mètre d'eau sous la quille. Heureusement, la marée était basse.

— Mouillez ! Carguez le petit hunier ! cria le capitaine.

La frégate s'immobilisa à cent mètres de la plage, vira lentement sur son câble, fit tête au vent.

— Mouillez la deuxième ancre !

L'écho de la crique répercuta les *plouf* impressionnants des ancres, chacune de mille livres de fer.

— Je n'aime pas ce mouillage, répéta le pilote, qui avait examiné le plomb de sonde. Le fond de sable est bon, mais ces collines peuvent générer de fortes risées, imprévisibles, susceptibles de nous faire déraper.

— Nous ne risquons rien, ainsi affourchés, répliqua M. Colbosc, le second.

Puis, vexé que l'on ait pu mettre en doute la sûreté de son mouillage, il ajouta :

— Nos ancres sont de première qualité. Non en fer de loupe, mais forgées avec des barres soudées au martinet. Les cigales sont solides, le câble facile à débiter, à la longueur d'ordonnance, cent vingt brasses…

— À mettre à l'eau la yole baleinière ! coupa le capitaine.

Sa lunette d'approche rivée à l'œil, Olivier fouillait les épaisses frondaisons, au-delà de la plage. Tous étaient pris au cœur, bouleversés par la paix et la beauté qui régnaient sur ces lieux, la limpidité des eaux marines dans l'écrin d'une plage immaculée de sable fin, blond, presque blanc, bordée de cocotiers immenses courbés par le vent du large. Au second plan s'élevait un morne boisé d'une arborescence d'un vert intense, de petite taille mais épaisse, où l'on sentait frémir la vie animale cachée. Un chemin s'élevait le long du morne. On ne voyait âme qui vive.

Dix hommes dégagèrent la yole de son chantier et gréèrent les palans sur la grand'vergue. L'embarcation descendit à la mer. Les nageurs y prirent place, puis les soldats.

— Arme la yole ! cria le patron, qui avait pris la barre. Arrache, garçon ! Nage à fond !

La yole emmena à terre cinq soldats, commandés par le sergent Doublentaille, un casse-cou réputé pour son habileté dans les coups de main.

Grand, mince, la crinière rousse, une double balafre livide coupant son visage expressif, l'homme ne passait pas inaperçu. Tout comme le capitaine Grosjean-Lataquié, il devait ses galons à la terrible campagne de répression de Vendée. Cet ancien séminariste déçu avait eu pour spécialité la traque des prêtres réfractaires, qu'il admirait d'ailleurs secrètement, tout en reprochant à certains princes de l'Église d'avoir perdu la foi et d'en avoir trahi le message profond : le respect des pauvres.

Inquiet, Olivier vit l'embarcation s'échouer sur le sable ; les soldats débarquèrent. Le conventionnel s'attendait à voir les bois environnants soudain illuminés de coups de feu, ou une horde de Nègres armés du sabre d'abattis fondre sur eux.

Mais rien ne troubla leur arrivée. La plage blonde au sable doux où venait mourir une fin de houle demeurait silencieuse et paisible. Dans les eaux limpides erraient des bancs de gros poissons, que l'on voyait sauter par-dessus la surface, en battant l'eau de leur queue. Dans le sous-bois où fleurissaient hibiscus et flamboyants, on entendait jacasser des perroquets et toutes sortes d'oiseaux inconnus. Un parfum chaud de fleurs et de miel descendait des collines. Autour de la frégate s'étendait la mer, miroitant sous le soleil. La pureté, la transparence de l'air et de l'eau, baignant cette nature exubérante, colorée, aux fortes senteurs végétales, créait une impression de paradis terrestre, de bonheur primitif, qui contrastait avec la réalité menaçante cachée dans la forêt, les collines, la montagne, et prête à déferler.

« Comme il serait bon d'herboriser dans cette île ! songea Olivier. Descendre à terre, connaître les êtres qui la peuplent, rire avec eux, se parler, se comprendre, s'aimer. » Un rêve de paix, qui paraissait encore si lointain, peut-être inaccessible ; un rêve, seulement un rêve.

Tandis que la yole revenait s'amarrer à la frégate, le petit groupe de soldats vérifia ses armes, puis, sac au dos, prit le chemin qui franchissait la colline et disparut dans l'épaisseur du bois.

La plage retrouva sa sérénité. Les araignées-crabes se remirent à tisser leur toile entre les épines des sabliers. À bord de la frégate, toujours parée au combat, canons aux sabords, on attendit, dans l'angoisse.

La cloche de la dunette rythmait les heures et les quarts. Le capitaine tenait les hommes en alerte. On apercevait à l'avant la bordée de quart, dans l'embelle, bavardant ou somnolant, mais prête à bondir à la manœuvre au premier coup de sifflet. Les canonniers tenaient parées les pièces, boutefeux allumés dans la baille de combat. Toute la garnison, les soldats de marine, était prête à débarquer.

— La brise tourne joliment à l'ouest, dit un gabier après avoir levé un doigt mouillé de salive.

On attendait toujours. Le capitaine Remacle se montrait de plus en plus nerveux, arpentant passavants et gaillards, scrutant tour à tour la mer et la côte.

Le second sortit sa montre du gousset.

— Bientôt 7 heures, capitaine. La nuit va venir. Il sera alors dangereux de nous échapper si le vent se lève.

On ne pourra pas, comme en plein jour, éviter les écueils.

— Heureusement, la marée remonte.

Lorsque tomba la nuit, le capitaine commanda :

— La yole à la plage ! Mais ne débarquez pas et restez vigilants. Les nageurs, tous armés : sabres et pistolets. Veillez bien à masquer les feux, monsieur Colbosc.

On envoya aux gamelles la bordée non de quart, qui avala un repas froid sur le pont ou dans la batterie, entre les canons, toujours au poste de combat. Les hommes, sachant les Anglais si proches, gardaient la peur au ventre et l'œil au boutefeu.

Affourchée sur ses ancres, dont on était prêt à trancher le câble si quelque vaisseau anglais apparaissait, la frégate se balançait imperceptiblement, bercée par une fin de houle venue du large. Au ton des mâts, les mousses scrutaient l'horizon et la mer circonvoisine où se reflétaient les étoiles. Les gros poissons battaient toujours l'eau de leur queue en poursuivant des lucioles. On voyait luire à l'avant les yeux verts de Parsifal, perché sur la fusée du bout-dehors de beaupré, seul chat à bord à réaliser cet exploit.

Le premier, il entendit le battement feutré des rames.

— Les voilà ! cria le marin de veille au bossoir.

Les soldats semblaient harassés. On n'en compta que trois et le sergent. Leurs uniformes étaient déchirés, la peau de leur visage et de leurs mains zébrée d'égratignures. Ils se hissèrent péniblement par l'échelle de corde du tangon. Descragnole et le capitaine Remacle s'étaient précipités pour les aider à franchir le bastingage. Enfin, ils s'affalèrent sur le pont.

— Les nouvelles sont mauvaises, dit le sergent Doublentaille lorsqu'il eut repris son souffle.

— Où sont tes hommes ? cria le Crabe. Je n'en vois que trois !

— On nous a tiré dessus dans les bois comme des lapins, capitaine !

— On ne prononce pas ce mot à bord ! Continue !

— Un homme est mort, Tricard ; l'autre, Lecanuet, est blessé, intransportable. Nous l'avons caché dans les fourrés. Toutes les collines entourant Cap-Français sont occupées par des hordes de sauvages descendus de la montagne. D'après un mulâtre que nous avons rencontré, ils seraient des centaines de Nègres révoltés, des marrons, venus de la Sierra Monte-Cristi.

— Sont-ils armés ?

— Oui. Armes blanches et sabres d'abattis. D'autres ont des piques, des fourches, des cognées et des coutelas. Seuls quelques meneurs auraient des carabines de chasse et des pistolets, pris dans les maisons de maître.

— Es-tu parvenu jusqu'à l'habitation des Trémeur ? demanda Olivier.

— Non. Elle est cernée par des Nègres surexcités, mais ils semblent attendre un renfort ou un ordre. D'autres bandes s'attaquent aux plantations voisines, qu'ils pillent, puis mettent à feu. Rien ne leur résiste. Nous avons aperçu dans le lointain une troupe de soldats français réguliers qui refluaient en désordre vers la ville du Cap.

Le visage du sergent soudain se figea sur une image horrible, comme imprimée dans son cerveau au fer rouge.

— Nous avons vu une plantation où tout brûlait. Sur les pieux qui l'entouraient étaient plantées des têtes de Blancs, des hommes, des femmes, des enfants et quelques métis. D'autres corps, mutilés, pendaient nus aux branches des arbres. On voyait brûler des cadavres. Des chiens dévoraient des membres épars. C'est pire que notre Révolution !

— L'habitation Trémeur brûle-t-elle ? cria Olivier.

— Non, citoyen. Quelque chose ou quelqu'un semble la protéger. Le gros des hordes est encore occupé par le pillage des plantations voisines. Leur rage est telle qu'ils coupent même les arbres ; des palmiers, des cocotiers !

« La rage des esclaves brisant leurs chaînes ! » songea Olivier. Il se redressa. L'angoisse qui le paralysait soudain s'effaça.

— Allons-y ! dit-il.

Florian Le Houlme, qui observait et notait les événements, écrivit sur son carnet :

« Le conventionnel Descragnole décide de débarquer à la tête de l'infanterie de marine. Le capitaine Remacle reste à bord pour faire face à une éventuelle arrivée des Anglais par la mer. Le capitaine des soldats, Grosjean-Lataquié, paraît plein d'enthousiasme, malgré le rapport alarmant du sergent Doublentaille envoyé en reconnaissance. Face à des centaines d'esclaves révoltés, quelles sont les chances de ces cent cinquante hommes d'atteindre la plantation Trémeur ? Et cependant, Olivier Descragnole agit avec la même détermination que le capitaine Remacle lorsqu'il se rua sur les frégates anglaises à la sortie de Brest. La passion l'emporte sur la raison. »

Puis il glissa son carnet et son crayon dans une poche intérieure de sa veste. Les soldats, empêtrés de leurs armes, descendaient lourdement les échelles de corde, remplissaient les embarcations mises à l'eau : la grande chaloupe capable d'embarquer trente hommes, la baleinière, étroite et rapide, le canot bâtard et même le petit canot dit youyou. Florian, qui s'était emparé d'un pistolet et d'un sabre, se présenta à son tour. De la yole, Olivier lui cria :

— Non ! Toi, tu restes à bord ! C'est un ordre !

Des larmes de rage coulèrent sur son visage. Il supplia, en vain. Le dernier canot, surchargé de soldats, s'éloignait vers la plage. À l'avant se dressait le chat Parsifal, poil hérissé, l'œil étincelant, statufié comme une figure de proue. Dans le ciel, la pleine lune contemplait ce spectacle insolite. Au-dessus de la plage, à la lisière des arbres, les crapauds-buffles, comme s'ils s'étaient soudain donné le mot, se mirent à coasser tous ensemble.

11

Depuis un mois, peu après le retour vers la France de la frégate *Liberté*, à son premier voyage, les Trémeur et tous les travailleurs noirs d'*Alléluia* vivaient dans l'angoisse. Une paix précaire s'était établie dans l'île, entrecoupée de guérillas, raids brefs et violents de marrons retranchés dans la montagne. Poussés par la faim et par la haine, des petits groupes dévalaient vers les plaines, razziaient, brûlaient, tuaient. Armés de gourdins et du sabre d'abattis — la longue machette à couper les cannes —, ils effectuaient des descentes nocturnes jusque dans les plantations en bordure des forêts. Puis, avant même qu'intervienne la troupe gouvernementale basée au Cap-Français, ils se repliaient en bon ordre, chargés de leur butin, emportant leurs blessés et leurs morts. Toutefois, on n'avait pas connu d'insurrection générale depuis le 29 août 1793, lorsque le commissaire Sonthonax avait proclamé unilatéralement une émancipation non suivie d'effets.

Méthodiquement, les Anglais, dont les vaisseaux cernaient l'île, empêchaient tout commerce et aussi l'arrivée de renforts. Ils occupaient les points stratégiques des côtes de l'île, seulement gênés par les opérations de leurs nouveaux alliés espagnols. Ceux-ci, ayant jadis colonisé la moitié orientale de Saint-Domingue, comptaient récupérer toute l'île, dont ils s'estimaient les propriétaires légitimes depuis sa découverte en 1492 par Christophe Colomb. Espagnols et Anglais considéraient la tentative française d'abolition de l'esclavage comme une utopie vouée à l'échec, menaçant leur propre économie esclavagiste.

Bref, la confusion la plus extrême régnait dans la grande île. Les échanges avec la France avaient cessé, et par voie de conséquence le gros travail dans les plantations, sinon l'élevage du cochon et de la volaille, la culture des légumes, le ramassage des fruits, tout ce qui permettait aux populations de survivre.

Depuis quelques jours, les troubles empiraient. On sentait monter une tension croissante, qui laissait présager une nouvelle explosion majeure. À Port-Républicain, le gouverneur et les élus locaux voyaient la situation leur échapper. Ailhaud, le délégué du Comité de salut public, ne savait même plus s'il pouvait encore compter sur Toussaint-Louverture, qui, grâce aux Espagnols, avait armé les Noirs rebelles et les métis les plus disciplinés. De toute évidence, « Fatra-Bâton » rêvait maintenant de se faire proclamer président d'une île indépendante, avec ou sans les Blancs. Mais il lui restait à maîtriser un volcan qui ne demandait qu'à exploser !

Dans la salle de séjour d'*Alléluia*, en ce 15 avril 1794, Gaël Trémeur et Marie-Galante attendaient. Le regard de la jeune femme se porta sur une simple croix en bois d'ébène que le soleil inondait de lumière, et qui exprimait cette vérité qu'elle avait toujours faite sienne : *« Ne sommes-nous pas tous les enfants du même père ? »*

— Quelle faute avons-nous commise ? s'écria Gaël. Dès 1782, nous avons proposé l'émancipation de tous nos esclaves d'*Alléluia*. Malgré l'opposition du gouverneur et le harcèlement des gros colons de l'île, cette mesure est entrée en pratique chez nous peu après, et nous avions réussi, même si, officiellement, l'esclavage n'était pas encore aboli.

Marie-Galante pencha vers lui son beau visage où rayonnaient ses yeux clairs. Ses longs cheveux dénoués se répandaient sur ses épaules nues. Elle était vêtue d'un long caraco de toile indienne qui moulait son corps.

Elle contempla longuement l'homme de sa vie. En quoi était-il différent des autres planteurs ? Pourquoi avait-il réussi là où les autres avaient échoué ? Il ne considérait pas son héritage, cette plantation du *Morne-Gris*, comme un dû. Mais au contraire comme une lourde charge. Non pas un avoir, un pouvoir, mais un devoir, celui d'amener une population d'esclaves à la dignité, puis à la liberté.

Folie ? Utopie ? Elle y adhérait de tout son être, comme elle avait adhéré voici treize ans à son départ de l'étude notariale de son père, et pour quelle aventure !

On entendit sur la terrasse le chant très doux d'une grosse mama qui berçait son petit. Quel serait son destin, à celui-là ? Était-il vraiment trop tard ?

La réalité menaçante s'imposa à Marie-Galante, comme un ciel chargé de nuées prêtes à crever.

— Il n'y a pas eu ici de faute, Gaël. La faute vient des gros planteurs, qui possèdent presque toutes les bonnes terres et les trois quarts de la main-d'œuvre servile. Ils se croient dans leurs droits. N'ayant jamais accepté l'idéologie libératrice, ils ne sont pas entrés comme nous dans ce long processus d'émancipation volontaire sans violence, prélude incontournable d'une abolition officielle. Puis la Révolution française est venue. Soulevés d'espoir par les promesses de la Convention, les Noirs, toujours tenus en esclavage, ne pouvaient qu'être exaspérés par les tergiversations, les retards, les retours en arrière. Et ce faisant, ils prenaient conscience de leur force, et de notre faiblesse.

— Nous étions jeunes, Marie. Nous arrivions de France. Nous n'avions aucune expérience de la colonie.

Nous n'imaginions pas les difficultés que pouvait engendrer l'émancipation rapide de trois cent mille esclaves.

Ce qui avait réussi chez eux, où régnaient l'amitié et le partage, paraissait irréaliste ailleurs, où pesait le poids de générations de colons esclavagistes, pour lesquels l'abolition c'est le vol.

— C'est vrai, dit-elle. Les gros planteurs n'ont jamais accepté l'abolition de l'esclavage, même à une lointaine échéance. Les Petits Blancs et les métis propriétaires n'y consentent qu'à regret. Même chez eux demeure sous-jacent le poids de l'histoire, et ce mépris instinctif qui empoisonne les relations entre Européens et Africains, depuis deux siècles. La faute est là, elle est collective. On a considéré les Noirs comme des bêtes, des animaux domestiques ! Comment effacer cela ?

Les yeux très bleus de Gaël avaient viré au noir, comme lorsqu'une émotion intense le bouleversait.

— Pire que des bêtes, Marie ! Les animaux domestiques, on les respecte et on les aime. On a méprisé les Noirs, et on les méprise encore, « *jusqu'à la sixième génération* », affirment les colons extrémistes, ce qui leur enlève tout espoir de liberté, pour évoluer selon leurs dons et leurs capacités. Oui, comment oublier cette infamie, cette injustice ?

— Même les métis et les mulâtres ont une position intenable, fussent-ils affranchis et propriétaires. Jalousés par les Noirs, méprisés par les Blancs. Et derrière eux, tous ces sang-mêlé demandent justice : quarterons, mamelouks, griffes et marabouts ! Et pourtant, c'est bien le même sang qui coule dans nos veines !

— C'est un immense gâchis, dit Gaël. Certains colons osent même se servir de la loi d'abolition de l'esclavage contre leurs esclaves vieux ou malades. J'ai rencontré hier, errant sur la route du Cap, un vieil esclave presque aveugle de la plantation du Bois-Chenu, que ses maîtres avaient chassé. « *Tu es libre, va crever ailleurs. Le Code Noir qui m'imposait de nourrir et de soigner mes vieux esclaves a été aboli par la Convention !* »

Ils demeurèrent silencieux, accablés par un pressentiment tragique. Le décret d'abolition de février 1794 avait eu des effets néfastes qu'on n'avait pas su corriger. Appliqué à la lettre par les Jacobins locaux, il avait vidé les ateliers, les plantations, et lâché dans la nature des milliers d'esclaves, dont on n'avait plus besoin, puisque le commerce et la production destinée à l'exportation s'effondraient. Ils formaient dans les villes et les campagnes des bandes errantes, oisives, turbulentes, affamées et finalement pillardes. Elles grossissaient dans la montagne les bandes armées des marrons, qui leur faisaient miroiter l'alternative : le pouvoir noir, le départ des Blancs exécrés, de tous les Blancs, et l'expropriation de leurs terres. Les appels à la raison des planteurs modérés n'y faisaient rien. Toussaint-Louverture lui-même avait prononcé le mot destructeur : *la vengeance* !

— En ville, reprit Gaël, les Jacobins extrémistes, au lieu de tenter d'organiser comme nous le travail, ont ajouté au désordre en démolissant les églises. Ils ont même interdit le culte. Or la religion, ce catholicisme mitigé de Vaudou, était le seul élément positif qui reliait encore les Blancs et les Noirs.

— C'est vrai. Les femmes, les enfants et beaucoup d'hommes se retrouvaient à l'église. On priait en commun le même Dieu. Un Dieu crucifié comme un esclave, pour s'être élevé contre toute discrimination.

Avec ou sans église, les esclaves ressassaient les vieilles haines, les scènes d'épouvante vécues par leurs ancêtres, imprimées dans leur mémoire collective : le rapt sur les terres d'Afrique et souvent le troc avec la complicité du chef de tribu : tant de Nègres pour tant de fusils et de barils d'alcool ! Venait ensuite le long cortège de l'infamie. Les chaînes, l'enfermement dans les cales puantes du vaisseau négrier, la faim, les coups, la peur, le désespoir, la mort des proches incapables de supporter les horreurs de la traversée et la perspective d'une vie d'esclave. Le mépris. Puis l'arrivée aux îles d'Amérique, le nettoyage des esclaves rabaissés au rang de bétail, suivi du « rafraîchissement », le gavage forcé pour mieux les vendre, enfin l'humiliant marché du « bois d'ébène », exposé nu sur la place publique, le marchandage des colons arrogants. Et enfin le travail harassant sous l'accablant soleil, le travail servile, sans autre espoir d'en sortir que la mort.

À cause de cette barbarie, Saint-Domingue était devenue *« le moulin à broyer les Nègres »*. Entre 1784 et 1791, l'île avait reçu d'Afrique deux cent trente mille nouveaux esclaves, exigés par le travail et aussi par la mortalité, que ne comblaient plus les naissances.

Gaël avait besoin de parler, d'expliquer pour mieux comprendre.

— Les Jacobins de l'île ont débaptisé les villes et les rues, ils ont chassé les planteurs aristocrates, devenus anglophiles malgré eux. Ceux qui n'ont pas pu embarquer pour trouver refuge en Amérique ont fui dans la montagne. Repris, on les a guillotinés. Pour remettre de l'ordre, la Garde nationale a aussi exécuté les Noirs pilleurs. Les autres errants ont été enrôlés de force dans l'armée ou renvoyés aux plantations, où ils se sont remis à travailler pour un salaire de misère. Mais faute d'argent on ne les paye pas, sinon en rations de morue et en régimes de bananes. Leur sort est pire qu'au temps de l'esclavage !

Finalement, le programme d'émancipation ayant échoué, les autorités, devant l'anarchie et la ruine économique, avaient dû organiser le travail obligatoire, qui ramenait à l'esclavage de jadis.

Marie s'écria :

— Il ne suffit pas de décréter la liberté des Noirs ! Il faut qu'ils soient capables de l'assumer. Une loi comme celle du 10 pluviôse de l'an II ne leur donne pas, par un effet magique, les moyens et les dispositions nécessaires pour jouir de ce bienfait.

— De toute façon, Marie, nous savions que ce serait très difficile avec les marrons. Ils ne veulent plus seulement la liberté, ils veulent maintenant le pouvoir. Il faudrait le partager équitablement, mais on compte ici un Blanc pour dix Noirs !

— Ne me décourage pas, Gaël !

Mais il repassait dans sa tête les chiffres, qui sonnaient comme un glas : trois cent mille esclaves dans la seule partie française de l'île, pour seulement vingt-cinq mille Blancs et vingt mille métis qui ne savaient à quels saints — vaudous ou chrétiens — se vouer. Les marrons, eux, les irréductibles, le savaient.

— Finalement, dit Marie-Galante, ce qui se passe ici ressemble étrangement à ce qui se passe en France : une révolution qui finit par se dévorer elle-même, faute d'avoir assumé le troisième terme de son idéal : la fraternité, qui invite au partage.

— La fraternité, Marie, il faudra un siècle, des siècles peut-être, pour l'établir entre chacun de nous, entre les nations et plus encore entre les races. Ce sera une longue lutte, une lutte continuelle, celle de l'humanité contre la barbarie !

Ti Bambou frappa et, sans attendre la réponse, entra. Le chef des contremaîtres paraissait bouleversé.

— Il y aura ce soir une nouvelle attaque de la montagne, dit-il d'un air sombre.

Il les entraîna sur l'esplanade, une ancienne pelouse qui s'étendait devant la véranda. Là, ils firent silence. Alors, du côté de la montagne, la Sierra Monte-Cristi, ils entendirent un lointain tam-tam, un rythme obsédant qui leur rappelait de terribles souvenirs.

— C'est comme en 91 ! s'écria Marie-Galante, saisie par l'angoisse. Le prélude à la grande attaque.

— Leur heure est venue ! répéta Ti Bambou.

La voix du géant noir trahissait à la fois le respect et la peur. Il ajouta :

— Cette nuit, ils vont se réunir. À la clarté de la pleine lune et des torches de résine, ils vont perpétuer le vieux culte totémique du Vaudou, en appelant à leur secours les esprits des morts, les *loas* ! Une prêtresse Mambo va sacrifier un bouc et lira dans ses entrailles la réponse des esprits. S'ils leur sont favorables, ils attaqueront ! Je le sens dans l'air ! Dans ma chair !

Il n'osait dire, lui l'affranchi : « Dans ma chair d'esclave ! » Mais en lui sa chair se souvenait !

— Que peut-on faire ? demanda Marie-Galante. Nous n'avons pas d'armes.

— C'est notre meilleure défense, répondit Gaël. Cela nous a réussi lors des révoltes de 91, puis en 93. Entourés de nos centaines de travailleurs libres, nous sommes comme une île, une roche élevée que cerne le flot montant sans la submerger.

— Vous pouvez compter sur les travailleurs d'*Alléluia*, dit Ti Bambou. Pas un ne vous trahira. Il faut seulement espérer qu'ils resteront groupés. Beaucoup ont peur, face aux menaces des marrons qui leur ordonnent de prendre les sabres d'abattis, les cognées, et de les rejoindre. Certains préféreraient gagner Cap-Français, où le gouverneur dispose de troupes et de canons. Ou encore, rejoindre Toussaint-Louverture.

— Regardez ! Regardez là-bas ! s'écria soudain Marie-Galante. J'aperçois des hommes qui viennent vers nous !

Ils virent alors dans l'allée principale des palmiers royaux un groupe de Noirs qui portaient un blessé.

— C'est un soldat !

— Il porte l'uniforme bleu des garnisons de vaisseaux républicains, l'infanterie de marine. Faites-le entrer, vite !

On l'étendit sur le canapé du salon, on le déshabilla et Marie-Galante nettoya délicatement sa blessure, avec un linge imbibé d'eau et de vinaigre. L'homme grimaçait de douleur. Enfin, elle se pencha tout près de lui, prit sa main dans la sienne et le rassura :

— Une balle a traversé la jambe. La blessure est franche. J'ai tout ce qu'il faut pour vous soigner.

Marie partit chercher le nécessaire. Gaël ouvrit une bouteille de rhum, que le soldat se mit à téter goulûment. Les couleurs revenaient sur son visage.

— Ah ! que c'est bon ! Autre chose que le tord-boyaux qu'ils nous donnent à bord ! C'est une merveille !

Il s'accrochait à la bouteille comme un bébé à son biberon ! Marie revenait avec un plateau chargé de fioles, de pots d'onguents et de bandages. Tandis qu'elle le soignait, Gaël lui demanda doucement :

— Tu viens du Cap ou d'un bateau ? Qui es-tu ?

— Soldat Lecanuet, Modeste, Annibal, de la huitième section du troisième bataillon d'infanterie de marine de Brest, embarquée à bord de la frégate républicaine *la Liberté ou la mort !*

— Dieu soit loué ! s'écria Marie-Galante. Olivier est de retour !

— Vous avez mouillé en rade de Cap-Français ? demanda Gaël.

— Non, citoyen. Une flotte anglaise bloque les passes. Nous avons atterri plus à l'ouest et mouillé à l'abri d'une petite anse, la crique des Boucaniers. Le nord de l'île étant à feu et à sang, le capitaine Remacle a ordonné une reconnaissance pour tenter de rejoindre une plantation nommée *Alléluia*, sur la route du Cap à

Port-Républicain. Nous devions dès notre retour, si nos renseignements étaient favorables, être suivis par la garnison de la frégate, cent cinquante soldats de marine.

— Tu es à *Alléluia*, dit Gaël. Qui est ce capitaine Remacle ? Je croyais que la frégate était commandée par le capitaine Disnouville.

— Il a été guillotiné pour menées antirévolutionnaires. Je n'en sais pas davantage. Nous obéissons au capitaine Remacle.

Gaël et Marie-Galante se regardèrent, pétrifiés.

— Olivier Descragnole est-il à bord ? demanda Marie en tremblant.

— Oui, citoyenne. Il devait commander notre petite section pour venir jusqu'à votre plantation, mais le capitaine Remacle l'en a dissuadé. Il a bien fait si j'en juge par les coups qu'on nous a portés. Mon compagnon, Louis Tricard, a été tué d'une balle dans la tête. Les autres ont pris la fuite après m'avoir caché dans les fourrés, en attendant l'arrivée de la garnison. C'est là que j'ai été recueilli par ces braves Nègres, dont le chien m'avait repéré. Mais j'ai cru ma dernière heure arrivée quand j'ai vu ces hommes s'emparer de moi. On m'avait dit que les marrons révoltés ne font pas de prisonniers, qu'ils achèvent les blessés après les avoir dépouillés. Alors, j'ai perdu connaissance.

— Tu affirmes que de la mer vous avez vu l'île en feu ?

— La côte nord est en feu, à l'exception du Cap et de ses collines. C'est pourquoi, d'ici, on ne se doute encore de rien.

La nuit tomba brusquement. Un Noir au regard effrayé vint allumer les quinquets. Puis Ti Bambou, qui était parti aux nouvelles, fit irruption. Sa voix tremblait.

— C'est bien pour cette nuit, dit-il. Ils vont déferler de partout. D'après un métis qui a pu s'échapper, c'est déjà commencé. La plantation Montclair est encerclée. Celle du Morne-Vert brûle.

— Replions-nous sur Cap-Français, dit Gaël. Les troupes républicaines y sont solidement retranchées, avec des canons.

— Trop tard ! La route du Cap est coupée. Les rebelles commencent à s'en prendre aux riches plantations qui la bordent. Bientôt, ce sera notre tour.

— Le chemin qui mène à la crique des Boucaniers est-il coupé ?

— Il ne semble pas. De ce côté, la terre est aride, il n'y a pas d'habitations à piller. Tout juste risque-t-on de tomber sur quelque groupe isolé de rebelles, ce qui est arrivé à ce soldat.

— Peut-on engager le petit cabrouet sur ce chemin ?

— Un cabrouet ? Mais vous ne pouvez rien emporter ! Fuyez à cheval ! Sauvez vos vies ! Demain, il sera trop tard !

Puis Ti Bambou comprit. Il se pencha vers Gaël, de manière à n'être pas entendu du soldat, à moitié assoupi, grisé par l'alcool.

— Le trésor des Aztèques ?

Un sourire douloureux se peignit sur son visage. Il ajouta à voix basse :

— Le trésor est à toi, Gaël. Fais-en ce que tu voudras. Moi et tous les Nègres de cette plantation, que vous avez affranchis, nous sommes prêts à donner notre vie pour vous trois. Mais doit-on se faire tuer pour de l'or ?

— Ne te méprends pas, Ti Bambou. Cette frégate vient de France pour embarquer l'or des Aztèques, qui doit servir à acheter un convoi de blé américain. C'est le prix à payer pour éviter au peuple de Paris la famine qui le menace cet été. Nourrir, aussi, les armées et les marins garants de la République. Ne l'oublie pas : seule la République saura imposer un jour l'arrêt de la traite des Noirs et leur émancipation.

Ti Bambou approuva en silence. Gaël se rapprocha du soldat Lecanuet, le tira des vapeurs de l'alcool.

— Es-tu sûr que la garnison de la frégate va venir ?

— Je l'ignore, citoyen. Notre section devait prendre contact avec vous, préparer la voie, vérifier si le passage est encore possible et si les Anglais ont ou non débarqué. Je ne sais même pas si mes trois compagnons ont pu revenir à bord, ni même s'ils sont encore vivants !

— Je vais y aller, dit Ti Bambou. À cheval, c'est l'affaire d'une heure, et personne ne songera à m'arrêter. Que dois-je dire à missié Olivier ?

— Dis-lui que nous allons tenter de nous échapper avec ce que nous lui avons promis. Qu'il vienne immédiatement à notre rencontre. On chargera sur un cabrouet. Pas d'attelage de bœufs, ils sont trop lents. On prendra les mulets.

— Mais le cabrouet n'ira pas au-delà de la Croix-du-Pendu ! Quitté la route, le chemin qui descend vers la plage est à moitié défoncé !

— Va. Je vais faire préparer l'attelage des mulets. Les mulets passent partout. Deux pour le cabrouet, deux autres pour les femmes.

Comme Ti Bambou sortait en courant vers les écuries, Franjo, venue des chambres, dévala l'escalier. Elle était pâle et sa beauté fragile serra le cœur de ses parents. Elle regarda le blessé, puis elle murmura :

— J'ai entendu le tam-tam du côté de la Sierra. Cette nuit, il va se passer des choses. Comme en 93…

Sa voix ne tremblait pas. Elle avait quitté son encombrante robe de cotonnade fleurie et revêtu son ensemble de cheval, culotte noire et veste bleu foncé, qu'elle portait lorsqu'elle accompagnait son père dans la tournée des plantations, ou pour quelque herborisation dans la montagne, au temps où la paix régnait dans l'île. Vraie créole, née à Saint-Domingue, n'ayant jamais connu la France, son sang breton et provençal n'avait pas été affaibli par le climat émollient des Antilles, sa vie avait été rude et saine.

Elle vit le visage tragique mais décidé de son père ; celui, décomposé, de sa mère, habituellement si maîtresse d'elle-même. Elle se porta vers elle dans un mouvement de tendresse, comme pour la protéger. Alors, elle comprit qu'elle quittait à jamais son enfance.

On entendait des cris à l'extérieur. S'approchant de la fenêtre, ils virent l'obscurité se consteller de torches. Il en arrivait toujours davantage, et la clameur montait. L'air sentait le bois brûlé.

Ti Bambou fit irruption dans le salon. Il brandissait le fusil du soldat blessé, sa sacoche de poudre et de balles, qu'il avait récupérés sur le bord de la route.

— Trop tard ! L'habitation est cernée. Je n'ai pas pu m'échapper.

Le désespoir se lisait sur son visage. Il ajouta :

— Tous nos travailleurs sont là. Ils vont entourer la grande case, faisant écran de leurs corps. Même les femmes sont venues, et les grands enfants.

Trois cents hommes, quelques-uns armés du sabre d'abattis, les autres de gourdins. Et deux cents femmes, au moins. Les enfants avaient pris leur fronde. Il émanait de cette foule unie une rumeur puissante, où dominait, dans un grondement étrange, la volonté de protéger les Trémeur ; une exaltation de reconnaissance envers ceux qui les avaient respectés, aimés et libérés.

Se retournant vers eux, Ti Bambou cria :

— Tous à la palissade !

Après la grande révolte de 1793, Gaël avait accepté, à regret, à la demande du gouverneur, d'entourer l'habitation d'une palissade de gros bambous. De quoi retarder l'assaut d'un petit groupe non armé. Mais combien étaient ceux-là ? Et combien de temps tiendrait-on, en ne leur opposant qu'une seule arme à feu, le fusil du soldat de marine Lecanuet ?

Gaël se tourna vers Marie-Galante et Franjo.

— Ne restez pas en bas. Enfermez-vous à l'étage. Moi, je vais leur parler.

— Je viens avec toi ! s'écria Franjo. Tous les Noirs sont mes amis.

— Non. Tu dois rester avec ta mère.

Il lui tendit le fusil et la sacoche.

Cependant, Marie-Galante s'était reprise et entraînait sa fille vers l'escalier.

Sur le divan, le soldat blessé tremblait de tous ses membres, maudissant le jour où il avait signé à Brest un engagement de deux ans dans les troupes de marine, qui lui garantissait « *prime, pécule, retraite* », et la découverte des îles enchanteresses…

12

Avant le débarquement des soldats de marine, le capitaine Remacle les avait réunis sur le pont pour préciser le sens de leur intervention. Discours patriotique de circonstance, un exercice plein d'embûches qui soulignait l'ambiguïté de la situation :

— Soldats de la République ! Vous n'allez pas faire la guerre aux Nègres, nos frères de couleur. La République les a affranchis. Seuls l'égoïsme et l'orgueil des planteurs ci-devant royalistes s'opposent à l'application de cette juste loi.

Cependant, le chef de la compagnie, le capitaine Grosjean-Lataquié, homme simple, courageux et pragmatique, attendait des ordres plus précis. Le capitaine Remacle hésita, s'embrouilla :

— Évitez de tirer sur des Nègres. Sauf si vous êtes attaqués. En revanche…

— Arrêtez ! cria Olivier Descragnole. Le temps presse. Aujourd'hui, c'est moi qui commande la garnison et je saurai ce qu'il faut faire !

Le Crabe serra les dents. Du fait des événements, son ennemi personnel allait commander la troupe dont il comptait se servir pour l'éliminer ! Secrètement, il priait l'Être suprême, le Dieu des Sans-culottes et des Communards, le vrai « Bon Dieu », de faire en sorte que Descragnole, l'or étant récupéré, prenne un bon coup de sabre sur la tête et rejoigne ses nobles ancêtres au paradis des ci-devant.

On lisait sur le faciès de ces hommes qui avaient combattu les plus farouches ennemis, les Chouans, une excitation angoissée à l'idée d'affronter ce mystérieux adversaire : l'esclave noir révolté.

Le débarquement des soldats commença aussitôt dans le plus grand silence, chacun appliqué à ne pas s'empêtrer dans ses armes : mousquet avec baïonnette, et sabre d'abordage.

La grande chaloupe achevait son dernier va-et-vient lorsque l'officier canonnier, que l'on n'attendait pas, surgit d'une écoutille de la frégate en criant :

— Attendez-moi !

Furieux, le capitaine Remacle se tourna vers lui.

— De quoi te mêles-tu, Polhoët ? Tu n'es pas de la colonne. Occupe-toi de tes canons ! L'Anglais peut nous surprendre à tout moment !

— Les canons, justement !

Depuis le départ de France de la frégate, l'ancien chef de pièce du *Glorieux* attendait son heure, brûlant de se distinguer. Les combats manqués contre les Anglais l'avaient laissé sur sa faim. Il donna un ordre. Comme au théâtre, lorsque le décor s'ouvre et que jaillit sur la scène le personnage que l'on n'attendait pas, le grand panneau de la cale s'ouvrit. Alors, du pont, les hommes halèrent au palan de charge gréé sur la basse vergue du grand mât et l'on vit surgir une petite caronade de 8, toute neuve, montée curieusement sur deux grandes roues, comme un canon de campagne.

La caronade, du nom de son inventeur anglais nommé Caron, différait du canon par son tube court, son poids moindre à charge égale, la rapidité et la facilité du tir, et n'exigeait qu'une équipe restreinte. Cependant, sa portée étant limitée, puisqu'elle tirait non à boulets mais à mitraille, on ne l'utilisait que dans les combats sur mer à bout portant, pour dégréer le vaisseau adverse et tuer du monde sur le pont, en provoquant la panique par un effet de terreur.

Le capitaine Remacle dissimulait mal sa fureur.

— Qui t'a permis de sortir cette pièce ?

— Je l'ai découverte par hasard dans l'annexe de la soute aux voiles, capitaine. Sachant que l'on effectuerait une opération à terre, j'ai remplacé l'affût fixe par un affût mobile, monté sur deux grandes roues de canon de campagne Gribeauval, que gardait le maître charpentier, à tout hasard.

« C'est une hérésie, songeait le bosco, perplexe. Une bâtarde ! »

Fier de lui, le jeune officier canonnier plastronnait, ses yeux bleus de Breton rayonnant sous sa tignasse noire. Or le capitaine Remacle connaissait la présence de ce canon très spécial à bord, l'ayant lui-même fait discrètement embarquer à l'arsenal de Brest. Il comptait s'en servir en le mettant en batterie sur le pont, au cas où une rixe opposerait sa garnison à l'équipage, acquis à Descragnole, ce pont étant dépourvu de canons hormis les deux pièces de chasse qui ne pouvaient tirer que sur la mer.

De son embarcation, Olivier approuva avec enthousiasme. Mais les soldats rechignaient, qui devraient s'atteler à cet engin pesant plus de cinq cents livres, sans parler du caisson, contenant les boîtes de mitraille, les gargousses de poudre, caisson qui, à son tour, émergeait du pont avec son petit chariot.

— Arrêtez ! cria le Crabe. Vous feriez chavirer la chaloupe ! Et ma caronade serait perdue !

Le bosco, qui avait réponse à tout, ordonna :

— Larguez le radeau de survie ! Avec votre permission, capitaine ! Et frappez une bouée de liège sur la bâtarde, au cas où…

Les gros bras se précipitèrent et larguèrent le radeau. La caronade passa par-dessus bord et on l'embarqua aussitôt avec son caisson arrimé au charriot. La yole, poussée par quatre nageurs musclés, hala le tout vers la plage. Très fier de lui, le lieutenant Polhoët se planta alors devant le Crabe.

— Capitaine, je revendique l'honneur de servir cette pièce, avec deux volontaires de ma batterie.

— Accordé, imbécile !

Puis, le saisissant par son col, il le secoua en martelant les mots :

— Mais tu me la ramèneras à bord, foutre dieu ! Tu en réponds sur ta tête !

Au fur et à mesure que les embarcations s'échouaient sur le sable, accueillies par le capitaine Grosjean-Lataquié, les soldats se regroupaient sur la plage, que la longue houle venait caresser doucement en un bruissement soyeux. Dans le sous-bois on entendait frémir toute une vie animale, dont le débarquement avait troublé les habitudes. On débarqua la pièce d'artillerie, en évitant de la mouiller. Trente minutes plus tard, la petite troupe, la bâtarde et le caisson que tiraient les hommes s'engageaient en file indienne sur le chemin rocailleux qui grimpait au flanc de la colline, le long d'un ravin.

— Huit mousquetaires en avant en reconnaissance, ordonna le capitaine. Le sergent Doublentaille la conduira.

— Ne tirez que si vous êtes attaqués, ajouta Olivier.

Ils se fondirent dans la nuit. Le gros de la troupe suivait. On tâtonnait dans l'obscurité et les hommes s'épuisaient à tirer et pousser la caronade et son caisson. Toutes les dix minutes, il fallait les remplacer. Soulagés, ils atteignirent enfin le plateau. Il s'en était fallu de peu que la caronade ou le caisson ne basculent dans le ravin.

Hors des bois, la nuit était claire. La route de Cap-Français à Port-Républicain s'étendait devant eux, plate et large. On pouvait voir venir et mettre la caronade en batterie. Ils distinguaient sous la lune les plantations de bananiers, de coton, et les immenses champs de canne à sucre. C'était presque un plaisir, maintenant, de pousser la bâtarde, qui donnait une impression de sécurité. Sur l'ordre du capitaine Grosjean-Lataquié, le lieutenant Polhoët fit armer la pièce à mitraille, avec double charge de poudre. Il suffisait désormais d'un jet de poudre fulminante sur l'âme de l'engin, l'étincelle d'un briquet, et jaillirait un paquet de balles de fer de huit livres, mortel à cent mètres. Les balles se disperseraient en éventail sans que l'on ait besoin d'affiner le pointage de la pièce.

À moins de mille mètres d'*Alléluia*, ils rattrapèrent la section d'avant-garde, qui avait stoppé. Une forte odeur de fumée s'étendait sur la campagne. L'acier des baïonnettes brillait sous la lumière de la lune.

— Écoutez, mon capitaine ! dit le sergent Doublentaille en pointant sa main droit devant lui.

Ils firent silence. Le jacassement des bêtes nocturnes avait cessé. L'angoisse les submergea. On sentait partout une lourde menace, annonciatrice de catastrophes. Au loin, ils entendirent des voix, des cris. Le bruit s'amplifia, accompagné du roulement sourd d'un tam-tam.

— Ils attaquent la plantation ! Regardez !

À moins de cinq cents mètres, des flammes avaient jailli, révélant d'épaisses volutes de fumée noire.

— Nous arrivons trop tard, dit Olivier avec désespoir.

Il avait reconnu *Alléluia* à la grande allée de palmiers royaux qu'éclairait soudain l'incendie, parti des bâtiments annexes.

— Ils sont des centaines de mutins excités, dit le capitaine.

Puis il se retourna et son visage se figea d'horreur. Il désigna une plantation voisine, de l'autre côté de la route. Elle achevait de brûler, et soudain une résurgence des flammes la tira de l'obscurité. Sur les pieux de la palissade qui l'entourait, des têtes de Blancs, hommes, femmes, enfants, décapités, semblaient les regarder sans les voir. Leurs yeux exorbités exprimaient l'horreur qu'ils venaient de subir. À la branche d'un acajou pendait le cadavre nu d'un métis. Pitoyable, il tirait la langue, ultime grimace à ce monde en folie. Brusquement, les flammes s'étouffèrent, replongeant cette vision d'horreur dans le néant.

Dégainant son sabre, Olivier le pointa vers l'allée des palmiers.

— En avant ! Préparez votre pièce, Polhoët !

L'officier canonnier sortit son briquet et alluma une mèche d'amadou. De sa main gauche, il saisit la corne à poudre fulminante qu'il portait à sa ceinture.

— En avant ! ordonna à son tour le capitaine Grosjean-Lataquié. Objectif : l'allée des palmiers ! Lorsque vous serez au contact de l'adversaire, ouvrez le feu ! Faites le vide !

— Seulement un feu nourri d'intimidation en l'air, rectifia Olivier. La bâtarde ne tirera qu'à mon ordre. Pas de sang inutile. La Convention n'a pas affranchi les Noirs pour que nous, soldats de la République, les massacrions.

L'arrivée de cette troupe résolue jeta le trouble dans la masse des rebelles, armés de machettes, de piques, de coutelas, de bâtons ferrés et de frondes. Mais n'était-il pas trop tard ? Heureusement, ils venaient d'une plantation voisine, qu'ils avaient pillée. Gorgés de rhum, leurs idées n'étaient plus très claires et ils crurent voir plusieurs pièces d'artillerie alors qu'il n'y en avait qu'une.

Cependant, certains s'apprêtaient à franchir la palissade qui entourait la grande case. D'autres, parvenus jusqu'aux bâtiments annexes de la plantation, extérieurs à la palissade, y avaient déjà mis le feu, le regardant maintenant crépiter dans la nuit, hallucinés, hypnotisés par les flammes. Destructions inutiles ? Mais pour eux, c'était le mythe de l'invulnérabilité, de la domination de l'homme blanc, qui s'en allait en fumée. Comme un basculement, un retournement du monde, et ils en étaient à la fois exaltés et terrifiés.

Les soldats de marine avançaient lentement, bien groupés, baïonnette au canon, en tirant des coups de feu en l'air. Impressionnés, les Noirs s'écartaient sur leur passage sans oser se refermer derrière eux, à la vue de la caronade. L'esprit partagé entre son désir de paix et l'efficacité rationnelle d'une troupe armée, Olivier espérait encore éviter un bain de sang.

Les soldats atteignirent enfin l'allée des palmiers royaux qui conduisait à l'habitation coloniale, bloquée par plusieurs centaines de mutins résolus, des marrons entraînés venus de la montagne, armés de sabres d'abattis, qui s'apprêtaient à donner l'assaut final. Entendant les tirs de mousquet, ils avaient fait volte-face, bien décidés à ne pas céder la place. Certains brandissaient des pistolets et de vieilles pétoires, longs fusils boucaniers du siècle passé. On voyait même une escopette au canon évasé, une arme presque oubliée venue du Moyen Âge. Des coups de feu retentirent. Dans l'avant-garde française, deux soldats de marine tombèrent, touchés à mort.

Olivier se tourna vers Polhoët.

— Allez-y ! Ouvrez le feu à mitraille. Écartez-vous, vous autres ! Couvrez la caronade sur les côtés ! Il faut dégager cette allée jusqu'à la palissade qui entoure l'habitation.

Le bruit énorme de la bâtarde retentit, dont l'écho se répercuta dans les collines. À l'avant des mutins, la charge de mitraille avait creusé un sillon sanglant, où se tordaient les blessés. Les marrons refluaient en désordre. Sur le sol de l'allée, teinté de leur sang, les morts gisaient, après un dernier soubresaut.

— Les mousquetaires, à l'assaut ! Objectif, la palissade !

Conduits par Grosjean-Lataquié, les soldats, sabre au clair, pistolet à la main gauche, se ruèrent dans l'allée. Les Noirs se débandèrent. La garnison atteignit la palissade qui entourait la grande case, et la franchit par les brèches. Sur l'immense pelouse, une foule de travailleurs noirs, plusieurs centaines d'hommes et beaucoup de femmes, serrés les uns contre les autres devant l'habitation coloniale, formaient un rempart de leurs corps, comme un mur de chair. Ces travailleurs n'avaient d'autres armes que des bâtons, quelques machettes, mais on voyait à leur regard qu'ils étaient prêts à sacrifier leur vie.

Un grand Noir s'avança, les mains levées, sans armes.

— Ne tirez pas ! Je suis Ti Bambou, le chef-contremaître de cette plantation. Nous sommes des amis.

Les soldats laissèrent retomber leur sabre et remirent leur pistolet à la ceinture. La masse des travailleurs s'écarta. Alors, la porte de la grande case s'ouvrit et Gaël Trémeur apparut. Très pâle et sans armes, entre deux rangées de Noirs fidèles, il s'avança à la rencontre d'Olivier. Sous ses cheveux blonds coupés court on voyait briller ses yeux presque noirs.

— Dieu soit loué, tu es revenu, Olivier !

— Il était temps !

— Sans le rempart de nos travailleurs, au péril de leur vie, nous étions perdus. Mais nous n'aurions pas tenu une heure de plus. Que pouvait-on faire contre le nombre, et sans armes à feu ?

Puis Gaël aperçut l'étrange caronade.

— Tu as pu tirer cette pièce sur le chemin défoncé de la colline ? Mais alors…

— Alors quoi, Gaël ?

Il s'approcha d'Olivier, à le toucher, et lui dit à l'oreille :

— Si cette caronade est passée à la montée, l'or passera à la descente !

— L'or ? La mission ! Peut-on y croire encore ?

— J'y crois à nouveau depuis que je t'ai vu, Olivier. On chargera le petit cabrouet.

Toujours à voix basse, Gaël s'adressa au chef-contremaître :

— Ti Bambou, tu sais pourquoi ils sont venus. Pas une minute à perdre ! Mettons à exécution ce dont nous avions convenu.

Gaël hésita. Il ajouta, la voix brisée :

— Nous partons aussi. Va faire seller des mulets. Il en faut six. Puis viens me rejoindre à la maison.

Enfin, il se retourna vers Olivier. Sa voix avait retrouvé sa fermeté. On sentait son esprit désormais uniquement fixé sur la mission.

— Le soldat Lecanuet, que nous avons recueilli, m'a parlé de la frégate. Mais où est le vaisseau de 74 que tu m'avais promis ?

— Je n'ai pas pu l'obtenir. Jean Bon Saint-André a estimé que la frégate, en passant inaperçue, avait plus de chance de forcer seule le blocus, ce que nous avons réussi à l'aller en un temps record. Et je t'apporte toutes les garanties que tu as demandées.

— Je te remercie, Olivier.

Des écuries, dont le toit de paille commençait à brûler, un petit chariot antillais, un cabrouet, utilisé pour le transport des cannes, s'avança, tiré par deux mulets. Quatre autres mulets suivaient, affolés par les flammes, ruant, tenus par des Noirs qui tentaient de les calmer, après avoir eu bien du mal à en seller deux.

Pendant ce temps, Gaël avait conduit dans les caves une dizaine de soldats, parmi les plus robustes. Ils s'emparèrent des coffres et d'un baril et les amenèrent jusqu'à la véranda, devant laquelle attendait le cabrouet. On le chargea.

S'approchant d'Olivier, Gaël lui dit à voix basse :

— J'ai dû renoncer au coffre qui contenait les pièces d'or. Il était en trop mauvais état. J'ai réparti la moitié des doublons dans les autres coffres, et mis l'autre moitié dans ce baril. Ils sont tous cerclés de fer et protégés de solides toiles de sac.

Un mulet fut attelé à la caronade, un autre au caisson. Les deux autres mulets étaient réservés aux femmes. Justement, Marie-Galante et Franjo descendaient de l'étage. Elles se jetèrent dans les bras d'Olivier.

— Nous savions que tu reviendrais !

Marie-Galante, comme Franjo, portait une tenue de cheval. La jeune femme avait recouvert sa tête et ses épaules d'un grand châle antillais. Le petit sac de voyage qu'elles tenaient à la main était leur seul bagage. Rien sur leurs traits ne révélait l'angoisse. Elles dominaient leur peur. Mais non la tristesse qui les déchirait à la perspective de ce départ peut-être sans retour.

Le capitaine Grosjean-Lataquié, qui venait d'effectuer une reconnaissance le long de la route, revenait. À l'expression de son visage, Olivier comprit que la partie n'était pas gagnée.

— Les mutins encerclent toujours la plantation, mais à bonne distance. Ils sont encore nombreux et d'autres peuvent arriver de la montagne. La percée sera difficile.

Olivier interrogea l'officier canonnier :

— De combien de charges disposez-vous, Polhoët ?

— Douze charges à mitraille, citoyen ; des paquets de balles ; et aussi de la ferraille en vrac, bonne à tuer !

— La poudre ?

— Une vingtaine de gargousses et un sac de poudre en vrac, de cinquante livres.

— Les mousquets ?

— Environ vingt coups par homme, plus les pistolets.

Le capitaine Grosjean-Lataquié intervint :

— Je propose de diviser ma troupe en deux. En tête, cinquante hommes et la caronade ouvriront le passage.

Au milieu, le cabrouet et les femmes. En arrière et sur les côtés, cent hommes pour les couvrir.

— Allons-y, dit Olivier. Plus nous attendrons, plus ce sera difficile. Et que Dieu nous garde !

Il se retourna vers Gaël, Marie et Franjo. Leurs yeux embués de larmes, tournés vers la « grande case » qui avait été témoin de leur bonheur et de la réconciliation des races, exprimaient leur désarroi devant l'effondrement de leur rêve.

— Nous reviendrons, dit Gaël. La terre, même brûlée, ne meurt pas. Elle est inépuisable, comme le soleil, la mer et le cœur de l'homme. L'habitation peut brûler, et les moulins, la sucrote, les ateliers, tout ce qui faisait notre vie. Nous rebâtirons un jour. Notre rêve d'égalité et de fraternité entre Blancs et Noirs demeure indestructible.

Les travailleurs attendaient devant l'habitation, masse silencieuse, douloureuse, tendue. Qu'allaient-ils devenir, surtout les métis, cible de toutes les haines ? Ti Bambou s'avança, les yeux brouillés de larmes.

— Veux-tu embarquer avec nous ? lui demanda Olivier. Toi et tous ceux qui le désirent ? On se serrera ! On vous débarquera dans la partie espagnole de l'île.

— Non, missié Olivier. Nous sommes les Noirs libres de Saint-Domingue. Les premiers. *Nous sommes l'avenir !* C'est maintenant à nous de nous prendre en charge.

Franjo se jeta à son cou.

— Je ne veux pas que tu meures, Ti Bambou ! Et je ne veux pas vous quitter. Je suis comme la petite fille de Mama Ibo, ta femme, et la sœur de Ti Malice et de Gustave, vos enfants. Ensemble nous avons joué, nous avons ri et chanté, appris avec maman à lire et à écrire…

Il la fixa avec tendresse. Il ne reconnaissait plus la petite fille qu'il avait chérie comme la sienne.

— Ne t'inquiète pas pour nous, Franjo ! Nous sommes des Noirs. Nos frères révoltés ne nous extermineront pas, car nous n'avons jamais pris les armes contre eux, et si nous déplorons leur folie, nous comprenons leur révolte. Pendant que vous fuyez, nous allons les occuper et tenter de sauver l'habitation.

Gaël le serra dans ses bras, après lui avoir recommandé de cacher le soldat Lecanuet et de s'occuper des autres soldats blessés qu'ils trouveraient sur le bord de la route.

Marie et Franjo l'embrassèrent à leur tour, ne pouvant se résoudre à se séparer de cet homme simple et bon. Fils d'esclave de la petite île de Marie-Galante, il avait sauvé en 1782 la vie de Gaël, lui avait permis de trouver le trésor. Pour les Trémeur il était un frère, le symbole de la difficile réconciliation des Blancs et des Noirs, l'âme de cette plantation d'avant-garde, aujourd'hui menacée de destruction.

Un vieux Nègre aux cheveux blancs crépus s'avança, le griot du village. On l'avait surnommé « Docteur-Feuilles », parce qu'il sortait les nuits de pleine lune dans la montagne et revenait avec sa macoute bourrée de plantes médicinales. Gravement, il bénit Gaël, Marie-Galante et Franjo, puis il éclata en sanglots en s'écriant :

— *Comment vous quitté moi comme ça !*

— Nous reviendrons, Docteur-Feuilles ! Mais il nous faut partir maintenant, tu le sais.

— Allons-y, dit Olivier, plus ému qu'il ne voulait le paraître. Le temps presse !

L'avant-garde se forma en carré, compact, farouche, la baïonnette au canon. Tirés par les mulets, la caronade et le caisson suivaient, grinçant sur leur affût. Puis le cabrouet et son trésor ; et les deux femmes.

Passeraient-ils ? Il fallut user des armes, s'ouvrir un passage à travers les groupes hostiles qui les harcelaient, surgissant des bosquets, des fourrés en bordure de la route.

Ployées sur leurs mulets, Marie-Galante et Franjo traversaient ces attaques sauvages dans un tremblement de tout leur être. Par dix fois, la caronade tira sur les Nègres rebelles qui bloquaient le passage, les mettant en fuite. Mais ils revenaient à l'assaut. Puis la pièce, nettoyée avec trop de hâte et sans eau, explosa, tuant ses deux servants. Projeté au sol, le lieutenant Polhoët se releva, étourdi mais indemne. Il fallut abandonner sur place la caronade.

Les soldats blessés incapables de marcher devaient être aussi abandonnés à leur sort. S'ils n'étaient recueillis par les Noirs de la plantation Trémeur, comme le soldat Lecanuet, ils seraient achevés à coup de machette, ou transpercés de piques par d'autres rebelles.

— Que dois-je faire, citoyen représentant ? demanda le capitaine Grosjean-Lataquié.

— Poursuivez. Mais que l'on donne de quoi se défendre à chaque blessé qui ne peut pas nous suivre : deux pistolets chargés.

La colonne se remit en marche, lourde de ce sacrifice.

Ils atteignirent enfin le carrefour du Pendu. Le harcèlement diminuait, l'angoisse relâchait son étreinte.

Le capitaine, après une rapide reconnaissance le long du chemin qui descendait vers la mer, paraissait moins soucieux.

— Le passage semble libre, dit-il. Mais il faut encore compter avec des Nègres excités qui risqueraient de nous suivre.

— Et nous n'avons plus de caronade pour les intimider ! ajouta le lieutenant Polhoët.

Il se sentait inutile, malgré le mousquet qu'il avait récupéré sur un mort. Inutile, et surtout coupable d'avoir perdu la précieuse caronade, qu'il avait juré de rapporter au Crabe, dont il redoutait la colère.

La situation paraissait encore précaire. Si le gros des mutins était resté sur le plateau, plus intéressé à revenir piller les plantations, un certain nombre s'obstinait à poursuivre les fugitifs, en se dissimulant derrière les buissons. Aucun ne semblait soupçonner ce que transportaient les mulets, mais ils devaient bien se douter que ce n'était pas du sucre !

La colonne s'engagea sur le sentier. Le cabrouet, brinquebalant, menaçait de se renverser à chaque fondrière ou émergence d'un rocher.

Ils atteignirent enfin le col qui dominait la crique des Boucaniers. Les attaques s'étaient arrêtées. À la clarté de la lune, on distinguait, présence rassurante, la frégate immobile à son mouillage, tous feux éteints, sur le miroir lisse de la mer. Mais ils en étaient encore loin.

Voyant que leurs proies allaient leur échapper, les Noirs rebelles reprenaient leurs harcèlements, en jetant des pierres. Quelques-uns, armés d'arcs, lançaient des flèches ; d'autres des javelots. On perdait à nouveau des soldats, parmi ceux qui se sacrifiaient à l'arrière-garde.

Enfin, les coups de feu des soldats alertèrent la frégate. Elle envoya aussitôt vers la plage ses embarcations, que par prudence elle avait ramenées le long du bord. Mais, là-haut, la colonne des soldats se traînait, retardée par les blessés et par les mulets rétifs, à bout de forces. Atteint à la tête par une pierre, l'un des deux qui tiraient le cabrouet s'effondra. Ébranlée, la charrette dévia, une roue s'enfonça sur le bas-côté du chemin. Le baril rompit ses attaches et roula dans le fossé, pour achever sa course contre un rocher sur lequel il se brisa. Et l'on vit des pièces d'or en jaillir, se répandant de tous les côtés.

Médusés, les soldats contemplaient ce trésor étalé : doublons, escudos et pistoles ! Hommes rudes venus du petit peuple des faubourgs ou des bas-fonds des ports, aucun n'avait jamais possédé une seule pièce d'or. Le fait d'en toucher une leur paraissait aussi sacrilège qu'à un Chouan une hostie consacrée.

Cependant, ils osèrent. Sans qu'ils se fussent concertés et sans ordres, lâchant leur mousquet, détachant même leur sabre du baudrier, ils se ruèrent sur les pièces d'or qui luisaient entre les cailloux. Les ramassant comme s'il s'était agi d'un dû, d'un butin, ils s'en remplissaient les poches, les yeux exorbités d'une joie féroce, avec des grognements de bête fauve affamée qui s'étrangle de plaisir en dévorant sa proie. Et il y en avait largement pour tous ! L'arrière-garde, entendant leurs cris, arrivait à son tour et prenait part au butin. Médusés, les officiers et les gradés demeuraient immobiles. Il fallait d'abord ramasser cet or, on réglerait l'affaire après avoir embarqué.

Une grêle de flèches et de pierres mit fin à l'euphorie des soldats. Profitant de ce que le feu des mousquets avait cessé à l'arrière, les mutins attaquaient en force. Se maudissant de s'être ainsi laissé surprendre, le capitaine Grosjean-Lataquié tenta de reprendre le contrôle de ses hommes. Mais, comme saoulés, hypnotisés par l'or, ils ne voyaient pas le danger mortel qui les guettait, et l'étreinte qui se resserrait.

« C'est la fin », songea Gaël après avoir échangé un regard avec Olivier. Alors, leur pistolet dans la main gauche, leur sabre dans la main droite, ils se rapprochèrent de Marie-Galante et de Franjo pour les protéger.

Soudain, on entendit un grondement énorme du côté de la mer. Se retournant, ils virent le flanc de la frégate illuminé d'éclairs jaunes. Les déflagrations avaient comme réveillé les soldats.

— Ils nous tirent dessus ! Ils sont fous !

— Non, dit Olivier. Ils tirent sur la colline pour intimider les rebelles. Ils nous ont bien localisés au bruit de nos armes. À la lumière de la lune, avec une lunette d'approche, l'acier des baïonnette et des sabres est visible de loin !

Mais il n'en était pas sûr. Ici et là, des boulets de dix-huit livres tombaient, dangereusement proches, écrasant les buissons, décapitant les arbres.

— Tous à l'abri ! cria le capitaine. À la falaise !

Après avoir récupéré les dernières pièces d'or, ils se dissimulèrent dans une anfractuosité du rocher, une vaste cavité naturelle bordant le chemin. Entre-temps, les Noirs, épouvantés par le tir de la frégate, avaient interrompu leurs attaques et reflué. Un deuxième mulet, puis un troisième étaient tombés. Affolé par les sifflements et la chute des boulets, un quatrième tentait de s'échapper. Le cinquième se cabrait et ruait dangereusement. On le maîtrisa à grand-peine et il ne se calma que lorsque Franjo, qui l'appelait par son nom, lui caressa la tête, posant sa joue contre son mufle frémissant.

Le feu cessa. Un calme précaire s'étendit alentour.

On redressa le cabrouet et l'on remit les coffres en place. Les mulets, regroupés par les femmes, reprenaient leur souffle. On se compta. Une cinquantaine de soldats, le tiers de la garnison, manquaient à l'appel, avec les blessés que l'on avait laissés en arrière. Ceux-là aussi étaient sans doute perdus, si les Noirs d'*Alléluia* ne venaient pas les secourir. On avait pris sur les morts ce qui leur restait de poudre et de balles. Avec le nécessaire qu'elles avaient emporté dans leur sac, Marie-Galante et Franjo s'efforçaient de panser la vingtaine de blessés qui pouvaient suivre la colonne. Étonnamment efficace, la jeune fille, que ces événements dramatiques avaient prématurément mûrie, ne s'était jamais abandonnée à la panique, et Gaël retrouvait en elle la force de caractère de Marie-Galante.

Ils se remettaient à peine que les jets de pierres, de flèches et de javelots reprenaient de plus belle.

— Nous sommes toujours encerclés, dit le capitaine. Impossible d'avancer.

— Que reste-t-il de munitions ? demanda Olivier.

— Deux ou trois charges de poudre par homme, citoyen. Et autant de balles.

— Il faudra les économiser. Ne tirer qu'à coup sûr.

— Mais avec notre sabre d'abordage, *ça ira* !

« Ça ira ! » Le cri de la Révolution française avait jailli de sa poitrine, comme un défi et un ordre de ralliement.

— Ah ! ça ira ! ça ira ! ça ira ! hurlaient les hommes.

Mais dans l'ombre, au-delà des rochers, on voyait luire à nouveau les yeux des Noirs rebelles, qui s'étaient dangereusement rapprochés. Combien étaient-ils ? Ils attendaient le jour, sûrs de leur victoire, lorsque les Blancs auraient brûlé leurs munitions. À cet effet, ils multipliaient de petits assauts sans trop prendre de risques. Les soldats épuisèrent ainsi les dernières cartouches de leur mousquet.

L'aube se leva. Les fugitifs ne disposaient plus du manteau protecteur de la nuit. D'où ils étaient tapis, ils ne pouvaient apercevoir la mer, ni la frégate. Épuisés, ils attendaient l'assaut final des rebelles. Quand on aurait déchargé les pistolets, il ne resterait qu'à vendre chèrement sa peau en combattant au sabre, au poignard ou à la baïonnette.

Les premiers rayons du soleil illuminèrent la cime d'un vieil acajou. Devant eux, les broussailles s'agitèrent. Ils s'apprêtèrent à l'ultime combat. Même Marie-Galante et Franjo avaient reçu un pistolet.

Ils virent tout à coup une face émerger à travers les feuillages, une tête bouffie, congestionnée, les yeux exorbités ; une vision de cauchemar.

— Ne tirez pas ! cria Olivier. Ce sont les nôtres !

Il sauva ainsi la vie de son pire ennemi.

Le Crabe en personne sortit des fourrés. Échauffé par sa course, il s'avançait, suivi par une cinquantaine de marins armés de mousquets ou de sabres. Il examina avec indignation sa troupe décimée, les uniformes en lambeaux, les bicornes cabossés. Il aperçut enfin l'officier canonnier, qui tentait de se dissimuler derrière ses hommes.

— Où est ma caronade, Polhoët ? Morbleu ! Je ne vois pas ma caronade !

Le jeune officier bredouilla :

— Elle a explosé là-haut, capitaine. On a dû l'abandonner.

— Ma caronade ! Polhoët ! Misérable ! Je m'en doutais !

Il saisit l'officier par son col et le secoua.

— Où sont les servants de cette pièce ?

— Morts, capitaine !

— Vous ne savez donc plus nettoyer une pièce entre deux coups ? Tourner trois fois l'écouvillon dans l'âme pour la purger des débris incandescents qui peuvent rester collés au fond ?

Il écumait. Reculant d'un pas, il porta la main à son sabre. Puis il se ravisa. Il n'avait qu'un seul officier canonnier à bord et les Anglais restaient maîtres des mers.

— L'or est là, c'est l'essentiel ! précisa Olivier pour le calmer.

— L'or !

Le regard du Crabe, chargé de convoitise, se posa sur les coffres. L'or était là, et bien là !

Puis il se figea. Il venait d'apercevoir le visage de Marie-Galante.

Alors, s'approchant d'elle, il la contempla. Un bouleversement incroyable se fit en lui. Cet homme, ce marin, ce capitaine qui avait connu, possédé et trompé tant de femmes, demeurait là, subjugué. Aucune parole n'aurait pu sortir de ses lèvres. Son trouble était si visible que Marie-Galante baissa les yeux. Gaël, décontenancé, ne disait rien. Olivier vint à elle pour les présenter.

— C'est le capitaine Remacle, le capitaine de la frégate, dit-il en s'adressant à Marie.

Puis il se retourna et ajouta :

— Voici Gaël et Marie-Galante Trémeur, et leur fille. Nous avons dû les amener. Leur plantation est aux mains des insurgés.

Le Crabe se secoua, comme s'il voulait échapper à un sortilège ou à un rêve. Enfin, il retrouva ses esprits. Apercevant le capitaine Grosjean-Lataquié, il l'interpella rudement :

— État des pertes ?

— Trente morts, capitaine. Nous avons pu ramener vingt blessés. Treize autres ont dû être abandonnés sur le plateau, au carrefour du Pendu. Peut-être seront-ils secourus par les Noirs de la plantation Trémeur. Les sept derniers ont été cachés dans le bois. Avec votre permission et une douzaine d'hommes, je vais aller les chercher…

— Je ne vais pas risquer douze soldats valides et un officier pour tenter de récupérer sept blessés qui ne me serviraient à rien ! Ne savez-vous pas que les Anglais peuvent nous surprendre à tout moment ?

Il haletait de colère.

— Le tiers de ma garnison perdu !

Son regard croisa celui d'Olivier. Il ajouta entre ses dents :

— Mais l'or est là !

Ses yeux s'attardèrent à nouveau sur le trésor. Enfin, il s'écria :

— Et maintenant, à la grève !

Épouvantés par l'arrivée des renforts, les marrons s'étaient évaporés dans la nature.

Après avoir attelé les mulets, les rescapés purent enfin atteindre le rivage, où attendaient les embarcations.

On embarqua d'abord les blessés, puis les femmes et les coffres. Les soldats embarquèrent à leur tour, et enfin les marins venus à leur secours. Olivier et Remacle embarquèrent les derniers. Les mulets avaient été abandonnés sur la plage, après que Franjo les eut libérés de leurs entraves, sûre qu'ils reviendraient à la plantation.

Rangés le long du bastingage ou perchés sur les haubans, les marins ne quittaient pas des yeux les deux femmes. Puis les regards se posèrent sur les coffres mystérieux, alignés sur le pont du gaillard d'arrière, ces coffres payés au prix de tant de sang et de morts.

Ayant franchi la lisse du bastingage, le Crabe s'avança.

— On m'avait parlé de cinq coffres. Je n'en vois que quatre. Où est le cinquième ?

— En trop mauvais état, nous avons dû transférer en partie son contenu dans un baril, uniquement des pièces d'or, dit Descragnole. Ce baril est tombé dans un ravin, à la suite de la chute d'un mulet, et des pièces d'or s'en sont échappées.

— Et vous n'avez rien fait pour les récupérer ?

Olivier, Gaël et le capitaine Grosjean-Lataquié restaient silencieux. Alignés sur le pont, les soldats, les poches pleines de pièces d'or, demeuraient pétrifiés, le regard fuyant, sentant venir la catastrophe.

Brusquement, le Crabe comprit. Son visage s'empourpra. Il cria :

— Videz vos poches !

Pas un homme ne bougea.

— Videz vos poches ! répéta le capitaine Grosjean-Lataquié.

— Cet or est à nous ! grommela le sergent Doublentaille. Telles sont les lois de la guerre. C'est pas volé !

Le Crabe hésita. Il voulait l'or, tout l'or, jusqu'à la dernière pistole. Non pour lui, mais pour cette Commune de Paris qui incarnait à ses yeux l'idéal de la Révolution. Mais il ne pouvait pas se mettre à dos ses soldats, sa garnison déjà décimée par le combat. Il en aurait besoin pour se débarrasser du conventionnel, sans parler d'attaques possibles des Anglais.

Une idée diabolique surgit en lui. Il se tourna vers Descragnole et dit très haut, pour être entendu par tous :

— Que doit-on faire, citoyen représentant ? La décision vous revient.

— L'or est à la République. Nul ne peut le détourner et toutes les pièces doivent être restituées. Nous ne sommes pas un bateau pirate où l'on se partage le butin !

Gaël Trémeur approuva en silence, d'un simple signe de tête.

Un grondement d'indignation souleva les soldats de marine. Olivier sortit son pistolet encore armé, souleva le chien. Il s'approcha du soldat le plus proche, aux poches gonflées de pièces d'or, braqua le canon de son arme sur sa tête.

— Je compte jusqu'à trois.

— Ce n'est pas juste, plaida mollement le Crabe, sûr de gagner à tous les coups.

Fort de ce soutien implicite du capitaine, le soldat n'avait pas bougé. Une lueur homicide brilla dans son regard. Il porta la main à la dague accrochée à sa ceinture. On sentait ses camarades prêts à bondir, à commettre l'irréparable.

Olivier appuya sur la gâchette. Le coup partit. Du sang l'éclaboussa. L'homme s'effondra sur le pont, qui s'empourpra. Le conventionnel remit l'arme à son ceinturon, puis il saisit son deuxième pistolet et le braqua sur un autre soldat.

— Un… deux…

Dans un geste de défi, l'homme retourna ses poches. Les pièces roulèrent sur le pont. Sur l'ordre du capitaine Remacle, les mousses excités les ramassèrent et les déposèrent dans une baille. Matés, les autres soldats, même les blessés, s'exécutèrent à leur tour, jetant toutes leurs pièces dans la baille.

— Vous aurez votre revanche, leur dit le Crabe à voix basse. Comptez sur moi. Cet homme est une brute sans cœur !

Marie-Galante avait entendu. Elle le défia du regard. Pour la seconde fois, le capitaine demeura ébranlé par ce regard gris, si pur, trempé comme une lame d'acier, mélange de force et de douceur, qui soulevait en lui tant de fantasmes inassouvis.

Il y avait désormais une femme à bord, et quelle femme !

Une femme ? Non, deux !

Franjo s'était écartée de sa mère et fixait avec horreur le pont de la frégate, le cadavre à la tête éclatée, les mousses qui rampaient derrière les porte-haubans pour saisir les dernières pièces d'or. Puis son regard croisa celui de Florian. Depuis qu'elle était à bord, il ne la quittait pas des yeux. Alors, pour eux, le monde bascula.

13

À bord, pris dans la tourmente de l'Histoire qui les avait réunis, l'aurore d'un amour naissant se levait. Le regard de Franjo avait croisé celui de Florian Le Houlme, et pour eux, le monde avait changé. L'océan avait stoppé son grand mouvement de flux et de reflux, les alizés avaient suspendu leur souffle, le soleil levant avait interrompu sa course montante, le Temps s'était arrêté dans cet instant d'éternité : l'Amour !

« Occupe-toi de ma nièce, avait dit Olivier à Florian. Je te la confie. Installe-la dans la grand'chambre. »

Aussitôt, Florian s'était senti conduit par un autre que lui. Il avait pris Franjo par la main, sans que Marie-Galante et Gaël y trouvent à redire, et même s'en étonnent, étant donné les circonstances tragiques qu'ils traversaient. Françoise-Joséphine n'avait que douze ans. Mais il est vrai qu'elle en paraissait quinze, déjà aussi grande que sa mère. Marie-Galante avait oublié qu'à cet âge elle était tombée amoureuse de Gaël, sur une grève de Laninon, près de Brest…

C'était en 1778. Malgré la vigilance attentive de sa mère, occupée à l'auberge de *l'Aristochat* de Recouvrance, la petite Marie s'échappait. Quittant sa longue et encombrante jupe de serge bleu et son béguin de coton, elle enfilait un pantalon de garçon, une ample blouse, coiffait un feutre à larges bords et partait explorer les remparts de Recouvrance. Un jour d'été, elle était descendue jusqu'au rivage. Fouillant les rochers de la grève de Laninon, riche en crabes et en crevettes, elle avait rencontré le jeune Gaël Trémeur, de trois ans son aîné, qui explorait lui aussi le rivage. Il l'avait prise pour un garçon, jusqu'à ce jour d'été torride où les deux enfants s'étaient baignés nus dans la mer. Leur amitié s'était alors transformée. Les tendres liens des amours enfantines, empreintes de gravité et de pudeur, avaient rapproché étroitement ces deux orphelins, jusqu'à ce que l'amour les submerge, puis les emporte.

Cette tendre histoire, Franjo la connaissait. Aussi rêvait-elle d'un beau garçon qui la prendrait par la main en lui murmurant à l'oreille des mots d'amour. Et ce moment était venu, là où elle pouvait le moins s'y attendre, sur le pont d'une frégate armée en guerre, en ce jour de malheur où elle avait dû fuir son île bien-aimée, sa maison, et voir son oncle abattre froidement un mutin devant elle. Florian, Franjo… Ni l'un ni l'autre, étonné, ébranlé, ne trouvait les mots qu'il eût fallu dire. Mais leur regard, comme leur silence, exprimait tout.

Cependant, leur bouleversement différait de celui qui avait soulevé voici treize ans Marie-Galante et Gaël ; il était foudroyant. Il n'y avait pas ce cheminement de la camaraderie à l'amitié, de l'amitié à l'amour. Ici, l'amour s'imposait au premier regard, comme un sursaut de la vie sur la mort. Et le temps même leur serait-il donné de le vivre ? Au premier regard, l'amour avait brûlé Florian avec autant d'intensité que Franjo. Choc étrange, où leur être, esprit, cœur et corps, se trouvait fusionné, comme si de tout temps ils avaient été faits l'un pour l'autre. Il avait suffi d'un regard, lorsque sur le pont il avait senti la caresse de ces jolis yeux qui s'attardaient sur lui. De cet instant tout était parti, comme l'explosion de la poudre naît de l'étincelle.

Pourquoi lui, pourquoi elle ? Pourquoi elle et lui ? Des garçons, elle en avait connu à Saint-Domingue, des Blancs fils de planteurs, fiers de leur origine et de la situation dominante de leurs parents ; des Noirs et des métis, aussi, tous affranchis, mais portant toujours le poids du mépris de leur ancienne servitude et de l'incompréhension de leur race. Quelques bons camarades, des amis, sans plus.

Assis côte à côte sur la banquette de cuir rouge de la grand'chambre, Franjo et Florian, devant les fenêtres ouvertes de la poupe, contemplaient l'eau moirée de la crique. Une paix fragile et d'autant plus précieuse émanait de ce paysage, comme si aucun massacre n'avait eu lieu dans l'île paradisiaque, ni ce coup de feu sous leurs yeux, sur le pont de la frégate, et cette flaque de sang qui s'étalait à leurs pieds, cette vie qui s'échappait.

Ils ne se parlaient pas. Le silence occupait l'espace, aussi parfait que ce paysage dans ce matin ensoleillé, seulement troublé — non, caressé — par le léger ressac des vagues contre la carène. Ils goûtaient ce moment avec un bonheur incrédule, en se demandant : « Est-ce un rêve ? » Alors, il leur suffisait d'une légère pression des doigts sur leurs mains enlacées pour se rassurer, se gardant bien de troubler cet instant par un geste, par un mot. Qu'auraient pu dire les mots, qu'auraient-ils pu leur apporter de plus à eux qui déjà, l'un par l'autre, l'un pour l'autre, possédaient tout, le ciel et la terre, le lieu et l'espace, la grâce sans la pesanteur ?

Ils entendirent des voix dans la coursive et n'en furent pas troublés. Seules leurs mains se délièrent, qui auraient révélé leurs sentiments. Précédés par Olivier Descragnole, Marie-Galante et Gaël entrèrent dans la grand'chambre.

— Vous allez tous les trois vous installer là, dit Olivier. Le capitaine Remacle met à votre disposition cette pièce, qui lui est réservée, la grand'chambre. Elle sert habituellement aux réunions d'état-major, d'où son nom. Il n'y a pas d'autres chambres disponibles ailleurs. On peut aménager ici deux couchettes sur les banquettes. Franjo disposera d'un hamac, que l'on suspendra à ces baux, au moyen d'une araignée en ligne passée dans une bague de fer.

Encore immergée dans les profondeurs de son bonheur, brusquement Franjo s'aperçut que Florian n'était plus à ses côtés. Il avait quitté la grand'chambre. Un vide se creusa en elle, et son immensité la bouleversa. Elle comprit que rien ne serait facile, et que l'amour serait inséparable de la séparation, de la souffrance et peut-être de la mort. Désemparée, elle se leva et s'approcha de sa mère.

— Maman, je…

Marie-Galante la fit taire en la prenant dans ses bras. Franjo se serra contre elle, laissant couler ses larmes, qui lentement effaçaient son angoisse. Sa mère ne voyait là que la réaction normale d'une enfant après les traumatismes de cette nuit de cauchemar et l'exécution d'un soldat rebelle, à quelques pas d'elles, dès leur arrivée à bord.

Les femmes étaient en sûreté dans la grand'chambre. Les soldats de marine, matés, mais encore sous le choc des combats et de cette exécution sommaire, se réfugièrent dans l'entrepont, où le chirurgien et ses aides s'empressaient auprès des blessés. Olivier et Gaël se concertèrent avec le capitaine Remacle pour mettre le trésor en lieu sûr dans la chambre aux valeurs. Cette petite pièce aux murs et à la porte de chêne épais, située sous la dunette, se trouvait verrouillée par deux fortes serrures. Descragnole et Remacle se réservèrent chacun la clé d'une seule serrure, pour qu'aucun d'eux n'y puisse accéder sans l'autre. Entre eux, la méfiance n'avait jamais été aussi grande.

Dès que le capitaine Remacle fut remonté sur le pont, Gaël Trémeur, étonné par ces mesures, demanda à Olivier :

— Tu redoutes quelque surprise ?

— Oui. Tout est possible de la part du capitaine Remacle. N'a-t-il pas fait guillotiner le capitaine Disnouville pour prendre sa place ? Il demeure obnubilé par son unique passion : la Commune. La table rase qu'elle incarne peut lui faire commettre n'importe quelle violence. Il faudra veiller.

— Olivier, je ne suis pas seulement inquiet à propos de l'or. Tu as vu le regard du capitaine, lorsque Marie est montée à bord ? Es-tu sûr que la Commune est son unique passion ?

— Cet homme est capable de tout. Surtout du pire. Il se laisse emporter par ses passions comme un vaisseau désemparé par la tempête.

— Je comprends maintenant pourquoi l'on redoute tant la présence des femmes à bord, *le lest du diable* ! Comme si on n'avait pas assez à faire avec les marins et les soldats de marine, leurs révoltes, leurs maladies ; avec les intempéries, les Anglais qui nous pourchassent, les accidents de mer !

— Et l'or, qui risque de donner un jour au capitaine l'envie de se débarrasser de nous deux ; c'est si facile en mer de faire passer pour un accident la mort d'un homme !

Sur ces sombres pressentiments, les deux amis se hâtèrent de rejoindre Marie-Galante et Franjo, pour les rassurer sur la mise en sûreté du trésor et organiser avec elles leur vie à bord, assurer leur sécurité. En premier lieu, se garder de tout rapport avec le capitaine ! Hélas, sa chambre ouvrait directement sur la grand'chambre, son domaine réservé !

Il frappa et entra.

Il ne put s'empêcher de jeter un regard lourd de désir sur Marie-Galante, qui l'évita en se détournant. Elle avait l'impression révoltante qu'il la touchait. Pour lui, c'était du feu, mais aussi du miel ! Il se sentit consumé, dans son ventre, dans ses reins. Il aurait voulu poser ses deux mains sur sa taille, l'enserrer, remonter jusqu'aux seins… Ah ! seulement se perdre dans son regard, perdre toute notion de temps et d'espace ; oublier la guerre, la Révolution, la folie meurtrière des hommes.

Enfin, il se ressaisit de ce vertige qui l'avait pris jusqu'à la folie, il se secoua et réintégra son rôle de capitaine d'une frégate en passe d'être surprise à tout instant par l'ennemi.

— Nous pouvons appareiller, dit-il d'une voix sombre en s'adressant à Olivier. Mais…

— Qu'attendez-vous donc ?

— Il y a un problème. Nous n'avons presque plus d'eau, citoyen représentant. Ni de vivres frais. Les fruits, les légumes, la farine, la viande fraîche, on peut s'en passer, c'est un risque à prendre, rapport au scorbut. On ne mourra pas de faim ; il y a assez de salaisons et de viande fumée, de lard à bord, avec les barils de biscuits de mer et les fayols. Mais l'eau ? On ne peut pas s'en passer, vous le savez ! Quatre cents hommes exigent au minimum une demi-tonne d'eau par jour, sans compter l'eau douce pour dessaler la viande. Nous devions faire escale au Cap.

— Que n'as-tu rempli tes barriques pendant que nous étions à *Alléluia* ! s'écria Olivier avec colère.

— Il n'y a pas de sources dans ce secteur. Nous avons cherché en vain.

— C'est vrai, dit Gaël. Cette partie de la côte est sèche. Il faudrait aller plus loin, à l'ouest, ou revenir sur Cap-Français, ce qui est maintenant impossible. Tous les points d'eau de la côte sont tenus et étroitement surveillés par les Anglais, ou par leurs alliés espagnols.

— Alors, où aller ? demanda le capitaine. À Cuba ?

— Cette île est espagnole. Oublies-tu que nous sommes en guerre avec l'Espagne, comme avec le reste du monde ?

— À la Jamaïque ?

— Occupée par les Anglais ! Non. Il faut descendre jusqu'aux îles du Vent, les Petites Antilles.

— La Guadeloupe ?

— Je ne m'y fierais pas. Les Anglais sont partout : les Saintes, la Dominique, la Martinique… Quand les îles françaises ne sont pas entre leurs mains, ils en font le blocus. Il faut trouver une petite île qui n'intéresse personne, tout en ayant de l'eau…

— Marie-Galante !

Le nom familier avait jailli de la bouche de Gaël, comme une évidence. On en revenait toujours à l'île qui leur avait porté bonheur. Il échangea avec sa femme un regard où passait toute la force de leur amour.

— C'est bon pour Marie-Galante, acquiesça le Crabe, que ce nom avait aussi troublé.

Son regard pesant se posa à nouveau sur l'épouse de Gaël, qui affecta de contempler le paysage par les fenêtres de poupe.

Le capitaine hésita, ne trouva rien à ajouter et retourna sur le pont. On l'entendit crier ses ordres, comme s'il tentait de se libérer de l'obsession qui le tourmentait.

— À virer aux cabestans ! Le monde sur le pont ! Les gabiers dans la mâture à larguer la toile ! Les canonniers aux postes de combat !

En plein appareillage s'éleva soudain sur le pont le cri aigu d'un mousse :

— Le maître-chat ! Parsifal n'est pas rentré !

— Il est resté à terre ! Je le vois sur la plage ! cria un homme dans la hune.

— Mettez le youyou à l'eau ! grogna le capitaine.

Abandonner le maître-chat leur porterait malheur. Tout l'équipage le ressentait ainsi. Exaspéré, le capitaine, qui n'aimait pas le chat — qui le lui rendait bien —, n'osa passer outre.

Lorsque le youyou, de retour, aborda, aussitôt saisi par deux palans frappés aux portemanteaux de poupe, les deux ancres à pic ruisselaient déjà sous les bossoirs. Le chat sauta sur le pont et disparut dans le roof de la cuisine sans demander son reste. Déjà, la frégate prenait le vent et glissait sur la mer. De l'entrepont glapit la voix du lieutenant Polhoët :

— Les soldats, dehors ! Canonniers, ouvrez les sabords, détapez les pièces !

Il ne fallait pas se laisser surprendre.

Pour éviter une mauvaise rencontre, la frégate piqua vers le large, plein nord, toute sa toile dessus. Dès qu'elle fut hors de vue des côtes, le capitaine ordonna l'immersion discrète du corps du soldat de marine mutiné. À cette occasion, le visage haineux de ses camarades à la vue du conventionnel fut un point gagné pour le Crabe. Ces hommes-là, en toutes circonstances, lui seraient dévoués jusqu'à la mort. Ceci effaçait la jalousie viscérale que Remacle avait ressentie pour avoir vu Descragnole maîtriser si magistralement une mutinerie qui paraissait alors incontrôlable.

Lorsque les côtes de Saint-Domingue eurent disparu à l'horizon, la frégate infléchit sa course et fit de l'est pendant trois jours. Puis elle prit son cap plein sud en direction des îles du Vent.

Le lendemain, on aperçut à tribord la haute terre de la Guadeloupe, avec ses pics volcaniques et ses forêts sauvages. À bâbord s'élevait l'île escarpée de la Désirade. Le capitaine Remacle, qui avait doublé les vigies dans la mâture et conservait les canonniers au poste de combat, engagea la frégate entre ces deux îles. Enfin, droit devant, on aperçut Marie-Galante.

Cette petite île toute ronde de cinq lieues de diamètre ne se distinguait en son centre que par quelques collines dont la plus haute ne dépassait guère deux cents mètres.

Bouleversés par l'émotion, Gaël et Olivier grimpèrent jusqu'à la hune du mât de misaine, à l'avant. Soudain, Olivier étendit le bras sur la droite.

— Regarde, Gaël ! Là-bas, c'est l'archipel des Saintes ! Je distingue nettement la Terre-de-Haut.

Ils demeurèrent en silence. La beauté fragile de ces îles, menacées par l'état de guerre, les prenait au cœur. À travers elles, ils revivaient des souvenirs tragiques. Voici douze ans, le 12 avril 1782, une bataille d'extermination s'était livrée ici même entre la flotte de l'amiral de Grasse et celle de l'amiral Rodney, chargé de prendre une revanche éclatante sur cette flotte française à son retour glorieux de la bataille de la Chesapeake, qui avait permis aux Insurgents américains d'obtenir leur indépendance[1].

— Te souviens-tu, Gaël ?

— J'avais dix-huit ans ! Clerc de notaire en formation à l'étude de mon père, que j'avais fini par quitter pour échapper à un mariage imposé, j'exerçais la fonction inespérée de secrétaire de l'amiral à bord de *la Ville de Paris*.

— Et moi, j'assistais mon père sur *le Superbe*, comme jeune officier-écrivain.

Le cœur étreint par l'émotion, ils revivaient cette bataille historique. L'armée navale paralysée par l'immense convoi marchand qu'elle devait ramener en France, l'amiral de Grasse n'avait pu échapper à la poursuite de son adversaire, de force très supérieure. Après une première bataille indécise, les vents étant tombés, la flotte française demeurait encalminée entre l'île Dominique, les Saintes et Marie-Galante. L'énorme fumée qui s'étendait sur le champ de bataille, après un échange de quelque vingt mille boulets, masquait les adversaires les uns aux autres. Lorsque la brise

1. Voir *Le Rendez-vous de Marie-Galante*.

enfin s'était levée, chassant les épaisses fumées, le corps de bataille de l'amiral de Grasse, douze vaisseaux plus ou moins désemparés, se trouvait encerclé par la moitié de la flotte anglaise, et le combat sauvage avait repris. Pendant des heures, vingt mille marins s'étaient battus. Ayant épuisé toutes ses munitions, voiles en lambeaux, presque tous ses hommes morts ou blessés, *la Ville de Paris* s'était rendue et l'amiral de Grasse avait remis son épée à Rodney, qui lui avait accordé les honneurs de la guerre. Refusant la captivité, Gaël Trémeur avait profité de la nuit qui tombait pour s'échapper à bord d'un radeau. Il avait ainsi gagné un îlot de l'archipel des Saintes, où un jeune pêcheur noir nommé Ti Bambou l'avait recueilli et réconforté.

Quant à Olivier d'Escragnole, à bord de son vaisseau désemparé qui avait échappé de justesse au naufrage, il pleurait la mort de son père, tombé à son poste de commandement sur la dunette de son vaisseau, après dix heures de combats meurtriers. Une balle de mousquet l'avait frappé au cœur. Ses derniers mots avaient été « Marie-Galante ! », cette enfant naturelle presque inconnue de lui, qu'il avait eue de Morgana Goulwen, la belle hôtesse de Recouvrance.

Conduit par Ti Bambou dans sa pirogue, Gaël abordait le lendemain Marie-Galante, l'île mystérieuse, dont il avait en vain jusqu'à ce jour recherché le secret, les trésors. Et douze ans plus tard, le rivage de Marie-Galante s'offrait à nouveau à leurs yeux.

La frégate *Liberté* s'approcha de la côte orientale, la plus sauvage. S'arrachant à ses terribles souvenirs, Olivier braqua sa lunette d'approche sur une falaise où les hautes vagues de l'océan venaient se briser dans une débauche d'écume. Et à nouveau, les souvenirs du passé le submergèrent.

— Ce qui me fascine le plus dans ton histoire, dit-il enfin, ce n'est pas le trésor des Aztèques, que tu as fini par trouver à Marie-Galante et que tu as ramené à Saint-Domingue, puis que tu as caché dans tes caves d'*Alléluia*, ce trésor que par un mystérieux hasard de l'Histoire nous ramenons dans nos cales. C'est *l'autre trésor*, celui de la Fleur d'or, le trésor de la sagesse, si cher à cet ermite Chrysostome ! Parle-moi de lui ! J'aurais voulu le connaître.

— Il vivait dans une grotte, là-bas, sur le flanc de ce morne. On pourrait la voir d'ici, si les ficus étrangleurs n'en masquaient l'entrée. Plus bas, à droite, au pied de la falaise, une deuxième grotte, dont l'entrée demeure cachée par la mer, gardait le trésor des flibustiers. Mais l'ermite ne s'intéressait qu'à l'antique manuscrit qu'il avait rapporté de Chine et qu'il s'épuisait à déchiffrer.

— Y est-il parvenu ?

— Je ne sais. En tout cas, il a approché le secret de très près. C'est alors qu'il s'est détaché vraiment. Il disait, en abandonnant ces feuillets jaunis par les siècles : « *Tenter de tout comprendre, c'est s'aventurer dans un désert inconnu. Il suffit d'aimer.* » Il était proche de sa fin et il s'arrêta de traduire. Il parut se désintéresser du secret de la Fleur d'or, du secret de la vie et de la mort. Pour lui, il n'était plus urgent de savoir, puisqu'il allait savoir.

— Il savait qu'il allait mourir ?

— Oui.

— Pourquoi l'ermite ne s'est-il pas débarrassé de cet or en le donnant aux pauvres ?

— Il craignait que la découverte de ce trésor ne déchaîne les convoitises. Il savait aussi par Makandal, son serviteur, que pénétrer dans la grotte secrète, dont l'entrée dépendait des moindres variations de la mer, comportait des risques mortels, et il ne voulait y exposer personne. Il s'en remettait à la volonté divine. Et, tu le vois, elle a bien fait les choses !

La frégate longeait maintenant cette côte, la plus sauvage de l'île.

— Le cap du Diable ! Et là-bas, le cap Enragé ! s'écria Gaël.

Bien que le vent fût tombé, la forte houle venue du large s'écrasait contre les falaises, faisant éclater des nuages d'écume. Des blocs énormes de rochers s'amoncelaient à leur pied.

— L'entrée de la grotte marine est là, quelque part derrière ces rochers effondrés, dit Gaël. J'ai eu du mal à la découvrir. Il a fallu la conjonction rarissime d'une très basse marée d'équinoxe et d'un calme plat.

De nombreux oiseaux de mer peuplaient les anfractuosités de la falaise. Leurs vols enchevêtrés, leurs cris déchirants, leurs miaulements plaintifs ajoutaient à la sombre beauté de l'île, dont on découvrait ici le côté minéral. Il contrastait avec les autres parties de l'île, si riantes, soigneusement cultivées, où poussait la canne à sucre et mûrissaient toutes sortes de fruits exotiques, où s'étendaient de belles plages de sable doré, face à une mer limpide riche en poissons tropicaux multicolores, rutilants comme des bijoux.

Ici, au contraire, tout n'était que confrontation violente entre l'océan et le roc. Un mugissement étrange montait des falaises, entrecoupé d'ébranlements sourds, comme des coups de canon. La mer se ruait dans les cavités, se heurtant aux poches d'air, les comprimant puis les expulsant avec violence.

Olivier se tourna vers Gaël.

— Le secret de la Fleur d'or est-il perdu à tout jamais ?

— Quant j'ai retrouvé le manuscrit chinois, il n'en restait presque rien. L'humidité de la grotte l'avait détruit. Illisible, il reposait au fond d'un vieux coffre où, selon le désir de l'ermite, son serviteur Makandal l'avait déposé. Je n'ai eu l'écho du secret que grâce à ce Noir qui servait l'ermite à la fin de sa vie et l'avait assisté dans sa mort. Mais je t'ai déjà raconté tout cela.

— Ce Makandal n'était-il pas un sorcier vaudou ?

— Oui. Lui aussi se passionnait pour les secrets ultimes de la vie et de la mort, bien que sa manière de les aborder fût toute différente. Il en cherchait non une sagesse, procédant de l'abandon au Dieu d'amour, mais un profit, un pouvoir, ce qui le conduisait à une suite de déceptions qui le rendaient amer.

— S'il a assisté le père Chrysostome, il a dû connaître une partie du secret de la Fleur d'or ?

— Un parfum, des bribes. Elles s'inscrivirent dans sa mémoire, même s'il n'en comprenait pas le sens profond. Mais qui sait ? Quelque chose en lui comprenait !

Gaël se retourna vers le large. Son regard ébloui se perdit sur l'horizon, là où grandissaient d'autres îles, qui n'ont ni rivages, ni sommets. Il murmura :

— Je m'en tiens à ce que l'ermite Chrysostome répétait sans cesse à Makandal avant de mourir : *« L'amour est le meilleur moyen de connaissance, le seul à notre portée ; l'important, c'est d'aimer. »*

Gaël s'interrompit. Son regard quitta l'horizon et plongea vers le pont de la frégate.

— Regarde, Olivier !

Tout en bas, ils aperçurent Franjo et Florian, qui se dirigeaient vers le passavant. Ils s'arrêtèrent à côté de l'ancre de miséricorde, la plus grosse, tenue en réserve sur l'embelle en cas de danger extrême. Ils contemplaient le ciel et la mer, et l'île que longeait lentement la frégate.

Par les panneaux ouverts de l'entrepont, ils entendirent monter, lourd et menaçant comme une déferlante, un vieux chant de marine, évocation poignante de l'esclavage d'hommes assujettis à un travail inhumain, comme les Noirs. De grands oiseaux de mer orbitaient dans le ciel d'un bleu dur, presque aveuglant. La frégate, comme suspendue entre deux abîmes, paraissait avancer entre la révolte aveugle des Noirs désespérés et le paroxysme de la Révolution française, éruption terrifiante de l'homme en mutation.

Émus par la complainte déchirante des marins, qui s'élevait toujours plus forte, comme une lame de fond, Olivier demanda d'une voix sourde :

— Pour toi, Gaël, quel est le secret ultime de l'homme, que tu aurais compris à travers ton expérience, et celle de l'ermite Chrysostome ?

— L'homme contient en lui tous les secrets de la nature et du cosmos. Car tout est dans tout. Mais chaque fois qu'un homme enchaîne un autre homme, c'est comme s'il s'enchaînait lui-même, et à travers lui l'humanité. C'est ainsi qu'un voile d'obscurité et de barbarie s'étend sur le monde. Affranchir les esclaves, qu'ils soient blancs ou noirs, c'est affranchir l'humanité entière ! C'est pourquoi Marie et moi nous l'avons fait.

Ils entendirent monter de la timonerie un ordre du capitaine Remacle :

— Sondez !

Puis les ordres se succédèrent à un rythme accéléré :

— Paré à mouiller les ancres de bossoir ! Carguez la misaine, l'artimon et les huniers ! Préparez la baleinière, la grande chaloupe et la yole ! Gréez les palans pour hisser les barriques !

La frégate *la Liberté ou la mort* mouilla à une encablure de la côte, devant une petite plage déserte que leur avait désignée Gaël, au milieu de la Grande Anse, entre le cap Enragé et le cap de Fer. Le va-et-vient des embarcations que l'on avait mises à l'eau dura toute la journée. On débarquait les barils de trente litres et les grandes futailles de cinquante, qui devaient contenir la précieuse eau de source. Les marins les roulaient sur le sable, jusqu'à un petit bosquet de palmiers-dattiers qui abritait la source. Sur la grève et le long du parcours, trente soldats de la garnison avaient pris position, mousquet au poing, attentifs au moindre mouvement suspect, alentour.

Mais l'île paraissait étrangement déserte, sereine, comme isolée dans ce monde en guerre. D'ailleurs, Gaël les avait rassurés. Toute la partie nord et nord-est de l'île était déserte, aride, inhabitée. Exposés à la violence des vents et aux houles de l'océan, ses rivages abrupts ou bordés d'écueils invisibles étaient peu accessibles, les mouillages précaires. Seuls quelques métis affranchis, pêcheurs de langoustes, s'y risquaient dans leurs grandes pirogues creusées dans un tronc de gommier. Et là-haut, sur ce morne, ne poussaient que des broussailles et des ronces, ficus et lianes-serpents, fougères arborescentes, rien pour attirer des hommes Blancs.

Marie-Galante était montée sur le pont de la dunette, avec Olivier et Gaël. Elle contemplait les rivages de l'île, où elle n'avait jamais débarqué, mais qu'elle connaissait aussi bien que ses rivages de Bretagne, tant Gaël les lui avait décrits. Elle tendit le doigt :

— Là-haut se cache la grotte de la Magdeleine où vivait l'ermite Chrysostome ?

— Oui, Marie. Et là, au pied du cap du Passage, se niche la petite plage où j'ai abordé, peu après la bataille des Saintes.

— Gaël ! Sais-tu à qui je pense ?

— À l'ermite ? Au sorcier Makandal ?

— À Ti Bambou !

— Oui ! Comment pourrions-nous l'oublier ? Après m'avoir sauvé la vie dans cet archipel des Saintes où je cherchais refuge, c'est lui qui m'a conduit à Marie-Galante.

Après la défaite navale des Saintes, il l'avait recueilli, épuisé, sur son radeau échoué au Grand Ilet.

Cet esclave affranchi de Marie-Galante n'avait pas posé de questions. Il avait soigné, nourri, réconforté le naufragé. Pour Gaël, ce fut un choc. Il avait senti tout de suite en ce jeune Noir un frère. Ti Bambou avait lui aussi une histoire de trésor dans sa vie. Enfant esclave du marquis de Surmont, il avait découvert, enfoui sous un rivage désert de Marie-Galante, un vieux coffre plein d'or, caché par des pirates. N'importe qui, Noir, Blanc ou métis, en eût gardé le secret. À treize ans, dans une sorte d'intuition géniale, il avait compris que cet or ne le libérerait pas de l'esclavage. S'il s'avisait d'utiliser une seule pièce, on le harcellerait de questions, et le marquis finirait par le faire cuire dans une marmite de mélasse pour lui faire suer son or ! Aussi en révéla-t-il spontanément la présence à son maître, qui pour le remercier l'affranchit aussitôt. C'est ainsi qu'il devint pêcheur libre sur sa pirogue, entre les Saintes et Marie-Galante, et c'est là qu'il avait rencontré Gaël Trémeur. À son tour, Ti Bambou l'avait libéré, affranchi de la mer qui allait l'engloutir, affranchi aussi des idées fausses sur les Noirs.

Marie-Galante, toute à ses souvenirs, soupira.

— Que va devenir maintenant Ti Bambou à Saint-Domingue ? Je tremble pour lui et pour les siens, tous ceux de la plantation qui sont devenus nos amis.

— Ils s'en sortiront, puisqu'ils sont noirs. Et si nous avons été obligés de partir, nous qui les aimons, tous les Blancs partiront aussi. Beaucoup l'avaient d'ailleurs prévu, ils se sont déjà établis et reconvertis en Virginie. Les autres devront fuir, s'il en est encore temps. Alors, les Noirs seront libres.

— Le seront-ils vraiment ?

— C'est là toute la question, Marie. D'autres oppresseurs se dresseront-ils ? Les Anglais ? Les Espagnols ? Peut-être un potentat noir, Toussaint ou Dessalines. La liberté est une longue patience, une *culture*, et pas seulement une conquête arrachée par la force.

Le second s'approcha de Gaël.

— Nous avons un problème, monsieur. La source a cessé de couler et nous n'avons embarqué que les trois quarts de ce qui nous est indispensable. Un marin a commis une imprudence. Trouvant que l'eau ne coulait pas assez vite, il a tenté de dégager les rochers d'où elle sort, ce qui a eu pour effet de la boucher. Y a-t-il une autre source dans les parages ?

— Oui, dit Gaël. Elle n'est pas très loin, là-bas, dans ce petit bois.

— Le temps presse, insista le second. Dans deux heures la nuit va tomber ; le capitaine est impatient de retrouver le large. Pouvez-vous nous la montrer ?

— Oui. Mettez le youyou à la mer.

— Je t'accompagne, ajouta Olivier.

Ils débarquèrent et trouvèrent sans peine l'autre source. Le va-et-vient des barils d'eau reprit. Quelques soldats, armés de fusils, avaient pénétré dans l'épais sous-bois pour chasser des chèvres sauvages et des sangliers mâtinés de cochon qui y abondaient. Cette viande fraîche serait précieuse à bord et l'on pourrait en saler pour la conserver.

— J'aimerais revoir la grotte de l'ermite, dit Gaël. Elle est si proche ! Il y a là-bas une trace qui grimpe vers le morne au pied duquel elle se cache.

Olivier hésitait. Soudain, comme touché par un pressentiment, il s'écria :

— Retournons à bord, Gaël ! J'ai peur pour Marie et Franjo. Je n'aurais pas dû venir !

Ils trouvèrent la jeune femme enfermée dans la grand'chambre. Toute pâle, elle paraissait bouleversée.

— Que se passe-t-il, Marie ?

— En votre absence, le capitaine Remacle est venu me parler. Il vient de me quitter.

Elle s'interrompit, haletante, sans parvenir à calmer les battements désordonnés de son cœur. Le silence n'était troublé que par les grincements des palans qui hissaient les futailles.

— Que t'a-t-il dit ? demanda enfin Gaël, qui ne quittait pas Marie des yeux.

— Il me racontait ses croisières, entre Le Havre et San Francisco ; le cap Horn, le Chili…

— Où il a coulé trois fois !

— Soudain, il a dévié de son monologue. Le ton de sa voix a changé. On aurait dit un autre homme. Lui, si laid, devenait presque beau. Des mots incohérents sortaient de sa bouche, ses yeux brillaient…

— Dois-je comprendre qu'il essayait de te faire la cour ? J'avais déjà remarqué son regard lorsqu'il se posait sur toi. Je n'aurais pas dû descendre à terre ! Mais M. Colbosc devait veiller sur toi et sur Franjo. Florian aussi m'avait promis…

— Le capitaine avait trouvé un prétexte pour les attirer sur le gaillard d'avant, où des hommes de l'équipage venaient de pêcher un énorme requin.

— Je n'aurais pas dû débarquer, Marie ! s'écria à son tour Olivier.

— Ne vous inquiétez pas. Le capitaine Remacle n'a eu aucun geste déplacé à mon égard. Je crois seulement qu'il avait abusé du rhum.

— Mais encore ?

— Il s'est approché de cette baie grande ouverte sur la poupe. La baleinière revenait, surchargée de barriques. J'ai cru entendre des mots incohérents qui sortaient de sa bouche : « La grande chaloupe et la yole sont encore à terre, mais on pourrait s'en passer. Les marins et les soldats restés dans l'île ne me sont pas indispensables. »

— Je ne comprends pas ! cria Gaël.

Il ne comprenait que trop et pâlissait à vue d'œil. Il lui semblait impossible d'être trahi ainsi par l'équipage : abandonnés dans l'île !

— Il m'a dit : « Vous n'avez qu'un mot à prononcer pour que je coupe les câbles des ancres et appareille. Alors, tout cet or sera à toi, à nous. » Le regard méprisant, je lui ai répondu : « Vous vous égarez, capitaine. Reprenez-vous. » Il a aussitôt pris conscience de sa folie. Il a dit : « Naturellement, je plaisantais. Oubliez cela. » Puis il a brusquement quitté la grand'chambre. J'ai respiré plus librement, mais jusqu'à votre retour je me suis demandé si, ayant soudoyé l'équipage, il n'allait pas filer les câbles des ancres, vous laissant seuls sur la grève avec les soldats et marins occupés à l'aiguade.

Les dernières embarcations rentraient. On les hissa sur le pont. Les chasseurs amenaient sur leurs épaules les chèvres sauvages et les jeunes sangliers qu'ils avaient abattus. Le capitaine ordonna :

— Les hommes aux cabestans ! Paré à remonter les ancres !

Il y avait de la rage dans sa voix, et comme du désespoir.

Une heure plus tard, la frégate, toute sa toile déployée, filait vers le grand large.

Alors, un cri aigu tomba des barres du mât de perroquet, où veillait un mousse :

— Vaisseau inconnu à deux quarts par l'avant tribord ! Il met le cap sur nous !

14

La chasse commençait. Ce petit vaisseau anglais de troisième rang, puissamment armé, alignait cinquante canons, des pièces de 24 en batterie sous le pont et de 18 sur le pont, les terribles caronades. Le capitaine Remacle mit le cap sur le grand large, à l'est-nord-est. Il renonçait à embarquer des vivres frais, malgré la grogne de l'équipage et des soldats, saturés de salaisons. La frégate étant repérée, il n'eût pas été prudent de demeurer dans ces mers des Antilles, d'où pouvaient surgir des forces navales ennemies considérables, alertées par ce vaisseau. Les Anglais occupaient toutes les îles voisines : Saint-Christophe, la Barbade, Antigua… Heureusement, la nuit tombait et la frégate se crut hors d'atteinte.

Hélas, au lever du soleil, le vaisseau inconnu était toujours là ! Malgré le vent qui forçait, la frégate avait établi presque toute sa toile. Le Crabe en rajouta, sa folie le reprenait, cette ivresse dangereuse qui le soulevait à la seule vue de son bateau bondissant sur les eaux.

— Hissez aussi les bonnettes ! Je veux toute la toile dessus !

À l'avant, les trois voiles triangulaires : clinfoc, grand foc et trinquette ; et sur le mât de beaupré la civadière et la contre-civadière. À l'arrière, la brigantine. Au milieu, la grand'voile et la misaine. Au-dessus, les huniers. En haut, les perroquets et la perruche, les cacatois, tous ces noms d'oiseaux qui enchantaient les gabiers, évoquant un monde aérien qu'eux seuls maîtrisaient et qui faisait d'eux des êtres à part, qu'enviaient ces lourdauds du pont et de la batterie : gros bras et autres hale-boulines, incapables de grimper dans la mâture, sans parler des soldats.

Entre ces déploiements harmonieux de toiles et d'agrès, manœuvres courantes et dormantes, étais, haubans et galhaubans, se glissaient les petites sœurs, les voiles d'étais, triangulaires, pour capter les moindres souffles du vent qui auraient échappé aux grandes voiles carrées. Trente gabiers, conduits par leurs chefs de hune, évoluaient en permanence dans la mâture, comme des bandes de singes dans une forêt, changeant ici une cosse et là une manille, un mousqueton, graissant poulies, réas et autre bouquets d'amures, dégageant une drisse, une estrope, un hale-bas ou une écoute, vérifiant les chouquets pour les empêcher de décapeler, renforçant les fourrures protégeant les câbles, graissant de suif le patin de la corne et le ragage des vergues volantes, vérifiant au ton des mâts le capelage des haubans.

Installés à califourchon sur les barres traversières des perroquets, jambes pendantes dans le vide à vingt mètres au-dessus du pont, les mousses excités observaient l'ennemi, et l'horizon, d'où pouvaient surgir d'autres menaces.

Pour sa part, Olivier, sur la plate-forme de hune du grand mât, braquait sa lorgnette sur le vaisseau ennemi. « Étranges, ces voiles hautes couleur chocolat ! Jamais vu cela sur un vaisseau de guerre de Sa Majesté britannique ! Les bonnes traditions se perdent, en Angleterre ! »

Mais lui aussi se laissait prendre par l'ambiance qui régnait dans la mâture de la frégate. Cette machine à piéger le vent avait de quoi exalter les plus placides. Les voiles pleines évoquant les formes féminines voluptueuses, tendues à bloc par les cordages, les mâts soumis à une pression maximale, tout cela pouvait-il durer plus de quelques heures ? La moindre avarie, se répercutant en chaîne dans le gréement, serait fatale à la frégate. On ne courait pas une régate, mais une course à mort.

— Oh ! de l'avant ! Choque un peu l'écoute d'étai de misaine !

Olivier redescendit sur le pont et regagna la timonerie. À cet instant le vent, qui soufflait de l'arrière, vira de trente degrés.

— La barre au vent ! hurla l'officier de quart. Lève les lofs ! Change derrière !

Naviguant désormais grand largue bâbord amures, la frégate prit une forte gîte qui en surprit plus d'un dans la batterie, bousculant les canons, et quelques hommes. La vitesse augmentait sensiblement. Les galhaubans atteignaient la limite avant rupture. On rentra précipitamment les voiles civadières, inondées par les vagues d'étrave. Tout le bord sous le vent se trouvant baigné par la mer, on dut boucler les sabords des canons, ce qui fit grommeler la bougraille de la batterie, avide d'en découdre. Dans les coups de roulis, les basses vergues effleuraient la crête des lames. De la folie !

— Nous sommes trop chargés, capitaine ! dit M. Colbosc, qui veillait au banc de quart devant la timonerie, à côté des deux hommes de barre, agrippés aux roues jumelées du gouvernail. Regardez le bossoir tribord ! Il touche la mer !

Le visage du second ruisselait, une sueur d'angoisse mêlée aux embruns salés. Ancien gabier, il connaissait mieux que personne les limites de la frégate.

— Ça ira ! gronda le Crabe. Ah ! ça ira !

« Si on ne chavire pas, ça va casser, pensa Olivier. Cette fois encore, Remacle prend tous les risques. Il ne voit que l'adversaire qui nous chasse, il ne prend pas en compte les risques de la mer et du vent. C'est ainsi qu'il a dû perdre ses trois bateaux. »

Mais avait-on le choix pour échapper à l'adversaire ? Olivier tremblait plus encore à l'idée que le Crabe pourrait ordonner un virement de bord, et se précipiter sur lui, comme il l'avait déjà fait à la sortie de Brest. Seuls l'état de la mer et le vent l'empêchaient de se livrer à cette provocation suicidaire.

— On pourrait au moins rentrer les bonnettes et les cacatois, dit-il. Si l'on casse les mâts de cacatois, les perroquets seront masqués ; on perdra trois ou quatre nœuds et l'adversaire nous rattrapera.

Le Crabe se tourna vers lui avec rage. Sa haine soudain réveillée crispait son visage qui, de laid, devenait hideux. Il aboya :

— Moi seul commande à bord de cette frégate !

Olivier n'insista pas. Mais il comprit que l'ultime confrontation, entre eux, se trouvait engagée, maintenant que l'or était à bord. Elle ne pouvait qu'aboutir à l'élimination de l'un d'eux.

Puis le tendre visage d'Angélica Remacle s'imposa à son esprit. Plus que la politique et que l'or, il comprit que ce qui le séparait du capitaine n'était pas négociable.

Le lieutenant Colbosc et les jeunes aspirants de quart se tournèrent vers Olivier. Attendaient-ils un ordre de lui ? *Déposer le capitaine ?* Un acte gravissime, que la loi punissait de mort en cas d'abus, surtout en présence de l'ennemi. Or on ne savait jamais où passait la frontière entre une déposition légitime du capitaine, que pouvait justifier la folie, et une insubordination, une révolte de l'état-major, voire de l'équipage, que réprouvait la loi.

Par ailleurs, l'équipage était-il acquis à Descragnole au point de prendre de tels risques ? Depuis *la tentation* du capitaine Remacle vis-à-vis de Marie-Galante, lorsqu'il avait pensé appareiller en laissant Gaël et Olivier sur la plage, ce dernier n'en était plus si sûr. Quant aux soldats de marine, depuis l'affaire des pièces d'or, qui avait valu à l'un des leurs d'être abattu à bout portant, ils le haïssaient.

Et quels étaient les sentiments profonds des lieutenants Colbosc et Polhoët, et ceux des aspirants ? Prendraient-ils un tel risque pour un ci-devant ?

Certes, Olivier pouvait compter sur le bosco Quelques-Gouttes. Le maître d'équipage s'était approché de lui. Ayant servi sous le père, entièrement acquis au fils, il attendait sans doute un geste autoritaire de lui. Il ne voulait pas que *la Liberté* soit la quatrième victime du capitaine disgracié ! Mais le vieux maître semblait contesté au sein même de l'équipage ; les jeunes lui reprochait son autoritarisme, inspiré de l'Ancien Régime. Cette suspicion le désespérait et le rendait circonspect.

L'hésitation ne dura pas. Les soldats de marine, que le Crabe avait fait monter sur le pont dans la perspective d'un combat au mousquet ou d'un abordage avec le vaisseau anglais, s'étaient, malgré la gîte, rapprochés du gaillard d'arrière, isolant l'état-major de l'équipage. Olivier estima qu'une confrontation à cet instant critique signerait la perte de la frégate en faisant le jeu des Anglais.

Le pari risqué du Crabe lui réussit. La frégate ne démâta pas. Le vaisseau anglais céda, son capitaine décida de ne plus prendre de risque avec le vent. Il amena ses bonnettes puis sa toile haute. Peu à peu, la distance augmentait entre *la Liberté* et le mystérieux vaisseau. Lorsque le soleil sombra sous l'horizon, on apercevait encore le haut de ses mâts nus dans le lointain, puis plus rien. Alors seulement, le Crabe ordonna :

— Amenez les bonnettes et serrez les cacatois. Ah ! rentrez aussi la perruche !

— Rentrer les perroquets, capitaine ? suggéra respectueusement M. Colbosc, une lueur d'espoir au fond de ses yeux bleus.

— Pas encore ! Il nous faut profiter de la nuit pour mettre de l'espace entre lui et nous.

À minuit, après le changement de quart, il laissa le bateau à la charge du second et se dirigea vers sa chambre, contiguë à la timonerie, pour prendre un peu de repos. Cette affaire l'avait épuisé. Olivier fit de même, dans la chambre d'en face. Mais il ne trouva pas le sommeil.

Dans la grand'chambre aux volets hermétiquement bouclés, Gaël, Marie-Galante et Franjo, passé l'angoisse de la poursuite, avaient fini par s'endormir. Sous le deuxième pont, dans la petite chambre qu'il partageait avec un aspirant qui avait pris le quart de nuit, Florian Le Houlme rédigeait la suite de ses articles pour le *Mercure*, à partir des récits des Trémeur. Puis il écrivit à Franjo : *« Mon amour… »* Mais il s'arrêta. Sa main tremblait. Les mots étaient impuissants pour exprimer le trouble de son cœur, et l'allégresse qui le dilatait de bonheur. Alors, délaissant sa plume, il s'abandonna aux images qui défilaient dans sa tête.

Pour la première fois, dans la grand'chambre, profitant de ce qu'il était resté seul avec Franjo, tandis que Marie-Galante et Gaël observaient du toit de la dunette le coucher du soleil sur lequel se détachaient encore les mâts du vaisseau anglais, ils avaient longuement parlé. Pouvait-on échafauder des projets d'avenir en cette période de bouleversements continuels ? Ils s'étaient juré fidélité. Mais Franjo n'avait que douze ans et la loi n'autorisait le mariage des filles qu'à quatorze. Même à cet âge, il était peu probable que ses parents donnent leur accord. Que se passerait-il entre-temps ? Si le calme revenait aux Antilles, les Trémeur retourneraient à Saint-Domingue et Franjo suivrait ses parents. Pour sa part, Florian comptait exercer à Paris le métier de journaliste, sa passion. Il ne se voyait pas dans la peau d'un planteur de canne à sucre, comme le suggérait sa fiancée ! Pouvait-il faire carrière de journaliste aux Antilles ? Les feuilles locales de Cap-Français ne le tentaient guère, lui qui avait déjà accès à la plus prestigieuse gazette parisienne.

Par les fenêtres entrouvertes de la grand'chambre, on voyait le sillage où s'ébattaient des dauphins. Profitant de ce court moment d'intimité, Florian avait pris la main de Franjo, pour l'attirer à lui. Qu'elle était belle, cette femme-enfant, avec ses joues pleines et roses, son teint frais, ses cheveux mousseux d'or fin, ses yeux clairs ! Ses lèvres lui faisaient perdre la tête lorsque Franjo lui souriait, confiante, lumineuse, sûre de se savoir aimée. Tout les portait aux confidences, aux gestes de tendresse. Mais une sourde angoisse les retenait.

Comment pouvait-elle lui faire comprendre tout ce qui l'attachait à son île natale, où elle avait connu le bonheur, protégée par des parents qui s'aimaient, entourés par des Noirs affranchis, une communauté qui se voulait l'avenir radieux de Saint-Domingue ?

Lui, une fois accomplie sa mission de témoignage sur la révolte des Noirs, ne songeait qu'à assumer à Paris une carrière de journaliste, enfin ouverte à la promesse d'une société libérée des pesanteurs et des exclusions de l'Ancien Régime. Cette ambition légitime, cette passion, Florian ne doutait pas que Franjo la partage un jour.

Elle sourit malicieusement.

— En tout cas, ce n'est pas l'ambition de ton père !

— Oh ! je n'ai pas l'intention de prendre sa suite de marchand de grains à Rouen aux côtés de mon frère !

À cette perspective, Florian fit la grimace, puis il se reprit. Olivier lui avait suggéré de ne pas rompre avec son père. Le journalisme était un métier trop dangereux et aléatoire par les temps actuels. Très peu pouvaient en vivre. Il serait donc prudent de ménager l'avenir du côté de Rouen. Mais la prudence n'était pas la vertu majeure de Florian, sûr de sa vocation, de sa passion de journaliste, qui, pensait-il, ne pouvait se réaliser qu'à Paris.

— Je ne me vois pas dans la peau d'un marchand de blé. Je me souviens d'avoir visité les greniers à blé de mon père, place du Marché-aux-Grains. C'était en 1789, à la veille de la Révolution. La disette s'étendait déjà dans le pays, et mon père stockait, une habitude ! Ce n'était pas encore un délit puni de mort. Comme il me montrait fièrement ses réserves, évoquant aussi ses caves où regorgeaient les fines bouteilles, j'essayai de comprendre ses motivations profondes, qui au fond sont celles de tout un chacun, même d'un paysan ordinaire qui remplit ses greniers, ses granges et ses caves par prudence, face à l'avenir incertain.

— La Révolution n'a-t-elle pas changé ton père ?

— Au contraire, elle a exacerbé chez lui une autre passion, celle du négociant spéculateur. Avec la disette, les prix montent, ce serait bientôt le moment d'en profiter et de vendre. Il s'est mis à spéculer sur la monnaie, à amasser l'or ! Et la passion l'entraînant à accumuler toujours plus, il est devenu... un affameur.

Il demeura un moment silencieux, honteux d'une révélation aussi sordide. Franjo, perdue dans les yeux verts du garçon, n'écoutait qu'à demi des considérations qui lui passaient au-dessus de la tête. Elle aurait mieux aimé qu'il lui parle d'amour, ou qu'ils restent en silence, la main dans la main, seulement attentifs aux battements précipités de leur cœur, observant la montée du désir. Elle restait là, blottie contre lui, saisie d'une émotion troublante encore jamais éprouvée, qui la laissait évanescente, premiers pas dans un autre monde, celui de l'amour, qu'elle découvrait, émerveillée. L'amour, cette métamorphose délicieuse, mystérieuse, ouvrant sur des perspectives inimaginables et des plaisirs qui leur étaient encore interdits.

Mais Florian poursuivit :

— Tout autre a été l'attitude de ton père vis-à-vis de son trésor.

— Mon père et ma mère l'ont donné pour une noble cause, et ils ont bien fait.

— Tu connaissais l'existence de ce trésor aztèque ?

— Oui, Florian. Ils me l'avaient montré. Et parfois, la nuit, je rêvais à ces trésors, surtout à ces parures qui avaient embelli des princesses étrangères, et peut-être des reines !

Elle reprit sa main. Le seul contact du bout de leurs doigts enlacés lui donnait des frissons. Elle ajouta :

— Mais aujourd'hui, mon trésor est ailleurs !

Leur seul trésor, c'était leur cœur, leur amour, leur capacité d'aimer et de recevoir l'amour, en un va-et-vient continuel, qui était le mouvement même de la vie. Ce trésor-là semblait inépuisable et pourtant, comme tous les trésors, il était fragile et menacé.

Un frôlement soyeux les fit sursauter. Parsifal se frottait contre leurs jambes en ronronnant. C'était bien la première fois que le maître-chat exprimait un geste de tendresse. Il était jaloux !

Franjo le prit sur ses genoux, et il ronronna de bonheur, les yeux fermés, rouvrant parfois imperceptiblement ses paupières, glissant vers Florian un regard vainqueur.

La frégate *la Liberté ou la mort* fonçait à travers l'Atlantique, dévorant les milles, remontant vers le nord tout en faisant de l'est, grignotant allégrement les fuseaux horaires de longitude, le 50e, puis le 40e, le 30e, franchissant les parallèles de latitude. On doubla sans le voir l'archipel des Açores.

Le capitaine Remacle s'enferma dans sa chambre. Hors le quart de nuit qu'il avait décidé d'assumer, on ne le vit plus. Était-il malade ? Il rabroua M. Colbosc venu prendre de ses nouvelles. Son mousse lui portait ses repas. En fait, Corneille Remacle était malade d'incertitude ! Comment se débarrasser de Descragnole ? Plus on se rapprochait de France, plus l'idée de le voir lui enlever sa fille, qu'il avait déjà déshonorée publiquement, exaspérait sa haine viscérale. À quoi s'ajoutait, toujours plus vive, leur rivalité à bord. Fallait-il attendre une occasion : tempête, ou combat ? Cette passivité n'était pas dans sa nature.

Le temps changea à nouveau, comme il est courant en avril dans l'Atlantique Nord. Une aube incertaine se leva sur l'océan. La mer se gâtait et prenait ces tons plombés de gris foncé précurseurs de gros temps. M. Colbosc, sans en référer au capitaine, espérant qu'il resterait enfermé dans sa chambre, rentra la toile haute et prit trois ris dans les huniers. À l'avant, on rentra aussi les civadières, et les grands focs qui permettent par vent arrière de tailler de la route ; on hissa à leur place les petits focs de tempête, la « toile de bonne sœur », lourde, solide, rassurante. On rappela les mousses épuisés qui, doigts et pieds engourdis, risquaient de s'assoupir dans la mâture et de tomber sur le pont ou en mer, accident presque toujours mortel au large.

Le capitaine parut enfin. L'air sombre, il renifla le vent, inspecta la mâture, vérifia le cap au compas, approuva les mesures, et même en rajouta :

— Rentrez les mâts de perroquet, assurez les capots sur le pont, placez les contre-hublots, doublez les amarrages des embarcations, saisissez les ancres !

Son instinct lui faisait prévoir le pire.

La pluie balayait maintenant le pont en rideaux compacts. La bordée de quart enfila cabans et cirés. Grommelant et crachant, elle bondit de son abri précaire sous le fronteau du gaillard d'avant. À l'arrière, deux hommes, rivés à la barre, s'efforçaient de tenir le cap. Derrière eux, M. Colbosc, agrippé au mât d'artimon, gardait un œil sur le compas, l'autre sur la mâture. Sous le pont, un colosse se tenait prêt à prendre le relais à la barre franche, en cas d'avarie de l'appareil à gouverner.

— La misaine au bas ris, dit encore le capitaine. Voile d'étai de cape sur l'artimon.

Les hommes manœuvraient lourdement, glissant sur le pont fouetté d'embruns. On préférait ne pas regarder les gabiers évoluant dans la mâture.

Le vent continuait à virer. On le prenait maintenant de face, ce qui obligea la frégate à louvoyer. Toutes les heures, l'officier de quart appelait les hommes sur le pont, les gros bras à orienter les énormes vergues, à empanner la bôme d'artimon, à choquer et changer l'amure des écoutes des focs. Travail épuisant, ponctué par les ordres :

— Pare à virer ! La barre au vent !

Puis le cri si redouté retentit :

— Un homme à la mer !

On l'avait vu tomber, masse compacte, l'un des gabiers envoyés dans la mâture pour débloquer une poulie du grand hunier. Il chuta à la mer et coula aussitôt. Il n'y avait rien à faire. Virer de bord avec ce vent eût risqué de faire chavirer le voilier.

— Qui est-ce ? demanda le capitaine Remacle.

Une certaine émotion passait dans sa voix.

— Mario Rossi, de Vallauris, répondit le bosco. Trente-cinq ans, dix enfants. C'était son dernier voyage. Il avait promis aux siens de retourner dans son pays d'origine, la Calabre, pour reprendre son métier de pêcheur. Il jouait si bien de la flûte !

Il n'y eut pas d'autre oraison funèbre pour le gabier Rossi. Quant au capitaine Remacle, il remuait dans sa tête, jusqu'à la folie, cette idée évidente, simple : le conventionnel, à l'occasion d'un quart de nuit, pouvait aussi passer par-dessus bord ! Quoi de plus banal ? C'était à mettre au point.

Cependant, le capitaine Remacle avait d'autres soucis immédiats. Les soldats s'étaient réservé les sangliers et les chèvres tués à Marie-Galante. Mal nourris de salaisons, les hommes d'équipage, exaspérés, retrouvaient les mauvaises habitudes des débuts de la Révolution. Certains discutaient les ordres des officiers et refusaient parfois d'obéir, même au capitaine, dès qu'il s'agissait de prendre des risques comme les vrais marins en avaient pourtant l'habitude depuis des temps immémoriaux, là-haut, sur les vergues, à nouer les garcettes de ris, une main pour le bateau, une main pour l'homme, et encore ! deux doigts !

Lorsque la frégate ne parvenait plus à remonter le vent, à cause de la lenteur du virement de bord, le capitaine devait faire appel aux canonniers, voire aux soldats, pour les manœuvres du pont, mais uniquement celles-là, car il était hors de question de les envoyer dans la mâture. Il fallait, pour les décider à sortir de leur entrepont aux sabords bouclés, agiter la vieille carotte de toutes les marines, l'alcool.

— Oh ! le monde ! À écluser un boujaron de tafia !

Le second, qui en redoutait les effets destructeurs, avait limité l'approvisionnement de la soute aux vins, quelques futailles de tafia peu alcoolisé[1]. Il s'aperçut alors que le capitaine Grosjean-Lataquié avait embarqué sa propre réserve de rhum pur, destinée à tenir haut-la-main ses soldats. Le Crabe en fit aussi profiter l'équipage, pour mieux se l'attacher. Et l'on vit des marins titubant sur le pont, perdant leurs réflexes vitaux, glisser sous un paquet de mer, puis emportés dans le reflux par-dessus le bastingage, lâchant un hurlement d'épouvante que couvraient le fracas des vagues et le hurlement du

1. Le tafia est du rhum mouillé d'eau, avec du sucre et du jus de citron pour lutter contre le scorbut, engendré par la privation de vitamine C, que l'on trouve surtout dans les fruits.

vent dans la mâture. On entendit aussi des éclats de rixes mortelles dans la batterie et dans les postes, couteaux tirés.

La tempête atteignit son sommet. On voyait arriver un mur d'eau verte frangé d'écume. L'étrave et le mât de beaupré s'y engouffraient. Tout le gaillard d'avant se retrouvait sous l'eau. Ne pouvant s'évacuer par les dallots saturés, elle s'écoulait par les passavants, refluant jusqu'à la dunette. Alourdi, le bateau tardait à se redresser. Puis, lentement, le mât de beaupré et le gaillard d'avant émergeaient des tourbillons d'écume. Sur le pont, les hommes, transis, le souffle court, la peur au ventre, se cramponnaient aux lignes de vie gréées tout au long du bastingage. Enfin, l'avant se redressait, le mât de beaupré pointait sur le ciel noir, l'immense baignoire du pont se vidait par les dallots qui crachaient des cascades, et la frégate reprenait son cap.

— À ferler la misaine ! Le monde aux cargue-fonds !

— Quinze pouces d'eau dans la sentine, capitaine ! La pompe est engorgée.

— Établissez une chaîne avec des seaux !

À l'infirmerie — l'amphithéâtre —, le chirurgien et ses aides devaient soigner les blessures, fractures, coupures, sans compter les nausées qui retournaient les estomacs et paralysaient beaucoup d'hommes. Mais ces souffrances n'étaient rien à côté de celles des soldats blessés à Saint-Domingue, attachés à leur bannette. Plusieurs mouraient de gangrène, après une agonie atroce. On laissait glisser leur corps à la mer, lesté d'une gueuse de fonte, entre deux coups de roulis et une prière prononcée à la hâte.

Dans la timonerie, on n'osait plus regarder le niveau du baromètre, dont le mercure s'était effondré. Fallait-il cesser de faire face à la tempête ? Prendre l'allure de fuite ? Le spectre de ses trois naufrages s'imposa au capitaine Remacle. Mais fuir, c'était tourner le dos à la

France, perdre en une heure ce que l'on avait gagné en un jour, prolonger la croisière alors que les vivres allaient manquer ; se laisser, peut-être, rattraper par l'adversaire. Pour une fois, il interrogea du regard Olivier Descragnole, qui répondit :

— Prendre la cape suffira. Ce temps de chien ne durera pas.

On faisait face à la tempête, sous voilure réduite, le seul artimon au troisième ris, bordé plat, et foc tourmentin. La frégate, barre sous le vent, cessait de faire route. La coque et la mâture ne souffraient plus, ni les hommes ; on n'embarquait plus ces masses d'eau qui risquaient de faire chavirer.

Quelques heures plus tard, comme l'avait pressenti Olivier, le vent cessa de souffler en tempête, la mer retomba.

— Faites servir les voiles ! Oh ! le monde ! Portez en route !

Et l'on reprit la route, focs et huniers déployés, grand'voile au troisième ris.

Lorsque la frégate eut atteint le 15e degré de longitude ouest, elle retrouva les puissants vents d'ouest réguliers et put reprendre sa grande allure de croisière, laissant espérer une fin de traversée sinon sans risque, car on portait trop de toile, du moins très rapide. Et l'on semblait débarrassé de l'Anglais.

Espoir déçu ! Au douzième jour de mer, on vit le vaisseau diabolique se dresser à l'horizon dans le petit matin, le soleil levant illuminant sa toile haute couleur chocolat, qui seule émergeait au-dessus de la mer. Cette obstination parut pour le moins surprenante. L'Anglais avait-il eu vent du chargement spécial de la frégate française ? Avait-on été trahi à Saint-Domingue, et par qui ? Vu son tonnage et son armement, cet inquiétant bâtiment ne pouvait être un navire de liaison. Mais s'il rentrait en Angleterre, pourquoi n'escortait-il pas quelques vaisseaux marchands, selon la règle ?

Quelle que fût sa mission, il parut évident qu'il comptait profiter de cette rencontre pour livrer à la frégate une bataille facile, qui devait aboutir à une capture fructueuse.

Le vent avait faibli, la mer redevenait maniable, sans ces creux qui font rouler ou tanguer le navire, mettant à mal la mâture et les hommes, faisant de la batterie le lieu le plus dangereux, à cause du risque de voir se désarrimer un canon. À nouveau, le roulement du tambour et le sifflet aigu des fifres appelèrent les hommes aux postes de combat. La grande enseigne tricolore battait fièrement à la corne d'artimon. On sabla le pont et la batterie pour éviter de glisser dans le sang. On bourra les râteliers de boulets. Les mousses poudriers, excités comme des enfants qui jouent à la guerre, commencèrent leur va-et-vient entre la soute à poudre et la batterie, pour approvisionner en gargousses les canons. À l'avant, les soldats se groupèrent, le maître armurier installa sa meule sur l'embelle pour aiguiser les sabres et les coutelas, les hallebardes et les piques, les haches d'abordage.

Lorsque la distance fut inférieure à mille mètres, on échangea quelques boulets. *La Liberté* devait ménager ses munitions, n'ayant pu remplir aux Antilles ses soutes, sérieusement entamées à la sortie de Brest et lors du tir de la baie des Boucaniers. Mais qu'en était-il de l'Anglais ?

Cette retenue fut diversement commentée de part et d'autre sur les dunettes. De toute évidence, les Anglais ménageaient eux aussi leurs munitions. Avaient-ils comme eux livré quelque combat ? Ou bien, connaissant le précieux chargement de la frégate, voulaient-ils éviter de la couler, espérant seulement la dégréer pour la rejoindre et la prendre à l'abordage ?

Olivier observait le Crabe. Ayant tout risqué avec la tempête, il devenait prudent pour ce combat, comme s'il avait eu seulement un vieux compte à régler avec la mer, qui lui avait déjà pris trois vaisseaux. Ce marin du commerce ne se sentait pas à son aise dans la bataille. Bien que le vent lui fût favorable, depuis que l'or était à bord il agissait avec le vaisseau anglais d'une manière mesurée qui contrastait avec l'agressivité aveugle dont il avait fait preuve au départ de Brest, peut-être pour assurer son autorité vis-à-vis du conventionnel, de l'état-major, de l'équipage... et de lui-même.

Cette fois encore, la frégate évita le combat et s'échappa à l'occasion d'un grain violent qui, surprenant tout le monde, l'aurait fait chavirer si les mâts de perroquet n'avaient opportunément été arrachés. La nuit vint à propos pour empêcher l'adversaire de retrouver le contact. On regréa en hâte les perroquets.

Olivier risqua alors une suggestion :

— Il est évident que cet Anglais fait route comme nous sur l'ouvert de la Manche. Donc, nous allons le retrouver devant ou derrière ! Aussi devrions-nous modifier le cap de quelques degrés, et reprendre ultérieurement notre route sur Brest, sans risque.

— Non ! dit le capitaine. Cela nous retarderait. Les soutes à vivres s'épuisent, les hommes ne cessent de groumer, le chirurgien m'a signalé les premiers cas de scorbut.

— L'alcool ne les nourrit pas ! dit Olivier, sarcastique. Il ne fait qu'exciter leur hargne.

Le Crabe lui lança un regard chargé de haine. À nouveau ils s'affrontaient, le grand maigre aux yeux noirs et fiévreux, le petit gros à la peau jaune bilieuse, au regard non moins passionné. L'extrême danger de la mer et de l'ennemi avait fait passer au second plan la rivalité politique implacable qui les opposait, et même celle du père et de l'amant d'Angélica. L'occasion espérée de se débarrasser du conventionnel ne s'était pas présentée. Mais l'effacement de l'Anglais, le retour du beau temps et d'un vent d'ouest stable qui poussait la frégate vers son port d'attache ravivèrent les querelles. Dans quelques jours, à condition de garder le cap, la frégate entrerait en mer d'Iroise, puis elle embouquerait le goulet de Brest. Pour l'homme de la Commune, il n'était que temps d'éliminer le conventionnel, pour rester maître de l'or, en éliminant du même coup l'amant de sa fille.

Éliminer aussi Gaël Trémeur pour mettre à sa merci Marie-Galante devint sa hantise, une folie qui le harcelait la nuit, l'empêchait de trouver le sommeil. Il mûrissait son plan. La hargne de l'équipage servait ses noirs desseins. Et aussi la colère des soldats qui, après la bataille d'*Alléluia*, se sentaient injustement dépouillés de l'or qu'ils avaient récupéré dans le ravin. Le Crabe s'ingéniait à les exciter :

— Cet or est à vous ; c'est une loi de la guerre. Je prends l'engagement de vous le rendre si nous parvenons à nous débarrasser de ce conventionnel ci-devant marquis, ci-devant modéré, donc ennemi de notre Commune et de notre Révolution !

Les soldats approuvaient. Qui n'eût approuvé de recevoir de l'or ? Deux têtes de plus ou de moins ne les gênaient pas, puisque leur chef, le capitaine de la frégate, en prenait la responsabilité, en cela approuvé par le capitaine de la garnison. Ce Grosjean-Lataquié, officier sorti du rang, un homme fruste, avait trop souffert dans sa vie pour ne pas saisir lui aussi une bonne occasion de s'enrichir.

Mais l'équipage ? Le Crabe pouvait-il, sinon compter sur les marins pour perpétrer son mauvais coup, du moins espérer qu'ils fermeraient les yeux ? Certes, c'était un équipage de forbans. Mais il resterait sans doute fidèle à Olivier Descragnole, au second M. Colbosc, à l'officier canonnier M. Polhoët et au bosco. On ne pouvait ignorer non plus les quatre jeunes aspirants, qui s'étaient formés au cours du voyage, et observaient d'un œil critique la rivalité implacable qui déchirait l'état-major.

Cependant, les marins ne sont pas des soldats. Ils répugnent à se battre et ne sont jamais armés, sauf si l'autorité leur fait distribuer des armes pour faire face à un abordage. Or l'autorité, c'était le capitaine Remacle et lui seul !

Restaient les canonniers. Issus d'un corps à part que la Révolution n'avait pas complètement étouffé, fiers de leurs traditions, on ne savait trop de quel côté ils pencheraient en cas de conflit d'autorité. Ils ne possédaient d'autre arme individuelle que leur couteau de marin, et les barres d'anspect, levier de frêne à bout ferré, dont ils se servaient pour orienter les canons. Mais leur nombre, près de cent cinquante, leur unité, forgée au cours de cette croisière, en faisaient un élément dont on devait tenir compte.

Le Crabe décida donc d'agir avec ruse. En utilisant quelques individus qu'il avait corrompus, il fit courir d'insidieuses rumeurs dans l'entrepont : ne serait-il pas juste que tout le monde ait sa part de ce trésor si chèrement acquis, les marins, les canonniers, comme les soldats de marine ? Quant au peuple de Paris qui criait famine, on lui garderait assez d'or pour acheter un convoi de blé, plus réduit, sans doute, mais suffisant pour franchir le cap de la soudure estivale…

En réalité, le capitaine Remacle n'avait nullement l'intention de tenir ces promesses. Patriote fanatique, il ne comptait pas détourner plus que le fameux baril contenant les mille pièces d'or sauvées du ravin. Sauvées par ses soldats au péril de leur vie ! Eux seuls en profiteraient. Une fois en vue de Brest, sous les canons de la flotte et des forts, l'équipage grugé n'aurait que la possibilité de noyer sa déception avec quelques paquets d'assignats, et des barils de rhum.

Ainsi se monta le complot. Le Crabe ne demandait à l'équipage que de rester neutre et d'obéir aveuglément à son capitaine. Les soldats s'empareraient du conventionnel et de Gaël Trémeur. En vertu de ses pouvoirs discrétionnaires, le capitaine constituerait un tribunal révolutionnaire de fortune pour juger les « suspects ». Ce tribunal se confondrait avec le conseil de discipline institué dans la Marine par le décret du 21 nivôse de l'an II, conseil nommé conjointement par le capitaine du bateau et par le capitaine de la garnison, procédure réglementaire. Un seul délit justifiait la peine de mort : une rébellion armée contre l'autorité du capitaine. Évidemment, Olivier Descragnole n'était pas un marin comme les autres. Mais il n'était pas un passager ordinaire. Marin de métier, ayant revêtu l'uniforme, quand il s'était mis à la disposition du capitaine pour assumer le quart, ne se soumettait-il pas à lui de ce fait ?

S'il avait à rendre des comptes, Remacle s'appuierait sur la fameuse proclamation de Robespierre : *« Le ressort de l'autorité populaire en révolution est à la fois la vertu et la terreur. La vertu sans laquelle la terreur est funeste ; la terreur sans laquelle la vertu est impuissante. »* Est vertu ce qui sert la Révolution, y compris la terreur. Remacle servait la Révolution. Tout son passé de petit chef au sein des clubs patriotiques et de la Commune en témoignait. Descragnole, ci-devant aristocrate, officier du Grand Corps royal, était par nature un suspect. Sous la Terreur, on ne ménageait pas les suspects. On les éliminait sans état d'âme, avec leurs complices. À Brest, Jean Bon Saint-André, le délégué du Comité de salut public, s'y employait avec ardeur.

De retour à Brest, le Crabe se justifierait en racontant qu'aux Antilles le ci-devant d'Escragnole avait jeté le masque, tenté de trahir la République, de rallier les Anglais en s'appuyant sur ces gros colons qui refusaient l'émancipation des Noirs. Avec Gaël Trémeur, cet échafaudage ne tenait pas, raison de plus pour l'éliminer lui aussi, et Remacle comptait sur l'ignorance des Brestois vis-à-vis de la situation politique aux Antilles. Une mobilisation des agitateurs brestois et autres Enragés était prévue, soutenue par les centaines de forçats libérés, masse instable dont les autorités maritimes et municipales ne savaient que faire, et que récupéraient les clubs patriotiques.

Une fois l'or entre les mains de la Commune de Paris, Corneille Remacle, promu héros de la Révolution, deviendrait intouchable. Même Robespierre serait contraint d'accepter le fait accompli. Il était d'ailleurs tellement affaibli qu'il ne se relèverait pas de ce nouveau coup, lui qui comptait sur le convoi de blé américain pour restaurer son pouvoir devant la Convention. Le pouvoir passerait alors à la Commune de Paris.

Puis le Crabe se rappela qu'il y avait un troisième homme — enfin, presque un homme ! —, ce jeune Florian Le Houlme, qu'Olivier faisait passer pour son secrétaire et qui était sans doute un espion, on le voyait sans cesse prendre des notes ! C'en était assez pour en faire un suspect. On l'éliminerait comme les deux autres.

Comment se ferait l'exécution ? Le Crabe hésitait. Pendaison ? Cela sentait l'Ancien Régime. La hache, qui rappelait la guillotine, avait sa faveur. On pouvait aussi les fusiller. Mais c'était gâcher de la poudre ! Avec volupté il imaginait l'amant d'Angélica se traînant sur le pont à ses pieds pour implorer sa clémence.

Éliminé les trois suspects, le Crabe n'en aurait pas fini pour autant. Un élément nouveau embrouillait une situation déjà complexe : les femmes ; enfin, *la femme*, Marie-Galante, et sa fille, cette mijaurée aux rondeurs déjà prometteuses. Dans son plan primitif, le Crabe n'avait pas prévu l'embarquement en catastrophe de la famille du planteur. Le désir furieux qu'il éprouvait pour Marie-Galante depuis qu'elle avait mis le pied à bord rendait ce plan intenable. Entre l'or et la femme, il devait choisir ! Mais il voulait les deux et rien n'aurait pu l'en dissuader. Dans son esprit se heurtaient la raison et la passion.

Dans ces conditions, il fallait renoncer à une mise à mort classique, que justifiait d'ailleurs de moins en moins la proximité de la France. Non, il ne pouvait pas exécuter froidement le mari puis s'emparer de la femme, à la manière grossière des pirates ordinaires. Il en revenait à son plan primitif. Le mari devait disparaître, mais d'une manière « naturelle », ou accidentelle, sinon le Crabe perdrait à tout jamais l'espoir de conquérir Marie-Galante. Car dans sa folie amoureuse il y croyait, malgré le mépris hautain qu'elle avait opposé à toutes ses avances.

On solliciterait donc l'« accident », les occasions ne manquaient pas en mer. Mais maintenant, elles manquaient, faute de temps. Profitant de l'arrestation des suspects, il fallait faire en sorte que les trois hommes à éliminer ne se laissent pas faire, rien de plus naturel ! Une fusillade s'ensuivrait, car ils étaient bien armés. Des ordres seraient donnés pour qu'il n'y ait pas de survivants.

Le plus dur serait fait. Restait le plus doux : conquérir Marie-Galante. Le Crabe se faisait-il illusion à ce point ?

Contre tout bon sens, il espérait qu'une fois disparus ses protecteurs naturels Marie-Galante se rapprocherait de celui qui deviendrait le héros de la Commune de Paris, le capitaine Corneille Remacle ! L'*amiral* Remacle ! Celui qui aurait apporté l'or de Saint-Domingue pour sauver le peuple de la faim. Une fois la Commune au pouvoir, cette promotion lui paraissait évidente. On avait vu d'obscurs marins, de simples capitaines marchands, nommés amiraux pour bien moins que cela. Martin, simple pilote, lieutenant de vaisseau en 1792, capitaine en 1793, contre-amiral neuf mois plus tard, commandait la flotte de la Méditerranée ! Ganteaume, lieutenant, passant d'un bâtiment de la Compagnie des Indes à un vaisseau de ligne de 74 canons, attendait lui aussi les étoiles ! Sans compter Jean Bon Saint-André, le capitaine marchand trois fois disgracié, devenu le maître redouté de la Marine !

Le Crabe comptait donc ne pas rester simple lieutenant de vaisseau auxiliaire, capitaine d'une frégate de trente canons ! Puis, le temps pressant, il passa à l'action.

Sous prétexte de fêter le cinquième anniversaire de la Révolution (les émeutes d'avril 1789 à Paris), il fit donc distribuer sans compter le rhum, le tafia et le vin. Une douzaine de soldats avaient accepté — service oblige — de demeurer sobres, de surseoir aux libations. Les passagers soupaient discrètement dans la grand'chambre, leur espace réservé, et, croyaient-ils, défendu. À la porte, le petit groupe de marins armés, censé les protéger, s'était pesamment endormi après boire. Comment résister au nectar qu'on leur offrait ! Un « rhum habitant », dont le seul parfum faisait oublier tous les devoirs ! Les douze soldats n'eurent même pas à les enjamber, ils passèrent par la chambre du capitaine.

Mais, contrairement aux espoirs du Crabe et à une mise en scène soigneusement préparée, les trois « suspects » n'opposèrent aucune résistance et se laissèrent désarmer. Il n'y eut qu'un violent échange verbal.

— Cette arrestation est illégale ! s'écria Olivier.

— Je suis seul maître à bord ! répliqua le capitaine.

— Pas de faire n'importe quoi !

— C'est à moi d'en juger. Tu es en état d'arrestation, *lieutenant* !

— Je suis un représentant élu du peuple, chargé de mission par le Comité de salut public. Tu n'as aucun pouvoir sur moi !

— Officier de quart volontaire, tu t'es placé sous mon autorité. D'ailleurs, il y a complot, donc urgence.

— Quel complot, traître ?

— À Saint-Domingue, tu comptais, une fois l'or embarqué, livrer la frégate aux Anglais. Et tu as confirmé cette attitude pendant la poursuite du vaisseau anglais, visiblement alerté par tes soins. Tu as tout fait pour m'empêcher de lui échapper.

— Ridicule !

— J'ai des témoins.

— Montre-les !

— Inutile. En vertu de mes pouvoirs discrétionnaires, je te déclare suspect, traître à la patrie.

Olivier se tut. Que pouvait-il faire contre la force ? Il ne comprenait pas comment ils avaient pu se faire piéger aussi facilement. Sans doute s'était-il illusionné sur cet équipage, recruté par Disnouville. Les hommes sont lâches. Ils n'avaient résisté ni au rhum, ni à la promesse de l'or. Et ils demeuraient obnubilés par l'autorité légitime du capitaine, un principe qu'on leur avait inculqué depuis leur enfance, lorsque, mousses à treize ans, ils briquaient le pont ou veillaient dans la mâture. Le terme de « seul maître à bord après Dieu », lorsqu'on était en mer, avait toujours pour eux la force des choses sacrées, même si le nom de Dieu avait été supprimé. L'élimination préalable du capitaine Disnouville par le Crabe portait ici ses fruits détestables.

Pouvait-on au moins espérer un sursaut de l'état-major et de la maistrance ? M. Colbosc le second, l'officier canonnier M. Polhoët, les quatre aspirants se laisseraient-ils faire ? Et le bosco Quelques-Gouttes, son vieux compagnon de combat ?

Abasourdis, Gaël et Florian s'étaient tus. La moindre réaction risquait de déclencher ce massacre auquel le Crabe aspirait. Il suffisait de regarder les douze soldats, le doigt crispé sur la gâchette. Le Crabe leur avait répété que la distribution de l'or ne dépendait que de l'élimination de Descragnole et de Trémeur. Il fallait aussi venger ce soldat abattu froidement par le conventionnel. Quant aux deux femmes, elles demeuraient pétrifiées, silencieuses, s'attendant, après l'exécution des hommes, au pire, ce qui, pour une femme, n'a pas le même sens que pour un homme !

La voix d'Olivier Descragnole s'éleva, étonnamment calme :

— Je demande un jugement équitable.

Se faisait-il illusion à ce point ? Non. Il tentait seulement de gagner du temps. Leur seul espoir : être jugés à Brest. Brest, acquise à Robespierre et au Comité de salut public, malgré la menace des clubs extrémistes. Espoir vain.

— Voici mon jugement, dit le Crabe. Le tribunal révolutionnaire de la frégate *la Liberté ou la mort* te condamne, toi, et aussi tes complices, Trémeur et Le Houlme, à la peine capitale, par décapitation, pour cause de haute trahison. Ci-devant marquis, tu as trahi la République en signalant aux Anglais le départ de notre frégate chargée d'or. Le vaisseau qui nous poursuit en est la preuve. Étant toujours sous le coup d'être rattrapé par cet ennemi de force très supérieure, les circonstances sont exceptionnelles et nous ne faisons qu'anticiper le jugement du tribunal révolutionnaire qui devrait vous juger à Brest.

À l'énoncé du « jugement », Franjo avait poussé un cri et s'était serrée contre son père.

Cependant, le Crabe se rendait compte qu'il avait échoué. Ses ennemis étaient neutralisés, mais encore en vie. Ils n'avaient pas réagi comme il l'espérait, en opposant une résistance qui eût justifié une fusillade. Descragnole neutralisé et désarmé, le capitaine pouvait-il maintenant compter sur une exécution à froid, selon les règles, les hommes alignés sur le pont ? Impensable d'imaginer que l'état-major et l'équipage laisseraient faire sans réagir. Et même les soldats chargés de l'exécution. Quelles que soient les accusations du capitaine, Descragnole demeurait un représentant de la République, en mission. Lequel d'entre eux accepterait de se livrer à cette mascarade, dont il aurait à rendre compte un jour ? Pouvait-il aussi exécuter froidement Trémeur et Le Houlme ? Cela faisait beaucoup ! Son complot l'avait conduit à une impasse.

Il fallait échafauder un plan plus subtil aboutissant à leur neutralisation, et il en revenait à son projet primitif : la mort « accidentelle » dans un engagement prémédité par lui. Tout prisonnier menacé d'exécution tente de s'évader, c'est évident ! Les prisonniers seraient enfermés de manière à ce que leur évasion fût possible. Enfermés non dans la cale, mais dans le poste des aspirants, situé au troisième pont sous la flottaison, à l'arrière, et dont la seule issue serait gardée par un soldat dévoué au Crabe. Cette nuit même, ce soldat entrerait dans le poste et il ferait croire aux prisonniers qu'il était envoyé par l'état-major, en désaccord avec le capitaine. Il leur fournirait discrètement trois pistolets, mais les poudres des munitions seraient mouillées. Il leur ouvrirait la porte. Cette fois, les prisonniers n'hésiteraient pas à prendre des risques : les trois hommes armés et n'ayant plus rien à perdre s'évaderaient pour tenter de rejoindre l'équipage et le soulever. Dans les coursives obscures, un groupe de soldats complices du capitaine interviendrait alors. Il n'y aurait pas de quartier. Le Crabe serait enfin débarrassé des trois hommes, que l'on achèverait sur place s'ils n'étaient déjà morts et dont on jetterait les corps à la mer. Évasion, rébellion armée, le capitaine espérait ainsi se couvrir vis-à-vis de l'état-major, de l'équipage, des autorités françaises, et peut-être de Marie-Galante. Peut-être. *La veuve* n'aurait pas le choix. De gré ou de force, elle finirait par lui céder.

Il se tourna vers le capitaine Grosjean-Lataquié.

— Enfermez tout ce monde dans le poste des aspirants. Un garde en armes à la porte ; un garde sûr : l'Escogriffe.

Un faible espoir revenait chez les captifs. Tant que l'on resterait ensemble et en vie, on pouvait espérer reprendre en main l'équipage, gagner les quelques jours qui séparaient la frégate de Brest, où l'on serait jugé équitablement en assurant sa défense. Néanmoins, Olivier dut maîtriser son indignation en obtempérant à l'exigence du capitaine de lui remettre la seconde clé de la chambre aux valeurs.

Quelques heures plus tard, tandis que le Crabe mettait discrètement en place ses hommes dans les coursives, le garde désigné par lui pour jouer le rôle du traître pénétra dans le poste des aspirants. Il tendit trois pistolets aux hommes stupéfaits en les évitant à sortir. Les prisonniers l'écoutaient, d'abord abasourdis, puis repris par l'espoir. Mais ils hésitaient toutefois. Le soldat perdit alors son assurance.

— Cet homme ment ! dit soudain Marie-Galante. Il suffit de le regarder !

Olivier souleva le chien du pistolet et le pointa sur la tête du soldat, dont le trouble se transforma en panique. Il savait le conventionnel capable de tuer. Quant à la poudre, il n'était sûr de rien !

— Qui t'envoie ? Parle !

— Le bosco ! le maître Quelques-Gouttes ! Il veut vous faire évader !

— Menteur !

Le bosco venait de faire irruption dans le poste.

— Gardez-vous de tenter de vous échapper. Vous seriez abattus ; c'est un piège ! J'ai vu des soldats en armes, embusqués dans les coursives.

— Mais si nous demeurons ici, passifs, nous pouvons l'être aussi ! L'équipage est-il donc incapable d'un sursaut pour nous délivrer ?

— L'équipage, sans doute. Mais que pourrions-nous faire ? Seuls les soldats sont armés. On ne combat pas avec des barres de cabestan contre des fusils et des pistolets. Ils sont trop nombreux, et décidés à en découdre, à cause de l'or ! C'est pour eux une tentation irrésistible, et d'autant plus justifiée à leurs yeux que le capitaine les y invite et qu'ils ont perdu un tiers des leurs.

— Et notre garde personnelle ?

— Elle a été désarmée. D'ailleurs, elle ne suffirait pas.

— Les canonniers ?

— Ils ne sont pas armés et ils ne prendront aucun risque. Ils sont troublés par les accusations du capitaine. On ne peut mettre en doute son patriotisme révolutionnaire.

— Patriote, celui qui s'apprête à distribuer l'or du blé, l'or du peuple de Paris ?

— Une partie seulement. L'équipage croit le mériter.

— Remacle gardera tout et vous serez grugés ! Ayez donc un sursaut ! Reprenez le contrôle du bateau ! Mon autorité est supérieure à celle du capitaine, et toute ma vie témoigne de ma fidélité à la République.

— J'ai déjà tenté de soulever l'équipage. En vain. Ce ne sont que de pauvres marins. Dans ces conflits, ce sont toujours les petits qui prennent les coups, sans profit.

— Que font vos officiers ? M. Colbosc ? Le chef canonnier ? Et les aspirants ?

— Ils sont désemparés. Nous restons sous le contrôle permanent des soldats. On ne nous demande que de ramener la frégate à Brest. Les officiers pensent que c'est ce qu'ils ont de mieux à faire.

— Nous laisseraient-ils égorger ? Et les femmes livrées à ce misérable et à sa soldatesque ?

— Je tenterai l'impossible. Vous pouvez compter sur moi.

Il se pencha vers Olivier et lui souffla à l'oreille :

— Il faut attendre une occasion favorable pour abattre le Crabe.

— Un attentat ?

— Un accident… Ah ! si seulement j'avais une arme, une arme discrète !

Olivier mit la main dans son gilet et sortit le petit pistolet de poche que lui avait donné Robespierre.

— Prends cela et fais au mieux.

Dans la pénombre de la coursive, le soldat n'avait rien vu, ni entendu, à cause du grincement du gouvernail. Il attendait, toujours terrorisé. On entendit soudain, lointaine, la voix en colère du capitaine Remacle :

— Où est le bosco ?

Le maître d'équipage se mit à trembler. Ce géant qui avait bravé toute sa vie les fureurs de l'océan et combattu les Anglais sans jamais tenir compte de sa sécurité se trouvait désemparé devant cette situation intolérable, un conflit d'autorité. S'étant concertés, Olivier et Gaël rendirent à l'Escogriffe les gros pistolets d'abordage qu'il venait de leur remettre.

— Va, dis au capitaine Remacle que les prisonniers refusent de s'évader. Ils s'en remettent au jugement des autorités de Brest, et s'engagent sur l'honneur à ne pas s'évader.

Florian se révolta. Il voulait se battre ! Olivier lui arracha son arme et la tendit au soldat.

Le bosco sortit, le soldat referma la porte derrière eux. À nouveau, Florian s'indigna :

— Nous aurions dû garder ces armes et tenter l'évasion !

— Que pouvions-nous faire avec trois pistolets ? Ils sont cent à bord, armés jusqu'aux dents. Pour eux, quelques morts de plus ou de moins ne comptent pas. Même si nous en tuons dix, nous finirions par succomber sous le nombre, et c'est ce que souhaite le Crabe. Il faut attendre. Chaque heure gagnée nous rapproche de Brest.

— Attendre quoi ? demanda Florian, indigné. Une aide du ciel ?

— Une erreur du Crabe. Il en a déjà fait deux ! Et je fais confiance à l'état-major et au bosco.

Marie-Galante se serra contre Gaël. Florian prit Franjo dans ses bras.

Sur le pont de la dunette, le capitaine écouta avec colère les explications embarrassées de l'Escogriffe.

— Ils refusent les armes, capitaine. Ils s'en remettent au jugement du tribunal révolutionnaire de Brest. Ils s'engagent sur l'honneur à ne pas s'évader.

Il lui tendit les trois pistolets. Le Crabe enrageait.

— Ce sont des lâches ! Et toi, tu n'es qu'un imbécile, tu n'as pas su les convaincre ! Et que faisait en bas le bosco ?

Il regarda l'Escogriffe au fond des yeux. Le pauvre bougre déroba son regard. Il tremblait de tous ses membres. Le Crabe pensa qu'il l'avait trahi ! La fureur s'empara de lui et il le saisit à la gorge. Il allait l'étrangler et le jeter à la mer, mais des marins s'interposèrent. Des soldats tirèrent leur sabre. On allait en venir aux mains, s'entretuer. Le Crabe comprit que rien de bon n'en sortirait s'il se mettait à dos l'équipage. Les soldats ne ramèneraient pas le bateau !

À ce moment, Gildas Colbosc intervint. Jusqu'alors écrasé par les événements, l'officier en second semblait enfin s'être repris.

— Nous ne voulons pas de sang, capitaine ! Seulement la justice et le droit. Les prisonniers doivent être jugés équitablement. Nous exigeons leur retour à Brest.

Le capitaine se retourna d'un bloc. La main sur la poignée de son épée, il s'avança, menaçant, vers l'officier.

— Tu exiges ? Est-ce une rébellion ?

— Seulement une mise en garde, capitaine. Une recommandation respectueuse, comme nous y autorisent les nouveaux règlements de la Marine républicaine.

Du gaillard d'arrière, les aspirants avaient observé l'algarade. Les yeux brillants, ils s'avancèrent, la main sur le manche de la dague qu'ils portaient à la ceinture. Ils détestaient le capitaine, qui méprisait leur jeunesse et leur inexpérience, alors que le conventionnel, encourageant leurs initiatives, leur avait toujours fait confiance. Le bosco Quelques-Gouttes se joignit à eux, ainsi que M. Polhoët, l'officier canonnier, qui n'oubliait pas avoir été humilié par le capitaine devant les soldats, après l'explosion de la bâtarde.

— Nous sommes solidaires de M. Colbosc !

Celui-ci osa alors toiser le Crabe. De même taille que lui, mais mince et le visage maigre, ses yeux bleus n'hésitaient pas à le braver.

— Si l'état-major se désolidarise de vous, capitaine, ramènerez-vous tout seul le bateau à Brest, une frégate de cinq cents tonnes, déjà en manque d'officiers ? Assumerez-vous seul les quarts de jour et de nuit ?

Le Crabe s'étranglait de fureur. Mais il dut céder.

— Bien. Nous réglerons nos comptes à Brest, où vous aurez à répondre de cette rébellion. D'ici là, les prisonniers resteront enfermés dans le poste des aspirants, sous la garde conjointe d'un soldat désigné par moi et d'un homme désigné par l'état-major. Maintenant, retournez à vos postes.

Ils se dispersèrent, relativement soulagés. Mais que valait la parole du Crabe ? Avec lui, tout était à craindre. Cependant, le bosco ne le quittait pas des yeux. Dans sa poche, il sentait le métal du petit pistolet. Un seul coup à tirer, dans la nuque, ou derrière l'oreille. En choisissant bien son moment, il ne fallait pas le manquer.

Remâchant sa colère, Corneille Remacle se déroba. Il s'enferma à nouveau dans sa chambre. De toute évidence, il était en train de perdre la partie ! Son plan, à la fois laborieux et enfantin, s'effondrait. Il en arrivait à souhaiter voir surgir le vaisseau anglais, pour que tous ses hommes, soldats et marins, unis par le péril, se retrouvent derrière lui, quitte à affronter un combat inégal. Même pour cet homme à l'esprit dérangé, un combat loyal paraissait préférable à la situation inextricable qui s'était créée à bord, par sa faute.

Mais la mer demeurait déserte. Le bon vent d'ouest poussait la frégate toutes voiles dessus vers son port d'attache. À l'arrière, l'homme du loch annonçait fièrement quinze nœuds. Le Crabe se voyait entrant à Brest. Alerté par un officier, le délégué du Comité de salut public, le terrible Jean Bon Saint-André, un ami de Robespierre, se précipiterait à bord à l'annonce de l'arrestation de son collègue. Les clubs populaires, alliés de la Commune de Paris, censés se mobiliser à l'arrivée de la frégate, seraient pris de court et neutralisés. Brest n'était pas Paris. Le plan, si tortueusement élaboré par le Crabe pour mettre la main sur l'or, se retournerait contre lui. Olivier Descragnole accablerait à son tour le capitaine Remacle qui, suprême humiliation, rejoindrait dans les caves du Château de Brest les Chouans, les marquises et les prêtres réfractaires !

Dans la mesure où il n'avait pu éliminer en mer le conventionnel, le plan primitif, qui consistait, dès l'arrivée de la frégate à Brest, à soulever les clubs extrémistes de la ville, les ouvriers de l'arsenal et les bagnards de droit commun libérés, pour s'assurer de l'or, lui parut donc caduc. Il fallait tout changer.

Il décida alors d'éviter la rade de Brest. Son plan de substitution prévoyait, en cas de problème, d'entrer dans la Manche pour relâcher à Dieppe. Cependant, comment justifier à bord ce changement, ce retard, les faire accepter par l'état-major et par l'équipage ? Mais il suffisait de se référer à la suggestion de Descragnole ! Garder le cap sur Brest, c'était se vouer tôt ou tard à retrouver l'Anglais. Il fallait donc se dérouter.

Il se précipita sur le pont et interpella le second, qui veillait au banc de quart.

— Changement de cap ! Nous faisons route sur Dieppe.

M. Colbosc le regarda avec stupéfaction.

— Pourquoi Dieppe, capitaine ?

— Il faut tromper les Anglais en mettant le cap sur le seul endroit où ils ne nous attendent pas, la Manche.

— Mais la Manche est truffée de vaisseaux anglais ! La flotte de l'amiral Howe, et plus de vingt frégates, sans compter les corvettes, les bricks, les sloops et tous ces vaisseaux marchands qui sont autant d'indicateurs !

— Dans la Manche, la visibilité n'est plus ce qu'elle est au grand large. Dans la brume, les Anglais collent à la côte bretonne pour prêter main-forte aux entreprises subversives des Chouans et autres royalistes. Ils se focalisent d'ailleurs sur Brest, centre de nos opérations navales. En Normandie, ils ne se méfieront pas. Nous allons donc atterrir à Dieppe. Ainsi, nous serons plus près de Paris pour débarquer l'or. La berline n'aura pas à traverser la Bretagne, avec ses forêts encore truffées de paysans en armes, ses embuscades.

Le second dut reconnaître que le plan du capitaine se tenait. D'ailleurs, on ne lui demandait pas son avis. Il calcula, puis inscrivit le nouveau cap sur l'ardoise des timoniers. La frégate infléchit sa marche de quelques degrés au nord. Le vent, qui soufflait de l'ouest, demeurait favorable.

Mais cette mesure tardive se révéla néfaste. Peu après l'entrée de *la Liberté* dans la Manche, le vaisseau anglais, comme s'il avait deviné l'intention de son adversaire, réapparut à l'horizon. Le vent était presque tombé, ce qui lui donnait un avantage, car il possédait une plus grande surface de voiles et sa coque doublée de cuivre semblait moins sale que celle de la frégate. Le soldat de garde venait de sonner 4 heures de l'après-midi à la cloche de la dunette en retournant le sablier. Il restait donc deux heures de jour, une perspective inquiétante.

La poursuite commença. On ne pouvait cette fois compter sur un grain, ou sur la nuit. Les Anglais gagnaient main sur main. La frégate serait bientôt à portée de leurs pièces de 24. Le vaisseau ouvrirait le feu avec ses deux canons longs dits de chasse, disposés à l'avant. Il suffirait d'un boulet dans l'appareil à gouverner, ou d'un boulet ramé sectionnant un mât, pour ralentir suffisamment la frégate. Le choc de l'abordage serait alors inévitable et dans les plus mauvaises conditions puisque l'Anglais disposait de beaucoup plus d'hommes que son adversaire et qu'il l'aurait préalablement accablé avec son artillerie, supérieure en calibre et en nombre.

Devant ce péril mortel, le Crabe imagina une parade imprévue. Laissant Marie-Galante et Franjo enfermées, il fit monter les trois prisonniers sur le pont et harangua l'équipage :

— Mes amis, nous pouvons et nous devons combattre pour la République. Mais le rapport des forces nous est défavorable. Il ne nous reste qu'à mourir glorieusement, ou à nous rendre, ce que nous interdisent l'honneur et les règlements de la Marine républicaine. Êtes-vous prêts à faire le sacrifice de vos vies ?

De toute évidence, les hommes n'étaient pas prêts ! Sous-alimentés depuis quinze jours, épuisés par des semaines de navigation coupées de combats, démoralisés par les divisions de l'état-major, ils n'espéraient que le retour au port et une juste part de ce trésor que le capitaine ne cessait de leur faire miroiter.

Le Crabe attendait cette réaction négative. Il enchaîna :

— Mais il y a une troisième solution !

Silence étonné. Les officiers s'approchèrent. Les prisonniers n'osaient reprendre espoir. Le Crabe poursuivit :

— Nous allons embarquer les trois prisonniers dans la yole et nous allons la larguer à la mer. Ils auront ainsi la vie sauve, comme le souhaite l'état-major, échappant même à la justice du tribunal révolutionnaire de Brest, qui aurait dû statuer sur leurs crimes.

Tout le monde retenait son souffle. Les prisonniers, qui s'attendaient à être exécutés, respirèrent. Le Crabe ajouta :

— Nous allons hisser un pavillon anglais au mât de l'embarcation. Les Anglais penseront avoir affaire à des prisonniers de leur nation. Ils cesseront le feu et ne pourront faire autrement que de mettre en panne pour les recueillir. Cela augmentera notre avance, nous faisant gagner une petite heure, le temps de nous échapper grâce à la nuit et d'atteindre la côte française.

« Ingénieux, songeait Olivier. Nous allons revêtir des vêtements de mer, communs à toutes les marines, pour paraître des prisonniers anglais repêchés. Si la pitié l'emporte et s'ils ne souhaitent pas vraiment en découdre, si près des côtes de France, ils nous recueilleront. »

Cela valait mieux qu'un assassinat pur et simple, officiel ou « accidentel », qui semblait leur être réservé si le Crabe ne trouvait pas une autre solution. Vu le rapport de forces entre les deux bateaux, c'était la seule chance de sauver le trésor et d'éviter un carnage. Restait la perspective intolérable d'abandonner Marie-Galante et Franjo. Mais Olivier savait maintenant que le bosco et l'état-major feraient bloc autour d'elles.

Le lieutenant Colbosc s'était avancé. Lui aussi avait pesé le pour et le contre.

— Nous acceptons, dit-il, si les prisonniers y consentent. Et à condition que la yole soit approvisionnée en eau et en vivres pour plusieurs jours.

Si les Anglais ne stoppaient pas, l'embarcation, qui possédait une voile, pourrait atteindre les côtes de France, pour peu que le temps reste clément et que le vent pousse vers la terre, ce qui était actuellement le cas. Quoi qu'il en soit, on ne voyait pas d'autre moyen de ralentir l'Anglais.

— Nous acceptons ! cria Olivier, après avoir consulté Gaël et Florian.

Pour lui, l'essentiel était de sauver l'or.

— Et les femmes ? demanda Gaël. Va-t-on les embarquer avec nous ?

— Il n'en est pas question, dit le Crabe. Il y a trop de risques. L'embarquement sera acrobatique car *la Liberté* ne doit pas mettre en panne, mais tout juste ralentir. Et d'une minute à l'autre nous serons pris sous le feu des Anglais. Laissons les femmes à bord. Elles sont sous ma protection. Je m'y engage sur l'honneur !

Ce mot avait une consonance dérisoire dans sa bouche.

Le regard du conventionnel croisa celui du bosco, qui lui fit un signe affirmatif. Olivier savait qu'il pouvait compter sur lui. Il se ferait tuer pour protéger les femmes et le trésor. Le cas échéant, il ne manquerait pas le capitaine.

Un grondement de canon les fit se retourner. Le vaisseau anglais arrivait à portée de ses pièces de chasse et ouvrait le feu. Les hautes gerbes soulevées par les boulets de 24 s'élevèrent, dangereusement proches, dans leur sillage. Il n'y avait plus une minute à perdre.

— Bordez à contre les huniers, vent dessus, vent dessous ! cria le capitaine. Et la yole à la mer !

Déjà, les hommes y portaient un petit pavillon britannique, ainsi qu'un sac de biscuits, des harengs fumés et un fût d'eau douce. Ayant revêtu des vêtements de mer, les trois prisonniers y furent installés, garrottés pour retarder leur récupération, et faire croire qu'il s'agissait de prisonniers, des liens assez faibles et assez lâches dont ils pourraient se débarrasser si jamais ils n'étaient pas recueillis. Puis la frégate mit à contre ses huniers, juste de quoi ralentir sans stopper. En une minute la yole fut larguée sur le côté par des palans gréés au bout de la grand'vergue.

Dans le sillage de la frégate, qui avait déjà brassé ses huniers et serré ses écoutes, la frêle embarcation se trouvait exactement dans le champ de tir du vaisseau anglais. Instant critique. Un boulet s'abattit à quelques mètres, soulevant une vague qui manqua de la faire chavirer.

Grâce à une risée, le pavillon britannique se déploya largement. Le feu des Anglais cessa aussitôt.

Entassés sur la dunette et dans les hunes, agrippés aux haubans d'artimon, les marins et les soldats français ne quittaient pas du regard le vaisseau anglais qui, toutes voiles dessus, poursuivait sa course. Enfin, un cri tomba de la grande hune, où observait le lieutenant Colbosc, muni d'une longue-vue :

— Ils mettent à contre ! Ils choquent les écoutes ! Ils masquent les huniers !

Cette manœuvre consistait à opposer durablement les voiles principales, de manière à mettre en panne.

Un cri de soulagement s'éleva sur le pont des Français. Le Crabe se rengorgea. Il était le plus fort, le plus malin. Oubliés, ses trois naufrages ! Il était désormais maître de l'or, et de cette Marie-Galante qui l'avait repoussé avec tant de hauteur. Il bondit jusqu'à l'écoutille de la descente et fonça vers le poste des aspirants.

— Ouvrez ! dit-il aux soldats qui le gardaient.

Ils manœuvrèrent la serrure et secouèrent en vain la porte.

— Elle est fermée de l'intérieur, capitaine. Les verrous sont tirés ! Faut-il l'enfoncer ?

— Inutile. Nous avons tout le temps, maintenant.

15

Après une nuit de navigation sans histoire, l'aube du 7 mai se leva. La mer paraissait déserte. On avait échappé au vaisseau anglais. Le capitaine Remacle respira plus librement. Débarrassé de Descragnole, de Gaël Trémeur et de Le Houlme, il restait seul maître du trésor.

Le second se pencha vers lui.

— Que fait-on des femmes, capitaine ? On pourrait les libérer.

Les femmes ! À ces seuls mots, son désir se réveillait. Il allait descendre au poste des aspirants. Là, parlementer avec Marie-Galante. Cet orateur populaire se croyait sûr de son verbe. Son étonnante réussite lui donnait des ailes. Il se ferait ouvrir sous prétexte d'apporter des nouvelles de Gaël Trémeur et de ses compagnons. De bonnes nouvelles, somme toute, puisqu'ils avaient été recueillis. Ils seraient bien traités, vu leur rang. On les emmènerait à Londres, où ils resteraient jusqu'à la fin de la guerre. De longues années, sans doute. Avec l'Angleterre, la guerre s'éternisait. Marie-Galante, qui n'était plus toute jeune, aurait intérêt à refaire sa vie. Avec le capitaine Remacle, par exemple… Folie ! Mais la Révolution, bouleversant les familles, ne cessait d'engendrer des recompositions incroyables. Lui, capitaine marchand disgracié, ne commandait-il pas une frégate de trente canons ? La réussite de l'opération de l'or en ferait un héros. On le nommerait amiral. Ce n'était pas une utopie en ces temps de pénurie d'officiers.

L'idée de tenir Marie-Galante dans ses bras, de la déshabiller de gré ou de force, s'imposa à lui. Et cette brute se disait que finalement il aurait plus de plaisir à la prendre de force, lui qui n'avait jamais eu que des filles faciles ! Il ne put résister davantage.

— Je descends au poste des aspirants. Prévenez-moi à la moindre alerte.

Dans la pénombre des coursives, le bosco le suivait, prêt à intervenir.

Devant la porte, deux soldats en faction attendaient, l'arme au pied.

— Rien de nouveau, capitaine. La porte est toujours verrouillée de l'intérieur.

Le Crabe s'approcha, tourna la clé, sans succès. Sa main tremblait. D'abord, se parler. Il frappa trois coups.

— Ouvrez, madame ! C'est le capitaine Remacle qui vous parle. On ne vous fera aucun mal. Je vous prends sous ma protection, ainsi que votre fille.

Le silence le plus total lui répondit. Il s'impatienta.

— Ouvrez, citoyenne ! J'ai des nouvelles de votre mari et de votre frère.

Rien. Il insista.

— De bonnes nouvelles !

Il transpirait. Se tournant vers les soldats, il vit un rictus ironique se dessiner sur leur visage. Des femmes ! Des femmes qui se moquaient du terrible capitaine ! Il ne put le supporter.

— Tant pis. Elles l'auront voulu. Enfoncez la porte !

Un soldat posa son fusil, prit du recul et d'un seul coup de pied fit sauter le verrou.

Dans l'ombre, le bosco, serrant dans sa main le pistolet de Robespierre, s'apprêta à intervenir.

Le Crabe se rua. Le poste était vide !

— Malédiction ! Fouillez partout. Les placards, les coffres !

Les soldats fouillèrent les moindres recoins du poste. Rien. Marie-Galante et Franjo s'étaient volatilisées ! Dans l'ombre de la coursive, le bosco, soulagé, ricanait sans comprendre. Puis il s'éloigna. Le Crabe cria :

— Elles n'ont pas pu sauter à la mer ! Ce poste est sous la flottaison, il n'y a pas le moindre hublot.

C'était incompréhensible. On ne pouvait sortir que par une seule issue, la porte, fermée à clé et gardée par les soldats. Un soupçon traversa l'esprit de Remacle. Trahison des soldats ? Avec de l'or ? Autre chose, peut-être ? Mais où étaient-elles ? Il en devenait fou.

Un aspirant entra en coup de vent.

— Capitaine ! Les vigies signalent le vaisseau anglais à nos trousses !

— En êtes-vous sûr ?

— C'est bien l'Anglais, capitaine. On le reconnaît à ses voiles hautes couleur de merde !

Le capitaine se rua sur le pont, régla sa lunette et vit à l'horizon les cacatois de son tenace adversaire.

— Sonnez le branle-bas de combat !

Déjà, le tambour et les fifres ameutaient les hommes, marins, canonniers et soldats. Il leva la tête. Toute la toile possible se trouvait enverguée ! Et pourtant, le vaisseau ennemi gagnait main sur main ; il arriverait bientôt à portée de canons. Et cette fois, les Français n'avaient d'autre alternative que de se rendre ou de se battre. Un combat sans espoir.

— On se battra ! Jusqu'au dernier homme ! Jusqu'au dernier boulet !

L'officier canonnier, essoufflé, jaillit de l'écoutille.

— Capitaine !

— Que se passe-t-il, Polhoët ? Pourquoi n'es-tu pas avec tes hommes ?

— Capitaine ! La soute aux poudres est fermée. On ne peut plus accéder aux poudres !

— Que me racontes-tu, misérable ?

En un éclair, il comprit. Il se précipita vers le poste des aspirants. Un grand tapis épais recouvrait le plancher. Il le souleva. Une trappe était dissimulée dessous. Il l'ouvrit. Une échelle verticale descendait dans les soutes. De là, on pouvait accéder à la soute aux poudres, située sous la dunette. Il rugit :

— Les femmes ! *Le lest du diable !*

Il se laissa tomber par la trappe, dévala l'échelle et se rua dans la coursive, bousculant les mousses poudriers et les soutiers qui, désemparés, encombraient les abords de la soute aux poudres.

— Qu'attendez-vous pour enfoncer cette porte ? Prenez des haches, des barres d'anspect, des masses… Les garces ! Attention aux lampes ! Éteignez ce fanal !

La confusion devint extrême. Il ne s'agissait plus cette fois d'une légère porte d'acajou. L'entrée de la soute, étroite, était fermée par une unique porte de chêne, épaisse de deux pouces, destinée à faire barrage au feu. Marie-Galante avait pris la clé sur la porte et l'avait refermée de l'intérieur. Elle avait aussi poussé le verrou.

— Ouvrez ! cria le Crabe. Ouvrez, ou j'enfonce !

Un bref silence. Puis s'éleva la voix de Marie-Galante, qui ne tremblait pas :

— Ne tentez rien, capitaine. Ou nous faisons sauter les poudres !

Il recula, médusé. Enfin, il bredouilla :

— Ouvrez ! Le vaisseau anglais nous a rattrapés. Il nous faut les gargousses de poudre pour combattre ! Et aussi la poudre fine pour les grenades et les mousquets. Ouvrez, foutre-dieu !

Un fracas énorme retentit au-dessus de leurs têtes, sur le pont ; le premier boulet anglais. Le bastingage tribord de la dunette avait été emporté.

— Vous entendez ? Ils vont nous détruire à coup sûr. Le poids de métal de leur volée est déjà le double du nôtre ! Ouvrez ! Nous n'avons dans la batterie et sur le gaillard d'avant que dix gargousses par pièce. Je ne me rendrai pas ! Nous coulerons, et vous périrez dans cette soute, comme des rats !

Le rire méprisant de Marie-Galante fut la seule réponse.

— Ouvrez, ou je fais fusiller Trémeur, Descragnole et Le Houlme !

— Menteur !

Il recula en criant :

— Les femmes ! Les femmes ! Le lest du diable ! Ah ! Ça n'a pas manqué !

En cherchant une issue dans le poste des aspirants, Marie-Galante avait donc découvert pendant la nuit la trappe invisible. Ayant longtemps navigué sur une frégate du même type, *l'Aigrette*, elle en connaissait toutes les structures et les issues cachées. Elle avait alors imaginé ce stratagème extrême : s'enfermer avec Franjo dans la soute aux poudres. Nul n'y demeurait habituellement la nuit. Une fois la frégate à Brest, elles seraient protégées. Au milieu de la nuit, profitant du sommeil du maître préposé aux poudres — il dormait dans un local voisin —, elles s'étaient introduites dans la soute aux poudres avec quelques bouteilles d'eau et un sac de biscuits de mer. Mais elles n'avaient pas imaginé un ultime combat, où *la Liberté* serait livrée presque sans défense aux Anglais.

Et pourtant, Marie-Galante n'hésita pas, elle préféra braver le Crabe, cet homme qui lui faisait horreur. Impensable de se livrer à lui, de livrer sa fille ! Ayant entendu derrière la porte les soldats parler, elle savait que Gaël, Olivier et Florian se trouvaient en sûreté à bord du vaisseau anglais. Rien de bon pour la frégate ne pouvait résulter d'un combat inégal au canon : elle serait coulée, après un affreux massacre. Ne pouvant s'échapper, il lui fallait donc se rendre. Mais Marie-Galante commit une erreur en provoquant le Crabe.

— Rendez-vous, capitaine ! Cessez de fuir ! Avec ou sans poudre, soyez beau joueur ! Soyez un homme !

Il frémit sous l'injure.

— Enfoncez cette porte, vous autres !

Et, par-devers lui : « Tu vas voir, salope, si je suis un homme ! »

Ils se relayèrent à trois, avec des haches et des barres d'anspect. Après dix minutes d'efforts frénétiques ponctués par les ébranlements des boulets anglais qui s'abattaient sur le pont, la porte céda.

À la lueur avare du fanal de sécurité — poudre oblige[1] —, ils virent Marie-Galante, échevelée, l'œil homicide. Elle tenait à la main un boutefeu allumé, courte baguette au bout de laquelle brûlait la mèche, fin cordage de chanvre bouilli avec du soufre et du salpêtre pulvérisé. Entre elle et le Crabe, une grande barrique de poudre à canon, ouverte, de la poudre en vrac que l'on délivre aux canonniers quand il n'y a plus de gargousses ou qu'on n'a pas le temps de les remplir. On charge alors la poudre « à la cuillère », avec une petite pelle ronde.

Le boutefeu grésillait dangereusement.

— Vous êtes folle ! Éteignez ce boutefeu !

— Je suis folle, et vous allez reculer. Un combat au canon ne servirait à rien. Vous seriez démâté, il y aurait des centaines de morts inutiles. Rendez-vous !

— Jamais !

— Je compte jusqu'à trois…

1. Aucun feu n'est autorisé dans la soute aux poudres, qui est éclairée par le compartiment voisin, dans lequel un fanal est entretenu, dont la lumière se diffuse dans la soute aux poudres grâce à un hublot inséré dans la cloison mitoyenne.

Derrière Marie-Galante, Franjo attendait. Elle avait l'air aussi excitée que sa mère. De sa voix haut perchée, elle ne put s'empêcher de lâcher un long cri strident, que les marins prirent pour un éclat de rire hystérique, ce qui eut pour effet de convaincre définitivement le capitaine : il avait affaire à deux folles, capables de faire sauter le bateau.

— Remontons sur le pont, dit-il à ses hommes.

Puis brusquement, l'évidence s'imposa. Cette femme avait raison ! Rien de bon ne pourrait sortir d'un duel aussi inégal au canon. Il suffirait au vaisseau anglais d'utiliser ses pièces de 24, hors de portée des pièces de 18 de la frégate. Un changement radical de stratégie s'imposait. Car se rendre, jamais ! Plutôt périr les armes à la main.

Sur le pont, il cria à l'officier de quart :

— Virez de bord, cap sur l'ennemi. À l'abordage !

Cette stratégie désespérée, qui lui avait déjà réussi à la sortie de Brest, avait l'avantage de surprendre les Anglais. Il paraissait inimaginable à ces marins flegmatiques, ignorant les passions révolutionnaires, que cette frégate tente d'aborder un adversaire de force très supérieure. Le vaisseau anglais disposait d'au moins cent hommes de plus pour ce combat à mort, qui commençait par le tir des canons, à démâter. Puis, à courte portée, les terribles caronades balayeraient le pont avec leurs paquets de mitraille, faisant le vide. Dans ces conditions, quelles étaient les chances des Français ? Seule une reddition immédiate, nullement déshonorante, pouvait leur éviter la mort.

Une sueur mortelle marquait le visage jaune du Crabe. Tel un fauve pris au piège, il étouffait. Il ouvrit sa bouche énorme aux dents de carnassier, écarta sa cravate rouge et éructa. La frégate achevait son virement de bord. Jaillissant d'un panneau de l'entrepont, l'officier canonnier se planta devant lui.

— Quels sont les ordres pour l'artillerie, capitaine ? On a viré de bord ? De la batterie, on ne voit plus l'ennemi !

— Regarde, Polhoët ! On a le cap sur l'ennemi !

— Malédiction ! Un vaisseau de cinquante canons !

— Fais porter à l'avant la moitié des gargousses disponibles, pour les deux pièces de chasse. Ne tire qu'à coup sûr. Profite de la position de l'ennemi. Se présentant de face, il ne pourra, comme nous, riposter qu'avec ses deux pièces de chasse du gaillard d'avant. Notre unique chance va se jouer dans ces quelques minutes, où nous serons à égalité. Il faut dégréer l'ennemi et tuer le plus de monde possible avant l'abordage.

— L'abordage ?

— Oui, Polhoët. C'est notre dernière chance. L'empêcher d'utiliser toute sa batterie latérale, qui nous réduirait à coup sûr.

La brise fraîchit brusquement, ce qui allait limiter le temps d'approche. Le capitaine, l'officier de quart, les timoniers, tous les hommes sur le pont levèrent les yeux vers la mâture. Les mâts de perroquet et de cacatois ployaient dangereusement. Il fallait réduire.

Le capitaine vit les regards angoissés. Il secoua la tête.

— Gardez la toile haute ! On n'a plus rien à perdre !

« C'est une faute, songea le bosco. D'abord, on risque de démâter. Ensuite, la gîte va neutraliser nos canons, paralyser les hommes. Il faudrait saluer le grain. »

Effectivement, après son virement de bord, *la Liberté,* qui se précipitait sur l'Anglais, gîtait au point de contraindre les hommes à s'agripper aux manœuvres dormantes. Le bossoir bâbord, la lisse du bastingage et les porte-haubans plongèrent dans la mer, qui balaya le pont à la vitesse d'un torrent. Massée à tribord sur l'embelle et le passavant, la bordée de quart, aveuglée d'embruns, devait se cramponner pour ne pas être emportée à la mer. À l'arrière, les hommes de barre avaient croché leur harnais. Quant aux canonniers, dans la batterie sous le pont, ils ne voyaient toujours pas l'adversaire, qui se rapprochait à toute allure. Le bord sous le vent avait même dû rabattre les mantelets, la mer dépassait les sabords !

Debout à l'arrière sur la dunette, le Crabe, se retenant aux haubans d'artimon, fixait l'ennemi, le défiait. Au grand mât de l'Anglais battait la flamme de guerre ; sur la misaine flottait le terrible pavillon rouge : *« Engagez l'ennemi. »*

Les yeux injectés de sang du capitaine Remacle lançaient des éclairs. Sa bouche, énorme, aux dents éclatantes, fascinait, comme son regard passionné, qui semblait ouvert sur la fournaise de son âme tourmentée. À lui seul il tenait l'équipage et la garnison, il empêchait ces hommes de s'abandonner à la panique et de se rendre. Une étrange exaltation le possédait. Il ouvrit sa veste, arma ses pistolets. Sous son gilet de satin rouge, on devinait le manche d'un poignard. Il se battrait avec ses ongles et ses dents s'il le fallait ! Le sang de Valmy coulait dans ses veines. L'ex-capitaine disgracié n'était plus qu'un fantôme dérisoire qui dérivait au fil du passé sur l'océan de sa mémoire.

Le maître d'équipage s'approcha de lui. Tuer ce fou ! Le visage buriné du bosco soulignait à la fois une détermination sans faille et le drame de conscience qui taraudait son esprit. L'occasion était favorable : les Anglais ne tiraient pas encore à mitraille, mais les boulets de leurs deux pièces de chasse s'abattant sur le pont projetaient des éclats de bois alentour. La main du bosco se crispa sur le pistolet de poche de Robespierre. Le maître se plaça derrière le capitaine. Personne ne pouvait les voir, le pont trop exposé de la dunette avait été déserté, les aspirants s'étaient réfugiés dans la timonerie, protégée par le bastingage.

À ce moment, un boulet pulvérisa le couronnement de la dunette. Un éclat de bois atteignit le capitaine à la tête, déchirant le cuir chevelu, lui arrachant une oreille. Le sang inonda son visage qui, de terrible dans le feu de l'action, devint horrible.

Le bosco Quelques-Gouttes lâcha son pistolet.

— Vous êtes blessé, capitaine !

— Ce n'est rien, bosco ! Regarde !

La distance qui séparait les deux bateaux diminuait rapidement. Moins de cinq cents mètres. Essuyant le sang avec sa cravate rouge, le capitaine ordonna :

— Amenez les voiles hautes, bosco ! Prenez deux ris dans les basses voiles et affalez les focs ; ils gênent la visibilité.

— À vos ordres, capitaine !

Oubliant son projet meurtrier, le bosco se rua sur le pont. Il se sentait soulagé. Combattre sans espoir et mourir lui parut le plus simple, le plus digne, aussi.

Le capitaine, que sa blessure n'avait pas ébranlé, se pencha au-dessus du fronteau.

— Ouvrez le feu, à l'avant ! Les pièces de chasse !

À cette distance — on pouvait dire à bout portant, moins de deux encablures ! —, tous les coups portaient.

— Feu à volonté !

L'Anglais, qui ne peut toujours riposter lui aussi qu'avec ses deux pièces de chasse, encaisse durement. Deux boulets ramés de *la Liberté* sectionnent un mât de perroquet, qui s'effondre sur le gréement, réduisant la vitesse et la capacité d'évolution. Un boulet frappe au pied de la dunette, provoquant la confusion dans la timonerie. Jeté à terre, un homme de barre se tord en hurlant, une main arrachée. L'autre timonier anglais gît sur le pont, assommé. Ils sont aussitôt remplacés par deux quartiers-maîtres. Par miracle, la barre du gouvernail n'a pas trop souffert, quelques manetons brisés.

Ignorant que les Français allaient être au bout de leur réserve de poudre, le capitaine anglais changea alors de tactique. Il vira brusquement de bord à son tour, au risque de démâter.

— Il se dérobe ! Il tente d'éviter l'abordage ! cria un Français.

— Il présente le flanc, grommela le bosco, la correction va être sévère !

Les deux bateaux naviguent maintenant en lignes presque parallèles en se rapprochant lentement. Son virement de bord permet à l'Anglais de rendre battante la moitié de son artillerie, dix pièces de 18 et de 12 sur le pont, et autant de 24 dans l'entrepont, aux coups redoutables et imparables. Les caronades anglaises se déchaînent. Chacune lâche un paquet de deux cents balles. Un boulet fracasse la grande baleinière de *la Liberté*, la chaloupe et le canot dans la fosse, imbriqués l'un dans l'autre, comme des poupées russes.

Soudain, on vit jaillir des embarcations massacrées le chat Parsifal.

— Regardez-le ! cria un mousse. Il tient une oreille dans sa gueule !

Cependant, un boulet anglais, chauffé au rouge, avait pulvérisé le panneau de la soute aux câbles, y allumant un incendie, hantise des marins.

— Noyez cette soute !

L'officier canonnier jaillit sur la dunette. Depuis quelques minutes, la marche parallèle permettait à la moitié de ses canons de tirer.

— Plus que trois gargousses par pièce, capitaine, à l'exception des deux pièces de chasse, approvisionnées selon vos ordres !

— Cessez le feu avec la batterie latérale, Polhoët. Chargez à mitraille les deux pièces de chasse ; qu'elles continuent à matraquer l'ennemi. Nous allons l'aborder !

L'officier le regardait, épouvanté.

— À vos ordres !

Il se rua dans la descente.

Le capitaine se pencha au-dessus du fronteau.

— Pare à virer ! Les hommes aux bras !

Puis il cria aux timoniers :

— La barre à tribord, toute ! Cap sur l'ennemi. On l'abordera par le travers.

Le choc perpendiculaire ! Au risque de briser les deux coques et de mettre bas toutes les mâtures. Cette fois, on était si proche que l'Anglais ne pouvait se dérober.

Tandis que la frégate virait, la garnison des soldats français, regroupée à l'avant sous le pont, se préparait. Les mousquetaires chargeaient leur fusil. Les sapeurs ajustaient les grappins que l'on devait crocher sur les porte-haubans du vaisseau anglais, après le choc de l'abordage. Si l'on devait être coulé, on coulerait ainsi avec lui. L'officier canonnier regroupait aussi ses hommes, désormais inutiles, puisque seules tiraient les pièces de l'avant, les deux pièces de chasse. La centaine de canonniers disponibles recevait des sabres, des épées, des haches et toutes sortes de coutelas, pour participer à l'assaut, que le capitaine de garnison devait conduire.

Un ordre bref. Soldats et marins se ruèrent sur les échelles des écoutilles, pour déboucher sur le pont, accueillis par une grêle de plomb et de fer. Épouvantés, ils voyaient le vaisseau anglais si proche d'eux maintenant que l'on y entendait fuser les ordres.

Toutefois, le choc perpendiculaire, le pire de tous, n'était pas encore inévitable. Ayant compris la tactique désespérée des Français, le capitaine britannique avait modifié la sienne. Cessant d'offrir le flanc au choc prévisible de la proue française, qui risquait de lui provoquer des avaries irréparables, il vira de bord et fit face à son tour, ce qui, réduisant ses tirs d'artillerie, donna un répit aux Français.

Les deux bateaux fonçaient à nouveau l'un vers l'autre, proue contre proue. À bout portant, tirant à mitraille des paquets de balles et de chaînes, les deux pièces de chasse de *la Liberté* balayent le pont de l'ennemi, où s'avancent les premiers soldats anglais, jaillissant des écoutilles. Mais la riposte est sans commune mesure. Le gaillard d'avant, les passavants et l'embelle de *la Liberté* deviennent intenables. Les hommes, fauchés par la mitraille des caronades et celle d'un pierrier installé dans la hune, et par le tir précis des soldats étagés sur les haubans, tombent sur le pont, dont les dalots se mettent à cracher du sang dans la mer. On dirait que la frégate saigne ! La mitraille anglaise hache les étais, haubans, martingales, bastaques et pataras, qui soutiennent les mâts. Le mât de perroquet s'effondre, le mât de misaine menace de tomber à son tour. Bientôt, un tiers de la garnison française, massé sur le gaillard d'avant, se trouve hors de combat.

Épouvantés, les autres s'étaient mis à l'abri sous le pont et le capitaine Grosjean-Lataquié dut les haranguer pour qu'ils se ressaisissent.

Compte tenu de la vitesse cumulée, les deux bateaux, malgré leur gréement haché, les voiles criblées, se rapprochaient à vive allure, ce qui limita le duel d'artillerie, si défavorable à la frégate. Cependant, le vaisseau anglais tenta d'éviter le terrible choc frontal en lofant. Surpris par cette manœuvre, les timoniers français hésitèrent. Ce que voyant, le Crabe se rua sur la roue du gouvernail. Bousculant les timoniers, il dirigea la frégate droit sur l'ennemi.

Le choc est effroyable. Le boute-hors de beaupré de *la Liberté,* ce mât presque horizontal qui supporte les civadières et les focs, s'enfonce comme une épée gigantesque dans la cloison de coltis de l'Anglais, pulvérisant un sabord de châssis en renversant un canon. Broyant les vergues de civadière et les gambes de herpes, il sectionne drailles, étais, martingales, arcs-boutants et jusqu'à la sous-barbe, et les étais du mât de misaine, dans un fracas de bois brisé, de voiles déchirées et les hurlements des hommes écrasés.

Au cri « à l'abordage ! » des Français, répond celui de l'Anglais : « *Advance !* » De part et d'autre, les grappins, lourdes verges de fer étalinguées à des chaînes, volent dans l'air et crochent sur tout ce qui peut offrir une prise : les ancres de bossoir, les mâts et vergues des civadières, les poulaines et caillebotis.

Imbriqués l'un dans l'autre, espars enchevêtrés, les deux bateaux se trouvaient neutralisés. Ayant cessé de gouverner, ils dérivaient sur la mer, canons inutiles. Il ne restait aux hommes qu'à se ruer les uns sur les autres, en un terrible corps à corps des marins et des soldats déchaînés, enivrés de sang et de poudre, luttant pour leur peau. Il fallait seulement espérer que l'un des deux bateaux ne prenne feu, ce qui eût entraîné leur perte à tous les deux, faute de pouvoir se dépêtrer à temps de l'enchevêtrement d'espars, de câbles, de chaînes et de voiles.

Pour mieux se battre, les soldats français ont ôté leur buffleterie, posé leur mousqueton, retiré leur veste. Armés de deux pistolets plantés dans la ceinture, ils débouchent de l'entrepont et s'avancent, sabre nu à la main, le sabre court d'abordage, au tranchant effilé comme un rasoir. Les canonniers français, eux, sont torse nu. Menés par leurs chefs de pièce, sabre au clair, ils déploient leur agressivité légendaire. Des hunes, lorsqu'elles ont résisté au choc, les mousquetaires tirent à balle sur tout ce qui porte épaulette. Perchés dans les hunes, des soldats lancent des grenades.

Suivi par quelque cent hommes vociférants, le capitaine Grosjean-Lataquié saute sur le gaillard d'avant de l'Anglais, encore stupéfait par le choc. Un corps à corps sauvage s'ensuit. Cliquetis des armes blanches, sabre contre sabre, décharges des pistolets à bout portant, âcre fumée de la poudre brûlée, hurlements des blessés, imprécations des hommes. Les têtes volent, tranchées par les sabres. Les hommes, transpercés par des piques ou des épées, s'écroulent en lâchant un dernier râle de douleur. Des haches fendent des épaules, font éclater des têtes et sectionnent des mains, qui volent en l'air en serrant encore leur arme. On vide ses pistolets sur l'adversaire, marbré de poudre noire. Un colosse, s'emparant d'une barre de cabestan, effectue de terribles moulinets. Le sang coule à flot sur le pont, on y glisse comme sur de l'huile. On voit voler des perruques anglaises ; des bottes contenant encore une jambe glissent à la mer. Privé de ses étais, haubans hachés, le mât de misaine du vaisseau anglais s'effondre, recouvrant les combattants de ses voiles, d'où ils tentent de se dépêtrer. Une caronade anglaise vomit une dernière charge de mitraille, en tuant indifféremment Français ou Anglais. On est en pleine confusion, en pleine folie meurtrière, et les officiers, qui se battent eux aussi, l'épée à la main, ont renoncé à se faire entendre.

On déplorait beaucoup de morts de part et d'autre, et davantage de blessés, qui tentaient de se traîner à l'abri. Les chirurgiens et leurs aides, débordés, effectuaient un tri rapide pour sauver qui pouvait l'être, tranchant dans le vif sur des tréteaux hâtivement dressés dans la batterie, l'infirmerie se trouvant saturée. Des odeurs de poudre brûlée se mêlaient à celles du sang, du vinaigre et du rhum, dont on abreuvait les blessés avant de les opérer sans autre anesthésie, dans un éclaboussement de sang et d'imprécations.

Les Français, malgré leur rage, avaient le dessous. Toute la section qui avait pu mettre le pied sur le pont de l'Anglais avait été mise hors de combat, y compris le capitaine Grosjean-Lataquié. Sur *la Liberté*, une cinquantaine d'hommes, ultime réserve conduite par un sous-lieutenant de dix-huit ans, paraissait encore en état de tenir un sabre, mais on sentait venir le découragement, l'épuisement, la peur. Debout à l'arrière sur la dunette, les mains crispées sur la lisse du fronteau, le Crabe, rendu effrayant par sa blessure, hâtivement pansée par le chirurgien, attendait le moment où la garnison anglaise, qui occupait maintenant le gaillard d'avant de la frégate, l'acculerait et l'obligerait à se rendre.

— *Cry quart !* hurla le capitaine anglais dans son gueuloir.

« Rendez-vous ! »

Il y eut un moment d'hésitation de part et d'autre. La fumée était telle qu'on y reconnaissait à peine les siens. Les Anglais avaient cessé le feu. Les Français, à court de poudre, ne tiraient plus. Compte tenu de la disproportion des forces, il leur fallait se rendre ou mourir. Cependant, le carré compact des cinquante soldats et canonniers français, sabre au poing, demeurait menaçant.

Le capitaine Remacle comprit alors la raison de l'hésitation anglaise. Le pavillon tricolore qui battait à la corne de brigantine était tombé sur le pont de la dunette, sa drisse tranchée par la mitraille. Les Anglais supposaient donc qu'ils se rendaient. Le capitaine Remacle donna un ordre. Un aspirant récupéra l'étamine trouée et la cloua au mât d'artimon. Puis, ragaillardi par ce geste symbolique, le capitaine s'avança pour prendre la tête de ses hommes. Le feu anglais reprit aussitôt. Ramassant un sabre abandonné sur le pont, le capitaine Remacle entraîna le dernier carré en criant :

— En avant ! Sachons périr pour la République une et indivisible ! Vive la Nation !

Soudain, un fracas énorme retentit sur le pont central de l'Anglais, et un paquet de mitraille frappa par-derrière la masse compacte de la garnison britannique, qui occupait déjà le gaillard d'avant de la frégate. De leur propre pont, une caronade de 12, bourrée à mitraille, avait tiré sur les Anglais, dans leur dos, provoquant un carnage !

— Cessez le feu ! hurlaient les officiers anglais abasourdis. Vous tirez sur les nôtres !

Côté français, sans rien comprendre de ce qui se passait mais profitant de la stupeur anglaise, le capitaine Remacle hurla :

— En avant !

Et il se rua à la tête de ses hommes, qui retrouvaient toute leur agressivité. Tandis qu'ils ferraillaient, il aperçut avec stupéfaction Olivier Descragnole qui s'activait sur le pont anglais avec Gaël et Florian, derrière une caronade.

Les trois Français prisonniers avaient réussi à s'échapper ! Enfermés à l'arrière dans un poste d'officiers subalternes, sous la garde de deux soldats censés veiller derrière la porte, ils avaient mis à profit le branle-bas de combat, le vacarme énorme de la canonnade, puis la confusion générale produite par le choc de l'abordage. L'une des sentinelles, s'étant engagée dans la coursive qui donnait sur le gaillard d'arrière pour aller voir ce qui se passait, avait été grièvement blessée par une balle perdue. Profitant de ce que son camarade lui portait secours, les prisonniers avaient alors enfoncé la légère porte et assommé la deuxième sentinelle. Puis, fouillant dans les coffres des officiers, ils avaient revêtu leurs uniformes : redingote bleu roi, culotte blanche, tricorne noir. Avisant un râtelier d'armes, ils s'étaient emparés de courts sabres d'abordage. Ainsi équipés, ils se sentirent forts comme la mort et montèrent sur le pont pour observer la bataille, guettant une occasion pour repasser du bon côté.

Les Anglais étaient alors bien trop occupés par le combat, à demi aveuglés par la fumée, pour s'aviser de ce qui se passait à l'arrière sous la dunette. Les trois Français avaient vu le choc frontal des soldats. Chez les Anglais, tout ce qui pouvait tenir une arme combattait à l'avant. La dunette et le gaillard d'arrière se trouvaient donc déserts, à l'exception des hommes de barre, éberlués. Une petite caronade de 12, bourrée de mitraille, demeurait pointée sur la mer. Mais ses servants, ne pouvant plus l'utiliser faute de champ de tir, avaient reçu l'ordre de se porter à l'avant pour se battre à l'arme blanche et stopper la ruée des Français.

Dans ses rêves d'enfant, Florian Le Houlme avait toujours rêvé *tirer du canon*. Et l'heure était venue. Il s'approcha de la pièce et choqua les palans pour la dégager du sabord. À l'aide d'une barre d'anspect, il la pointa sur la masse compacte des Anglais qui ferraillaient sur le gaillard d'avant de *la Liberté*. D'une petite futaille ouverte, la baille de combat, sortaient des boutefeux. L'un d'eux était toujours allumé. Sa combustion lente durait vingt minutes, puis on en allumait un autre. C'était la règle aux postes de combat.

Dans un état second, Florian saisit le boutefeu et le posa sur la lumière de la caronade. L'explosion énorme de six kilos de poudre et le recul de la pièce le jetèrent sur le pont. Lorsqu'il redressa la tête, il aperçut à soixante mètres, à travers la fumée qui se dissipait lentement, la masse horrible des Anglais qui gisaient sur le gaillard d'avant de la frégate. À cette distance, le tir à mitraille de douze livres de balles de plomb ne pouvait qu'être meurtrier. Sur deux cents balles, une centaine avaient fait mouche. Un carnage ! Quelques Français avaient aussi été touchés.

Encore étourdi, son premier mouvement fut de s'écrier : « Mais qu'est-ce que j'ai fait ! », comme un galopin qui vient de commettre une grosse bêtise. Puis il vit Olivier bondir sur la caronade. Comprenant la chance unique qui s'offrait à eux, il la réarmait, ramassait la corne d'abondance remplie d'étoupille fulminante, et l'épinglette, que le canonnier anglais avait posées à côté de sa pièce avant de la quitter pour combattre à l'avant.

Olivier désigna à Gaël l'écouvillon, sorte de pièce de ramoneur montée sur une longue perche. Au cours de ses embarquements dans sa jeunesse, Gaël Trémeur avait assisté à de nombreux combats. Il avait observé le jeu précis des canonniers, toujours le même. Il enfonça l'écouvillon dans la gueule fumante de la pièce et en tourna trois fois le manche, pour en nettoyer l'âme de ses scories brûlantes qui fumaient encore. On n'avait pas le temps de rafraîchir la volée ; d'ailleurs, le baril d'eau, le « boute-l'eau », avait été renversé.

— La poudre dans le canon ! cria Olivier. Vite !

Un lot de gargousses était rangé dans un caisson, le long du bastingage. Gaël en enfourna une, en priant qu'elle n'explosât pas prématurément dans l'âme encore brûlante de la pièce.

— Le valet !

Il y enfonça une boule toute préparée de vieilles toiles, faisant office de bourre.

— Refoule, vite !

Prenant le refouloir à long manche, Gaël poussa la bourre et la gargousse, qui vint heurter le fond du canon.

Pendant ce temps, Florian, sur l'ordre d'Olivier, apportait une lourde boîte cylindrique de mitraille, prise parmi celles empilées le long du bastingage. Elle contenait des balles en vrac.

— Enfourne ! Refoule !

Il fallait se hâter. Les rescapés de la garnison anglaise, revenant de leur stupeur, s'avançaient lentement vers eux, toussant et crachant, aveuglés par la fumée. Encore incrédules, hésitant à cause des uniformes, glissant sur le pont sanglant, ils trébuchaient sur les corps sans vie de leurs camarades fauchés par la salve. Une confusion extrême régnait chez les Anglais, dont le capitaine avait été tué d'une balle en pleine tête.

Olivier planta la fine pointe de l'épinglette dans la lumière de la culasse et creva la gargousse pour que la poudre soit au contact de la flamme de l'amorce. Puis il la bourra de sa poudre fulminante, la poussant jusqu'à la gargousse avec l'épinglette. Enfin, il répandit de la poudre fine, hautement inflammable, sur la plate-bande de la culasse. La pièce était à nouveau parée à tirer. L'opération n'avait duré qu'une minute, tel était le miracle des merveilleuses caronades anglaises. Il était temps ! Les premiers soldats anglais, enfin remis de leur surprise, se ruaient sur eux. Olivier saisit dans le baril le boutefeu allumé.

— Écartez-vous ! hurla-t-il à l'intention de ses deux amis.

Gaël et Florian se jetèrent sur les côtés. Olivier abattit le boutefeu sur la poudre fine répandue sur la culasse. Une deuxième fois le coup partit, énorme, provoquant un nouveau carnage chez les Anglais, pris entre ce feu et les salves des Français conduits par le capitaine Remacle, qui arrivaient sur leur arrière.

La tête défigurée du Crabe, entourée d'un pansement sanglant, émergea de la fumée.

— Suivez-moi ! Le vaisseau est à nous !

Puis il lâcha son sabre. À moitié assommé par un objet tombé du gréement, une poulie sectionnée par un projectile, il porta la main à sa tête, vacilla, chercha à s'appuyer à la lisse du bastingage, ne la trouva pas, ouvrit toute grande sa bouche comme s'il voulait pousser un cri. À cet instant, un fort coup de roulis inclina le pont. Happé par une brèche du bastingage ouverte par un boulet, le capitaine bascula dans la mer.

Le premier lieutenant anglais (capitaine en second) avait été lui aussi tué sur la dunette par un tir des hunes françaises. Désemparés, les officiers britanniques tentaient de regrouper les survivants. Le deuxième lieutenant, qui avait pris le commandement, aperçut soudain une épaisse fumée qui sortait d'une écoutille avant de la frégate française. Le spectre du feu le submergea. Il vit les deux bateaux imbriqués l'un dans l'autre et cria dans son porte-voix :

— L'infanterie de marine, repliez-vous ! Les marins, rompez les câbles des grappins ! À la hache !

Ce n'étaient pas des câbles de chanvre, mais des chaînes, qu'il fallait démaniller !

Le capitaine Grosjean-Lataquié étant hors de combat, le sous-lieutenant qui menait les soldats français se mit tout naturellement sous les ordres d'Olivier Descragnole.

— Que faisons-nous, citoyen ?

— Sommes-nous assez nombreux pour nous emparer de ce vaisseau ?

— Nous n'avons plus de poudre !

— Alors, tous à bord de *la Liberté* ! Repliez-vous !

Sage décision. Passé le moment de stupeur, les officiers anglais se reprenaient. Sur leur ordre, les soldats étagés dans les hunes dévalaient le long des haubans. Par toutes les écoutilles du vaisseau, des dizaines de canonniers, appelés en renfort, montaient sur le pont. Apercevant les soldats et marins morts ou blessés, ils récupérèrent leurs armes ; mais, indécis, ils ne savaient qu'en faire, attendant les ordres. Du pont de *la Liberté*, une fumée de plus en plus épaisse sortait de la soute aux câbles, provoquant une terreur panique. Le vent la rabattait sur le pont de l'Anglais, ajoutant à la confusion.

Un ordre en anglais, amplifié par un porte-voix, tomba de la dunette.

— L'infanterie de marine, repliez-vous à l'arrière ! Les marins, achevez de nous dégager de cette maudite frégate, avant qu'elle ne nous embrase, ou ne nous fasse sauter avec elle !

Ce mouvement laissait le champ libre aux Français. Profitant de la fumée, échangeant ici et là quelques coups de sabre ou de pistolet, ils escaladèrent les bastingages et sautèrent sur le pont de leur frégate. D'autres s'élançaient des vergues de civadière pour atterrir rudement sur les caillebotis du gaillard d'avant. Sur l'ordre d'Olivier, les marins dégoupillaient les grappins, tranchaient et taillaient à la hache dans l'enchevêtrement des filins qui retenaient encore les deux bateaux. Pour une fois, on était d'accord avec les Anglais ! Chacun pour soi et le diable pour l'autre ! On s'adjugea sans le vouloir l'ancre de bossoir de l'Anglais et un morceau de son taillemer, dit « courbe de capucin » ; mais on dut lui abandonner, avec poulaines et caillebotis, le boute-hors de dix pieds et, perte inestimable, la tête de la figure de proue, une voluptueuse mégère coiffée du bonnet phrygien, cadeau du Club des Jacobins de Brest, en pur chêne de Brocéliande.

Un mouvement de la mer les sépara enfin. Dans un craquement de bois brisé, les mâts et vergues se dégagèrent. Chaque bateau flottait maintenant, indépendant de l'autre. Les maîtres charpentiers, assistés des calfats, se ruèrent dans les fonds, brandissant des lanternes, palpant les bordages et doublages, du coussin d'écubier au dernier couple droit, à la recherche des brèches, car de l'eau avait été signalée là.

Sur le pont de *la Liberté*, M. Colbosc et le bosco avaient repris en main le bateau.

— Aux bras ! Bordez les écoutes ! Doucement ! Surveillez les haubans ! Timoniers, à virer cap pour cap !

Le vent gonflait ce qui restait de voiles plus ou moins crevées par les boulets. La frégate pivota lentement et s'éloigna vent arrière, gîtant sur tribord. Mais elle flottait, c'était l'essentiel !

— Occupez-vous du feu !

Heureusement, ce n'était qu'un retour de flammes de la soute aux câbles, que l'on noya avec l'eau pompée dans les fonds. Mais les deux énormes câbles des ancres, de dix pouces de circonférence, faits de trois aussières tordues en grelin, étaient perdus.

À bord du vaisseau ennemi, après l'hécatombe de l'état-major, nul ne songeait à reprendre le combat. Le vaisseau, une large brèche sous la flottaison, provoquée par l'étrave de *la Liberté*, et par son taille-mer, une poutre de chêne épaisse de deux pieds, prenait l'eau de manière inquiétante, à tel point qu'on dut boucler tous les sabords de la batterie. Un choc dont il aurait du mal à se remettre. La carlingue latérale qui s'appuie sur la contre-quille et les varangues avait été rompue, l'eau envahissait le compartiment avant, tous les hommes valides avaient été envoyés aux pompes, ou dans les fonds pour étayer les cloisons, bouchonner les brèches. Sur le pont, les marins jetaient les canons à la mer, pour alléger.

Satisfait, Olivier Descragnole, quant à lui, jeta à la mer son tricorne anglais et s'avança vers la timonerie. Le lieutenant Colbosc, sourire éclatant aux lèvres, le salua longuement en retirant son bicorne.

— Bienvenue à bord, capitaine d'Escragnole ! Quels sont les ordres ?

— Où est le capitaine Remacle ?

— Il est mort.

— Je prends donc le commandement de cette frégate. La coque est-elle étanche ?

— Elle le sera dans une heure, capitaine. Nos pompes étalent les rentrées d'eau.

— Occupez-vous des blessés. Renforcez les étais, les haubans, les galhaubans. Regréez un mât de beaupré. Changez les cordages et les voiles, utilisez tout ce qui est encore bon en soute. Et puis, réarmez les pièces. Où est M. Polhoët ?

— Le voilà.

L'officier canonnier s'avançait, tête basse, cachant son œil bleu derrière une mèche, noire comme une aile de corbeau. Olivier attendait ses explications. Devant son mutisme, il lui demanda :

— Mais pourquoi diable aviez-vous cessé le tir des canons, juste avant l'abordage ?

— Demandez-le à Mme Trémeur !

— Vous vous moquez, Polhoët ? Où sont-elles ?

— Dans la soute aux poudres, capitaine d'Escragnole !

— La soute aux poudres ?

— Oui, capitaine ! Elle est bien gardée. Cette femme est le diable en personne et je ne m'y risquerai pas !

Gaël avait entendu. Suivi par Olivier et Florian, il se rua dans la descente, franchit l'entrepont et le faux pont et se laissa tomber dans l'échelle des soutes. Devant la porte close, il cria :

— Marie !

— Gaël !

La porte s'ouvrit. Ils tombèrent dans les bras l'un de l'autre en pleurant, en riant.

Soudain, dans la pénombre de la soute, Olivier vit Franjo, un peu en retrait. Échevelée, l'œil homicide, elle tenait un boutefeu allumé à la main. Il le lui arracha et le plongea dans un baril d'eau où il s'éteignit en grésillant.

— Un boutefeu allumé dans la soute aux poudres !

Marie-Galante posa amoureusement ses doigts sur le visage noirci de Gaël, comme si, par ce geste, elle voulait s'assurer de sa présence, exorciser le malheur.

— Quand j'ai entendu que vous aviez été embarqués tous les trois sur la yole, je vous ai crus perdus à jamais !

— Une initiative géniale de Florian nous a sauvés.

Il la dévorait des yeux, comme s'il la voyait pour la première fois. Qu'elle était belle, Marie-Galante, son corps souple tendu vers lui, après l'intensité de ces événements dramatiques, et leur conclusion inespérée ! Ses yeux gris évoquaient la brume lumineuse avant que le soleil ne la disperse. Gaël ajouta :

— Mais que faites-vous là, dans la soute aux poudres ?

— Je voulais mettre entre le capitaine Remacle et nous rien de moins que ce baril de poudre !

— Tu n'auras plus à te défendre du Crabe. Il est mort.

Elle le regarda, incrédule.

— Mort ?

— Il est mort héroïquement à la tête de ses hommes, en conduisant un assaut sans espoir.

Florian s'était approché timidement de Franjo et lui avait pris la main. Elle le regarda d'abord sans le voir, encore obnubilée par tout ce qu'elle avait imaginé pendant les combats, dont elle et sa mère ne voyaient rien mais pouvaient craindre le pire, au vacarme qu'elles entendaient.

Elle vit enfin Florian et lui sourit.

— J'espère que ce n'est pas un rêve !

Son rire clair fusa. Puis elle demanda sérieusement :

— C'est quoi, le *lest du diable* ?

— C'est toi, c'est vous !

Ils entendirent un miaulement plaintif. Parsifal se frottait contre les jambes de Franjo, qui le prit dans ses bras. Il tremblait de tous ses membres, son pelage taché de sang.

Olivier pensa à Angélica. Plus rien, désormais, ne les empêcherait de se revoir. L'ombre maléfique du Crabe s'estompait dans le sillage.

Mais il leur restait à affronter la Manche et ses pièges, les vaisseaux anglais partout aux aguets. Le port de Dieppe, si proche, leur paraissait si loin !

16

Ils remontèrent sur le pont, jonché de cadavres, de membres et de têtes épars, d'entrailles répandues. Des blessés se traînaient en geignant. Des soldats hagards erraient le long des passavants.

Marie-Galante et Franjo se mirent à la disposition du chirurgien débordé. Les pertes étaient énormes, près de quatre-vingts morts et quelque cent cinquante blessés. Mais on avait survécu à la terrible bataille et la frégate, bien qu'ayant subi de lourdes avaries, flottait. Les trois mâts tenaient encore debout, tout au moins les bas-mâts.

Sous les ordres du bosco Quelques-Gouttes, les gabiers s'affairaient pour consolider ces mâts, les haubans, les étais, pour regréer tout ce qui pouvait l'être, assurer les vergues, et mettre en place un jeu complet de basses voiles, assez de toile pour avancer à petite allure, le vent étant heureusement portant. La coque n'avait pas trop souffert, car les Anglais avaient tiré à dégréer, puis à mitraille, comptant visiblement capturer le bateau. Les pompes étalaient les rentrées d'eau résultant de l'ébranlement des bordages. Certitude rassurante, car toutes les embarcations avaient été détruites dans leur fosse, amas de bois tout juste bon pour entretenir le fourneau du maître-coq. Quant au vaisseau anglais, il avait disparu à l'horizon. Peut-être avait-il coulé.

Quelques heures plus tard, *la Liberté* avait retrouvé l'aspect d'un bateau vivant, grand'voile, misaine, artimon et deux huniers déployés au bas ris, mais on n'osait pas regréer les mâts de perroquet et la perruche pour établir les voiles hautes, tant l'emplanture des mâts paraissait ébranlée, les étais et haubans peu fiables.

Sur le pont de la dunette, Olivier, ayant endossé un uniforme français, revivait. Désignant la glorieuse loque tricolore encore clouée au mât, il ordonna :

— Gréez un autre pavillon à la corne d'artimon.

Quand ce fut fait, le second demanda :

— Quels sont les ordres, capitaine ? Où allons-nous ?

— Nous rentrons à Brest, monsieur Colbosc !

— Nous avons dépassé Brest, capitaine. Nous naviguons à dix milles au nord-ouest des îles anglo-normandes. Le capitaine Remacle espérait ainsi échapper au vaisseau anglais. Il avait renoncé à faire tête à Brest.

— Donc, nous sommes plus près du Havre-de-Grâce que de Brest. Impossible de faire demi-tour et de remonter le vent avec ces mâts ébranlés, ces haubans de fortune et cet équipage épuisé et réduit. Nous irons au Havre.

— Le secteur est très dangereux, capitaine. Il est battu en permanence par la flotte de l'amiral Howe, éclairée par une nuée de frégates et de corvettes. La baie de Seine est aussi surveillée que Brest. C'est là où atterrissaient nos convois d'Amérique. Ce secteur est même encore plus dangereux, puisqu'il n'est pas protégé par un port militaire.

— Ah ! Colbosc ! Quel dommage que Cherbourg ne soit qu'un port en construction !

— Pour tromper le vaisseau anglais, le capitaine Remacle avait donc décidé d'atterrir à Dieppe. Ce port est évité des croisières ennemies, à cause de son énorme château dont l'artillerie porte jusqu'à deux milles en mer, et aussi de ses corsaires, à l'affût d'une bonne prise, fût-elle hérissée de canons !

— Oui. Ils font preuve d'une agressivité sans limite. Sur mer, ils sauvent l'honneur de la République.

L'officier canonnier arrivait pour son rapport.

— Il nous reste moins de soixante canonniers en état de servir, capitaine. Beaucoup de canons sont démantelés, affûts brisés, bragues et palans rompus ! Actuellement, je peux mettre en batterie une demi-douzaine de pièces. Le double d'ici quelques heures.

— On s'en contentera, monsieur Polhoët.

Olivier esquissa un sourire et ajouta :

— L'essentiel est d'avoir le libre accès à la soute aux poudres !

L'officier canonnier baissa la tête. Il n'était pas fier de s'être laissé avoir par deux femmes, dont l'une n'avait que douze ans ! Mais, comme l'équipage, il était heureux d'être débarrassé du Crabe, et il le dit. Olivier se tourna vers son second.

— Qu'avez-vous fait de son corps ?

— Il a basculé à la mer.

M. Colbosc hésita, puis il ajouta :

— Nous devons rendre les derniers honneurs à nos morts.

— Immergez-les, lestés d'une gueuse de fer.

M. Colbosc approuva. On ne pouvait les ramener à terre au moment le plus critique de la croisière, l'atterrissage sur une côte étroitement surveillée par l'ennemi.

L'immersion se déroula selon les rites, le soir venu. Quelques cadavres anglais côtoyaient ceux des Français. Le capitaine récita les prières, l'équipage rangé à la bande, chapeaux et bonnets bas, les soldats rendant les honneurs, les maîtres saluant au sifflet. Puis Olivier se tourna vers son second.

— Si nous pouvons atteindre la baie de Seine avant le lever du jour, nous ferons tête au Havre-de-Grâce. Sinon, nous atterrirons à Dieppe.

Le vent étant tombé, ils ne purent atteindre de nuit la baie de Seine, et restèrent prudemment au large, tout en faisant de l'est. Une légère brume masquait opportunément l'horizon. Vers midi, ils piquèrent droit sur les côtes normandes. Chacun retenait son souffle.

Dans la timonerie, Olivier étudiait les cartes, aux côtés de M. Colbosc et de Gaël. Soudain, le soldat de garde, préposé à la cloche pour piquer les heures, s'approcha de lui.

— Sauf votre respect, citoyen capitaine !

— Qu'y a-t-il, Letourneau ?

— N'allez pas à Dieppe.

— De quoi te mêles-tu ?

Il regretta aussitôt sa brusquerie. Mais il n'aimait pas ces soldats qui avaient joué le trouble jeu du Crabe.

Vexé, l'homme s'écarta. Olivier s'approcha de lui et lui mit la main sur l'épaule.

— Parle, camarade !

— C'est à propos de l'or.

Oui. Il y avait aussi cette vieille querelle entre eux. Le Crabe mort, les soldats savaient qu'ils n'auraient pas leur part. Le conventionnel s'y était toujours opposé.

— Ne t'inquiète pas pour l'or. Vous aurez votre juste part, ainsi que l'équipage. Mais pas en or. L'or est réservé au convoi du blé, il est sacré. Vous toucherez une forte prime en assignats.

Le soldat fit la grimace, mais ne pipa mot. Gaël s'était approché.

— Ne vous faites pas de souci pour l'or. J'abandonne mes droits sur le trésor, sous réserve de l'accord de ma femme. Il y a eu trop de morts, de blessés. Les marins, les soldats et les veuves toucheront ultérieurement leur prime en or, lorsque la République remboursera sa dette, selon les engagements pris, car j'ai obtenu une solide caution.

Le soldat rayonnait. Puis il s'écria :

— Merci, citoyen ! Mais ce n'était pas cela dont je voulais entretenir le capitaine. Il s'agissait du port de Dieppe. N'y allez pas !

— C'est actuellement, avec Dunkerque et Saint-Malo, le port le plus sûr de nos côtes de la Manche, grâce à ses canons et à nos corsaires. Ils sont prêts à tout pour défier l'ennemi et desserrer le blocus qui nous étouffe.

— Il s'agit de la ville, capitaine Descragnole. La ville de Dieppe, la commune ! Le capitaine Remacle avait son plan, dès le départ de Brest. Il comptait détourner l'or, non pour lui, mais pour la Commune de Paris. Il se méfiait de Robespierre.

— Je le savais. Mais les clubs extrémistes me semblent beaucoup plus puissants à Brest qu'à Dieppe, où la municipalité est plutôt modérée.

— Détrompez-vous, citoyen représentant. À Brest, le Comité de salut public peut s'appuyer sur une troupe disciplinée et sur la marine de guerre. Plusieurs délégués du gouvernement veillent, dont le terrible Jean Bon Saint-André. Ce n'est pas le cas à Dieppe, où un coup de main des Sans-culottes est facile à réaliser. C'est en tout cas ce qu'a manigancé le capitaine Remacle, en dernier ressort.

— Comment le sais-tu ?

— Je l'ai entendu en débattre avec notre capitaine, Grosjean-Lataquié. J'étais de garde devant la chambre du capitaine Remacle. Dieppe était sa solution de rechange, pour le cas où la frégate serait contrainte d'éviter Brest. Les Sans-culottes de Dieppe en sont avisés. Ils se tiennent prêts à intervenir. Ils ont le signalement exact de la frégate.

— Bien, dit Olivier. Je te remercie.

Il hésita et regarda le soldat droit dans les yeux.

— Pourquoi fais-tu cela, Letourneau ?

— Tous les soldats de marine ne sont pas des extrémistes communards. Et le capitaine Remacle nous a trompés. Il n'a jamais eu l'intention de nous distribuer l'or. Puisqu'il est mort, je préfère vous faire confiance.

Le capitaine Grosjean-Lataquié n'est pas de taille à terminer cette opération. Il se ferait gruger par les Sans-culottes de Dieppe !

Olivier se tourna vers le lieutenant Colbosc.

— Dans ce cas, cap sur Fécamp. Là, personne ne nous attend !

Le changement de cap à peine exécuté, un cri tomba des hunes, le cri que tous redoutaient :

— Ho ! d'en bas ! Voiles en vue ! Escadre inconnue par le travers bâbord !

Ce ne pouvaient être que des Anglais. Les corsaires français opéraient isolément, chacun pour son propre compte, et la flotte française n'entrait pas en Manche.

Debout près du couronnement, Olivier balaya la mer de sa lunette. Quatre voiles inconnues de bâtiments de guerre s'élevaient au-dessus de l'horizon. Il ordonna :

— Branle-bas de combat ! Envoyez toute la toile ! Remettez le cap sur Dieppe !

Sa voix se voulait ferme, mais tout son corps exprimait une immense lassitude. Par-devers lui, il pensait : « Aurons-nous cette fois autant de chance ? »

Ils aperçurent bientôt les hautes falaises blanches de la côte normande. Les plages étaient rares, les abris plus rares encore. Malgré son gréement de fortune, la frégate avait déployé un maximum de toile pour tenter de se mettre à couvert des puissantes batteries du château de Dieppe. On n'avait plus le choix. Mort, le Crabe voyait son plan se réaliser !

Une petite escadre anglaise les avait repérés. Composée de deux frégates de 40, d'une corvette de 20 et d'un brick, elle patrouillait entre Dunkerque et Le Havre, traquant les corsaires français qui tentaient de traverser la Manche pour attaquer les convois anglais de l'Atlantique, chargés des richesses des Antilles et des Indes. Arrivée à portée utile, environ mille mètres, elle ouvrit le feu, d'abord un coup de semonce, l'arraisonnement. *La Liberté* l'ignora. Puis elle riposta, mollement, ménageant ses munitions, des boulets rouillés tirés des fonds de cale où ils servaient de lest.

La faible brise irrégulière ne permettait pas de se mettre rapidement à l'abri du château de Dieppe. Les Anglais réduisaient la distance, car *la Liberté* n'avait pu hisser toute sa toile. Les deux mâts de perroquet, emportés lors du premier combat, n'avaient pu être remplacés, ni le mât de beaupré permettant de déployer les focs, et il ne fallait pas trop compter sur la perruche, ni même sur le perroquet de fougue.

Des boulets s'écrasèrent sur le pont, après une trajectoire courbe. Ils le crevèrent et firent quelques dégâts dans la batterie, blessant deux canonniers. Un autre boulet s'écrasa à la base du grand mât, qu'il entama sérieusement, ce qui contraignit de carguer le grand hunier, pour éviter l'effondrement de l'ensemble. Tout là-haut, le mousse de veille au ton du mât s'agitait comme un pantin.

— Descends ! hurla Olivier. Descends donc, bigaille de poulaine !

Mais le mousse, accroché à une vision qu'il était le seul à découvrir, n'entendait pas l'ordre. Il cria enfin, en tendant la main vers la terre :

— Le clocher de Notre-Dame de Bonsecours !

Sur le pont, à l'annonce du célèbre pèlerinage, les marins retirèrent bonnets et chapeaux. Oui, ces Bretons, ces Normands, avaient gardé intacte la foi de leurs ancêtres, malgré les coups de boutoir des Sans-culottes, ennemis non de Dieu et de la bonne Vierge, d'ailleurs, mais de la hiérarchie d'une Église dans laquelle les pauvres ne reconnaissaient plus le visage humble du Crucifié.

— Notre-Dame de Bonsecours, protégez-nous !

Le cri des marins monta vers le ciel, repris par quelques soldats.

Pendant vingt minutes, la frégate supporta le feu de l'escadre, qui tirait à démâter. Était-ce la protection de la Vierge ? Le tir était singulièrement imprécis. Cependant, la grand'vergue s'effondra sur le pont avec sa toile. La vitesse diminuait. On sentait venir le moment où le bateau stopperait, livré aux Anglais, sans autre défense que les quelques pièces qui tiraient encore, tenant heureusement l'ennemi à distance, ce qui expliquait l'imprécision de son tir.

L'officier canonnier fit irruption sur la dunette.

— Il nous reste moins de dix charges par pièce, capitaine !

— Ça ira, Polhoët ! Ah ! Ça ira ! Regardez !

Descragnole se tourna vers la côte. Dieppe resplendissait, illuminée par le soleil. À gauche, sur la falaise, la chapelle Notre-Dame de Bonsecours et le goulet, avec, en arrière-plan, le port au cœur de la vieille cité corsaire protégée par ses remparts. Derrière le clocher de l'église Saint-Jacques jaillissait une forêt de mâts. Devant, la grande plage de galets, que les vagues roulaient dans un grondement sans fin. À droite, sur le plateau, le château, carré, énorme, protecteur, hérissé de tours, et à ses pieds l'esplanade de la citadelle truffée de canons braqués sur la mer.

— Mais qu'attendent-ils pour tirer !

Enfin, l'esplanade s'illumina. Toutes les bouches à feu tiraient, d'énormes canons de 36, portant à trois mille mètres.

Aussitôt, l'escadre anglaise cessa le feu et vira de bord pour se mettre hors de portée. On les voyait toujours, croisant au large, menaçants, mais incapables de riposter, leurs pièces de 24 ne portant qu'à deux mille mètres. À bord de *la Liberté*, les hommes avaient repris courage.

— Cap sur le goulet, ordonna Olivier.

— Regardez le sémaphore, capitaine ! Le pavillon bleu ! « Interdiction d'entrer » !

— Maintenez le cap sur l'avant-port. Hissez les signaux de reconnaissance.

On s'approcha prudemment. Entre les deux longues digues, un étroit chenal permettait d'accéder au plan d'eau du port, situé au cœur de la ville.

— Oh ! du pont ! hurla un veilleur dans la hune. Le chenal est obstrué !

En plein milieu du goulet, un vaisseau marchand, échoué, bloquait l'entrée. On ne l'avait pas vu plus tôt, car il reposait entièrement démâté sur le fond du chenal, le pont au ras de l'eau.

— Encore un coup des Anglais !

La situation redevenait critique. Selon la carte et le portulan, impossible de mouiller durablement devant la côte, les ancres dérapaient. Si le vent de nord-ouest forçait, la frégate risquait d'être drossée sur les éboulements calcaires au pied des falaises abruptes, aux parois à pic trouées de cavernes.

— Pas d'autre solution que de mouiller devant la plage, dit Olivier.

— On risque, la nuit tombée, de subir une attaque des Anglais, par brûlots, objecta le bosco.

Il leur suffisait, profitant du flot montant, de lancer vers la côte des embarcations bourrées de paille et de poudre, munies de mèches lentes. Elles s'embraseraient en heurtant la frégate immobile, communiquant le feu de manière imparable.

Olivier avait appelé un maître gabier, ancien pêcheur originaire de cette côte.

— Peut-on tenter, à la faveur de la nuit, de s'échapper en rasant la côte, pour se réfugier dans un port de pêche voisin ?

— À supposer que l'état de la frégate le permette, capitaine, on pourrait se réfugier au Tréport ou à Saint-

Valéry. Mais ces ports de pêche ne sont pas armés. On a toutes les chances, ou malchances, de s'y faire attaquer par les Anglais le jour venu, et même la nuit. On a vu ainsi des petits groupes hardis venus de Hastings s'emparer de nos bateaux en plein port.

Olivier Descragnole voulait sauver la frégate, et sauver le trésor ! L'avertissement du soldat, « N'allez pas à Dieppe ! », vibrait encore dans son esprit. Mais que faire ? L'escadre anglaise ne renoncerait pas à une proie aussi facile. La frégate, incapable d'entrer au port, ne pouvait qu'être détruite, ou capturée par les Anglais si elle se risquait au large, un sort qu'elle n'éviterait sans doute même pas si elle tentait de s'échouer sur la côte, éventualité la plus probable.

— Mouillez les ancres de bossoir !

— Les câbles des ancres ont brûlé, capitaine !

— Débrouillez-vous ! Mettez bout à bout des aussières.

Situation humiliante, il ne restait pas une seule embarcation intacte à bord, fût-ce un youyou ou un radeau, pour se rendre à terre, sauver au moins les hommes et le trésor. Il fallait donc attendre une réaction des autorités portuaires. Pourquoi ne se manifestaient-elles pas ?

— Hissez les pavillons de détresse en tête de mât.

La Liberté avait mouillé deux ancres sur le fond de galet, où elles dérapaient dangereusement. Le flot montant risquait de la drosser vers la côte.

Ils virent enfin une chaloupe sortir du port, éviter l'épave et se diriger vers eux. Un pavillon tricolore flottait à l'arrière, à côté d'un personnage tout de noir vêtu, coiffé d'un grand chapeau à plumes également tricolores et armé d'un sabre impressionnant pendant au baudrier. Quatre marins poussaient aux avirons. À l'avant s'entassaient six individus à l'air patibulaire, armés de fusils à baïonnette.

— Gréez l'échelle de cordage à la poupe, dit Olivier.

La grande échelle de coupée, dite « de commandement », ayant été brisée pendant le combat, il faudrait donc se contenter de ce moyen sommaire réservé aux matelots et aux pilotes.

Le personnage en noir, qui visiblement n'était pas un marin, escalada lourdement l'échelle de cordage en empêtrant son sabre dans les bâtons tournés, jura, s'affala enfin sur le pont, vexé d'avoir raté son entrée. Maigre, sale, mal rasé, l'œil farouche, la chevelure en désordre retombant sur ses épaules, on aurait dit une caricature du Sans-culotte de la Terreur, et Olivier, comme Gaël, n'en augura rien de bon. L'homme hésita entre Colbosc et Descragnole, qui portaient un uniforme similaire de lieutenant de vaisseau. Enfin, il s'adressa au plus grand, dont l'œil lui paraissait le plus vif.

— Capitaine Remacle, je suppose ?

— Il est mort, tué voici deux jours au cours d'un combat contre les Anglais, répondit le conventionnel.

Une profonde déception se peignit sur le visage de l'homme. Olivier se présenta enfin :

— Lieutenant de vaisseau Olivier Descragnole. J'ai pris le commandement de la frégate en tant qu'officier de marine le plus ancien. Qui êtes-vous ?

— Salut et fraternité, citoyen capitaine ! César Cornecreuse, président du Club de la section des Sans-culottes de Dieppe, le club des Enragés patriotes normands. Je préside aussi le Comité de surveillance révolutionnaire. Je suis mandaté par la Commune de Paris pour réceptionner l'or de Saint-Domingue, selon le plan établi par le capitaine Remacle, délégué de la Commune.

« Nous y voilà ! songea Olivier avec amertume. Le soldat avait raison. Ils nous ont identifiés. Il va falloir jouer serré. »

— Il y a malentendu, citoyen Cornecreuse. Le trésor devait être débarqué à Brest et pris en charge pour le compte du Comité de salut public. La poursuite opiniâtre d'un vaisseau anglais et le combat qui s'ensuivit nous ont contraints de modifier notre projet et d'atterrir à Dieppe. Pour ma part, j'ai ordre du ministre d'amener l'or à Paris. Il appartient d'ailleurs au citoyen Gaël Trémeur, ici présent, qui ne s'en dessaisira pas sans les garanties du gouvernement et celles des banques étrangères, qu'on lui a promises.

Une grimace de dépit crispa le visage du chef des Carabots. Son agressivité montait à la mesure de son impatience.

— Qui donc es-tu, pour me parler sur ce ton ?

— Je vous l'ai dit : Olivier Descragnole.

— Descragnole du Var ?

— Lui-même !

— Le capitaine Remacle m'avait parlé de toi, ci-devant marquis, officier du Grand Corps !

— Et vous ne vous attendiez pas à me voir !

— Non…

Il fallait en finir. Brusquement, Olivier abattit ses cartes :

— Le complot du Crabe a échoué. Il est mort. Une seule chose m'importe. Mettre à la disposition du gouvernement le trésor de Saint-Domingue pour payer le blé américain qui sauvera le peuple de Paris de la famine qui le menace. À l'heure qu'il est, le convoi américain attend en baie de Chesapeake. Peut-être a-t-il déjà pris la mer. Il n'est que temps de l'aviser, lorsque le trésor sera en sécurité à Paris.

— Nous n'avons pas d'autre objectif, citoyen conventionnel. Et je ne vois pas pourquoi tu parles de complot, à propos du capitaine Remacle !

— Tu le vois très bien !

L'épreuve de force était engagée. Les six Sans-culottes, dans l'embarcation, n'étaient que l'avant-garde d'une populace armée, tous les bas-fonds « patriotes » de Dieppe, regroupés dans la section qui, ici comme à

Paris, tentait d'imposer sa loi, c'est-à-dire de s'emparer du pouvoir et des biens à son seul profit. Ici comme ailleurs, pouvait-on compter sur la Garde nationale pour modérer les élans du peuple, toujours porté à se donner au plus braillard et à celui qui lui promettait l'impossible ? La Garde nationale devait être casernée au château de Dieppe. L'énorme forteresse s'élevait en marge de la ville, au-dessus de la falaise, gardant son mystère. Olivier pouvait requérir la Garde. À condition de se parler ! Les gens du château, après avoir efficacement ouvert le feu sur les Anglais, semblaient peu disposés à sortir de leurs remparts pour affronter la populace.

Entre les clubs patriotiques extrémistes et la Garde nationale, quel était le poids de la municipalité de Dieppe ? Olivier n'y connaissait personne. Sans doute était-elle composée de bourgeois modérés, surtout préoccupés de leur ville, un souci justifié, et inquiets de la présence de cette frégate qui risquait de provoquer un tir meurtrier des Anglais, dont la ville prendrait quelques mauvais coups, comme cela s'était produit autrefois. Dès la nuit tombée, on pouvait craindre un tir de boulets rouges venu du large, l'obscurité rendant peu efficace la riposte du château.

La situation parut inextricable à Olivier. Faute d'embarcations, il ne pouvait descendre à terre pour requérir la Garde nationale. S'il demandait à débarquer avec ces brigands, il serait aussitôt neutralisé, revanche posthume du Crabe. Un « accident » est si vite arrivé !

Olivier pouvait-il compter sur ses propres forces ? Ses marins, ses canonniers le soutiendraient. Mais, épuisés par deux traversées et par les combats, ils ne feraient pas le poids face à une force de patriotes bien armés à terre, résolus à en découdre. D'autre part, les marins ne pouvaient pas quitter la frégate, non seulement parce qu'il n'y avait pas d'embarcations disponibles, mais aussi parce qu'ils étaient indispensables à bord, après les coupes sombres des batailles, pour manœuvrer en cas de retour des Anglais ou si le vent se levait.

Restaient les cinquante soldats rescapés des combats. Impossible de faire confiance aux hommes du Crabe ! De toute évidence, ils se rangeraient au mieux sous les ordres de ce Sans-culotte ; au pire, ils monteraient un coup de main en vue de s'emparer du trésor pour leur propre compte, puis, les poches pleines, ils se disperseraient dans la nature.

César Cornecreuse avait eu la même pensée.

— Puis-je parler au capitaine de la garnison ?

— Il est là-bas, dit Olivier en désignant Grosjean-Lataquié.

Le bras droit en écharpe, l'officier attendait sur le passavant en surveillant ses hommes, de plus en plus impatients de mettre pied à terre.

Non, Olivier ne pouvait pas compter sur lui, pas plus que sur le sous-lieutenant, tous deux hommes du Crabe, anciens soldats sortis du rang, promus officiers. Une haine commune de Robespierre les unissait. L'Incorruptible n'avait-il pas détourné la Révolution à son profit ?

Le chef des Sans-culottes s'entretint à voix basse avec le capitaine Grosjean-Lataquié. Rien de bon ne pouvait en sortir. Olivier fit signe à l'officier canonnier, qui attendait devant la timonerie, sur le gaillard d'arrière.

— Monsieur Polhoët, descendez discrètement dans la batterie. La situation risque de se gâter. Assurez-vous de quelques dizaines de canonniers. Armez-les. Il y a une réserve de pistolets au carré des officiers. Puisez aussi dans le râtelier des sabres de la grand'chambre.

— Oui, capitaine ! Vous craignez une attaque des Anglais ?

— Si ce n'était que les Anglais ! Il nous faut maintenant tenir aussi ces Sans-culottes en respect.

L'officier fit la grimace.

— Ce sera difficile de motiver nos canonniers, capitaine. Ils sont las de ces combats meurtriers où ils ont perdu la moitié de leurs camarades. Et vous leur demandez de se battre contre des Français !

— Essayez. Faites jouer leurs sentiments républicains, leur attachement au gouvernement légitime que je représente. Promettez-leur une forte prime. La République sera généreuse envers ceux qui l'auront bien servie.

L'officier disparut dans la descente de l'entrepont. Sa mission lui paraissait sans espoir.

Le bosco s'approcha d'Olivier et lui tendit une arme. Le pistolet de Robespierre !

Le conventionnel le mit dans sa poche.

Le chef des Sans-culottes revenait vers la dunette.

— Nous sommes d'accord avec le capitaine de la garnison, citoyen représentant.

— D'accord sur quoi ?

— Le trésor sera placé sous la protection conjointe de vos soldats de marine et de nos Sans-culottes. Il sera ainsi acheminé sur Paris. Une berline nous attend sur le quai, et des chevaux, avec mes hommes.

— Et si je m'y oppose ?

— Pourquoi t'y opposerais-tu ? Nous sommes les mandataires du peuple.

— Je suis le mandataire du gouvernement légitime, issu de la Convention nationale. Votre bande de Sans-culottes, dont je ne suspecte ni le courage, ni le patriotisme, n'a aucune légitimité en dehors de votre commune. Je veux une couverture de la Garde nationale.

— Il n'y a plus de Garde nationale à Dieppe, citoyen. Elle a été envoyée sur les rives de la Seine, pour faire face à une éventuelle attaque des paysans royalistes du Bas-Maine et autres Chouans.

Olivier demeura silencieux, accablé. Était-ce vérité ou mensonge ? Effectivement, du côté du château, il ne voyait pas de Gardes nationaux, aux uniformes familiers : habit bleu sur plastron blanc, bicorne à cocarde ; seulement les canonniers de la citadelle et quelques mousquetaires du corps des Invalides. Et toujours aucune réaction des autorités portuaires, malgré ces pavillons de détresse, damier et bandes tricolores.

Avant tout, gagner du temps. Convaincre les canonniers et les marins de *la Liberté* de s'opposer aux Sans-culottes de Dieppe, c'est-à-dire, une fois encore, de prendre de mauvais coups !

Cornecreuse se fit menaçant :

— La nuit va tomber dans deux heures, citoyen conventionnel. Tous les dangers vont alors venir de la mer, c'est-à-dire des Anglais. Il faut que d'ici là le trésor soit à terre, à l'abri, sous notre vigilance patriotique. Moyennant quoi nous répondrons à la demande pressante de ton capitaine de garnison et du chirurgien pour faire évacuer les braves soldats et les marins blessés qui attendent avec impatience de recevoir les soins que réclame leur état.

— Mais c'est du chantage !

— En politique, tous les moyens sont bons. C'est ton ami Robespierre qui l'a dit !

— Robespierre n'est pas mon ami ! C'est le représentant légal du gouvernement.

— Nous retournons à terre pour informer le Comité de surveillance révolutionnaire. Dès que vous serez prêts à débarquer le trésor, lancez une fusée verte. Vous recevrez alors une flottille d'embarcations.

Il fit volte-face et se dirigea vers le couronnement, l'enjamba, empoigna maladroitement l'échelle de cordage, sous laquelle stationnait sa chaloupe. « S'il pouvait tomber à l'eau et se noyer ! » pensait Olivier.

Le chef des Carabots, agrippé par ses hommes, se reçut lourdement dans l'embarcation, qu'il faillit faire chavirer. Elle se dirigea aussitôt vers le port.

Le lieutenant Polhoët montait de l'entrepont. À sa mine défaite, Olivier n'augura rien de bon. Il l'entraîna vers la grand'chambre, où Gaël, Marie-Galante, Florian et Franjo attendaient dans l'angoisse.

— Les canonniers et les marins refusent de se battre contre les Carabots, capitaine. Il fallait s'y attendre. Ils sont épuisés et démoralisés. Ils considèrent leur tâche terminée et veulent débarquer. C'est d'ailleurs urgent pour les blessés.

Olivier, consterné, baissa la tête. Toutes les issues se refermaient. L'officier en second Colbosc entra. La colère crispait ses traits.

— J'ai été interpellé par le capitaine Grosjean-Lataquié ! Une véritable mise en demeure…

— Oui. Notre Sans-culotte dieppois l'a conditionné.

— Il a promis aux soldats de leur livrer immédiatement le baril des pièces d'or. Comment résister à cela ? D'un instant à l'autre nous pouvons être arrêtés, jetés aux fers. L'équipage, épuisé et menacé lui aussi, ne fera rien pour nous défendre. Bien beau si l'on ne nous jette pas à la mer !

Atterré, Olivier tentait de mobiliser son esprit pour sortir de cette nasse. Accepter de livrer le baril aux soldats ? Mais alors, l'équipage réclamerait son dû. Ces abandons répétés ne pourraient qu'affaiblir son autorité, tout en trahissant la mission.

— Quels sont les ordres, capitaine ?

Olivier se tourna vers Gaël, qui demeurait muet. À ses côtés, il vit les visages angoissés de Marie-Galante, de Franjo et de Florian. Comment les protéger, en cas de rixe ? Ces furieux, qui devaient avoir cent morts sur la conscience, ne s'embarrasseraient pas de témoins gênants.

À cet instant, l'aspirant de garde sur le pont poussa la porte de la grand'chambre.

— Capitaine ! Un officier demande à vous parler.

— Ami ou ennemi ?

— Je ne sais pas, capitaine. C'est, me semble-t-il, un officier de marine ; c'est pourquoi je l'ai laissé embarquer. Mais son uniforme n'est pas réglementaire. Il est… d'Ancien Régime ! L'homme arrive du port à bord d'un canot, avec des individus armés. Je ne les ai pas laissés monter.

— Faites entrer cet officier. Au point où nous en sommes, nous n'avons plus rien à perdre !

Colbosc et Polhoët regagnèrent la timonerie et l'entrepont, laissant la place à un personnage excité, comme sorti d'un roman de cape et d'épée. Vêtu avec recherche de l'habit bleu des anciens officiers de marine issus du rang, il portait un court sabre d'abordage pendu à son baudrier de cuir, et deux pistolets à sa ceinture. Coiffé d'un grand chapeau à larges bords frappé de la cocarde tricolore, il pouvait avoir trente ans. Des cicatrices balafraient son visage où brûlait un regard exalté, mais où demeurait comme un reste d'enfance, naïveté, curiosité, simplicité.

En le voyant, Olivier n'avait hésité qu'un instant. Il s'écria :

— Tony ! Le Mesnil-des-Vents !

À sa grande surprise, il avait reconnu l'un des aspirants de son père, en 1782 garde-marine à bord du *Superbe*. Un garçon turbulent, indiscipliné, toujours à faire des coups à l'escale — alcool, duels et femmes. Mais le vieux marquis César d'Escragnole le gardait pour son courage sans égal dans le combat, où il recherchait toujours le poste le plus dangereux.

— Olivier d'Escragnole ! Si je m'attendais à vous trouver sur cette frégate en perdition ! Je vous croyais à Paris, à la Convention, dans la tornade de la Terreur !

Il répéta, incrédule :

— Le marquis d'Escragnole !

— Descragnole du Var, délégué par le Comité de salut public ! Je rentre d'une mission périlleuse à Saint-Domingue. Et toi, petit, que fais-tu dans cette ville normande, sous cet uniforme bizarre ?

— Vous ne le croirez pas, d'Escragnole. Je commande un brick corsaire de quatorze canons, le *Jusqu'au-bout*, basé à Dieppe.

Un sourire radieux illumina son visage, montrant une dentition éclatante, qu'il devait entretenir comme les cuivres de son brick !

— Belle promotion, ami ! Mon père n'aurait pas misé deux rouges liards sur ta tête !

— La Révolution m'a donné ma chance, à moi, officier bleu sorti du rang. Mais je n'ai pas pu m'habituer à la nouvelle Marine nationale. Trop de désordres, d'incompétences, d'indiscipline !

— Deviendrais-tu sage ?

— Seulement réaliste. Après avoir été officier en second d'une corvette républicaine, j'ai saisi une nouvelle chance dans ma ville natale, ici même, à Dieppe, où les notaires m'ont fait confiance.

— Les notaires ? Diable !

— Oui. Ils ont décidé de réinvestir utilement leurs bénéfices issus de la revente des biens nationaux et d'armer en course un brick, dont ils m'ont donné le commandement. Les Anglais bloquent nos côtes, mais nos bricks sont plus rapides, insaisissables. On prend des risques insensés, mais quels beaux coups à faire sur les côtes britanniques, où affluent les vaisseaux marchands chargés des richesses des Indes orientales et occidentales !

Le conventionnel eut un petit rire.

— La loi du 1er février 1793, dont j'ai été le rapporteur, laisse désormais aux corsaires la totalité de leurs prises, et y ajoute même une prime !

La chape de plomb qui écrasait Olivier se soulevait. Enfin un ami puissant, peut-être un allié surgissant dans ce paysage de catastrophes. Une issue allait-elle se dessiner ? Il respira plus librement et demanda :

— Pourquoi n'es-tu pas en mer ?

— Nous sommes bloqués par ce maudit vaisseau marchand de Dunkerque, *le Merlan,* échoué dans la passe. Pourchassé par une frégate anglaise, il a tenté comme vous de se réfugier dans notre port. La coque criblée de boulets, il s'est malencontreusement échoué en pleine passe. Il faudra dix jours pour le renflouer et le tirer à l'écart. On attend de Rouen et du Havre les équipes et le matériel nécessaires.

— Te voilà donc bloqué à terre, Mesnil-des-Vents ! Situation inconfortable, pour un corsaire ! Rien de pire que l'inaction !

— Il y a pire ! Nos maîtres les notaires menacent de nous couper les vivres. Sans solde, sans prime, notre équipage d'élite risque de passer sur d'autres bateaux, à Saint-Malo ou à Dunkerque, qui arment les meilleurs vaisseaux corsaires. Mais ce n'est pas pour vous entretenir de nos ennuis que je suis monté à votre bord. J'ai vu l'état de votre frégate et vos pavillons de détresse, et le manque de réaction des autorités portuaires. Je viens vous proposer notre aide.

C'était trop beau pour être vrai ! Olivier l'aurait serré dans ses bras. Un sourire illuminait aussi le visage des femmes, de Gaël et de Florian.

— Ah ! dit Olivier, j'en oublie tous mes devoirs. Capitaine Antoine Le Mesnil, dit Tony Le Mesnil-des-Vents, voici Gaël Trémeur, ancien secrétaire de l'amiral de Grasse, sa femme, ma demi-sœur Marie-Galante, et leur fille, planteurs au Cap-Français, rescapés de l'insurrection noire. Ce garçon, Florian Le Houlme, Normand de Normandie, est l'envoyé spécial du *Mercure de France.*

Nous acceptons ton aide avec reconnaissance, Antoine. De combien d'hommes disposes-tu ?

— Cent cinquante hommes, marins, canonniers et soldats de marine. À mon bord, on est bon pour toutes les tâches ! Mon équipage est composé de tous ces braves pêcheurs du Pollet-Outre-l'Eau, dont on aperçoit là-bas le quartier populaire.

— Le Pollet ! s'écria Florian. C'est de là que Dieppe tire sa tradition flibustière !

— J'ai aussi quelques bons marins venus de l'ex-Royale ou du commerce, et quelques jeunes soldats normands, sabreurs émérites, tous avides d'en découdre avec les Anglais.

— Seulement les Anglais ?

— Que voulez-vous dire, d'Escragnole ?

— Je pensais à ces Sans-culottes et autres Éxagérés et Enragés des sections populaires qui mettent le trouble partout.

— Les Carabots ? Nous les exécrons ! Pas une nuit à Dieppe où nos hommes ne se bagarrent contre eux dans les tavernes de la cité. Ils ont monté une guillotine sur le Marché-aux-Fruits, et ne demandent qu'à s'en servir !

Le capitaine Le Mesnil-des-Vents hésita, puis il ajouta entre ses dents :

— Mais il ne faut pas se tromper d'adversaire ! Nous combattons pour la République !

— Délégué du Comité de salut public, je n'ai pas d'autre ambition. Et voici ma mission.

À mots brefs, Olivier l'informa de l'expédition. Apprenant que la frégate apportait un trésor des Caraïbes, le corsaire ouvrit des yeux démesurés.

— Voici ce que je te propose, capitaine Le Mesnil. Pour un temps limité, tu me donnes cent volontaires, tous rémunérés par le gouvernement, avec une prime si tout se passe bien. Pas en or ; en assignats.

— Dommage ! Mais bah ! ils seront dépensés dans la nuit ! Mes hommes seront enchantés, d'Escragnole ! Pour eux, tout vaut mieux que cette inaction en ville. J'attends vos ordres.

— Retourne à ton bord. Mets toutes tes embarcations à l'eau, davantage si tu en trouves. Divisez-vous en deux groupes bien armés. Le premier amènera ici les embarcations pour effectuer le débarquement des coffres, des blessés et des passagers. L'autre groupe nous attendra sur le quai, que vous occuperez militairement. Peut-on requérir la garnison du château ?

— Non. Il n'y a plus là que des Invalides affectés à la garde du château et à l'artillerie. Ils ne sortiront pas de leurs murs. On s'en passera. Notre seule présence et les canons du brick dissuaderont les Carabots d'intervenir.

— Allez, capitaine Le Mesnil-des-Vents, et hâte-toi ! Je lancerai une fusée verte. Ce sera le signal de votre arrivée à bord, la plus spectaculaire possible, pour impressionner nos soldats de marine. Ils s'apprêtaient à livrer l'or aux Carabots ! Il ne faut pas se laisser prendre de vitesse par eux, sans parler des Anglais. La nuit va tomber, propice à toutes les surprises.

— Oh ! les Anglais ne se risqueront pas à débarquer à Dieppe ! Cette côte est bien trop dangereuse !

— Occupe-toi aussi d'alerter les hôpitaux pour qu'ils prennent nos blessés en charge. Enfin, il nous faut deux berlines. L'une, à quatre chevaux, m'amènera à Paris avec le trésor. L'autre, à deux chevaux. Trente de tes hommes ne seront pas de trop pour nous escorter.

— Ils adorent monter à cheval et je les commanderai en personne.

— Trouveras-tu tous ces chevaux ?

— Oui. Il y en a au château, et en ville. Il suffira de les réquisitionner et vous en avez les moyens.

Il demeura rêveur.

— Descragnole du Var ! On ne parle que de vous dans la Marine. Il n'y a pas tellement d'officiers du Grand Corps qui ont échappé à la Terreur ou qui n'ont pas émigré…

— Je n'émigrerai jamais !

— Vous avez parlé d'une seconde berline…

Olivier se tourna vers ses compagnons.

— Je t'ai présenté Gaël Trémeur, planteur à Saint-Domingue. C'est le propriétaire du trésor, et il vient de le donner à la République pour l'achat du blé américain.

Puis Olivier désigna les jeunes qui écoutaient en silence.

— Je te l'ai dit, Florian Le Houlme est l'envoyé spécial du *Mercure de France*. Quant à cette modeste demoiselle — mais ne t'y fie pas, elle manie le boutefeu comme un maître canonnier —, c'est ma filleule, Françoise-Joséphine Trémeur d'Escragnole. Les Trémeur embarqueront dans la seconde berline, sous escorte réduite de quatre cavaliers, les meilleurs de ta compagnie.

— Pourquoi deux berlines ? demanda Gaël. Mieux vaut rester groupés. On pourrait tous se serrer dans une seule voiture, les coffres dans les malles. Cinquante lieues seulement nous séparent de Paris.

— Vous n'allez pas à Paris.

— Mais où irons-nous ? À Brest ?

— Paris est trop dangereux par les temps qui courent. Brest est pire encore, et tu n'y as plus aucune attache depuis la mort de ton père et la vente de tous ses biens.

— Où irons-nous ? répéta Gaël.

— À Escragnole-en-Provence !

— Dans ton vieux manoir de famille ?

Un regret perçait dans sa voix. Paris ! Puis il se résigna. Il se tourna vers Marie-Galante, qui approuva en souriant. Pour sa part, rien ne l'attirait à Paris !

— Le domaine d'Escragnole est presque à l'abandon, à cause de mes longues absences en mer, puis à

Paris, ajouta Olivier. Il a besoin de quelqu'un comme toi, pour tout remettre en marche. La famine règne aussi en Provence, il faut y relancer l'élevage du mouton, la culture de l'olivier, du figuier et de l'amandier, produire du miel. En haute Provence, le calme, la paix vous permettront de vous remettre du drame que vous venez de traverser ; d'attendre la fin de la Révolution, et peut-être votre retour aux Antilles. Quant à toi, Florian, tu rentres à Paris avec moi.

Franjo pâlit. Florian se pencha vers elle et lui dit :

— Je dois rendre compte de ma mission au *Mercure*. Mais je viendrai vous rejoindre en Provence dès que je le pourrai.

— Allons sur le pont, dit Olivier. Le temps presse.

Le capitaine Le Mesnil-des-Vents regagna sa chaloupe, où l'attendaient ses étranges marins, aux uniformes hétéroclites, tous bardés d'armes diverses, agités d'intentions belliqueuses. Olivier donna ses ordres aux lieutenants Colbosc et Polhoët. Avant le retour du capitaine corsaire, il fallait neutraliser en douceur la garnison de la frégate, tout au moins lui donner le change. Olivier fit appeler le capitaine Grosjean-Lataquié. Le bras droit en écharpe, l'officier ne décolérait pas de ne pouvoir se servir d'un sabre et pas même d'une épée. Olivier lui dit :

— Nous acceptons la proposition des Sans-culottes dieppois, capitaine. Je vais faire monter les coffres et le baril d'or sur le pont.

Soulagé d'éviter une bagarre, car les marins ou les canonniers pouvaient toujours réagir en faveur d'Olivier, les soldats, déposant leur sabre, se dirigèrent vers la chambre aux valeurs, sous la dunette. On fit sauter les serrures, dont les clés avaient disparu avec le capitaine Remacle. Les marins ouvrirent les panneaux du pont. Un palan gréé sur la vergue d'artimon hissa les quatre coffres et le baril d'or sur le gaillard d'arrière.

Olivier prenait tout son temps pour laisser au capitaine corsaire le temps de mobiliser ses hommes.

Soudain, le capitaine Grosjean-Lataquié s'avisa :

— On n'a pas encore lancé la fusée verte pour alerter les Sans-culottes.

— Je n'y pensais plus. Allons-y.

Dix minutes plus tard, on vit sortir du port une dizaine de chaloupes, lourdement chargées d'hommes en armes.

— Les Carabots font bien les choses ! dit le capitaine de garnison, soulagé.

— On n'est jamais trop prudent, répondit Olivier, imperturbable. Faites monter les blessés sur le pont.

Les chaloupes du corsaire se rangèrent le long du bord. Le capitaine Le Mesnil-des-Vents utilisa les grands moyens. Négligeant les échelles de cordage qui pendaient le long du bord, les corsaires lancèrent des grappins, crochèrent aux bastingages et investirent la frégate, un véritable abordage dans les règles. Médusés, les soldats, qui avaient laissé leurs armes dans l'entrepont, ne purent réagir. Ils n'en avaient d'ailleurs aucune envie. Sur la mer, on ne voyait pas trace des Sans-culottes, que le déploiement massif des corsaires sur les quais avait aussitôt fait fuir.

Le capitaine Grosjean-Lataquié hésitait.

— Que personne ne bouge ! cria Olivier. Force restera à la loi républicaine, que j'incarne ici.

Revêtu de son habit brun de conventionnel, ceinture tricolore, chapeau noir avec panache, il en imposait à tous. Grosjean-Lataquié s'avoua vaincu.

— Au fond, j'aime mieux cela ! dit-il, beau joueur. Ces Carabots normands ne m'inspiraient pas trop confiance.

— Quand ils ont vu les quais investis par nos hommes et les canons du brick en batterie, ils se sont dispersés comme des lapins ! cria un corsaire en riant.

— Ne parle pas de lapin à bord ! dit sévèrement son capitaine. Ne sais-tu pas que cela porte malheur ?

La nuit tombait. Les coffres et le baril embarqués, puis les blessés, il était temps de prendre congé de la frégate. Ému, Olivier serra dans ses bras le lieutenant Colbosc.

— Je te confie *la Liberté*, dit-il. *La Liberté ou la mort !* Essayez de vous échapper et de gagner Le Havre-de-Grâce, sinon échouez-vous sur la côte. Il y a quelques belles plages, à Veules-les-Roses ou à Saint-Valéry-en-Caux. Si vous atteignez Le Havre, vous y serez en sûreté, le temps de réparer pour regagner Brest, où je compte bien vous retrouver pour la réception du convoi de blé.

— Le blé ! Je n'y pensais même plus. Bonne chance, capitaine Descragnole ! Vous pouvez compter sur moi ! Rendez-vous au large d'Ouessant !

— Je redeviens maintenant un représentant du peuple. Beaucoup de travail nous attend à Paris.

— Pensez-vous que Robespierre pourra maîtriser la Révolution ?

— Je l'ignore. Ce gouvernement révolutionnaire est une lourde machine, semblable à un vaisseau qui fuit dans la tempête en tournant le dos à son cap. Retrouver le bon cap, tel est le problème. Il passe par la réconciliation des Français, autour de l'idéal de la République : liberté, égalité, et surtout fraternité.

Précédée par Gaël, Marie-Galante arrivait. Pour le couple, qui avait tout perdu, une vie nouvelle s'annonçait en France. Quelle serait-elle ? Ce qui frappait en les voyant, c'était leur légèreté. Débarrassés du poids de tout cet or, et sans bagages, ils étaient prêts pour une nouvelle vie.

Franjo et Florian débouchaient sur le pont à leur tour. Entièrement absorbés par leur amour, ils allaient affronter l'épreuve de la séparation. Quel serait leur sort ?

Olivier faisait confiance à Florian. Au cours de cette aventure, il avait fait preuve d'une maturité étonnante. Le garçon serrait sous son bras une serviette de cuir, dans laquelle il avait rangé toute une série d'articles : la relation de l'insurrection noire à Saint-Domingue, rédigée entièrement grâce aux récits des Trémeur. Il regrettait seulement de n'avoir pas pu assister à la terrible révolte. Mais il espérait que la vivacité du style et la forme originale du récit compenseraient l'absence de son témoignage direct.

— C'est plus qu'une série d'articles, dit-il, sûr de lui. Cela fera un livre !

Il se voyait déjà écrivain !

Ils embarquèrent dans la dernière chaloupe. Agitant son panache, Olivier salua longuement ses hommes, rangés à la bande, au bastingage. On vit alors se dresser sur la lisse la tête ébouriffée de Parsifal. Devant l'eau noire, le maître-chat hésita.

— Toi, tu restes à bord ! lui cria Olivier. On se retrouvera ! Au large d'Ouessant !

— Pousse, garçons ! lança le patron de la chaloupe.

Elle s'avança vers le port. On distinguait dans le noir, à la lumière des flambeaux, un mouvement de foule, d'où s'élevaient des cris, des chants patriotiques !

17

Olivier Descragnole et Florian Le Houlme, à cheval, descendaient l'allée des Champs-Élysées encombrée d'une foule agitée qui se portait vers la place de la Révolution, en piétinant sans scrupule les massifs de pommes de terre.

— Nous arrivons enfin à Paris ! dit Olivier. Je suis soulagé de ne plus avoir ce trésor en charge !

Le matin même, à Pontoise, il avait confié la berline à un commissaire du gouvernement, flanqué d'un détachement de la Garde nationale, envoyés de Paris par Robespierre, qu'il avait fait alerter de Dieppe par un cavalier du capitaine Le Mesnil, parti en avant du convoi, bride abattue. Il ajouta :

— Dès demain, ce trésor sera déposé sous bonne garde dans les caves de la Caisse nationale d'Escompte. Les Américains seront payés comptant. Grâce à la caution de ton père, le convoi de blé doit déjà être en route. Maintenant, c'est à la Marine nationale de jouer.

Ils demeurèrent quelques instants silencieux. Puis Olivier reprit :

— Les Trémeur ont quitté leur plantation sans rien emporter, en dehors du trésor, désormais confié à la République. Ému par ce dénuement, j'ai pris sur moi de leur proposer de garder quelques poignées de pièces d'or, de quoi vivre en France jusqu'à l'échéance de leur prêt. Le couple s'y est refusé, après en avoir parlé avec Franjo. Et Franjo a répondu : « Tout ce qui n'est pas donné est perdu. » Alors, avec l'accord de Marie, Gaël m'a rendu la reconnaissance de dette de l'État, et la garantie bancaire, à charge pour moi de veiller à faire honorer seulement les promesses faites à l'équipage de la frégate et aux soldats. Les Trémeur n'emportaient pour eux qu'un peu d'or, qu'ils avaient gagné à Saint-Domingue.

Très ému, Florian ne répondit pas. Il retrouvait dans cette générosité de celle qu'il aimait tout ce qu'il aimait en elle. Que Marie-Galante et Gaël aient aussi voulu l'assumer l'émerveillait, le comblait, sachant qu'ainsi son père n'aurait plus éventuellement à se porter caution.

Après un nouveau silence, Olivier ajouta :

— Ce trésor pesait à Gaël. Il se souvenait de son ami Yvon Tadou, le Vieux des Grèves, renonçant à cet or pour acquérir le vrai trésor, celui de la sagesse.

Florian savait ; Franjo lui avait tout raconté. L'ermite Chrysostome avait conseillé à Yvon Tadou de ne pas faire usage de cet or impur, volé par les conquistadores, ni même de le posséder passivement, mais de *le donner aux pauvres*. Gaël, à son tour, était confronté à cet éternel problème, la contradiction entre l'être et l'avoir. Au-delà de son geste généreux — un prêt sans intérêts —, il était assuré de retrouver son trésor. Le drame de Saint-Domingue lui donnait raison et bonne conscience quant à cette prudence d'homme d'affaires. Mais cela ne l'avait jamais satisfait. Ce trésor volé, retrouvé par lui, ne lui appartenait pas. Il devait le donner, le donner totalement. Et il s'en détachait progressivement, pour arriver à le donner totalement, sans regret.

Brusquement, le sort de la frégate leur revint à l'esprit. Florian demanda :

— Quand l'autre matin, à l'aube, j'ai vu la plage déserte, la frégate échappée, j'ai été stupéfait. Après votre débarquement, je m'attendais à une débandade générale, les soldats, les marins exigeant de débarquer eux aussi. Pas un homme n'a donc manqué à l'appel ?

— Pas un. J'avais distribué tout ce que nous avions d'assignats à bord, en attendant de régler ce qui a été convenu. Ils l'ont bien mérité. Les veuves et les mutilés toucheront une rente d'État sur la caisse des Invalides. J'y veillerai. Ceci dit, la frégate échappera-t-elle aux Anglais ? Je l'espère ardemment.

Au fur et à mesure qu'ils approchaient de la place de la Révolution, la foule se faisait plus dense. Des orateurs de rue haranguaient les badauds.

— Où vont tous ces gens excités, qui descendent les Champs ? s'inquiéta Florian.

— Je n'en sais rien. La foule parisienne est toujours excitée. Elle court vers quelque chose. Elle sait que ses pavés engendrent l'histoire. La Révolution continue !

Un officier de la gendarmerie, à cheval, qui semblait posté le long de l'avenue, avait remarqué le chapeau rond à cocarde et triple panache tricolore, et reconnu l'habit d'Olivier. Il le salua.

— Vous allez à la Convention, citoyen représentant ? Vous aurez du mal à franchir la place de la Révolution.

Désignant la foule, il ajouta d'un air désapprobateur :

— Les Parisiens courent à leur spectacle quotidien !

Olivier pâlit.

— J'ai quitté Paris les oreilles assourdies par les cris de la foule au moment où tombent les têtes des condamnés. Je rentre à Paris et la Terreur continue !

— Une belle brochette ! dit le gendarme, blasé.

— Mais encore ?

— Une princesse royale et sa cour. Au total vingt-six têtes !

— Une princesse royale ? s'écria Florian.

— Élisabeth Capet !

Florian ne comprenait pas. Olivier, bouleversé, murmura :

— Élisabeth de France. Madame Élisabeth !

— La sœur du roi ? Je ne peux pas le croire ! Et je ne veux pas le voir !

— Tu le verras pourtant, et plus tard tu diras : « Ce jour-là, j'ai compris pourquoi c'était la fin d'une espérance ! »

Olivier s'était rapproché du gendarme.

— Vous semblez bien renseigné, lieutenant.

— J'étais hier de garde à la Conciergerie quand on y a amené Madame Élisabeth, venant de la prison du Temple. Il pleuvait sur Paris, ce 20 floréal de l'an II. Le procès s'est déroulé ce matin. Dumas présidait le Tribunal révolutionnaire, entouré par quinze jurés populaires. Fouquier-Tinville conduisait l'accusation, Chauveau-Lagarde la défense. La mort a été prononcée à l'unanimité, l'exécution décrétée immédiate. Et nous y voilà !

— Qui sont les autres condamnés ?

— Du beau monde, citoyen conventionnel ! Le chevalier Charles de Loménie, sa mère et sa sœur. Calixte de Montmorin, vingt-cinq ans, et sa mère. Mme de Lamoignon, soixante-seize ans. La marquise de l'Aigle, la marquise d'Amboise et Mme de Crussol. Qui encore ? Le chanoine de Chambertrand. Les autres viennent du peuple : un apothicaire, un tailleur d'habit, des domestiques fidèles à leur maître. L'histoire ne retiendra pas leurs noms.

Olivier salua le gendarme et piqua son cheval en entraînant Florian.

— Suis-moi.

— Non ! Pas cela ! supplia le garçon.

— Tu veux être journaliste à Paris et tu n'aurais pas assisté à une seule exécution capitale ?

— Pas des femmes, des vieillards, des innocents !

— Viens !

À la vue du panache tricolore, la foule s'écartait pour leur laisser le passage. Ils atteignirent la place de la Révolution, gardée par des centaines de soldats et de gendarmes en armes, au moment même où les charrettes des condamnés y débouchaient, entourées par les grenadiers de la Garde nationale, précédés d'un tambour.

Le bois de justice était dressé pour la messe rouge devant le jardin des Tuileries, à côté d'une grande statue de la Liberté. Alors, Florian se rappela le mot d'un certain docteur Joseph Guillotin, qui avait fait adopter cet étrange instrument, inventé par les Italiens : « *Avec cette machine, je vous fais sauter la tête en un clin d'œil, et vous ne souffrez point !* » Et pourtant, la souffrance était là, intolérable, dans les têtes sinon dans les corps.

— Je reconnais Madame Élisabeth dans la deuxième charrette, lui souffla Olivier. Comme elle est maigre !

— Comme elle est belle ! Et si jeune !

On ne voyait qu'elle. Entièrement vêtue de blanc, Élisabeth de France se tenait bien droite, assise au milieu de ses compagnons d'infortune. Sa tête, comme nimbée de lumière, rayonnait de la foi invincible qui l'avait soutenue toute sa vie, des marches du trône jusqu'à ce jour d'infamie. Il ne restait de ce visage et de ce corps de trente ans que la beauté sans masque, une pureté inaltérable plus forte que la mort.

La foule, qui hurlait à l'approche de la première charrette, s'était tue, émue, fascinée par ce visage d'ange conduit au supplice. Un fichu de mousseline recouvrait ses épaules. Sa tête, à la chevelure massacrée par les ciseaux de la Conciergerie, était recouverte d'un carré de soie blanche. La charrette stoppa brutalement devant l'échafaud, et le carré de soie tomba à terre.

Le supplice commençait : couper en deux des gens vivants ! Les vingt-six condamnés descendirent des charrettes et attendirent au pied de l'estrade. Par pure cruauté, Fouquier-Tinville avait ordonné que la sœur du roi soit exécutée la dernière. Un à un, à l'appel de leur nom, les condamnés montaient à l'échafaud, les uns résignés, les autres révoltés ou pris de panique. Le bourreau leur liait les mains dans le dos et les garrottait sur la planche avec des sangles de cuir. La planche basculait, la tête était prise dans la chatière, dont il rabattait le collier.

En passant devant Madame Élisabeth, certains condamnés l'embrassaient, puisant à sa foi communicative la force de marcher la tête haute. Le roulement des tambours de la Garde nationale précédait puis couvrait le claquement du couperet qui s'abattait en faisant jaillir une gerbe de sang. La tête tombait dans un panier d'osier. Cette exécution inexorable fascinait la foule. Jadis, on pendait, on rouait, ou l'on décapitait à la hache. On fusillait. La vie conservait une petite chance. La corde pouvait se rompre, la hache pouvait dévier, les balles pouvaient ne pas être mortelles. Dans ce cas, le condamné était gracié, on y voyait une intervention divine. Mais on n'avait jamais vu la guillotine s'enrayer. Dieu était exclu des affaires humaines !

Dans le panier où roulaient ces têtes qui avaient remué tant de passions, de souffrance et d'espoir, les yeux restaient grands ouverts, le regard encore horrifié. Le bourreau déliait le corps, qu'agitait un dernier soubresaut ; il saisissait la tête par les cheveux et la montrait au peuple, tandis que ses aides jetaient le corps dans un tombereau, qui attendait en contrebas de l'échafaud. Le bourreau y jetait aussi les têtes, le sang inondait les planches. La foule s'était remise à hurler.

Madame Élisabeth demeurait la dernière. Un grand silence se fit. Du ton d'un commissaire-priseur annonçant sa plus belle pièce, le bourreau cria :

— Élisabeth Capet !

Elle s'avança d'un pas ferme et gravit les marches. Le bourreau s'empara d'elle et lui lia les mains. Lorsqu'il dégagea le cou, son fichu de mousseline glissa à terre, découvrant les épaules et la gorge blanche où brillait une médaille de la Vierge. Elle s'écria :

— Au nom de la pudeur, couvrez-moi, monsieur !

Impressionné, le bourreau ramassa le fichu et en couvrit ses épaules. La foule demeurait hypnotisée, fascinée par le Mystère qui se jouait devant elle, le passage de la vie à la mort, ces deux univers.

Alors que certains, parmi les autres condamnés, avaient réagi d'une manière très humaine, criant, se révoltant, ou suppliant, invectivant, elle restait impassible et sereine, le regard uniquement fixé sur cet au-delà qui lui avait toujours été si familier au temps de sa grandeur, et qui, en ce temps d'humiliations, venait au-devant d'elle.

Et maintenant elle était là, couchée, sanglée sur la planche d'infamie, la tête emprisonnée dans la chatière, la face écrasée contre le bois poisseux de sang frais, encore vivante et déjà morte à ce monde, mais déjà vivante à l'autre.

Pour la première fois, la main du bourreau tremblait. Il saisit la corde qui, tout en haut de l'échafaud, libérait le couperet, puis il attendit le roulement du tambour pour déclencher la chute brutale du couperet, entraîné par une masse métallique de soixante kilos. Rien. Étonné, il se tourna vers l'officier qui commandait au pied de l'échafaud le détachement de la Garde nationale et les tambours. Qu'attendait le capitaine Macé ?

Soudain, l'officier chancela. Puis il tomba sans connaissance de son cheval. Saisis de frayeur par ce présage, ses hommes le relevèrent et l'emportèrent, toujours inanimé. Haletante, la foule attendait.

Il n'y eut pas de roulement de tambours pour Madame Élisabeth de France. À l'instant où le couperet tranchait cette tête innocente, une mystérieuse odeur de rose se répandit sur la place, achevant de confondre la foule.

— Tu peux venir, maintenant, dit Olivier à Florian, dont le visage était devenu aussi blanc que la robe de l'infortunée princesse.

Ils se frayèrent difficilement un passage dans la foule silencieuse, tandis que le tombereau emportait les corps sans tête et les têtes sans corps, vers la fosse commune creusée dans la plaine Monceau, où ils seraient jetés en vrac. « Plus jamais cela ! » songeait Florian.

Rue de la Madeleine, Olivier lui tendit la main. Elle tremblait encore.

— Je vais chez Robespierre.

— Je vais au *Mercure*.

— Retrouve-moi ce soir, chez moi, rue des Bons-Enfants.

Il se reprit :

— Non. Demain matin, au lever du soleil.

Le visage d'Angélica déjà le possédait, effaçant les visions d'horreur.

Olivier Descragnole pénétra dans ce pavillon de Flore du château des Tuileries, où siégeaient la Convention, le Comité de salut public et le gouvernement. Là avait vécu Madame Élisabeth, auprès de la famille royale, ombre discrète à côté de son frère et des enfants de France, ignorant la cour et ses fastes désuets.

Avant de monter chez Robespierre, il jeta un coup d'œil dans les couloirs de la Convention, dans l'espoir d'y saluer son vieil ami Augustin Lantosque, le député des Basses-Alpes, et grâce à lui de s'informer. Depuis qu'il avait quitté Paris, la France avait changé, mais il n'en avait eu de l'extérieur que des échos déformés.

Il aperçut enfin son ami, qui lui parut singulièrement déprimé, le regard ailleurs.

— Augustin ! On dirait que tu ne me reconnais pas !

— Ah ! Descragnole du Var ! On ne t'attendait plus ici. Que tu as mauvaise mine ! Et si maigre !

— Je viens de traverser l'océan, de livrer quelques batailles, et pour finir d'assister à vingt-six exécutions capitales !

— Oui, c'est une infamie ! Madame Élisabeth ! Comment est-elle morte ?

— Calme et sereine comme l'innocence, le regard tourné vers le ciel.

Soudain, le vieux conventionnel s'agrippa au bras d'Olivier, comme s'il voulait se soutenir. Ses prunelles, bleu sombre comme les eaux profondes d'un lac alpin, exprimaient une angoisse insoutenable. Puis, négligeant les huissiers, les gardes et la foule des députés qui pouvaient l'entendre, il lui dit d'une voix rauque :

— De tous les crimes de la Révolution, c'est sans doute le plus exécrable et le plus inutile.

— Oui. Je le dirai à Robespierre.

— Il n'en a plus pour longtemps. En rappelant à Paris les représentants en mission qui lui sont hostiles, Fouché de Lyon, Tallien de Bordeaux, il a signé son arrêt de mort. Celui aussi, hélas, de la République !

— Explique-toi, Augustin !

— Réveille-toi, Olivier ! Danton et ses amis ont été exécutés le 5 avril.

— Je le savais. Je n'arrive pas à croire qu'il se soit laissé faire. Danton ! Le maître de la Terreur ! Quand il parlait, tout pliait devant lui. Sa voix de tonnerre ébranlait les voûtes de la salle, et les cœurs !

— On ne l'a pas laissé parler. Son procès s'est ouvert le 2 avril. Saint-Just, redoutant qu'il ne soit acquitté par le jury, avait fait voter par la Convention un décret stipulant que tout accusé insultant la justice nationale serait mis hors des débats. Il n'a donc pas pu se défendre. L'accusation les a amalgamés, lui et ses amis, à des individus accusés de spéculations ordinaires. L'exécution de Danton a jeté le trouble chez les patriotes. À qui se fier, désormais ?

— À Robespierre ?

— Il semble au sommet de sa puissance grâce au Comité de salut public. Il continue à écraser tout ce qui s'oppose à lui, à Paris comme en province. Il s'en prend même aux anciens fermiers généraux. Avant-hier, vingt-sept d'entre eux ont été guillotinés, dont Lavoisier.

— Lavoisier ! Le plus grand chimiste de notre temps, que nous enviait le monde.

— Plongé dans la rédaction de son mémoire sur l'oxygène, il avait demandé quinze jours de sursis pour l'achever. Coffinhal, le président du tribunal, lui répondit : « *Le peuple n'a que faire de tes découvertes. Le cours de la justice ne peut être suspendu.* »

— Là encore, on reconnaît l'esprit de Robespierre : « *Il faut que le tribunal soit actif comme le crime, et finisse tout procès en vingt-quatre heures.* » Mais cela ne laisse aucune chance à la justice !

— Ni à la compassion, Olivier ! La Grande Terreur s'est abattue sur Paris et sur la France, elle dévore tout. Depuis ton départ, il y aurait eu deux mille exécutions, dont trois cents femmes, et parmi elles trente religieuses. On a même guillotiné l'amiral d'Estaing !

— D'Estaing ! Le vainqueur des Anglais, le conquérant des Antilles !

L'homme avait tout commandé : un régiment du Rouergue, un autre aux Indes ; Saint-Domingue, la place de Brest, l'escadre de Toulon et celle d'Amérique, la plus grande flotte coalisée du monde à Cadix, la Garde nationale de Versailles. Vice-amiral des mers d'Asie et d'Afrique, il avait été nommé amiral de

France en 1792, la dignité suprême dans la Marine. Olivier reprit :

— Ses convictions républicaines étaient pourtant sincères. Loyal envers la France, il a toujours refusé d'émigrer. Que lui reprochait-on ?

— Sans doute sa particule. Il a été arrêté comme suspect et exécuté le 28 avril. Au pied de l'échafaud, il a crié au bourreau : *« Envoie ma tête aux Anglais, ils te la paieront cher ! »* Un autre amiral est dans le collimateur : Duchaffault. À quatre-vingt-six ans il a été arrêté et emprisonné. On dit qu'il se meurt dans la prison de Nantes.

— Duchaffault ! Le vainqueur de la bataille d'Ouessant !

Ils demeurèrent silencieux, accablés. Puis Augustin murmura :

— À quand notre tour, Olivier ? Tu aurais mieux fait de rester aux Antilles. Mais à propos ! Tu y allais chercher du blé ?

— Non ! De l'or, pour payer le blé américain. Il n'y a pas plus de blé aux Antilles que sur les pentes de ton mont Blanc !

— Et l'or ?

— Je l'ai rapporté.

— Dieu soit loué ! Au moins, que le peuple de Paris n'ait pas à souffrir de la folie de nos dirigeants !

— Je te quitte, Augustin. Je vais chez Robespierre. Que Dieu me garde !

— Dieu, justement ! Voici trois jours, à la demande de Robespierre, la Convention a décrété l'existence de l'Être suprême et, pour faire bonne mesure, l'immortalité de l'âme.

— Madame Élisabeth n'avait pas besoin de ce décret pour y croire !

— Olivier ! C'est Dieu qui va être content !

L'incorrigible vieil Alpin se troubla. Il ajouta :

— Quant à l'immortalité de l'âme, je ne sais pas, je ne sais plus… Aujourd'hui, mon âme est dans les ténèbres ! Comment a-t-on pu en arriver là ? Peux-tu me le dire, toi le savant ?

Olivier se recueillit. Pesant ses mots :

— Et pourtant, avec la fraternité, on détenait la clé du problème !

Olivier s'éloigna. Puis il se ravisa, revint en arrière.

— Augustin, encore un mot. Tu te souviens du capitaine Remacle ?

— Ah oui ! le Crabe. Ton ennemi personnel !

— Il est mort.

Augustin Lantosque demeura saisi, puis il s'écria :

— Pauvre Angélica !

— Tu la connais ?

— Un peu. Elle a cherché à avoir de tes nouvelles, et de celles de son père. Je ne savais trop quoi lui dire. Tu devrais aller la voir. Elle demeure rue de l'Estrapade.

— Oui, murmura Olivier, qui semblait sortir d'un cauchemar pour émerger sur une autre réalité, celle-là douce comme le miel de Provence, violente et passionnée, aussi ! Angélica ! Angélica !

Il se dirigea vers le bureau de Robespierre, à l'étage au-dessus. La sentinelle le reconnut et s'effaça. Il frappa et entra.

L'Incorruptible, plongé dans des rapports de police, se tenait assis derrière sa table. Toujours vêtu de son éternel justaucorps bleu moucheté, chemise de soie blanche à jabot, culotte blanche et petites bottes de cuir noir, il lui parut plus pâle et plus maigre encore qu'à leur dernière rencontre. Pâle comme sa perruque poudrée de blanc.

Il releva brusquement la tête, projetant vers le visiteur qui le troublait dans sa besogne son nez pointu et ses yeux injectés de sang. Dans ce regard aux abois passait tout le drame de cette Révolution qu'il incarnait et que le vent de l'Histoire emportait à tous les diables.

Arraché à ses sombres pensées, il reconnut Olivier, yeux noirs plus fiévreux que jamais, visage ouvert et loyal. Un large sourire éclaira le masque sévère de l'Incorruptible. Il se leva et s'avança vers lui, les deux mains tendues.

« Robespierre m'a souri ! songeait Olivier. Va-t-il me prendre dans ses bras ? Quand Robespierre embrasse, c'est pour mieux étouffer ! »

L'homme était sincère. Il serra avec effusion les deux mains d'Olivier et pour une fois ne le regarda pas de travers, mais les yeux dans les yeux.

— Tu as réussi, Descragnole ! Tu as ramené l'or ! Le peuple aura du pain et notre Révolution est sauvée !

— Est-elle sauvée, Robespierre ?

— Je fais ce qu'il faut pour cela !

— Robespierre ! J'arrive de la place de la Révolution. J'ai vu tomber la tête de Madame Élisabeth. C'est plus qu'un crime. C'est une faute politique. L'exécution de Louis XVI et de Marie-Antoinette avait déjà soulevé l'Europe entière contre la France…

— L'Europe des rois !

— En exécutant Madame Élisabeth, cette mystique innocente, c'est Dieu lui-même que la République provoque !

Robespierre baissa la tête. Son regard redevint sombre, fuyant. Il gronda :

— Je n'ai rien contre Dieu ! La preuve : je viens de faire voter par la Convention l'existence de l'Être suprême !

— Dieu n'a pas besoin de cette reconnaissance ! Il ne demande que la paix et l'amour entre les hommes.

— L'amour ?

Robespierre retourna à son bureau. Sombre, il se laissa tomber dans son fauteuil Louis XVI et désigna un siège à Olivier, qui enchaîna :

— Lors de l'émeute contre la famille royale, le 6 octobre 1789 à Versailles, le peuple de Paris voulait tuer la reine. Il se heurta à Madame Élisabeth, qu'il prit pour Marie-Antoinette. *« Ne les détrompez pas ! »* souffla-t-elle aux gardes qui s'interposaient. En s'offrant aux coups, elle espérait sauver cette reine, que pourtant elle n'aimait pas.

— J'ai tout fait pour empêcher l'exécution de Madame Élisabeth ! s'écria Robespierre. Au Comité de salut public, je me suis opposé à Billaud-Varenne et à ce scélérat de Collot d'Herbois, qui exigeaient sa tête, au seul argument qu'elle était la sœur du roi.

La colère crispait ses traits. Il ajouta :

— Sais-tu, Descragnole, ce qu'on m'a répondu au Comité ? Que je voulais sauver cette princesse pour me réconcilier avec la monarchie ! Donner des gages, en quelque sorte ! On m'a regardé de travers, moi, Robespierre !

— Il est bien tard pour donner des gages ! Mais ce n'est pas une raison pour laisser faire les Enragés, qui ne pourront dormir tant que restera en vie une seule personne de la famille royale. À quand le tour du dauphin qui, m'a-t-on dit, agonise sans soins dans une tour du Temple, sous le regard glacial de deux commissaires de la Commune ?

— Je ne suis pas aussi puissant qu'on le dit, Descragnole. Ici même, dans ce palais des Tuileries qui a connu les fastes de l'Ancien Régime, nul n'est assuré d'exister deux jours encore tant que Billaud-Varenne et Collot d'Herbois, ces terroristes, domineront le Comité de salut public.

— Si le Comité te lâche, appuis-toi sur la Convention !

— Impossible. Sa majorité est modérée, et elle se délecte des divisions qui déchirent les Patriotes et autres Jacobins. On veut ma tête. Après Marat et Danton, ce sera moi. Après moi, il n'y aura plus de République.

Laissez flotter un moment ses rênes, et vous verrez le despotisme militaire s'en emparer. Un général populaire prendra le pouvoir tombé à terre. Il régnera quelques années. On verra ensuite les carrosses des Bourbons rouler vers Paris… à tombeau ouvert !

Pris par sa vision, il ferma les yeux et répéta :

— À tombeau ouvert !

Olivier attendait. Du jardin des Tuileries montaient des éclats de voix. Des orateurs populaires tentaient d'intéresser une foule de badauds blasés et sceptiques. On sentait peser sur la Révolution comme une fin de règne.

Robespierre se redressa.

— Que se passe-t-il à Saint-Domingue, Descragnole ?

— C'est un immense gâchis. Tout est à feu et à sang. Menacés de mort par les esclaves qu'ils refusent d'émanciper, les colons ont fait appel aux Anglais, ou sont partis en Virginie, libres d'y faire travailler des esclaves.

— La Corse aussi vient de se donner aux Anglais ! George III d'Angleterre a été proclamé « souverain du royaume corse » !

— Il a garanti aux colons de Saint-Domingue la propriété des esclaves, mais cette promesse restera sans effet ; tous les esclaves se soulèvent. L'île est paralysée. Les ports sont occupés ou bloqués par les Anglais ; les Espagnols occupent l'intérieur de l'île. La production de sucre et de rhum, qui faisait la richesse de la France, est tombée à zéro.

— Que fait Toussaint-Louverture ?

— Il tente de maintenir l'ordre avec ce qu'il reste de forces républicaines. Il joue en fait son jeu personnel, inspiré par « le pouvoir noir ».

— Sonthonax ?

— Il a fait ce qu'il a pu. Mais sa proclamation d'abolition de l'esclavage, sans concertation préalable avec les colons, était prématurée. J'avoue avoir marché dans ce sens.

— La Convention a fini par le désavouer. Nous venons de le révoquer. Je ne le regrette pas. C'était un Girondin. Pire : un Brissotin !

— Il aurait fallu procéder en douceur, comme les Trémeur l'ont fait sur leur domaine, avec compréhension, générosité, patience, en s'alliant avec le temps, au lieu de le violenter. Faute de quoi l'île a été submergée par les passions, engendrant les pires violences. Une situation inextricable s'est créée. De même qu'en France, la liberté et l'égalité ne pouvaient coexister sans la fraternité.

— La Convention et Sonthonax ne pouvaient faire autrement que d'abolir l'esclavage, au nom des grands principes qui fondent la République, au nom des droits de l'homme !

— C'est aussi le moins que l'on pouvait donner aux esclaves pour s'être désolidarisés des Anglais. Mais cela a entraîné la révolte des colons. Nous avions désormais tout le monde contre nous : les Anglais, les Espagnols, les colons, et finalement les Noirs et les métis, qui trouvent qu'on n'en fait pas assez et pas assez vite. Deux siècles d'esclavage, Robespierre ! Tout ce poids de l'histoire qui déferle sur nous comme une montagne qui s'écroule ! Même les Trémeur ont été emportés. C'est un miracle qu'on ait pu les sauver et ramener le trésor !

— Le grand convoi de blé escorté par le contre-amiral Vanstabel a pu appareiller de la Chesapeake grâce aux garanties financières de Le Houlme, qui s'était empressé de les obtenir pour sauver sa tête. Et le contre-amiral Nielly vient de recevoir l'ordre d'appareiller de Rochefort pour se porter à leur rencontre.

— De combien de vaisseaux disposent-ils ?

— Une douzaine, et quelques frégates.

— C'est insuffisant. L'amiral Howe tient la Manche avec trente vaisseaux, au moins. Il va se porter sur Brest.

— Toutes les forces navales de Brest ont été mises sur pied de guerre pour aller les soutenir au large. Aux deux petites escadres s'ajoutera donc l'armée navale de l'amiral Villaret-Joyeuse, qui appareillera dans quelques jours.

Il hésita, puis il lâcha d'une voix sourde :

— Nos marins ont reçu l'ordre de se sacrifier pour permettre au convoi de passer.

— Dans ces conditions, une grande bataille navale se prépare. Comme en Amérique en 1781 avec la bataille de la Chesapeake, le sort de la République est en jeu, puisque l'Angleterre, qui ne peut être abattue que sur mer, est l'élément moteur de la coalition européenne contre la France.

— Sans doute…

— Robespierre !

— Descragnole ?

— J'ai ramené l'or de Saint-Domingue. Puis-je te demander une faveur ?

— Tout ce que tu voudras !

— Un ordre de mission et une escorte.

— Quelle mission ?

— Je veux embarquer à Brest, comme officier, à bord de la flotte qui couvrira le convoi, et prendre part à cette bataille navale décisive.

— N'y va pas, Descragnole ! Le nombre des vaisseaux fait illusion. La flotte française risque d'être écrasée au large. Il y aura des milliers de morts.

— Mais grâce à elle le convoi passera. Je veux le voir de mes yeux. Sinon, ma mission aurait été inutile, comme le sacrifice des Trémeur.

Robespierre prit une feuille à l'en-tête du Comité de salut public et écrivit :

« Au citoyen contre-amiral Villaret-Joyeuse, commandant l'armée navale de Brest, salut et fraternité ! Le conventionnel représentant en mission Olivier Descragnole, lieutenant de vaisseau, est autorisé à embarquer à bord de la Montagne, *ou de tout autre vaisseau de l'escadre, selon les disponibilités opérationnelles. Il se placera sous les ordres du citoyen Jean Bon Saint-André, délégué du Comité de salut public. »*

Il y apposa son tampon, signa et tendit la feuille à Descragnole.

— Tu auras une escorte pour Brest.

— Demain matin, devant chez moi, rue des Bons-Enfants.

— Encore un mot, Descragnole. Ils sont fous de rage, à la Commune de Paris. Comment as-tu fait pour te débarrasser du capitaine Remacle ?

— Il est mort.

— Je sais. Tu l'as exécuté ? Tu as bien fait. Il aurait détourné l'or. C'était lui ou toi. Je n'ai pas à m'immiscer dans votre querelle de famille.

Olivier était troublé que Robespierre puisse penser qu'il avait assassiné Remacle, simple règlement de comptes pour faire disparaître le père d'Angélica, qui s'opposait à leur mariage. Mais alors, Angélica risquait de le croire aussi ! Et ce doute destructeur pouvait la détacher de lui ! Il s'écria :

— Je ne l'ai pas exécuté !

Il sortit le petit pistolet de sa poche et le posa sur la table de Robespierre.

— Je te le rends. Je n'en ai plus besoin. Tu peux constater qu'il n'a jamais servi. Le capitaine Remacle est mort bravement à la tête de ses hommes. Il a pris un mauvais coup lorsque la frégate est entrée dans la Manche. Un vaisseau anglais nous poursuivait depuis notre départ des Antilles. Son acharnement pouvait laisser penser qu'il était au courant de la présence du trésor à notre bord. On s'est battus comme des chiens. Canonnade, abordage, corps à corps… Remacle, qui avait échappé aux boulets, aux coups de sabre et aux milliers de balles dont nous criblaient les caronades anglaises, a reçu une poulie sur la tête ! Puis il a basculé à la mer dans un coup de roulis, sans un cri.

— Tu es lié avec Angélica ?

— On ne peut rien te cacher.

— Tu as de mauvaises fréquentations pour un aristocrate !

— J'ai l'intention de l'épouser.

— Ce sera un beau mariage. J'y serai. Talleyrand vous mariera, ou Sieyès !

Étourdi, Olivier sortit, dévala l'escalier et se retrouva dans le jardin des Tuileries. Puis il se dirigea vers la rue de Rivoli. Un fiacre passait. Il le héla.

— Rue de l'Estrapade !

18

Après cinq journées de trot à travers les épaisses forêts bretonnes, changeant de chevaux à l'étape du soir, ripostant à deux reprises à des embuscades de Chouans, Olivier Descragnole et Florian Le Houlme arrivèrent à Brest le 15 mai, fourbus mais décidés. Ayant congédié son escorte, Olivier, qui avait revêtu un uniforme de lieutenant de vaisseau tout en gardant son chapeau rond à plumes tricolores, se présenta au château, où il fut aussitôt reçu par le commandant d'armes, le capitaine de vaisseau Le Goff, auquel il montra son ordre de mission. Ce vieux marin de soixante-dix ans, rescapé du Grand Corps, avait été un ami de son père.

— La flotte appareille demain pour se porter au devant du convoi, dit-il.

Le château de Brest dominait la rade. Elle était vide. Le commandant d'armes devina l'interrogation.

— La flotte est mouillée à l'extérieur du goulet, en rade de Bertheaume. Avec un bon cheval, tu y seras en une heure.

Son visage se ferma.

— Écoute le conseil d'un ami, Olivier. Ton ordre de mission ne t'oblige pas à embarquer. Il t'y autorise seulement. Personne ne t'attend. Si tu n'es pas indispensable, n'y va pas. C'est… ce sera très dangereux.

— Une bataille navale est toujours dangereuse, commandant !

— Celle-là ne sera pas comme les autres.

— Vous avez des informations spéciales sur les Anglais ?

— La flotte du lord amiral Richard Howe a été repérée par nos veilleurs de la pointe Saint-Matthieu ; vingt-cinq ou vingt-six vaisseaux de ligne, et de nombreuses frégates.

— Notre flotte compte aussi vingt-cinq vaisseaux. En y ajoutant la douzaine de vaisseaux des amiraux Vanstabel et Nielly, respectivement chargés d'escorter le convoi et de couvrir son arrivée à Brest, on pourrait même disposer de trente-six vaisseaux. Le rapport des forces tourne à notre avantage.

— Tout ceci est très théorique, Olivier, et tu le sais. D'abord, il faudrait qu'ils se réunissent. Ensuite, la qualité prime sur le nombre. Tu n'as commandé qu'une frégate, sans commune mesure avec un vaisseau de 74 qui déplace trois mille tonnes ! L'amiral Villaret-Joyeuse a eu les plus grandes difficultés à les armer, et ce n'est pas fini.

Oui, Olivier le savait. L'hiver avait été terrible pour les équipages, minés par les fièvres putrides et les insubordinations.

— À bord, l'état sanitaire reste préoccupant, poursuivit le commandant d'armes. La malpropreté favorise la diffusion des maladies. L'hygiène n'est plus respectée et les hommes ne touchent plus les vêtements réglementaires. Mal payés, parfois avec six mois de retard, ils sont mal nourris, ce qui explique ces flambées de mutineries qui déshonorent notre Marine. À bord, les effectifs sont insuffisants pour le combat, en raison des désertions et de l'épidémie endémique de typhus qui sévit à Brest, où l'on a compté plus de trois mille morts l'année dernière.

— Que valent nos canonniers ?

— On peut compter sur les anciens. Cependant, après les révocations massives d'artilleurs de marine du

Corps royal, révoltés, il y a trop de jeunes recrues de l'armée, et même de paysans réquisitionnés. Nul ne sait comment ils se comporteront au combat. On a vu des bateaux désemparés à cause du mal de mer ! Les malheureux embarquaient pour la première fois !

Olivier écoutait avec consternation. Il croyait entendre le capitaine Disnouville, lorsqu'il l'avait rejoint, trois mois auparavant, à bord de *la Liberté*. Ainsi, rien n'avait changé ? Il demanda :

— Au plan matériel, nos vaisseaux sont-ils en mesure d'affronter les Anglais ?

— Certains sont en mauvais état, ils tiennent mal la mer et ne remontent pas au vent. Les coques ne sont pas toujours étanches et devraient être radoubées. Les doublages de cuivre ne sont pas sûrs. Néanmoins, on peut appareiller, et peut-être se battre.

— Mais à quoi est due la persistance de cette situation déplorable ?

— Nos arsenaux n'ont pas retrouvé le niveau d'efficacité qui fut le leur grâce à la politique d'expansion maritime de Louis XVI. Depuis des années, l'insurrection vendéenne mobilise nos ouvriers contre les Chouans. L'armée a même réquisitionné les bouviers et les bœufs, interrompant ainsi le voiturage des bois de marine issus des forêts intérieures. Et le blocus anglais paralyse le cabotage entre nos ports.

— Mais on dit à Paris que Jean Bon Saint-André a ressuscité notre Marine ?

— Doté des pleins pouvoirs, il a effectivement redressé la situation, rétablissant la discipline, reconstituant le ravitaillement, relançant les constructions navales. Mais l'effet positif ne commencera à s'en faire vraiment sentir que l'année prochaine, au plus tôt.

— Les équipages refusent-ils d'appareiller, ou de combattre, comme en 93 ?

— Non ! On a heureusement maîtrisé la crise, grâce aux mesures radicales prises par Jean Bon Saint-André, qui est à bord du vaisseau-amiral, *la Montagne*. Il a su insuffler un esprit patriotique. Les équipages se battront jusqu'à la mort.

— Oui, je l'ai constaté à bord de *la Liberté*. Et qu'en est-il des états-majors ?

— Leur courage n'est pas non plus en cause, ni leur patriotisme. Mais cela suffira-t-il ? Toi et moi sommes des rescapés du Grand Corps. Qu'en reste-t-il ?

Olivier ne connaissait que trop les chiffres terribles. Sur ce Grand Corps de mille deux cents officiers de la Marine royale, la deuxième du monde, neuf cents avaient émigré, dont vingt-deux amiraux sur vingt-sept. Parmi les actuels capitaines de vaisseau, la moitié venaient de la marine marchande. L'un d'eux n'était à l'origine que simple matelot, un autre simple maître de manœuvre. Un seul avait été promu capitaine de vaisseau avant 1789. La plupart ignoraient tout de la marine de guerre et n'avaient jamais navigué en escadre. Les quatre amiraux qui commandaient n'étaient que de simples lieutenants trois ans auparavant. Villaret-Joyeuse venait de recevoir ses étoiles, tout comme Vanstabel, Nielly et Bouvet, ces anciens capitaines du commerce. Or les Anglais étaient commandés par les plus brillants officiers de l'Empire, aguerris aux combats des Antilles et d'Amérique contre les grands amiraux français : Estaing, Guichen, Grasse, Suffren.

— Que vaut l'amiral Villaret de Joyeuse ?

— Ne lui donne pas sa particule devant Jean Bon Saint-André ! Je pense que c'est un bon marin.

— Mais encore ?

— Il n'a que quarante-quatre ans. Promu capitaine de vaisseau en 1792, il s'est vu nommé par Jean Bon contre-amiral six mois plus tard et a reçu aussitôt le commandement de l'armée navale de Brest. Cette nomination eût été impensable sous l'Ancien Régime. En tant qu'amiral, il ne s'est encore jamais battu, il manque évidemment d'expérience.

— N'a-t-il pas combattu sous les ordres de Suffren aux Indes ?

— Il commandait en 1783 la frégate *la Naïade*, et livra pendant quatre heures un combat bord à bord contre un vaisseau anglais de 64 canons, ne se rendant que munitions épuisées.

— On dit aussi qu'ancien gendarme du roi il a été chassé de ce corps à dix-huit ans pour avoir tué un adversaire en duel.

— Oh ! il ne manque pas d'agressivité ! N'a-t-il pas aussi commandé un brûlot ? Mais le courage ne suffit pas lorsqu'il s'agit de commander une flotte. L'art de l'évolution ne s'improvise pas. Au temps des rois, il fallait trente ou quarante ans pour faire un amiral !

— Comment a-t-il accueilli cette promotion inespérée ?

— Avec tremblement, car il connaît ses limites ; et surtout son adversaire. Lord Richard Howe, soixante-huit ans, est l'un des meilleurs amiraux d'Angleterre. Nommé capitaine de vaisseau l'année où Villaret-Joyeuse voyait le jour, il a, tu le sais, commandé la *Home Fleet* dans la guerre d'Indépendance américaine. Puis il a été Premier Lord de l'Amirauté pendant six ans, avant d'être nommé en 1792 au commandement de la *Channel Fleet*, qui totalise de nombreux vaisseaux parmi les meilleurs du monde.

— Qui va commander notre flotte ? Villaret-Joyeuse, ou Jean Bon Saint-André ?

— Jean Bon a tous les pouvoirs !

— Et cela ne vous inquiète pas ?

— Tu connais mieux que moi le parcours de cet idéologue !

Olivier demeura perplexe. Ce marin du commerce avait coulé trois fois, comme feu le capitaine Remacle.

Dégoûté de la marine, il s'était fait pasteur protestant à Castres. Son caractère despotique l'avait fait chasser du temple. Il s'était retrouvé à Montauban en 1789, où il avait adhéré à la Révolution. Monté à Paris, il s'était fait remarquer au Club des Jacobins. Beau parleur et travailleur infatigable, élu à Montauban député de la Convention, il s'était installé à Paris en se vouant corps et âme à la Révolution. Entré au Comité de salut public en 1793, il était devenu, lui le capitaine disgracié, l'unique responsable de la Marine nationale, avec préséance sur le ministre en titre, l'amiral Dalbarade, qui lui devait sa nomination.

— On peut se demander, insista Olivier, comment l'amiral Villaret-Joyeuse va le supporter. Et qui conduira la flotte lorsque pointeront à l'horizon les mâts ennemis ?

Florian écoutait en silence en prenant des notes. Le commandant d'armes s'avisa soudain de sa présence.

— C'est ton fils ? Ton secrétaire ?

— Ah ! j'ai oublié de vous présenter Florian Le Houlme, envoyé spécial du *Mercure de France*, pour le meilleur et pour le pire.

— J'espère qu'il ne va pas publier tout ce que je t'ai raconté !

— J'y veillerai. Nous étions ensemble à Saint-Domingue. Ses articles sur la révolution des Noirs vont bientôt sortir. Ils ne passeront pas inaperçus, si toutefois le Comité de sûreté générale ne les censure pas.

— Vous déjeunez avec moi, tous les deux. J'ai été en poste à Cap-Français en 1788 et j'aimerais vous entendre sur ce sujet brûlant.

— Merci, commandant ; mais nous n'avons pas le temps. Nous partons pour Bertheaume.

— Alors, tu es décidé à embarquer, après tout ce que je t'ai dit ?

— Pouvez-vous nous prêter deux chevaux fringants ? Les nôtres sont à bout de course !

— C'est possible ; mais fais-les-moi retourner.

Il les raccompagna jusqu'aux douves du château.

— Adieu, d'Escragnole ! Et toi, petit, tâche de découvrir la vérité sous les oripeaux dont l'affublent les hommes, en haut lieu ! Et ne t'y brûle pas !

Ils galopaient maintenant sur la route du Conquet, après avoir traversé Recouvrance, chère au cœur d'Olivier. Une heure plus tard, des hauteurs de Trez-Hir qui dominent la baie de Bertheaume, ils aperçurent la flotte au mouillage. La vue de ces magnifiques vaisseaux, dont trois portaient cent dix à cent vingt canons, leur remonta le moral et leur fit oublier les prédictions pessimistes du capitaine de vaisseau Le Goff !

— Regardez ! dit Florian. Sur ces quelque trente-cinq vaisseaux et frégates, un seul, le plus gros, arbore le nouveau pavillon républicain intégral réglementaire, les trois bandes verticales tricolores. Tous les autres portent encore l'ancien pavillon.

— En effet, c'était le drapeau de la Fédération, de soie blanche, frappé d'un quartier tricolore à son angle gauche, manière britannique, les trois couleurs de la nation, institué en 91 par l'Assemblée constituante — le roi régnait encore. On n'a pas dû trouver assez d'étamine à Brest. C'est pourquoi, pour parler « sans-culotte », on a « *conservé pour le fond la livrée du tyran* », le blanc royal ! Le capitaine Remacle ne l'avait pas toléré sur *la Liberté*.

Piquant leurs chevaux, ils galopèrent vers la plage de Plougonvelin, où l'on apercevait de nombreuses chaloupes occupées à faire de l'eau à des sources voisines. Mettant pied à terre, Olivier se dirigea vers une embarcation qui portait le nom *la Montagne*, gravé au tableau arrière, et tendit au patron sa médaille de conventionnel.

— Nous allons à bord du vaisseau-amiral.

— Montez, citoyen représentant. Nous poussons dans dix minutes. La dernière barrique arrive.

— Quelqu'un peut-il se charger de nos chevaux ? Ils appartiennent au château de Brest.

— Confiez-les à ces gendarmes maritimes. Ils retournent à Brest après le départ de la flotte.

Vingt minutes plus tard, Olivier, toujours suivi de son silencieux compagnon qui n'arrêtait pas de prendre des notes sur son carnet de voyage, montait l'échelle de commandement du puissant trois-ponts, mouillé sur trois ancres à une encablure du rivage. Sur cet énorme vaisseau, armé de cent vingt canons, parmi les plus gros calibres de la marine, se pressaient plus de mille deux cents hommes. Lancé en 1786 sous le nom d'*États-de-Bourgogne*, il avait été rebaptisé *la Côte-d'Or* avant de s'appeler *la Montagne*.

Impressionné par le panache tricolore d'Olivier, l'officier de service à la coupée les conduisit aussitôt à la salle du conseil, une pièce immense ornée de pilastres et de lambris dorés, qui occupait tout le dernier étage de la dunette, à l'arrière. Par les vastes fenêtres cintrées ouvertes sur le balcon de poupe, tout aussi richement décoré, on apercevait la côte sauvage de Bretagne.

Jean Bon Saint-André conférait avec le maître du navire, le capitaine de vaisseau Basire, devant une carte de la mer d'Iroise et des parages du Finistère, étalée sur une grande table. Il vit Olivier et un large sourire étonné éclaira son visage au profil aigu, disgracié. Son regard de feu reflétait une excitation inhabituelle.

— Descragnole ! Je ne t'attendais pas ! Mais sois le bienvenu à bord ! Nous avons reçu hier l'ordre d'appareiller pour aller à la rencontre du convoi, et couvrir son arrivée. J'en ai conclu que tu avais accompli ta mission : l'or de Saint-Domingue, le prix du blé américain !

— Le blé sera payé « cash », comme le demandent les Américains.

Le capitaine de vaisseau Basire s'excusa pour aller donner des ordres, et Descragnole se retrouva face à face avec Jean Bon Saint-André. Il sonda le regard brûlant de l'homme qui avait sans doute ordonné l'exécution du capitaine Disnouville, à l'instigation du capitaine Remacle, qu'il avait ensuite fait nommer à sa place au commandement de la frégate *la Liberté*. Sans doute à cause de son travail épuisant, un mois à Brest, un mois à Paris, un autre mois à Rochefort ou à Lorient, avec toutes les fatigues et les aléas des voyages, le délégué du Comité de salut public avait encore maigri et son nez paraissait plus long, sa mâchoire plus dure, toujours prête à mordre l'adversaire, hier le Chouan, aujourd'hui l'Anglais. Vêtu d'un sobre habit noir, sans dorures ni rubans, il affectait un total dédain vestimentaire. Sous la froideur naturelle de son regard, brûlait le feu révolutionnaire. Mais son œil aux aguets trahissait l'ambition démesurée d'un homme aspirant au pouvoir.

Olivier l'avait un peu fréquenté à la Convention. De ce pur Jacobin exalté et sectaire, ses ennemis disaient qu'il y avait plus de fiel dans son petit doigt que dans tout le corps de Marat. Il avait habilement mené sa carrière politique. Sans états d'âme, il avait voté la mort du roi en s'écriant : « *La royauté même est un crime !* » Admirateur de Robespierre, il avait soutenu la création du sanglant Tribunal révolutionnaire, dépassant son modèle, affirmant que pour établir la République il fallait réduire de moitié la population française. Aussi sa vie était-elle éclaboussée de sang. Il avait d'abord fait régner la Terreur dans le Midi, ce qui avait précipité la trahison de Toulon, livré aux Anglais. Le Comité de salut public, redoutant la contagion dans toute la marine, l'avait envoyé à Brest. D'une poigne de fer il avait rétabli partout l'autorité républicaine, c'est-à-dire jacobine, parisienne, centralisée. Après avoir constaté dans la flotte et dans les arsenaux l'échec d'un libéralisme qui allait jusqu'à faire élire des capitaines par leurs hommes, trop souvent eux-mêmes incompétents, il savait être pragmatique, fût-ce au détriment des principes républicains proclamés dans ses discours.

Un officier au visage joufflu, coiffé à l'Ancien Régime, entra. Il fallait remarquer ses épaulettes garnies de deux étoiles pour reconnaître un contre-amiral, car son uniforme ne portait aucune des dorures habituelles sous lesquelles se plaisent les officiers généraux. On ne lui aurait pas donné quarante ans. Jean Bon se tourna vers l'homme qui, hier encore simple capitaine de vaisseau, venait d'être nommé grâce à lui chef de la plus puissante flotte de France.

— Citoyen amiral Villaret-Joyeuse, je te présente Olivier Descragnole, lieutenant de vaisseau, membre de la Convention nationale.

— Ah ! Descragnole !

Un petit sourire complice, qui n'échappa pas à Jean Bon, effleura le visage de l'ancien compagnon de Suffren. « Deux ci-devant aristocrates, deux anciens officiers du Grand Corps royal de la Marine, songeait avec amertume le commissaire du Comité de salut public. Comment ont-ils pu échapper aux épurations révolutionnaires ? » Certes, Jean Bon aurait préféré à la tête de la flotte un officier non issu du Grand Corps, mais il ne l'avait pas trouvé.

Louis-Thomas, ci-devant comte Villaret de Joyeuse, le biennommé, était l'antithèse de Jean Bon Saint-André. Son visage charnu, rosé, bien rasé, parfumé, était celui d'un homme à la nature expansive et généreuse, aimant la vie et les plaisirs. Son œil, malgré la gravité de la situation, pétillait d'une joie de vivre qui n'excluait ni l'ambition, ni l'excitation que procure une franche bataille.

— Bienvenue à bord, Descragnole !

Olivier tendit son ordre de mission — mais quelle mission ? — à Jean Bon Saint-André, qui le lut attentivement et le passa à l'amiral.

— Je ne veux prendre la place de personne, dit Olivier, qui s'amusait de leur embarras. Mais si je peux vous être utile…

— Certainement ! s'écria l'amiral. Nos états-majors sont en sous-effectif, même à bord de *la Montagne*. Mon officier des subsistances, frappé par le typhus, vient de débarquer. Je n'ai pas pu le remplacer. Voulez-vous prendre sa place, puisque vous avez appartenu au corps des officiers secrétaires de la Marine ?

— Je ferai de mon mieux, amiral !

Pour la forme, Villaret-Joyeuse se tourna vers Jean Bon, qui approuva d'un signe de tête agacé. Il aurait préféré voir ailleurs son collègue de la Convention. Au cours d'un combat, on ne savait jamais ce qui pouvait se passer, et mieux valait éviter un observateur politique indépendant et trop curieux.

Un peu à l'écart et aussi discret que possible, ce qui n'était pas dans sa nature, Florian Le Houlme ne perdait rien de la scène. Profitant d'un silence, il osa émettre un léger raclement de gorge.

— Amiral, dit Olivier, je vous présente Florian Le Houlme, envoyé spécial du *Mercure de France*.

Jean Bon Saint-André eut un haut-le-corps. Il n'aimait pas les journalistes, surtout parisiens. Mais il se tint coi en remarquant la mine réjouie de l'amiral, qui comptait sur ce journaliste pour exalter ses exploits.

Un capitaine de vaisseau entrait, Delmotte, le major général de la flotte.

— Des nouvelles du contre-amiral Nielly, amiral. Un courrier à cheval nous signale qu'il a appareillé de Rochefort avec cinq vaisseaux : *le Sans-Pareil*, *l'Audacieux*, *le Patriote*, *le Téméraire* et *le Trajan*.

— Quels ordres ont-ils reçus ?

— Trouver le convoi, le couvrir, et nous en aviser.

La réalité brutale, tout ce pour quoi ils étaient mobilisés, et avec eux des dizaines de milliers d'hommes, se rappelait à eux : *le convoi*.

L'amiral se tourna vers Florian, qui avait sorti son carnet et son crayon Conté.

— Puisque vous allez nous faire la relation des futurs combats, il faut que vous ayez bien en tête l'ensemble de la situation.

— Je veux voir son papier avant qu'il ne l'envoie au *Mercure* ! s'écria Jean Bon. Question de sécurité.

— Cela va de soi.

L'amiral entraîna Florian devant une grande carte de l'Atlantique, étalée sur la table. Son doigt se posa sur l'Amérique du Nord.

— Ici, au trente-huitième parallèle, la baie de Chesapeake. Devant les deux caps qui en commandent l'entrée, l'amiral de Grasse remporta en 1781 une bataille navale décisive contre l'amiral sir Thomas Graves, victoire qui entraîna la capitulation de l'armée anglaise du général Cornwallis, cernée dans la place forte de Yorktown par les généraux Washington, Rochambeau et La Fayette[1]. De cette baie de Chesapeake, un immense convoi a pris la mer, plus de cent vaisseaux marchands. Ils emportent les soixante-sept mille barils de farines américaines nécessaires au ravitaillement de l'armée et à la survie du peuple de Paris. S'y ajoutent une vingtaine de vaisseaux marchands qui ont pu s'échapper des Antilles, sans doute les derniers.

L'amiral consulta une liste.

— 7 163 barils de sucre, 11 241 barils de café, 1 139 balles de coton. Et encore de l'indigo et du cacao. Il y a même 376 barils de riz américain et des barils de

1. Voir *Le Rendez-vous de Marie-Galante*.

morue salée. Des billes de bois précieux, des peaux de chevreuil et autres cuirs, des bottes, des écailles et du soufre ! Une véritable fortune pour la France, qui manque de tout. Au total, cent vingt-sept vaisseaux marchands.

— Le convoi amène aussi un cadeau de Sonthonax, grinça Jean Bon. Une jolie brochette de colons révoltés de Saint-Domingue, qui auront à répondre de leurs turpitudes séparatistes et esclavagistes devant le Tribunal révolutionnaire de Paris.

— Puis-je me permettre une question, amiral ? demanda Florian d'une voix aussi modeste que possible.

— Vous pouvez.

— Les Anglais ont-ils eu connaissance de ce convoi ?

— Naturellement ! Ils sont à l'affût de tout ce qui bouge sur les mers, dans les ports et sur les rades. Ils ont été avisés par leurs frégates de surveillance et par leurs espions antillais et américains. Peut-être même par quelque autorité navale américaine, mais ne l'écrivez pas ! Dans cette affaire de convoi, il se peut que quelques Yankees demeurés loyalistes envers l'Angleterre nous trahissent. Les Américains ne sont-ils pas en majorité des Anglais, d'anciens sujets du roi George III, qui vient de renouer avec les États-Unis ?

— Foin de ces suppositions malveillantes ! trancha Jean Bon Saint-André. L'Amérique est une république.

Villaret-Joyeuse enchaîna :

— Informé par l'*Admiralty,* l'amiral lord Richard Howe possède donc l'exacte connaissance de la composition de notre convoi, de son escorte et de son chargement, à un baril près. Nous savons par un corsaire de Saint-Malo que la *Channel Fleet* sous ses ordres, vingt-six vaisseaux et sept frégates, a pris la mer le 10 avril, de Spithead. Repéré par notre sémaphore de la pointe Saint-Matthieu, sir Richard a reconnu et compté notre flotte mouillée ici même. Puis, dédaignant de tirer un seul coup de canon, ne fût-ce que de courtoisie, il a fait demi-tour cap au large pour tenter d'intercepter le convoi, sa mission prioritaire.

Un silence angoissé avait accompagné les paroles de l'amiral. Après une pause que mit à profit Florian pour résumer sur son carnet tout ce qu'il venait d'entendre, il poursuivit :

— À la place de lord Richard Howe, j'aurais attaqué immédiatement notre flotte au mouillage. Celle-ci mise à mal et contrainte à se retrancher dans la rade, il suffisait aux Anglais d'attendre l'arrivée du convoi en tirant des bords entre Ouessant et Camaret. Ils ne pouvaient pas le manquer… sauf si le convoi, avisé de sa présence, se détournait pour faire tête sur un autre port de la côte Atlantique. Bref, Howe a préféré s'avancer dans l'océan à sa recherche, au risque de le rater.

— Et s'il ne le rate pas, amiral ?

— Nous serons là pour intervenir. Le convoi sera alors couvert par deux escadres, qui s'ajouteront aux nôtres. L'escadre du contre-amiral Vanstabel, depuis la Chesapeake, six vaisseaux et quatre frégates. Et celle du contre-amiral Nielly, les cinq vaisseaux et quelques frégates partis de Rochefort.

— Mais l'amiral Nielly trouvera-t-il le convoi ?

— Vous posez trop de questions indiscrètes ! s'écria Jean Bon.

— J'espère qu'il ne le manquera pas, répondit l'amiral. L'océan est vaste, mais nos marins, quoi qu'en disent nos ennemis, savent naviguer. Nielly brique les mers depuis trente-six ans. Il a commencé comme mousse à sept ans. Passé de la marine marchande à la marine de guerre, c'est un spécialiste de l'escorte des convois. L'amiral Vanstabel est un ancien capitaine de la Compagnie des Indes. Il a fait la guerre d'Indépendance américaine, puis la guerre de course.

Florian demeura sans voix. Il lui paraissait évident que si lord Howe tombait sur le convoi, il n'en ferait qu'une bouchée, même si ce convoi était soutenu par les onze vaisseaux des deux petites escadres réunies.

L'amiral devina son interrogation angoissée et ajouta :

— Nous veillerons à intervenir pour rétablir l'équilibre des forces. Telle est la mission de l'armée navale de Brest. Et nous avons sur les Anglais un avantage décisif : un rendez-vous précis a été pris au large avec le convoi, à cinq cents milles d'Ouessant.

— Est-il indiscret de connaître la teneur des ordres du gouvernement ? osa demander Florian.

Gêné, l'amiral se tourna vers le représentant du Comité de salut public. Jean Bon Saint-André articula, et l'on aurait dit le grincement d'une chaîne rouillée dans un écubier :

— Voici les termes mêmes des ordres de l'amiral ministre Dalbarade, ayant en charge la Marine au Comité exécutif : « *Le salut du convoi des subsistances du peuple français devra être le seul but, la seule règle de conduite de l'armée navale. Ce n'est pas une victoire navale qu'il nous faut, mais* notre convoi. »

— *Notre convoi !* répétèrent d'une seule voix l'amiral et le major de la flotte.

On les sentait prêts à donner leur vie pour cette mission essentielle.

Le regard de Jean Bon devint insoutenable. Il déclara d'une voix monocorde qui les glaça :

— En vertu de mes pleins pouvoirs et des ordres du Comité de salut public, j'ai avisé les capitaines de nos escadres, et ceux de l'armée navale, qu'ils seraient destitués s'ils ne faisaient pas tout leur devoir. Quant à ceux qui n'obéiraient pas à nos ordres… *la mort !*

Le mot tomba comme un couperet ! Il regarda fixement l'amiral et ajouta :

— Quant au citoyen Louis-Thomas Villaret-Joyeuse, général de l'armée de mer républicaine, il sait que je le ferai proprement guillotiner devant la flotte assemblée s'il ne ramène pas le convoi intact !

L'amiral n'avait pas bronché. Il osa même esquisser un sourire imperceptible. Jean Bon ajouta :

— À l'insolente suffisance britannique, il faut opposer une résistance implacable et une obéissance républicaine sans faille. Les valets du roi George d'Angleterre sont si sûrs de s'emparer de notre convoi qu'ils s'en sont vantés, à tel point que la Bourse de Londres spécule déjà sur ce fabuleux butin !

Le dernier train des baleinières chargées des barriques d'eau accostait. Jean Bon Saint-André se tourna vers l'amiral.

— Hissez les pavillons ordonnant à la flotte de se préparer à appareiller au premier signal !

19

La flotte française appareilla le 16 mai et prit l'allure bon plein. On amura les basses voiles, on choqua les bras et les balancines, on étarqua les boulines, on pesa les bras sous le vent. Ayant franchi la mer d'Iroise, la flotte mit cap à l'ouest, sur trois colonnes. Certains vaisseaux manœuvraient mal, et la brume ne facilitait pas la navigation. Villaret-Joyeuse lança en avant ses frégates. On ne savait quand la petite escadre d'avant-garde de l'amiral Nielly, qui avait appareillé la veille, trouverait le convoi. Et celui-ci ferait-il tête à Brest, ou plus au sud (Yeu ou Belle-Ile), pour tromper la flotte anglaise censée l'attendre sur la route directe de Brest ?

Le 19 mai, on eut la surprise de voir apparaître un vaisseau de ligne. *Le Patriote*, de l'escadre Nielly, l'avait perdue pendant la nuit ! Son capitaine prétendait avoir beaucoup de malades à bord, et l'équipage exigeait le retour à Brest. Ce que Jean Bon Saint-André refusa. Villaret-Joyeuse l'intégra à sa flotte, tout en morigénant le capitaine, un nommé Lucadou, si peu expert dans l'art de naviguer qu'il jeta la perturbation dans le corps de bataille.

À bord de la flotte, on déplorait aussi beaucoup de victimes du mal de mer, près d'un tiers des effectifs. Sur la dunette de *la Montagne*, Jean Bon Saint-André ne cachait pas sa mauvaise humeur après un exercice raté de navigation où il s'agissait seulement de prendre la formation de combat, en une seule ligne de file, au lieu de trois.

Ignorant les souffrances qui tordaient les hommes dans les entreponts puants des lourds vaisseaux de ligne, les frégates, mieux amarinées, caracolaient en avant. Censées découvrir le convoi ou l'ennemi, elles ne se privaient pas d'effectuer des prises de vaisseaux marchands hollandais et anglais, ce qui exaspéra le représentant du peuple et l'amiral. On manquait de frégates pour balayer l'horizon, pour transmettre et faire exécuter les ordres, et ces jeunes capitaines s'en donnaient à cœur joie, chassant à tous vents, ramenant des prises dont on ne savait que faire au large !

Enfin, une frégate en maraude de l'escadre Nielly, interrogeant un neutre, révéla à Villaret-Joyeuse la position du convoi. Dans la chambre du conseil du vaisseau-amiral, un officier porta fébrilement cette position sur la carte de l'Atlantique Nord. Après un rapide calcul, il annonça :

— Le convoi navigue à neuf cent quatre-vingts milles dans l'ouest-sud-ouest de la pointe du Finistère ; huit à neuf jours de Brest.

— Il nous reste à le trouver, grogna l'amiral en se penchant sur la carte. D'après notre propre position, nous en sommes encore éloignés de près de cinq cents milles.

— Et où sont les Anglais ? demanda Jean Bon Saint-André.

Personne ne put répondre à cette angoissante question. Or les Anglais pouvaient tomber les premiers sur le convoi, le capturer intact et se retirer vers leur base en ignorant la flotte française.

Enfin, le 28 mai, douze jours après l'appareillage, à quatre cents milles à l'ouest d'Ouessant, les frégates de tête de l'armée navale française signalèrent :

— Flotte droit devant !

Le convoi, ou les Anglais ? Hélas, c'était Howe. Vingt-six vaisseaux et sept frégates, courant au plus près du vent, tribord amures. Dans ce chassé-croisé dramatique, les Français venaient de perdre la première manche. Alerté par un vaisseau marchand américain faisant voile vers l'Angleterre, lord Howe avait donc enfin trouvé son adversaire ! Mais pas le convoi. Pas encore.

Que faire ? Prendre la fuite, ou combattre ?

L'amiral se tourna vers Jean Bon et l'interrogea du regard. Mais le représentant du peuple se déroba et demeura silencieux. L'amiral ordonna :

— Prendre la formation de combat en ligne de file, sur une colonne.

Après un instant d'hésitation, il ajouta :

— Cap à l'ouest, bâbord amures.

Il tentait donc d'éviter le combat. À l'intention de Florian, Olivier expliqua :

— Disposant de l'avantage du vent, qui souffle du sud, donc maître de refuser ou d'accepter le combat, l'amiral Villaret-Joyeuse se dérobe, et ce faisant il entraîne les Anglais loin de la route supposée du convoi.

— Que va faire l'amiral Howe ?

— Il semble décidé à en découdre, et je doute que, malgré l'avantage du vent, nous puissions lui échapper. Une fois neutralisée la flotte française, il espère cueillir le convoi, même si la moitié de sa propre flotte était mise hors de combat. Mais si nous retardons la bataille, si nous parvenons à entraîner l'adversaire loin de la route du convoi, celui-ci sera sauvé. Tel est bien le sens des instructions gouvernementales : nous sacrifier pour sauver le convoi.

La chasse commença, en lignes parallèles. Pour la flotte française, l'heure de vérité avait sonné. On déploya les cacatois et les voiles d'étais de perroquet. Dès qu'ils furent bordés, les vaisseaux se mirent à gîter fortement. Les bossoirs et porte-haubans sous le vent se couvrirent d'écume, on voyait l'eau courir sur la lisse des bastingages ! Dans les risées, la gîte était parfois si forte que sur la dunette on devait se tenir aux haubans d'artimon.

Olivier était monté sur le pont supérieur de la dunette, avec Florian, là où opéraient les jeunes aspirants qui envoyaient les signaux de l'amiral et observaient ceux des vaisseaux. L'amiral, toujours flanqué par Jean Bon Saint-André, demeurait sur le pont principal au gaillard d'arrière, devant la timonerie et les hommes de barre, aux côtés des officiers de quart et du capitaine de vaisseau Basire, qui commandait le bâtiment.

Plus rapide, l'ennemi se rapprochait inexorablement. Villaret-Joyeuse ordonna le branle-bas de combat, ce qui provoqua une certaine confusion sur les ponts. La grosse artillerie occupait les deuxième et troisième ponts. Mais le pont principal, gaillards et passavants, où manœuvraient les hommes chargés des voiles, était aussi occupé par l'artillerie, dix-huit pièces de 8 et trois canons longs de chasse, l'ensemble armé par plus de soixante canonniers. Le va-et-vient continuel des mousses poudriers amenant gargousses et boulets ajoutait au désordre : un encombrement, parfois une bousculade dans les descentes, d'où jaillissaient, comme des étincelles, des ordres brefs, entrecoupés de jurons et d'invectives.

— Nos vaisseaux manœuvrent trop lentement et maladroitement pour se mettre en ligne, dit Olivier. Heureusement, les Anglais sont encore hors de portée. Mais eux manœuvrent comme à la parade.

On les voyait courir parallèlement à la flotte française, une ligne serrée, impeccable, qui dégageait une impression de force écrasante. Il devenait urgent pour les Français de présenter une ligne de file compacte, que l'ennemi ne serait pas tenté de couper. Or plusieurs vaisseaux français se laissaient distancer, mettant Villaret-Joyeuse devant cette alternative : ralentir pour serrer sa ligne de file, mais alors les Anglais la rattraperaient à coup sûr avant la nuit et la bataille serait inévitable. Ou laisser en arrière les retardataires, qui seraient coulés ou capturés.

Villaret-Joyeuse opta naturellement pour la première solution, celle qui rendait le combat général inévitable, malgré l'avantage du vent. À 14 h 45, il ordonna :

— Prendre les amures à tribord.

Mais le ralentissement volontaire qui en résulta ne suffit pas. La ligne de bataille française présentait toujours des brèches. Or la règle exigeait qu'il n'y ait pas plus d'une encablure (cent quatre-vingt-cinq mètres) entre chaque vaisseau. À 15 h 15, l'amiral ordonna :

— Virez de bord lof pour lof pour venir cap à l'est-sud-est.

Olivier commenta :

— C'est accepter le combat. Mais nous gardons l'avantage du vent.

Cependant, rien ne se passa dans les règles d'un combat classique. Ayant observé la tactique purement défensive des Français, l'amiral Howe prit alors le risque de rompre sa ligne de bataille, faisant fi de l'avertissement de l'*Admiralty* : tout amiral qui rompt sa ligne de file et qui est battu sera mis à mort, ce qui était arrivé à l'amiral Bying. Il détacha les six vaisseaux les plus rapides de sa flotte, conduits par le contre-amiral Pasley sur le *Bellerophon*.

— Attaquez l'arrière-garde française ! Liberté de manœuvre.

Or l'arrière-garde française, la plus faible, ne comptait que des vaisseaux à deux ponts de soixante-quatorze canons. Le *Bellerophon* en alignait cent vingt, des monstres de fer pesant jusqu'à quatre tonnes et crachant des boulets de trente-six livres.

Entre-temps, un gros vaisseau français à trois ponts du corps de bataille, *le Révolutionnaire* de 114, s'étant laissé distancer, se retrouva opportunément à la queue de la ligne française.

Une heure plus tard, le canon tonne. Les Anglais se rapprochent. Un combat violent s'engage à 18 heures entre *le Révolutionnaire* et le *Bellerophon,* et entre l'arrière-garde française et les autres vaisseaux de Pasley : *Russel, Marlborough, Thunderer, Leviatan*, auxquels se joint bientôt l'*Audacious.* De *la Montagne*, même de la hune où s'était perché Florian, on ne voyait qu'un enchevêtrement de mâts et de vergues à travers un nuage de fumée ponctué d'éclairs. Toutefois, les frégates de liaison informaient l'amiral Villaret-Joyeuse. Les bonnes nouvelles se succédaient : « 19 h 15. Le *Bellerophon*, mis hors de combat par *le Révolutionnaire*, se retire. L'*Audacious* semble désemparé. »

Puis le ton changea : « 20 h. *Le Révolutionnaire* semble lui aussi hors de combat. » Naviguant au vent, tribord amures, ce vaisseau n'avait pu utiliser les canons de 36 de sa fameuse batterie basse, celle-là même du bord engagé par l'ennemi. À cause de la gîte, les mantelets des sabords, léchés par la mer, avaient été fermés. Ayant perdu sa vergue de misaine puis celle de grand hunier, le vaisseau, cerné par une division entière, était tombé sous le vent.

Les mâts branlent sous les coups de l'ennemi, qui tire à démâter. Le perroquet de fougue s'embrase ; il faut couper à la hache le mât d'artimon et le pousser à la mer. Désemparé, le grand vaisseau dérive vers le gros de la flotte ennemie. Pour éviter d'être coulé, il amène ses couleurs, mais dans la fumée et la pénombre du crépuscule, les Anglais ne voient pas ce signal et continuent à le pilonner.

Le capitaine Vandongen tombe, mortellement blessé sur la dunette. Tué aussi, le second lieutenant. Déjà grièvement blessé, le premier lieutenant a dû céder le commandement au lieutenant de vaisseau Renaudeau, officier en troisième. Blessé à son tour par la mitraille des caronades de l'*Audacious*, il est remplacé par le lieutenant de vaisseau Dorré. C'est l'hécatombe. Le pont du *Révolutionnaire* présente l'aspect terrible d'un carnage : cadavres gisant au milieu des espars brisés, membres et têtes épars, canons détruits, dallots crachant le sang en rougissant la mer. Toutes les dix secondes, une volée de mitraille balaie le pont, massacrant les hommes, hachant les haubans, étais, drisses, bras, balancines et écoutes, avec une obstination qui confine à l'absurde.

La nuit le sauva[1]. Pour éviter abordages et méprises, l'amiral Howe ordonna de rompre le combat. Ramassant ses blessés, immergeant ses morts, jetant ses espars rompus par-dessus bord, *le Révolutionnaire* en profita pour s'échapper vent arrière avec ce qui lui restait de toile. Puis le mât de misaine et le grand mât s'effondrèrent. Cependant, le bâtiment désemparé aura la chance d'être repéré le lendemain par *l'Audacieux*, un vaisseau égaré de l'escadre Nielly, qui cherchait le convoi. Il lui passera la remorque et ils feront route vers la France. Mais deux vaisseaux manquaient aux Français pour le combat.

De leur côté, les Anglais avaient aussi durement encaissé. Si le *Bellerophon* avait pu se rétablir, l'*Audacious*, désemparé, faisait voile à petite vitesse sur Plymouth. Howe, impressionné, déplorait ce premier match presque nul, et l'amiral Villaret-Joyeuse pouvait se montrer relativement satisfait. Ses marins avaient bien encaissé le choc de la plus puissante flotte du monde. Malgré leur inexpérience, ils s'étaient battus courageu-

1. Le combat naval de nuit, sauf clair de lune exceptionnel, ne se pratiquait pas. Il faudra attendre 1939, peu après l'invention du radar. Avec les avions, les satellites et les missiles, on se bat aujourd'hui sans se voir, au-delà de l'horizon.

sement. On gardait l'avantage du vent, ce qui permettait d'entraîner la flotte anglaise à l'écart de la route du convoi, et peut-être d'éviter un nouveau combat.

Dès la nuit tombée, Olivier et Florian rejoignirent l'état-major. Dans une ambiance tendue accentuée par les ombres portées des fanaux suspendus aux barrots, les officiers débattaient dans la salle du conseil, autour d'une table où s'étalait la carte de l'Atlantique Nord. Un aspirant portait des petits pavillons figurant la position des deux flottes et celle, supposée, du convoi. Soudain, un officier entra, le visage décomposé.

— Une corvette de liaison signale une nouvelle escadre anglaise de neuf vaisseaux, dans le nord-est !

— Ce doit être le contre-amiral Montagu, qui arrive d'Angleterre, dit le major de la flotte. De toute évidence, il cherche aussi le convoi !

— Leur tactique est claire ! s'écria l'amiral. Howe se charge de nous, pendant que Montagu s'occupe du convoi. Le trouvera-t-il ? C'est toute la question.

Ils se regardèrent avec consternation.

— Profitons de la nuit pour échapper à Howe, suggéra le major. On tentera alors de rejoindre le convoi.

Mais pouvait-on s'échapper sans être suivi ? Les deux flottes couraient parallèlement tribord amures sans se voir, à six milles l'une de l'autre. Cependant, deux frégates anglaises, avec une hardiesse qui frisait la provocation, tenaient le contact. Impossible de s'en défaire ! Puis la brume s'étendit. Allait-on s'échapper ?

Le 29 mai, le jour se leva sur une mer encore brumeuse. Les deux frégates étaient toujours là ! Elles rallièrent aussitôt l'amiral Howe. Il ordonna une nouvelle attaque sur l'arrière-garde française, qui cette fois ne disposait plus d'un trois-ponts pour la couvrir. Les Anglais, qui manœuvraient plus vite sur des vaisseaux plus rapides, gagnaient au vent en course presque parallèle en réduisant peu à peu la distance. Après un échange classique de boulets, l'amiral Howe, dès qu'il se vit assez proche, environ mille mètres, répéta sa manœuvre hardie de la veille :

— Virez de bord, cap droit sur la ligne de bataille ennemie *pour la couper*.

C'était une nouvelle infraction aux *Instructions permanentes de combat*, édictées par l'*Admiralty*. La manœuvre était si téméraire que le vaisseau de tête censé amorcer cette attaque perpendiculaire ne l'exécuta pas. La confusion se mit dans l'avant-garde anglaise. Seul le centre britannique, le corps de bataille conduit par lord Howe en personne, s'élança. Au cours de l'approche, pendant dix à vingt mortelles minutes, les Anglais ne pourraient utiliser que leurs quelques canons à l'avant, le gros de l'artillerie étant disposé sur les flancs. Pendant ce temps, toutes les pièces des Français seraient battantes. Ensuite, en arrivant sur la ligne française, que se passerait-il si celle-ci n'offrait aucune brèche ? Pour éviter les abordages en chaîne, les Anglais devraient alors manœuvrer sous le feu des Français, dans les pires conditions.

Mais la ligne française n'était pas verrouillée. Son arrière-garde présentait des brèches entre certains vaisseaux, suffisantes pour que Howe tente de s'y engouffrer, avec une hardiesse qui fit trembler tous les marins sur les ponts :

— *Passing through ennemy's line !*

Suivie par deux autres vaisseaux, la *Queen Charlotte* de l'amiral coupe la ligne française, entre *le Tyrannicide* et *l'Indomptable*, leur lâche au passage une bordée meurtrière de caronades et se retrouve de l'autre côté, avec l'avantage du vent. Voyant son arrière-garde en danger de mort, l'amiral Villaret-Joyeuse décide de lui porter secours et ordonne à son corps de bataille :

— Virez de bord par la contremarche. En avant !

Hélas, *le Montagnard*, guide de la colonne, qui souffre d'avaries, n'exécute pas le virement de bord. Seul le corps de bataille, conduit par Villaret, l'effectue lentement, suivi du reste de la flotte, et va secourir son arrière-garde menacée. Mais les deux lignes se trouvent rompues et le plus grand hasard préside désormais aux combats.

Sur le pont supérieur de la dunette de *la Montagne*, on voyait passer les boulets. Et Florian, de plus en plus passionné par le combat, écoutait les commentaires d'Olivier :

— Cette manœuvre de l'amiral Villaret-Joyeuse fait perdre à notre flotte l'avantage du vent et nous met en grand danger, compte tenu des faiblesses de nos vaisseaux et du peu d'expérience de nos capitaines.

— Au moins, les vaisseaux de l'arrière-garde ne sont pas abandonnés.

Olivier tenait sa lunette braquée sur la mer, tentant de distinguer ce qui se passait à travers les fumées.

— Malheureusement, *l'Indomptable* et *le Tyrannicide,* entièrement démâtés, sont perdus pour le combat. *L'Indomptable* se retire et fait voile vers la France à petite vitesse avec le peu de toile qu'il a gréé sur ses tronçons de mâts. Ah ! l'amiral détache *le Mont-Blanc* pour l'escorter. Un quatrième vaisseau de perdu !

— Cinq en comptant *le Tyrannicide,* dit Florian, qui ne cessait de prendre des notes.

— Il demeure dans l'escadre et a pris la remorque de son matelot d'avant. Peut-être s'en sortira-t-il s'il parvient à se regréer.

Les Anglais avaient aussi sérieusement encaissé, y compris le vaisseau-amiral, dont les voiles hautes étaient en lambeaux. Trois autres vaisseaux annonçaient de fortes rentrées d'eau.

Une brume mêlée de fumées s'étendit sur la mer, rendant les manœuvres incertaines. Les Anglais s'éloignaient pour reformer leur ligne de bataille, dangereusement dispersée. Le feu cessa à 17 heures.

Olivier et Florian regagnèrent la salle du conseil. Le visage tendu de l'amiral et de ses officiers n'augurait rien de bon. Jean Bon Saint-André demeurait à l'écart, le regard menaçant, courroucé d'avoir vu brisée la ligne de bataille. De toute évidence, plusieurs vaisseaux ne manœuvraient pas correctement.

— Nous avons perdu deux avantages, reconnut l'amiral. Celui du nombre, et celui du vent. Maintenant, c'est Howe qui va mener la danse, à vingt-cinq contre vingt-deux !

Il se pencha sur la carte, où l'aspirant déplaçait les petits drapeaux.

— Nous avons très peu évolué, dit le capitaine de vaisseau Delmotte, major de la flotte. La route présumée du convoi, qui couvre cent milles par jour, risque de passer demain soir ici même !

— Il faut donc éloigner les Anglais ! s'écria Jean Bon Saint-André.

L'amiral le fixa sans le voir. Puis il répéta :

— Ils ont maintenant l'avantage du vent. Mais si Howe ignore la position du convoi, il ira au plus pressé : il nous poursuivra. Mes ordres demeurent donc inchangés : nous éloigner du convoi. Cap au nord-ouest !

Jean Bon Saint-André approuva.

La manœuvre s'exécuta lentement. Elle n'avait pas échappé aux Anglais lorsque la nuit tomba. Entre-temps, on avait perdu un cinquième vaisseau, *le Montagnard,* celui-là même qui, en tête de ligne, n'avait pas exécuté le virement de bord. Toutes voiles dessus et sans ordres, il faisait route vers Brest pour réparer, disait-il, de graves avaries. Par-devers lui, Jean Bon grondait en songeant à son capitaine, Bompard : « Tu échappes aux boulets anglais, mais si je rentre vivant à

Brest, tu n'échapperas pas au couperet de ma guillotine ! »

Dans la soirée, on vit se pointer une corvette. Elle appartenait à l'escadre Nielly, qui, naviguant à vingt milles dans le nord, n'avait pas encore trouvé le convoi. Après avoir longuement hésité, Villaret ordonna au capitaine de la corvette d'aller signaler à Nielly de rallier l'armée navale. Une décision qui pouvait être lourde de conséquences, si Montagu interceptait le convoi.

Vers la fin de la nuit, l'amiral fit appeler Olivier Descragnole.

— *Le Vengeur-du-Peuple* signale qu'il a perdu son troisième officier. Son état-major souffrait déjà de déficit. Voulez-vous y aller ?

— Certainement, amiral !

— *Le Vengeur* navigue derrière nous, après *le Jacobin* et *l'Achille*. Il nous suffira de masquer nos huniers et de nous laisser rattraper. Je fais mettre à l'eau le petit canot. On ne stoppera pas.

L'opération se déroula sans trop de difficultés. La nuit était claire, le vent faible, la mer belle. Florian avait tenu à suivre Olivier. Vu la tournure que prenaient les événements, Jean Bon et l'amiral n'étaient pas fâchés de se débarrasser du journaliste !

Ils embarquèrent directement sur le canot, qu'on descendit par les portemanteaux de la poupe. Lorsqu'il fut largué, les deux hommes éprouvèrent un moment d'angoisse. Puis *le Vengeur*, alerté par fanaux, les récupéra au vol par l'échelle d'un tangon.

Les 30 et 31 mai, une brume épaisse ne permit pas aux Anglais d'attaquer, ce qui donna au convoi un répit supplémentaire, et aux escadres le temps de regréer, de changer les voiles déchiquetées et les manœuvres rompues. Les deux flottes de guerre avançaient à petite vitesse sur la mer. Les Anglais ne décoléraient pas. Malgré leur situation périlleuse, les Français étaient sur le point de réaliser leur objectif de flotte-appât : éloigner l'ennemi de la route de ce convoi-fantôme, dont il ignorait toujours la position.

Vers la fin de la journée, la chance favorisa à nouveau les Français. L'amiral Nielly rallia la flotte de Villaret-Joyeuse, avec deux vaisseaux qui lui restaient et trois belles frégates. Mais le convoi en était privé du même coup et, en cas d'interception par l'escadre Montagu (neuf vaisseaux), il se trouverait en grand danger, sous la seule escorte de Vanstabel, dont la petite escadre de six vaisseaux le couvrait depuis la Chesapeake.

Nielly transféra aussitôt sa marque sur *le Républicain*, un trois-ponts de 110, et prit le commandement de l'arrière-garde. Autre bonne surprise, un vaisseau de 74, *le Trente-et-Un-Mai*, venu de Cancale, rallia la flotte. L'équilibre du nombre (vingt-cinq contre vingt-cinq) se trouvait ainsi rétabli et Villaret-Joyeuse reprit espoir. Mais sa position demeurait précaire puisque les Anglais restaient maîtres du vent et que l'on ignorait toujours où se trouvait l'escadre Montagu.

Grâce à une frégate en chasse qui avait croisé un vaisseau marchand danois, on eut confirmation de la position du convoi : à moins d'une journée de mer dans l'ouest ! Il était donc de plus en plus urgent d'entraîner la flotte anglaise loin des parages. Et l'on n'avait toujours aucune nouvelle de l'escadre Montagu.

Au matin du 1er juin 1794 (13 prairial an II), une bonne brise de sud-est chassa la brume, dévoilant le soleil et l'horizon. Toutes les lunettes françaises se braquèrent. Une forêt de mâts masquait l'horizon ! Les Anglais, ou le convoi ? C'était la flotte anglaise, plus agressive que jamais.

— Voilà donc le grand jour, la bataille décisive, dit Olivier Descragnole à Florian.

Par-devers lui, il pensait : « Puisse notre sacrifice sauver le convoi ! » Villaret-Joyeuse et Jean Bon Saint-André ne pensaient pas autrement. L'amiral ordonna :

— Reformez la ligne de bataille. Et serrez les rangs ! Serrez !

Les deux flottes naviguaient en lignes de file parallèles, chaque vaisseau s'efforçant de coller à son matelot d'avant, un exercice difficile compte tenu des irrégularités du vent. Naviguer trop écartés (plus de deux cents mètres) créait une brèche dont l'ennemi pouvait profiter. Mais, en naviguant trop serré, on risquait d'aborder son matelot d'avant, c'est-à-dire de lui enfoncer le mât de beaupré sous la dunette, la partie la plus fragile, abritant les logements des officiers et la salle du conseil ouverte sur la poupe grâce à de larges baies vitrées.

Le vent vira au sud-ouest et força, ce qui contraignit Villaret-Joyeuse à réduire la toile de ses vaisseaux les plus rapides pour garder la cohésion de sa flotte en ligne de file, les moins bons vaisseaux ayant tendance à se laisser distancer.

Sur sa dunette de la *Queen Charlotte*, lord Richard Howe, que ses marins appelaient Dick-le-Noir, observait les moindres failles de cette ligne. Pour la troisième fois, il avait décidé de passer outre aux *Instructions permanentes* de l'*Admiralty*. La cloche de la dunette venait de sonner le quart de 8 heures. L'amiral se tourna vers son chef d'état-major, sir Roger Curtis.

— Sus à l'ennemi ! Il faut en finir ! Coupez sa ligne de bataille. Liberté de manœuvre pour chaque capitaine, qui attaquera individuellement le vaisseau ennemi à sa portée. On tirera à démâter pendant l'approche. Puis les caronades ouvriront le feu à bout portant pour balayer les ponts, tandis que nos batteries basses tireront à pleine coque, à couler !

Les drisses de la *Queen Charlotte* se couvrirent d'étamine. À nouveau flotta l'ordre terrible : *« Passing through ennemy's line ! »*

Chaque capitaine anglais devait se ruer sur le vaisseau lui faisant vis-à-vis, et tenter de passer derrière sa poupe, ce qui permettrait à ses grosses caronades, des pièces de 68 crachant des paquets de trois cents balles de plomb, de prendre le pont ennemi en enfilade. Avec toutefois, si les Français serraient les rangs, le risque terrifiant d'abordage, où il n'y a que des perdants. C'était vraiment une question de secondes. En espérant profiter d'une brèche de deux cents mètres, il fallait trente secondes pour franchir la ligne. Il n'en fallait guère plus au vaisseau arrière pour vous rentrer dedans, un choc perpendiculaire effroyable !

L'amiral anglais se réservait le vaisseau-amiral *la Montagne*. L'ancien chef de la Royal Navy, vieux lord arrogant, professait le plus complet mépris pour son homologue. Il croyait d'ailleurs la flotte française commandée par Nielly, hier encore « sous-lieutenant de frégate » ! Son doigt se pointa en direction du corps de bataille français.

— Là, sir Roger ! La brèche !

Le Jacobin, matelot d'arrière du vaisseau-amiral français, s'est laissé distancer — toujours la peur des abordages. Son capitaine, le Provençal Gassin, a serré son grand hunier. Une chance inespérée pour Howe, dont la *Queen Charlotte* fonce toute toile dessus sur la brèche qui ouvre la ligne de file : un peu plus de deux cents mètres.

L'énorme trois-ponts anglais — cent mètres de long — arrive sur eux. Mais rien n'est encore joué. Comprenant le danger mortel que son retard fait courir au vaisseau-amiral *la Montagne*, *le Jacobin* accélère. Manœuvre instantanée, puisque tous les gabiers sont à leur poste dans la mâture.

— Larguez le grand hunier !

En moins d'une minute, l'énorme voile, cinq cents mètres carrés de toile, est déployée. *Le Jacobin* serre les rangs. La *Queen Charlotte*, qui n'est plus qu'à quelques centaines de mètres, se retrouve alors dans une position critique, face au risque d'abordage de plein fouet, tant redouté puisqu'il entraîne généralement la rupture de tous les mâts et une brèche dans la coque. Il faut donc des nerfs d'acier aux timoniers anglais et à l'officier de quart pour garder le cap.

Mais que se passe-t-il ? En vue de combler le retard du *Jacobin, la Montagne* avait aussi manœuvré, on avait masqué les huniers pour ralentir ! Et voilà que *le Jacobin* lui arrive sur la poupe !

— La barre à tribord ! hurle le capitaine Gassin, qui voit déjà son mât de beaupré embrocher les appartements de l'amiral ou ceux du représentant du peuple !

Et *le Jacobin* passe à toucher *la Montagne*, la dépasse. Mais désormais, derrière *la Montagne*, il manque un vaisseau ; le vide s'est creusé, énorme, et Howe, sauvé de l'abordage, n'a plus qu'à s'y engouffrer. Sa folle audace a payé.

Sur le pont supérieur de la dunette du vaisseau-amiral français, les invectives fusent à l'adresse du malheureux *Jacobin*, qui navigue toujours bord à bord de *la Montagne*, les flèches des vergues à se toucher. Sous le roulement des canons, on ne s'entend plus. Le capitaine de vaisseau Basire, suivi de Jean Bon Saint-André, se rue alors dans l'escalier de la dunette, traverse la chambre du conseil et débouche sur le balcon de poupe qui domine la mer, débordant largement sur les côtés. Il se trouve ainsi au même niveau que la dunette du *Jacobin*, un deux-ponts. Basire embouche le grand porte-voix, qui mérite bien son nom : *le gueulard* ! Sa voix tonnante retentit :

— *Jacobin* ! Reprenez votre poste à l'arrière en ligne de file ! Culez !

Trop tard ! Toutes voiles dessus, à la fois magnifique et terrible, l'énorme *Queen Charlotte* coupe la ligne française sous la poupe même de *la Montagne*. Instant terrifiant. Cinquante bouches à feu anglaises, désormais battantes à bâbord, s'illuminent, crachant la mort. La dunette de *la Montagne*, sa galerie de poupe, et au-delà le pont pris en enfilade se trouvent balayés à bout portant par les boulets anglais et la mitraille. Sur le balcon de poupe, Jean Bon échappe par miracle à la mort. Mais le capitaine Basire s'effondre, un boulet lui a sectionné les deux jambes. On l'emporte inanimé, perdant tout son sang.

Trébuchant sur les débris de lambris dorés et de vitres pulvérisées, Jean Bon regagne en courant le gaillard d'arrière. Là, derrière les roues jumelées du gouvernail, l'amiral Villaret-Joyeuse tente de maîtriser la situation. À cet instant, un énorme boulet de trente-deux livres fracasse devant lui le banc de quart. Le choc est tel que le représentant du peuple est jeté bas sur le pont avec les officiers de quart, tous plus ou moins blessés. Le lieutenant de vaisseau Hue se relève, abasourdi. Malgré son bras gauche ensanglanté, il reprend son poste à côté des hommes de barre. Puis il s'effondre à nouveau, frappé cette fois à l'abdomen par un projectile. On l'emporte à l'amphithéâtre, où le chirurgien, déjà débordé, est en train d'amputer une jambe de l'aspirant Chardon qui, pour surmonter sa souffrance, chante à pleine voix *la Carmagnole*. Ah oui ! *ça ira !* On a étendu à même le sol le capitaine de vaisseau Basire, mourant. On ne peut plus rien faire pour lui. Avant d'expirer, vidé de son sang, il murmure :

— Dites au représentant du peuple… vive la République !

Sur le gaillard d'arrière, Jean Bon Saint-André se relève, étonné d'être en vie. Sa main droite saigne, mais ce n'est qu'une estafilade. L'amiral est indemne.

Cependant, bien que *la Montagne* soit sérieusement dégréée, et qu'elle déplore cent morts et autant de blessés, sa situation n'est nullement désespérée. Par miracle, le gouvernail n'a pas été touché par la terrible volée. Si toutes les chambres des officiers, la salle du conseil et le carré ont été ravagés, l'appareil à gouverner est intact, le mât d'artimon debout ; à la drisse de sa corne flotte le pavillon républicain. Le capitaine en second a pris en main le vaisseau et l'amiral demeure, imperturbable, à son poste.

D'abord incapable de riposter avec ses seuls canons de poupe, dont les servants ont été tués, *la Montagne* a enfin en ligne de mire de ses cinquante canons du flanc tribord la *Queen Charlotte,* qui a viré sur bâbord, à la fois pour préserver sa poupe fragile et pour coller à l'adversaire en gardant battante sa batterie bâbord. Si tous les canonniers du pont français (ceux des pièces légères) sont plus ou moins hors de combat, ceux des pièces lourdes des batteries inférieures sont relativement à l'abri derrière les murailles de chêne. Leur riposte est foudroyante. Un duel à mort oppose alors à très courte portée les deux vaisseaux amiraux, qui naviguent parallèlement. Et l'on peut s'étonner du coup de poker tenté par le vieil amiral anglais qui, indifférent aux tirs des fusiliers des hunes, arpente avec flegme le gaillard d'arrière de sa *Queen* !

On échange sans discontinuer des volées de fer, dont le poids totalise mille livres. Ils s'en donnent de bon cœur, les maîtres de la poudre ! Rien ne manque. Les gros boulets, et aussi les boulets ramés à démâter, liés par une chaîne, les boulets rouges à incendier ; les

« fagots », des cylindres de fer, les « démanteleurs », lames de métal sur un anneau ; les « raisins », billes de fer en sac, et les paquets de balles en plomb des caronades. À ce moment, il n'y a plus personne sur les ponts découverts, hormis les cadavres, les blessés inanimés et les fous !

En haut comme en bas le tonnerre du feu assourdit les hommes, les fumées les aveuglent et les étouffent. À son tour, la *Queen Charlotte* est sérieusement menacée, elle déplore de nombreux morts. Encore quelques volées et elle se trouvera dégréée, incapable de manœuvrer. Une menace mortelle se dessine. Il suffirait que *le Jacobin* ralentisse. Alors, pris entre les deux vaisseaux français, le bâtiment-amiral anglais verrait à son tour le visage de la mort, le vieux lord aurait perdu son pari et peut-être la bataille.

Mais, à bord du *Jacobin*, le capitaine Gassin ne voit rien, ne comprend rien. Pire : il n'entend pas les ordres que Jean Bon en personne hurle dans son porte-voix :

— Ralentissez ! Prenez la *Queen Charlotte* sous votre feu !

Il suffirait de brasser les huniers à contre, une manœuvre classique que peuvent exécuter les marins du pont en une minute, en halant sur les « bras », ces cordages qui orientent les vergues portant les voiles. Mais il n'y a plus personne sur le pont du *Jacobin,* balayé par les rafales anglaises. Il faudrait appeler sur le pont la bordée non de quart. Toute sa toile dessus, *le Jacobin* continue à filer en avant, il dépasse *la Montagne* et s'éloigne du combat. Gassin a-t-il perdu la tête ? Ou n'est-il plus maître de son équipage ? Jean Bon, écœuré, se tourne vers Villaret.

— La vérité est qu'il ne sait plus ce qu'il fait !

Le Jacobin s'éloigne, le duel des deux amiraux se poursuit. Plus de deux cents morts gisent maintenant sur la dunette, sur le pont du français, et dans ses batteries aux sabords fracassés. Que l'on imagine un boulet de trente-six livres faisant irruption dans cet espace clos où se bousculent les canonniers et leurs aides, les mousses tenant à bout de bras les gargousses de poudre. Le projectile fracasse le bordage ou le sabord, les épontilles, les barrots et barrotins, et s'encastre dans le vaigrage du bord opposé, après avoir renversé un canon, décapité ou éventré quelques hommes. Les autres sont hors de combat, criblés par des éclats de bois, asphyxiés par les fumées, assourdis par le vacarme.

Mais tout n'est pas dit. Le vaisseau-amiral anglais se trouve dangereusement dégréé ; ses voiles pendent en lambeaux. Bientôt, il sera incapable de manœuvrer. Howe n'insiste pas. Il ordonne :

— Décrochez !

Avec un ensemble parfait, les deux vaisseaux qui le suivent, le *Gibraltar* et le *Culloden,* prennent le relais. *La Montagne* se trouve alors dans une situation critique. Mais la fumée est telle que les tirs deviennent imprécis, puis ils cessent, ce qui permet au vaisseau-amiral français de se dérober à son tour.

Sur ses ponts et dans ses batteries le carnage avait été terrible. Gréement et voiles criblés, il avait encaissé deux cent trente boulets, et plus de cent charges de mitraille. On déplorait maintenant quelque trois cents morts, dont treize officiers. Le capitaine Basire était mort à l'amphithéâtre, où les chirurgiens débordés amputaient et taillaient à vif dans les corps suppliciés qui s'amoncelaient, à tel point qu'il fallait utiliser le poste des aspirants comme hôpital auxiliaire. Par miracle, la coque et les mâts n'avaient pas pris de coups mortels. Dès la suspension du tir, une nouvelle équipe de gabiers, chantant *La Marseillaise*, se rua sur les vergues et dans les hunes pour regréer et mettre en place un nouveau jeu de voiles.

Pour mieux embrasser le théâtre de la mer, Jean Bon Saint-André et l'amiral montèrent sur le pont supérieur de la dunette.

— Globalement, la situation ne semble pas désespérée, dit ce dernier. Notre ligne de bataille est rompue, mais sept vaisseaux anglais seulement sur vingt-cinq ont réussi à la couper, se mettant eux-mêmes en posture périlleuse. Si les nôtres se mobilisent…

— Regardez à tribord ! cria Jean Bon en pointant le doigt vers le large.

— Malédiction !

Toutes voiles dessus, l'avant-garde française, qui n'avait même pas combattu, s'éloignait de la bataille, malgré les pavillons battant au grand mât de l'amiral, ordonnant à tous de le rallier.

— Dans ces conditions, reprit Villaret-Joyeuse, découragé, comment pourrais-je porter secours à la dizaine de vaisseaux français démâtés, encerclés par les Anglais ?

L'America a engagé un duel à mort contre le *Leviathan*. Dégréé, ayant perdu deux mâts, déplorant deux cent cinquante morts et autant de blessés, *l'America* désemparée dérive sur la mer, en danger d'être capturée. Ses dernières voiles, effondrées, masquent les sabords, d'où quelques canons tirent encore en aveugles, risquant de tout embraser. Le *Russel* s'approche pour l'arraisonner, mais, voyant son pavillon toujours battant à la corne et quelques pièces rugissant encore, il l'accable de son tir. *L'America* amène alors son pavillon, mais le *Russel*, pris à parti par *le Téméraire*, qui le démâte, est privé de sa victoire.

Pendant ce temps *le Terrible*, portant la marque du contre-amiral Bouvet, livre bataille au *Royal Sovereign*, qui ne s'en débarrasse qu'avec l'aide de trois autres vaisseaux anglais. Ayant perdu deux mâts, le troisième dégréé, *le Terrible* continue à se battre à la remorque d'une frégate !

L'Impétueux est désemparé par le *Marlborough*, qui le crible de boulets rouges. Le petit hunier en feu menace d'embraser toute la mâture. Le capitaine Douville agonise. Lacoste, son second, la mâchoire fracassée, va se faire soigner à l'infirmerie, puis il remonte sur la dunette pour y reprendre le commandement du vaisseau, mais il s'effondre sans connaissance. Le jeune lieutenant de vaisseau Teillard prend la suite. La situation semble désespérée, mais il refuse de se rendre. Le gouvernail est broyé par un boulet, les dernières voiles battent en lambeaux. Dans un fracas de bois brisé, le mât de misaine, dont les haubans et étais sont hachés ou brûlés, s'effondre sur le pont, assommant marins et canonniers. La fumée aveugle les survivants. Les voiles étouffent les autres, pendant que le *Marlborough* continue à matraquer cette glorieuse épave qui refuse de se rendre et tire encore. Il n'y a bientôt plus âme qui vive sur le pont, d'où s'élèvent d'épaisses fumées. Un boulet rouge a mis le feu à la fosse aux liens, qui abrite des cordages et du goudron. Sur la dunette le feu aussi fait rage, dans la chambre du conseil et le carré des officiers. Alimenté par les précieux lambris, le feu gagne le pont, puis une soute à munitions, qu'il faut noyer pour éviter le pire.

Se détournant de ce dangereux brûlot, le *Marlborough* concentre alors son tir sur *le Juste,* et le démâte. Les voiles effondrées recouvrent les morts et les blessés de leur linceul. Quelques canons de l'entrepont tirent encore. Mais c'est la fin. Le capitaine Blavet, gravement blessé, est emporté à l'infirmerie. Prenant la suite, Prévert, son second, est tué sur la dunette. Les jeunes officiers survivants veulent encore se battre, mais l'équipage se révolte et amène le pavillon. Le *Marlborough* s'apprête à l'arraisonner, lorsqu'il est pris à parti par *le Mucius*. Son capitaine, Larreguy, fait feu de tout bord. Non content d'avoir abattu le mât d'artimon du *Marlborough*, il l'aborde de plein fouet. Sous le choc, les mâts des deux vaisseaux s'effondrent dans des craquements terrifiants.

Une frégate anglaise passe la remorque au *Marlborough* désemparé, tandis que les trois vaisseaux français dérivent sur la mer. *Le Juste* s'attend à être arraisonné. *L'Impétueux*, qui continue à brûler, amène à son tour ses couleurs. Seul *le Mucius* démâté continue à vider rageusement ses soutes et s'en prend à la *Defence*, qu'il démâte à son tour. Aucun vaisseau français, aucune frégate, n'est-il donc en mesure de secourir ces vaisseaux désemparés ? On se battait depuis deux heures. Quelque dix mille boulets avaient été échangés, et parfois on se les repassait, encore chauds !

À 10 heures, cette mêlée sauvage se trouva interrompue par l'absence de visibilité, due aux épaisses fumées. Trente minutes plus tard, lorsque la brise les chassa, Villaret-Joyeuse, toujours isolé à l'écart, ne put que constater le désastre : sa ligne de bataille rompue, onze vaisseaux plus ou moins démâtés et dégréés, exposés pêle-mêle parmi les Anglais et en danger d'être coulés ou capturés. Plusieurs vaisseaux du corps de bataille français et de l'avant-garde, démâtés, étaient incapables d'obéir aux ordres, toujours les mêmes : reformer la ligne de file pour présenter une muraille compacte à l'ennemi et non plus des poupes et des ponts sans défense. Une douzaine de vaisseaux, intacts, dispersés sous le vent, n'obéissaient pas aux ordres permanents de ralliement battant au grand mât de l'amiral, pourtant confirmés par les frégates. Seul point positif : le corps de bataille français avait pu partiellement regréer ses mâts. L'amiral lui ordonna :

— Reformez la ligne de bataille et suivez-moi !

Ayant réussi à reconstituer une ligne précaire, Villaret-Joyeuse comptait faire voile vers la fournaise pour tenter de dégager ses onze vaisseaux menacés de mort. Mais il fallait remonter le vent, ce dont plusieurs vaisseaux français seraient incapables. Derrière l'amiral, Jean Bon Saint-André avait pesé le pour et le contre. Sa voix se fit entendre, impérative :

— Annule cet ordre !

— Je ne puis abandonner mes vaisseaux démâtés !

— Priorité au convoi, citoyen amiral ! Tes sentiments d'humanité te font honneur, mais regarde la mer ! Cinq de tes vaisseaux sont remorqués et cinq sont remorqueurs. Que te reste-t-il pour le combat ? Faut-il encore en perdre six ou sept pour récupérer ces pontons menacés par l'ennemi ?

La rage au cœur, Villaret-Joyeuse annula son ordre.

Les Anglais ont aussi durement encaissé. La *Queen Charlotte* de l'amiral a perdu son grand mât de hune et, plus ou moins dégréée, se bat furieusement contre *le Patriote*, puis *le Scipion*.

Sur ce dernier, il se passe des choses étranges. Ce vaisseau a été entièrement démâté. Il se trouve donc à la merci des Anglais qui l'accablent. Mais le capitaine Huguet refuse de se rendre. Constatant que ses canonniers ont cessé le tir, il se rue dans la batterie, où il se heurte à l'officier canonnier, traumatisé, qui ose lui demander :

— As-tu amené les couleurs, citoyen capitaine ?

— Jamais, citoyen canonnier !

— Tu as pourtant fait ton devoir. Maintenant, tu dois amener ! Il y va de la vie des hommes.

— Je ne me rendrai pas ! Reprenez le tir ! C'est un ordre !

Huguet remonte sur le pont, jonché de cadavres et de blessés. Il s'aperçoit alors qu'un groupe de matelots, profitant de son absence, tente d'amener les couleurs, qui flottent encore sur le tronçon du mât d'artimon. Il se rue vers eux.

— Marins de la République, reprenez-vous ! Et suivez-moi ! Il faut sauver le vaisseau.

Mais comment sortir de cet enfer, sans la moindre voile ? Malgré la mitraille qui balaie les ponts, on hisse à l'avant, sur la basse vergue de civadière, un gréement de fortune : un foc et deux bonnettes, et *le Scipion* s'éloigne, abandonné par les Anglais, qui ont mieux à faire ailleurs.

Pendant ce temps, la *Queen Charlotte*, s'étant trouvée bord à bord avec *le Jemmapes*, presque entièrement dégréé, donc privé de l'usage de ses voiles, se place en travers de son arrière pour l'achever à bout portant. Les Français contemplent avec épouvante la haute silhouette du vieil amiral Howe, debout sur le pont supérieur de sa dunette. Aussi impeccable que s'il sortait de l'Amirauté, il est vêtu d'une redingote bleue à basques flottantes, parements d'or, manchettes et épaulettes d'or, petit col et cravate blanche. Il porte une culotte de soie blanche, des bas blancs et des souliers de cuir noir à boucles d'argent. Ses cheveux blancs poudrés dépassent sous son tricorne noir. Sa main, posée sur la garde de son épée, ne tremble pas. Ce vieil homme de soixante-quinze ans est pourtant sur la brèche depuis trois jours. Profitant de l'interruption des tirs, d'une voix forte il interpelle les Français dans leur langue :

— J'espère bien, messieurs, que vous avez amené vos couleurs !

— Pas du tout, monsieur ! lui crie le capitaine Desmartis.

Appelant un gabier, il lui ordonne :

— Va là-haut et montre notre pavillon à cet amiral anglais !

Aussitôt, l'homme grimpe aux enfléchures des haubans d'artimon. Il saisit l'un des coins du pavillon en lambeaux et le montre fièrement à l'ennemi.

— Allez tous au diable ! crie lord Howe.

Et il ordonne de reprendre le feu, pour achever *le Jemmapes*.

Le capitaine Desmartis tombe au banc de quart, mortellement blessé. Mais il a eu la consolation de voir s'effondrer le grand mât de la *Queen Charlotte*.

Howe a compris. Il ne peut pas plus longtemps braver le sort et il s'éloigne pour reformer lui aussi sa ligne de bataille, ce qui arrête les engagements individuels et sauve plusieurs vaisseaux français démâtés sur le point de se rendre. Ainsi *le Mucius*, glorieux ponton, a enfin consenti à amener son pavillon. Mais comme aucun vaisseau anglais ne se présente pour l'arraisonner, le capitaine Larreguy hisse à nouveau ses couleurs et *le Mucius* s'éloigne discrètement, sous un gréement de fortune.

L'énorme *Républicain*, trois-ponts de 110, qui porte la marque du contre-amiral Nielly et s'est battu contre le trois-ponts du célèbre vice-amiral Hood, hisse quelques voiles sur les tronçons de ses mâts et, en compagnie du *Jemmapes,* rallie Villaret-Joyeuse, dont le corps de bataille reste la seule force encore capable de se battre.

À midi, l'amiral français fit le bilan du désastre : douze de ses vaisseaux avaient été engagés par l'ennemi, dont neuf totalement démâtés. Il en avait sauvé cinq, pris en remorque. Les sept autres semblaient perdus, au milieu de la flotte anglaise. Parmi eux, *le Vengeur-du-Peuple*. Aux côtés du capitaine Jean-François Renaudin et de son état-major, Olivier Descragnole et Florian Le Houlme avaient assisté à son bord à la terrible bataille. Florian continuait calmement à couvrir son carnet de sa petite écriture nerveuse.

Revenons au milieu de la matinée, alors que l'amiral Howe vient d'ordonner à chacune de ses quatre divisions de couper la ligne française. Du *Vengeur*, matelot d'arrière de *l'Achille,* on voit s'avancer la masse énorme du *Brunswick*. Florian écrit :

« Nous forçons de voiles et venons au lof. Cette manœuvre devrait réussir et le feu terrible de nos batteries aurait criblé ce vaisseau, mais une circonstance imprévue rend nos efforts infructueux. Malgré le risque de collision, le vaisseau anglais s'obstine à vouloir couper notre route ! »

À travers mâts et cordages, Florian regarde vers l'avant et comprend. Un vide s'ouvre devant *le Vengeur*. Son matelot d'avant, *l'Achille*, a forcé de voiles pour combler le vide provoqué par *le Jacobin*, celui-là même qui vient de permettre à la *Queen Charlotte* de couper la ligne française.

Malheureusement, le *Brunswick* est trop engagé pour pouvoir manœuvrer. Ou bien *le Vengeur* lui laisse la place, ou bien… il lui rentre dedans ! Le capitaine Renaudin n'hésite pas. Il crie aux hommes de barre :

— Gardez le cap !

Dès lors, l'abordage est inévitable ; le choc, heureusement de biais, de deux vaisseaux déplaçant chacun trois mille tonnes. Les deux coques se heurtent violemment. Les trois mâts du *Brunswick* se brisent, précipitant les vergues et les voiles à la mer et sur le pont. Une ancre tribord de l'Anglais croche comme un grappin dans les porte-haubans de misaine du *Vengeur*. Les voilà liés malgré eux ! Les mantelets des sabords ont été écrasés par le choc. De ce fait, les batteries des canons sont plus ou moins muselées. Les deux vaisseaux stoppent, empêtrés l'un dans l'autre. On se foudroie à bout portant, un terrible corps à corps où tous les coups sont permis, depuis le tir de mousquet dans les hunes, jusqu'aux quelques canons de 18 du pont supérieur, qui n'ont pas été neutralisés.

Mais les canonniers des batteries basses, masquées par la coque de l'ennemi, ne vont pas en rester là ! Au risque d'embraser les coques, ils refusent d'interrompre le tir, ils font sauter leurs sabords, dont les mantelets ont été brutalement rabattus ou broyés dans le choc de l'abordage. Les gueules des canons sont maintenant face à face, à se toucher. On dirait des molosses qui aboient furieusement pour se faire peur avant de se prendre à la gorge.

Leur premier coup tiré, les canonniers français constatent qu'ils ne peuvent plus utiliser leurs refouloirs et leurs écouvillons pour enfourner poudre et boulet, puis nettoyer la pièce après chaque tir. Ces deux instruments, montés sur un long manche rigide, une perche de bois de deux mètres, manquent de recul pour être introduits dans la gueule du canon. Les canonniers anglais, eux, ne souffrent pas de ce manque de recul, car ils utilisent des manches flexibles faits de cordages plus ou moins raides.

On voit alors des canonniers français tenter d'arracher les écouvillons de l'adversaire. D'autres enjambent le sabord ou le bastingage et sautent à califourchon sur la volée brûlante du canon anglais qui leur fait face. Et là, négligeant les coups de sabre et les décharges de pistolets, ils exécutent leur tâche avec le refouloir et l'écouvillon. L'un d'eux, déséquilibré, chute à la mer et tombe entre les deux murailles des vaisseaux, qui se touchent presque en raguant l'une contre l'autre. On entend le craquement horrible des os broyés.

Cependant, un vaisseau anglais s'avance pour porter secours au *Brunswick* désemparé. Florian note les phases du combat :

« L'épais nuage de fumée se déchire. Un vaisseau ennemi, ceint d'une double bande de sabords rouges, montre son flanc hérissé de canons prêts à nous foudroyer à tribord. Bientôt, cette citadelle flottante, ramassant dans ses voiles immenses la plus légère brise, se rapproche de nous et se couvre de feu. D'effroyables

détonations se font entendre, un roulement continu évoquant le tonnerre, et une grêle de boulets énormes vient démolir la muraille de chêne qui nous sert de parapet. Nous ripostons à cette décharge meurtrière par celle de la moitié tribord de notre artillerie, et lorsque, à travers les tourbillons de fumées, nous découvrons que nos coups bien dirigés ont rompu un mât, abattu une vergue, enfoncé un plat-bord et fait une large brèche aux batteries de l'ennemi, alors s'élève un cri de triomphe qui relève le courage de nos compagnons. »

Olivier, qui lisait par-dessus l'épaule de Florian, lui dit :

— N'en rajoute pas, petit ! La réalité suffit !

Effectivement, la situation du *Vengeur*, pris des deux bords sous le tir des caronades, devenait critique. Le gréement haché par la mitraille, les vergues s'effondraient sur le pont, écrasant les canonniers des gaillards, entraînant dans leur chute les gabiers opérant dans la mâture, ainsi que quelques mousquetaires volants. La grand'voile et le grand hunier, déployant chacun cinq cents mètres carrés de toile, recouvrent le pont, aveuglant les hommes, qui tentent de s'en dépêtrer. La confusion règne sur les gaillards et sur les passavants.

Estimant que *le Vengeur* a son compte, le vaisseau anglais s'est éloigné pour attaquer d'autres cibles. Sur le gaillard d'arrière, le capitaine Renaudin et ses officiers tentent d'y voir clair. On est toujours collé au *Brunswick*, qui n'a pas moins souffert que *le Vengeur-du-Peuple*. Il a perdu tous ses mâts, son capitaine est hors de combat. À part les morts et quelques blessés encore capables de ramper vers les écoutilles, le pont du *Brunswick* est étonnamment désert. Le capitaine Renaudin appelle alors le capitaine des soldats de marine qui, sous le gaillard d'avant, attendent les ordres.

— Allez-y ! À l'abordage !

Jaillissant des écoutilles, les soldats se massent sur le gaillard d'avant. Mais un trois-ponts s'approche, le *Ramilies*. Il tire à mitraille, provoquant un carnage dans la garnison, contraignant Renaudin à renoncer à l'abordage.

— Un autre vaisseau ennemi attaque à tribord !

Sur le pont supérieur de la dunette, s'abritant derrière les haubans d'artimon, Florian Le Houlme, aveuglé par les tirs, à moitié asphyxié par la fumée des poudres, couvre son carnet de lignes presque illisibles :

« *Tandis qu'à bâbord nous combattions avec succès* le Brunswick, *dont l'ancre et le beaupré sont enchevêtrés dans nos haubans de misaine, deux autres vaisseaux anglais, dont un trois-ponts, nous arrivent dessus par tribord. Encouragé par nos officiers, l'équipage du* Vengeur *soutient ce nouveau choc avec une intrépidité républicaine. Tous nos canons peuvent à nouveau donner leur mesure. Mais nous recevons en pleine coque plusieurs volées de gros boulets de 36 et de 32 qui fracassent nos murailles, à couler bas, et musellent les batteries.* »

Le *Ramilies* s'efforce d'anéantir *le Vengeur* en le prenant sous un tir d'enfilade. La coque fait eau. On constate qu'un gros boulet a arraché un bordage au niveau de la flottaison, de l'étrave au mât de misaine.

— Les hommes aux pompes !

Ils parviennent de justesse à étaler les rentrées d'eau. Florian a repris son récit :

« *Constatant que nous avons notre compte, les deux vaisseaux s'éloignent, nous donnant quelque répit, laissant au* Brunswick *le soin de nous achever. Mais il semble en aussi piètre état que nous. Pressé de se dégager, il ne songe pas à profiter de l'abordage pour nous lâcher son infanterie de marine, ces soldats écarlates que nous voyons tirailler sur les gaillards, nous assourdissant du coup sec des mousquets.*

« À cet instant, les deux vaisseaux se séparent. On entend à l'avant un craquement terrible, et l'ancre de bossoir du Brunswick *qui nous agrippe sur nos porte-haubans de misaine s'arrache en emportant des morceaux de chêne, des lisses de bastingage et le mât de beaupré du* Vengeur.

« Ce que voyant, le trois-ponts anglais fait volte-face et revient vers nous pour nous achever. Il nous lâche à bout portant deux pleines volées de toute sa batterie tribord. Sur notre pont, du gaillard d'avant au gaillard d'arrière, il ne reste plus âme qui vive. Un autre vaisseau anglais s'approche de nous et nous décharge sa pleine volée de 36. »

Le lieutenant Cyprien Renaudin, cousin du capitaine et chargé de relayer ses ordres, plonge à l'intérieur pour demander des gargousses de poudre, car le tir a cessé.

— Il n'y en a plus, lieutenant. La soute aux poudres a été noyée.

La tête en feu, Florian a repris son carnet.

« On annonce six pieds d'eau dans la cale. Le capitaine double les hommes aux pompes à chapelet et il envoie la pompe à incendie pour éteindre le feu. Ainsi, nous sommes à la fois menacés par le feu et par l'eau, par les boulets et la mitraille. Accablés par cent canons, nous ne pouvons plus riposter, et l'eau envahit les soutes. »

L'ennemi ayant cessé le feu, Florian se risque à découvert et observe le champ de bataille. Puis il note :

« La moitié de la flotte anglaise accable nos vaisseaux plus ou moins démâtés. On se bat en désordre. Huit bâtiments intacts de notre avant-garde fuient sous le vent, poursuivis par des vaisseaux anglais, et s'éloignent de nous. Le corps de bataille, conduit par notre amiral, tente de nous porter secours, mais ses vaisseaux plus ou moins dégréés ne parviennent pas à remonter le vent.

« J'entends une série de craquements effroyables. Le mât de misaine s'effondre sur le pont, en entraînant ce qui reste du mât de beaupré. En tombant sur le grand mât, déjà criblé de boulets et privé de haubans, il le brise en trois morceaux. »

Ici, le texte de Florian est interrompu. Un peu plus tard, il reprend :

« Le troisième mât, l'artimon, sous lequel j'étais abrité, s'est s'effondré à son tour, sur la dunette. Je me suis jeté à temps dans le roof entrouvert de la chambre du conseil. Olivier est près de moi, choqué mais vivant. »

Le Vengeur est perdu.

Non. Héroïquement, un vaisseau français, *le Trente-et-Un-Mai*, s'approche. Il lance une remorque. Mais trois vaisseaux anglais le prennent à partie, le contraignant à se retirer. Réduit à l'état de ponton, *le Vengeur* est finalement achevé par le *Ramilies*, qui le crible de toute sa bordée et compte bien le capturer.

Il est 17 heures. Encore trois heures de jour, donc aucun espoir de s'échapper à la faveur de la nuit. Dans la timonerie au plancher taché de sang, car on y a mis à l'abri quelques blessés fauchés sur le gaillard d'arrière, le capitaine Renaudin ne peut que constater le désastre. Surgi des fonds, le second annonce :

— Huit pieds d'eau dans les cales, capitaine. Nous coulons.

— Les pompes ?

— Toutes les pompes sont en marche, mais elles n'étalent plus.

N'étant pas appuyé sur sa toile, le vaisseau roule d'un bord à l'autre, embarquant de l'eau par quelques sabords brisés et par des brèches ouvertes en pleine coque.

Les canons ont cessé de tirer, faute de munitions, ou démolis sur leur affût. Au loin, la seule force française encore cohérente s'éloigne, conduite par Villaret-Joyeuse. Pour *le Vengeur-du-Peuple*, isolé au milieu de l'ennemi, il n'y a plus d'espoir. Il faut mourir, par le feu ou par l'eau, ou se rendre. Sur sept cent vingt-trois hommes, les deux tiers sont morts ou blessés.

— Amenez le pavillon, dit le capitaine Renaudin.

Des sanglots étranglent sa voix. Il éprouve toute la souffrance du marin qui a perdu la bataille et voit mourir ses hommes et couler son vaisseau.

Lentement, les trois couleurs, le « franc quartier » de la Fédération, sur l'étamine blanche criblée de trous, descendent le long de la drisse frappée au tronçon du mât d'artimon, tandis que retentissent les cris : « *Vive la République !* » Les tirs anglais cessent aussitôt.

L'eau atteint déjà les sabords de la batterie, qu'on a bouclés. Sur le pont supérieur, on jette les canons à la mer, pour alléger, gagner de précieuses minutes.

— Évacuez le vaisseau !

— Il ne reste plus une seule embarcation intacte, capitaine.

— Faites signal aux Anglais de nous porter secours.

Sur le pont de la dunette, un quartier-maître agite les pavillons conventionnels. Les vaisseaux anglais les plus proches, le *Culloden* et l'*Alfred,* mettent à l'eau leurs embarcations. Mais arriveront-elles à temps ?

Le capitaine Renaudin se tourne vers Olivier, qui a rejoint devant la timonerie le petit groupe des officiers survivants, tous plus ou moins blessés.

— Descragnole, maintenez les pompes en marche jusqu'à la dernière minute, pour que nous ayons le temps d'évacuer le vaisseau.

La première embarcation aborda. Un jeune officier anglais, nommé Rotheram, cria :

— Le capitaine et l'état-major, embarquez !

Après avoir hésité, Renaudin franchit la coupée du bastingage en emmenant son fils, mousse âgé de huit ans, dont le regard exorbité restait marqué par la bataille. Les officiers survivants le suivaient, mais le cousin du capitaine, le lieutenant Cyprien Renaudin, estima de son devoir de rester à bord avec les hommes.

« Étrange, songea Descragnole, demeuré lui aussi sur le pont. Ce capitaine évacue le premier, alors que toutes les traditions de la marine exigent qu'il quitte le bord le dernier. »

Puis, s'adressant à Florian et à Cyprien Renaudin :

— Je m'occupe des pompes. Trente minutes de gagnées peuvent sauver cent hommes. Descendez en bas, sillonnez la batterie et si possible le faux-pont, pour vérifier si l'ordre d'évacuation a atteint tout le monde. Mais ne vous attardez pas.

Florian plongea le premier dans la descente, bousculant des rats que la montée des eaux chassait des cales.

Olivier Descragnole se pencha par-dessus le bastingage. Des grappes d'hommes dévalaient le long d'échelles de corde et de filins, ou se jetaient à la mer devant les chaloupes anglaises, dont les marins les agrippaient. Étonnant spectacle d'hommes tendant fraternellement la main à leurs ennemis, qu'une heure plus tôt ils foudroyaient !

Olivier se dirigea vers la pompe à chapelet, abandonnée, gréée au pied du grand mât. Il interpella deux canonniers qui surgissaient d'une écoutille.

— Allumez cette pompe !

Ils acceptèrent de manœuvrer l'immense levier.

— Elle est engorgée par la crasse !

— Dégorgez-la ! Débrouillez-vous !

Puis le conventionnel se rua sur la pompe du gaillard d'avant.

Pendant ce temps, au-dessous, Cyprien Renaudin et Florian Le Houlme parcouraient l'entrepont, la batterie basse, en criant :

— Ordre du capitaine ! Évacuez !

Tout n'était que confusion. Des morts gisaient sur le plancher de chêne, on glissait dans leur sang. Des volées de canons, arrachées de leur affût, roulaient au gré du roulis. D'autres canons, renversés, ne tenaient plus que par leur brague. Et toujours, surgis des cales inondées, ces rats qui tentaient de fuir la montée des eaux ; des chats, aussi, l'œil égaré, le poil trempé, cherchant une issue. Les derniers canonniers évacuaient la batterie. Il n'y avait plus âme qui vive.

Une voix intérieure soufflait à Florian : « Remonte, vite, avant qu'il ne soit trop tard ! » Il sentait la peur le gagner. Mais Olivier avait dit : « Sillonnez aussi le faux-pont. »

Sans plus réfléchir, il se jeta dans une écoutille et dévala l'échelle.

Dans le faux-pont, dépourvu de sabords, la mer atteignait déjà le bas des échelles, clapotant avec un bruit sinistre. Il s'y engagea résolument. Toute peur l'avait quitté. Contrairement à la batterie, immense espace dépourvu de cloisons, le faux-pont était divisé en compartiments séparés les uns des autres, mal éclairés par des fanaux ou par des opercules de verre épais encastrés dans la coque. On y trouvait divers magasins pour les vivres et l'accastillage, l'atelier du maître charpentier, et l'infirmerie, flanquée du dispensaire de l'apothicaire. Une coursive centrale séparait ces compartiments. Il s'y avança en criant :

— Évacuez !

Il pénétra dans l'infirmerie — l'amphithéâtre. Suspendues aux barrots, des lanternes oscillaient au gré du roulis. Il s'avança sur le parquet glissant. Des masses d'eau instables roulaient d'un bord à l'autre. On y voyait flotter des membres : une jambe, un bras, une main encore crispée sur un linge sanglant. Au centre, sous une batterie de lanternes, il aperçut un homme à la blouse blanche maculée de sang. Il se tenait assis sur une table vissée au plancher, la table d'opération ! Les sangles pendaient sur les côtés. L'homme ne semblait pas blessé, mais il n'avait plus toute sa raison.

— Évacuez ! cria Florian. Ordre du capitaine !

— Je dois attendre l'apothicaire. Il m'a promis un flacon de laudanum.

— Vous êtes le chirurgien ?

— Seulement l'un des aides du chirurgien-major. Le dernier…

— Quel est votre nom ?

— Je ne sais plus… À l'amphithéâtre, on m'appelait Panse-Bête.

L'homme eut un rire hystérique en montrant les bras et jambes coupés, qui débordaient d'un grand baquet. Puis, désignant la table d'opération :

— Le major pansait un homme qui avait eu l'avant-bras droit emporté. Il avait habilement suturé, cautérisé la plaie au fer rouge, versé du goudron en fusion sur le moignon. Et moi je tenais le blessé, car malgré les sangles il se débattait comme un dément, en risquant d'avaler la tape de cuir qu'il serrait entre ses dents. À l'étage au-dessus, un boulet a traversé un sabord de la batterie, il est arrivé jusqu'ici en emportant une échelle, a rebondi sur le plancher et a décapité le chirurgien. Repoussant son cadavre, j'ai achevé le pansement et j'ai crié : « Au suivant ! » Plusieurs blessés attendaient leur tour. J'ai pris le stylet et la scie du major et j'ai coupé, j'ai taillé, j'ai suturé comme un fou. À l'hôpital de Brest on m'avait dit que je ne serais jamais chirurgien, que j'en étais incapable, ne sachant pas le latin ; tout juste bon à être barbier, ou panseur. Ne suis-je pas le *panse-bête* de l'amphithéâtre ?

— Et alors ?

— J'opérais de bon cœur, comme si je n'avais fait que cela dans ma vie. Alentour, tout a été brisé : les coffres à linge, les armoires à médicaments, les flacons d'alcool. Au-dessus, dans la batterie, on entendait le fracas de nos canons, puis notre tir a cessé. Mais pas celui des Anglais. Je crois encore entendre, au milieu des hurlements des hommes, l'impact des boulets qui s'encastraient dans la coque. Des jets d'eau jaillissaient entre les membrures défoncées de la muraille. Tu le vois, petit : c'est la fin.

— Venez, dit Florian. Montons sur le pont. Ordre du capitaine.

L'homme le suivit docilement. Ils atteignirent une échelle, franchirent l'écoutille et Florian respira.

Sur le pont, il retrouva Olivier, qui tentait, avec Cyprien Renaudin, de regrouper les survivants. Un étrange silence, un silence de mort, avait succédé au vacarme de la bataille, qui résonnait encore dans les têtes. Ils s'aperçurent alors qu'ils étaient abandonnés. La nuit tombait, les chaloupes anglaises avaient regagné précipitamment leur vaisseau, sur ordre général de ralliement lancé par l'amiral Howe. La flotte anglaise s'éloignait dans la nuit, portant toute la toile que pouvaient tenir les mâtures massacrées. Passé un instant de stupeur, le lieutenant Renaudin s'écria :

— Hissez les couleurs ! Et sachons mourir comme des républicains ! Vive la Nation !

La voix enrouée de Panse-Bête lui fit écho :

— Vive la République ! Et vive la Liberté !

La liberté de mourir ! Les pompes, engorgées, avaient cessé de fonctionner. Déjà, la mer affleurait le pont supérieur du *Vengeur,* qui prenait de la bande par bâbord. Toutefois, l'absence des mâts et des canons sur le pont supérieur l'empêchait de chavirer, on coulait presque droit. Les rats refluaient sur le gaillard d'avant. Pour échapper à la mer, ils investissaient les débris du mât de beaupré et des vergues de civadière. Certains poussaient de petits cris aigus. On ne voyait plus les chats. Parmi la centaine de survivants, une douzaine d'hommes sans blessures paraissaient capables de se sauver, malgré l'épuisement.

— Suivez-moi sur la dunette ! cria Descragnole.

— Lieutenant, il n'y a plus une seule embarcation intacte. Nous allons tous périr !

La plupart de ces hommes ne savaient pas nager.

Olivier laissa errer son regard sur la vision de cauchemar, le pont central déjà balayé par les plus hautes vagues, les mâts et vergues brisés qui pendaient par-dessus les bastingages, dans un enchevêtrement de cordages d'où émergeaient poulies, réas, caps de mouton, palans d'itague, pattes à cosse, manilles et autres bouquets d'amures.

— Amenez des haches et des scies. Confectionnez un radeau. Vite !

Orémus, le maître charpentier, prit l'affaire en main. Les espars ne manquaient pas. On scia des vergues et la corne d'artimon, on y accrocha des caillebotis et l'on mit au centre une plate-forme de hune. Le câble ne manquait pas non plus pour lier tout ensemble. Pour ajouter à la flottabilité du radeau, Panse-Bête apporta des plaques de liège de Provence, qui servaient à confectionner des brassières de sauvetage.

Ce travail s'achevait lorsque *le Vengeur* coula. Agrippés aux tronçons des mâts, quelques hommes crièrent : « Vive la République ! » Toute la passion révolutionnaire, et comme un ultime défi, s'exprimait dans ce cri. D'autres, se souvenant de leurs prières, recommandaient leur âme à Dieu. La plupart, aphones et sourds, écrasés par ces journées terribles, demeuraient anéantis. Le plongeon dans l'eau froide les réveilla. Les blessés se débattirent quelques minutes, puis, épuisés, se laissèrent couler, happés par les remous de l'épave. Les autres, indemnes, et parmi eux Cyprien Renaudin, se soutenaient aux tronçons de mâts qui dérivaient, où s'agrippaient aussi quelques chats et des rats, que les chats ne songeaient pas à inquiéter, comme si, devant la mort, la vieille lutte qui les opposait s'était éteinte.

La douzaine d'hommes, et Florian, menés par Descragnole, s'agrippaient au radeau, qui glissa à la mer lorsque l'épave s'engloutit. Puis, étonnés d'être encore en vie, ils dérivèrent dans la nuit sur l'océan désert.

Un vieil homme, soutenu par une brassière de liège, nageait avec difficulté. Olivier reconnut M. Romain, le munitionnaire du *Vengeur*, un civil, l'homme important chargé du ravitaillement. Le plus détesté, aussi, car l'équipage l'accusait de rogner sur les rations pour s'enrichir. Accusation non fondée sur *le Vengeur*, mais l'habitude était telle qu'honnête ou non le munitionnaire n'était pas aimé.

Sur ses épaules s'agrippait son chat, un petit matou blanc, terrorisé. Il avait planté ses griffes dans le cou de son maître, mais l'homme semblait insensible. Olivier le héla.

— Laissez-le, dit un homme. Le radeau est surchargé, il nous ferait chavirer.

Mais Olivier le hissa sur le radeau, qui s'enfonça dangereusement. Le munitionnaire avait d'abord fait embarquer son chat, qu'il appelait d'une voix tendre Boulimique. Florian se souvint alors qu'à bord on disait que le chat du munitionnaire était la plus heureuse créature !

On se compta. Quelques-uns avaient emporté un sac étanche de biscuits de mer, une boîte de harengs fumés, ou un flacon de tafia. Faute de temps et de moyens, de levage, on n'avait pu embarquer un baril d'eau. Leur sort à tous paraissait tragique, et certains se prirent à envier ceux que la mer avait déjà engloutis. La plus proche terre, l'île d'Ouessant, se trouvait à quatre cents milles dans l'est, quelque sept cent quarante kilomètres.

Ils dressèrent un tronçon d'espar, le barrèrent d'une fusée de vergue. Ils y frappèrent un lambeau de voile qu'ils avaient récupéré, dérivant sur la mer, sans doute le reste du perroquet de fougue du *Vengeur-du-Peuple.*

Florian avait sorti son carnet, protégé dans un étui de toile étanche. Il s'émerveilla de le trouver intact et sec. Au fond de sa poche, il récupéra un moignon de crayon Conté, et écrivit en lettres capitales : *« NOUS HISSONS LE PERROQUET DE FOUGUE. »*

Puis la mine se brisa. Et le garçon demeurait là, hébété. De grosses larmes coulaient sur ses joues brûlées par le sel de la mer. Le visage lisse et pur de Franjo s'imprima en lui. Olivier se rapprocha et lui prit la main.

20

Le radeau dérivait dans la nuit, si chargé que certaines crêtes de vagues le balayaient. Les embruns fouettaient les hommes qui se tenaient recroquevillés, glacés, serrant dans leurs mains engourdies les tronçons de vergues sommairement liés. Parfois, un homme lâchait prise et la mer l'emportait lorsque le radeau se soulevait au roulis. L'homme disparaissait sans un cri, malgré les efforts de ses compagnons, épuisés, pour le rattraper ou le hisser.

Florian sentait à son tour ses forces l'abandonner. Il luttait surtout contre le sommeil, une tentation irrésistible qui ouvrait sur la mort. Il eut une dernière pensée pour Franjo, puis il s'abandonna. Mais il se sentit aussitôt retenu par la main d'Olivier et s'arracha à son assoupissement.

— Tiens bon, petit ! On s'en sortira. Tiens bon. Il faut que quelqu'un raconte « la dernière bataille du *Vengeur-du-Peuple* » !

Olivier ajouta, d'une voix sourde où passait le refus de la mort :

— Et je veux voir de mes yeux le convoi de blé mouillé en rade de Brest !

Florian sentait contre sa poitrine ses précieux carnets, soigneusement enveloppés, témoignage irremplaçable. Le visage de Franjo lui souriait. Elle serait fière de lui. « Je dois la revoir, je la reverrai, se répéta-t-il. Je lui ai promis de la rejoindre à Escragnole ! » Et il reprit courage.

L'aube se leva, blafarde. La mer moutonnait, sale, hargneuse. Un vent de nord-ouest, glacé, leur paralysait les membres. Tous les marins rescapés — ils n'étaient plus maintenant que huit — grelottaient, se tenant serrés les uns contre les autres, pour garder le peu de chaleur qu'il leur restait. M. Romain, le munitionnaire, après avoir tenté de porter secours à ses compagnons happés par la mer, tenait serré contre lui Boulimique, dont le cœur ne battait plus que faiblement. Parfois, de la fente de ses yeux verts filtrait un regard qui croisait celui de l'homme, une petite lumière passait de l'un à l'autre, mystère de la communion entre deux êtres.

Ils aperçurent au loin une épave, une plate-forme de hune avec son tronçon de mât. Un homme y était accroché, et un gros rat noir, spectacle étrange qui semblait émerger d'une vision onirique. Olivier héla l'homme, mais il ne répondit pas et l'épave s'éloigna, elle se perdit au-delà des crêtes.

À nouveau, ils se comptèrent. Ils n'étaient plus que sept. Olivier Descragnole, Florian Le Houlme et cinq hommes : l'infirmier Panse-Bête, le maître charpentier, un canonnier du gaillard d'avant, un gabier de misaine surnommé Premier Brin, qui scrutait inlassablement l'horizon. Et M. Romain, le munitionnaire, vieil homme épuisé qui pleurait en silence la mort de son chat, petite boule inerte de poils trempés entre ses mains. Quand il se reprenait, délirant, il partait dans une litanie sans fin, marmonnant ce qui avait été le travail de sa vie :

— Cent barils d'eau douce, trente barils de sucre commun, neuf boucauts de café vert, cent vingt barriques de lard, deux cents barils de morue salée, quatre cents de fayols…

Le radeau dériva toute la journée. Des nuages bas, plombés, chargés de pluie, couraient au-dessus de leurs têtes. Le vent arracha leur voile improvisée, qui partit en lambeaux. Puis, sous les coups répétés des vagues, l'esquif commença à se disloquer. Les cordages qui liaient les tronçons de vergues glissaient ou se rompaient. Les doigts gourds des hommes n'avaient plus la force de refaire des nœuds. La fin approchait. Olivier se pencha vers Florian.

— Je regrette de t'avoir entraîné dans cette aventure.

— Je ne regrette rien, Olivier. C'était une belle aventure. Avant de vous connaître, je n'aurais même pas osé l'imaginer, voué chez mon père aux paperasses et au comptage des sacs de blé.

— *Le blé !* Je me demande si le convoi est passé.

— Le saurons-nous jamais ?

— Peut-être…

À cet instant, un cri inhumain s'éleva :

— Voile à l'horizon !

Halluciné, Premier Brin, le gabier de misaine, se dressait, la main pointée vers l'est. Les autres ne voyaient rien, que les crêtes grises et blanches des vagues qui roulaient vers eux en un mouvement sans fin.

— Soutiens-moi, Florian !

Réunissant ses dernières forces, Olivier se mit debout. Aussitôt, il cria :

— C'est elle !

Puis il se laissa retomber et des larmes coulèrent sur son visage brûlé par le sel des embruns. Florian le secoua.

— Elle ? Mais qui, elle ?

— Notre frégate ! *La Liberté ou la mort !*

Une heure plus tard, la frégate, qui avait repéré le radeau, mettait en panne et envoyait sa chaloupe. Quand les naufragés y furent embarqués, on la remonta avec les palans frappés sur la grand'vergue. Les hommes hissaient lentement, religieusement. Lorsque l'embarcation arriva au niveau du bastingage, les marins aidèrent les sept rescapés à débarquer sur le pont. Certains tanguaient, ivres de fatigue, incapables de distinguer le rêve de la réalité.

Olivier se tenait bien droit dans son uniforme en lambeaux, trempé par la mer. Secouant la tête comme s'il voulait chasser un cauchemar, il fit trois pas sur le pont. Puis, regardant l'arrière, il salua longuement, selon la règle, le pavillon tricolore qui flottait à la poupe ; un nouveau pavillon, tout neuf, où les trois couleurs remplissaient l'espace, signe de la République acceptée. Enfin, il se tourna vers le capitaine qui s'avançait vers lui, un petit Breton râblé, blond aux yeux bleus, des yeux étonnés qui s'emplissaient de larmes.

— Fidèle au rendez-vous, monsieur Colbosc !

— Bienvenu à bord, capitaine Descragnole !

Confortablement installés dans la chambre du capitaine, bien au chaud, les deux rescapés goûtaient avec bonheur la vie retrouvée. Assis sur la couchette, Florian caressait le chat Parsifal, qui ronronnait, béat, sur ses genoux. Olivier occupait le fauteuil. Sa barbe de huit jours le vieillissait. Ils avaient retiré leurs vêtements imprégnés de sel et d'eau et passé des vêtements hétéroclites, de laine et de coton, tout ce qu'on avait trouvé à bord de plus chaud. Sur la petite table, le serviteur du capitaine déposa des bols de chocolat fumant, dont le parfum embaumait la pièce, rappelant le pays perdu, les Antilles.

Sur le ton officiel d'un bon officier faisant son rapport au capitaine, le lieutenant de vaisseau Colbosc raconta :

— Selon vos ordres, j'ai pu m'échapper de Dieppe en rasant la côte, évitant la croisière anglaise à la faveur d'une brume tenace. Lorsqu'elle s'est levée, voyant la mer déserte, j'ai dépassé Fécamp et je suis entré au Havre-de-Grâce, ayant seulement échangé quelques boulets avec une petite frégate britannique qui surveillait l'estuaire de la Seine. Le Havre est un port remarquable. Le chantier naval s'est aussitôt mobilisé pour remettre la frégate en état, changer le gréement, calfater la carène, goudronner la mâture, ce qui a demandé une bonne semaine. Ceci fait, j'ai reçu, avec ma commission de capitaine, l'ordre de rallier immédiatement Brest pour me mettre à la disposition de l'amiral Villaret-Joyeuse.

Olivier écoutait en souriant. Il n'en revenait pas d'avoir retrouvé sa frégate, dotée d'un gréement neuf et de voiles immaculées, le pont briqué comme pour une revue navale, malgré les déchirures qui le marquaient encore, souvenir des dernières batailles. Il se prit à rêver. Un jour, lorsque la Révolution aurait enfin établi une République pacifiée et fraternelle et que les armes auraient été déposées, il reprendrait le commandement de sa frégate. Il mettrait le cap au sud, plein océan, traverserait l'Atlantique, puis il franchirait le cap Horn pour pénétrer dans les immensités du Pacifique à la recherche des survivants éventuels de l'expédition La Pérouse, dont il poursuivrait la mission.

Le capitaine Colbosc ajouta :

— À peine mouillé en rade de Brest, j'ai reçu l'ordre de reprendre la mer. On a juste eu le temps de compléter l'équipage, d'embarquer de la poudre et des boulets, des barriques d'eau, des vivres frais. Il s'agissait de rallier de toute urgence la flotte, ou à défaut le convoi.

Olivier Descragnole le regarda fixement.

— Et tu l'as trouvée, la flotte ?

— Non, capitaine ! Ce n'est pourtant pas faute d'avoir briqué la mer, de la pointe Saint-Matthieu à Ouessant, de Molène à l'île de Sein, et au-delà. Mais c'est bien parce que j'avais doublé les veilleurs au ton des mâts et promis une bouteille de tafia au premier qui découvrirait la flotte ou le convoi, qu'on vous a aperçus. Un vrai miracle ! Une heure auparavant, on avait été mis en alerte par une curieuse épave qui dérivait sur la mer, un tronçon de mât et sa hune, sur laquelle se tenait, bien vivant, un gros rat noir !

— Et un matelot ?

— Non.

— Et le convoi ? As-tu des nouvelles du convoi ?

— Non, capitaine… Nous cherchons. Nous cherchons sans trêve.

Après avoir avalé son bol de chocolat et mâché quelques biscuits de mer, Olivier lui fit le récit détaillé de la bataille. M. Colbosc écoutait, les yeux agrandis par l'étonnement et la consternation. Plusieurs vaisseaux coulés ou capturés ! Des milliers de morts, de blessés et de prisonniers…

Lorsque Olivier eut terminé et que Florian eut raconté quelques épisodes sanguinaires sur le combat et la fin du *Vengeur*, un grand silence se fit.

— Ah ! j'oubliais ! dit soudain M. Colbosc. J'ai une lettre pour vous. L'Intendance me l'a remise à mon arrivée à Brest. C'est d'ailleurs ainsi que j'ai appris que vous aviez embarqué sur *la Montagne*.

Il fouilla dans son coffre et tendit un pli cacheté à Olivier, qui frémit de bonheur en reconnaissant l'écriture de Gaël Trémeur. Une main féminine avait rayé l'adresse de la rue des Bons-Enfants, et mis à la place : *« Lieutenant de vaisseau Descragnole, à bord du vaisseau* la Montagne, *au port de Brest, ou tout autre vaisseau qu'il plaira à Dieu. »*

« Quelle étrange adresse ! » songea-t-il en rompant les cachets. Dans la lettre de Gaël était inséré un deuxième pli, destiné à Florian, qui bondit de joie en reconnaissant l'écriture de Franjo.

« Grasse-en-Provence, ce 20 mai 1794.

« Mon ami, dernière étape avant d'arriver à Escragnole, après un voyage plein de péripéties, que je te raconterai plus tard. Nous sommes fatigués mais tous

en bonne santé. En traversant Marseille, nous avons lu ton article du Mercure *sur la révolution de Saint-Domingue. Il est repris en première page par toutes les gazettes de Provence et fait grand bruit. Où es-tu, maintenant ? Sur terre, ou en mer ? Je te suivrai partout où tu iras.*

« Mais je l'ai compris, mon amour : pour te trouver vraiment, il me fallait d'abord te perdre. Je t'attends avec la patience du bouton de rose qui dans le petit matin frileux attend le soleil pour s'ouvrir. »

Ému, Florian replia sa lettre. Olivier achevait la lecture de la sienne, qui donnait aussi de bonnes nouvelles : Marie-Galante attendait un enfant !

Soudain, un aspirant excité entra brutalement dans la chambre, en oubliant de frapper.

— Capitaine ! Voiles en vue, à un quart tribord avant ! Toute une flotte !

Le capitaine Colbosc se rua sur le pont. Ayant subitement retrouvé ses forces, Olivier se leva, chercha des vêtements qui lui conviennent dans la garde-robe du capitaine, en tira un vieil uniforme de lieutenant de vaisseau et y glissa son grand corps maigre. Il prit aussi une paire de bottes et un vieux bicorne orné d'une cocarde tricolore délavée par le sel et l'embrun, se le planta sur le crâne et sortit. Florian dut se contenter d'une vieille paire de bottes, d'une vareuse et d'un pantalon trop grand, ce qui lui donnait un air bizarre, tout ébouriffé qu'il était.

La chambre du capitaine ouvrait directement sur la timonerie. Dès qu'il vit Olivier, le capitaine Colbosc se précipita vers lui.

— Dieu soit loué ! C'est l'armée navale française ! Mais dans quel état !

Olivier lui prit sa lorgnette et, suivi de Florian, monta sur le pont de la dunette. Il balaya l'horizon. La brise, qui venait de se lever, effaçait les bancs de brume, dégageant l'horizon à toute vue.

— Je compte dix-neuf vaisseaux en piteux état, dont cinq, entièrement démâtés, sont à la remorque des frégates ! Nous en avons donc perdu sept. Mais c'est moins tragique que je ne le craignais.

— Et le convoi ? demanda Florian.

Olivier balaya à nouveau l'horizon, longuement.

— Je ne vois pas de convoi. Fasse le ciel qu'il ait échappé aux Anglais !

La flotte se traînait à quatre nœuds. La frégate la rejoignit rapidement. Elle hissa ses pavillons de code et reçut aussitôt l'ordre de venir se ranger à toucher le bâtiment-amiral, *la Montagne*. Puis elle cargua ses huniers pour se tenir à la même allure, dominée à quelques mètres par la dunette énorme du vaisseau. Le capitaine Colbosc, très ému, avait rejoint Olivier et Florian.

La Montagne avait beaucoup souffert. Elle paraissait sortir d'un cyclone : coque criblée de boulets, gréement massacré, mantelets des sabords fracassés. À l'avant, des hommes s'efforçaient de rentrer des débris de mâts et de vergues enchevêtrés, de toiles déchirées et de filins. Les trois mâts principaux, touchés par les projectiles, tenaient encore debout, mais un mât de hune et tous les mâts de perroquet avaient été emportés et quelques vergues. Dans les voiles criblées de trous, le vent sifflait en faisant claquer des lambeaux. Mais le vaisseau naviguait, et devant les canons en batterie les canonniers se tenaient à leur poste. Presque tous portaient des pansements.

Quand la frégate se trouva au niveau de l'imposante poupe, aux balcons ravagés, aux fenêtres sans vitres, Olivier aperçut sur la deuxième galerie qui dominait la mer la silhouette maigre et noire de Jean Bon Saint-André. Il le salua longuement en agitant son vieux bicorne. Après un instant d'hésitation, le délégué du

Comité de salut public le reconnut et lui rendit son salut en criant :

— D'où sors-tu, Descragnole ? J'ai vu *le Vengeur* démâté, désemparé ! On n'a rien pu faire pour le sauver. Il était entouré d'ennemis.

— Il a coulé ! Quelques centaines d'hommes ont été repêchés par les Anglais. Les autres sont au fond de la mer, excepté sept rescapés, que *la Liberté* a récupérés. Nous venons nous mettre sous les ordres de l'amiral Villaret-Joyeuse.

— Tu ne le verras pas. Il s'est enfermé dans sa chambre.

— Il a été blessé ?

— Non !

Olivier n'insista pas. L'amiral était-il aux arrêts ? Il se rappelait la terrible menace du représentant du peuple au chef de l'armée navale : la guillotine, si le convoi n'entrait pas à Brest.

Jean Bon Saint-André, l'air farouche, fit mine de réintégrer la chambre du conseil, puis il se retourna, se pencha par-dessus le balcon de poupe et cria :

— Descragnole ! Cet officier à tes côtés, c'est le capitaine de la frégate ?

— Oui. Lieutenant de vaisseau Colbosc. Un vieux camarade de combat. Il a sauvé *la Liberté* à Dieppe.

— Bien. Toutes nos frégates sont occupées à remorquer nos vaisseaux démâtés. Colbosc ! Va en avant, entre à Brest et reviens pour me dire si le convoi est enfin arrivé.

— À vos ordres, citoyen commissaire ! Et… s'il n'est pas arrivé ?

— Cherche-le, foutre dieu ! Mais prends garde. La flotte de l'amiral Howe rôde dans les parages. Et aussi l'escadre de l'amiral Montagu. Hier, Montagu s'est heurté à nous. Il n'a pas osé nous attaquer. Mais il ne ferait de vous qu'une bouchée. Il cherche le convoi, c'est sûr. Tout le monde, même le diable, cherche le convoi ! Il ne s'est pas évaporé sur l'océan !

— Nous veillerons, citoyen commissaire.

— Va ! Ah ! Je vois que vous arborez le pavillon républicain intégral ; c'est bien !

Le délégué du Comité de salut public souleva son bicorne, puis il disparut dans la chambre du conseil du vaisseau-amiral en claquant la porte-fenêtre, faisant tomber quelques débris de verre.

Le capitaine Colbosc se rua sur le fronteau de la dunette qui dominait le gaillard d'arrière et le banc de l'officier de quart.

— La barre à droite ! Larguez les huniers, les cacatois ! Établissez les bonnettes ! En avant, cap sur Brest !

La frégate s'élança. Deux jours plus tard, elle embouquait le goulet. La rade de Brest était vide. Or le convoi aurait dû être là depuis plusieurs jours. Montagu ou Howe s'en étaient-ils emparés ? De sombres pensées accablaient les marins.

Un petit espoir demeurait, bien qu'on eût du mal à imaginer comment une flotte de cent vingt-sept vaisseaux flanquée d'une dizaine de navires de guerre puisse passer inaperçue par temps clair, dès lors que l'ennemi connaissait sa destination et la date approximative de son arrivée à Brest.

Sur la carte, le capitaine Colbosc, d'un trait rageur, traça au crayon une route directe qui traversait l'Atlantique, de Brest à la Chesapeake. Puis, dès que la frégate se retrouva en mer libre, il ordonna :

— Cap au 260. En avant ! Doublez les veilleurs. J'en veux dans les hunes, au ton des mâts, sur les barres de perroquet ! Un louis d'or à celui qui le premier découvrira le convoi !

Un louis ! Le 10 juin, au large d'Ouessant, *la Liberté* aperçut l'armée navale française qui arrivait sur Brest. Elle n'avait vu ni le convoi, ni heureusement les

Anglais, et avait hâte de mouiller en rade de Bertheaume pour panser ses plaies et débarquer ses blessés, plus de mille. Sur certains vaisseaux, l'équipage épuisé se relayait aux pompes pour étaler les rentrées d'eau.

Colbosc rendit compte de sa mission infructueuse à Brest, et essuya les invectives rageuses de Jean Bon Saint-André. La frégate poursuivit sur son cap, à la recherche du convoi.

La nuit tomba sans qu'elle ralentisse son allure.

Le lendemain matin, avant que ne pointât le soleil, on entendit le cri aigu d'un mousse, accroché au ton du mât de hune :

— Voiles en vue, plein ouest !

Suivi de Florian, Olivier escalada le mât, dépassa la hune, atteignit les barres de perroquet. Là, suspendu dans le vide, le cœur battant, une main tenant ferme la draille du grand foc, l'autre sa lunette d'approche, il examina l'horizon. Florian et le mousse, accrochés à la chaîne du petit hunier volant, ne quittaient pas son regard. L'horizon se couvrait de mâts, de voiles. Le convoi ? Les Anglais ? La vie, ou la mort ?

Enfin, Olivier s'écria :

— C'est notre convoi ! C'est bien lui ! Je reconnais la lourde silhouette des bâtiments marchands. Dieu soit loué !

Il sortit de sa poche une pièce d'or et la tendit au mousse, ébloui.

Le convoi mouilla en rade de Bertheaume le 12 juin, à côté de la flotte de l'amiral Villaret-Joyeuse, qui sauva ainsi sa tête. Parti de la Chesapeake en escortant cent vingt-sept vaisseaux marchands, l'amiral Vanstabel en ramenait cent vingt-neuf, ses frégates ayant fait deux prises dans l'Atlantique.

Pour prix de ce succès, l'armée navale, en acceptant le combat pour détourner la flotte anglaise du convoi, avait perdu sept vaisseaux et cinq mille marins, morts, blessés ou prisonniers. L'amiral Howe déplorait d'énormes dégâts matériels, et mille cent quarante-huit tués ou blessés. L'amiral Montagu, qui n'avait pas trouvé le convoi, se sentit déshonoré. Les deux camps pavoisèrent. Les Anglais exposèrent leurs trophées, les six épaves du combat, *the glorious first of june*. Les Français avaient mieux : le fabuleux convoi, le convoi du siècle. Howe et Montagu avaient manqué leur mission prioritaire.

La flotte de guerre pansa ses plaies. Les chantiers de Brest et de Rochefort livrèrent sept nouveaux vaisseaux. On arbora enfin le vrai pavillon tricolore de la République. Et l'on se prépara à de nouveaux combats, car l'Europe entière, l'Europe des rois, demeurait coalisée contre la République.

Le capitaine Colbosc et Olivier Descragnole reçurent leur promotion de capitaine de vaisseau. Florian Le Houlme entrait au *Mercure de France*, paré pour de nouvelles missions. Son article sur « La fin héroïque du *Vengeur-du-Peuple* au combat de Prairial » avait servi à Barère, rapporteur du Comité de salut public, pour exalter devant la Convention le courage des marins de France.

Attablés à un café-restaurant rue de Rivoli, à Paris, Olivier Descragnole et Florian Le Houlme achevaient leur repas, dégustant une tasse de café des Antilles, bien sucré, en commentant les derniers événements.

On avait reçu des nouvelles de Saint-Domingue. Presque tous les colons français avaient fui ; les Noirs avaient pris le pouvoir, après avoir chassé Anglais et Espagnols. Toussaint-Louverture, que la Convention avait nommé général, avançait à grands pas vers son ambition majeure : se faire élire président d'une île devenue indépendante. La plantation *Alléluia* avait été préservée grâce à ses travailleurs, émancipés bien avant l'abolition de l'esclavage ; mais y reverrait-on jamais les Trémeur, dont le souvenir demeurait vivant au sein de la petite communauté, qui avait échappé grâce à eux à la violence et à la haine ?

Délivré du spectre de la famine, le peuple de Paris se tenait sur l'expectative. Maniant tour à tour le verbe et le bâton, Robespierre se maintenait au sommet du pouvoir. S'appuyant sur la Convention, dont il s'était fait élire président, il imposait une quasi-dictature. Mais, dans l'ombre, ses ennemis irréductibles, Tallien, Barras, Fouché, guettaient le moindre faux pas, sapant silencieusement son pouvoir.

— J'ai assisté à la fête nationale de l'Être suprême, que présidait aussi Robespierre, dit Florian. Cette mascarade a scandalisé les chrétiens, exaspéré les athées.

— Grâce au convoi de blé, les Jacobins disposent d'un répit inespéré. Nos armées ont atteint leurs objectifs : donner à la France des frontières naturelles. Elles ont libéré la Savoie et le Roussillon, occupé la Belgique et le comté de Nice. Mais la tentation est trop forte d'aller au-delà. Elles ont franchi le Rhin. À Nice, Bonaparte, ce général de vingt-cinq ans, à la tête d'une armée enthousiaste de va-nu-pieds, s'apprête à envahir l'Italie. Là aussi est le danger. De ces victoires se dessine le porteur de sabre qui s'emparera du pouvoir et entraînera la France dans une aventure militaire.

— La Révolution aurait donc échoué ?

— Je le crains, à moins d'un miracle.

— Mais d'où vient cet échec ?

— On n'impose pas la liberté, l'égalité, par la terreur. Paris, Saint-Domingue, même combat, mêmes erreurs ! L'égoïsme des planteurs, qui n'ont rien voulu lâcher de leurs privilèges, rendait inévitable le radicalisme des esclaves. Il en est de même en France. À part quelques exceptions, les aristocrates n'ont jamais renoncé à leurs privilèges. Réfugiés à Coblence ou à Londres, ils ne rêvent que de revanche, de *restauration*. Cela aussi alimente la Terreur. Les pauvres et les esclaves n'ont rien à perdre. Alors, ils reviennent à la violence.

Le conventionnel demeura songeur. Puis il se tourna vers la rue et regarda une dispute qui s'envenimait entre des cochers et un charroyeur qui encombrait la chaussée en déchargeant ses barriques de vin. C'était son métier. Comment aurait-il pu faire autrement qu'avec une certaine lenteur ?

— Tu vois, Florian ; rien n'a changé, ce sont toujours les embarras de Paris. Ils procèdent peut-être d'une saturation du trafic, mais surtout d'un égoïsme foncier.

Le roi et la reine guillotinés, le dauphin enfermé au Temple, Robespierre accroché au trône de l'Être suprême comme le conventionnel Couthon à son fauteuil de paralytique, l'homme restait l'homme. L'ambition personnelle, la corruption, le parasitisme, les inégalités et l'égoïsme ordinaire n'étaient pas l'exclusivité de l'Ancien Régime. C'est pourquoi cette Révolution, d'abord baignée dans le sang des princes, achevait de se noyer dans celui des républicains.

Florian, lui, continuait à espérer. De tout son cœur généreux il refusait la perspective de l'échec. La Révolution avait dénoncé les abus, posé les bonnes questions et formulé les espérances : le paysan devait se sentir lié, mais non plus asservi à la terre, l'esclave à son maître, la femme à l'homme, le fils et la fille adultes à leur père, le matelot à son capitaine, le croyant à l'Église. Chacun devait se prendre en charge, tout devant découler d'un rapport de forces équitable, dans le respect des uns et des autres. La Révolution était là, et elle était encore à faire ! La science et le travail créeraient de nouvelles richesses. La vie politique tenterait de les répartir équitablement. Mais ce système ne pouvait réussir sans l'adhésion de chacun et l'abandon d'une partie de son intérêt personnel à l'intérêt collectif.

Il se tourna vers Olivier et plongea son regard dans le sien. Aussitôt, à ce contact, Olivier reprit espoir.

— Que peut-on faire ? demanda Florian. Que va-t-on faire ?

— Je te l'ai dit, à Rouen. Souviens-toi…

— Changer son cœur ! Commencer la Révolution par soi-même !

Ils demeurèrent silencieux, contemplant le trafic qui reprenait lentement.

— Peut-on vraiment changer le cœur de l'homme ? demanda Florian.

Fermant les yeux, il tentait d'échapper au brouhaha du trafic, aussi inexorable que le flux du temps qui passe. Après l'aventure qu'il venait de vivre, et dont il s'était sorti par miracle, il aurait voulu changer le monde !

Olivier devina sa pensée, son espoir.

— Une chose est sûre. On ne changera pas le monde en forçant les gens. Il faudra les convaincre. Et aussi tenir compte des opposants minoritaires ; les écouter, les respecter.

La Révolution avait tout changé, brusquement, brutalement. Elle avait fait table rase, exproprié une classe sociale, sans égard pour les intérêts justifiés et sans prendre le temps de convaincre. C'est pourquoi elle était devenue une dérive totalitaire. Les idéologies avaient été récupérées par trop de politiciens qui s'en servaient surtout pour parvenir au pouvoir et pour s'y maintenir. Florian répéta :

— Peut-on vraiment changer le cœur de l'homme ? Vous le croyez ?

— Je l'espère. C'est une évolution dans la révolution et dans le temps. On ne peut aller jusqu'au bout d'un seul coup. Réaliser tout, tout de suite. Maintenant, il nous faut reconstruire.

Il suffit parfois d'un mot, comme une petite clé qui ouvre une grande porte sur un ailleurs. Chaque victoire individuelle est alors une victoire pour l'humanité entière. Un mot, un article ! Florian prenait soudain conscience de son rôle ; il en était bouleversé.

Avec obstination, il répéta :

— Mais peut-on vraiment changer le cœur de l'homme, comme vous m'y avez invité, à Rouen, provoquant en moi ce jaillissement d'espérance, qui donne tout son sens à la vie ?

Le conventionnel ne répondit pas. Il pesait la force des mots et, sur l'autre plateau, la faiblesse des hommes. Il regarda Florian et vit en lui l'avenir. Dans ses yeux verts brillait l'éclatante espérance ! Un regard à la fois ébloui et inquiet, car il connaissait maintenant ses limites.

— Que puis-je espérer et que dois-je faire ?

— La foi est une longue espérance. L'espérance qu'un jour, avec le temps, les hommes ne se rejetteront plus les uns les autres. Tu peux tout espérer si tu gardes un cœur pur et généreux ; à la fois libre et fraternel.

Florian demeura silencieux. Le flux des chevaux et des voitures, coches, fiacres, coupés, charrettes, brouettes, avait repris, mais il ne l'entendait pas. Il sourit et murmura :

— Le cœur…

— Tu penses à Franjo, petit !

— Vous pensez à Angélica, Olivier ! Est-ce que nous ne sommes pas en train de dériver, comme notre radeau sur la mer ?

— Non. Il n'y a qu'un amour ! Il y a… l'Amour !

— Le bonheur est-il compatible avec la liberté ?

— Le bonheur égoïste, non. Être libre, c'est d'abord se remettre en cause, et cela ne cesse jamais, et cela fait souffrir !

— C'est difficile, Olivier ! Être libre dans son cœur, c'est se détacher de soi !

— Nous vivons dans un monde en révolution, et nous sommes décidés à le quitter différent. Le message de la Révolution est là. Quoi qu'il arrive, on ne l'oubliera jamais.

Un vieux colporteur passait, qui vendait des cocardes. Sur le fond de velours était écrit : *La Liberté ou la mort !* Olivier en prit deux, lui donna une pièce d'argent, tendit une cocarde à Florian. Puis il consulta sa montre et se leva.

— Je vais à la Convention. Nous avons un vote important, sur un rapport de Couthon, à propos du Tribunal révolutionnaire. Il prétend supprimer les dernières garanties pour les accusés, les suspects, qui n'en avaient guère ! Je m'y opposerai !

— Au revoir, Olivier. Prenez garde à votre tête !

— Où vas-tu ? Au *Mercure* ?

— D'abord, à Escragnole ! Je vais revoir Franjo ! Auprès d'elle, tout s'éclaire ; je comprends tout !

Olivier approuva. Il pensait à Angélica. Un cœur peut en transformer un autre, plus vite qu'un mot et mieux qu'un discours !

LE RENDEZ-VOUS DE MARIE-GALANTE[1]

Brest, 23 mars 1781. Gaël Trémeur, dix-sept ans, clerc chez son père notaire royal à Brest, rêve de voyages au long cours. Il se brouille avec ce père qui le rive à l'étude notariale et veut lui faire épouser une jeune aristocrate, alors qu'il aime Marie-Galante, quinze ans, fille naturelle d'une aubergiste de Recouvrance et du capitaine de vaisseau marquis César d'Escragnole.

Ce brillant officier commande *l'Intrépide,* dans la flotte de l'amiral de Grasse. Or c'est justement sur son vaisseau que, par hasard, sur un coup de tête, embarque Gaël, comme écrivain de marine, grâce à la recommandation de son ami Yvon Tadou, dit le Vieux des Grèves, un ancien canonnier du roi, retiré à Brest après un épisode mouvementé chez les flibustiers des Caraïbes. Le Vieux prétend détenir le secret de deux trésors cachés dans une grotte marine de la petite île antillaise de Marie-Galante, et il invite Gaël à profiter de son passage par les Antilles pour les rechercher : un trésor des Aztèques, d'or et de pierres précieuses, récupéré par les pirates ; et un trésor de sagesse, un vieux manuscrit chinois, *Le Secret de la Fleur d'or*. Ici se noue la contradiction dans la recherche, entre l'être et l'avoir.

1. Ce roman de Jean-Jacques Antier précède chronologiquement *Marie-Galante, la Liberté ou la mort*. Publié également aux Presses de la Cité, dans la collection *Sud Lointain* de Jeannine Balland, on y trouve les mêmes personnages, à treize ans d'intervalle.

Profitant d'une escale à la Guadeloupe, Gaël et son nouvel ami Olivier d'Escragnole, le fils du capitaine de *l'Intrépide*, effectuent une première exploration à l'île de Marie-Galante. La grotte marine existe, mais son entrée, recouverte par la mer, n'est accessible que quelques heures par an, aux équinoxes. Les trésors — s'ils y sont encore — semblent inaccessibles.

Cependant, à Brest, Marie-Galante, la fiancée de Gaël, n'a pas accepté la brutale séparation. Habillée en garçon, elle embarque sur *l'Aigrette*, une frégate de liaison qui doit rejoindre à Cap-Français de Saint-Domingue la flotte de l'amiral de Grasse, en opérations contre les Anglais.

Mais là, c'est le drame. La flotte vient de mouiller dans la rade. Au moment où Marie-Galante espère retrouver Gaël, *l'Intrépide* explose et coule, à la suite d'un incendie accidentel. Miraculeusement indemne après avoir sauvé Olivier, le fils du capitaine d'Escragnole, Gaël découvre Marie-Galante à terre, et ils se donnent l'un à l'autre.

À peine se sont-ils retrouvés qu'il leur faut repartir : Gaël Trémeur, nommé secrétaire de l'amiral de Grasse, à bord de *la Ville de Paris* ; Marie-Galante à bord de *l'Aigrette*, qui éclaire la flotte. Celle-ci va combattre les Anglais en Amérique du Nord. Par la victoire de la Chesapeake et les renforts qu'il apporte au général Washington, Grasse rend possible la victoire de Yorktown, qui ouvre sur l'indépendance des colonies américaines.

Au cours des furieux combats, Marie-Galante a été blessée, elle ne peut plus cacher qu'elle est une femme. Et elle attend un enfant de Gaël ! L'amiral de Grasse les marie d'office, ce qui risque de provoquer la fureur du notaire brestois, qui a menacé de déshériter son fils. Mais entre-temps le marquis d'Escragnole, qui a retrouvé sa fille aux Antilles, la reconnaît, et tout devrait s'arranger.

Malheureusement, en escortant un convoi, Grasse subit une terrible défaite navale entre l'archipel des Saintes et l'île de Marie-Galante. Le marquis d'Escragnole est tué. Après la capture du vaisseau-amiral, Gaël s'échappe et se retrouve à terre. Occasion inespérée de tenter de découvrir la fameuse grotte aux trésors.

Là, c'est un demi-échec. Le mystère demeure. Gaël retrouve heureusement sa femme à Saint-Domingue, elle vient de mettre au monde une petite fille, Françoise-Joséphine (Franjo), « belle comme le jour ». On apprend la mort du notaire Trémeur, le père de Gaël, lequel hérite de lui, notamment d'une plantation de canne à sucre à Cap-Français. Tandis qu'Olivier rentre en France pour y assumer la succession de son père, Gaël et Marie-Galante prennent en main la plantation et décident, malgré l'opposition générale, d'émanciper tous leurs esclaves.

Cependant, de terribles menaces pèsent sur le monde : la Révolution en France, la guerre, et aux Antilles la révolte générale des esclaves. Gaël et Marie-Galante, qui balancent entre l'être et l'avoir, rêvent toujours aux deux trésors de l'île mystérieuse.

Jean Contrucci, critique littéraire de *La Provence* :

« Ce livre me rappelle les grands films hollywoodiens, « Capitaine Blood », « L'Aigle des mers », « Le Corsaire rouge ». Les vaisseaux s'y coursaient toutes voiles dessus, on s'y abordait avec ardeur dans la fumée des canonnades, les cris des combattants, les salves des mousquets ; on s'y massacrait avec entrain au sabre d'abordage. Pourtant, à la fin, le héros fourbu et mâchuré serrait dans ses bras l'héroïne échappée aux pires dangers.

« Ici, c'est un peu la même ambiance, mais presque tout est vrai ! Jean-Jacques Antier a introduit dans un pan de l'Histoire, avec un grand H, des personnages de fiction, ses héros, mais sans rien changer de la vérité historique. Les aventures romanesques de ces Roméo et Juliette brestois servent de "sauce" au roman, mais les "plats de résistance" du livre sont deux gigantesques batailles sur les mers, au cours desquelles la France et l'Angleterre s'affrontèrent par armées navales interposées, commandées par les meilleurs amiraux des deux camps, deux armadas bourrées de canons et de troupes, lancées à la poursuite l'une de l'autre, entre les Antilles et la côte américaine.

« En embarquant ses jeunes héros, Jean-Jacques Antier, en écrivain de la mer, nous place au cœur de la bataille, et décrit en cinémascope les effroyables conditions de vie des équipages.

« Ce roman-vrai nous fait revivre la réalité des grandes batailles navales au temps de la marine à voile, avec leurs incertitudes, leurs difficultés de communications et leurs règles strictes qui imposent aux amiraux de manœuvrer comme des chevaliers dans un tournoi, sans jamais rompre la ligne de bataille, les ennemis naviguant sur deux lignes parallèles et se canonnant jusqu'à la destruction de l'adversaire.

« Enfin, il y a la langue, savoureuse comme une musique, qui ajoute au pittoresque et au plaisir de la lecture. Même si on ne voit pas bien ce que cela signifie, quand on lit des ordres comme : "À crocher le garant de capon ! À passer la bosse dans la cigale ! À embraquer le serre-bosse !", on a envie d'embarquer illico en chantant à tue-tête : "Hardi les gars ! Vire au guindeau !" »

"Au bout du monde"

Les passagers anglais
Mathew Kneale

Londres, 1857. Le révérend Wilson s'apprête à vivre l'une des plus grandes aventures de ce siècle. Il entend prouver au monde que le jardin d'Éden se trouve en Tasmanie, au sud de l'Australie. Accompagné d'un jeune botaniste et d'un médecin qui cherche à démontrer la supériorité de la race blanche, il embarque à bord du bateau du capitaine Kewley. Mais en Tasmanie les attend un peuple meurtri par la colonisation et les pillages des Blancs. La rencontre de ces deux cultures pourra-t-elle échapper aux ravages de l'Histoire ?

(Pocket n°11837)

"Cousins d'Amérique"

Acadie, Terre promise

Alain Dubos

En 1695, la famille Lestang abandonne la douceur béarnaise pour Port-Royal, terre française en Amérique. Jeanne et sa famille font partie de ces pionniers, qui doivent peupler le nord de l'Acadie, dont les Anglais menacent les frontières. Telle est la volonté de Louis XIV. Mais il n'est pas facile d'emménager dans ce pays sauvage au climat inhospitalier : entre rudesse et séduction, chacun devra l'apprivoiser à sa manière…

(Pocket n°11821)

Achevé d'imprimer sur les presses de

BUSSIÈRE

GROUPE CPI

à Saint-Amand-Montrond (Cher)
en juin 2004

POCKET - 12, avenue d'Italie - 75627 Paris Cedex 13
Tél. : 01-44-16-05-00

— N° d'imp. : 43014. —
Dépôt légal : juillet 2004.

Imprimé en France